곡두기행 幻影紀行

세 번째 이야기

글 지바겐

MM NOVEL

표지 RD **편집** 전미혜 **마케팅** 김정훈 **주간** 정다움

목차

제8장. 강문이 남긴 흔적 (하)

고도가 여유를 잃은 모습이 청사의 눈에는 퍽 불안하게만 보였다. 구름과 바람이 가는 대로 발길을 옮기며 산과 물을 즐길 줄 아는 인간이 강문과 연관된 일은 그냥 넘기질 못한다. 한기가 돌 만큼 냉랭한 시선으로 머릿속에 있는 강문을 죽일 듯이 노려본다. 그 모습을 보노라면 강문은 마치 고도의 역린처럼 보였다. 강문이란 이름 두 자만 연관되면 고도는 그자와 관련된 모든 것에 집중하고 다른 것은 까마득히 잊었다. 청사는 고도의 반응이 훗날 큰 사고를 불러오지 않을지, 몹시도 걱정스러웠다. 귀매와 꽃님이의 연관성은 모르겠지만, 그게 강문과 관련되었다면 고도를 이렇게 보내서는 안 된다.

"고도."

청사는 고도의 손을 붙잡아 걸음을 멈추어 세웠다. 고도가 손목을 비틀어 청사에게서 빠져나오려 하자 이번엔 깍지가 끼워진다. 손가락 사이를 문지르며 달래려는 것을 알아챈 것일까. 고도는 이전처럼 힘으로 벗어나려 하지 않았다. 대신 청사를 돌아봤다. 고도의 얼굴엔 여전히 냉혈한 같은 표정이 떠 있는지라 청사는 그 낯선 분위기에 말하기를 주저했다.

"왜 잡아 세웠느냐."

"어딜 가는 건데."

"꽃님이를 다시 만나야겠다."

"만나서 무얼 하려고?"

"부적을 뺏어야지."

"아녀자가 몸에 지니고 있는 걸 빼앗겠다는 거야?"

"그렇게 해서라도 뺏지 않으면 그녀는 더 큰 화를 입을 것이다. 강문이 아무 대가도 없이 그런 요기를 마을 여자에게 남겨 주고 갔을 리 없어. 뭔가 다른 게 있을 테니."

"고도, 진정해 봐. 이 늦은 시간에 거길 또 가면 말썽이 생길 거야."

"그 정도 말썽이야 차고도 넘치게 겪지 않았느냐."

"고도, 진정하래도!"

버럭 화를 내는 청사의 기백에 고도가 눌렸다. 고도는 눈을 휘둥그레 뜨고 벌린 입을 다물었다. 청사의 낯빛을 살폈다. 푸른 눈이 무척이나 우울해 보였다.

"대롱아. 왜 그러느냐. 내가 혹 실수라도 할 거 같아서 걱정하는 게냐. 그렇다면 너무 걱정 마라. 내가 지금까지 수많은 경험을 쌓아 왔기에 그리 호락호락 당하지 않는다는 걸 누구보다 잘 알지 않느냐."

청사는 발끝으로 애꿎은 땅만 툭툭 차다가 주저하는 기색으로 입을 뗐다.

"고도, 뭐 하나만 물어볼게."

청사가 이 상황에서 물어볼 만한 게 뭐가 있나 생각해 보던 고도는 그제야 비로소 청사가 기운이 없는 이유를 알았다. 청사를 배제하고 저 혼자서 꽃님이와 강문이 얽힌 일을 처리하려 들었기 때문에 그 소외감에 마음이 상한 것이다.

"미워한다는 건 어떤 마음이야?"

고도는 뜬금없는 소리에 입을 벙긋했다가 다물었다. 절로 미간이 좁혀지면서 고개가 모로 누웠는데, 그건 청사의 질문을 이해 못 해서가 아니라 질문의 의도를 파악하지 못해서다. 청사의 질문은 지금 같은 상황과 어울리지 않았다. 마음 같아서는 사람의 마음에 대한 고찰은 여유로울 때나 하라는 말을 하고 싶었다. 하지만 맥없는 얼굴로 고도의 표정과 행동을 살피는 청사에게 그딴 쓸데없는 거 물어보지 말라고 냉정하게 받아쳐서 청사를 상처 입히고 싶지 않았다.

고도는 지금까지 강문의 흔적 정도만 쫓아다녔다. 이 마을 저 마을 곳곳에서 벌어지는 기이한 이야기에서 유독 강문이 흘리고 다니는 동자삼을 많이 발견했다. 하지만 동자삼이 돌아다니는 마을은 강문이 떠난 지 오래된 곳뿐이라 그자가 마을에 왔었다는 정보 외에는 아무것도 얻지 못했다.

벽구리 마을은 강문이 벌인 일을 뒤늦게 발견했던 이전과는 달리, 지금도 일이 진행되고 있는 아주 의미 있는 곳이다. 강문이 이 근처에 있다는 것과 상동한지라, 운이 좋으면 그의 다음 목적지를 알게 되어 먼저 가서 기다릴 수도 있다. 이번 기회를 놓치면 또다시 전국을 정처 없이 떠돌며 동자삼이나 주워 담는 일을 반복하게 될 것이다. 가능하면 지금 당장 강문을 찾고 싶다. 아마 이번은 일생일대 두 번 다시 오지 않을 기회다.

한데 그 중요한 순간을 눈앞에 두고 고도는 청사가 물어본 '미움'이란 감상적인 단어에 대해서 깊이 생각했다. 이대로 강문을 또 놓치면 필히 후회할 테지만, 그 후회가 청사의 말을 무시함으로써 그를 상처 입힐 후회의 크기보다는 작으리라 확신했다. 고도는 청사의 시무룩한 얼굴이 눈에 밟혀서 더는 강문의 일을 떠올리지 못했다. 고작 한 존재를 달래고 어르는 게 뭐가 중요하다고, 밤길에 서서 이러고 있는지도 모르겠다. 비효율적이고 쓸데없는 일이라는 걸 알면서도 고도는 그만둘 수가 없었다. 그게 얼마나 미련한 짓인지 알면서도 끝내 청사를 외면하지 못했다.

고도는 곰곰이 생각하다가 자신만의 대답을 내놓아 보았다.

"미워하면 그 상대와 관련된 모든 일에 집착하는 마음의 병이 생긴다."

고도의 대답을 기대하지 않았던 청사가 눈을 동그랗게 떴다. 질문을 무시할 줄 알았던 고도가 더는 강문의 생각에 몰입하지 않고 청사를 똑바로 바라보며 대답한 것이다. 고도는 밤바람에 살랑거리는 머리카락 밑으로 여상한 표정을 짓고 있었다. 조금 전에 청사가 보았던 조급함이나 극단적인 감정 표현은 씻은 듯이 사라졌다. 평소와 같다. 조금 무심한 것 같으면서 좋은 게 좋은 것이라는 노인 같은 태도는 청사가 알고 있던 고도의 모습 그대로였다. 기죽어 있던 청사의 얼굴에 조금이나마 미소가 피어올랐다.

"그럼 나도 너를 미워하나 보다. 네 모든 것에 집착하게 되는 걸 보니."

"그건 너무 무서운 말이지 않느냐. 미워해서 날 집착하는 거였느냐."

"네 문제에 일희일비하고 있으니 이게 단순히 좋아한단 의미는 아닌 듯 보이잖느냐."

"미움이 커지면 마음이 삐뚤어져서 상대가 무엇을 하든 경박하게 비꼬고 만다. 그게 심해지면 상대의 존재 자체를 부정하게 되어 멀리 사라지든, 죽여 버리든, 어떠한 형식으로라도 '처리'를 하려고 행동하게 되지. 네가 내게 갖는 감정이 그와 같으냐."

"무서운 소리네. 처리라니. 그런 건 절대 아니야."

"그럼 미움이 아니구나."

"미움이 아닌데도 나는 네게 왜 이러는 걸까."

"좋아한다고 말했잖느냐."

"좋아하면 이렇게 되는 걸까."

"그걸 왜 나한테 묻고 있어."

영양가 없는 소리를 주고받고 있으려니 고도는 기운이 빠져서 웃음을 흩날리고 말았다. 절박하게 강문의 뒤를 쫓아도 모자랄 판에 이게 무슨 바보 같은 짓인지. 또 그걸 알면서도 그만두지 못하고 청사를 이렇게 바라만 보고 있으니, 참으로 알 수 없는 노릇이다.

"고도야. 나 어디서 들은 얘기가 있어. 사람 사이에서 생긴 문제는 사람 관계 속에서 풀어야 한대."

그건 어린아이도 알겠구먼. 고도는 아예 소리를 내어 웃었다.

"하하, 그래? 그걸 이제 알았느냐."

"응. 그러니 네 병은 내가 고쳐 줄게."

"사람도 아닌 게 그런 말은 어디서 배웠나 모르겠구나."

"사람보다 더 밀접한 마음으로 고쳐 주면 되지."

그 어린아이 같은 발언에 고도는 조금 우스꽝스러운 표정을 짓고 말았다. 고도의 반응이 예상과는 달랐는지, 청사는 얼굴이 붉어졌다.

"아, 아니, 싫으면 말고! 왜 비웃고 그래!"

눈꼬리까지 붉어져서는 심통 난 얼굴을 휙 돌렸으면서도 힐끔거리며 고도의 반응을 살피는 게 고도 눈에는 참으로 어여뻤다. 고도는 깍지 낀 손을 제 쪽으로 잡아당겼다. 청사가 무르춤하게 한 걸음 딸려 오자 고도가 그 품 안으로 파고들었다. 쪽빛 도포 자락 안으로 파묻힌 고도가 청사를 꼭 끌어안았다. 청사는 얼굴에 불이라도 난 것처럼 좋아서 어쩔 줄 몰라 했다.

"대롱아. 너랑 있으면 나 자신이 정말 소중한 사람이라고 스스로 생각하게 된다."

"너 소중한 사람 맞거든."

"그래서 정말 고맙다."

"이게 뭐가 고마워."

"강문을 향한 내 마음을 조절하지 못해서 네게 걱정을 끼친 점은 정말 미안하다. 앞으론 그러지 않으마."

"……고도."

제게 안긴 고도를 어찌해야 하나 몰라 끙끙거리던 청사는 곧 에라 모르겠다며 고도의 등허리를 팔로 감쌌다. 옷감을 사이에 두고 끌어안은 두 몸은 서로의 온기를 기억하고 있었다. 추운 겨울바람을 막아 준다며 눈이 쌓인 산속 동굴에서, 지붕 처마 위에서, 나무 위에서, 해변에서 끌어안고 있던 바로 그 감각이다. 때론 몇 겹 안 되는 옷을 다 벗고 맨살을 부대끼면서 조금 더 깊은 몸속으로 파고들기도 했다. 부끄럽기도 하고 쑥스럽기도 하고 가끔은 고도의 몸 어딘가가 아프기도 했지만 결국은 좋은 감정과 기억만 남지 않았던가.

청사는 고도의 턱을 잡아 고개를 들게 했다. 눈이 마주친 순간, 누가 먼저랄 것 없이 입술을 가져갔다. 벌어진 입 안을 오가는 혀는 고른 치열이나 입천장을 핥았다. 그럴 때마다 고도는 청사의 등 뒤로 두른 손에 힘이 들어가 와그작, 도포를 구겼다. 청사는 그런 고도의 반응이 좋아서 부러 입 안을 간질이듯 농밀하게 혀를 움직였다. 붙어 있던 입술이 떨어지자 거칠어진 숨소리가 귓속을 가득 메웠다.

"고도. 나는 누군가에게 미움을 받아 본 적이 없어."

고도도 청사도 서로에게서 눈을 돌리지 않았다. 한참이나 서로를 홀린 듯이 바라볼 뿐이다. 먼저 시선을 돌린 이는 청사로, 고개를 숙여 고도의 입술에 쪽쪽 하고 가벼운 뽀뽀를 하느라 그랬다.

"내 주변엔 언제나 내 기분을 맞춰 줄 이들만 있었거든. 나를 위해서 춤을 추고 악기를 연주하고, 향이 좋은 음식과 술을 가져오고, 내 몸을 치장할 비단과 장신구들을 눈앞에 잔뜩 대령했어."

고도는 청사가 아랫것들에게 시중을 받고 화려한 옷을 걸치는 상상을 해보았다. 그러한 장면 하나하나가 무섭도록 잘 어울려서 감상을 입에 담지도 못했다. 데굴데굴 눈을 굴리며 상상하는 고도가 귀여워 죽겠다면서, 청사는 눈가를 손으로 매만지면서 말을 이었다.

"그래서 나는 아버지가 싫었어. 그분만 유일하게 나를 혼내고 지적하면서 가르치려고 하셨어. 생각해 보니까 나는 아버님의 권위적인 태도가 싫었던 게 아닌 것 같아. 그저 내가 남들에게 사랑받는 게 익숙해서 아버지가 나 잘되라고 화내는 것도 받아들이기 어려울 만큼 속이 좁았던 거지."

주변 사람 모두에게 사랑받고 칭송받아 온 도련님이라니. 청사의 외모와 성격, 행동거지의 근간이 사랑 때문이라 생각하자 고도는 작게 웃음이 나왔다. 척 봐도 귀하게 대접받고 지내 온 티가 나지 않는가. 청사는 해사하게 미소 짓는 고도의 입가와 볼에 입술을 내려앉혔다. 강문을 쫓겠노라 험악한 표정으로 성큼성큼 걷던 모습보다는 확실히 여유롭게 풀어져 있는 이러한 고도가 훨씬 더 좋았다.

"네가 강문 때문에 분노한 걸 보자 그런 생각을 했어. 만약에, 아주 만약에 고도가 나를 미워하게 된다면 강문을 향한 증오심을 내게 보이는 걸까. 생각만 해도 무서워지더라고. 난 미움받는 게 어떤 기분인지 몰라. 익숙하지 않은 날카로운 감정이야. 그래서 네가 날 미워한다면 정말로 살기 싫어질 거야."

조금 전 고도의 표정과 행동을 떠올렸기 때문일까. 청사의 몸이 다시금 긴장으로 굳어 버렸다. 청사의 등 뒤에 팔을 두르고 있던 고도는 단단하게 얼어붙은 근육을 느낄 수 있었다. 고도는 청사의 등을 다독였다.

"미움받는 게 어떤 심정인지 헤아리려 하지 마라. 너는 평생 사랑받고 사랑을 주는 것만 알았으면 좋겠다. 내가 그렇게 살도록 도와주마. 약속하마."

청사는 눈물이 핑 돌았다. 눈꺼풀을 깜빡이면 눈에 고인 것들이 후드득 떨어질 것 같아서 웃지도 못했다. 괜히 눈가를 접으며 웃었다간 볼이 온통 젖어 버리리라. 등을 토닥여 주는 느낌도 좋고, 품에 안겨서 청사에게만 들릴 만한 조용한 목소리로 위로를 해주는 것도 좋다. 고도가 있으면 그냥 다 좋아진다. 세상을 모두 얻은 것처럼 행복해진다. 그러니 고도가 저를 싫어하지만 않는다면, 그저 옆에 있는 것만으로도 청사는 행복할 수 있다고 자신했다. 옆에만 있어 준다면.

"돌아갈래?"

청사가 고도를 품에서 조심스럽게 떼어 놓으면서 묻자 고도가 마을 쪽을 바라본다. 그의 시선 끝에는 지방부호네 커다란 양반 가옥이 있었다. 원하는 정보가 있을 커다란 집이었다. 평소라면 열일 제쳐놓고 자신이 목적한 곳으로 날아갔을 고도가 처음으로 몸을 돌렸다. 고도는 청사의 손을 잡고 그에게 기대어 말했다.

"그래. 돌아가자."

항아리가 뭉텅뭉텅 조각나 뿌려진 보리밭엔 커다란 도깨비 하나와 이무기 한 마리가 몸을 부대끼고 있었다. 서로의 바지춤을 잡고 엎치락뒤치락하느라 정신이 없다. 어느 한쪽의 무릎이 먼저 땅에 닿으면 진다는 간단한 규칙 아래에서 도깨비와 꽝철이는 한 식경 째 씨름 중이다.

겉만 봐서는 비등하게 힘을 겨루는 것 같지만, 속사정은 달랐다. 태어날 때부터 외발이었던 소를 상대로 어느 다리가 허상인지를 가늠하는 것은 꽝철이 능력 밖이다. 그래서 겉보기엔 온전해 보이는 두 다리 중 하나를 붙잡아도 금세 안개처럼 사라지고, 반대쪽을 붙잡아도 말짱 도루묵이다. 다리가 한쪽인 건 좋지만 그 허상 부위가 그때그때 바뀌는 건 상대방 입장에서 참으로 불합리하지 않나. 그러한 투정도 할 여유가 없을 만큼 꽝철이는 눈에 띄게 밀리기 시작했다.

꽝철이는 소의 어깨에 얼굴을 대고 다급히 숨을 삼켰다. 시도 때도 없이 발을 걸어 오는 소 때문에 몸을 바로 세우는 것도 힘들었다. 씨름 대결에서 진 쪽은 순순히 상대의 말을 따르기로 했는데 이러다간 꽝철이가 꼼짝없이 당할 판이다. 씨름 기술을 전혀 모르는 꽝철이는 이 상황이 정신없기만 했다.

소는 꽝철이의 허리춤을 붙잡고 좌로 우로 흔들었고 그럴 때마다 꽝철이는 삭풍 맞은 나뭇가지처럼 휘청거렸다. 꽝철이의 중심이 흔들리면 소는 들배지기를 시도하기도 하고, 오금 사이를 무릎으로 탁 쳐서 쓰러트리려고도 했다.

단순하게 힘의 크기만 가늠해 보아도 소가 꽝철이보다 월등하게 앞선다. 도깨비 특유의 거대한 덩치와 화려한 씨름 기술이 더해지니 이건 물 만난 고기처럼 펄떡거리며 날뛰는 것이나 다름없다. 꽝철이는 버티는 것만으로 온몸에서 비지땀을 흘렸다. 좀 봐주기라도 할 것이지, 이 융통성 없는 도깨비는 초보 씨름꾼을 상대로 전력투구했다.

"이제 포기할 때가 되지 않았나."

소의 태평한 소리에 꽝철이는 두 눈을 매섭게 치켜떴다. 사람들은 달도 없는 밤길을 걷다가 도깨비에게 홀려서 해가 뜰 때까지 거대한 고목을 붙잡고 씨름을 한다. 밤길 나다니지 말라며 지어 낸 말일진대, 아무래도 그 이야기가 사실인 모양이다.

꽝철이는 소에게 홀려 멀쩡한 나무를 붙잡고 끙끙거린다는 생각이 들었다. 그래도 명색이 한산뫼 불지네 요괴며, 불과 땅을 다스리는 모든 요괴의 대표인데 도깨비에게 일방적으로 밀려서 고전할 줄은 몰랐다. 꽝철이는 소에게 힘으로 밀리는 것도 모자라 요괴로서의 본래 실력까지 의심당할까 봐 목소리를 높였다.

"포기, 헉헉, 못, 헉."

목소리를 높이려 해도 듣는 이가 딱할 정도로 지쳐 있으니, 소 입에서 절로 쯧쯧 혀 차는 소리가 난다.

"네놈이 이길 가능성이 없는데도 끝까지 고집을 부릴 게냐."

"내가, 헉, 똥고집이, 헉헉, 지랄 맞은, 허억, 수준이라."

꽝철이는 정말이지 숨이 꼴깍 넘어갈 지경이었다. 불지네 자존심 때문에 간당간당 버티고만 있을 뿐, 소의 말대로 승패는 이미 결정 난 듯했다. 아무리 발악해도 도깨비가 가장 자신 있어 하는 종목을 이기기는 역부족이었다.

꽝철이는 패배를 승복할 생각을 하자 속이 뒤틀리는 기분이었다. 종국엔 울컥하고 짜증이 났는데, 아무리 씨름을 배워 본 적도 없고 상대가 씨름판에서는 최강인 도깨비라지만, 이렇게까지 속수무책으로 밀리는 것은 자존심이 용납하지 않는다.

한산뫼 도깨비들과도 약속했다. 그들의 우두머리를 데리고 가서 잘난 척을 하고 싶었다. 그들에게 도움이 되는 요괴라는 것을 당당하게 자랑하고 어깨에 힘을 주고 싶었건만. 이리 허무하게 패배하여 빈털터리로 돌아갈 수는 없지 않은가.

젠장할. 속으로 육두문자를 삼킨 꽝철이가 두 눈에 힘을 주었다. 질 때 지더라도 끝까지 발악은 해보기로 했다.

"으라차차!"

우렁차게 기합을 뱉은 꽝철이가 소의 허리춤을 바짝 붙들었다. 허릿단을 잡은 손에 푸른 심줄이 툭툭 불거져 나왔다. 얼굴이 터질 것처럼 붉어진 꽝철이가 기합을 다시 한 번 뱉자 그간 꿈쩍도 않던 소의 몸이 움찔했다. 소의 중심이 꽝철이 쪽으로 쏠렸다. 어긋난 몸의 중심을 붙잡고자 소가 왼쪽 다리를 앞으로 더 내밀며 자세를 낮췄다. 그러자 꽝철이는 기다렸다는 듯 눈을 번쩍였다.

"흐랴아아아아!"

꽝철이가 종아리 쪽으로 발을 찔러 넣고 있는 힘껏 소를 밀쳐냈다. 버티려는 소와 넘어뜨리려는 꽝철이의 힘이 거세게 반발하면서 겨울이라 단단하게 얼어붙은 땅조차 움푹 파였다. 꽝철이가 시도한 기술은 호미걸이였다. 적시에 들어간 날카로운 한 방이 소의 단단함을 무너뜨렸다. 소는 뒤로 발라당 넘어질 뻔하다가 가까스로 몸을 추슬렀다. 소가 진심으로 즐거워 외쳤다.

"대단하구나, 대단해. 뭣도 모르는 놈이 나를 상대로 이 정도로 선전하다니!"

칭찬이 아니라 놀리는 소리다. 발악해도 결국은 이길 수 없다고 못 박는 소리로 들렸다. 꽝철이는 어금니를 깨물었다. 분해서 도저히 패배를 인정할 수가 없었다. 마음과 달리 몸은 기력이 다해 버티는 것도 위태로웠지만, 꽝철이는 소가 공격하는 틈을 놓치지 않고 전의를 불태웠다.

'소의 오른쪽 허벅다리를 공략해. 예전에 내 손에 다친 후 낫지 않은 부위다.'

소의 다리에 걸려서 싱겁게 넘어가는가 했던 꽝철이가 갑자기 온몸에 힘을 주었다. 꽝철이에게서 유쾌한 승리를 받아 내려던 소는 "으응?"하고 당황한 신음을 삼켰다. 일전의 일격에서 힘을 모두 썼다고 생각했는데 아직도 버틸 힘이 남아 있다는 사실에 놀라고 말았다. 그리고 버티는 데에서 그치지 않고 재빨리 몸을 숙여 소의 오른쪽 무릎 뒤에 다리를 걸기까지 했다.

"어어어?"

소의 오른 무릎이 무너졌다. 이전의 강력한 힘에도 꿈쩍 않고 굳건하던 소가 고작 무릎 뒤를 걸었다고 크게 휘청거렸다. 비록 굽어진 무릎이 땅에 닿지는 않았어도, 무릎 위에 갑작스런 충격이 가해지면 몸을 가누기 불편하다는 사실을 알게 된 것만으로도 큰 수확이다. 지금까지 보지 못한 반응에 꽝철이는 눈을 반짝였다. 투혼을 발휘하여 소의 왼쪽 다리를 제 다리로 감싸고 잡아당기니 이번엔 정말로 소가 뒤로 자빠지는지라. 꽝철이는 이겼다는 확신에 입꼬리까지 끌어 올리며 웃었다. 그것이 성급한 판단이었음은 뒤로 발라당 넘어지던 소가 꽝철이를 끌어당겨서 빙글, 몸을 돌렸을 때 밝혀졌다.

소는 제가 넘어가는 속도보다 먼저 꽝철이를 바닥에 패대기쳤다. 소를 넘어뜨리고 만세를 부르짖어야 할 꽝철이는 눈 깜짝할 새 제가 바닥에 깔려 있게 되었다. 같이 넘어졌어도 꽝철이의 등이 먼저 땅에 닿았다. 비겼다고 승부를 우길 수도 없는 상황이었다. 넘어진 꽝철이 몸 위에 소가 올라타고 있었으니 말이다. 꽝철이는 보리밭에 대자로 뻗어 밤하늘만 멍하니 바라봤다. 은하수가 용꼬리처럼 길게 이어진 하늘이 코앞에 자리 잡고 있다는 것만으로도 승패는 정해졌다.

"좋은 승부였다."

바지를 툭툭 털고 일어난 소는 꽝철이에게 손을 내밀었다. 꽝철이는 그 손을 물끄러미 쳐다보다가 찰싹 하고 쳐냈다. 털이 북슬북슬 자라난 커다란 도깨비 손이라지만 신경질적으로 밀어내는 힘에 빨갛게 부어올랐다. 꽝철이를 달래거나 힘을 북돋아 줄 만한 말을 해도 모두 소용이 없어 보였다. 뿔이 잔뜩 난 독지네는 승자가 베푸는 너그러운 아량을 받아 줄 만큼 순박한 요괴가 아니었다.

"젠장!"

꽝철이가 제 성질을 참지 못하고 온몸에서 녹색 불길을 피워 올렸다.

불길을 따라 피부에 닿기만 해도 즉사하고 마는 치명적인 맹독이 함께 분출됐다. 그 독이 녹아든 불이 머리 위를 덮고, 두 눈과 귀, 코, 입의 칠공을 가득 메우니 불 도깨비 같은 괴악한 형상이었다.

두 팔과 다리가 수십 개로 늘어나 지네의 발처럼 화하고 몸통이 길어져 절지가 되니 이건 필시 인간으로 둔갑한 술수를 풀고 본래의 모습으로 돌아가려는 시도였다. 꽝철이가 본래의 모습으로 돌아가려는 이유는 안 봐도 뻔하다. 씨름에서 졌으니 억지로라도 소를 납치하여 한산뫼로 끌고 가려는 심산인 것이다.

꽝철이가 세 장도 넘는 커다란 지네의 모습이 되었다. 갈라진 턱을 쩌억 벌리고 소의 뒷덜미를 낚아채기 위해 재빠르게 움직였다. 소는 지네를 피하지 않고 자리에 우두커니 섰다. 대신 두 손바닥을 활짝 피고 꽝철이의 공격을 정면에서 맞섰다. 그러자 신기한 일이 벌어졌다.

아무리 도깨비라 해도 독을 뿜어내는 요괴를 맨손으로 상대하긴 적이 힘들진대, 소는 여유로운 표정으로 지네의 날카로운 턱을 막았다. 힘 하나 들이지 않고 요괴를 제압하자 꽝철이의 검은 눈동자가 번들거렸다. 독기가 잔뜩 오른 침을 발사하며 소를 공격해 보아도 소는 두꺼운 갑옷을 입은 장군처럼 수백 발의 침을 모두 튕겨 내었다. 소는 당황한 꽝철이에게 으르렁, 목을 울리면서 을렀다.

"도깨비가 씨름 대결에서 이기면 상대는 꼼짝할 수 없는 제약이 발동된다. 네놈이 패배를 인정하기 전까지 어떤 술수를 부려도 내 몸에는 상처 하나 내지 못한다."

그 말을 듣고 꽝철이는 발악하듯 온몸을 흔들었다. 사방으로 독침이 튀고 날카로운 다리가 흔들리면서 소의 몸을 난도질했다. 하지만 소가 장담한 것처럼 기다란 몸을 빙글빙글 돌리며 공격을 가해도 독침은 소를 털끝 하나 건드리지 못했다. 날카로운 발톱으로 아무리 할퀴어도 살가죽에 생채기 하나 만들지를 못한다. 이건 단순히 공격을 막아 내는 것이 아니라 공격 자체가 소에게 먹혀들지 않음이다.

일각 동안 온 난리를 부리며 소를 납치하려 갖은 수를 다 동원했던 꽝철이는 제풀에 꺾여 지쳤다. 더 이상 사방에 뿌릴 독침도 남지 않고 바짝 말라 버린 꽝철이는 본래의 모습을 스멀스멀 거두고 인간의 형상으로 둔갑했다. 식은땀을 비 오듯 쏟은 꽝철이 바닥에 엎어져서 거친 숨을 몰아쉬었다. 꽝철이는 소를 똑바로 바라보지도 못한 채 중얼거렸다.

"이해할 수 없다. 대체 고도가 뭐기에 떨어지지 않는 거냐. 그깟 도사 하나 때문에 왕국을 버린 네놈을 이해할 수 없다."

소는 으르렁거리는 꽝철이를 내려다보았다. 그 눈빛이 참으로 서글퍼 보였다. 도깨비의 동공 없는 새파란 눈알이 물기 때문에 더 푸르게 보이는 듯했다.

"져 놓고도 그게 그리 궁금하느냐?"

"말해라. 네가 가지 못하는 이유, 네가 고도 곁에 있어야만 하는 이유를 말해라. 너와 정당하게 씨름을 치르고 진 나라면 그 정도 대답은 들을 수 있지 않느냐."

"강문이 내린 저주 때문이다. 강문이 우리의 죄업으로 지목한 것은 '세상을 혼란하게 한 죄'다."

"뭐?"

"누가 그 고약한 도사 놈이랑 떨어지기 싫어서 떨어지지 않느냔 말이야. 나도 벗어나고 싶지만 그게 안 돼. 내가 떨어져나가려 하면 고도의 숨통이 조일 거다. 강문을 찾아 처리하지 않으면, 내가 그에게서 벗어나려고 마음먹은 순간에 고도는 도깨비불에 지져진단 말이야."

"하, 하지만, 네놈과 고도가 신선들 사는 곳에선 떨어져 있었잖으냐."

"그건 어쩌다 그렇게 된 거지, 내가 마음먹고 고도에게서 벗어나려 한 것이 아니다. 마음먹으면 큰일이 난대도. 그러니 나는 널 따라 한산뫼로 갈 수 없다. 그렇게 마음먹을 수가 없어."

꽝철이는 헛바람을 삼키고 아무런 숨도 내쉬지 못했다. 꽝철이는 충격을 받았다. 인간 하나가 무려 도깨비 우두머리와 세상 최고의 도력을 가진 환영도사를 동시에 묶었다는 말을 믿을 수가 없었다. 강문은 아무리 잘 봐줘 봤자 선인이라고 일컬어지는 승려일 뿐인데, 아무리 법력이 강력해도 도사와 도깨비를 동시에 묶어 두는 것이 가능하단 말인가.

"강문이란 자의 법력이 그렇게 강해? 너와 환영도사를 읽어 낼 만큼?"

"흐음. 강하다기보다는 기회를 잘 이용해서 나와 고도를 구워 삶아먹은 거지."

"무슨 기회?"

"나를 씨름으로 이겼거든. 고도는 가족으로 잘 구슬려 버렸고. 우리 둘 다 약점이 잡힌 셈이다. 강문을 이기지 못하는 제약이 걸려서 쉽지 않은 셈이야."

불지네 꽝철이도 이기지 못한 씨름으로 도깨비 왕을 넘어트리다니. 도대체 어떤 인간이 도깨비를 상대로 그리도 강한 면모를 보이나 싶어 얼떨떨한 기분마저 들었다. 소는 그런 꽝철이에게 무엇을 더 말해 주어야 하나, 알지를 못했다. 단순 무식한 도깨비에게 이런 복잡한 감정은 스스로 이해할 수 있는 범주를 넘는 것이다. 소는 펑, 소리를 내어 도깨비불로 변했다. 파란 불꽃은 꽝철이 주변을 빙글빙글 돌더니 서글프게 말했다.

"고도에게 강문은 철천지원수 같은 놈. 내게는 씨름을 이긴 위대한 인간인 셈. 둘이 합심하면 이번엔 강문을 이길 수 있으려나 궁금하지만, 또 질 수도 있겠지. 두 번 지면 어떻게 되려나. 이번엔 고도가 죽을지도 모르겠네. 아차차, 그건 오히려 고도에게 이득인가? 차라리 강문이 고도의 도력을 빼앗아 갈지도 모르겠군. 영원히 늙지도 죽지도 못하면서 도술도 쓰지 못하는 고도라. 아이고, 생각만 해도 끔찍하네, 그려."

소는 꽝철이가 알아들었길 바라는 마음에 그의 머리 위를 빙글빙글 돌았다. 꽝철이는 머리가 복잡하여 더는 소를 붙잡고 물어볼 말이 없었다. 참담한 꽝철이의 표정을 확인한 소가 마지막으로 말했다.

"때가 되면 내가 직접 돌아가겠다. 불지네야. 그러니 그동안 나와 고도의 사정을 생각하여 모른 척해 주면 안 되겠느냐."

소의 목소리가 흐릿해졌다.

"둘 중 하나는 반드시 죽을 테니, 오랜 세월 친우로 보듬어 온 우리가 서로를 떠나보내는 순간만큼은 함께할 수 있도록 해주어라."

소는 두 말 않고 허공으로 날아올라 먼 산 쪽으로 사라졌다. 꽝철이는 힘없이 몸을 구부렸다.

"죽긴 누가 죽는단 거야. 정말로 둘 중 하나가 죽을 일이라면."

몇 번 말없이 입술을 달싹인 꽝철이가 머리를 긁었다. 절로 한숨이 나와 손으로 흙바닥만 벅벅 파기만 했다.

"그건 도깨비인 네가 아니라 인간인 고도겠지. 네놈은 고도를 저승길까지 손잡고 같이 가줄 생각이구나, 에휴."

객사로 돌아온 청사는 방문을 열자마자 고도를 끌어안고 발라당 드러누웠다. 청사는 손을 움직여 고도의 옷 속을 파고들었다. 고도의 판판한 배에 올렸다. 손바닥 너머에서 따끈하게 잡히는 살집 없는 아랫배가 말랑말랑 거려서 기분이 좋았다. 실은 바지춤 안쪽까지 손을 넣어서 배보다 더 말랑거리지만 계속 만지다보면 조금씩 단단해지는 것을 만지고 싶었다. 그 욕구를 애써 참은 이유는 고도가 순순히 제 살을 만져도 내버려 두는 분위기가 바뀌는 것이 싫어서였다. 오늘은 아랫배에 만족하기로 했다.

"고도야, 너는 왜 이렇게 살갗이 말랑말랑하냐. 부드럽고 고와서 손과 입을 뗄 수가 없다."

고도는 크게 거부 반응을 보이지 않고 순순히 대답했다.

"네가 지금 눈이 멀어서 그렇지. 내 몸이 그렇게 부드럽다고 생각해 본 적은 없어."

"내가 네게 눈이 멀었다는 소리야? 맞는 거 같네."

"이젠 무슨 말을 해도 못 알아들으니, 원."

키득거리며 웃음을 참은 청사는 고개를 내렸다. 손으로 뱃살을 만지면서 쇄골 근처를 쪽쪽 빨았다. 고도가 그제야 몸을 뒤로 빼면서 하지 말라고 머리를 밀어냈지만 청사는 입을 떼면 아쉬울 것 같아 끈덕지게 붙어서 목부근에 입술 자국을 잔뜩 남겨 버렸다.

"뜨거운 시루떡 운운할 땐 뭔 잡소린가 싶었는데 이젠 이해된다. 넌 정말 맛좋은 떡이야."

"그만해라. 부끄럽지도 않으냐."

"뭐가 부끄러워. 이 백설기 같은 도사야."

"그건 네 입맛이 어린애 같아서고. 그만 빨고 자라. 밤이 늦었다."

"그 말 진짜 듣기 좋다. 한 번만 더 해주라."

"뭘 말이냐."

"빨라는 거. 아, 진짜 좋은 거 같아. 다음엔 네 입으로 '빨아줘'라고 말해 보면 안 될까. 흥분해서 자제 못 할지도 모르겠어."

"날이 갈수록 네 성벽이 심해지는구나."

"이런 건 정상이야. 너도 노력한다고 말한 부분이잖아."

"노력과 실제 행위는 상당한 차이가 있군. 그래, 이제야 알았어."

"이제 와서 모른 척하기는. 난 그래도 계속 할 거다. 사랑하는 사람이랑 이것저것 하고 싶은 걸 상상하는 게 뭐가 이상하겠어."

고도가 옷고름을 여미기 전에 한 번 더 목가를 깨문 청사는 베개에 머리를 편히 누웠다. 고도가 이불을 덮어 주자 청사는 고도의 허리를 끌어안은 채로 깊은 잠에 빠졌다. 화롯불로 방을 데우지도 못했는데 눈 깜짝할 사이에 잠이 든 청사를 보고 고도는 씁쓸한 입맛을 다셨다. 어제는 '빨고 싶다'는 걸 거부했다가 토라져서 밤을 샜고, 오늘은 꽃님이네다 뭐다 하며 새벽까지 돌아다녀 자는 시간을 놓친 탓에 이틀간의 피로가 축적된 청사는 기절하듯 잠이 들었다.

고도는 청사의 볼을 슬며시 손끝으로 더듬어 보았다. 청사가 좋지만 그 좋아하는 마음 한편에 있는 불안함을 잠재울 수는 없었다.

남의 기분을 신경 쓰고 사정을 생각해야 하는 것만큼 귀찮고 번거로운 일이 없거늘. 하물며 하루 온종일 붙어 다니는 일행과는 사소한 것으로도 기분이 상해 싸우기 십상이다. 그런 점이 싫어서 소와 미호, 꽝철이에게는 어느 정도 거리를 두고 지냈다. 부딪히지 않으려고 하루 중 일정 시간은 따로 행동할 정도였다. 한데 청사만큼은 예외다. 청사 쪽에서 떨어지는 걸 싫어하고, 또 싸우는 한이 있더라도 자신의 마음을 솔직하게 표현하기 때문에 고도 역시 청사와 맞물리는 시간과 감정에 익숙해지고 있었다. 이렇게 편해지고 애틋한 마음이 커지는 걸 그저 좋게 바라볼 수 있는 걸까.

고도는 천천히 청사의 손을 풀었다. 몸을 뒤척이는가 싶던 청사는 다행히 눈을 뜨지 않았다. 고도는 그 틈에 슬그머니 몸을 일으켰다. 새근새근, 고른 숨을 내쉬며 깊이 잠든 청사는 고도가 방문을 열자 차가운 바닷바람을 느끼고 살짝 눈가를 찌푸렸다. 하지만 반대로 돌아누워 다시 깊게 숨을 내뱉는다. 고도는 청사가 깨지 않도록 조심스럽게 문을 닫고 마당에 섰다.

인시가 반경 전에 지났음에도 한밤중처럼 컴컴한 하늘엔 달이 떠 있었다. 서산으로 넘을락 말락 어중간한 위치에 걸려서 사람을 약 올리는 양, 아침이 못 오도록 버티고 있는 듯했다. 고도는 그 달을 올려다보며 한숨을 푹 내쉬는 이를 발견했다. 쭈그려 앉은 사내의 등판이 눈에 들어왔다. 고도가 청사와 함께 방에 들어간 사이에 객사에 도착한 듯 짚신 바닥에 묻은 흙먼지가 그대로 달라붙어 있었다. 떡 벌어진 어깨하며 한쪽으로 쏠린 쑥대머리의 뒤통수가 그리 낯설지 않았다. 고도는 그에게 다가가며 친숙한 이름을 불렀다.

"꽝철이."

아니나 다를까, 쭈그려 앉아 있던 꽝철이가 슬며시 등 뒤로 고개를 돌린다. 무릎을 끌어안은 소심한 자세다. 나쁘게 말하면 무식하고, 좋게 말하면 뒤끝 없이 단순한 꽝철이가 이토록 시무룩한 모습은 낯설게 보였다. 고도가 고개를 갸웃하며 뚫어져라 쳐다보면 부끄럽거나 민망해서 확 소리를 지르기 일쑨데 버림받은 강아지처럼 기운이 없으니 참으로 이상했다. 꽝철이는 고도가 묻기도 전에 먼저 말했다.

"졌어."

고도가 반대편 방향으로 한 번 더 고개를 갸웃하자 구체적인 대답이 이어진다.

"도깨비랑 씨름 대결을 했는데 내가 졌어."

"당연한 걸 가지고 그렇게 실망한 게냐."

"아씨, 이겨야 했단 말이야."

"이기라고 약점도 알려 줬건만, 네 실력이 모자랐나 보다."

"너까지 놀릴 거냐, 망할 도사 놈."

"소를 상대로 씨름에서 이기려 하는 건 네가 도깨비 우두머리가 되겠다고 우기는 거랑 비등한 거지. 너무 낙심하지 마라. 나도 소를 상대로 씨름은 못 이기거든. 이길 자신도 없고."

"젠장, 제길, 망할, 염병할."

정말로 분한 나머지 꽝철이는 무릎 사이에 고개를 묻었다. 어디서 그런 욕을 쏟아 뱉느냐고 고도에게 뒤통수를 딱 소리 나게 얻어맞았지만, 고개를 들지 않았다. 눈에 띄게 좌절한 모습이었다. 자존심 문제가 아닌 듯했다. 제 성질을 못 이겨 분해하는 것도 아니다. 씨름 대결에서 패배해서 무언가를 잃은 나머지 크게 낙심한 게다. 고도는 처음 보는 꽝철이의 모습에서 눈을 떼지 못했다. 위로를 하거나 기운을 북돋아 주어 봤자, 울음을 터뜨리고 싶은 표정이 밝아질 것 같지 않다.

한참이나 욕을 곱씹던 꽝철이 입을 다문다. 그는 눈에 띄게 시무룩한 표정으로 하염없이 발끝만 쳐다봤다.

"지우들의 약속을 못 지키게 됐어."

"약속은 본디 어기라고 있는 것이다."

"……우아, 너 방금 그거 엄청 악당 같았어."

"호오. 약속은 하찮은 것. 쓰레기처럼 던져버려야 제 맛이지."

"칭찬한 거 아니니까 흐뭇해하지 마. 그리고 더한 못된 말 지어 내지 말고."

"악당 함부로 욕하지 마라. 넌 언제 그들만큼 유명한 적 있었더냐."

"이래 봬도 나는 한산뫼 전설로 통하는 악동 꽝철이다!"

"그렇네. 네가 그 유명한 악당이구나. 갑자기 네가 부러워졌다. 내 악명이 아직 네게 미치질 못하니. 조금 더 약속이란 놈을 구깃구깃 접어서 저 멀리 던져버려야겠다. 그리하면 나도 네 악명 끝자락에 닿을 수 있을는지."

"그런 유명세 부러워하지 말고! 아, 내 얘기 들어 줄 마음은 있는
거야?"

"뚫려 있는 게 바로 귀로다. 내 의지가 아니라도 네 얘기는 다 듣게 되
어 있으니 걱정 말도록."

고도를 허망하게 바라보던 꽝철이는 고도를 이해하기를 포기했다. 맞
장구를 쳐주다간 대화가 산으로 가리다. 경험에서 우러나온 확신이다.

"있지, 고도야. 난 땅속에서 홀로 지내느라 정말 외로웠단다. 너는 그
기분 알지?"

꽝철이는 붉게 변한 눈가를 가렸다. 가슴 밑에 몰래 숨기고 있던 나약
한 심정이 그 순간 빠끔히 고개를 내민 듯했다. 이런 얘기를 떠드는 스스
로가 부끄러운 모양새다. 고도와 눈도 못 마주치면서 조그마한 욕설까지
뱉었다.

"젠장. 나 이런 얘기 잘 안 하는데…… 너니까 하는 거다."

여기 청사만큼 마음 여린 남성이 또 있었네. 요즘 시대가 많이 변해서
남성들도 이토록 자유롭게 감정을 쏟아 내게 되었는지 이제 슬슬 궁금해
지는 고도였다. 자고로 유교의 덕목이란 마음도 입장도 중도를 지키는
것이거늘, 그런 교리를 모르는 존재들이라서 이렇게 속마음을 밝히는 데
에 자유분방한지도 모르겠다.

"소녀네, 소녀야."

고도가 작게 중얼거리는 소리를 꽝철이는 듣지 못했다. 야비하게 찢어
진 눈이며 쑥대머리를 보면 일반적으로 전해지는 '소녀'와 대척점에 서
있는 외형이다만, 고도는 그런 꽝철이를 불면 날아갈까 만지면 부서질까
아련하게 바라봤다.

"한산뫼 도깨비들은 내 유일한 벗이야. 인간인 네가 보기에 이기적인

요괴가 무슨 친구를 사귀냐고 놀릴지도 몰라. 나도 도깨비들을 만나기 전까지 그렇게 생각했어. 그렇지만 그들과 같이 있으면 기뻐. 행복해. 내가 자격지심에 가득 찬 이무기가 아니라, 벗을 위해서 무엇이든 다 해주고 싶은 착한 인간이라도 된 것 같아. 나도 지우들을 행복하게 해주고 싶어서 그들의 왕을 데려가고 싶은 거야. 내가 오지랖 넓게 쓸데없는 짓을 하는 거야? 너도 그렇게 생각해?"

시선을 피하던 꽝철이가 고개를 발딱 들었다. 붉게 충혈된 눈으로 고도를 열혈하게 쳐다보는 것이 고도에게서 동감의 대답을 바라는 얼굴이다. 씩씩하게 자기 주관대로 고집을 부리는 불지네가 혼란스러운 얼굴로 자문을 구하는 꼴이었다. 고도는 그 익숙하지 않은 모습에 알 듯 모를 듯한 표정을 지었다.

요괴가 외로움을 느낀다. 그것은 인간이 태어나 누구와도 접점을 갖지 않고 홀로 평생을 살 수 있다는 말처럼 이치에 맞지 않는 소리로 들렸다. 사람이란 본디 다른 사람과 부대끼며 무리를 지어 살아가는 동물인지라 외로움과 고독을 견디지 못한다. 그와 반대로 요괴는 무리를 짓기보다 홀로 살며 제멋대로 굴기 일쑤다. 공동체의 질서를 보수적으로 유지하기 위해 애쓰는 인간과 달리 각자의 개성을 중시하는 요괴. 자연의 이치처럼 너무도 당연한 본능과 사상의 차이를 요괴인 꽝철이가 먼저 거부했다. 고독을 느끼지 못해야 정상인 요괴가 어찌 외로움을 깨닫고 친구란 것을 만들었는가.

"외로움이란 인간에게 있어서 영원히 풀지 못할 숙제와 같은 것이라 해결책은 없다. 외로움을 그대로 받아들여야지 극복하려 한다고 될 줄 아느냐."

고도의 대답에 꽝철이는 눈을 동그랗게 떴다. 꽝철이는 소리 없이 입을 벙긋거리다 끝내 더듬거리며 말했다.

"외로움이 당연하다고?"

"그래."

"무슨 소린지 모르겠어."

"그러게 왜 요괴 주제에 잘 알지도 못하는 인간의 감정을 깨달은 게 냐. 이무기는 홀로 하천과 개울, 산과 들을 자신의 터로 삼는 종족이라, 외로움의 외자만 들어도 그게 뭐냐고 쳐다봐야 정상이란 말이다."

"네 말은 꼭 외로움이 인간만 느끼는 고유한 감정이라는 소리로 들린다."

"외롭다는 것은 세상 누구도 너를 너 자신만큼 이해할 수 없는데 어느 누군가는 혹시 공감해 주고 이해해 주지 않을까, 그런 기대를 하며 짝을 찾기에 생기는 감정이다. 없으면 마음 한 귀퉁이가 빈 것 같고, 있으면 가득 차 있는 것이지. 외부에 의존하는 감정이란 뜻이다. 그러니 요괴들은 어울리지 않아서 잘 모르는 종류다."

요괴는 요괴들끼리 교류를 하지 않는 습성이 있다. 짝짓기 외에는 동족과 어울려 지낼 필요가 없기 때문이다. 꽝철이는 종족상 몰라도 되는 감정을 알게 된 것이나 다름없다. 고도가 생각하기에 유일하게 인간의 마음을 이해하는 요괴는 구미호뿐이다. 그들은 사랑이 무엇인지 안다. 하나, 외로움은 모른다. 고독이란 건 인간의 마음에서 피어난 가장 불친절한 감정이다. 꽝철이는 쓸모없는 감정을 깨달은 세상에서 가장 불쌍한 요괴로 보였다.

고도는 꽝철이에게 손을 뻗었다. 혼란으로 엉망이 된 얼굴을 두 손으로 단단하게 붙잡았다. 고도의 행동에 꽝철이가 당혹스러움을 느끼던 것도 잠시였다. 두 볼을 감싼 고도의 손이 생각보다 따뜻하다는 걸 깨닫고는 조금씩 표정이 누그러졌다. 그 섬세한 변화를 포착한 고도의 눈에는 측은함이 더해졌다. 꽝철이는 이미 다른 이의 온기를 깨달은 상태다. 이래선 평생 외로움과 전쟁을 선포한 것이나 다름이 없다.

"꽝철아. 네놈은 어떻게 인간의 감정을 아는 걸까."

"고도야. 너는 이상한 편견을 가지고 있는 것 같아. 외로움. 그건 그냥 단어일 뿐이야. 중요한 건 그 단어로 맺어진 관계지. 너도 알다시피 관계 라는 건 인간과 요괴를 구별하지 않아."

"네놈은 요괴일 뿐이다. 사람과는 달리 누군가와 관계를 맺어서 기쁘 거나 슬프다는 감정을 배우지 않아도 돼. 너희는 무리나 군집을 이루지 않고 오롯이 단일 개체로서 살아가지 않더냐."

"그것도 이상한 편견이야. 요괴가 관계를 맺는 게 뭐가 어때서? 내가 다른 요괴들에 비해 유별나 보일 수는 있는데, 네 식대로 요괴를 정의해 서 일반화하고는 나를 이상한 것 취급하니까 그건 좀 기분 나쁘잖아."

"네가 이상한 거 맞다."

"얌마."

"요괴가 인간이랑 똑같다고 하지 마라. 그러면 내가 여태껏 해온 것들 에 자괴감이 들어서 죽고 싶은 심정이 될 수도 있다. 이 죽통에 가둔 요 괴가 인간과 다르지 않다면, 난 지금 구천 명도 넘는 인간을 감금하고 살 인한 셈이다."

"……뭐야. 순 못돼 처먹은 도산 줄 알았는데 죄책감 같은 것도 느끼 고 있었네."

"요괴가 인간과 다르면 자책하지 않아도 되지. 그러니 네놈은 어디 가 서 외롭다는 영양가 없는 소리 하지 마."

한참이나 고도를 빤히 바라보던 꽝철이는 자리를 털고 일어났다. 처음 의 우울함은 많이 가셨지만 기운이 없는 표정은 여전하다. 꽝철이가 아 무 말도 않고 산길로 통하는 좁은 오솔길로 향하자 고도가 바로 불러 세 웠다.

"어딜 가는 거냐."

"머리 좀 정리하려고."

"네놈이 정리할 머리가 어디 있다고."

"아, 너 아까부터 자꾸 나 무시하는데 그러는 거 아니다, 정말! 나도 집에 돌아가야 할 거 아냐. 언제쯤 떠나는 게 좋을지 생각 좀 하자."

꽝철이가 여태껏 고도를 따라다닌 이유는 오로지 도깨비 소 때문이었다. 이젠 소를 만나 필요한 이야기를 나누었으니 더는 고도와 함께 움직일 필요가 없다. 이별을 예정한 동행이었기에 인제 와서 아쉽다는 말을 할 수 없다. 그러나 든 자리는 몰라도 난 자리는 안다고, 고도는 벌써부터 허전함과 섭섭함이 밀려들었다.

"소는."

고도는 걸음을 멈칫하는 꽝철이의 뒤통수에 대고 말했다.

"소는 조만간 돌려보내마. 꼭 돌려보낼게. 그러니 친구들에게 너무 미안해 마라."

"둘이 헤어지려면 강문이란 법사를 처리해야 한다고 들었는데."

"처리하면 되지."

"그게 말처럼 쉬우면 너희가 죄로 엮여서 함께 수년을 다니고 있겠느냐."

"못할 것은 아니다. 가능한 일이지만 어렵다 뿐. 이렇게 강문의 흔적도 제대로 찾았는데 이지러진 일을 바로잡아야 하지 않겠느냐."

"소는 그게 어려운 일인 것처럼 말했어."

"어렵지. 하나 어려워야 재밌지 않겠누. 편하고 쉬운 것만 찾다간 지겨워서 온몸이 꼬일 거야."

히죽 웃는 고도에게 꽝철이는 퉁 맞은 아이처럼 입술을 삐쭉이고는 지네의 모습으로 변해 땅속으로 들어갔다. 단단히 닫혀 있던 땅이 지네의 침입으로 흔들렸다. 독침이 날카롭게 솟은 꼬리가 모습을 감추자 땅은 떨림이 멎고 잠잠해졌다. 고도는 담벼락에 머리를 기댔다. 떠날 것을 예상했던 이가 본래의 자기로 돌아가겠다는데 섭섭해하는 것도 이상하다. 예정된 이별이지 않나.

"예정된 이별이라."

고도는 하늘을 올려다봤다. 청사의 머리카락처럼 푸르른 아침 하늘이 시야 가득 펼쳐졌다. 낮에는 그의 눈을 닮은 색이, 밤에는 머리카락을 닮은 색이 한시도 고도를 놔주지 않는다. 고도는 이 세상 어딜 가도 청사가 곁에 있다는 기분에 슬픈 듯 웃었다. 둘이 있는 게 익숙해져서 미안하다. 청사에게는 이 끝없는 미안함을 어찌 표현해야 할지 몰라 결국 눈을 감았다. 밤낮을 가리지 않고 함께 있는 듯한 그 기분은 사실,

이렇게 눈을 감는 것만으로도 쉽게 분리되고 말았다.

꽝철이를 보내 놓고 한참이나 실마루에 걸터앉은 고도는 딱 세물전 영감 같은 모습이었다. 느긋하게 서산 너머로 기우는 달이나 보면서 파랑 높은 해변을 바라보고 있었다. 계절에도, 시간대에도 뭐 하나 어울리지 않는 그 괴이쩍은 느긋함으로 풍광만 바라봤다. 그런 고도가 옷을 털고 일어났다. 그는 부적을 휘둘러 눈 깜짝할 사이에 자리를 옮겼다.

고도가 나타난 곳은 객정 뒤편의 산이었다. 깎아지듯 날카로운 절벽은 해변에서 올려다보면 호랑이가 입을 벌리고 있는 모양새다. 그 기백과 위엄이 과히 섬뜩한 두려움을 느끼게 하는데, 정작 절벽에 올라보면 호랑이의 느낌은 느낄 수 없다.

주변이 온통 배롱나무 천지인지라, 늦여름이 되면 나무에서 피어날 백일홍으로 장관을 이룰 것이다. 고색창연한 나무 사이로는 바다가 넘실거렸다. 낮이었으면 쪽빛 물결의 향연에 멋과 풍류를 찾게 될 풍경이다. 하나 고도가 절벽을 찾은 시간은 동 트기 직전의 새벽인지라 바다는 요괴의 아가리 속만큼 검고 어두웠다. 그 모습이 제법 불길하게만 보였다.

　"그래. 강문, 이 지루한 술래잡기도 이제 슬슬 끝내자꾸나. 너와 얽힌 존재들이 이 이상 괴로워하는 꼴을 보기가 힘드니."

　고도는 눈을 감고 주변의 분위기에 몸의 흐름을 맡겼다. '귀신을 쫓는 나무'로 유명한 배롱나무가 도처에 심어져 있어서 그러한가. 절벽 주변은 자연스레 부정한 것에 오염되지 않았다. 신통하고 영험한 기운이 절벽을 보호하고 감싸는 형태였다. 따로 부적을 꺼내 사방에 진을 치고 주변을 삿된 것으로부터 정화할 필요가 없을 정도였다.

　배롱나무 덕분에 번거로움을 덜었다는 고도는 보호진을 건너뛰고 바로 술법을 전개했다. 부적을 꺼내 바닥에 펼쳤다. 거센 바닷바람에 금방이라도 날아갈 듯 사납게 펄럭거렸는데 신통하게도 얇은 종잇장들이 바람에 휘날리는 일은 없었다. 고도는 앞니로 손가락을 물어뜯어 부적 위로 피를 뚝뚝 흘러내렸다. 붉게 변한 종이에 입을 대고 입김을 후우 불어넣자 파랑이 인 바람에도 꼼짝 않던 부적들이 갑자기 몸부림을 치듯 사납게 날뛰었다.

　까무러치듯 고도 주변을 펄쩍펄쩍 뛰는 부적으로부터 바다 안개처럼 뿌연 구름이 흘러나왔다. 구름은 순식간에 절벽 앞을 감쌌다. 하늘 위에 떠 있어야 할 놈들이 절벽을 하얗게 수놓은 것도 기이할진대, 그 속에선 금색 날개를 가진 학이 열 마리나 하늘로 날아오르니 혹 범인이 이 풍경을 보면 눈을 비비고 비명을 질렀으리라. 짧은 운학의 향연이 멎자마자 구름은 양옆으로 갈라졌다.

구름 속에서는 학보다 수십 배는 커다란 짐승이 걸어 나왔다. 커다란 황소의 몸뚱어리에 사자의 머리를 가진 짐승은 구름으로 이루어진 꼬리가 특별한 짐승이었다. 그것은 얼마 전에 만난 기린처럼 신수라고 불리는 백택白澤이었다. 눈이 여덟 개나 있어서 제법 기이한 몰골이지만, 보는 것만으로도 상서로운 느낌은 기린 못지않았다. 지혜롭고 총명하여 천지간에 있는 귀신들의 일을 모두 알고 있는 게 특징이다. 이 나라에서 백택의 형상은 왕자나 군의 흉배 혹은 의장기인 백택기에서만 볼 수 있다. 그만큼 백택은 민가에서 함부로 쓸 수 없는 문양인데, 이는 백택의 지혜가 군주에게 영향을 미쳐 나라를 올바른 길로 이끈 역사가 많기 때문이다.

군신민의 대접을 한 몸에 받는 백택은 그 지혜로움에 어울리지 않는 멍청한 표정을 짓고 있었다. 여덟 개의 눈동자가 각기 다른 방향으로 굴러다니며 고도를 살폈다. 고도의 머리카락, 젊은 얼굴, 싸구려 천으로 만든 검은 두루마기 그리고 이상한 죽통과 검까지. 고도의 특색이랄 수 있는 부분을 면면히 살핀 백택은 어디서도 본 적 없는 특이한 차림새에 영당황하는 기색이었다.

「날 부른 것이 그대인가.」

백택은 한낱 나라가 아닌 세상의 이치를 다스리는 존재. 그리고 만물을 이해한 이. 날 때부터 하늘의 소리를 듣고 땅의 마음을 알고 물의 의지를 따른 존재를 어찌 다른 성수와 비교할 수 있겠나. 고도는 자신의 어깨를 압도하는 무게감에 전에 없이 긴장했다. 세상을 대표하는 지혜가 제게 말을 건네는 것만으로도 이렇게 피지배자로서의 기분을 느끼게 하는데 과연 그에게 원하는 것을 요구할 수 있을는지. 고도는 자신이 옳은 일을 하는지조차 의심하게 되는 백택의 존재 앞에서 자연스럽게 고개를 숙였다. 하나 그 고갯짓은 복종의 의미가 아니었다.

"만나서 반갑다."

백택은 구름꼬리를 살랑살랑 흔들었다. 저를 보고도 떨지 않는 배포를 속으로 칭찬하고 있는 게 분명했다. 백택의 눈에 고도의 외향은 수상하기 그지없지만 특유의 뻔뻔함은 싫지 않은 눈치였다.

「그대는 어느 나라 황제인가.」

"저런, 못된 짐승이로다. 지금 사람도 가려 만나려고 내 지위를 묻는 건가."

「나는 대대로 나라의 통치자와만 만나 왔다. 평범한 인간은 나를 불러내지도, 내 모습을 보지도, 내 목소리를 듣지도 못한다.」

"그렇다면 나를 만난 지금을 그대 생의 최고의 영광으로 알라. 호아제는 항산의 해변에서 그대를 우연히 만났지만 나는 그대를 직접 불러낸 대단한 인간이지 않나."

오호라. 호아제를 직접 거론할 정도면 학식도 두루 갖춘 인간이로다. 더하여 그의 말마따나 우연한 만남보다 필연적 만남은 그만한 노력과 능력이 필요하지 않은가.

백택은 고도에게 가까이 다가와 그의 앞에 엉덩이를 붙이고 앉았다. 그 행동이 마치 덩치만 커다란 개와 같다. 상대를 매섭게 의심하는 대신 잔정을 표하는 것이 친해지면 혀를 내밀어 얼굴을 핥을 듯만 하다. 첫 만남치고는 나쁘지 않은 호의와 호기심에 고도는 비로소 어깨에서 힘을 풀 수 있었다.

「어언 이유로 나를 불러냈는가.」

고도는 백택이 꼬리를 살랑살랑 흔들 때마다 구름이 조각처럼 떨어져 나와 눈앞에서 흩어지는 신비한 광경을 보게 되었다. 금빛 학과 함께 구름이 걷혔는데도 아직 주변이 희뿌연 이유는 백택을 감싼 상서로운 기운 때문이다. 그 기운이 구름과 같은 형태로 고도를 감싸고 있었다. 고도는 구름 꼬리에 잠시 시선을 빼앗겼지만 이내 백택을 똑바로 바라봤다. 비록 여덟 개의 눈동자 어디를 쳐다봐야 할지 몰라서 제일 윗부분부터 차례로 훑어야 하는 수고가 필요했다만.

"시시비비를 가릴 수 있는 그대의 총명함이 필요하다."

음, 하고 목 안을 울린 백택이 신중하게 묻는다.

「나라의 존망이 걸린 문제인가.」

"자매의 우애가 걸린 문제인데."

「……음. 내가 뭔가를 잘못 들은 듯한데.」

"아주 명확하게 잘 들었다. 자매의 우애다. 세상에서 가장 존귀하여 지켜 줘야만 하는 여인네들의 믿음 말이다."

백택은 이 어이없는 사실에 어찌 반응을 해야 하나, 난감하기 그지없었다. 세상살이를 돌보는 것만으로도 바쁜 자신이 인간들의 정까지 관여해야 하는가. 고도가 아무리 마음에 들었다 해도 사사로운 것까지 도와줄 만큼 아량을 베풀 생각은 없었다. 백택이 군주가 아닌 신민에게 힘을 빌려 주면 너무도 많은 인간이 그와 같은 지혜를 바라게 될 테니, 자연의 질서가 어지러워지는 것은 원치 않았다.

「민가의 사정에 관여할 만큼 한가롭지 않다. 다른 신수에게 부탁해도 마찬가지의 답변만 돌아올 것이다.」

"물론이다. 부탁을 들어주는 것은 그대의 뜻에 달려 있다. 난 그대의 의견을 강요하지 않는다. 하지만 그렇게 돌아서기 전에 내 얘기를 들어 봐줬으면 좋겠군."

백택은 구름 속으로 사라지기 전에 마지막으로 고도를 돌아봤다. 백택은 지난날 자신을 불러왔던 인간들을 떠올려 보았다. 그들은 모두 일국의 지배자이고 통치자였다. 고도처럼 비렁뱅이 차림으로 산산수수화화를 논하는 신선 같은 이는 없었다. 그러자 문득 궁금해지는 것이 생겼다. 어째서 이런 인간이 나라를 다스리지 않는 걸까. 지금까지 만난 그 어떤 군주보다도 이성적이고 냉철하면서도 악한 마음은 없어 보이는 것이 백성을 잘 보살필 것 같은데.

백택은 구름 속으로 사라지려던 걸음을 멈추고 다시 고도에게로 몸을 돌렸다. 고도의 이야기를 들어 주는 것은 양보하기로 했다.

"한 사람의 생애를 베틀에 비유한다면 그 생애를 하나하나 채워 가는 날실과 씨실은 무엇이라 생각하는가. 나는 그것이 사람 간에 쌓이는 인연의 결과라 생각한다."

「암. 맞는 말이나, 그까지 내가 관여를 해야 하는지는 아직 모르겠군.」

"그대의 베틀에서 날실은 각 나라의 군주였고, 씨실은 그 군주를 도와 이룩한 나라 그 자체겠으나 그 군주와 나라를 구성하는 것이 민가라고는 생각하지 않느냐. 그대가 돕는 군주들이 치국평천하기 위해선 민가의 수신제가가 밑바탕이 되어야 한다. 좋은 나라는 군주 하나의 덕으로만 쌓이는 것이 아니다. 좋은 사람들이 만드는 것이다."

「오호라. 내게 설교를 하는 게냐. 이런 인간은 처음 보는구나.」

"그대가 하도 고고하게 군주의 부탁만 들어준다니 얄미워서 그랬지."

「그 설교에 기분이 상해서 내가 그대를 무시하고 그냥 간다는 생각은 안 해봤느냐.」

"백택이? 아하하하, 설마 한낱 인간에게 훈계를 들었다 하여 기분이 틀어질 만큼 자네가 도량이 좁은 신수는 아닐 텐데."

이것이 진정한 병 주고 약 주고 인가. 백택은 저를 혼내면서도 그 신뢰를 보여 주는 고도의 이중적인 태도에 조금 유쾌한 기분이 들었다. 언제나 인간들은 백택 앞에 엎드려서 조언을 구했다. 만약 백택의 존재를 모른 상태에서 우연히 마주쳤다면 뻔뻔하게 '웬 말하는 짐승인고'하며 가볍게 대하긴 했지만, 백택을 알면서도 방정맞게 웃음을 터뜨린 이는 없었다. 한데 이 인간은 백택에게 말도 안 되는 부탁을 하면서 혀를 놀려 설득하려 들지 않는가. 살다 보니 별 인간을 다 본다. 백택은 고도에게 조금 더 다가가 처음처럼 뒷다리를 접어 앉았다. 구름꼬리가 살랑거리는 박자가 아주 유쾌하니 기분이 좋아 보였다.

「군주가 아닌 인간을 돕는 것은 그대가 처음이다. 말해 보거라. 내가 가려야 할 자매의 우애가 걸렸다는 시시비비는 무엇이지?」

지금은 저리 해맑게 웃으면서 말하지만 언제 또 변죽이 끓어서 휙 하고 구름 사이로 도망갈지 모르는 일이다. 고도는 다루기 영 까다로운 백택에게 어떻게 말해야 하나 고민하다 솔직하게 털어놓기로 했다. 세상의 지혜를 상대로 이리저리 짱구를 굴려 봤자 그의 손바닥 안에서 놀아나는 것과 같다.

"한 자매가 있다."

「어느 위대한 집안인고.」

"과메기 덕장을 기가 막히게 운영하는 객정 안주인네지."

「으음.」

"이 마을을 돌아다니며 풍문을 들었더니, 아 글쎄 청어 말리는 솜씨가 기가 막힌 순덕한 객정 안주인이 이 마을 최고라는 미인을 언니로 두고 있는지라. 그 둘은 어미 손이 아닌 할미 손에 길러졌고, 할미는 손녀들이 새살림을 차린 지 얼마 되지 않아 돌아가셨다고 한다. 한데 자매 중 동생 쪽이 그 잘못을 언니에게 돌리고 있구나. 그것이 사실인지 밝혀 달라."

「할멈을 죽인 게 언니의 사주라도 되는 건가.」

"거까진 나도 모르겠고."

「그럼 천수를 다해 죽었을지도 모르는데 시시비비를 밝히는 게 무슨 소용이 있을지 모르겠네.」

"예끼, 요괴가 얽혔으니 그러지. 설령 천수를 다했다고 하더라도, 요괴의 욕심은 끝이 없는지라. 늙은 할멈보다는 소녀에 가까운 생기 가득한 어린 여식들을 더 탐낼지어다. 내버려 두면 두 자매에게 나쁜 일이 미칠 수도 있지."

「고작 요괴에 홀린 인간 한둘의 문제에 내가 개입하라니.」

"고작이 아니다. 아주 큰 문제야. 이 마을의 존망이 걸렸거든."

백택이 귀를 쫑긋했다. 마을의 존망이라는 소리에 고도를 도울 만한 기분이 든 것 같다. 고도는 저도 모르게 히죽 웃고 말았다. 어리둥절한 얼굴로 쳐다보는 백택에게 손을 뻗어 머리를 살살 쓸어 만지며 동네 똥개 취급을 한 고도가 짓궂게 말했다.

"벽구리 마을이란 베틀에 강문이란 자가 고약한 실을 걸었다. 우리가 그걸 해결해 보자. 기왕이면 마음씨 고운 여인도 지켜 주고. 나쁜 사람은 벌을 받아야지. 그게 악당이 할 일이느니라."

이불보를 몸에 말고 뒤척이던 청사가 눈을 떴다. 창호지에 비친 햇살이 참으로 포근해 보여서 손등으로 눈을 비빌 때에도 나른하게 기분이 좋았다. 간만에 꿀맛 같은 잠을 청한 청사는 흐뭇하게 웃으며 옆으로 누웠다. 제 옆에서 새근새근 자고 있을 고도를 찾아 손을 더듬었다. 말랑거리는 아랫배와 가슴을 주무르려고 손끝을 바짝 세웠는데 더듬어지는 건 이불 위 딱딱한 바닥뿐이다. 청사는 고개를 휙 돌렸다. 제 옆이 빈 사실을 확인하자 튕기듯이 자리에서 벌떡 일어났다.

"고도! 또 사라졌어!"

문을 양옆으로 활짝 열고 소리치자 개다리소반에 놓인 삼첩반상을 집어 먹던 고도가 젓가락질을 멈춘다. 달콤한 고추장 양념을 묻힌 황태 요리를 한쪽 볼에 가득 집어넣고 씹다가 청사를 빤히 바라보았다. 청사는 고도가 어디 간 줄만 알고 헐레벌떡 뛰어나왔다가 그대로 굳어 버렸다.

"아, 안녕, 고도. 잘 잤어?"

민망한 헛기침만 쿨럭쿨럭 내뱉었다. 그러면서도 고도의 왼쪽 볼이 빵빵하게 부푼 모양새가 겨울에 도토리를 볼 주머니에 가득 담는 다람쥐처럼 보여서 귀여워 죽을 것만 같았다. 청사가 발그레 얼굴을 붉히는 꼴을 보던 고도는 눈가를 가늘게 접었다. 또 애먼 사람으로 머릿속에 상상의 나래를 펼친 청사의 증증을 향한 말없는 질책이다. 붉은 얼굴로 눈길을 피하는 청사를 향해서 고도는 소반 앞자리를 가리켰다.

"앉아라. 아침 먹자."

하지만 청사는 고도의 맞은편 대신 옆자리에 앉았다. 황태포를 되새김질하던 고도는 제 앞에 불쑥 내민 비단 끈을 보았다. 누구의 작품인지 안 봐도 알 법한 어설픈 자수가 놓인 청색 비단 끈이다. 미호가 선물했던 것을 아직도 가지고 있던 모양이다.

"머리 묶어 줘."

고도는 과거 시험 문제를 봤을 때보다 더 난해한 표정을 지었다. "어서"하고 손에 쥐어 주는 비단 끈을 한동안 바라보던 고도가 몹시 심각한 얼굴로 말했다.

"정교함을 요구하는 일에 내 손은 적합하지 않다."

"뭔 헛소리야. 그냥 손가락으로 빗어서 묶어 주면 되지."

"내가 손가락이 하나 모자란 장애가 있어서."

"수저질 잘만 하네."

"먹고 사는 문제는 손가락이 아니라 입이 삐뚤어져도 해야 하는 법이 잖은가."

"이것도 먹는 것만큼 중요해. 응? 얼른 묶어 줘. 안 그러면 확 뽀뽀해 버린다."

밥 먹다가 입을 마주하면 더러울 텐데. 고도는 위생을 생각해서 비단 끈을 고쳐 잡았다. 청사가 몸을 돌리자 고도는 수저를 내려놓고 손으로 청사의 머리를 빗어 주었다. 윤이 나는 긴 머리를 정성스레 매만져 주자 청사는 기분이 좋은지 고도에게 몸을 기댔다.

"그렇게 기대면 머리를 못 만지지 않으냐."

"기분 좋아."

"머리 묶어 달란 놈이 이게 뭐하는 짓일꼬."

청사는 비단 끈 따윈 고도의 관심을 사기 위한 도구였음을 증명하듯 머리 손질에 큰 관심을 두지 않았다. 아예 고도의 무릎에 누워서 고도를 올려다볼 정도였다.

어설프게 묶인 머리끈은 청사가 움직이자 헐겁게 풀어졌다. 끈도 평상을 굴러다니고 기껏 빗어 준 머리가 헝클어졌지만, 청사는 딱히 신경 쓰지 않았다. 고도의 얼굴로 손을 뻗어서 말랑거리는 찹쌀떡 같은 볼을 조물딱거렸다. 실은 볼보다 더 은밀한 곳을 만지고 싶었다. 그 욕심은 훗날로 미루기로 했다.

아직 몸 정이 나기 전엔 이 볼을 만지는 것으로도 만족하던 때가 있었다. 이 볼처럼 속살도 보드랍고 말랑거릴 것 같아서 볼을 잡으면 반사적으로 얼굴이 붉어지던 시절이었다. 그때와 비교하면 요로코롬 아무 때나 몸을 만질 수 있다는 것은 장족의 발전이지 않나. 청사는 절로 흐뭇한 미소가 지어졌다. 그러한 청사의 속도 모른 채 고도는 잊고 있던 사실이 떠올랐다며 운을 뗐다.

"아, 대롱아. 꽝철이는 곧 고향으로 돌아갈 것 같다."

"어, 그래?"

덤덤하고 흥미 없는 목소리다. 고도는 청사의 얼굴을 가만히 쳐다봤다. 뜻 모를 시선에 청사가 "왜?"하고 묻자 고도가 가벼운 말투로 물었다.

"슬프거나 아쉽거나 서운하진 않느냐."

"음. 별로. 걔랑 오랫동안 같이 있을 것 같지 않았어. 애초에 함께한 목적 자체가 달랐잖아."

이미 죽어 버린 선왕에 대해서는 그렇게 불편해하면서 꽝철이의 관계는 냉정하게 잘라 버리다니. 타인을 신경 쓰는 기준이 정확하지 않고 모호한 것이 아이 같다. 호감이 있거나 감정적으로 이입할 수 있는 상대는 특별하게 생각하는 반면, 그럴 여지가 없는 상대에겐 관심조차 주지 않는 것. 그 미숙한 감정 조절이 고도와 함께 지내면 변해 갈까. 인정하기 힘든 것을 인정하며 받아들여야 할 때를 맞이하게 될 텐데. 상대에게 호감이 있건 없건 이별을 덤덤하게 받아들일 수밖에 없는 순간이 분명히 올 것이다. 그때도 지금처럼 의연하면 좋겠다. 아니, 그러길 바랐다. 고도는 청사의 부드러운 머리를 하염없이 매만졌다.

"지금 그 마음 변치 마라."

청사는 어리둥절한 얼굴로 고도를 보았다. 고도의 말에 담긴 의미를 모르기 때문이리라.

"밥 먹고 바닷가 걸을래?"

단순히 무릎베개를 하고 볼을 매만지는 것뿐일 텐데 어쩜 이리도 행복한 미소를 지을 수 있을까. 고도는 청사의 미소에 전염된 것처럼 저도 모르게 웃었다.

"안 돼."

부드럽게 웃어 주기에 그러자는 대답이 나올 줄 알았다. 기대한 만큼 실망도 큰지라 청사는 입술을 비쭉이면서 고도의 볼을 조금 더 거칠게 매만졌다.

"왜애."

"오늘은 꽃님네를 다시 한 번 가봐야 한다."

"거긴 또 왜?"

"그녀가 다시 오라고 했잖느냐."

"아아, 네가 그녀를 더 아름답게 해주겠다고 약속했지. 그 약속 지키려고?"

"약속은 원래 어기라고 있는 법."

"세상에. 그 말 세계 최악의 악당 같아."

"뿌듯하구나."

"듣기 좋으라고 한 얘기가 아니잖아."

고도의 이마를 찰싹 때려 보여도, 고도는 피식 웃기만 했다. 고도는 청사의 입술을 엄지로 천천히 쓸어 만지며 물었다.

"대롱아, 탈춤 좋아하느냐."

"탈춤을 딱히 즐겨 본 적은 없는데. 갑자기 그건 왜 물을까."

"신명나게 한 판 뛸까 한다."

"나도 껴주는 거야?"

"당연하지."

"그럼 이제부터 좋아할게."

청사는 대답과 함께 고개를 내렸다. 목과 어깨를 깨물던 입술이 더 밑으로 내려오자 고도는 어깨를 움츠렸다. 청사의 표정과 대답에서 위화감을 느낀 고도가 눈을 깜빡였다. 뒤늦게 사태를 파악한 고도는 청사의 머리를 붙잡아 들어 올렸다.

"누가 이런 걸 탈춤이라고 했느냐."

"어라, 이거 아니었어?"

"아니다. 그리고 설령 맞다 하더라도 아침부터 실마루에서 한 판 하자고 말할 리가 없지 않느냐."

"장소가 무슨 상관이야."

다시 고도의 맨살을 입에 담은 청사는 이번엔 머리채가 잡혀서 뒤로 당겨지는 아픔에 끙 소리를 냈다.

"아파."

"음란한 것밖에 생각 못 하는 머리는 조금 아파도 된다."

"네가 먼저 야한 말을 꺼내서 그렇지."

"핑계도 수준급이로고. 한 번만 더 그러면 네 세 번째 다리를 잘라서 구워 먹으리."

"네게 즐거움을 주는 다린데 그걸 구워 먹으면 네 손해일걸."

"……이 망할 능구렁이."

"네가 먼저 한 판 뛰자고 했잖아. 나는 네 제안에 충실할 뿐이었어."

어째 날이 갈수록 청사에게 말로 이기기 힘들어진다. 청사를 타박하려고 시작한 말이거늘, 어느샌가 역으로 자신이 구박을 받고 있지 않나. 놀리고 놀림받던 관계가 전복된 것만 같았다.

청사는 건장한 세 번째 다리를 들이밀었다. 고도는 극구 그 다리를 거부하고 싶었으나, 안주인이 물질을 끝내고 돌아온 부군과 뒷마당에서 물고기를 말리는 기척에 소리도 내지 못했다. 도술로 자리를 뜨려 하자 청사가 요령 좋게 고도를 붙잡아 옷을 벗겼다. 의장이 엉망이 된 채로 이상한 소리를 내면 부부가 무슨 생각을 할지 뻔했다.

청사가 헝클어진 긴 머리를 뒤로 넘기면서 눈을 살짝 접어 웃었다. 그 예쁜 미소를 보고 고도는 눈을 떼지 못했다. 청사는 자신의 외모가 남들에게 어떻게 비치는지 잘 알고 있다. 아는 것을 넘어 그걸 이용할 줄 아는 영악함까지 갖추었으니, 아무리 고도라도 당해 낼 재간이 없지 않겠나.

고도는 청사의 미소에 잠시 멈칫하고 말았고, 청사는 그 틈을 놓치지 않았다. 청사는 고도의 가슴을 깨물었다. 고도가 뒤늦게 신음을 삼켰다.

"읏."

입술을 깨물며 신음을 삼키는 소리가 야했다. 그럴 때마다 청사는 고도의 허리와 엉덩이를 만지작거렸다. 고도는 손가락 사이에서 부드럽게 엉키는 청사의 머리카락을 매만지면서 속삭였다.

"대룡아."

그 부름에 청사가 고개를 든다. 열락에 조금씩 물드는 붉은 뺨이 이 이상의 행위를 갈망하고 있었다. 고도는 온몸으로 자신을 원하는 청사에게 입을 맞춰 주었다. 자연스럽게 엉겨든 둘의 혀는 누가 더할 것도 없이 뜨거웠다. 고도는 청사에게서 입을 떼고 대신 두 손으로 얼굴을 다정하게 감싸 안았다. 혀만 섞이지 않을 뿐, 아직도 닿아 있는 입술의 온기를 나누었다. 아랫입술과 윗입술을 번갈아 깨무는 입맞춤은 고도와 청사 둘에게 애틋함과 사랑스러움을 느끼게 했다.

"이 마을에서 볼일이 끝나면…… 정말로 하자."

처음엔 그 말이 무슨 소린지 몰랐다. 뭘 정말로 하자고? 되물으려고 입을 버끔거렸다가 뒤늦게 머리에 벼락을 맞은 듯 정신이 번쩍 뜨였다. 하자고. 정말로 하자고!? 세상에, 고도가 먼저 유혹을 하다니. 청사는 저도 모르게 도포자락 밑으로 기다란 꼬리를 내놓고 말았다. 자제력이 약해지니 검푸른 비늘이 가득 박힌 꼬리가 마루 밑바닥을 빙글빙글 휘저었다. 비늘이 바싹 섰다가 가라앉으며 꼬리 끝이 살랑거리기도 했다.

"고도, 네가, 음, 어, 무슨 말하는지 잘 알지?"

"그래. 잘 안다."

"나 여기서 펄쩍 뛰면서 좋아해도 돼?"

"그건 아직은 안 되고."

"약속은 어기는 것이라고 최악의 악당처럼 말하는 네 말을 내가 믿어도 되는 거야? 나중에 가서 없던 것으로 치부하면 나 진짜 울 거야."

바닥을 휘젓는 검푸른 꼬리를 보면서 고도는 미소 지었다. 이렇게 얼굴을 바싹 붙이고 있어서 웃는 제 모습을 청사가 또렷하게 볼 수 없다는 사실을 구실 삼듯 환하게 말이다.

"너와 하는 약속만 의미 있으니 그런 말을 한 거다. 걱정 마라. 네겐 거짓말쟁이가 될 생각 없다."

고도는 청사의 손을 잡았다. 손가락이 얽혀들며 깍지를 끼자 청사의 두 볼에 수줍음이 피었다. 청사는 그런 고도의 입술에 쪽쪽 입을 맞추며 배시시 웃었다.

"사랑해, 고도."

기습 고백에 미처 대처하지 못한 고도를 향해 청사는 여전히 밝게 웃었다.

"진심으로 사랑해."

고도는 그 고백을 받으며 생각했다. 이런 말에 기뻐하는 자신을 보아하니, 더 이상 청사에게서 도망갈 생각은 하지 않는 편이 낫겠노라고. 고도는 처음으로 청사를 사랑스럽게 끌어안아 주었다. 지금껏 누구도 그렇게 안아 본 적이 없었으리라 확신했다. 청사를 안고 있는 두 팔은 부끄러움으로 잔뜩 떨리고 있었다.

토지부호네 '양귀비'라 불리는 작은 마님은 오늘따라 기분이 언짢았다. 여종들이 밥 짓고 빨래를 너는 모습을 보면서도 고운 아미를 찌푸렸

다. 머리에 장신구를 달고 귀걸이와 목걸이로 몸을 치장해도 웃질 않았다. 붉은 연지를 입술과 광대 두 덩이에 발라도 보고, 지난여름에 꽃물을 들인 손톱에는 가리비와 조개껍데기 가루를 발라 광택을 내보기도 했다. 새로운 비단 옷을 꺼내 입어도 봤지만 예민한 신경만 돋웠다. 제 눈치를 살피는 남편도 짜증나고 문 앞을 왔다 갔다 하는 시댁 가족이나 머슴들도 거슬렸다. 부인의 기분이 상한 이유를 알아내라는 대감의 명이 떨어졌다. 대감은 오래지 않아 어젯밤에 벌어진 사건을 알게 됐다. 부인이 아끼던 복주머니가 사라졌다는 것이다. 남편은 부리나케 꽃님의 방으로 찾아가 말했다.

"부인. 내 더 예쁘고 화려하고 귀한 걸 하나 사주겠소. 그러니 기분 푸시오."

그러자 꽃님은 더욱 짜증스레 남편을 쏘아붙였다.

"서방님이 저를 위해 쓰는 마음이 고맙고 또 황송합니다. 하나 소첩이 원하는 것은 사치스러운 장신구가 아닙니다."

"허면 무엇이 문제요. 말해 주시오. 내, 부인의 기분을 풀기 위해서라면 뭐든 들어주리라."

"누군가 제 물건에 손을 댄 것입니다. 서방님이 사준 물건에 말이지요."

"부인 물건을 감히 누가 손댔단 말이오?"

"그럼 복주머니가 발이 달려서 저 혼자 사라졌겠습니까? 누군가 제 방을 뒤져 가져간 것입니다. 그 고얀 낯짝을 보고 싶습니다."

"허허, 고작 물건이지 않소. 내 더 좋은 걸 사줄 테니 너무 마음 쓰지 마시오. 방을 치운 여종들을 들쑤셨다가 신망까지 함께 잃을까 봐 염려스러워 하는 소리요."

꽃님은 두 손에 얼굴을 묻었다.

"서방님에겐 소첩이 그렇게 하찮은 년인가 봅니다. 저는 서방님의 물건을 누가 훔쳐 갔다는 것이 괘씸해서 가슴이 답답하고 억장이 무너지는데, 서방님은 이년을 욕심 많은 년으로만 여기고 있으니."

"아니오. 내 그럴 리가 있나! 울지 마시오."

"도둑년을 잡고 싶습니다."

"아아, 부인. 부디 달리 생각해 보시구려. 고작 물건…… 아니, 부인의 아주 귀한 물건이라 내 필히 찾아주고 도둑질을 한 아이를 벌하고 싶지만 솔거 노비가 모두 가난하여 집안을 부양하는 것들이라 이 집에서 잘리면 막막할 것이오. 내가 다른 것을 사다 주리다. 금은보화를 구해 그대 앞에 놓아 주리오. 대국에서 소량만 들어온다는 값비싼 비단 천을 구해 주리오. 그도 아니면 아주 귀한 새를 잡아다 새장에 가둬 주리다. 말만 하시오. 그리고 그만 화 푸시오."

토지부호답게 돈으로 할 수 있는 모든 수단과 방법을 동원하려 했다. 그러자 꽃님은 기분이 조금 누그러졌다. 제 기분을 맞춰 주겠다고 쩔쩔매는 남자의 정성을 보니 썩 흐뭇했기 때문이라.

"서방님, 그럼 제 부탁을 하나 들어주시렵니까."

꽃님은 슬며시 눈을 돌려 남편을 바라봤다. 남편은 침통한 표정으로 기운이 없던 부인이 드디어 저와 눈을 마주쳤다는 사실에 그 부탁이란 것을 무엇이든 들어주고 싶었다. 부인을 위해서라면 체통과 체면을 차릴 필요가 있겠는가.

"무엇이오. 말만 해보시오."

"마을에서 도사를 데려올 수 있습니까."

도사? 부인이 도사란 것을 왜 찾는지 모르겠는 대감이었다.

"갑자기 웬 도사란 말이오."

"얼마 전에 우연히 도사 한 분을 알게 되었는데 그분이 저와 약조를 한 것이 있사옵니다. 한데 여태껏 소식이 없어서 혹 도사님께서 무슨 변고를 당하시진 않았나 걱정이 되옵니다."

"내 찾아보리다. 어디에 살고 있소?"

"모릅니다."

"모른다니……."

"찾아주세요."

"사는 곳을 모르는데 어찌 내가 찾아오리오."

"찾아주셔야지요. 영감은 하실 수 있잖아요."

"그, 그렇지만."

"영감."

"사는 곳은 알아야."

"영감!"

서방님 서방님 애교스럽게 말하던 말씨가 이리도 호되게 변하니, 남자는 입을 꽉 다물 수밖에 없었다. 얼마 전엔 웬 근본 모를 스님에게서 부적을 사더니 이젠 도사를 불러 점괘라도 보려 함인가. 점이니 사주니, 조잡한 것에 흥미를 갖는 부인이 영 마뜩찮았지만 이리도 예쁜 부인의 청을 거절하거나 화를 낼 수도 없었다. 대감은 당장 아랫것을 시켜서 도사란 것을 잡아다 주겠다고 말할 참이었다.

"그럴 필요 없다."

방 안 어디선가 낯선 목소리가 들리자 대감은 물론 꽃님까지 화들짝 놀라 고개를 돌렸다. 대감 뒤에는 저승차사 같은 검은 남자와 왕실 사람처럼 값비싼 비단옷을 입은 사내가 서 있었다. 대감은 까무러칠 듯했다. 밖에는 힘깨나 쓴다는 머슴들이 진을 치고 있어서 이곳에 당도하기까진 제법 소란을 부려야 할 터인데, 문이 열렸다 닫혔던 흔적도 없이 정체불명의 남자 둘이 방 안에 떡하니 나타났다. 하늘에서 떨어졌나, 땅에서 솟

앉나. 둘레둘레 주변을 살펴보아도 누군가 들어오고 나간 흔적 따위 없으니 퍽 기이하다 못해 해괴한 꼴이 아닌가.

"댁들은 누구신가."

검은 옷을 입은 남자는 머리에 쓴 삿갓을 벗었다. 망측하게도 짧은 머리가 드러났다. 어린 도령처럼 얼굴에 수염도 없고, 상투를 써야 하는 머리도 댕강 잘라 없으니 얼굴만 보면 이립을 바라보는 나이로 보이는데 전체적인 분위기가 약관도 되지 않은 이로 보였다. 그런 외향에 반하는 어른스러움과 여유로움을 지니고 있다니. 대감이 당황하여 쩔쩔매는 사이에 남자는 뒷짐을 지고서 앞으로 나왔다.

"나는 고도라 한다. 범인은 불행한 길苦道이라고 하고 장인은 옛 도읍古都이라 부르며 친우는 외로운 섬孤島이라고 명하니 어떤 말이든 갖다 붙이면 뜻이 통하는 신기한 이름이라 하겠다."

괴악한 자기소개가 아닌가. 감히 뼈대 있는 종갓집에 쳐들어와 떠벌린다는 내용이 저런 말장난이라니. 대감은 언성을 높여 고도를 훈계하려 했다. 고도의 일행이면서 왕실 사람 혹은 대국 유학생처럼 고풍스러워 보이는 청안의 사내가 지그시 노려보지 않았다면 말이다.

"그쪽은 뉘시오."

청사가 눈썹을 꿈틀거리며 답했다.

"알 바 없다."

차가운 태도에 대감은 더 이상 이름을 물을 수가 없었다. 그러는 사이에 고도는 대감 옆으로 사뿐히 돌아서 걸어갔다. 낙낙한 보폭으로 향한 곳은 다름 아닌 꽃님의 앞이다. 대감이 소스라치게 놀라 제 부인을 비호하려 하자 잠자코 있던 청사가 처음으로 요술을 부렸다. 대감은 자리에 망부석처럼 굳어서 눈도 깜짝하지 못했는데, 이는 청사가 만들어 낸 요술로 인해서 환상을 보고 있기 때문이라. 그는 환상 속에서 허우적거렸다. 당분간 대감이 방해할 걱정은 하지 않아도 될 듯했다.

"부인. 간밤에 잘 못 주무셨나 보오. 얼굴이 상했는걸."

꽃님은 고도가 반가워 생긋 웃으며 말했다.

"기다리고 있었습니다, 도사님. 그간 어디에 계셨는지요."

"밤이라 객사에서 잠을 잤지, 별 다를 게 있겠나."

"어머, 객사라니요. 이 마을 객사는 제가 잘 알고 있습니다만, 도사님처럼 특이한 분이 머물고 있다는 소문은 듣질 못했네요."

"마을 외곽에 있는 바닷가 허름한 객사라 그렇겠지."

그 말에 꽃님의 눈빛이 순간적으로 달라졌다.

"……혹시 제 동생네를 말하시는 건지."

꽃님의 말투는 부드러운 듯했지만, 칼 같은 날카로움을 숨기고 있었다. 꽃님의 예민한 반응을 보고 고도는 더는 말을 붙이지 않았다. 대신에 소매 속에서 부적을 꺼냈다. 언뜻 보면 어디서나 볼 수 있는 누런 종이와 같지만 고도의 손에 들린 여덟 개의 부적은 확실한 차이점이 있다. 종이에는 검붉은 핏자국이 굳어 있었다.

"그대에게 더 큰 아름다움을 선물해 준다 했지. 내 그 약속을 이 자리에서 지키도록 하마."

꽃님은 피 묻은 부적에서 눈길을 돌렸다. 긴장한 얼굴은 핏기가 없었다. 안 그래도 도자기처럼 뽀얗던 얼굴이 귀신처럼 창백하게 질렸다. 두 볼에 복숭앗빛 분가루를 바르지 않았다면 하도 혈색이 나빠 이대로 쓰러져도 이상치 않으리라고 여길 정도였다.

"이 불길한 부적으로 제게 아름다움을 주신다고요? 농이 지나치시옵니다."

"농인지 진담인지는 직접 겪어 보면 알겠지."

"하지 마십시오! 저를 속이시려는 걸 모를 줄 압니까!"

"속고만 살았나. 누가 누굴 속인다 그래. 예쁘게 만들어 준대도 불만이구먼."

고도는 양손에 든 부적으로 입김을 불어넣었다. 입김에 나풀거리던 부적은 어느새 저희들끼리 몸을 비비더니 새하얀 연기를 뿜었다. 방 안을 자욱하게 덮는 물안개에 꽃님은 다급하게 자리에서 일어났다.

"못된 도사! 거짓말쟁이 도사!"

한 치 앞도 보이지 않는 안개 속에서 꽃님은 분에 차 외쳤다. 거짓말쟁이, 거짓말쟁이. 꽃님은 곧 섧게 울음을 터뜨렸다. 그 모습이 비에 젖은 꽃처럼 가냘프고 애처로워 모든 사람의 보호본능을 자극했지만 고도와 청사에게는 통하지 않았다.

날던 새와 헤엄치던 물고기조차 반해 버린다는 외모가 정말로 세상에 존재할 리 없다. 세상 모든 동물은 그들에게 맞는 미의 기준이 있거늘, 그 기준에 부합하지 않는 절대적인 미가 세상에 존재할 리가 있는가. 사람과 짐승을 모두 현혹한 꽃님의 아름다움은 아주 질 나쁜 도깨비장난과도 같은 것이다. 고도는 강문이 걸어 놓은 그 장난의 본질을 향해서 부적을 날렸다.

뿌연 물안개를 피워 내던 부적 속에서 거대한 사자의 머리가 나타났다. 갈기가 없는 사자의 머리통엔 눈이 여덟 개나 달렸다. 앞발로 밟으면 성인장정도 즉사할 만한 거대한 말굽에 황소 몸통 그리고 구름으로 이루어진 꼬리를 가진 짐승. 그것은 오로지 군주 앞에만 등장하여 현명한 조언을 내린다고 알려진 신수, 백택이었다.

부적에서 뛰어나온 백택은 곧장 꽃님에게로 날아갔다. 이빨이 이중으로 난 사자의 아가리가 눈앞에서 쩌억 벌어지니 꽃님은 기다랗게 비명을 질렀다. 백택은 꽃님의 어깨를 물었다. 아니, 어깨에 매달려 있는 검은 형체에 이빨을 박아 넣었다.

"꺄아아아아악!"

"키이이이이익!"

꽃님의 비명보다 더욱 높고 날카로운 울부짖음이 방 안에 퍼졌다. 백택에게 공격당한 놈은 곧장 꽃님의 어깨에서 떨어져 나와 바닥으로 데굴데굴 굴렀다. 동시에 꽃님은 항시 몸에 달고 다니는 주머니 속에서 부적이 불에 타 사라지는 것을 느꼈다. 아름다움을 지속시켜 준다던 강문의 부적이 흔적도 없이 사라진 것이다. 어떤 귀신이든 그 정체를 알아낸다는 신통한 백택 덕분에 고도는 처음으로 강문이 인간 몸에 붙여 놓은 요괴를 확인하게 되었다.

"쥐?"

커다란 회색 쥐의 형상이었다. 반 장에 달하는 크기로 사람의 허리까지 왔다. 특이점으로 말하자면 대가리는 흉측한 쥐의 그것인데 그 아래는 갑옷을 입고 있다는 것이다. 쥐는 단단한 뒷발로 땅을 밟고 서서 네 개의 앞발가락을 쥐었다 폈다. 일개 짐승이 두 발로 서는 것도 기이하고 청홍의 천을 꼬아 만든 갑옷을 걸치고 있는 것도 이상했다. 이것이 어찌 된 영문인지 확인하기도 전에 쥐 요괴는 검은 안개를 남겨 놓고 사라져 버렸다. 고도는 백택을 돌아보고 물었다.

"백택. 무슨 요괴인지 아는가."

「갑옷은 천상의 문을 통과할 때 상제께서 선물로 내린 것이니, 모두 열두 동물들이 그 갑옷을 걸치고 있을 것이다.」

상제에게 선물 받은 갑옷. 천상의 문. 이는 정월 초하루에 달리기를 했다는 동물들의 이야기가 아니던가.

"십이지신."

「정확히 말하면 신을 흉내 내는 요괴들이지.」

"그렇다면 이 마을에 발칙한 모조품이 총 열두 개는 된다는 소리로다.”

「암. 그것들이 인간에게 기생하여 욕심을 먹고 자라고 있어. 그대가 말한 대로 마을을 위협하는 큰 힘을 키우고 있구나.」

“그래, 그대가 본 시시비비의 결과는?”

백택은 더는 말로 설명할 수 없다는 듯 고도의 뒷덜미를 덥석 물었다. 말굽이 달린 발을 구르면서 그대로 지붕을 부숴 버렸다. 안사랑채의 지붕 반쪽이 홀라당 부서져 기왓장이 하늘로 솟구쳤다. 축대가 갑작스런 충격을 못 이겨 반으로 분질러지고 한쪽 벽면에 거미줄 같은 금이 갔다. 안채의 반을 그렇게 날려 버린 주인공이 새하얀 안개를 타고 밖으로 나왔다.

마당에 있던 솔거 노비들은 눈이 여덟 개나 달린 짐승과 그 짐승의 아가리에 목덜미가 잡힌 남자의 해괴한 형상을 보고 비명을 질렀다. 안개가 밖으로 빠져나간 안쪽에는 황망한 표정의 꽃님과 무언가에 홀린 듯 몸을 가누지 못하는 대감 그리고 새파란 눈을 짐승처럼 빛내고 서 있는 젊은 사내가 있었다. 도저히 추측할 수 없는 괴이한 장면에 가솔들이 우왕좌왕하는 사이에 백택은 고도를 데리고 높은 하늘로 날아올랐다.

어촌 마을이 발아래에 장난감처럼 작게 보일 높이까지 올라오자 마을을 덮고 있는 검은 안개가 눈에 들어왔다. 그 안개는 아직까진 옅었지만 마을 상공에서 꾸물꾸물 그 크기를 키우고 있어 머지않아 마을을 새까맣게 덮을 기세였다. 보기만 해도 불길한 검은 것. 고도는 신음하며 중얼거렸다.

“……귀매.”

백택은 고도를 물고 있는 입을 벌리지도 않고서 맞장구쳤다.

「열두 마리의 요괴들은 인간의 마음속에서도 가장 깊은 곳에 있는 것을 먹고 자라난다. 복수를 다짐하는 증오나 누군가를 죽이고 싶을 정도의 악랄함 따위를 말이지. 방금 전 여인에게 붙어 있던 요괴는 자신子神을 본뜬 요괴다. 오해로 파생된 미움을 먹는다.」

"흐음. 오해라."

「조모의 죽음은 그 여인의 잘못만이 아니야. 더 복잡한 오해가 겹치고 중첩되어 사달이 난 것이다.」

"그렇다면 동생 쪽에도 책임이 있다는 소린데."

「그것까진 꿰뚫어볼 수가 없군. 중요한 건 요괴들이 불러들인 기운이다. 저 불길한 기운이 마을을 잡아먹을 날이 얼마 남지 않았다.」

"없앨 수 있겠는가."

「어떠한 물리적인 힘에도 영향을 받지 않는 것들이라 불가능할 것 같구나.」

그렇다면 이렇게 마을이 잡아먹히도록 내버려 두라는 것인가. 아직 위협적일 만큼 큰 귀매는 아니나, 내버려 두면 마을을 모조리 덮을 것이고 사람들은 귀매에 물들어 이성을 잃고 미치게 되리다. 고도는 제 힘으로 없앨 수 없는 기운을 바라봤다. 마을의 망조를 예측할 수 있음에도 그 미래를 바꿀 수가 없는 자신에게 덧없음을 느꼈다. 나라 최고의 도사라고 칭송받으면 뭐하는가. 정작 필요할 때는 쓰지 못하는 헛된 힘인 것을. 고도는 한동안 침묵을 지킨 후에야 백택에게 물을 수 있었다.

"열두 마리 요괴들을 잡으면 귀매는 더 이상 커지지 않는가."

「그렇다. 이미 있는 것을 없애진 못해도 정체시킬 순 있을 것이다.」

"그럼 마을의 안전도 확보된다는 소린가."

「그건 장담 못 한다. 이미 발생한 것이므로 시간이 걸리더라도 언젠간 필시 인간들에게 영향을 미칠 것이다.」

마을에 나쁜 영향이 미치는 건 피할 수 없는 섭리라는 소리다. 단지 악영향이 크냐 작냐의 차이일 뿐.

"알았다. 길흉화복 자체를 조절할 수 없다면, 화기라도 작게 줄이려고 노력해야겠지."

백택은 하늘 위로 올라갈 때만큼이나 빠른 속도로 땅 위에 섰다. 꽃님네 마당은 그새 아수라장이 되어 있었다. 사람들이 여기저기 쓰러져서 벌벌 떨고 있었고, 그 가운데엔 청사가 심드렁한 표정으로 삐딱하게 서 있었다. 차갑고 냉정한 분위기에 꽃님네 가솔들은 차마 덤비지도 못하고, 혹은 덤볐다가 바닥으로 내동댕이쳐진 채 목을 자라처럼 쑤욱 집어넣고 눈치만 살폈다. 사나운 푸른 눈을 똑바로 볼 수 있는 사람은 오로지 고도뿐이었다. 이 많은 사람 중 청사에게 위축되지 않는 것만으로도 가솔들은 청사 대신 고도에게 덤빌 엄두가 나지 않았다.

"대롱아."

청사가 저를 부르는 소리에 고개를 돌린다. 살얼음이 낀 듯 냉정하던 표정이 순식간에 봄을 맞아 녹아내린 냇물처럼 부드럽게 풀렸다. 청사는 다가오는 고도에게 손을 뻗었다.

"어때? 실마리 좀 잡았어?"

"그래. 내가 어떻게 해야 할지 알겠구나."

"말해 봐."

"날 도와줄 수 있겠느냐."

"거 참, 내가 안 도와줄 건 또 뭐라고."

"그렇다면 너는 지금 당장 이 자리를 떠나."

얼마든지 힘이 되어 주겠다며 자신 있는 표정을 지었던 청사는 그 소리에 멈칫했다. 생글생글 웃던 표정도 조금씩 굳어졌다. 꽃님네 가솔들을 위협할 때만큼이나 차갑게 식어 버린 눈이 고도를 응시했다. 고도는 청사의 감정을 이해할 수 있었다. 바로 몇 시진 전만 해도 방 안에서 서로를 따듯하게 바라보고 끌어안으며 입을 맞추었는데 힘이 되어 주겠다는 연인을 내쫓으려 한다. 상처 받는 게 당연했다.

"왜 또 밀어내는 거야?"

"밀어내는 게 아냐."

"근데 왜 또 내쫓아."

"그런 게 아니래도."

"내가 못 미더워? 날 믿는다고, 좋아한다고 말한 건 다 거짓이었어?"

"대롱아."

"싫어. 난 가지 않을 것이다. 암만 밀어내 봐라. 내가 네 곁을 떠날까."

고도는 자세한 전후사정을 말하고 싶었지만 그러지 못했다. 시간이 없었다. 하늘 위에서 꾸물거리는 귀매가 제 정체를 고도와 백택에게 들킨 이후로는 빠른 속도로 변하기 시작했다. 상공에서 내려다보아야 분간이 되던 귀매가 어느 순간에 하늘을 뒤덮은 것이다. 고도는 허리춤에 차고 있던 소의 짚신짝을 청사에게 건넸다.

"남동쪽으로 걷다 보면 산으로 난 오솔길이 있다. 그 산속에 꽝철이가 있을 게다. 꽝철이를 찾아서 가능한 빨리 이 마을을 벗어나라."

"싫어!"

"대롱아, 내 말 좀 들어줘라."

"나도 내 한 몸 지킬 정도는 된다! 왜 나를 밀어내고 너 혼자 해결하려 그러는 것이냐!"

"도력을 많이 쓸 일이 있다. 인간이 아닌 모든 존재에게 영향을 미치는 힘이라 네가 안전할지도 장담 못 하기에 그렇다. 자세한 이야긴 후에 말해 줄 터이니 지금은 자리를 피하는 게 어떻겠느냐."

"왜 매번 이러는 거야."

"네가 다치지 않길 바라는 거다."

"내 자신을 지킬 수 있다고 말했잖아."

"그러다 내 도술에 네가 다치면 나는 나 자신을 용서하지 못할 게다."

"……고도."

"한 번만 내 부탁을 들어주면 안 되겠느냐. 날 위해서라도 안전한 곳으로 피신해다오. 나는 걱정 마라. 백택도 곁에 있으니 무탈할 게다."

백택이 갈기를 흔들며 여덟 개의 눈을 청사에게 고정한다. 그 눈빛은 청사의 정체를 이미 알아챈 듯했다. 산속에서 기린을 처음 만났을 때처럼, 백택 역시 청사를 향해 눈을 내리며 인사했다. 청사는 신수의 정중함에 모진 말을 뱉지 못했다. 그저 지력만 뛰어날 뿐, 전투에 능하지 못한 동물보다는 청사가 더 큰 힘이 될 것이다. 그럼에도 고도는 청사를 마을에서 멀리 벗어나도록 당부했다. 청사의 안전을 최우선으로 삼은 것이다. 비록 고도가 남을 아끼는 것이 몸에 배지 않아 냉정한 어투로 명령하듯 말했지만, 고도의 속 깊은 뜻은 청사에게 전달되기 충분했다. 연방 하늘을 올려다보며 얼굴색을 굳히는 고도를 곤란하게 하고 싶지 않다. 청사는 자신이 할 수 있는 최선의 대답을 해주었다.

"그래도 싫다."

고도는 미간을 모으고 고개를 모로 뉘었다. 장난질을 할 때 상대를 놀리면서 곧잘 하는 행동이지만 지금 같은 상황에서는 그저 '당황스러워서' 고개를 갸웃하는 것이리라.

"대롱아. 지금은 네 어리광을 받아 주기 어렵겠구나."

"어리광은 염병할. 네가 나를 못 믿어서 짜증을 내는 거야."

청사의 험악한 분위기에 고도는 입을 다물었다. 청사는 고도에게 성큼 다가갔다. 고도 뒤편의 백택이 여덟 개의 눈알을 굴렸다. 불안해하는 게 뻔히 보인다. 그도 그럴 것이 고도의 앞에 우뚝 선 청사는 표정만으로도 주변을 압도 할 만큼 으르렁거리는 소리를 냈다. 청사는 살짝 고개를 숙여 고도의 눈을 정면으로 노려보았다. 고도가 눈에 띄게 동요하는 기색은 없지만 청사의 분위기에 긴장한 것만은 분명했다.

"고도, 뭔가 착각하나 본데."

분위기와는 달리 조용하고 느린 말투다. 고도를 위협하려는 게 아님을 주장하는 듯했다.

"나는 네가 생각하는 것보다 훨씬 강한 힘을 가지고 있어. 비록 그 힘을 제대로 드러내지 않아서 네 죽통에 처박히는 일도 있었지만, 마음만 먹으면 너도 나를 쉽게 상대하지 못할 거야. 난 그 힘을 쓰지 않는 거야. 쓰지 못하는 게 아니라고."

힘이 되는 근본이 자신의 종족과 관련되었기에 청사는 더 이상의 설명을 그만두었다. 고도는 청사를 종족에 상관없이 받아들여 준다 말했지만, 청사는 고도의 말을 전적으로 믿지 않았다. 고도는 천수 이상의 생을 누리고 있는 아주 특수한 인간이다. 다른 인간에 비해 유달리 박학다식해도, 인간이기 때문에 영원히 알지 못하는 것이 있다. 그중 하나가 용족에 대한 정확한 정보다.

고도가 진실을 알고 나서도 청사를 지금처럼 좋아할 수 있을지는 장담할 수 없다. 고도가 용족을 향해 증오를 드러낼 때마다 청사는 그 비난의 화살이 자신을 향한다는 기분이 들었다. 강문이나 용족에게 미움을 보이던 눈이 자신을 향하면 감당할 수가 없으리라. 그래서 제 힘의 본질을 자세하게 설명하지 못하지만 지금은 힘의 근간이 무엇인지보다 그 힘이 고도에게 도움이 된다는 사실을 전하는 게 더 중요하다. 청사는 고도를 차갑게 노려보는 시선을 돌리지 않고 말을 이었다.

"난 네가 혼자서 모든 일을 처리하려는 게 마음에 안 들어. 왜 이렇게 네 멋대로 나를 마을 밖으로 내쫓느니 마느니를 정하는 건데. 네가 나를 조금이라도 좋아한다면 내 의견을 존중해 줘. 나는 여기서 널 돕고 싶다. 도망치지 않을 거야. 내게 그런 걸 명령하지도 마."

한동안 말이 없던 고도가 비로소 입을 뗐다.

"미안하다. 네 의견을 묻지 않고 나 혼자 결론을 내려서. 그렇다면 정식으로 되물으마. 네가 내 곁에 있겠다는 뜻이 변함없느냐. 내가 널 지켜주지 못해도 괜찮겠느냐."

청사는 고도의 얼굴과 백택의 표정, 마지막으로 어둑해지는 하늘을 바라보았다. 고도는 이미 청사의 대답을 들었다. 청사는 똑같은 대답을 한 번 더 반복했다.

"너랑 같이 갈래."

대답은 이전과 같았으나 고도의 반응은 정반대였으니, 이번엔 청사를 밀어냈던 손으로 손목을 붙잡아 끌어당겼다. 제 품에 안긴 청사를 보면서, 고도는 더 이상 달아나라, 멀리 가 있으라 말하지 않았다. 누구보다도 최우선으로 청사를 지키려 했다.

"그래, 이 마을에 있는 열두 마리의 요괴를 모두 불러내러 함께 가자."

백택은 고도를 등에 태우고 가옥의 지붕 위를 달렸다. 그 옆엔 푸른 안개처럼 뭉쳐졌다가 사라지는 청사가 있었다. 백택과 청사 모두 지붕 위를 날듯이 건너뛰는지라 길거리를 오가는 사람들 눈에는 그들이 보이지 않았다. 다만 바람도 불지 않는데 지붕 기왓장 몇 개가 바닥으로 떨어지고 새끼줄로 엮은 초가가 움푹 꺼지는 기현상에 어리둥절해할 뿐이다.

「서쪽 저잣거리에서 열두 요괴 중 한 마리의 기운이 느껴진다.」

그 말을 듣자마자 고도는 백택의 등에서 뛰어내렸다. 발이 땅에 닿기도 전에 축지법을 전개했다. 두 발로 지맥을 짚어서 땅을 접으니 열 걸음

뛰어야 할 거리가 한 걸음으로 줄어들었다. 축지술을 쓰자 너른 마을의 길거리가 병풍처럼 의미 없이 휙휙 지나갔다. 주변 풍경이 인간의 육안으로는 너무 뭉개지듯 보였기 때문에 축지술을 적절히 조절해야 했지만, 고도는 개의치 않았다. 오히려 속도를 올려 질풍처럼 거리를 달렸다. 담벼락에 들이박지 않는 게 용할 지경이다. 하나 맹렬한 축지술도 얼마 못 가 제 능력을 발휘하지 못했다. 저잣거리에 들어서면서 북적거리는 인파에 발이 묶인 것이다.

대낮의 거리엔 사람이 많았다. 빨리 달리려 할수록 사람들에 가로막혀 걸음을 수차례 멈추곤 했다. 고도가 수많은 사람들 앞에서 퍽 난감해하자 청사가 그런 고도를 도왔다. 고도의 손목을 잡고 지붕과 담 위를 달렸다. 그 속도가 고도의 축지법에 비해 모자람이 없어서, 평범한 사람들 눈에는 보이지 않을 정도였다. 사람들로 꽉 막힌 땅을 박차는 것보다 효율적인 것은 두말할 것도 없다.

"고도. 너 꽃님에게 붙어 있던 요괴를 처음엔 못 알아봤잖아. 그 열두 마리가 네겐 벅찬 상대냐."

왁자지껄한 저잣거리를 요령 좋게 헤집으면서 청사가 힘든 기색 없이 물었다. 고도와 청사에 비해 뒤로 쳐진 백택이 힘을 내어 달려오는 동안에 고도는 한숨 돌리는 기분으로 선뜻 대답했다.

"이상한 데서 질투구나. 나를 고전하게 만드는 요괴는 너 하나뿐이었다. '고도를 고생시킨 이'란 벼슬은 네게만 내려 주마."

"이럴 때에도 농담이 나오냐."

"농담이라니. 나는 언제나 진지하다. 진지해서 이렇게 대낮의 거리를 이 잡듯 뒤지고 있지 않느냐. 그것도 너랑 나란히 손까지 잡고서."

"마실 나온 것처럼 말하기는."

"마실이라 불러도 좋고."

그리 말하는 고도의 눈동자는 꾸밈없이 순수하다. 고도의 매력 중 하나가 바로 요괴만 결부되면 여러 의미에서 생기가 넘치는 태도였다. 청사는 고도가 지붕에서 미끄러질까 봐 손을 조금 더 꼭 잡았다.

"나를 마을 밖으로 내쫓을 정도로 큰 도력을 쓴다면서. 그런 상대라면 나도 조금 걱정이 되는데."

"우리 둘이서 상대한다면 걱정은 반으로 줄여도 된다."

"상황이 심각하면 솔직하게 말해. 나 때문에 억지로 꾸밀 필요 없어. 열두 요괴를 상대할 대비책은 충분히 마련한 거야?"

"아침에 네게 탈춤 한 판 벌이는 게 어떻겠느냐고 묻지 않았더냐."

"응. 기억나."

"나는 이번 판을 애초에 크게 잡았다. 네 눈엔 내가 하는 짓이 영 불안해 보이더라도 그게 실은 계획된 걸지도 모른다고 믿어 주려무나."

계획한 것치곤 허술하기 짝이 없어서 매번 위태위태한 게 문제다. 고도가 그 어떤 심각한 상황도 태평하게 받아들이는 건 칭찬할 만한 부분이지만, 과도하게 여유를 부려서 혹 대비책이 허술해지기라도 하면 요괴에게 당할 우려가 있다. 더군다나 이번 요괴들은 특히 까다롭다. 고도의 반응을 보면 상급요괴 열두 마리를 동시에 상대해야 할 것 같다. 불리한 춤판으로 직접 뛰어든 일이어서 고도가 실수를 하면 순식간에 기세가 역전될 수 있다. 청사만이라도 허술한 고도를 대신하여 긴장을 놓지 않기로 결심했다. 숫자 면에서도 불리한데 주의해서 나쁠 것은 없다.

"찾았다."

고도는 어기적거리며 걷고 있는 노년의 남자를 발견하자마자 청사의 손을 뿌리치고 쏜살같이 달려갔다. 하얀 수염을 단정하게 길러 낸 멋스러운 양반은 바람을 가르며 달려오는 고도를 보고 눈을 휘둥그레 떴다. 검은 두루마기가 갈까마귀 날개처럼 펼쳐지더니 그 속에서 녹슨 검 하나가 모습을 드러냈다. 고도가 검 손잡이를 빙글 돌려서 근사하게 자세를 잡는 것이 노인에게 그 검을 내지를 것처럼 보였다. 노인은 설마 했다. 대낮에 웬 미친놈이 검을 들고 달려들 리 없다고 믿었다. 하나, 그 믿음은 보기 좋게 엇나갔다. 고도는 한 장 앞에서 뛰어 올라 검을 휘두른 것이다.

노인의 벼락같은 비명소리가 터지며 길거리는 삽시간에 아수라장이 되었다. 죄 없는 노인에게 달려들어 검을 휘두르는 흉흉한 꼴을 직접 목격한 사람들이 황급히 도망가느라고 혼란이 일파만파 퍼졌다. 자리를 뜨지 않은 사람은 소수였다. 그들은 살인 장면보다 더 놀라운 것을 보게 되어 두 다리에 힘이 풀려 달아날 수가 없었다. 고도는 분명히 있는 힘껏 검을 휘둘렀는데, 믿을 수 없게도 그 검에 몸이 동강나야 했을 노인은 엉덩방아를 찧고 쓰러져 오줌을 지렸을 뿐, 다친 곳이 없었다. 그 대신 검이 지나간 자리에는 검은 연기가 피어나면서 기이한 형상이 모습을 드러냈다.

황소 머리에 갑옷을 입은 요괴다. 머리에 달린 두 뿔이 한 바퀴 꼬아서 자라난 모양새가 지옥도를 지키는 문지기의 형상과 비슷했다. 황소 요괴는 고도의 기습에 불길처럼 화를 내었다. 요괴는 갑옷 뒤에서 두 개의 검을 뽑아서 고도를 잡아먹을 듯 달려들었다. 고도는 쌍검의 난폭한 공격에 혀를 내둘렀다. 무식하게 휘두르는 듯하나, 서전검이 밀릴 정도로 어마어마한 무게가 느껴졌다. 검날이 서로 부딪힐 때마다 불꽃처럼 검은 연기가 튀는 것이 심상치 않았다.

「출세의 야망을 먹고 자라는 축신丑神을 본뜬 요괴다.」

뒤따라온 백택이 축괴丑怪의 정체를 밝히자, 고도와 검을 섞던 황소가 두 눈을 새빨갛게 불태웠다. 그러더니 순식간에 모습을 감추었다. 꽃님에게 붙은 쥐 요괴가 사라질 때와 흡사했다. 검은색 안개를 뿌리곤 흔적도 없이 사라졌다. 도사 한 명을 상대하는 것이라면 모를까, 신수인 백택까지 신경 쓰다간 제가 당하겠다며 요괴 주제에 영악하게 머리를 굴린 것이라.

"정체를 들키면 바로 도망치네. 왜 이렇게 영악할꼬."

어느샌가 고도의 옆으로 다가온 청사는 제게 불리하다 치면 그대로 사라져 버리는 요괴들의 꾀에 짜증 섞인 반응을 보였다.

"이렇게 상대하다간 끝도 없겠어."

"흐음. 나도 그렇게 생각한다."

"게다가 한번 도망가면 어디로 갔는지 알 수도 없으니."

"보통 성가신 게 아니네."

"얘네들 머리 정도면 동료들과 합심해서 함정을 파놓을지도 모르겠다."

"충분히 가능성 있는 소리다. 십이지괴는 서로 경쟁하는 것만큼 합동하는 것에도 익숙해 보이는구나."

고도는 서전검을 검집에 집어넣었다. 벽구리 마을을 온통 헤집으며 요괴를 붙잡는 것도 한계가 있는데 발견하는 족족 사라져 버리는 이들을 상대하기란 여간 번거로운 일이 아니었다. 열두 마리를 무식하게 쫓아다닐 수는 없다. 청사는 한 가지 제안을 했다.

"우리 쪽에서 열두 마리를 전부 불러들이는 건 어때."

그 말에 고도가 눈을 반짝였다.

"나쁘지 않은 생각이다."

"내가 전부 불러다 줄까?"

"네놈에게 그런 능력도 있었느냐."

"음. 뭐, 요괴들만 불러들이는 방법이 있긴 하지."

"흐음. 나도 그런 비슷한 능력이 있는데. 우리 누가 더 잘 부르나 겨뤄

볼까."

"아직도 이게 마실 나온 거 같냐. 겨루긴 뭘 겨뤄."

"네가 먼저 포기한다면 이 고도 왕자님의 승리로 결론 내리자꾸나, 청사 공주여."

"아, 좀!"

"어여쁜 청사 공주의 실력행사는 다음 기회로 미루도록 하자. 이번엔 이 왕자님의 유혹술을 구경해 보아라."

고도는 근처 초가집의 지붕 위로 올라갔다. 청사와 백택이 뒤를 따르자, 고도는 마음 놓고 초가지붕에 자리를 깔고 앉았다. 천천히 숨을 들이마시면서 눈을 감았다. 두루마기를 반듯하게 펼친 채 양반다리를 했다. 허리를 곧추 세우고 어깨를 펴자 사방이 산과 물로 가득한 곳이면 도를 닦는 신선으로 착각할 만큼 고요하면서도 차분한 형상이다. 고도가 전에 없이 진지하게 도술을 준비한다는 것을 청사와 백택은 눈치챌 수 있었다. 고도는 가볍게 숨을 고른 후 품에서 부적을 한 움큼 꺼냈다.

부적들을 하나하나 허공으로 띄우자 그 숫자가 열둘이라. 한꺼번에 이토록 많은 부적을 사용하는 모습을 처음 보는 청사가 퍽 걱정스러운 낯빛으로 쳐다보았다. 고도는 청사의 걱정에는 아랑곳 않고 손을 휘저었다. 열두 개의 부적이 고도의 손짓을 따라 빠르게 각자의 자리를 잡았다.

부적 여섯 개가 먼저 고도를 중심축으로 동서남북과 천정, 천저에 자리를 잡았다. 나머지 여섯 중 네 개는 수직과 수평을 정확하게 가르고, 두 개는 현재 떠 있는 태양과 그 반대편에 있어 모습을 볼 수 없는 달의 방향에 자리 잡았다. 부적들은 각기 위치한 곳에서 빛을 발했다. 서로가 서로의 면면에 빛을 비추고, 반사되는 빛으로 서로의 틈을 메우니 그 모습이 흡사 겨울의 밤하늘에 펼쳐진 별자리와 같았다. 혼천의보다도 정확하게 세계와 세계 너머의 별이 구현됐다. 그것은 고도를 중심으로 펼쳐진 소우주나 다름없었다. 부적들이 발하는 빛 속에서 고도가 눈을 떴다. 고도는 마치 앞이 보이지 않는 장님처럼 초점이 없는 눈으로 말했다.

"대롱아."

청사를 부르기 무섭게 땅 아래가 진동한다. 청사는 그 불길한 느낌에 사방을 경계하면서 고도에게도 소홀히 하지 않았다. 고도는 여전히 아무것도 보지 못하는 눈으로 가만히 앞쪽만을 응시했다.

"요괴에게 있어서 가장 맛있는 먹이가 무엇인 줄 아느냐."

"그게 지금 여기서 할 소리냐! 너 뭔 짓을 한 거야. 앞이 안 보여?"

"내가 아주 맛있는 미끼이자 먹이가 되었거든."

"뭐?"

"요괴들이 유독 탐내는 먹이는 양기가 넘쳐나는 생명이다. 대부분의 요괴는 음의 기운이 월등해서 밤중에 활동하고 여성으로 둔갑하기도 한다. 그들은 건장한 사내들을 주로 잡아먹는데 그 이유는 부족한 양기를 채우기 위해서다. 대낮의 태양을 받으면 넘치는 음과 부족한 양의 균형이 어느 정도 맞을 수 있지만 태양은 그들에게 있어서 지나치게 뜨거운 양기거든. 그래서 인간 남자들이 언제나 표적이 되는 것이다. 더욱이 양기가 눈에 띄게 큰 남자가."

"……너 설마."

"열두 마리의 요괴가 나를 탐하기 위해 달려올 것이다. 나는 지금 인위적으로 내 몸의 음양을 겉으로 드러내서 앞이 보이지 않고 냄새를 맡을 수 없으며 소리를 들을 수도 없다. 혹 지금 내게 말을 걸고 있다면 다음으로 미루지 않겠느냐. 네 목소리가 들리지 않는다."

청사는 왜 고도가 요괴를 불러내는 데에 있어서 '유혹하는 기술'이라 칭했는지를 이해했다. 눈과 귀와 코가 먼 고도의 지금 상태는 더 큰 힘을 탐욕스럽게 찾는 요괴들의 본능을 자극하는 꼴이었다. 고도가 이 해괴한 도술을 풀지 않는 이상 사방의 요괴들이 맛있는 먹이를 노리고 달려들 것이 뻔하다.

"정확히 일각의 시간을 주겠다. 그때까지 네가 나를 대신해서 열두 마리를 상대해라. 일각이 지나면 나 역시 도술을 풀 것이다. 미처 상대하지 못한 놈들이 검은 연기를 남기고 사라지는 일이 없도록 모두 기절시켜 놓아야 한다."

"야! 그렇게 멋대로 하면—."

"널 믿겠다."

정말로 아무 소리도 못 듣는지 고도는 제 할 말만 하고 앞이 보이지 않는 눈꺼풀을 닫아 버렸다. 반듯한 자세로 태평하게 눈이나 감고 있는 고도를, 청사는 어처구니가 없는 표정으로 쳐다봤다. 요괴들을 불러들이겠다고 제가 미끼가 되었다. 그리고 그게 끝이라니.

뭐, 애초에 큰 판을 그렸다고? 이건 분명 처음부터 그린 판이 아니다. 혼자였다면 다른 술법을 펼쳤을 텐데 청사가 있어서 급히 방법을 바꾼 게 분명했다. 고도의 속셈이 무엇인지, 정확하게 알지 못하는 청사로서는 답답했다. 무모한 행위에도 태평한 태도를 보이는 것이 지독하게 고도다우면서도, 약점을 직접 드러낸 것이 한편으로는 그답지 않았다. 청사가 열두 마리의 요괴에게 역으로 당하기라도 하면 무방비한 상태의 고도는 바로 요괴의 먹잇감이 될 것이 아닌가.

스스로를 내던진 이유가 어찌 되었든, 청사가 요괴들을 이기도록 만든 배수의 진이라는 점은 다름없다. 무방비한 고도를 내버려 두고 청사가 도망치거나 전투에서 질만한 일말의 가능성마저 모두 말소해 버린 것이다.

"내가 물러나지 못하는 이유까지 직접 만들어 주시고, 참으로 친절도 하셔라."

청사는 쯧, 혀를 차면서 주변을 둘러보았다. 곳곳에서 검은 연기를 내뿜는 요괴의 모습이 보였다. 꽃님에게서 떨어져 나간 자괴는 물론, 방금 전 한 노인의 등에 매달려 있던 축괴에서 양, 돼지, 토끼, 말 등의 짐승 머리를 갖고 갑옷을 두른 나머지 십이지괴들도 나타났다.

청사는 한때 도깨비 소가 했던 말이 생각났다.

'고도는 요괴들에게 인기가 많아.'

그 말뜻을 이제는 알 것 같다. 오랫동안 도력을 갈고 닦은 고도가 직접적으로 자신의 기운을 사방에 노출하니 그 힘의 크기와 형태를 눈으로 확인할 수 있었다. 요괴가 아닌 청사가 보기에도 고도의 기운은 굉장히 매력적이다. 음양이 어느 한쪽으로 치우치지 않고 조화로운 것은 물론, 인간이 한평생 쌓아도 못 이룰 거대한 크기는 인간이기보다 신선에 가까웠다. 기운은 검푸른 색을 바탕으로 수없이 많은 금색의 빛이 박힌 것과도 같으니 마치 은하수가 펼쳐진 밤하늘 같지 않나. 단순한 음양을 떠나 신비롭고 영묘한 형태다. 이러한 인간의 기운을 취한다면 하찮은 요괴라도 단숨에 신수가 되리라.

청사는 백택을 힐끔 바라봤다. 싸우는 능력이 없는 백택은 요괴들이 몰려드는 형상에 제법 곤란한 기색을 보였다. 기린도 그러하고, 백택도 그러하고, 신수들은 세상의 이치를 관장할 줄만 알지 누군가 도와주지 않으면 제 한 몸 건사하기도 힘든 나약한 짐승들이었다.

"백택."

지척까지 다가온 요괴들을 보고 무르춤 뒤로 물러서던 백택이 청사를 돌아봤다. 그러다 청사와 눈이 마주치고는 깜짝 놀라 발을 휘저었다. 청사의 눈이 세로로 길쭉하게 변해 있었다. 푸른 하늘을 닮은 눈동자는 특유의 청명함을 유지하고 있으나, 얇아진 동공의 면적만큼 늘어나서 서늘한 느낌이 배가 됐다.

백택이 놀란 것은 그 기이한 눈동자의 모습 때문이 아니었다. 인간의 눈처럼 유지하고 있던 힘을 풀자 둑으로 막고 있던 물이 한꺼번에 쏟아지듯 청사의 힘이 흘러넘쳐서다. 그 힘은 요괴의 것과는 달랐다. 신수나 신선의 영험함과도 거리가 있었다. 노력으로 연마한다 하여 얻을 수 있는 힘이 아니다. 태어날 때부터 하늘에 소속되어 하늘의 기운을 빌려 쓴 이들만의 것이었다. 지상에 발붙이고 사는 그 어떤 생명체도 흉내 낼 수 없는 것 말이다.

백택이 당황하여 구름꼬리를 흔들었다. 청사는 그런 백택에게 쉬, 하고 입가에 손가락을 가져갔다. 아마도 지금부터 보게 될 장면은 영원히 비밀에 부치라는 무언의 명령이리라.

「일각밖에 시간이 없다. 한꺼번에 상대해 주마.」

성대에서 나오는 목소리와 다른 소리가 천지를 울렸다. 고도의 힘을 탐하기 위해 몰려들었던 십이지괴는 예상치 못한 힘을 느끼고 주춤했다. 그들은 기이한 기운을 내뿜는 청사를 바라봤다. 한 번도 접해 본 적 없는 이질적인 힘 앞에 당황하여 어수선하게 서로를 쳐다보았다. 이대로 도망가야 할지, 아님 차려 준 밥상처럼 먹음직스럽게 앉아 있는 고도를 공격해야 할지. 극단적인 양자택일 사이에서 갈팡질팡했다.

요괴는 탐심貪心을 억누르지 못해 요괴라 칭하니. 선조들의 옛말은 틀린 것이 없었다. 십이지괴는 제 목숨이 위태롭다는 사실을 알면서도 당장의 이익을 취하는 데에 정신이 팔렸다. 그들은 너나할 것 없이 청사와 고도가 있는 초가지붕 위로 달려들었다. 그들의 일발 공격에 청사가 삐뚜름히 웃어 보였다.

「흥, 단순한 놈들.」

사나운 호랑이 머리를 가진 인괴寅怪가 선봉에서 청사를 잡아먹기 위한 커다란 아가리를 벌렸다. 빼곡하게 자리 잡은 거대한 이빨에, 입을 쩌억 벌리니 위아래의 길이가 한 장에 달할 만큼 거대한 입은 위압적이었다. 인괴는 포효를 내질렀다. 청사의 머리통만 한 거대한 주먹이 위협적으로 공기를 갈랐다.

퍼엉!

소리보다 충격파가 더 멀리까지 전해진다. 담장 위에 헐겁게 올려놓은 기왓장이 공기에 밀려 바닥으로 떨어졌고, 바닥의 꽃이 드러누웠다. 난폭한 정권은 누구도 막아 세우기 힘들 것처럼 보였지만 청사에게는 예외였다. 청사는 거대한 주먹을 눈앞에 두고도 어디 하나 다친 구석 없이 멀쩡한 모습으로 서 있었다. 인괴의 주먹을 피하지 않았다. 오히려 맨손으로 그 주먹을 받아 냈다. 특별한 요술이나 도술을 쓴 것도 아니건만, 힘도 들어가지 않은 손으로 인괴의 주먹을 멈춰 세웠다.

청사는 당황한 인괴를 비웃었다. 턱을 들고 쳐다보는 시선은 인괴의 정권을 어린애 장난 수준으로 여기고 있었다. 청사는 손을 펼쳤다. 주먹을 막아 세운 손은 도리어 호랑이의 팔목을 잡았다. 인괴가 반사적으로 크릉, 비명을 닮은 소리를 흘렸다. 손목을 쥔 청사의 손이 도저히 뿌리칠 수 없는 거대한 악력을 발휘하여 인괴는 괴로운 소리로 울었다. 급기야 인괴가 발작하듯 청사를 때려 죽이려들자, 청사는 무식한 반발을 더는 상대할 가치도 없다는 듯 손목을 놔주면서 몸통채로 바닥에 내동댕이쳤다.

인괴가 처박힌 담벼락이 와르르 무너졌다. 부서진 돌 더미 아래서 인괴는 사나운 이빨을 드러냈다. 광기로 번들거리는 눈과 이빨은 청사를 당장이라도 갈기갈기 찢어 버릴 듯하다. 인괴가 산과 들이 울릴 정도로 커다랗게 포효하자 잠자코 인괴와 청사의 합을 구경하던 열한 마리의 요괴들이 움직이기 시작했다. 요괴들이 합심하여 일제히 달려들 기세이자 청사는 본격적으로 그들을 맞이할 준비를 했다.

청사는 몸을 빗겨 서서 다리를 앞뒤로 벌렸다. 두 손은 가슴 높이까지 올렸다. 한 손은 날계란을 부드럽게 감싸 쥔 듯 주먹을 쥐었고, 다른 한 손은 손날을 세웠다. 왕실에서 정식으로 편찬된 무예교본인 《무예제보》에도 나온 바 없는 특이한 자세다. 이 나라 무술은 기본적으로 병기를 이용하고 말을 탄 상태에서 공방을 가르치거늘, 맨몸으로 상대하는 것은 간단한 호신술 외엔 없다. 그런데도 청사는 호신술로는 설명할 수 없는 특이한 자세로 십이지괴를 위협했다.

　근간을 알 수 없는 이상함에 마냥 휩쓸릴 수는 없기에 곤봉과 창을 든 소, 용, 원숭이, 돼지, 말 요괴가 동시에 청사를 공격했다. 청사의 머리 위로 날카로운 병기가 쏟아졌다. 청사는 사방에서 달려든 무기 중 축괴와 용괴의 것을 양손으로 막아 냈다. 그 밖의 병기를 막을 손이 부족하다. 그럼에도 청사는 겁에 질리거나 그 자리를 피해 고도를 위험에 노출하지 않았다. 자신을 노리는 병기를 얼음 같은 눈으로 노려볼 뿐이다.

　병기들은 인괴의 정권과는 비교할 수 없는 거대한 요기로 청사를 내리찍었다. 충격음과 충격파가 멀리까지 전해졌다. 땅이 울리고 나무들이 사납게 흔들릴 정도였다. 하지만 요괴들은 저희끼리 승리에 도취되어 기뻐할 수 없었으니, 산산조각이 났어야 할 청사는 멀쩡하고 도리어 저희들 병기만 먼지가 되어 바닥에 부서져 있었다. 곤봉에 머리가 함몰되고 창에 어깨가 동강 나도 이상하지 않았을 청사는 머리카락 한 올도 다친 바 없이 서 있는 게 아닌가.

　영악한 원숭이 요괴가 몸을 냅다 뒤로 뺐다. 청사는 그 틈을 놓치지 않았다. 손을 뻗어 원숭이 꼬리를 쥐었고 그대로 바닥에 패대기쳤다. 끽끽 울어대는 원숭이의 비명소리를 들으면서 나머지 요괴들은 빠르게 뒤로 물러났다. 그들은 당황하여 이만 드러낸 채 실속 없는 으르렁거림만 흘렸다.

상급요괴의 무기도 통하지 않는다. 청사의 신체는 금강불괴金剛不壞에 가까웠다. 십이지괴도 몰라보는 힘이 청사의 몸을 한 꺼풀 덮어 금강석과 같은 능력을 발휘했다. 시간을 끌어 좋을 것이 없다 판단한 것일까. 열두 마리가 힘을 모두 꺼내어 동시에 달려들 준비를 한다. 각개별로 청사를 상대할 수 없다고 판단하고 합동 공격을 하려는 것이다. 그 모습에 청사는 날카로운 송곳니를 드러내고 눈을 빛냈다. 섬뜩하리만큼 차가운 빛이 요괴들을 금방이라도 잡아먹을 것만 같다.

「그래, 그렇게 나와야지.」

하늘이 점점 어두워진다. 중천에 떠 있던 해가 서서히 몰려드는 먹구름에 모습을 감추었다. 하늘 아래 세상이 온통 먹구름에 그늘이 지나니, 청사가 도포 자락 밑으로 드러낸 꼬리가 위협적으로 흔들렸다. 암운을 향해 반갑다는 듯 반응하는 꼬리는 검푸른 비늘이 한 방향으로 자라난 뱀의 그것과 비슷했다. 다른 것이 있다면 매끈한 꼬리 끝이 갈라지며 갑옷 같은 날개가 돋아났다는 점이다. 꼬리와 똑같은 비늘에 뒤덮인 날개는 지느러미에 가까웠다.

비늘이 뒤덮인 오른팔은 조금씩 길어져 땅에 끌릴 정도가 되었다. 어깨까지 검게 물들어 버린 오른팔은 팔꿈치라는 관절이 없었다면 짐승의 발로 보기 충분했다. 다섯 개의 손가락은 네 개로 개수가 줄어들었으며 매끈하던 손톱은 날카로운 발톱으로 변모했다. 그것은 청사의 본래 손보다 열 배는 컸으며, 인괴의 주먹을 거뜬히 붙잡을 정도의 악력을 지닌 듯했다. 청사는 발톱 끝을 까딱였다.

「와라.」

용의 발이다. 백택은 청사의 변형된 신체를 보다가 슬며시 고도 쪽으로 시선을 옮겼다. 청사는 이 모든 장면을 비밀에 부치라 무언의 명을 내렸지만, 청사마저도 안일하게 생각했던 문제가 있다.

고도는 보고 듣고 냄새 맡는 것만 못 할 뿐, 피부로 와 닿는 모든 기운을 감지할 수 있다. 고도처럼 오래 산 도사는 청사가 발현하는 힘을 모두 알아챌 것이다. 힘의 종류와 그 힘을 운용하는 실력 그리고,

힘을 사용하는 자가 정확하게 누구인지까지를.

「이런 자리를 일부러 마련한 듯한 건 내 착각인가. 그대가 '청사' 혹은 '대롱이'라 부르는 저자의 정체를 확인해 보려고, 이런 술수를 꾸민 것이 정녕 내 착각이냔 말이다.」

백택이 말을 붙여도 고도는 감은 눈을 뜨지 않았다. 살갗에 와 닿는 청사의 기운에 집중한 것처럼, 고도는 홍채 없는 흰자위로 멍하니 허공을 응시할 뿐이었다.

꽃님은 무너진 지붕을 내려다봤다. 그 아래엔 반쯤 깨어진 동경銅鏡이 깔려 있었다. 꽃님은 동경에 비친 제 모습을 내려다봤다. 젊고 아름다운 여인이다. 인상을 험악하게 짓고 있으나 표정만으론 그 아름다움을 변질시키지 못했다. 하지만 어째서인지 꽃님을 감쌌던 기묘한 기운은 걷혀 있었다. 그저 쳐다보는 것만으로도 묘하고 설레는 감정을 안겨 주던 눈빛은 평범한 인간의 것으로 돌아왔으니 아무리 턱을 세우고 몸가짐을 달리해 보아도 선녀처럼 신비롭던 느낌은 들지 않았다. 파르르 떨리는 손으로 치맛자락을 움켜쥔 꽃님은 아랫입술을 깨물었다. 그녀는 여종을 밀치고 대문간 옆 마구간으로 걸었다.

"마, 마님!"

꽃님은 마구간에서 마부가 손질하는 말 한 마리를 뺏었다. 하녀의 손

에서 고삐를 낚아챈 꽃님은 볼품없는 자세로 말등 위에 기어올랐다. 마구간을 지키던 머슴은 마님이 말에서 떨어져 다리라도 부러질까 싶어 말이 흥분하지 않도록 달래느라 크게 애를 먹어야 했다. 꽃님은 머슴을 밀쳤다. 머슴이 어이쿠, 놀란 소리를 터뜨리며 바닥에 엉덩방아를 찧었지만 꽃님은 개의치 않고 고삐를 잡았다.

"아, 아이고, 마님! 잠시만요!"

머슴과 하녀가 헐레벌떡 말을 붙잡으려 했으나, 꽃님은 무작정 말의 옆구리를 발로 찼다. 앞발을 들어 올리고 큰소리로 울어 젖힌 종마가 반쯤 열린 마구간을 박차고 튀어나갔다. 뒤에서 식솔들이 난리가 났지만 꽃님은 단 한 번도 등 뒤를 돌아보지 않았다. 거친 말의 옆구리를 사정없이 차면서 마을 외곽을 향해 무작정 달리기만 했다.

말에 앉는 일조차도 처음인 꽃님은 고삐를 생명줄처럼 붙잡았다. 달리는 말의 반동에 허벅다리 안쪽은 욱신거릴 정도로 아팠다. 허리를 세울수도 없어 납작 엎드린 채로 말의 목에 매달렸다. 땅을 보며 말을 타려니속이 울렁거리며 머리가 아파서 눈물이 났다. 사랑방의 귀한 난초처럼 지내 온 자신이 어이하여 이런 곤욕과 수모를 당하는가. 분하고 억울했지만 이를 악물며 버텼다.

머리마저 짧게 잘라 버린 천한 것에게 속았다. 아름답게 해주겠다더니부적만 불태우고 사라졌겠다.

"내가 가진 전부를 앗아간 파렴치한. 내가 직접 죽일 것이다. 죽여서이 분함과 원통함을 달랠 것이다!"

미모를 잃은 자신을 서방과 시부모가 사랑해 줄 것인가. 나아가 그녀를 칭송하던 마을사람들의 호의를 잃게 될지도 모른다. 생각만으로도 끔찍한 일이다. 그녀는 혹 눈물이 떨어질까 봐 억지로 고개를 들었다.

멀미와 두통을 안고 간신히 도착한 바닷가 객사는 고요했다. 해변으로 밀려드는 파도 소리만 평화롭게 울렸다. 하지만 해변을 거니는 갈매기나 게들이 저를 보고도 어떠한 반응을 보이지 않으니 부적의 힘을 잃었다고 다시 한 번 실감했다. 새들도 아침이면 창가로 다가와 노래를 불러 주고 태양을 바라보던 해바라기도 모두 저에게 고개를 돌리곤 했는데 그것이 일장춘몽처럼 사라진 것이다. 꽃님은 앙다문 잇새를 씹으며 한가로운 바닷가를 바라봤다. 새도, 게도, 바람도, 파도도 뭣 하나 저를 보며 반기는 기색이 없다.

객사엔 시무룩한 안주인이 홀로 앉아 있었다. 모든 일을 망친 고도를 붙잡기 위해 득달같이 왔건만 정작 찾는 사람은 보이지도 않고 동생만 있었다. 바다만 보면서 한숨을 푹 내쉬는 꼴이 꽃님 눈에 그렇게 청승맞아 보일 수가 없다.

구질구질해. 저렇게는 살고 싶지 않아.

꽃님은 저와 같은 핏줄이란 사실만으로도 동생이 싫어서 미칠 지경이었다. 생긴 것도 싫고, 성격도 싫다. 어디 바닷가 구석에서 어부랑 혼인하고 조용히 사는가 싶었더니 이런 일로 얽혀서 인연이 이어지니 그 얼마나 짜증나는 일인가.

"얘!"

꽃님은 동생이 앉은 마루로 가까이 다가갔다. 인기척을 느낀 안주인은 고개를 돌렸다가 꽃님을 발견하곤 깜짝 놀라 어깨를 떨었다.

"어, 언니?"

심약한 동생의 반응에 꽃님은 눈살을 찌푸렸다. 한번 미운털이 박히니 무슨 짓을 해도 거슬렸다. 꽃님은 겁먹은 눈으로 저를 쳐다보는 동생에게 쏘아붙였다.

"옥님이, 너 나랑 얘기 좀 하자."

"나, 나는 언니랑 할 말 없어."

"이런 뻔뻔한 년이 있나. 너희 객사에 머리 짧은 도사 하나가 머물고 있지? 다 알고 왔어."

"뭐? 언니가 그걸 어떻게……."

"여봐, 이 못된 도사 놈아! 썩 나오지 못할까!"

꽃님은 동생의 허락도 받지 않고 방 안 문을 쾅쾅 열어젖히며 고도를 찾았다. 다 낡은 방문 너머는 차게 식은 바닥뿐이었다. "도사 놈아, 도사 놈아!" 외치던 꽃님은 제 분을 참지 못하고 동생에게 앙칼지게 쏘아붙였다.

"너니? 네가 도사한테 내가 사는 곳을 알려 주고, 스님께 받은 부적에 대해 말을 한 거냐고!"

꽃님의 기세에 놀란 동생이 미처 입을 떼기도 전이었다. 꽃님의 목소리가 한층 더 앙칼스러워졌다.

"어쩜 이리도 나쁜 생각을 먹었니! 내가 잘되는 게 그렇게 눈꼴 시렸어? 왜, 할머니 일이 아직도 원망스러워서 그래? 그게 내 탓이냐고!"

옥님은 손에 하얀 뼈가 불거질 만큼 힘을 주어 치마를 움켜쥐었다. 찢어질 것처럼 날카롭게 구겨진 옷자락이 떨렸다. 발끝만 바라보던 옥님은 고개를 들어 언니를 노려보았다. 두 눈엔 분노와 원망이 터질 듯 자리 잡고 있었다. 원수라도 노려보는 듯 사나운 동생의 눈빛에 꽃님은 조금도 위축되지 않았다. 아무 말도 못 하고 꼼지락거리던 것보다 백배는 나은 동생의 모습에 비소를 지을 뿐이다. 꽃님은 손을 내밀고 그 끝을 까딱였다. 가까이 다가오라는 뜻이다. 평소라면 겁먹고 우물쭈물했을 동생이 성큼 다가왔다. 가까이서 본 동생의 눈 속에서 불꽃이 일었다. 할머니와 관련된 일에서만큼은 결코 고개를 숙이지 않는 동생다웠다.

"언니 정말 못됐어. 알아?"

꽃님은 해풍에 이지러진 머리카락을 그러모아 뒤로 넘겼다.

"할머니가 무슨 심정으로 언니를 찾아갔는지 몰라서 그런 말을 하는 거야?"

"늙은이 얘길 또 꺼내잔 거니!"

"언니가 쫓아냈어. 늙고 힘없는 모습이 시댁에 한심하게 비쳐질까 봐 부끄럽다면서 내쫓았지. 할머니는 오갈 곳이 없어서 이 허름한 객사에 오려고 했어. 그 길에 쓰러지셨고. 인적 드문 길에서 홀로 쓰러지셨기에 돌봄도 받지 못하고 돌아가셨어. 이걸 알면서도 정녕 언니는 단 한 번의 죄책감도 들지 않았단 거야? 왜 그렇게 못된 거야!"

옥님은 조모의 사망을 언니의 탓이라 굳건하게 믿고 있다. 꽃님은 그런 옥님의 발언을 괘씸하게 생각했다.

"누가 누굴 보고 못됐대. 사촌이 땅을 사면 배가 아프다더니, 네년이야말로 제 핏줄 잘되는 꼴을 보질 못하면서."

"왜 사람이 그렇게 독한 마음먹고 남들 상처 주면서 살아? 착하게 살면 안 돼?"

"이젠 내 심성까지 논하는구나!"

"언니가 그 예쁜 얼굴로 사람들에게 조금만 상냥하게 대했어도, 할머니는 돌아가시지 않았을 거야!"

"뻔뻔하기 이를 데가 없다. 이젠 네가 내 생활 방식까지 오지랖을 부리는구나. 좋아, 하나 묻자. 네가 생각하는 착하다는 게 뭐냐?"

"남들 도우면서, 선망받으면서 사는 거잖아."

"내가 왜 그래야 하는데?"

"언니."

"아름다우면 무엇이든 용서 받을 수가 있어. 조금 못되게 굴어도 예쁘니까 성질내도 괜찮대. 언제나 착하게 굴 필요는 없잖아. 그건 남의 눈치나 신경 쓰고 남들에게 미움받지 않으려는 너 같은 애들이 지켜야 할 미덕인 거야. 나는 안 그래도 되는 거고."

동생은 속눈썹을 떨었다. 치마를 움켜쥔 손은 핏기가 가셨고, 깔끔하게 올렸던 머리는 어지러이 헝클어져 두 뺨 위로 흘러내렸다. 충격으로 몸을 가누지 못하고 비틀거리는 동생의 몰골이 재밌다. 꽃님은 그런 동생에게 다가왔다. 눈 밑에 짙은 그늘을 드리운 머리카락이 입술에 붙어 떨어지지 않자, 그것을 손수 떼어 내주면서 조근조근한 어조로 말했다.

"난 가만히만 있어도 사랑받잖아. 내게 주어진 예쁜 얼굴을 이용하는 게 뭐 어때서? 부러우면 너도 스스로를 가꾸렴."

"……그렇게 멋대로 굴면서 예쁨받고 싶어?"

"응."

"그런데 왜 언니를 예뻐한 할머니는 미워한 거야?"

"미워하진 않았어. 짜증났을 뿐이지."

"왜……."

"할머니는 나보다 널 더 좋아했잖아."

"그게……, 그게 싫어서 할머니가 돌아가시게 내버려 둔 거였어?"

꽃님은 개미 같은 목소리로 묻는 동생을 돌아봤다. 격렬한 감정에 휩싸인 동생이 어깨까지 들썩였다. 햇살을 등진 동생의 얼굴엔 짙은 그림자가 길게 드리워져 있었다. 제 감정 하나 유순하게 조절하지 못하는 동생을 보면서 꽃님은 미간을 좁혔다. 평소엔 소심한 주제에 한번 억눌렸던 감정이 터지면 니무도 충동적이라 어려서부터 머리끄덩이를 잡고 여러 차례 싸웠다. 크고 나선 머릿결이 상한다고 꽃님이 먼저 동생을 피했지만 지금은 그럴 상황이 아니었다.

옥님이 화가 난 만큼, 꽃님도 화가 난 상태였다. 망할 도사 때문에 부적을 잃었는데, 도사는 동생 객사에 머물고 있는 손이란다. 도사 일을 동생에게 덮어씌우고 싶었다. 네가 도사를 받아 주고 이 마을에 머물게 해서 내가 피해를 보았노라고. 꽃님은 저를 향해 쏘아붙이는 동생의 말을 씨근덕거리며 들었다.

"나는 언니가 아름다움을 무기 삼아 많은 이들에게 사랑받는 것을 나무라고 싶지 않아. 나 역시 언니가 아름답다고 인정해. 그걸 지키기 위해서 필사적으로 노력하고 갈고 닦는 걸 어떻게 비난하겠어."

"하, 너야말로 열등감에 사로잡혀 나를 모함할 시간에 스스로를 가꾸고, 남 잘되는 꼴에 배 아파하지나 마."

"모함이라니. 할머니를 돌아가시게 만든 게 내가 지어 낸 소리란 거야?"

"그게 아니면 뭔데?"

"하지만 언니는!"

"염병할! 내가 죽였다고? 이년아, 노쇠한 할멈이 혼자 돌아다니다가 쓰러진 것뿐이잖아. 어디다 죄를 뒤집어씌우는 건데!"

동생은 깜짝 놀라 간질 환자처럼 몸을 떨었다. 꽃님은 꽃같이 화사한 얼굴로 천출도 입에 담지 않는 상스러운 소리를 뱉었다. 믿을 수 없게도 어여삐 웃는 표정 그대로 동생을 보고 있었다. 저리도 예쁜 얼굴로 그리 험한 말을 내뱉다니. 꽃님의 공격적인 언사가 이어졌다.

"할멈이 우리 집에 왔던 건 사실이야. 그래, 우리 집에 찾아온 할멈을 내가 내쫓았어. 늦은 시간에 우리 집에 와서 받아들여지지 않았다면 할멈 집으로 돌아가야 하잖아. 그런데 어디로 갔지? 바로 너네 집으로 갔어. 그게 왜 내 잘못이야? 할멈이 빨빨거리며 돌아다닌 잘못이지!"

동생의 눈이 새빨갛게 충혈됐다. 돌아가신 조모를 모욕하는 언니를 용서할 수 없다는 표정이다. 동생은 꽃님의 손목을 붙잡고 머리채라도 쥐어뜯을 것처럼 달려들었지만 꽃님은 짧게 비명을 지르면서 그녀를 밀쳤다. 몸의 중심을 잃은 동생이 발라당 넘어졌다. 꽃님은 헝클어진 머리를 그러쥐고 어깨를 들썩이며 소리쳤다.

"상 지내라고 돈도 줬잖아! 양지바른 곳에 묻으라고 땅도 떼어 줬어. 너보단 내가 더 할멈 가는 길을 챙겼어! 그런데도 착하지 않다고 말하는 게 얼마나 우습기 짝이 없는지! 가난하고 구질구질하게 살면서 할멈 가시는 길에 아무것도 못 해준 네가 그게 할 소리야?"

돈이 없는 것엔 반박하지 못하는지라, 옥님의 얼굴이 붉어졌다. 그녀는 덜덜 떨리는 손으로 치맛자락을 움켜쥐었다. 객관적으로 말하자면, 옥님보단 꽃님이 돌아가신 조모를 극진히 대우한 것이 맞았다. 겉으로 보기에는 누가 봐도 분명한 사실이었다.

"난 할 거 다 했어! 적어도 너보단 더 많이 했어! 죽은 할멈을 이제 와서 어쩌라고!"

"언닌 할머니가 불쌍하지도 않아? 그립지도 않아? 우릴 버린 엄마 아빠 대신 키워 주신 분인데, 조금도 죄책감이 안 들어?"

"늙어서 뒈진 걸 나보고 어쩌라고? 그리고 난 그딴 가난한 집에서 없이 크던 거 생각하고 싶지도 않아. 엄마 아빠가 우릴 버렸더라도 나는 혼자 클 수 있었어. 어디 좋은 양반 댁 수양딸로 들어갈 만큼 예뻤단 말이야. 내 앞길을 막은 게 할머닌데 뭐가 불쌍한데."

"어떻게 그런 소릴 할 수가 있어. 할머니가 언닐 얼마나 예뻐했는데."

"나보단 널 예뻐했겠지."

"언니."

"내가 몰랐을 거 같아? 할멈은 나보다 널 엄청 아꼈어. 생판 모르는 남들도 날 예쁘다고 아껴 줬는데 할멈만 내게 잔소리하고 가끔 회초리로 종아리도 때리고 그랬다고. 난 할멈 안 그리워. 너나 그리워해."

옥님은 바닥을 나뒹굴면서 다친 손바닥과 깨진 무릎을 어루만졌다. 넘어진 몸을 일으켜 날렵하게 언니에게 달려드는 대신 바닥의 흙을 그러쥐었다. 한파에 꽁꽁 얼은 땅이었지만 손톱이 깨질 정도로 힘주어 파내니 푸석거리는 흙덩이가 옥님의 손바닥 아래서 뭉쳐졌다. 옥님이 뭘 하는지 모르는 꽃님은 그저 씩씩거리며 동생을 노려볼 뿐이었다.

"할머니가 나를 더 챙겼던 건 내가 불쌍해서야. 언니는 누구에게나 사랑받을 수 있게 태어나서, 조금 더 엄격하게 대했던 거고. 언닌 지금 유일하게 언니를 사랑해 주지 않았다 생각하는 할머니가 미워서 아주 못된 짓을 하고 있어."

옥님이 손에 그러모은 흙을 꽃님의 얼굴에 뿌렸다. 눈앞을 자욱하게 가린 흙먼지가 곧 눈 속으로 파고들자 꽃님은 꺅 하고 비명을 질렀다. 흙이 들어간 눈이 너무도 따끔거렸다. 소매로 눈을 벅벅 비비자 흙먼지에 상처 난 눈이 새빨갛게 충혈되었다. 눈알이 욱신거리고 아팠음에도 꽃님은 제게 다가오는 옥님을 죽일 듯이 노려보았다. 눈에 흙이 들어가 눈물이 쏟아지는 건 꽃님인데, 도리어 옥님이 더 큰 상처를 받은 양 펑펑 울고 있었다.

"언닌 천벌 받을 거야. 정말 정말로 천벌 받을 거야."

그 말과 동시에 꽃님은 바닥에 놓인 짱돌을 잡았다. 다가온 동생의 머리에 인정사정없이 휘둘렀다. 옥님이 무언가 대처할 시간이 없었다. 순식간에 골을 때린 짱돌에 사방으로 피가 튀었다. 눈을 천천히 까뒤집고 바닥에 쓰러진 동생을 보며, 꽃님은 씨익씨익, 거친 숨만 몰아쉬었다.

"못된 계집애. 열등감에 사로잡혀서 제 언니 망하라고 고사나 지내는 계집애!"

그러나 아무리 기다려도 옥님은 눈을 뜨지 않았다. 바닥에 얼굴을 박고 넘어진 그대로 미동조차 없었다. 흙바닥 위로 선명하게 퍼져 나가는 핏물을 보자, 꽃님도 씨익씨익 몰아쉬던 숨을 멈추었다. 그녀의 눈동자가 흔들리기 시작했다. 손발이 얼어붙은 것처럼 차가워졌다.

"옥님아?"

불러도 대답 없는 동생에게 꽃님이 한 걸음 다가갔다. 점점이 번져 오는 핏물이 어느새 꽃님이 신고 있는 귀한 꽃신을 붉게 물들였다.

"옥님아. 애, 장난치지 마. 퍼뜩 일어나지 않고 뭐 하니?"

비릿한 피내음이 진동했다. 덕장에서 말리는 황태와 과메기 비린내보다 심한 비린내. 해변을 때리는 파도 소리가 유독 크게 느껴지면서 꽃님은 천천히 자리에 주저앉았다. 옥님은 고개를 들지 않았다. 비릿한 붉은 물만 꾸역꾸역 토하면서, 아주 오랫동안 손끝 하나 움직이질 않았다.

쾅.

태양을 가린 구름이 횃불처럼 타오르다 바닥에 벼락을 내리꽂는다. 하늘에서 섬광이 떨어지면서 세상은 눈이 멀 정도로 빛나다가 어두워졌다. 하늘의 포악한 움직임은 한 번으로 그치지 않고 연쇄적으로 이어졌다. 사납게 울던 구름이 다시 불타면 천둥이 뒤따르고 뇌격은 지상까지 떨어졌다.

십이지괴는 저희 주변으로 수많은 벼락이 내려치자 어찌할 바를 몰랐다. 아무리 급이 높은 요괴라도 그것은 땅을 기반으로 삼아 살아가는 생명들 사이에서 힘이 우월하다는 뜻이지, 하늘에 비견할 수는 없다. 하늘의 힘은 건드릴 수조차 없는 종류였다.

열두 요괴는 언제 어디로 벼락이 떨어질지 몰라 하늘을 살폈지만 이렇다 할 방도는 없었다. 하늘을 지켜보고 있으면 운 좋게 벼락이 떨어질 지점은 피할 수 있지만 밝은 빛에 눈이 멀고 만다. 시력이 돌아올 땐 이미 늦은 뒤라, 청사는 눈 뜬 장님을 상대로 여유롭게 꼬리를 휘둘렀고, 날카로운 지느러미가 박힌 꼬리는 철퇴처럼 요괴들을 날려 버렸다. 그렇다고 하늘을 살피지 않으면 벼락에 맞아 정신을 까무룩 잃고 마니, 이러지도 저러지도 못 하는 상황이다.

원숭이 요괴는 동료들이 벼락에 대응 못 하고 쩔쩔 매는 사이에 고도 뒤편으로 살금살금 옮겨 갔다. 빛나는 부적 열두 개 사이에 양반다리로 앉아 있는 고도가 보인다. 반짝이는 부적 빛은 마치 밤하늘에서 떨어진 별똥별처럼 신비롭고 아름다웠다. 그 수많은 빛무리 속에서 고도가 자신의 모든 힘을 개방하고 있었다. 원숭이 요괴는 눈앞에 펼쳐진 만찬을 보듯 고도를 향해 끼릭끼릭 웃으면서 덤벼들었다.

「어딜 가느냐, 간악한 요괴야.」

원숭이 요괴가 고도를 노리기 무섭게 청사가 막아 세운다. 동료들을 상대하고 하늘에서 벼락을 내리꽂느라 바쁜 줄로만 알았던 청사가 기척도 없이 원숭이 앞을 가로막은 것이다. 청사는 눈매를 접어 웃으면서 겁에 질린 요괴의 턱을 강아지처럼 살살 쓸어 주었다.

「나를 쓰러트리고 가야 하지 않겠느냐.」

원숭이를 놀리는 사이에 두 마리의 요괴가 고도의 양옆에서 접근했다. 청사는 발톱을 튕겨 원숭이를 무너진 담벼락에 사정없이 내리친 뒤, 기다란 꼬리를 돌렸다. 꼬리는 날렵한 짐승처럼 고도를 노리던 토끼와 닭 요괴를 휘감았다. 닭은 날개를 펼쳐 재빨리 도망쳤지만, 토끼는 몸통을 옮죄는 꼬리 힘에 비명을 내질렀다.

「새소리처럼 맑고 깨끗한 비명이로다.」

청사는 토끼를 다른 요괴들 무리로 집어 던져 한꺼번에 세 마리를 바닥에 처박았다. 요괴 여러 마리가 단숨에 자빠지고 처박히는 수모를 지켜보던 용 머리가 움직였다. 진괴辰怪는 언월도처럼 커다란 칼날이 굽은 창을 들고 있었다. 새까만 창날에는 부조처럼 새겨 넣은 글자가 있어서 청사가 잠시 시선을 뺏겼다. 부웅, 휘두르는 창날을 자세히 살펴볼 시간이 없었기에 글자는 읽지 못했다. 그러나 창날에 글자가 박힌 것이 고도의 서전검을 떠올리게 했다.

진괴의 무기는 청사의 신체에 상처를 내지 못하던 다른 요괴들의 무기보다 강했다. 청사가 창날에 새겨진 글자를 보고 집중력이 흐트러진 이유도 있었지만, 그 자체가 특수한 무기임을 입증하듯 금강석처럼 단단한 청사의 어깨에 박힌 것이다.

피가 위로 솟구쳤다. 푸른 도포는 순식간에 검붉은 핏빛으로 물들었다. 청사는 어깨의 통증에 인상을 썼다. 처음으로 청사에게 영향을 준 공격을 이어 가려는 듯, 진괴는 쉴 틈을 주지 않고 창을 휘둘렀다.

같은 수법에 두 번 당할 청사가 아니다. 청사는 상처 난 어깨 따윈 안중에도 없이 용의 팔을 뻗었다. 네 개의 발톱은 청사 키의 세 배는 족히 될 진괴를 가볍게 움켜쥐었다. 진괴의 창보다 더 큰 발톱이 갑옷을 부수었다. 진괴가 입을 쩌억 벌리고 시뻘건 불을 뿜었지만 검푸른 비늘에 뒤덮인 청사의 왼팔은 겁화의 열기도 느끼지 못했다.

「그 무긴 뭐지?」

청사의 관심은 오로지 진괴의 창이었다. 진괴가 용의 힘을 본뜬 요괴라지만 물을 다스리는 것은 오직 바다용왕의 소관이니, 불을 내뿜는 진괴는 용보다는 이무기에 가까웠다. 청사는 사방에 불을 토하는 진괴의 발악은 안중에도 두지 않았다. 다만 손을 까딱여 진괴의 창을 빼앗고는 가까이 가져와 꼼꼼하게 살필 뿐이다.

창날에 글자가 써 있지만 세월이 지나 마모가 된 탓인지 제대로 읽을 수는 없었다. 단 한 글자, '사인검四寅劍'의 표식만큼은 명확했다. 사인검은 인년, 인월, 인일, 인시 즉 십이지의 인이 네 번 겹치는 해, 달, 날, 시에 삿된 귀신을 물리칠 수 있도록 호랑이의 기운을 불어넣어 만든 검이다. 칼 표면에는 요괴와 귀신을 퇴치하는 주문과 더불어 천기를 알 수 있는 별을 새겨 넣는데, 진괴가 가지고 있던 사인검은 은을 입사해 상감을 하여 이십팔수의 별자리 그림이 그려져 있었다. 사인검은 대대로 왕가의 안녕을 위해 주술적인 의미에서 제작했다고 들었건만, 어째서 상급 요괴가 가지고 있는 것인지 알 길이 없다.

청사는 복잡한 표정으로 사인검을 쳐다보다가 고도를 돌아봤다. 허리를 반듯하게 세우고 앉은 고도는 잠을 자듯 고요한 표정으로 눈을 감고 있었다. 그에겐 잘 때도 몸에서 떼어 놓지 않는 죽통과 더불어 낡은 천으로 검집을 가리고 온통 녹이 슬어 정체를 알 수 없는 '서전검'이 있다.

서전검. 그 이름을 곱씹자 청사는 불현듯 한 가지 추측을 하게 되었다. 서전검은 혹, '사진검四辰劍'을 위장하기 위하여 지어 낸 이름은 아닐까 하는 생각이다. 사진검은 용을 뜻하는 진이 네 번 겹친 해, 달, 날, 시에 만든 검으로 최고의 벽사검이라 일컬어진다. 이것은 오로지 왕만이 지닐 수 있는 물건으로, 왕이 자기 호신과 벽사를 위해 주술용 검을 만들어 소지했다.

고도라면 왕가의 물건을 가지고 있을 수 있다. 그는 선왕과 친분이 두터워서 무궁한 신뢰를 얻었다고 하지 않나. 정말로 고도가 지닌 검이 사진검이라면. 그것은 용에게 유일하게 상처를 낼 수 있는 보검이다.

청사의 얼굴에 불안감이 떠올랐다. 청호림에서 고도에게 자신의 정체를 우연히 말하고 말았다. 그동안 고도가 용족을 향한 악감정이 커서 정체를 알게 되면 떠나지 않을까 전전긍긍했는데, 의외로 고도는 청사를 쉽게 받아 주었고 지금까지 청사의 정체가 문제가 된 적은 없었다. 그래서 까마득히 잊고 있었다. 고도가 청사를 용왕과는 전혀 별개의 존재로 인정해 주고 있다 하더라도, 청사와 동해 용왕 모두 '용'이라는 한 종족이라는 사실을 말이다. 고도가 사진검으로 용왕을 상대하겠단 생각을 버리지 않는 이상, 청사는 용족에 대한 고도의 미움을 일 년 열두 달 떠올리며 괴로워할 것이다.

「일각이 다 되어 간다.」

백택의 목소리에 청사는 움칠, 어깨를 떨었다. 사인검을 보며 불안함을 감추지 못하던 청사는 곧 아랫입술을 깨물었다. 그는 용의 손으로 사인검을 붙잡아 그대로 부숴 버렸다. 조각난 검날이 우수수 바닥으로 떨어졌다.

「빌어먹을.」

청사의 눈이 매섭게 수축했다. 어깨에서 끊임없이 흘러내리던 피가 멎고 검상은 순식간에 아물었다. 동시에 먹구름으로 가득하던 하늘이 갈라졌다. 노랗고 하얀 번개가 빛나면서 우르르 우르르 울어대던 하늘이 열렸다. 요괴들은 천지가 개벽하는 듯한 그 위험한 장면에 모두 몸이 굳었다. 어디로도 도망갈 곳이 없다. 요괴들이 발붙이고 있는 땅 어딜 가도 저 구름은 머리 위에 항시 떠 있을 것이니.

청사가 오른손을 휘두르자 갈라진 하늘에서 수백 발의 벼락이 동시에 떨어졌다. 청사를 중심으로 반경 한 장 내에 빗줄기처럼 벼락이 빼곡하게 쏟아졌다. 눈을 감아도 눈꺼풀 밖에서부터 하얗게 빛이 일어날 정도로 벼락이 뿜어낸 빛과 천지가 울리는 거대한 소리가 주변을 가득 메웠다. 지금까지 벼락을 피해 다니던 요괴들도 이번에는 속수무책이다. 열두 마리 모두가 섬광 같은 뇌격을 얻어맞고 비명을 질렀다.

청사는 손을 한 번 더 휘둘렀다. 벼락을 맞고도 정신을 잃지 않은 몇몇 위로 손수 한 방을 더 먹여 줬고, 눈에 초점이 있는 것들에겐 꼬리를 휘둘러 기절시켰다. 그 손속은 굉장히 잔혹하여 지켜보던 백택마저 식은땀을 흘렸다. 꼬리를 말고 도망치는 요괴들마저 머리채를 잡고 끌고 와 벼락을 떨어트렸다. 마지막 발악이라는 듯 있는 힘을 다해 덤비는 요괴는 발로 거세게 차버리고 철퇴 같은 꼬리로 다리를 부러뜨렸다.

벼락이 떨어진 주변은 쑥대밭이 되었다. 검게 그을린 바닥 위엔 불에 타서 기절해 버린 요괴 열두 마리가 죽은 듯이 쓰러져 있었다. 그 가운데에 서 있는 청사는 열두 마리를 모두 시간에 맞춰 쓰러트렸다는 만족감 대신 고통스러운 눈빛을 하고 있었다.

청사는 고도의 곁으로 다가왔다. 흉측하게 변했던 오른팔이 사람 팔의 모습으로 돌아오고, 요괴들을 후려쳤던 기다란 꼬리도 도포 속으로 사라졌다. 청사는 여전히 입술을 깨문 채 고도 앞에 우뚝 멈춰 섰다. 고도는 눈을 뜨지 않았다. 아직은 일각이 되지 않은 모양이다.

"고도."

청사는 미동도 없는 고도에게 손을 뻗었다. 고도의 볼에 닿은 손바닥이 유난히 뜨겁다. 청사의 손에서 핏기가 사라져서인지, 도술을 유지하고 있는 고도의 몸에 무리가 가서 열이 나기 때문인지 구별할 방도는 없었다.

때마침 일각이 지나고 고도는 눈을 떴다. 초점은 여전히 맞지 않은 흐릿한 시선이었다. 눈앞의 청사를 알아보지 못하고 먼 곳을 응시하던 눈이 느리게 깜빡였다. 두 무릎 위에 얌전히 올려놓았던 손이 움직였다. 손끝이 허공을 더듬자 고도 주변을 둘러싼 부적이 반응했다.

처음에는 부적에서 화려하게 내비추던 빛이 사그라졌고, 두 번째로는 동서남북과 고조, 수평과 수직, 해와 달의 위치에 정확하게 놓였던 정밀함이 흐트러졌다. 마지막으로 할 일을 다한 열두 개의 부적에서 화르륵 불길이 솟아올랐다. 부적이 흔적도 없이 사라지자 비로소 고도의 두 눈에도 초점이 돌아왔다.

잠을 자듯 평온하던 신진대사도 활동성을 되찾기 시작했다. 느리다 싶던 호흡도 평소대로 빠르게 들숨과 날숨을 반복했다. 공명으로 아무것도 들을 수 없던 귀. 색과 형태를 구분 못 하던 눈. 마지막으로 꽃의 향과 벼락불에 타버린 나무 등걸의 냄새를 구분 못 하던 코가 본래의 기능을 되찾자 고도는 청사를 알아보게 되었다.

청사는 묘한 표정을 짓고 있었다. 우는 건지 웃는 건지 알아보기 힘든 감정이다. 고도는 청사의 얼굴에서 시선을 떼지 못했다. 눈을 뜨자마자 주변을 살펴보고 청사의 공을 추켜세울 생각이었는데 칭찬을 기다리는 표정으로 웃고 있어야 할 청사가 이유 모를 얼굴을 하고 있다. 청사의 분위기가 전에 본 적 없이 이상했다.

"무슨 일 있었느냐."

고도가 조심스럽게 묻자 비로소 청사가 이상한 표정을 감춘다. 숨을 깊게 들이마신 청사는 눈을 꾸욱 감았다 떴다. 고도가 이해 못 할 표정은 사라졌다. 그 자리엔 고도도 명확하게 읽을 수 있는 기쁨의 표정이 자리잡았다. 조금 전의 이상한 분위기는 애초부터 있지 않았다는 것처럼 청사는 고개를 숙여 고도의 볼에 입을 맞췄다.

"고도, 다음부턴 이런 엉뚱한 짓 하지 마. 얼마나 가슴 졸였는지 알아?"

"새삼스럽긴."

"앞으론 무슨 계획이 있으면 내게 설명하고 해. 설명 없이 또 이러면 훼방 놓을 거다."

"흐음. 갈수록 요구 조건이 늘어나는구나."

"싫다는 거야?"

"아니. 너이기에 괜찮다는 뜻이다. 한데 몸은 괜찮으냐? 어깨를 다친 것처럼 보인다만."

"으응, 괜찮아. 나보단 네가 더 걱정이야."

"네가 안전하게 지켜 주어서 이렇게 멀쩡하지."

고도는 초가지붕에서 폴짝 뛰어내렸다. 사방이 불바다가 되어서 사람들이 여기저기서 비명을 지르고 난리도 아니다. 다행히 불바다 안쪽에 고립된 사람은 없어서 모두들 바깥쪽에서 불길이 다른 집으로 옮겨 붙지 않도록 애를 썼다. 화려하게 불장난을 했다지만 십이지괴가 꼬치구이처럼 바닥에 새까맣게 기절해 있으니 청사의 실력만큼은 인정해 줘야겠다.

고도는 등에 메고 있던 죽통을 풀고 뚜껑을 열었다. 요괴들은 반항도 못 하고 죽통 안으로 빨려 들어가 봉인되었다. 죽통은 한층 무거워졌다. 죽통의 무게에 어깨가 짓눌려서 조금 아플 정도였다. 고도는 그 무게를 통해 봉인해야 할 요괴 숫자가 얼마 남지 않았음을 깨달았다. 어깨가 무거워지는 만큼 마음이 가벼워져 청사를 돌아보는 얼굴은 밝았다.

"대롱아. 네놈을 다시 봐야겠다."

그 말인 즉, 요괴 열두 마리를 상대한 청사를 칭찬함이렷다. 미사어구도 없는 칭찬 한마디에 청사는 기분이 들떴다. 고도가 매번 한 수 아래로 취급해서 심사가 꼬였었는데 이젠 까만 조약돌 같은 두 눈이 거짓 없이 청사를 인정하지 않는가. 청사는 콧대를 세웠다. 내친 김에 자화자찬하여 고도의 신뢰감을 더 키워 볼 생각을 했다.

"네가 이번처럼 연약해 보이던 건 처음이야."

"오호, 청사 공주와 고도 왕자의 역할을 바꿔 본 소감을 들어 보자."

"나쁘지 않아. 가끔 나한테 맡겨 놓고 너는 내 등 뒤에 숨어 있어도 괜찮겠어."

"네놈이 제법 남자구실을 하게 되었구나. 앞으로 네 막대기 외의 부분을 기대해 봐도 되겠느냐."

"마, 막대기?"

오전에 사랑방에서 했던 이야기가 떠오른 청사가 얼굴을 붉혔다. 표현은 몹시 당혹스럽지만 어쨌든 청사를 인정해 주었으니 그 성과만 기억하기로 했다.

대롱이라는 그 호칭만 아니라면 이렇게 놀림받는 관계를 좀 개선할 수 있을는지. 청사는 체면이 서지 않는 대롱이란 이름이 싫었지만, 그것을 거부하고 포기하자니 호칭에 담긴 고도의 애정마저 놓칠 것 같아 싫단 말을 하지 못했다. 대신 고도의 볼을 손으로 꼬집고 쭉쭉 잡아당기는 것으로 응징했다. 고도는 청사의 손에 조물딱 놀아나면서도 제법 진지한 얼굴로 말간 하늘을 올려다보았다. 아래서 위를 쳐다보면 보이지 않지만 실상은 하늘을 덮고 있을 검은 안개를 지그시 응시했다.

"이젠 저걸 처리해야겠지."

쭈욱 늘어난 볼을 깨물면서 좋아하는 청사의 손에서 힘겹게 빠져나온 고도가 백택에게 다가갔다. 초가지붕 한편에는 백택이 충직한 개처럼 앉아 있었다.

"백택. 이제 귀매를 걷어내려 한다. 구경하겠는가?"

백택은 여덟 개의 눈동자를 제각기 다른 방향으로 굴렸다.

「귀매를 인간의 힘으로 조종할 수 없다는 걸 그대도 알지 않는가.」

"그래, 나는 직접 손을 대지 못한다. 그러니까 거기 얌전히 앉아서 구경하거라. 내가 손도 안 대고 처리하는 장관을 공짜로 보여 주지."

고도는 백택의 의심을 놀리는 듯 장난스럽게 웃어 보였다. 귀매를 손도 안 대고 처리한단 말을 좀처럼 믿지 못하는 백택이었다. 그에게 솜씨를 자랑하듯, 고도는 부적 몇 개를 손가락 사이에 끼웠다. 부적에 도력을 밀어 넣자 청사도 익히 아는 능력이 발현되었다. 고도를 이름보다 더 유명하게 만든 호칭. '환영 도사'는 그 누구보다 환상과 둔갑술을 잘 다룬다 하여 붙여진 말이었다. 고도는 환영 도사라는 말이 유명무실하지 않음을 보여 주며 능숙하게 한 가지 환상을 만들어 냈다.

부적이 만들어 낸 연기 속에서 걸어 나온 것은 다름 아닌 아주 어린 여자애였다. 열 살이나 되었을까. 포동포동한 볼살이 찹쌀떡 같아서 한입 베어 물고 싶을 만큼 귀여운 아이는 커다란 두 눈을 울먹이고 있었다. 금방이라도 울음을 터뜨릴 것처럼 아슬아슬하다. 까만 눈망울이 가려질 만큼 눈물이 가득 차올랐다. 보는 사람을 더욱 당황스럽게 만드는 아이는 아니나 다를까 금세 커다랗게 울어 젖혔다.

"으앙!"

두 눈에서 홍수가 났다. 잘 막은 둑이 장마철 비를 이기지 못하고 터져 버린 듯했다. 아이는 몹시 공포에 질려서 다시 한 번 더 자지러지게 울었는데, 간밤에 악몽을 꿔서 우는 것과는 비교할 수 없었다.

"으아아아아아아앙!"

귀신보다 더 소름 끼치는 뭔가를 본 것처럼, 세상의 모든 공포에 정신이라도 놓을 듯이 발작적으로 울었다. 아이가 우짖자 귀매가 움직이기 시작했다.

「이쪽으로 오고 있어.」

백택은 고도가 만들어 낸 아이를 바라봤다. 극한의 공포에 내몰린 듯 울어 버리는 아이. 이대로 실신한다 해도 이상하지 않을 아이의 공포심은 이 마을 누구와도 비교할 수 없는 정도였다. 귀매는 이성이 없어서 고도의 눈속임을 알아채지 못했다. 단순히 아이의 공포에 반응할 뿐 도술로 만들어 낸 환상까지 구분할 능력이 없었다. 해가 뜨면 그림자가 짙어지는 자연의 섭리처럼 귀매가 사람의 음습한 마음에 이끌리는 이치를 고도가 이용하는 것뿐이다.

참으로 기발한 방법이로다.

백택은 새삼스럽게 고도를 바라봤다. 환영이라 할지라도 술법을 시전하는 도사가 직접 경험한 것을 바탕으로 만들어 낸 아이다. 어린아이의 모습을 하고 있지만 실상은 고도가 목이 꺽꺽 멜 정도로 울고불고 난리 치는 공포심을 느껴 본 적 있다는 뜻이다. 저 평온한 얼굴 어디에서 저런 끔찍한 공포를 경험했을꼬. 백택은 고도의 능력과 경험을 가늠해 보았다. 비록 고도의 곁에서 오랫동안 알고 지낸 것은 아니나, 땅의 울림과 바람의 소리, 물의 움직임만으로 세상의 이치에 통달한 백택에게 한 인간을 이해하는 일은 어렵지 않았다.

「귀매를 끌고 어디를 갈 셈인가.」

고도는 술법으로 불러들인 귀매가 구름처럼 몰려든 머리 위를 바라봤다. 보기만 해도 으슥하건만, 고도는 개구진 어린아이처럼 그 모습을 구경하기 바빴다.

"가다가 부적에 돌을 매달아 바다에 버릴 생각이다."

「오호라, 기발한 방법이구나. 부적이 찢어져도 바다에 머무는 귀매는 금방 흩어져 더는 민가를 괴롭히지 못하겠구나.」

"백택이 놀라다니. 그 정도는 다 생각하고 움직이는 것이다."

「지금 막 방법을 찾은 것으로 보이네만.」

"모로 가도 자량으로 가면 되지. 그 방법을 이르게 찾건, 늦게 찾건 뭐가 중할꼬."

백택은 고도의 뻔뻔함이 싫지 않았다. 항상 위엄 있는 모습을 가장하는 군주들만 상대하다 보니, 이렇게 뻔뻔한 너스레도 나쁘진 않다. 백택은 개를 다루듯 저를 쓰다듬는 고도의 손길을 쳐내지 않았다. 이토록 커다란 갈기에 많은 눈을 가진 개는 세상에 없지만 여느 집 복실이나 누렁이를 다루는 살가운 손길이다.

"백택, 그대도 수고가 많았다. 그대가 요괴의 정체와 위치를 정확하게 알려 준 덕택에 모든 일을 신속하게 처리할 수 있었다."

「마을의 평안을 유지할 수 있다면 그 정도 수고야 기껍다.」

"앞으론 나 같은 도사에게 강제로 붙들리지 말고, 바다에서 편히 지내라."

백택은 처음으로 빙그레 웃었다.

「그대 같은 인간이라면 굳이 군주가 아니라도 능히 내 지력을 나누어 주고 싶구나.」

"저런, 반사회적인 위험한 사고로다. 백택이 백성까지 일일이 신경 써서야 되겠는가. 그대는 군주만을 대하거라. 나는 유일한 예외적 인물로 두고."

고도는 공포심이 극대화 된 아이를 부적의 모습으로 되돌렸다. 겉모습은 사람의 형태에서 종잇조각으로 바뀌었으나 귀매가 반응하는 어두운 감정을 방출하는 것은 여전하다. 부적의 문양은 금빛으로 환하게 빛났다. 이것을 찢지 않는 이상 귀매는 부적의 힘을 따라오리라. 부적을 소매 속에 밀어 넣은 고도를 보자 백택도 떠날 채비를 했다. 여느 뜨내기들이 그러하듯 제 볼일이 끝나면 머물 이유가 없는 것이다. 백택은 그네들처럼 등에 메고 갈 봇짐은 없지만 주변에 흩뿌린 상서로운 기운을 갈무리할 필요는 있었다.

「내가 조금 더 도움이 되었다면 좋았겠지만.」

백택의 여덟 눈동자가 청사를 향한다. 그것들은 조그마한 움직임으로 청사에게 눈인사를 건넸다.

「좋은 게 좋은 거겠지.」

고생 없이 일이 일단락 지어졌으니 그보다 더 기꺼운 결말이 어디 있겠느냐는 말을 남긴 채, 백택은 하늘로 날아올랐다. 아쉬움이라곤 일말도 묻어나지 않는 가벼운 걸음이었다. 갈무리한 기운이 안개처럼 새어 나와 백택을 감쌌고, 사자와 황소를 섞어 놓은 듯한 형상은 그렇게 희끄무레 사라졌다.

고도는 백택이 사라진 하늘만 말없이 올려다보다가 두 손으로 배를 감쌌다. 꼬르르륵. 세상에서 가장 불쌍한 절규다. 복잡하게 얽힌 일들이 얼추 마무리 지어지자 긴장이 풀린 모양이다. 팔다리는 무겁고 머리는 조금 아프며 졸음과 배고픔이 동시에 느껴졌다.

"안 하던 짓을 해서 배가 놀랐나 보다."

스스로를 책망하면서 고도는 강문 하나 때문에 꽃님네 종갓집을 상대하고 백택까지 소환하여 귀매를 붙든 일련의 과정을 떠올리고는 서글픈 표정을 지었다. 늙으면 주책없어진다. 신선 장오를 스승으로 뫼시면서 직접 봐왔던 오지랖을 똑같이 따라하는 격 아닌가. 다시 한 번 꼬르르르륵. 밥때가 아님에도 징징거리는 배를 움켜쥐고 한숨을 삼켰다.

백택의 구름 같은 꼬리도, 그 주변을 자욱한 안개처럼 휘감고 있던 상서로운 기운도 이젠 찾아볼 수 없다. 남은 것은 청사가 엉망으로 만들어 버린 가옥 몇 채와 벼락불에 발화되어 버린 풀과 나무들 그리고 벼락불이 옮겨붙어 타닥타닥 타들어 가는 초가지붕의 어지러운 모습뿐이었다. 고도는 여느 때와 다름없이 무척이나 평온한 표정이었다. 청사는 그 얼굴을 물끄러미 바라보다 저도 모르게 흘리듯이 말했다.

"고도. 너는 새로운 이를 만나고 헤어지는 것에 익숙한가 봐."

하늘을 담은 까만 동경 같던 눈이 청사를 비췄다. 고도는 청사의 말을 곱씹더니 물었다.

"너는 슬픈가."

"그다지 슬픈 건 아니야. 그래도 너한테 백택은 쉽게 만날 수 있는 이가 아니잖느냐."

"조금 더 데리고 다닐 걸 그랬나? 아님 갈기라도 일부 잘라다가 기념으로 가지고 있어도 좋았을 텐데 아쉽네."

"그런 뜻이 아니야. 너는 내가 만난 사람 중에 가장 많은 사람을 만나고 다니거든. 어떤 인간은 한곳에서 태어나 평생 그곳을 벗어나지 못하고 손에 꼽을 정도로 적은 사람하고만 안락하게 지내잖아. 너는 이 땅을 방랑하듯 돌아다니며 온갖 인간군상을 다 만나고. 그래서 사람들을 만나고 헤어지는 게 익숙하냐고 물어본 거야."

"흐음. 종종 드는 생각인데 대롱아, 너는 참 여러 가지를 생각하는 것 같다."

"내가?"

"인간의 삶이 낯설고 신기해서 그런 거냐. 때론 내가 당연하다고 생각하는 상식을 물어보니 다시 한 번 생각하게 만들어서 고맙다만. 너무 깊게 생각할 필요 없다. 시작이 있으면 끝이 있지 않느냐. 그게 세상의 이치란다. 어차피 이별할 거라 생각하고 시작하면 그리움이나 아쉬움 같은 게 오래가지는 않더구나."

"그게 말처럼 쉽지는 않을 텐데 대단하네."

"왜 쉽지 않느냐. 네가 꽝철이와의 이별에 아쉬워하지 않는 것과 비슷하다."

청사는 눈꼬리를 내려 시무룩한 감정을 드러냈다. 제가 꽝철이에게 이별의 슬픔을 느끼지 못하는 건 그만큼 꽝철이란 존재에게 큰 의미를 두지 않아서다. 그러한 감정을 매번 새로운 존재를 만날 때마다 느낀다면 외롭고 쓸쓸하지 않을까. 누굴 만나도 헤어질 걸 전제로 삼는 건 슬픈 일이다. 특히 어울려 지내기를 좋아하는 인간들 입장에서는 참으로 불행한 일이다.

"고도, 그럼 나랑도 언젠가 헤어질 거라 생각하면서 대하고 있는 거야?"

고도는 고개를 들고 청사의 눈을 마주했다. 어떻게 말해도 상처받지 않을 테니 솔직하게만 대답해 달라는 눈빛이지만, 실상은 크게 낙심할 준비를 하고 있었다. 고도를 대하는 청사가 언제나 불안해 보이는 것도 고도가 모든 만남에서 이별을 예정하는 태도를 보이기 때문이다. 너는 그들과 다르다. 특별하다. 그렇게 말해 주지 않는 이상 청사의 불안감은 걷히지 않으리다.

고도는 그 정도로 섬세한 청사의 감정을 알지 못했지만 저를 대할 때마다 마음 한편으로는 어떠한 걱정과 불안감을 보이는 청사를 어렴풋이 알고는 있었다. 청사가 이 관계에 확신을 갖지 못하고 매번 자신감을 잃는 이유는 전적으로 고도 자신의 탓이라 생각했다.

고도는 청사를 두 팔로 안았다. 포근하게 껴안아 등을 토닥이자 그 순간만큼은 작게 안도하는 청사였지만 어깨의 긴장을 완전히 풀지 않았다. 고도는 상처 난 어깨에 조심스럽게 입술을 가져갔다. 욱신거리는 통증 사이로 희미하게 느껴지는 입술의 온기에 청사가 멈칫했다.

"우리는 미래가 아닌 지금에 열중하자. 나는 너와 헤어지는 것보다 지금 이 순간 사랑하는 것에 집중하고 싶다."

단순히 청사를 달래려는 빈말이나 가식적인 위로가 아님을 증명하듯, 고도는 청사에게 다시 한 번 말했다.

"사랑한다."

청사는 그런 고도가 고맙고 또, 이런 식으로 고도의 마음을 강요하는 스스로가 한심해서 눈가가 붉어졌다. 울지 않으려고 노력했지만 고도의 머리에 기댄 눈가에서부터 물기가 젖어드는 건 어쩔 수 없었다. 마른 삭풍처럼 푸석거리듯 건조한 머리카락 사이로 청사는 입을 맞췄다.

"대답을 피했어. 나랑 헤어질 거냐고 물었는데 현재에 집중하자는 말만 하고 있네."

"사람 사는 게 얼마나 복잡한데, 그런 거 함부로 약속하면 안 되지."

"빈말로도 못 해줘?"

"난 거짓말 못한다."

"네 장기가 거짓말이란 것쯤은 나도 알거든."

"흐음. 우리 대룡이가 이리 삐쳐서 어떡하지. 내가 어찌 위로해 주면 좋을까."

"위로해 줄 거야? 그럼, 음. 어떤 걸 부탁하지."

"네 세 번째 다리의 욕구 타령만 아니라면야."

"윽, 내, 내가 뭐 만날 너만 보면 밝히는 줄 알아!"

화들짝 놀란 청사를 보면서, 고도는 작게 웃음을 흘렸다. 청사를 안고 있던 팔을 푸르고 거리를 벌리니 붉어진 얼굴로 새침하게 눈을 흘기는 청사의 얼굴이 보였다. 긴 속눈썹이 흔들리고 그 아래 자리 잡은 하늘색 눈동자가 고도를 정면으로 똑바로 바라보지 못하는 게 가슴을 설레게 한다는 사실을 고도는 처음으로 깨달은 기분이었다. 고개를 내밀어 살짝 입을 맞추니 청사가 제 쪽에서 입술을 내민다.

고도는 입에서 턱으로, 볼에서 귀, 목으로 쪽쪽거리며 넘나드는 청사의 입술에 약한 간지러움을 느끼고 살포시 미소 지었다. 고도의 얼굴과 목을 종이 삼아 붉은 입술자국을 잔뜩 남기고서야 청사는 비로소 고도를 손에서 놔주었다. 고도는 제 볼을 감싸고 있는 청사의 손을 잡아 손바닥에 입술을 묻고 눈을 감았다. 청사의 따듯한 마음에 한껏 취하듯 천천히 숨을 들이마신 고도가 자리에서 일어났다.

"오늘은 정말 수고 많았다."

그렇게 노고를 치하한 고도가 청사를 데리고 지붕 위를 뛰어 내려왔다. 사방은 불길에 휩싸였는데 그 불길을 지나는 고도와 청사는 조금도 위협적인 느낌을 받지 못했다. 특히 청사는 고도가 곁에 있다는 것만으로도 아늑하고 편안한 기분이었다. 고도가 속삭여 준 사랑한다는 고백을 몇 번이나 떠올려 곱씹은 탓일까. 머릿속 생각에 심취해 있느라 청사는 고도의 표정에 근심의 그림자가 드리워져 있다는 걸 뒤늦게 발견했다.

눈에 띄게 낯빛이 어둡지는 않지만 고도가 무언가를 골똘히 생각한다는 것 자체가 청사의 시선을 잡아끌었다. 청사는 고도가 조금 지쳐 보인다고 생각했다. 도술을 무리해서가 아니다. 그 표정은 고도가 생각이 많아서 정신적으로 피곤할 때 짓는 얼굴이었다. 귀매 일을 일단락한 사람이 지을 표정이 아니다. 조금 더 후련해야 할 텐데 어째서.

청사는 고도의 시선을 따라가 쳐다보았다. 시선 끝에는 청사가 벼락을 내려쳐 검게 그을린 땅이 보였다. 마른하늘에서 수백 발은 떨어진 낙뢰의 흔적. 그것을 물끄러미 쳐다보는 고도를 보자 청사는 심장 한쪽에 무거운 돌을 얹은 기분이 들었다.

설마. 설마 아니겠지. 설마, 응? 아니라고 해줘.

하늘이 내려친 벼락의 흔적을 고도가 어떤 심정으로 보고 있는지를, 청사는 차마 마주 볼 자신이 없어 고개를 돌리고 말았다.

"불바다라면 이 꽝철이님이 나서야 하는 일인데! 나만 빼놓고 둘이서 불장난을 하다니, 너무하다!"

객정의 좁은 나루에 남자 셋이 나란히 앉아 있었다. 과메기를 김에 싸 먹고 있는 도사 고도. 고도가 먹을 과메기를 손수 쌈을 하여 먹여 주는 고급 비단 차림의 어여쁜 도령, 청사. 그리고 쑥대머리에 불쾌한 얼굴을 가진 매서운 눈매의 불지네, 꽝철이까지. 꽝철이는 불같이 화를 내며 앞에 앉은 두 남자를 다그치고 있었다. 마을의 불장난 벼락이라 말하며 고도의 죽통에 붙잡힌 십이지괴들이 들었으면 서러워할 소리를 내뱉었다.

"마지막은 신명 나게 놀고 싶었건만."

마지막이란 말에 과메기를 우물우물 씹던 고도가 꽝철이를 바라봤다.

"웬 마지막 타령인고."

"나도 이만 가봐야 하지 않겠느냐."

"귀향이냐."

"도깨비를 설득하지 못했어. 앞으로도 설득하지 못할 거고. 그러니 너와 같이 다닐 이유가 없겠구나."

음식물을 마저 씹어서 삼킨 고도가 고저 없는 목소리로 대꾸했다.

"고향으로 돌아가겠다면 보내주마. 붙잡지 않겠다."

"그럼 있지, 떠나기 전에 네게 한 가지만 물어봐도 될까?"

"얼마든지."

"너와 도깨비가 어떻게 만나고 지금까지 같이 지내 왔는지 말해 주지 않을래."

"흐응?"

"솔직히 도깨비 우두머리가 제령과 퇴마를 업으로 삼는 도사와 함께 다니는 건 누가 봐도 이상하잖아. 조합이 얼마나 신기한데."

우물우물, 제 말을 먹어 버리듯 끝을 흐린 꽝철이는 고도의 눈치를 살폈다. 괜히 민감한 부분을 건드려서 고도가 예측 못 할 반응을 보이진 않을까 지레 조심스러워했다. 하나 꽝철이의 걱정과 달리 고도는 여전히 평온한 얼굴이었다. 십이지괴를 잡는다고 도력을 써서 조금 지치고 피곤해 보였지만, 꽝철이의 질문에 기분이 상하거나 예민한 대응을 보이진 않았다.

"꽝철아."

"응?"

"옛날이야기 좋아하느냐."

옛날이야기라 함은 꽝철이도 간혹 주인공이 되는 민담과 전설을 뜻하는 것인가. 딱히 좋을 것도, 싫을 것도 없었다. 어른들이 어린애들을 빨리 재우거나 울음을 그치게 만들려고 지어 낸 이야기 혹은 실재하는 것을 각색하여 부풀린 이야기에 호오를 갖다 붙일 필요는 없었다. 굳이 호오를 꼽으라면, 글쎄다. 꽝철이는 옛날이야기를 좋아하지 않는 부류이지 않을까. 이야기 속에 등장하는 꽝철이 자신은 언제나 못된 요괴로 사람들을 괴롭히고 결국 영웅에게 혼쭐나서 한산뫼에 처박힌 내용뿐이니.

"나와 연관된 이야기는 싫어하지만, 너와 도깨비가 얽힌 옛이야기라면 곶감이라도 가져다 놓고 얘기하고 싶구먼."

"곶감이라. 객정 안주인에게 부탁하면 구할 수도 있을 듯한데, 어디 갔을꼬."

"곶감 타령 그만하고 얼른 얘기해 보아라. 어서, 어서."

"네놈도 변태였느냐. 이야기 하나에 그렇게 열렬히 좋아할 필요는 없을 텐데."

"뭐라 생각해도 좋으니까 들려줘라. 응?"

꽝철이의 어린애 같은 보챔에 고도는 자리에서 일어나 똑바로 앉았다.

"한 50년 전이었을 거다. 나와 소가 만난 게 말이야."

예고도 없이 시작된 이야기에 꽝철이와 청사 모두 고도를 주목했다. 고도는 머리를 벽에 기대어 하늘을 가만히 쳐다봤다. 그러다 피식 웃음을 흘렸다.

"너희 둘처럼 사이가 지지리도 나쁘게 만났었지."

이야기는 그렇게 시작되었다.

옛날 옛적 호랑이 담배 피우던 시절. 아니, 호랑이가 담배 피우는 시늉까지 도술로 만들어 내곤 했던 고도가 강문을 처음 만났던 때였다. 강문은 젊고 잘생긴 승려였다. 듣기론 왕가의 핏줄이라는데 어미가 천출이라 도성에서 살 수 없었기에 한 바닷가 마을로 도망쳤다고 한다. 그 이야기의 사실 여부를 확인할 수는 없지만, 왕가에 사생아가 있었다는 사실과 어린 나이에도 세상 이치에 밝은 현명함은 군왕의 자질로 보기에도 충분했기에 제법 신빙성이 있었다. 강문은 고도가 첫눈에 호감을 가진 몇 안 되는 사람 중 하나였다. 그러나 어디 고도가 마음에 드는 인간이라고 쫄래쫄래 쫓아가서 좋아한다 고백할 치인가. 고도는 지금도 그렇듯 당시에도 쉽게 사람에게 다가가지 않았다.

'네놈이 나와 친해지면 불행한 일에 휘말린다. 옥황상제가 내게 그런 저주를 내렸거든.'

터무니없는 변명을 대며 히죽 웃기만 하는 고도에게 먼저 다가올 사람이 없기도 하고 말이다. 처음엔 고도를 참으로 허풍이 심한 도사라 생각했던 강문은 차츰 고도에게 호감을 가지기 시작했다. 자꾸만 피하려는 고도에게 가까이 다가가려는 시도를 했다. 그때마다 고도는 질색을 하고 강문을 피했다. 무언가에 겁먹은 사람처럼 자꾸 거리를 두면서도, 선뜻 강문을 떠나지 못한 것은 고도 역시 강문 못지않게 그를 마음에 들어 해서라. 강문은 나무에서 내려오지 않고 멀찍이서 소리 없이 따라오는 고도를 보며 그렇게 말하곤 했다.

'너는 마치 고양이 같구나. 잔뜩 털을 세워 경계하면서 졸졸 따라오는 꼴이 딱 들고양이로다.'

괘씸한 인간 같으니라고. 자신처럼 악명 높은 도사를 한낱 미물로 취급하는 강문에게 발끈한 고도는 그 길로 나무에서 내려와 강문의 옆에 서게 되었다. 그리고 난생 처음으로 자신과 친해진 인간 중 유일하게 강문만이 아프거나 다치지 않는다는 사실을 알게 되었다.

'넌 다치지 않는구나.'

고도의 그 말에 강문은 웃어 보였다.

'강하니까 다치지 않지.'

강한 자는 곁에 두어도 다치지 않는다는 것을 알게 되었다. 약한 자들은 모두 죽거나 사라졌건만, 강하면 괜찮았다. 처나 아이처럼 잃지 않아도 된다. 그 자체가 고도에게 얼마나 큰 위로가 되었는지 모른다. 고도는 사람의 온기에 많이 굶주려 있었다. 처음으로 정이 통한 강문에게 미움받고 싶지 않아 애를 쓸 정도였다.

지나가는 사람들에게 천방지축으로 장난을 걸던 악행을 멈추었다. 강문이 시주를 하러 다니는 마을에서 작게나마 사람을 돕기도 했다. 강문이 마을 여자들을 모아놓고 부처의 경전을 읽어 줄 때는 고도도 근처 나무 위에 올라가 그 온화한 얼굴과 목소리에 집중했다. 설법을 하는 강문 주변으로는 어느새 제자들이 하나둘 생기기 시작했다. 강문이 가는 곳을 따라가며 부처의 선행을 베풀고 그 무리에 고도가 끼어 있으니 오랜 세월 고도 하나로 엉망이 되었던 세상이 평온을 되찾은 것만 같았다.

"잠깐, 잠깐, 고도."

이야기를 듣던 꽝철이가 냉큼 손을 들어 고도의 이야기를 저지한다. 고도가 들려준 이야기를 잠자코 듣기엔 꽝철이가 참으로 성미 급한 짐승이었다.

"그 이야기가 너랑 도깨비 사이에 무슨 관련이 있는 거야?"

"사람 말은 끝까지 듣는 습관을 기르도록."

"하지만 나는 강문에 대해 궁금한 게 아닌데…….'

"그럼 요지만 기억해라. 강문과 나는 둘도 없이 사이가 좋은 친우였고, 강문은 세상 사람들이 모두 인정할 정도로 훌륭한 덕망을 지닌 불자였다는 걸."

강문을 죽이기 위해 혈안이 되어 있는 고도를 알기에, 꽝철이는 정반대였던 과거 이야기에 좀처럼 적응하지 못했다. 청사도 마찬가지다. 강문과 고도가 실은 둘도 없는 절친한 사이였다니 머릿속으로도 그 감정이 그려지지 않았다. 그렇게 좋아하던 사람을 죽이려고 달려드는 건 어떤 심정일까.

"그렇게 나도 강문의 제자 중 하나로 전국을 한 삼 년쯤 돌아다녔을 때였어. 어느 날 우연히 도깨비 우두머리를 만나게 되었다."

꽝철이가 귀까지 쫑긋하며 지대한 관심을 보였다.

"소 말이지?"

"그래."

고도는 달빛이 어스름한 길거리에서 커다란 도깨비 하나랑 마주쳤다. 강문에게는 잠깐 달구경하고 온다면서 빠져나온지라, 제때 돌아가지 않으면 강문이 걱정을 할 시간에 조우를 한 것이라. 그다지 달갑지 않은 인연에 고도가 자리를 얼른 피하려고 술법을 전개했다. 상대가 꿰다 놓은 보릿자루나 망태에 귀신이 붙어 만들어진 도깨비도 아닌, 그 도깨비들을 모두 총괄하는 우두머리다 보니 알량한 도술로는 소의 시야에서 벗어나는 것이 불가능했다. 도깨비불은 고도가 사라지는 족족 따라붙었다.

'아주 신기한 인간이다! 아주 강한 인간이야! 인간아, 나랑 씨름 한 판하자!'

'싫어, 새끼야.'

고도가 감자를 내지르고 자리를 뜨려 했다. 도깨비는 끈질기게 달라붙었다. 츠츠츠츠, 특유의 괴악한 웃음을 토하면서 나름 진지하게 도술을 부리는 고도를 쉽게 보내지 않았다. 결국 한 시진 가까이 쫓고 쫓기는 술래잡기를 한 끝에 고도는 길 한복판에 멈추어 섰다. 정신을 혼미하게 만들 정도로 어지럽게 날아다니던 도깨비불도 펑 소릴 내며 거대한 사람 형상으로 변해 고도의 앞에 마주섰다. 고도는 가타부타 말도 없이 제 옷고름을 풀고 두루마기와 안에 입은 상의를 벗었다. 홑바지 차림에 마른 근육이 균형 있게 잡힌 상체가 드러났다.

'한 판에 끝내 주겠다. 이 거머리 같은 도깨비 새끼.'

'츠츠츠츠! 씨름, 씨름, 씨름!'

도깨비가 기다렸다는 듯 고도의 허리를 붙잡으니, 둘의 덩치가 족히 다섯 배나 차이가 났다. 도깨비가 너무도 가볍게 고도를 발라당 뒤집으리라 예상했다. 하나, 예상과는 달리 고도가 쉽게 넘어가지 않았으니, 세상을 혼란스럽게 만든 실력의 소유자다웠다.

고도는 씨름에 대한 기술을 알지 못한다. 상황에 맞춰서 어깨나 다리를 힘으로만 밀어붙이는 게 고작이었다. 하지만 미흡한 기술에도 불구하고 소의 완벽한 씨름 기술에는 걸려 넘어지지 않았다. 소는 그것이 이상했다. 씨름을 모르는 이가 씨름 도깨비를 상대로 대등하게 경기했다.

'이게 우두머리의 실력인가. 내가 그대를 과대평가했군. 흐음. 별것도 아니구먼.'

바지 하나만 딜링 길친 고도는 그렇게 소를 도발했다. 땀에 젖은 머리카락 사이로 새까만 눈을 빛내면서 호흡은 단정치도 않은 것이 본인도 힘에 부쳐 씨름을 계속할 상태가 아니었다. 그럼에도 뭐가 그리 자신감이 넘치는지 당당하게 소를 욕보였다. 소는 자기보다 훨씬 작은 인간을 넘기지 못한 것이 분했다. 이깟 놈은 다리 하나만 걸어도 발라당 뒤집어져야 하거늘, 어찌도 이리 꿋꿋하게 서 있단 말인가. 씨름을 잘하는 것도 아니다. 단지 요령 좋게 버티고 기술을 피하는 게 고작이었다. 소는 자신을 궁지로 몰아세운 인간을 도저히 인정할 수 없었다.

'건방진 인간!'

'나도 못 이기는 게 뭐가 건방져. 주둥아리에 주리를 틀까 보다.'

'무슨 허튼수작을 부리는 거지!'

'수작이란 자고로 도사의 덕목이지. 승부를 내지 못하겠으면 깨끗하게 인정할 줄 알아야지 끝까지 물고 늘어지려 하느냐. 떠나는 임 걸음걸음 꽃을 뿌리는 여인도 있는데 사내대장부로 태어나 샅바자락에 매달릴 셈이냐.'

'사랑하는 임을 보내는 것과 이 승부가 무슨 상관이라고!'

'인정하는 것이 같지.'

'이상한 말장난으로 본질을 흐리지 마라. 너와 나 둘 중 하나가 쓰러질 때까지 다시 겨루자! 승부가 나면 깨끗하게 승복하겠다!'

이번에야말로 승부를 내겠다며 잔뜩 벼르고 있던 소는 갑작스레 명치에 충격을 받고 뒤로 넘어졌다. 잠시 숨을 쉬지 못했던 소가 뒤늦게 기침을 하며 호흡을 찾았다. 상황을 파악한 소는 머리끝까지 화가 났다. 정당한 승부를 겨뤄야 하는 장에서 감히 비겁한 술수를 사용한 것이다.

씨름을 준비하는 도깨비의 명치를 발로 차다니. 벌떡 일어나려던 소는 자신을 다시 발로 차 뒤로 넘어뜨린 고도를 향해 이빨을 세웠다. 한 번만 더 이런 굴욕을 주면 물어뜯을 셈이다. 불타는 야차처럼 일그러진 소의 얼굴을 보면서 고도는 이번에도 당황하는 기색 없이 태연하게 말했다.

'씨름도 모르는 인간인 나한테 이겨서 뭘 어쩌려고. 하여튼 무식한 도깨비야.'

'정정당당한 승부에서 도망치려는 게냐!'

'아, 내가 진다고. 난 지는 건 딱 질색이야.'

깔끔하고 무식한 답변이다. 싸우기도 전에 패배를 인정했다. 소는 황망한 표정으로 고도를 바라봤다. 얼굴이 절로 일그러질 만큼 황당한 승복인데, 어찌하여 패배를 인정한 상대는 아직도 당당할 수 있는지 알다가도 모를 일이다.

'뭐 이런 비겁한 인간이 다 있어!'

지기 싫다고 반칙을 하나! 소가 참지 못하고 일어나 달려들었다. 인간이 하기 싫다고 해도 억지로 씨름을 할 생각이었다. 씨름 경기로 이겨야만 도깨비의 '제약'을 발동시킬 수 있다. 씨름에서 이겨야만 상대를 마음대로 조종할 수 있는 것이다. 단지 말로만 승복을 받아 봤자 헛수고다. 소가 고도의 허리를 낚아채서 그대로 뒤집으려는 참이었다. 소의 손아귀에서 연기를 뿜으며 사라진 고도는 소의 뒤편에서 나타났다. 빈손에는 어느샌가 검 하나가 들려 있었다.

'그대가 제안한 대로 씨름에 응했고, 승부를 보기 전에 내가 패배를 시인했다. 그럼에도 네가 승리를 받아들이지 않으니, 이 얼마나 안타까운 일이 아닐쏘냐. 그럼에도 두 번째 경기를 하고 싶다면 이번 종목은 내가 선택해야 정당하지 않겠나. 고로 두 번째 경기를 선언하마.'

고도는 휘날리는 머리카락 사이로 차가운 눈을 빛냈다.

'한쪽이 죽을 때까지의 혈투다. 무기는 무엇이든 좋다. 한쪽을 죽이기만 하면 되니.'

태연하게 죽음을 입에 담은 고도는 소의 오른쪽 허벅지를 검으로 슬며시 찔렀다. 바느질하던 아낙이 손끝을 살짝 찔린 것처럼 약한 한수였다. 그 끝에 한 방울 피만 맺혀 나왔다. 소는 피를 보자 얼굴이 새파랗게 질렸다. 피와 붉은 팥은 도깨비에게는 천적이다. 소는 혈투의 혈자만 들어도 기절할 것 같았고, 실제로 제 몸에서 뿜어지는 붉은 피를 보고는 그대로 뒤집어졌다. 까무룩 정신을 잃는 소를 보며 고도는 제법 사악하게 웃었다.

'손톱만큼 찔린 것 가지고 엄살은. 쯧쯔.'

언젠간 기필코 씨름으로 이겨서 '제약'을 걸고 말리라. 꼭두각시처럼 조종해서 부려 먹고 말겠어. 그 다짐을 마지막으로 소는 기절했다. 그리고 그때 내지 못한 승부를 위해서 고도를 쫓아다니게 되었다. 강문이 기묘하게 일그러진 얼굴로 '도깨비와 친우가 된 도사라니…….'라고 중얼거릴 만큼 말도 안 되는 상황임은 분명했다.

"둘에게 어울리는 첫 만남이었네."

꽝철이는 유쾌한 첫 만남에 낄낄거리며 웃어댔다. 고도가 약점이라고 일러 준 왼쪽 허벅다리의 상처는 그때 생겨서 아물지 못한 것이라는 생각이 언뜻 들기도 했다. 중요한 것은 아니라 금방 잊고서 다시 배를 잡고 낄낄 웃었는데 그때를 생각하는 고도는 넌덜머리를 치면서 싫어했다.

"난 도깨비가 그렇게 끈질긴 줄은 몰랐다. 대체 몇 달 동안 옆에 붙어서 씨름을 하자고 졸라대던지. 그냥 확 져줄까 하는 생각까지 했다."

"그러게. 그렇게 귀찮으면 한 번 해주고 져주지 그랬냐?"

"환영도사 체면이 있지. 입 나불거리기 좋아하는 게 도깨비다. 그 말 많은 것들을 내가 믿을 수가 있나. 내가 져주면 소는 곧장 도깨비 사이에서 영웅담처럼 말을 퍼트릴 테고 그 이야기는 인간과 요괴 사이에서도 퍼질 것이다. 그럴 수는 없지."

"그래도 귀찮은 건 딱 질색이라는 너답지 않게 도깨비를 옆에 데리고 다녔네. 용하다, 용해!"

"같이 다니다 보니 정이 쌓이더라. 나중엔 강문보다 그놈이 더 좋아서 같이 다니기도 했고."

'씨름하자, 씨름!'

같이 지내다 보니 미운정이 든 고도가 어느샌가 소를 구워삶기 시작했다.

'칼부림 하자, 칼부림!'

피만 보면 으앙 하고 도망가 버리는 소에게 칼부림이란 기겁할 짓이었다. 알면서도 약 올리는 고도가 미워서 한동안 그와 말싸움을 벌였다.

'못되고 고약한 도사 놈!'

'말 많고 씨름밖에 모르는 도깨비 놈!'

'안다리로 넘겨 버릴 테다!'

'칼로 그 다리를 푹 찔러 버릴 테다!'

'잔인해!'

'무식해!'

그러다 보니 서로 씨름과 칼부림이란 금지어에 합의하곤 방정맞게 산과 들을 돌아다니며 놀았다. 고도는 덩치 큰 소의 어깨나 머리에 앉아서 돌아다니는 것에 재미를 붙였다. 소는 인간과 이렇게 어울려 노는 게 처음이라 제 머리채가 고도 손에 쥐어잡혀 쭉쭉 잡아당겨져도 좋다고 '츠츠츠' 웃어대기 바빴다.

고도는 소와 어울리면서 긩문과 그의 제자들에게 소홀해졌다. 실법에 관심을 기울이고 선행을 실천하던 일에 흥미를 갖는 대신, 소가 보는 인간 세상의 면면에 눈을 돌렸다. 사람이기에 그 속에 속한 인간으로서는 객관적으로 볼 수 없는 세상이 도깨비 눈에는 거대하고 위험해 보이면서 때론 경이로운 발전에 놀랍기도 하다는 사실을 그때 처음으로 인지했다. 도깨비는 수다스러운 만큼 구천을 떠도는 혼령과도 곧잘 친하게 지내고,

꽃과 나무와도 이야기를 나누었다. 수다쟁이 소를 통해 친해진 또 다른 존재들과 인간 세상을 말하는 것이 어찌나 즐겁던지, 고도에게는 아주 놀라운 경험이었다.

고도가 그간 별생각 없이 부수고 망가뜨렸던 세상이 실은 아주 소중하다는 걸 배웠다. 이 세상은 무구한 옛날부터 이어진 무언가로 얽히고설켜 있어서 그 연관성과 존재성을 지켜야만 했다. 세상을 만드는 것은 인간이 만들어 낸 건물과 도구이기도 하고 때론 정신이기도 하다. 첩첩이 쌓여 온 인간의 역사는 고도 같은 인간이 함부로 깨부술 수 없는 위대한 것이었다. 그런 걸 함부로 짓밟고 다녔으니, 고도의 행동은 얼마나 오만방자했는가.

그때부터 고도의 마음속에 의심이 한 줄기 피어났다. 더 좋은 세상을 만들기 위해 노력하는 강문에 대한 의심이다. 강문은 기본적으로 인간들의 세상을 부정적으로 본다. 그것은 고도도 마찬가지다. 다만, 다른 점이 있다면 고도는 세상이 악랄하게 느껴지더라도 그것이 인간이 만들어 낸 결과물이라면 굳이 바꿀 필요가 없다는 입장이고, 강문은 나쁜 세상을 좋게 만들어야 한다는 개혁 의지가 있다는 점이다.

진보적인 강문이 언제나 대단해 보였다. 임금도 이루지 못한 세상의 변화를 강문이라면 민중들의 의식을 바꾸는 것에서부터 이룩해 낼 것만 같았다. 하나, 도깨비와 귀신과 꽃과 나무와 바람이 말한다. 지금 인간의 세상이 나쁜 면도 많지만 이곳이 천계가 아닌 하계라는 점을 잊지 말라고 말이다. 천계가 아닌 이상 선과 악은 공존할 수밖에 없지 않은가. 그건 어쩌면 자연의 섭리와도 같아서 영원히 변하지 않을지도 모른다. 고도는 그 말이 틀리지 않는다 생각했다. 그래서 세상을 좋게 바꾸려는 강문의 의지에 의심을 품고 몇 개월 뒤에는 반발하게 되었다.

'강문. 좋아지는 게 과연 뭘까. 흘러가는 대로 내버려 두는 걸로는 부

족한 걸까.'

'저런, 도사가 그런 말을 하다니 놀랍구나.'

'좋게 변한다는 게 뭔지 모르겠어서 그래.'

'행복해지는 것이지.'

'그렇다면 지금 이대로도 행복한 사람에겐 좋아질 필요가 없지 않느냐.'

'혼자가 아닌 여럿이 행복해지는 것이지.'

'다 같이 행복해진다고.'

'그래. 그것이 사치와 향락처럼 잠깐 빛을 냈다 사라지는 것이 아닌, 어떠한 영원불멸의 행복이라면 어떻겠느냐. 저기 하늘의 별처럼 아주 오랫동안 빛나는 것 말이다. 죽어서도 오랫동안 그 빛을 다른 이들이 지켜볼 수 있는 행복.'

'그렇게 완전무결한 행복이 과연 존재할까.'

'설령 존재하지 않으면 어떻느냐. 그것에 더 가까이 다가갈 수만 있어도 지금보다 낫지 않느냐.'

'정말 그럴까.'

'고도. 네가 무엇을 걱정하는지 나는 도통 모르겠구나.'

도깨비와 함께 다니느라 인간됨을 잃는 건 아닐지, 강문은 친우로서 고도를 걱정했다. 전에 없이 풀이 죽어 있는 고도에게 손을 뻗는 일이 늘기 시작했다. 제자들에게 설법히는 시간이 아니면, 고도를 찾으러 다녔다. 밤하늘을 올려다보거나, 대낮에 높은 나무 꼭대기에 올라 마을을 내려다보는 고도를 부르고, 무표정하게 돌아보는 고도를 꼭 안아 주기도 했다. 고도는 그 포근하고 따뜻한 품속에서 몇 번이고 망설였다.

나아진다는 게 뭔지 모르겠다. 줄곧 지키는 일만 해보고, 잃어 보기만 해서, 절친한 친우가 바라는 세상이 머릿속에 잘 그려지지 않았다. 친우

는 대의를 위해서 작은 것의 희생을 어쩔 수 없는 일이라 말했는데, 그러
다 보면 사람들이 죽거나 피해를 입는 일도 있어서 고도로선 이게 맞는
일인지 알 수 없는 지경에 다다랐다. 혼란스러워하는 고도의 뺨에 입술
을 묻으면서 강문은 속삭였다.

'고도. 너는 큰일이 무엇인지 아는 사람이다. 사소한 것으로 발목이 잡
힌다면, 우리는 지금보다 나아지기 어렵단다. 내 곁에서 그것을 줄곧 지
켜보지 않았느냐.'

고도는 제 볼에 입을 맞추는 강문을 복잡하게 바라보다가 결국 그리
말하고 말았다.

'나는 모르겠다. 어린아이가 울고 있는데 안아서 달래 주지 않으면
서, 그 애에게 귀한 비단 치마를 선물하는 것이 과연 행복한 일인지 모르
겠다.'

'얻고 잃는 것엔 경중이 있지 않느냐.'

'강문.'

'네가 직접 겪어서 알지 않느냐. 잃어선 안 되는 것을 잃었기에 지금
네 모습이 이리 된 것 아니느냐.'

잃어선 안 되는 것. 그것이 처와 자식이라는 걸 상기한 고도는 더 이상
강문과 이야기를 나누지 않았다. 뺨에 입을 맞춰 주는 강문을 밀어낸 고
도는 그 후로 소의 곁에 머물며 강문을 멀리했다. 자꾸만 멀어지고 거리
를 두는 고도를 처음에는 참고 기다리던 강문도 서서히 고도를 괘씸하게
여기기 시작했다. 인간 된 도리도 없이 세상을 혼란에 빠트렸던 환영도
사 고도가 인간 세상을 점점이 밝히는 강문보살을 지지하지 않으니, 그
얼마나 괘씸한 일이 아닐쏘냐.

'고도, 괘씸하구나. 내가 너를 거두었는데 감히 네가 나를 따르지 않
다니. 세상을 혼란으로 물들이던 네가 어찌 선행의 가치를 논할 수 있느

냐. 세상을 그저 흘러가는 대로만 내버려 두면 이 세상은 오직 임금과 임금 밑에서 조정을 돌보는 이들이 원하는 방향으로만 바뀔 것이다. 군신이 원하는 변화는 민중이 원하는 것과는 다르다. 이 세상의 주인은 군신이 아니야, 민중이야. 하여 민중이 원하는 변화가 필요한 것이다.'

'내게 인간다운 삶을 가르쳐 준 것은 고맙다. 그 마음만큼은 진심이다. 하나, 세상에 주인이 있다는 네 생각 자체를 이해할 수가 없다. 너는 이 세상을 군신과 민중의 대립으로 보지만 근본적으론 네가 그렇게 혐오하는 인본주의의 틀에서 벗어나질 못하는구나. 어찌 인간을 근원으로 보느냐. 이 세상의 주인은 땅과 바람과 태양이다.'

'네 주장은 인간을 원시의 상태로 돌리는 것과 같다. 나는 자연의 섭리를 거스르며 세상의 소유권을 인간에게 붙들어 두는 것이 아니야. 우매한 민중들이 계몽되길 원하는 것이지.'

'그 변화를 위해 너는 한 사람 한 사람 만나 부처의 말씀을 설파하는 것이냐? 그런 사소한 방법으로 세상은 바뀌지 않는다.'

'네가 생각하는 것보다 민중의 힘은 훨씬 거대하다. 나는 위에서부터의 개혁을 믿지 않아. 아래에서부터 변화해야 올바른 세상이 된다.'

'아니다. 변화는 이렇게 작위적으로 만드는 것이 아니다. 변화는 마치 흐르는 물과 같아 물방울이 모여 물줄기를 이루고 그 물줄기가 모여 개울과 하천이 되며 종국엔 강과 바다가 되는 것이다. 네가 물방울이 떨어지는 방향을 바꾼다고 바다 전체가 변하지 않는다. 또, 변해서도 안 돼. 그런 것으로 바다가 변한다면 그 물방울은 아주 독성이 강한 오염물질일 것이다.'

오랜 설전 끝에도 합의점을 찾지 못한 둘은 결국 서로를 설득하길 포기했다. 인간의 수명 이상을 살아와 세상의 흐름에 몸을 맡기는 법을 아는 고도. 지나치게 현명하여 세상의 변화를 준비할 능력이 있는 강문. 서로 가장 먼 대척점에 서 있는 이들이나 다름없었다. 급기야 강문을 따르는 제자들과 크게 싸움을 벌여 몇 명이 죽는 사고가 터지자 강문은 고도를 포기했다.

'고도, 네가 원하는 길을 가거라. 그렇다고 곱게 보내줄 수는 없겠지. 또다시 네 멋대로 세상을 농락하고서 훗날 후회가 된다며 찾아오면 내가 네 뒤치다꺼리를 하는 것밖에 더 되지 않겠느냐. 그러니 너와 네 뜻을 함께하는 도깨비를 묶어 두겠다. 둘은 이 시간 이후로 결코 떨어지지 못할 것이다. 떨어지고 싶다는 마음을 먹는 순간 네 몸은 도깨비불에 영원토록 타들어 갈 것이며, 도깨비는 영원히 왕국을 찾지 못해 그 입구와 문턱에서 빙글빙글 돌게 될 것이다. 죄 많은 인간인 고도와 인간을 골탕 먹일 줄만 아는 도깨비가 감히 사람의 마음에 대해서 논하는 것을 용서 못 한다. 너희들이 얼마나 그릇되었는지를 알게 되면 그때 찾아와라. 너희에게 묶인 속죄를 풀어 주마. 고도, 네가 얼마나 어리석었는지 알게 될 것이다. 그것을 인정하게 된다면 거두어 주마. 널 가장 잘 받아들일 수 있는 인간이 이 세상 천지에 나 말고 누가 있겠느냐. 그동안 다시금 외로움에 사무쳐 보아라. 널 진정으로 아낀 자가 누구였는지 떠올리고 오거라.'

꽝철이 고도의 이야기를 따라갈 수 없을 정도로 머리가 아팠다. 세상의 변화에 대해 논하는 인간이 있다니. 그런 생각을 하는 것도 신기하지만, 그만한 능력을 갖춘 것도 놀랍기 그지없었다. 고도와 강문의 주장 중 무엇이 옳은지도 모르겠다. 내버려 둬도 그만이고, 더 좋게 바꾸면 좋은 것이고. 그리 단순하게 생각하는 꽝철이 머리로는 뭐가 더 옳은지를 판단할 근거가 조악했다.

"아이고, 어려워라. 어렵다, 어려워. 인간들은 왜 이런 걸 생각하고 공부하는지 모르겠구나."

꽝철이는 머리가 어지러워 눈동자가 빙글빙글 돌아갔다. 결국 생각하길 포기하고 두 손을 들었다. 이에 반해, 청사는 심각한 얼굴로 몇 번이고 고도의 이야기를 곱씹었다. 군신들의 탁상공론이라면 모를까, 고도는 이미 자신의 의지대로 행동하면 세상에 영향을 미치는 수준에 도달한 도사였다. 자세하게는 몰라도 일개 인간이 도술을 배운 것만으로 신선을 스승으로 삼고 천계의 관심을 받으며 동해 용왕과 얽힌 것은 결코 가볍게 여길 문제가 아니다. 게다가 늙지도, 죽지도 않는 상태로 보건대 명계와도 얽혀서 주어진 수명대로 살지 못하는 것이 분명하다. 그런 인간이 불법을 설파하는 강문이란 승려에게 벌을 받아 도깨비 우두머리와 떨어질 수 없는 사이가 되었다. 그 말인 즉 고도보다 우위의 힘을 가진 인간이 존재한다는 것 아닌가.

"고도."

청사는 고도의 머리를 쓸어 넘겨주며 말을 붙였다.

"강문이란 법사가 너처럼 도술을 쓸 수 있는 것도 아닐진대, 어떻게 너에게 제약을 걸 수 있느냐. 그것도 위대한 도깨비 왕과 함께 엮어서."

고도는 제 머리카락을 다정하게 매만지는 청사를 빤히 쳐다보았다. 고도를 만지는 손길은 조심스럽고 또 다정했다.

"맞다. 강문은 나처럼 도술을 부리는 능력도, 신선술도, 요술도 할줄 모른다. 한데, 그를 믿고 따르며 모시는 이들은 내가 전력을 다해도 이기기 어려운 이들이거든."

"뭐? 네가 상대하기 힘든 존재가 있어?"

"세상."

"……세상?"

"세상이 그에게 힘을 빌려 준다. 내가 무슨 헛소리를 하는지 모르겠지. 나도 직접 겪어 보기 전엔 믿지 못했다. 강문과 만나면 네 두 눈으로 직접 확인해 보거라. 내가 아무리 악명 높은 환영도사라 할지언정, 이 세상을 이길 수는 없으니."

청사는 아무 말이 없었다. 근심과 걱정이 가득 담긴 눈으로 고도를 멍하니 바라볼 뿐이었다. 그 애정 어린 눈빛에 고도가 슬며시 미소 지었다.

"날 걱정하는구나."

"그럴 수밖에. 나는 네가 누구한테 지는 건 상상할 수도 없는데, 네가 패배를 인정한 상대랑 다시 싸운다니…… 그것도 세상에 맞선다고. 무슨 이야기인지 엄두도 안 나."

"그렇게까지 걱정해 주다니 착하구나. 심각하게 받아들일 필요 없다."

"충분히 심각하거든?"

"친한 친구와의 다툼일 뿐이지. 한번 대판 싸웠으나, 우여곡절 끝에 화해할 수도 있으니, 누가 알겠느냐. 너무 거창하게 생각 마라. 나와 함께 강문을 상대해야 하는 소 역시 진지함이라곤 팥을 쒀서 버린 양 관심도 없잖느냐."

"그렇게 가벼운 문제를 네가 죽자고 매달릴 리 없잖아."

"죽음만큼 가벼운 게 어디 있을꼬. 죽음에 추를 달아 봐라. 하늘 위로 연등처럼 두둥실 떠오를 테다. 가볍게 생각해라, 가볍게."

청사가 고도의 머리를 걱정스레 쭉쭉 잡아당기는 것처럼 고도 역시 청사의 머리카락을 손에 휘감고 당기면서 웃었다. 고도의 편한 표정과 행동을 봐도 청사는 좁아진 미간을 풀 수가 없었다. 괜찮다, 괜찮다 염을 외는 고도에게 괜찮지 않다고 목소리를 높일 수도 없는 노릇이라, 청사는 한숨만 푹 내쉬었다.

정말로 문제가 생긴다면 그때 가서 청사가 고도를 지켜야겠다. 지금 역성 내며 다퉈 봤자 강문이라는 당사자도 없으니 해결을 볼 수 있는 문제도 아니고. 청사는 고도의 말대로 긴장한 어깨에서 힘을 풀었다. 전처럼 다시 고도를 조물딱 만지면서 고도와 함께하는 시간에 집중했다. 청사가 억지로 웃어 보이자 고도도 눈을 깜빡이며 청사의 시선을 받아주었다. 서로를 애정이 담긴 시선으로 바라보는 고도와 청사와 달리, 꽝철이는 아직도 불편한 표정으로 끝내 걱정을 토로했다.

"만약 강문에게 지면 어떻게 되는 거야?"

"글쎄, 생각해 본 적 없는데. 굳이 질 걸 가정하고 싸울 필요는 없지 않느냐."

고개까지 갸웃하면서 아무것도 모르는 순진한 어린아이처럼 까만 눈만 굴리는 게 연기력 하나는 가면극의 놀이꾼들 못지않다. 편한 자세로 청사에게 기대어 서로의 머리를 만지작거리는 고도에겐 긴장감 따윈 보이지 않았다. 고도를 이전부터 알고 지낸 꽝철이기에 다행이지, 누가 봐도 깜빡 속았을 출중한 연기력이다.

거짓말을 하고 있다. 고도는 꽝철이의 부탁대로 강문과 얽힌 소의 이야기를 해주었지만, 정작 중요한 것은 말하지 않았다. 강문은 고도와 소를 '불순한 죄'라는 이름으로 서로 떨어지지 못하는 벌을 내렸다. 그 벌을 풀기 위해서 강문을 죽인다는 것만 알려 줬다. 그 속에는 고도보다 우위의 힘을 가진 강문을 어떻게 이길지에 대한 방법이 없고, 소가 씨름 중에 언질해 준 이야기도 들어 있지 않았다. 무슨 죄인데. '죄'라고 할 정도의 무슨 큰일을 저지른 건데. 그것만 쏙 빼고 말하느냐.

꽝철이 보기에 고도가 대답을 회피하는 것은 청사 때문이다. 아무리 눈치가 없더라도 그 정도는 알 수 있다. 고도는 청사가 저를 걱정하는 걸 원치 않았다. 과연 언제까지 숨길는지는 꽝철이도 모른다. 어쩌면 영영 말하지 않을지도 모른다. 강문과 대결에서 이기면 그때 '사실 이러했어.'라고 털어놓을 수는 있을 수도 있겠다. 하나, 강문과 대결하기 전에는 먼저 설명하지 않을 것 같았다. 고도 역시 청사와 마찬가지로 현재의 시간에 충실하고 싶어 했으니까.

꽝철이는 고도와 청사 사이에서 풍기는 따뜻한 감정과 배려 깊은 행동에서 시선을 뗐다. 어째선지, 더 이상은 둘의 행복을 보고 싶지 않았다. 부럽거나 혐오스러운 감정 때문이 아니었다. 언제 깨어질지 모르는 위태로움처럼 보여서 차마 똑바로 보기 힘든 것이다.

꽝철이는 엉덩이를 털고 일어났다. 비록 속 시원하게 모든 것을 알지 못했지만, 이 정도만으로도 소가 왜 고도 곁에 있을는지 알 만했다. 어째서 왕국까지 버리면서 친우의 곁을 지키려는지도. 소는 고도의 마지막 가는 길을 배웅해 줄 수 있는 유일한 길동무, 즉 혼백과도 함께할 수 있는 도깨비이다.

"얘기해 줘서 고맙다, 고도야."

꽝철이는 마당 아래로 내려섰다. 그에 따라 고도도 청사에게 기대 있던 자세를 바로하고 꽝철이를 응시했다.

"만족스러운 이야기는 아니었을 게다. 세상 모든 이야기가 속히 풀어 놓으면 재미가 반감되는 것이니라. 이야기 속 행간을 상상할 만한 여지를 남겼으니 네놈 취향대로 살을 덧붙이고 빼내어라."

"난 그럴만한 상상력도 이해력도 없다. 그러니, 고도 네놈이 다음번에 다시 한산뫼로 찾아와 나머지 이야기를 들려주어라."

"글쎄."

"뭐가 글쎄야, 글쎄는! 망할 놈! 기다릴 테니 꼭 와라!"

"시간 나면 들르고."

"들르는 수준이 아니라, 와서 날 찾으라니까?"

"네놈도 열렬한 내 신도가 된 게냐. 뭘 그렇게 집착을 하고 있어."

꽝철이는 잠시 뒷말을 망설였다. 청사의 눈치를 힐끔 보면서 말할 내용을 입 안에서 고르고 또 골랐다. 단순무식하고 불같은 성미를 가졌다 일컬어지는 꽝철이라도 이 순간만큼은 모든 신중함과 인내력을 쥐어짜서 가장 근사한 작별 인사를 해냈다.

"내가 네 이야기를 세상 사람들 입을 통해 풍문으로 듣지 않도록 네가 들려줘. 꼭이야."

그 풍문 속에 악명 높은 환영도사가 위대한 강문 법사에게 죽음을 당했다는 말이 없길. 그 바람은 청사와 고도 사이를 생각해서 함구해 버렸다.

꽝철이는 훌쩍 몸을 돌렸다. 계속 쳐다보다간 눈물이 날 것 같아서 고도의 인사는 받지 않았다. 꽝철이는 몸을 납작 엎드려 흙바닥에 붙였다. 황색 무명옷이 노란 흙가루로 화하더니 옷 속의 몸도 붉은색으로 변했다. 꽝철이는 팔뚝만 한 지네로 변해 땅과 한 몸이 되었다. 흙속으로 꾸물거리며 사라지는 모습은 여운이 남을 정도로 아름답거나 이무기다운 화끈함도 없었다. 일상적이고 조용한 이별이다. 지금이라도 다시 땅속에서 불쑥 집게가 달린 머리를 내밀고 "고도!"하고 특유의 성난 목소리를 높다랗게 울릴 것만 같았다.

고도는 지네가 땅 길을 통해서 북서쪽으로 빠르게 이동하는 기운을 느꼈다. 이 정도 속도라면 일주일 후에 고향에 도착하여 도깨비 지우들을 만나, 그간의 여정으로 지겹고 따분한 겨울밤을 달래리라.

"갈수록 일행 수가 줄어드네. 저번엔 구미호더니 이빈엔 불지네. 이러다가 도깨비도 떠나는 건 아니겠지."

청사는 고도를 끌어안고 섭섭함이라곤 찾아볼 수 없는 소리로 중얼거렸다. 고도가 이놈이 왜 이런 소리를 하나 싶어서 쳐다보니 청사는 큼큼 목을 가다듬으면서 조심스럽게 눈길을 피했다. 두 볼에 해사하게 핀 홍조를 보니 뒷말을 듣기 무서워진다.

"어차피 도깨비는 밤에만 활동하니 우린 낮에 누구 눈치 보지 말고 실컷 즐길 수 있겠다, 그치?"

그 소리에 고도의 두 눈이 게슴츠레 가늘어졌다.

"엉큼한 놈 같으니라고."

"왜에에."

"말꼬리 늘여도 안 귀엽다. 어려서 밝히기만 하고."

"네가 먼저 그런 말을 했잖아. 이번 일 끝나면 실컷 하자고. 귀매 일도 마무리 되었는데 언제쯤 실컷 할 거야?"

청사는 고도의 허리를 바싹 끌어안고 볼에 입을 쪽 맞추며 속삭였다.

"집도 비어 있겠다, 하고 갈래?"

"흠. 그리고 보니 이 안주인은 대체 어딜 간 건고. 기별도 없이 집을 비울 처자는 아닌 듯했는데."

"남의 여자 신경 쓰지 말고, 응응? 고도."

"신경이 쓰이는 구나. 한번 찾아보는 건 어때."

"별것에 신경을 쓰네. 김장독 묻어 둔 곳이라도 둘러보러 갔겠지. 지금밖에 기회가 없다, 고도야. 보는 눈이 없을 때 냉큼 하자."

고도의 시선이 흙을 헤쳐서 무언가를 덮어 놓은 듯한 바닥을 향했다. 청어라도 잡았나. 꽁치라도 여기서 손질을 했나. 핏자국으로 보이는 흔적이었다. 고기 비린내보다도 강한 피내음. 생선 몸에서 흐른 것치곤 지독한 냄새였다. 고도는 그것을 가만히 보다가 고개를 들었다. 열린 싸리문이 해풍에 흔들리며 끼익끼익 울었다. 마치 들어오길 기다려도 오지 않는 누군가를 맞이하려는 것처럼.

고도는 혼잣말로 중얼거렸다.

"사람 피라."

주술이라도 벌였는지. 그게 아니라면 집밖으론 나갈 기미도 보이지 않던 안주인이 어딜 갔으려나. 찾아보고 싶으면서도, 자매끼리 나눌 이야기가 있어서 집을 비운 건 아닐까 추측하니 선뜻 발걸음이 떨어지지 않았다. 십이지괴의 힘을 빌어 아름다움을 유지하던 꽃님이 도사를 객에 머물게 해준 동생 옥님을 만나 그냥 넘어갈 성격은 아니었으니. 그러한 집안 싸움까지 도사가 끼어들어 봤자 꽃님의 화만 돋우고 옥님의 걱정만 키우지 않을까.

한참 고민하던 고도가 고개를 끄덕였다.

"여기 말고 다른 데에서 생각해 보자."

"응? 왜?"

"부정 탈 것 같다."

"부정?"

"아마도……. 자세히는 모르겠지만 거기까진 끼어들면 안 되겠지."

옥님의 분위기와 수줍게 웃는 얼굴을 보노라면 바닷속으로 사라진 전처가 물보라를 치듯 일어났으나, 이제 그런 것에 미련을 두지 않으려 했다. 다른 여자를 보면서 날카로운 향수를 떠올리는 짓은 청사에게도 실례가 되는 일이었다. 잊어야 할 것이 있다면 바로 그런 것이리라. 고도는 다시금 생각했다. 현재에 충실하고 싶다. 다른 것도 아닌 청사에게.

"가자, 대롱아."

고도가 내민 손을 청사가 잡았다. 기억 속 여자보다, 그 여자를 닮은 그녀보다 더 밝고 따사로운 햇실처럼 보이는 미소가 청사 입가에 걸려 있었다.

"응."

고도가 자리를 털고 일어났다. 고도의 시선은 마을 한복판을 향했다. 기와가 무너졌다고 요란법석을 떠는 대부호지주네 집이었다. 그러나 그뿐. 고도는 시선을 거두었다. 그는 행장을 챙겼다.

"더 나아지려는 욕심의 결과가 이러한데, 아직도 이들의 바람을 들어주는 게 세상을 옳게 바꾸는 일이라고 생각하나, 강문."

끼익끼익, 싸리문만 고도의 혼잣말에 대답하듯이 웃었다.

화롯불에 넣어 둔 알밤이 딱총소리를 내며 껍질이 벌어지던 겨울밤이었다. 할머니는 어린 꽃님, 옥님 자매를 앉혀 두고 군밤 속살을 호호 불며 입에 넣어 주었다. 마지막 하나 남은 알맹이가 동생 입으로 쏙 들어가자 언니는 울먹이며 목소리를 높였다.

'할멈은 왜 만날 동생만 챙겨! 나도 좀 달란 말이야, 나도!'

꽃님이 다리로 바닥을 쿵쿵 구르면서 억울해하자 옥님은 화가 난 언니가 알밉다는 이유로 머리를 쥐어박을까 봐 벌써부터 기가 죽어 눈치를 살폈다. 할머니는 씩씩거리는 꽃님이를 달래면서 나긋한 어조로 말했다.

'우리 꽃님이는 이 늙은이가 아니어도 많은 사람들에게 사랑받을 수 있단다.'

'그런 말이 어디 있어? 말도 안 되는 핑계를 대다니!'

'그렇지 않단다. 사랑이란 건 아주 특별한 감정이라 좋아하는 마음 두 개가 서로 만나 마주본다는 건 정말 기적 같은 일이야. 우리 꽃님이는 누구보다 많은 사랑을 받을 테니 주는 것을 배웠으면 하는 거란다.'

누구에게나 예쁨받으리란 이야기를 들으니 옛이야기 속 공주님이 된 것 같다. 꽃님은 군밤을 동생에게 빼앗겨 입술을 내밀고 툴툴거렸지만 더 이상 짜증을 내진 않았다. 대신 아직도 시무룩한 얼굴로 소심하게 제 눈치를 살피는 동생의 손을 꽉 잡고 외쳤다.

'그럼 우리가 서로 아끼면 되겠네? 나는 주는 걸 배우고, 옥님이는 받는 걸 배우는 거야! 에이, 뭐야. 사랑이라는 거 쉽잖아!'

환하게 미소 짓는 꽃님이를 보며 옥님은 눈까지 붉히며 부끄러워했다. 씩씩한 꽃님의 행동에 흐뭇한 미소를 지은 할머니는 밤이 새도록 손녀딸들을 무릎에 앉혀 놓고 공주님 이야기를 들려주었다.

제8장. 강문이 남긴 흔적 끝

문자경은 동해 지역에선 신통력 있기로 유명한 요승(妖僧)이다. 절간의 여종이었던 편모슬하에서 자라 중으로서 십 세까지 교육을 받았다. 하지만 또래의 동자승과 어울리지 못하고 따돌림을 받자 스스로 파계했다. 자경은 이후 부당한 계급사회와 부패한 정치를 개혁하고자 전국을 돌아다녔다. 민가에선 자경을 파계승이다, 요승이다 쉬쉬하며 거리를 둔 탓에 자경은 나라 개혁의 뜻을 펼치지 못했다. 그러던 어느 날 산간에 버려진 양반집에서 잠시 눈을 붙이는데 세력이 쇠한 그 집의 가신들이 모습을 드러냈으니 성주신, 삼신메, 조왕신, 터주신, 업신, 측신이 자경 앞에 몸을 낮추었다.

「스님을 지키라는 명을 받았습니다.」

아니, 가신들이 누구의 명을 받는단 말인가. 자경은 깜짝 놀라 그들의 보호를 한사코 거부했지만 가신들은 의지를 쉽게 굽히지 않았다. 삼경이 지나도록 승강이를 벌이던 자경은 결국 그들의 뜻을 따르기로 했다. 자경이 물었다.

"나를 보호하라는 명은 누가 내린 겁니까."

「스님과 뜻을 함께하는 모든 이들입니다.」

* '신돈'과 '최치원'의 이야기에서 모티브를 차용했습니다.

제9장. 세상을 바꿔드립니다

얼마 후면 정월 초하루라며 새해를 기다리던 청사는 고도에게서 벌써 닷새 전에 연도가 바뀌었다는 소리를 듣고 절망했다. 일출을 보며 고도에게 하고 싶은 말이 있었는데 그 기회를 송두리째 날린 충격의 여파가 사흘은 갔다. 낚시로 고기를 잡고, 꿩을 잡아 줘도 시무룩해서 제대로 먹지 않는 게 영 심상치 않아 물어봤더니 청사의 얼굴이 발그레 익었다.

"고도 너를 저 태양보다 뜨겁게 사랑한다고 외칠 생각이었거든."

고도는 몹시 안도한 얼굴로 감격에 차서 말했다.

"새해가 그냥 지나가서 다행이다."

그 말에 청사는 무척 충격을 받았지만, 고도가 볼에 뽀뽀를 해주고 토닥여 준 것으로 언 마음이 사르르 녹고 마니, 이제 둘에게 감정싸움이 무슨 소용일까.

어디까지 어떻게 간다는 간단한 설명도 없이 해변을 따라 걷기만 하던 고도는 불쑥 커다란 마을로 숨어들었다. 밤중에도 불야성처럼 밝은 마을이었다. 그 크기가 도읍인 자량과 비견할 만했다.

티를 닦고 사는 사람들의 수는 도읍보다 조금 적을지 몰라도 너비나 규모는 바닷가의 민가 중에서 단연 손에 꼽을 정도로 거대했다. 그 거대한 읍은 부두가 따로 있는 수군 기지를 끼고 있었다. 지금은 사용하지 않는 군함 네 채가 언제 출항할지 모르는 중압감을 풍기며 정박해 있다. 뒤편에 있는 수문은 굳건히 닫혀 있어 외세가 쳐들어오면 한나절은 읍민들을 보호할 수 있을 듯했다. 수문장은 수시로 연안과 바닷가에 횃불을 비추면서 삼엄한 경계 태세를 늦추지 않았다. 민간이 쓰는 어선도 크기와 견고함이 벽구리 마을 소유와 비교해서 크게 차이가 났다. 파도가 한 장 가량 높게 치솟아도 배가 뒤집힐 염려는 없어 보인다. 원양까지 나가 멸치와 고등어 떼를 싹 쓸어서 실어 오기에도 너끈해 보였다.

사람들을 피해 산천초목으로 돌아다니느라 이렇게 거대한 민가는 몹시 오랜만이었다. 한참이나 그 모습을 구경하던 고도는 청사가 뒤편에서 부르는 소리가 들려 고개를 돌렸다. 성벽의 정문으로 들어가지 않고 산으로 몰래 이동할 분위기였다.

"동자삼도 더는 보이지 않는데 정말 이 길이 맞는 것이냐."

고도는 옆에서 속살거리는 청사를 돌아봤다. 대답은 간결했다.

"맞다."

"벽구리 마을에서처럼 단서될 만한 것을 발견한 게냐?"

"십이지괴처럼 눈에 띄는 것은 없으나, 직감이 말하는 구나. 강문이 이 마을에 있노라고."

"직감이라니. 그게 이유라면 너무 허술하지 않느냐. 틀리면 어쩌려고."

"틀리면 다시 찾으면 그만이지."

"너무 너다워서 할 말을 잃었어."

"이번에는 확신할 수 있다. 틀릴 리 없다. 강문은 이곳에 있다. 두 번 고생 안 해도 될 것 같으니 너무 걱정 마라."

직감으로 확신하는 고도가 그렇게 허무맹랑하고 허술해 보일 수가 없으면서도, 그 감 하나 믿고 요괴를 잡아들이며 강문의 행적을 쫓아왔기에 청사는 덧붙일 말이 없었다. 청사는 곰곰이 생각하다가 물었다.

"함정이면 어쩔 셈이냐."

함정이라. 그 낯설지 않은 단어에 고도가 눈을 데구루루 굴렸다. 강문이 이 근처에 덫을 놓고 고도가 엮이기만 기다리지는 않을 터이다. 미끼를 던지고 낚시를 할 만큼 시간 낭비를 좋아하지도 않고. 그러니 함정이란 말이 과연 적절할까. 설령 함정이면 또 어떠한가.

"함정이어도 괜찮다."

이번에도 지극히 고도다운 대답이었으나, 이전처럼 고개를 끄덕이지 않는 청사였다. 청사는 고도의 머리카락을 손으로 쭉쭉 잡아당기며 투덜거렸다.

"그렇게 태평한 소릴 할 때가 아니잖아."

"뭐 얼마나 이상한 술수를 저지르겠느냐. 강문이 꽉 막힌 놈이라서 그렇지, 이렇게 큰 마을을 난장으로 만들 만큼 못된 놈은 아니다. 본인도 인간을 아끼는 만큼 큰 소란은 벌이지 않을 테니, 그 정도 함정이라면 걸려들어 줄 만하지."

설령 함정이라 할지라도 그런 것에 당할 정도로 이쪽이 둔하고 눈치 없는 놈도 아니니 걱정하지 않는다. 고도는 청사의 불안해하는 마음을 달래 주면서 웃었다.

"묵어갈 객사를 먼저 찾자."

고도는 읍 내곽에서 주막을 겸하는 객사를 향했다. 주인 할멈은 마른 기침을 하고는 고도와 청사에게 방값을 먼저 받은 뒤에 빈방을 내어 주었다. 온돌을 따뜻하게 데워 주겠다는 말만 남기고 묶고 있던 방으로 들어가 버리는 아주 무덤덤한 분이셨다.

어디선가 상을 치르는 소리가 울려 왔다. 곡소리는 바람결에 함께 흘러 들어올 뿐, 그마저도 아득하게 느껴졌다. 막바지에 달한 겨울의 느낌이었다. 겨울 특유의 삭막함과 냉정함이 고요한 객사를 통해서 고도를 덮쳤다. 정월 대보름도 지나고 계곡의 물이 녹아 꽃이 필 봄이 머지않았건만 세상은 아직 차갑기만 하다.

이래서야 언 땅이 녹기는 할까. 고도는 문설주에 기대어 앉아 달빛도 녹아들지 못한 새까만 바다와 산을 번갈아 바라봤다. 살면서 수백 번도 더 맞이한 겨울 풍경이 요즘 들어 낯설어 보이는 이유가 머지않은 앞날 때문임을 깨달았다. 그러자 산과 바다를 바라보는 눈을 뗄 수가 없었다. 찬바람을 더 맞고 싶고, 어둠에 잠긴 세상이 어떤 모습인지도 더 보고 싶은 이상한 기분이 들었다.

"고도."

문지방에 걸터앉아서 마을 안팎을 빤히 쳐다보는 고도가 걱정된 나머지, 청사는 방 한편에 곱게 개켜 있는 이불을 펼쳐 고도를 포근하게 감싸 안았다. 뒤늦게 정신을 차린 고도가 활짝 열린 방문을 닫았다. 바람이 달려와 부딪힌 방문이 몇 번 덜컹거리며 스산하게 우는 소리가 안쪽까지 들어왔다. 고도는 방 안을 은은하게 밝히는 촛불이 얼마나 위태로운 모습으로 심지를 가까스로 태우고 있는지를 보았다.

바깥을 쳐다보노라 방 안의 움직임을 모두 놓치고 말았다. 청사가 방에 들어오자마자 촛불을 켜고 이부자리를 펴는 것도 까마득 모르고 있던 게다. 다행히도 청사는 고도가 정신을 놓고 있던 사실에 개의치 않았다. 고도를 이불로 감싸서 끌고 들어온 것도 바깥만 구경하는 고도가 얄미워서 심술을 부린 게 아니다. 저녁 바람을 맨몸으로 맞고 있다가 고뿔이라도 걸리면 어쩌나 걱정하다 보니 그런 것이다.

"웃차."

청사는 고도를 품에 안은 채 바닥으로 발라당 드러누웠다. 바닥은 누우면 일어나기 싫을 정도로 따뜻했다. 바닷가에서 햇살을 맞을 때만큼이나 몸이 노곤해졌다. 편안함과 아늑함을 저 혼자만 누릴 수 없기에 청사가 이불 속으로 꾸물꾸물 기어 들어오는 것을 막지 않았다. 고도의 허리를 안은 청사가 이불 밖으로는 고개만 빠끔 내밀었다.

"이렇게 드러눕는 게 얼마만이냐. 아, 진짜 편하다."

청사는 고도의 옷 속으로 손을 집어넣었다. 매끈한 등허리를 손끝으로 더듬으면서 쓸어 만졌다. 제때 뭔가를 먹지 못하고 지냈더니 배도 홀쭉하고 옆구리에 살도 붙어 있지 않다. 손에 잡히는 거라곤 마르지만 탄탄하게 붙어 있는 근육뿐이다. 남자치곤 얇은 허리를 두 팔로 안아 보기도 하고 손으로 만져 보기도 하면서 청사는 속상함에 눈가를 찌푸렸다.

맛난 거 많이 먹이고 싶다, 진짜. 살이라도 토실토실 오르면 이 속상함이 덜할 텐데.

뱃가죽을 만지작거리면서 청사는 고도의 눈치를 살폈다.

"춥지 않아?"

고도는 대답 대신 청사의 품으로 더 파고들었다. 따끈한 온돌바닥만으로는 부족하다며 청사에게 투정을 부리는 거라. 살을 찌우고 싶어도 찌울 틈조차 없이 바쁜 고도가 안쓰럽고 또, 살집 없는 피부가죽 밑으로 추위를 더 심하게 느끼는 건 아닐지 걱정하면서, 청사는 고도에게 팔베개를 해주었다.

온몸으로 감싸듯이 끌어안는 청사에게서 온기를 느낀 고도가 팔뚝에 얹은 얼굴을 비볐다. 청사의 팔뚝 위로 흩어지는 짧고 부슬거리는 머리카락들도 함께 흔들리며 청사의 코끝을 간질이는 바람에 몇 번 가벼운 웃음이 터졌다. 고도는 팔에 기대어 청사를 나른하게 쳐다봤다. 청사는 그런 제 품에 안긴 고도를 내려다보면서 말이 없었다. 이렇게 얼굴을 하나하나 뜯어보는 시간이 아까워서 눈을 깜빡이지도 않았다.

"대룡아."

청사는 얼굴로 부드럽게 뿌려지는 고도의 숨결을 느꼈다. 팔에 기댄 머리에서는 아까부터 콩콩 뛰는 심장 소리가 들렸다. 따뜻한 숨결보다는 조금 더 빠르고 격렬했다. 심장소리도 사랑스럽고, 숨 쉬는 느낌마저 예쁘다. 청사는 자신이 사랑이란 중증에 빠진 병자가 분명하다며 따뜻한 감각 하나하나에 행복해했다. 청사는 팔베개한 고도를 사랑스럽게 쳐다보면서 반대편 팔로는 옷 속 고도의 등허리를 조몰락거리며 매만졌다. 고도는 등골과 허리를 톡톡 두드리는 청사의 손길을 받으면서 물었다.

"대롱아, 너는 인간 세상을 어떻게 보느냐. 너 역시 강문처럼 인간의 추악한 본성이 먼저 보이더냐."

"고도야, 미안하지만 나는 그런 복잡한 것은 잘 모른다."

청사는 강문과 고도가 설전을 벌일 정도로 인계에 박식한 것도 아니고 그만한 관심이 있지도 않다. 심지어 제가 나고 자란 천계에 대해서도 깊은 생각을 해본 적 없다. 청사는 고도와 강문이 무엇을 두고 싸우는지 아직도 잘 모른다. 그게 솔직한 심정이었다.

"내게 인간 세상에 대해 좋고 싫음을 말해 보라고 하면 나는 인계가 마음에 든다고 대답할 것이다. 이유는 단순하다. 네가 인간을 사랑하기 때문에 나 역시 사랑할 수 있는 것이다."

이번엔 고도가 당황한 표정을 짓는다. 조금 전, 인간 세상에 대해 물을 때 청사가 어리둥절해하던 것과 같은 얼굴이었다. 청사는 막연한 길을 헤매는 것 같은 고도를 바라보다 머리를 받쳐 주는 팔을 구부렸다. 머리통이 조금 더 청사의 품 안으로 끌려온다. 청사는 가까이 다가온 고도의 머리카락에 얼굴을 맞댄 채 속삭였다.

"내겐 이 세상이 별로 의미가 없었어. 적어도 널 만나기 전엔 인간들이 어떻게 살아가건, 흙과 풀과 해와 달이 무슨 작용을 하건 생각해 보지 않았다. 널 만나고 나서야 이것들의 존재를 알게 된 것이야."

등허리를 쓸어 만지던 손이 고도의 얼굴로 올라왔다. 손끝은 정성스레 고도의 눈가를 매만졌다. 아른거리는 촛불의 왜소한 그림자가 져서 그럴까. 고도의 눈이 평소보다 더 젖어 있는 것처럼 보였다. 동그란 눈 모양은 고도의 인상을 어리게 보이는 데에 한 몫 톡톡히 하는 것이었다. 눈을 빤히 뜨고 쳐다보면 꼭 강아지 같다는 생각이 들었다. 그 눈가를 더듬으며 속눈썹을 한 가닥씩 쓸어내리니 고도는 눈앞에서 왔다 갔다 하는 손가락 때문에 몇 번이고 눈을 감으며 당황해했다. 청사는 제 손길에 민감하게 반응하는 고도가 좋았다.

"네 시선이 머무는 하늘이 푸르고 태양이 반짝였다. 네 눈에 비친 하늘이 그제야 내게 상쾌함을 주고 태양이 포근하게 와 닿더구나."

청사의 손은 콧잔등을 부드럽게 타고 내려왔다. 콧대를 만지고 콧방울을 손끝으로 빙글 돌리면서 말했다.

"네가 맡는 음식 냄새와 바닷내음이 처음으로 달콤하다거나 짜다는 느낌을 줬고."

손가락은 귀를 한 번 매만진 후에 입술에 머물렀다.

"네가 듣는 저잣거리의 소리에서 인간이 지닌 생명력을 들었지. 네 입술이 내뱉는 말이 내 심장을 울리고 가슴을 적셨다. 그러니 내게 하계에 대해 물으면 대답할 것이 없어. 내가 느끼는 하계는 모두 너를 통해서 알게 된 것들이다. 내 세상의 중심은 너이기에, 내 중심이 '좋다'고 말하면 나 역시 그렇게 느낄 수밖에 없지 않으냐."

고도의 입술이 조금 벌어졌다. 넋이 나가서 아무런 말도 못 하고 그저 청사를 바라보는 게 고작이었다. 심장이 쿵 하고 바닥으로 떨어졌다 용솟음쳤다. 가슴 아래가 뜨겁게 격동할 능력이 있었는데 그간 그 기능을 상실했었다고 시위를 벌이는 것만 같았다. 심장이 타들어 갈 것처럼 뜨겁게 반응한다. 고도가 오랜 세월 살아오면서 단 한 번도 들어 본 적 없는 세상에서 가장 달콤한 고백이었다.

청사가 보는 세상은 아름답다. 꽃과 나무가 예쁘다는 생각을 하기 전에, 그걸 바라보는 고도가 예쁘다고 말하기 때문에 이 세상이 아름다워진다고 한다. 청사가 보고 듣고 느끼는 모든 것이 고도가 경험하는 감정과 같기 때문이다. 고도는 청사가 개별적인 객체가 아닌, 자신과 동일한 존재라고 느껴졌다. 서로 다른 몸을 가졌고 사고방식도 성격도 뭐 하나 닮은 것이 없는데도 하나라는 생각이 들었다. 세상엔 죽을병에 걸린 사람이 다음날 멀쩡하게 일어나는 기적도 일어나지만 고도는 막연한 행운과 우연은 기다려 본 적이 없다. 인생에 행과 불행의 양이 정해져 있다면, 고도는 이젠 쥐어짤 행운이 없다고 생각했다. 아니었던 모양이다. 살면서 다 쓰지 못한 행운이 청사를 만나고 나서야 비로소 소진된 것이리라.

"넌 정말 내가 생각하는 것 이상의 말만 하는 구나."

"칭찬이야?"

"칭찬이지."

그 말에 청사는 머뭇거리는 기색이었다. 입술을 몇 번이나 달싹이지만 목소리가 올곧게 나오진 않았다. 지켜보던 고도가 고개를 갸웃한 후에야 청사는 깊은 한숨처럼 물었다.

"고도는 내가 누군지 알고 그런 예쁜 말을 하는 거야?"

고도는 질문의 의도를 한참이나 파악해 보더니 곧 고개를 끄덕이며 평온하게 대답했다.

"용이지."

용이란 단어를 입에 담을 때, 혹 고도가 경멸하는 기색은 없는지를 빠르게 살폈다. 다행히도 청사가 우려하는 감정은 보이지 않았다. 용이란 말만 하면 고도는 검은 눈이 폭풍처럼 사나워지곤 했는데 청사에게는 그러한 눈초리를 보이지 않았다. 그래서 청사는 조금 더 용기를 내기로 했다.

"용도 종류가 많아. 내가 어느 쪽에 속하는지 알아?"

고도의 까만 눈동자가 청사를 흔들림 없이 바라본다. 그 올곧은 시선이 고맙기도 하고 무섭기도 하여 청사는 고도에게 입을 맞추고 싶은 충동을 가까스로 억제했다. 여기서 도망가면 이야기를 안 꺼내느니만 못한 결과가 나리라.

"천룡 아니었느냐."

잠깐 덜컹했던 심장이 안정을 되찾았다. 청사는 이전보다 더욱 조심스럽게 입을 열었다.

"언제부터 알았어?"

"천룡이었다는 건 벽구리 마을에서. 도력을 전부 개방하고 네가 싸우는 걸 마음의 눈으로 지켜봤더니 보이더구나. 이런 위대한 하늘의 힘을 숨기고 나따위에게 붙잡히는 뱀 요괴 흉내를 냈다니. 나중에 생각하곤 어이없어서 허탈한 웃음만 흘렸지."

"……내가 용족이었던 건 언제부터 알았는데?"

"꽝철이가 너를 무척 시기 어린 눈으로 바라보며 질투했을 때 눈치챘다. 그 녀석이 제 감정을 쉬이 숨기지 못하잖은가."

"……내가 말해 줬어야 했는데."

"괜찮다. 천룡이 땅에 내려왔으니, 그만한 사연이 있을 텐데 내가 캐묻는 것도 도리에 어긋나지 않겠느냐. 천기누설이라도 하면 나까지 벌을 받을 테고. 너 속 편할 때 말해 주길 기다리고 있었다."

너그러운 그 말에 얼마나 안심을 했는지. 청사는 고도가 저를 밀어내고 죽이려 들 것만 같은 불안함에 몇날며칠 잠도 제대로 못 자던 때를 기억했다. 고도라면 정말로 용족인 자신과 사달을 내겠다고 달려들었을진대, 지금은 검 대신 손끝으로 다정하게 목과 가슴을 쓸어 만지고 있었다. 머릿속에 그려 보았던 최악의 상황과 정반대의 모습이었다. 고도는 여전히 사랑스러웠고, 청사가 자신을 사랑해도 괜찮다고 말하는 것처럼 보였다. 청사는 몸속 깊은 곳에 고여 있던 숨을 토해 냈다.

"고도야. 그거 알아? 용들은 계보가 하나야. 인간들은 가문도 많고 성씨도 다양하지만 용은 달라. 하나의 조상에서 모두 같은 핏줄로 내려와. 이무기가 승천하여 용이 된 경우를 빼면, 땅과 하늘에 사는 용은 모두 친척관계야."

청사는 고도를 꼬옥 끌어안았다.

"미안해. 내가 미안하다고 말하고 싶어."

"무슨 말인지 모르겠다, 대롱아."

"네 가족을 죽인 동해 용왕은 내 첫째 형이야."

잠시 멈칫하고 굳어 버린 고도의 몸이 느껴진다. 그것까진 몰랐던 걸까. 아니면 알면서 애써 부인했던 것을 청사의 입으로 들으니 놀란 것일까. 어느 쪽이든 상관없다. 청사는 혹 고도가 이대로 도망가지는 않을까하여 다급하게 품 안으로 더 끌어당겼다.

"내가 용이라서 말하기를 주저했어. 나라도 가족을 죽인 인간이 있으면 그 인간 때문에 가문 전체가 싫어졌을 테니까. 그래서 너한테 솔직하게 말도 못하고 숨기기만 했어. 미안해. 네 가족 일도 미안하고 널 속인것도 미안해. 그냥 너한텐 다 미안해."

청사에게 안겨 있던 고도의 몸에서 차츰 긴장이 풀린다. 굳어 있던 어깨가 평소처럼 부드럽게 내려앉았다. 그런 고도를 꼭 끌어안은 채 무엇을 해야 하는지도 모르던 청사는 품에서 빠져나가려는 힘을 느끼고 저도 모르게 두 팔을 꽉 붙들었다. 고도는 불안해서 어쩔 줄 몰라 하는 파란눈을 보다가 그만 웃음을 터뜨렸다. 눈물을 그렁그렁 매단 청사는 해맑게 웃는 미소에 얼이 나가서 멍, 정신을 놓고 말았다.

"바보 자식. 이걸 좀 풀어야 내가 네게 입을 맞추든 눈물을 닦아 주든할 거 아니더냐."

"아……."

아직 정신을 못 차린 청사는 고도를 잡은 팔에서 슬그머니 힘을 뺐다. 청사가 긴장을 풀자 그제야 고도는 손을 뻗어 청사의 얼굴을 매만졌다. 손끝이 닿은 눈가에 물기가 딸려 나왔다. 푸른 눈에 고여서 어디로 흐르지도 못하고 방황만 하던 물방울을 꼼꼼하게 닦아 주는 손길이 이어졌다. 빨갛게 변한 눈가가 쓰려 보인다. 고도는 눈가를 매만지는 대신 입을 가져갔다. 호오, 작게 입김을 불어 주자 청사는 기분이 순식간에 편안해졌다. 쓰린 부분이 실제 낫는 것과는 별개로, 고도가 다정하게 자신을 돌봐 주는 마음씨가 그저 고마웠다.

"미안한 건 오히려 나다. 네 첫째 형과 사달을 내겠다고 달려들고 있으니, 이런 나를 용서해 주려무나."

"아, 아냐, 고도. 그건 당연한 일이니까……."

"당연한 일이 아니다. 너는 내게 마땅히 화를 내야 한다. 누구도 가족을 죽이겠다고 달려드는 이를 너처럼 순수하게 좋아하지 못할 것이다."

감정의 기복이 없는 그 평범한 대답이 고마워서 청사는 저도 모르게 눈물이 나고 말았다. 기껏 물기를 닦아 준 두 눈에 또다시 물기가 멍울지자 고도가 혀를 찼다. 눈 쓰리다며 울지 말라 달래도 한번 터진 눈물은 볼을 타고 흘러내려서야 멈추었다. 청사는 황급히 소매로 눈가를 눌러 흔적을 지웠다. 청사가 소매로 눈가를 비벼 쓰라림이 더 커질 것을 우려한 나머지, 고도기 대신 눈물 자국을 조심스럽게 닦아 주었다. 청사는 제 얘기를 듣고도 변함없이 다정한 고도를 보자 그제야 하소연을 하듯 속에 쌓아 두었던 말을 터뜨렸다.

"고도. 난 이런 걸로 너와 사이가 틀어지고 싶지 않아."

"나도 그렇다."

청사는 지난날 몇 번이고 그런 생각을 해봤다. 만약에 고도와 청사가 용과 인간이 아닌 상태로 만났으면 어땠을까. 동족으로서 같은 인간이어도 되고, 이종족으로서 고도가 처음에 오해했을지도 모를 요괴로 만나도 괜찮다. 어느 종족을 가정해도 고도와 청사의 사이는 지금과 달라지진 않았으리라 확신한다. 청사는 제 종족이 무엇이건 상관없이 고도를 좋아했을 것이다.

그러니 종족 문제를 떠나서 고도라는 인간 하나만 사랑하고 싶다. 고도 역시 저를 용으로 대하지 말고 그저 '대롱이'라 부르는 일에만 집중해 줬으면 좋겠다고 생각했다. 동해 용왕의 문제는 청사가 이제 와 어떠한 도움을 줄 수 있는 부분이 아니니 깊게 관여하지 않음이 정답이다.

청사는 고도의 어깨에 머리를 기대고 중얼거렸다.

"사랑해. 몇 번이나 더 말해 줄 수 있어. 사랑해, 고도."

청사를 다독여 주는 손길이 다정하다. 어떤 동정이나 위로도 묻어나지 않는 순수한 손길이다. 나 역시 사랑해. 마치 그리 답하는 것 같았다.

"사랑해."

고백은 멈추지 않았다.

"너밖에 없어. 사랑해."

청사를 다독여 주던 손길이 차츰 잦아들었다. 고도의 이름을 홀리듯 중얼거리면서 사랑한다고 말하는 청사를 보자, 고도도 가까스로 지키고 있던 평온한 표정이 흐트러지는 얼굴이었다.

고도는 청사의 말에 가슴 밑이 무너져 내리는 듯한 감정을 주체하질 못했다. 저도 모르게 눈물이 차올라서 입 안을 짓씹듯이 깨물었다. 고도의 심상치 않은 반응에 청사는 무척 당황하여 어쩔 줄 몰라 했다.

"고도?"

무슨 말실수를 했나 싶어서 청사가 재빨리 말했다.

"고도, 미안하다. 내가 뭔가를 실수했다면 말해 줘. 네 표정이……."

이럴 때조차 고도를 먼저 챙기는 행동 덕분에 고도는 결국 눈물을 보이고 말았다. 청사는 이젠 낯빛이 파래질 정도로 당황하고 말았다.

"고, 고도."

고도는 대답 없이 청사의 허리를 세게 안았다. 맞붙은 가슴 너머로 청사가 숨을 크게 들이마시고 참는 것이 느껴졌다. 고도는 잠긴 목소리로 한 음 한 음 어렵게 말했다.

"눈 감아 봐."

청사는 한참을 망설인 끝에 눈을 꽉 감았다. 눈가와 콧잔등에 주름이 질 정도로 세게 감은 눈은 어머니에게 회초리를 맞을까 봐 두려움에 겁먹은 아이처럼 보였다. 길고 풍성한 속눈썹이 파르르 떨리면서 입술을 물었다 놓는 등 불안하기 그지없는 모습이었다.

고도는 몸을 일으켰다. 그러곤 청사의 허리에 앉았다. 불안하게 떨리던 청사의 눈이 순식간에 동그랗게 떠졌다.

어, 하는 사이에 벌어진 일이다. 청사가 놀라서 팔꿈치로 몸을 디디고 상체를 일으키려는 순간에 고도가 먼저 청사의 목에 팔을 감고 입을 맞추었다. 청사는 당황하여 굳었다가 차츰 정신을 차리고 입을 벌렸다. 청사는 천천히 상체를 일으켜서 고도를 허벅지에 앉히고는 마주 안은 채로 입을 맞췄다. 그 행위가 마치 꿈결 같았다. 청사는 달콤한 입맞춤에 황홀경을 느꼈다. 더는 멈추거나 자제할 수가 없었다.

고도의 허리를 꽉 끌어안은 청사가 몸을 앞으로 기울였다. 청사의 상체가 숙여지면서 고도는 뒤로 넘어갔다. 고도의 등이 바닥에 닿고 나서도 둘은 서로의 입술을 탐하듯이 핥고 깨물기를 멈추지 않았다. 얼굴에 홍조가 짙어지며 숨결이 거칠어질 때까지 서로를 놓지 않았다. 두 팔에 힘을 주며 조금 더 입을 깊숙하게 맞추려고 애를 썼다. 입술이 잠깐 떨어지자 고도가 가빠진 숨을 몰아쉬며 말했다.

"나는 한 번도 내 삶을 행복하게 여긴 적이 없었다. 긴 세월을 늙지도 죽지도 못하며 사는 것이 지겹고 따분했다."

청사는 그런 고도의 볼과 귀에 쪽쪽, 입술을 맞추면서 두 손으로는 두루마기의 옷고름을 풀었다.

"삶에 집착하지 않았다. 때가 되면 자연스럽게 모든 것을 맞이할 생각만 했다. 그런데 네가⋯⋯."

고도가 본능적으로 어깨를 움츠리자 청사가 벗은 어깨에 입술 자국을 남기며 긴장을 풀어 주었다. 청사가 아랫도리를 푸르고 자신의 옷을 바닥에 벗어버리는 행위는 소리로만 확인할 수 있었다. 고도의 입안을 한 차례 애무한 청사의 손가락이 고도의 분문 안으로 들어갔다.

고도는 숨을 크게 들이마셨다. 검을 잡는 고도와 다르게 청사의 손은 굳은살도 박이지 않고 손톱 끝이 갈라지거나 거칠게 마모된 느낌도 없었다. 여자처럼 고운 살결을 가져서 눈을 감고 있으면 손의 주인을 여자로 생각할 정도였다. 하지만 부드러운 살결과 달리 손가락은 길고 단단한 청년의 것이었으니, 엉덩이 사이로 들어와 분문 내벽을 긁을 때마다 몸이 흠칫 떨렸다.

한 개였던 손가락이 두 개로, 세 개로 늘어났다. 손가락들은 안쪽을 긁고 문지르다가 하나로 모여 안팎을 거칠게 드나들었다. 아래를 분탕 치는 손길이 강해질수록 고도는 머릿속이 하얗게 변했다. 이상한 느낌이었다. 과거에도 청사의 손으로 똑같은 자극을 받았는데 이렇게까지 생소한 적은 없었다. 거부감이나 이질감과는 다르다. 청사의 손길을 몸이 자연스럽게 받아들이는 것이 스스로 어색한 것이다.

고도는 입을 벌리고 탁한 숨을 몰아쉬었다. 작게 헐떡이는 소리가 들리자 청사가 정염에 들뜬 눈으로 고도를 바라봤다. 고도는 저도 모르게 다리를 벌렸다. 몸 안이 뭔가에 반응했다. 허리가 절로 휘어지고 고개가 뒤로 넘어갔다. 청사는 몸을 뒤트는 고도가 더없이 야하다고 생각했다. 야한데도 창기처럼 보이지 않고 오히려 사랑스러워 미치겠다. 이렇게나 예쁘고 사랑스러운 이가 자신의 사람이란 사실에 심장이 두방망이질 쳤다. 보는 것만으로 입 안이 마르고 침이 넘어갈 만큼 어여쁜 님이다.

청사는 고도의 귓가에 입술을 가져갔다. 헐떡이는 소리가 조금 더 선명하게 들리는 거리에서, 청사의 탁한 음성이 고도의 귓가를 간질였다.

"내가 뭐야? 그다음 말을 해야지."

"아…… 읏."

"말해 줘. 네 입으로 직접 말해 봐."

말하려다가 입을 다물고, 그러길 반복하느라고 오물거리는 입술을 청사는 더는 그냥 바라볼 수가 없었다. 고도를 세게 끌어안고 입을 맞췄다. 몸 안을 헤집는 손가락의 움직임이 더욱 거칠고 빨라졌다. 다른 팔은 고도의 다리를 벌려 제 허리에 감게 만들면서 청사는 고도의 입술을 잡아먹을 듯 탐했다. 고도가 거칠어진 호흡 사이로 미약한 신음을 쏟아 낼 때가 되어서야 붙은 입술이 떨어졌다. 고도는 청사가 깨물고 빨아서 도톰하게 부풀어 오른 아랫입술을 이로 눌렀다가 놓으면서 조심스럽게 운을 뗐다.

"……너를 위해 살고 싶다."

분문 안을 한꺼번에 헤집어 놓던 손가락들이 움직임을 멈추었다. 고도는 왈칵 쏟아진 눈물을 참지 못했다. 괴롭거나 서러워하는 눈물과는 조금 달랐다. 스스로 주체 못 하는 감정에 당혹스러워하면서도 한편으로는 얼굴을 엉망으로 만든 눈물에 속이 후련해진 것도 같은 복합적인 표정이 떠올랐다. 고도는 빨갛게 물들어선 아플 정도로 따끔거리는 눈을 감았다. 청사의 목을 끌어안은 팔이 희미하게 떨렸다.

"죽고 싶지 않아."

　촛불이 청사의 벗은 몸을 밝혔다. 땀에 젖은 등허리로 꿈틀거리는 근육의 움직임이 두드러졌다. 고개를 숙이고 있어 헝클어진 기다란 머리가 앞으로 쏟아졌다. 머리카락에 가린 얼굴은 제대로 보이지 않지만 설사 보인다 하더라도 고도는 그 얼굴을 확인할 여력이 없었다.

　청사의 어깨에 올린 다리가 격렬하게 흔들렸다. 청사가 몸을 숙여서 입을 맞출 때마다 반으로 접혀 있는 몸이 더 큰 압박에 괴로워하면서도 결합부의 접촉이 깊어지는 것에 희열했다. 고도는 땀이 가득 찬 손으로 방바닥을 더듬었다. 잡히는 것이라곤 둘이 성급하게 벗어놓은 옷가지와 눅눅해진 이불뿐이었다. 몸을 지탱할 만한 단단한 것이 없어서 손에 잡히는 대로 힘을 주었다. 청사의 도포가 손바닥 아래에서 바스락 구겨졌다.

　고도는 고개를 뒤로 젖히고 파르르 떨었다. 목이 뻣뻣하게 서고 허리에 힘이 들어가면서 가슴이 위로 솟는 기묘한 쾌감에 어찌할 바를 몰랐다. 상체가 활처럼 휘어지면 청사는 잠깐 움직임을 멈추고 가슴을 빨았는데 그럴 때마다 고도의 머릿속은 하얗게 타들어 갔다. 이를 세워 유두를 씹고 그 끝을 훑는다. 두 손으로 유륜을 주무르는 것이 여자의 가슴을 갖고 노는 것과 다른, 오로지 고도의 것에만 집중하는 것이 느껴져 더욱 고도를 괴롭게 했다.

　두 번 정도 청사와 살을 섞으면서도 이런 기분은 한 번도 받아 본 적이 없었다. 청사의 아래에 엎드리거나 누워 있으면 허리에 부담되는 일들이 자연스럽게 벌어졌다. 쾌감을 떠올릴 때 생각나는 것이라곤 절정, 찰나의 순간뿐이었다. 몸을 겹치는 행위가 싫진 않으나 그 속에서 특별한 즐거움을 찾기는 어려웠다. 육체적인 즐거움이 없더라도 청사가 좋아하니까 싫지 않다. 그 정도로 타협을 보고 적당히 박자를 맞춰 준 것뿐이었다. 한데 여유를 잃은 머릿속은 아까부터 새빨갛게 때론 새하얗고 샛노랗게 감은 눈꺼풀 너머에서 불꽃을 쏘아댔다.

눈 안쪽이 기묘한 색으로 물들 만큼 머릿속이 아찔했다. 청사가 성기를 삽입하기 위해서 정성스레 해주곤 하던 애무도 없었고, 단지 손가락으로 벌린 분문으로 팽창한 살덩어리가 밀려들어 왔는데 몸이 아프긴커녕 낯 뜨겁고 기묘한 감각이 전신을 휘감았다.

청사의 부푼 성기가 실은 몸에 들어오기 부담스러울 정도로 컸다는 걸 이제야 알게 되었다. 음모 속에 파묻혀 있어서 평소엔 그 크기를 유심하게 본 적 없건만. 붉게 부풀어 오른 성기는 예상치를 훨씬 웃도는 크기였다. 그런 것으로 밀어붙이는 움직임이 사람보다는 짐승에 가까웠다. 청사가 인간이 아니란 걸 새삼 깨달았다. 부드럽고 따뜻한 입맞춤과 다르게 몸속을 파고들 때는 거칠기 그지없다는 걸. 고도는 높은 파도에 휩쓸릴 때처럼 몸이 제 뜻대로 움직여지지 않는 기분을 느꼈다. 청사가 제 몸을 타는 동안 고도는 자신을 통제하지 못했다.

"아, 하아, 아, 아."

뱃속이 아리다. 청사가 성급하게 깨물고 빨아 놓은 가슴은 욱신거리면서 고통보다 진한 희열에 더욱 빳빳해졌다. 숨을 크게 들이마실 여유도 없어서 반쯤 벌어진 입에선 엉망이 된 호흡이 쏟아져 나왔다. 대체 어디서 이런 감각이 피어올랐는지 몰랐다. 청사가 아래를 밀어붙일수록 고도는 제 의지로 조절할 수 없는 감각에 파묻혀 허우적거리느라 머릿속이 아득했다. 고도가 눈물이 가득 맺힌 눈으로 청사를 올려다보자 청사는 정염으로 흐릿해진 시선을 마주하고 마른침을 삼켰다.

"힘들어?"

힘들다 대답하면 멈출까, 아니면 더 즐거워하며 허리를 흔들까. 고도는 청사가 이대로 멈추길 바라면서도 영영 그러지 않길 바라는 상반된 두 가지 바람에 절로 고개를 저었다. 몸은 분명히 힘들어하는데 머릿속은 그 고통보다 쾌락과 희열에 미쳐 버린 것 같았다.

청사의 도포를 뼈가 하얗게 불거질 정도로 꽉 쥐자, 청사가 고도의 엉덩이를 양손으로 더 벌렸다. 고도의 분문을 거칠게 드나들던 성기가 출입하는 모습을 적나라하게 드러냈다. 검붉게 부푼 딱딱한 살덩이가 부어오른 항문을 가차 없이 파고들었다. 청사의 허릿짓으로 인해 고도는 땀이 흐르는 목과 허리를 뒤틀었다. 몸속 어딘가에 청사가 성기를 박을 때마다 벼락에 감전된 것처럼 허리가 짜릿했다. 항문 안을 단순히 들어왔다 나가는 게 아니라 고도를 미치게 하는 부분을 정확하게 공격하는 느낌이었다.

고도는 본능적으로 청사와 반대로 허리를 움직였다. 청사가 들어올 땐 허리 아래를 내려 청사가 더 깊게 들어오도록 하고, 빠져나갈 땐 허리를 들어 그 움직임이 수월하도록 했다. 처음에는 어긋났던 움직임도 차츰 서로 꼭 맞물려 정확하게 교합이 되자 청사도 참을 수 없는 듯 신음을 쏟았다.

청사는 금방이라도 분출할 것 같은 사정감을 참느라 아랫입술을 깨물었다. 날카로운 송곳니가 입술을 짓눌러 피를 보았지만 이대로 사정할 수는 없었다. 고도가 전에 없이 거친 숨을 쉬면서 울고 있는데 사정 한 번으로 끝내는 건 말도 안 된다.

청사는 고도의 성기로 잠시 시선을 내렸다. 만져 주지 않은 살이 자신의 것처럼 단단하게 부풀어 있었다. 성기 끝이 투명한 액체로 젖어 촛불에 반질거렸다. 조금 있으면 고도도 그 내부에 고인 것을 분출하리라는 걸 알자 청사는 잠시 움직임을 멈추었다.

쾌락과 사정욕으로 머리끝까지 물들어 있던 고도는 청사가 움직임을 멎자 아직 홍수 같은 감각의 여운에 휘말려 빠져나오지 못한 채로 헐떡였다. 넣고 흔들 때처럼 잘게 떨면서 신음을 흘렸다.

"아, 아."

청사는 아직도 떨고 있는 고도의 얼굴에 손을 가져갔다. 입에서 흘린 타액과 눈에서 흘린 눈물, 그리고 이마에 송골송골 맺힌 땀까지 얼굴을 적신 모든 액체를 손끝으로 닦았다. 손길을 따라 고개를 움직이는 고도는 아직 제대로 정신을 차리지 못한 상태이니, 청사는 스스로 어느 정도 사정욕을 다스린 후에 다시금 붉게 팽창한 성기를 고도 몸속으로 깊게 밀어 넣었다. 까슬한 음모가 고도의 음경 아래와 엉덩이 사이에 비벼졌다. 고도가 젖은 눈을 뜨고 청사를 똑바로 쳐다보자 청사가 몸을 숙였다.

"고도야…… 하아, 너 오늘 정말 대단한 거 알고 있어?"

청사가 상체를 숙이면서 그의 어깨에 올려놓았던 다리가 한계까지 구부러졌다. 고도는 허리가 둥그렇게 접힐 정도로 무리가 가자 아, 하고 괴로운 소리를 내었다. 청사는 힘겨워하는 고도를 알면서 다리를 내려 주지 않았다.

"그, 그만……."

몸이 접힌 상태로 허리 아래가 다시 들썩이자 고도는 도포 자락만 더 세게 쥐었다. 멈추었던 청사가 움직임을 재개했을 땐 이전보다 더 거칠고 빠르게 변해 있었다. 벌어진 분문이 청사의 흉포한 성기를 붙잡고 찌걱찌걱 들러붙는 소리가 날 때마다 청사는 반사적으로 고도의 몸을 더욱 내리눌렀다.

"아!"

고도가 짧게 비명을 질렀다. 허리가 아프다는 소리가 엉망이 된 숨소리 사이에 섞여서 끊어지듯 새어 나왔다. 아파서 힘들다고 하는데, 그렇게 눈물이 터진 얼굴에서 청사는 눈을 떼지 못했다. 고도가 조금 더 편한 자세를 취할 수 있도록 배려할 생각도 하지 못한 채로 공격하듯 고도의 몸속을 헤집었다.

찌르면 파르르 반응하던 몸속을 기억하고 다시 공격하자 고도가 허리를 꺾고 숨을 헐떡였다. 고도는 눈물을 쏟으면서도 청사가 움직이는 것에 맞춰 스스로 허리를 흔들었다. 청사는 자신에게 발정기라도 온 것 같은 착각에 빠졌다. 고도의 몸속이 너무도 기분 좋고, 그런 자신에게 정신을 잃은 고도를 지켜보는 것만으로도 황홀하여 어찌할 바를 몰랐다.

"고도, 고도, 고도."

그 이름을 끊임없이 불렀다. 고도의 허벅지를 움켜쥐고 청사는 분탕질하듯 허리를 놀렸다. 더는 급해서 고도의 사정을 봐주지 못했다. 청사는 고도를 벌어진 다리 채로 짓누른 채 빠르게 움직였다. 바닥에 엉망으로 뒤엉킨 고도의 머리카락이 위로 아래로 들썩일 정도로 거친 움직임이었다. 청사에게 맞춰 몸을 흔들던 고도가 점점 청사의 움직임과 속도를 따라가지 못했다. 광포하게 흔들리면서 어찌할 바를 몰라 헐떡였다. 어느새 자신이 손쓸 수 없는 거대한 감각에 함몰된 고도는 간신히 붙잡고 있던 이성을 손에서 놓아 버렸다.

"아, 아아, 아, 응!"

고도가 목을 뒤로 젖히고 울었다. 청사의 아랫배에 짓눌린 고도의 성기에서 하얀 액체가 흘러내렸다. 분출했다. 고도가 자신의 성기를 손으로 잡으려 하자 청사는 그 손에 깍지를 끼고 꼼짝도 못하게 했다. 찌걱찌걱 달라붙던 분문과 성기의 소리가 철썩거리는 세찬 소리로 끊임없이 이어지던 어느 순간, 청사는 짧게 비명을 지르면서 고도의 몸속에 사정했다.

절정을 맞는 순간의 감각을 스스로 이기지 못하고 고도의 허벅지를 움켜쥐었다가 새빨간 손자국이 났다. 고도도 몸속을 적시는 감각에 다리를 파르르 떨면서 청사의 배와 가슴 부근으로 정액을 뿌렸다.

청사는 뜨겁고 축축한 고도의 안쪽에서 빠져나오지 않은 채 어깨에 올렸던 다리를 내렸다. 지친 듯 널브러진 고도는 고개를 돌리고 숨을 진정시키고 있었다. 고도의 손에서 비로소 구겨진 청사의 옷자락이 흘러내렸다. 둘은 한동안 아무 말도 하지 않았다. 좁은 방 안을 후덥지근하게 데운 뜨거운 숨만 쏟아 냈다. 고도가 눈을 깜빡여 두 눈에 맺힌 눈물을 흘려보내자 청사는 고도를 가만히 내려다보았다. 서로의 눈동자에서 자신의 모습이 비쳤다. 엉망으로 흐트러졌지만 더없이 행복해하는 얼굴의 자신을 확인할 수 있었다.

청사가 고도의 다리 안쪽을 쓰다듬으면서 고개를 숙이자 고도가 입을 벌려 준다. 둘의 혀가 입 안을 오가면서 엉키고 핥길 반복한 끝에 완전히 떨어져 나왔다. 고도는 입맞춤으로도 지워지지 않는 몸속의 여운을 떠올리곤 천천히 눈을 감았다. 부끄러워서 청사를 똑바로 쳐다볼 수 없기 때문이다.

"……허리에 힘이 안 들어간다."

탁하게 갈라진 목소리를 가다듬으려고 몇 번 기침하는 고도를, 청사가 사랑스럽게 쳐다본다. 청사는 고도 옆에 나란히 누웠다. 헝클어진 머리를 손으로 빗겨 주면서 땀에 젖은 이마와 볼에 입을 맞추었다.

"사랑해."

오늘 몇 번이나 들었는지. 아무리 들어도 질리지 않는다. 지겹지도 않다. 더 말해 달라고 보채고 싶을 지경이었다. 고도는 열이 오르는 얼굴을 애써 청사의 반대쪽으로 돌렸다. 그걸 모를 리 없는 청사이기에 억지로 고개를 돌려 눈을 마주 보게 했다. 아직 색정이 가시지 않은 맑고 까만 눈동자가 들여다보였다. 부끄러워하면서 민망해하는 기색이다. 고도 자신도 잘 알고 있는 것이다. 육욕을 드러내어 매달린 일을 어찌 금방 잊겠는가. 청사는 키득거리며 웃음을 삼켰다. 고도를 끌어안으면서 유혹을 해보았다.

"한 번 더 할래?"

허튼소리 말라며 청사의 얼굴을 손바닥으로 밀어냈을 고도가 웬일로 거부감을 표현하지 않았다. 청사는 그러한 고도의 반응에 새삼 놀라지 않았다. 고도는 한 번도 겪어 본 적 없는 쾌감을 접했다. 그것이 얼마나 꿀처럼 단 과실인지 맛보고도 싫다 외면하긴 힘들 것이다.

청사는 고도의 발목을 잡았다. 다리가 벌어지자 긁어내지 못한 희뿌연 흔적이 엉덩이와 허벅지를 적셨다. 그것만으로도 자극을 받은 청사가 다리 사이에 자리를 잡았다. 마치 앞일을 기대하는 것처럼 고도의 성기 역시 한 번의 사정 후에도 다시 부풀어 올랐다.

고도는 얼굴을 화르륵 붉히며 난색을 표했지만, 솔직함을 들켜 버린 반응조차 그렇게 귀여울 수가 없다. 청사는 고도의 성기를 만져 주었다. 고도가 헛숨을 들이키며 허리에서 힘을 빼니 이제는 스스럼없는 그 반응에 청사 역시 솔직하게 행동했다.

"대롱아."

고도가 속삭이며 두 팔을 벌리자 청사가 허리를 숙여 고도에게 입을 맞췄다.

"응."

"내일 몸살 날지도 모르겠다."

"제발 그랬으면 좋겠구나."

"내가 아프길 바라는 게냐."

"그 정도로 온종일 너와 뒤섞여 뒹굴고 싶다는 소리다."

키득거리며 웃은 청사가 고도의 입술 사이를 파고들었다. 고도는 청사의 목을 안고 다리를 벌렸다. 입을 달콤하게 적시는 혀의 움직임처럼, 딱딱해진 것이 아직도 뜨겁게 젖은 몸을 벌리고 들어왔다. 고도는 천천히 시작되는 움직임에서 바로 조금 전의 기묘한 감각을 기억해 내곤 두 다리로 청사의 허리를 감았다. 두 몸이 서로에게 매달리듯 겹쳐졌다. 청사는 고도의 허리를 붙잡고 움직였다. 청사의 옷가지를 구명줄처럼 꼬옥 붙들고 있던 고도는 이번엔 청사의 목에 매달렸다. 고도가 본능적으로 말했다.

"사랑해."

그렇게 똑같은 말을 반복해서 들음에도 질리지 않는 말이 이 말 외에 무엇이 또 있을까. 청사는 고도의 예쁜 미소와 그 미소가 걸린 얼굴이 색정으로 붉게 물들어 가는 과정을 한시도 빠짐없이 쳐다보았다.

거친 신음을 토하는 입에 손가락을 넣으며 빨게 만들 정도로 약간의 여유를 되찾은 청사는 이번엔 고도를 감상하는 데에 중점을 두었다. 이번 감상이 끝나면 다음엔 앓는 소리에, 그다음엔 고도의 살결을 타고 흘러내리는 땀방울에, 마지막으로는 힘들다며 그만하자고 부탁하는 것까지 모두 보고 말리다. 청사는 생각만으로도 행복한 욕심거리에 얼굴을 붉혔다.

고도는 오랜 시간 깨어 있던 정신이 무너진 듯 순식간에 깊은 잠에 빠졌다. 색색 몰아쉬는 숨결이 부드럽고 자분하다. 이렇게 편안한 모습으로 잠을 자는 것을 청사는 처음 보았다. 그 어떤 긴장도 없이 모든 것을 잊고 잠에 빠진 모습이라니. 인간이라면 당연하게 누려야 할 그 편안함이 고도에게는 평생에 몇 번 찾아오지 않았던 귀한 것이라도 된 듯했다. 청사는 눈물이 날 것 같은 감정을 애써 추슬렀다.

잠이 든 고도는 청사의 손을 꼭 쥔 채 놓지 않았다. 깍지를 낀 손을 가습까지 끌어당겨서는 그 손에 기대어 고개를 묻었다. 네 번째 손가락이 없어서 깍지를 끼어봤자 그 형태가 엉성하게 보이건만, 모자란 손가락 때문에 청사의 손이 쉽게 빠질까 봐 더 세게 쥔 상태였다.

사랑스럽다. 너무도 소중하고 사랑스러워서 눈물이 톡 터질 것만 같다.

청사는 고도를 품에 안고 속삭였다.

"사랑해. 너를 사랑하고, 네가 사랑하는 인간을 사랑하고, 그 인간의 역사와 역사로 이루어진 세상 전체를 사랑한다. 네가 인간을 싫어했다면 나 역시 누구보다 하계를 혐오했을 것이고, 네가 인간을 관망했다면 내게 하계란 처음부터 없던 존재였으리다. 그러니 사랑한다. 네가 '살고 싶다'고 말한 것만큼이나 사랑한다."

청사는 끝내 눈물을 흘렸다. 곤하게 자는 고도의 얼굴 위로 커다란 눈물이 방울져 쌓일 만큼 북받쳐 오르는 감정만큼 울고 또 울었다.

청사는 고도에게 잡힌 손과 고도의 잠이 든 얼굴을 바라보다가 갑자기 문밖으로 시선을 옮겼다. 고도의 옆에 누워서 한시도 눈을 떼지 못하던 것이 거짓말인 것처럼 망설이지 않고 몸을 일으켰다. 고도가 깍지를 낀 손을 억지로 풀려다간 정말 오랜만에 깊이 잠든 고도를 깨울 듯하여 요술을 써서 연기로 변해 소리 없이 방을 빠져나왔다.

마당으로 내려간 청사는 주막을 벗어나 길거리에 있는 커다란 바위 위로 올라섰다. 사람들이 지나다니다가 잠깐 쉬어 가는 용도의 바위는 하도 많은 엉덩이가 비벼대서 반질하게 기름기가 묻어났지만, 청사가 바위에 올라선 것은 본래의 용도로 쓰기 위함이 아니다. 파란 동공을 접어서 고양이 밤눈처럼 수축하고는 그 시선으로 하늘을 응시했다. 청사의 시야에 파란 도깨비불의 춤사위가 들어왔다. 산비탈을 타고 빠르게 날아 내려온 움직임이 퍽 거칠고 광포하여 모르는 사람이 보아도 화가 난 심정이 고스란히 전해졌다.

청사는 뿔이 난 움직임을 향해 손을 뻗었다. 주막으로 돌진하던 도깨비불이 바위 위에서 손을 뻗은 청사를 발견하고는 방향을 꺾었다. 푸른 불빛은 쥐불놀이 통처럼 청사의 머리 위에 커다란 원을 수십 번은 더 그리고 나서야 바닥에 발을 디뎠다. 도깨비불이 꺼진 자리엔 새하얀 연기를 뿜는 거구의 장성 모습이 나타났다. 도깨비 소가 불같은 표정으로 온 마을이 날아가라 쩌렁쩌렁 목소리를 높이려 하자 청사가 재빨리 입술에 손가락을 가져갔다.

"쉿."

침묵을 요구하는 행동에 입을 벙긋 벌린 소가 목소리를 삼켰다. 청사는 소가 다시 날뛰기 전에 조용하지만 압박을 가하는 목소리로 낮게 말했다.

"고도가 며칠 아니, 몇 주 만에 비로소 제대로 된 잠을 자고 있어. 소란을 피워서 깨우면 아무리 너라도 용서 못 한다."

소는 두 손으로 제 입을 틀어막았다. 하지만 발을 동동 구르면서 푸른 안광에서 빛을 넘실넘실 뿌리는 조급증은 다스리지 못했다. 청사는 난리법석을 부리는 소를 보자 두 눈이 차갑게 가라앉았다.

"무슨 일이 터진 게로구나."

청사는 난감한 얼굴로 주변을 살피다가 소를 데리고 주막을 멀찍이 벗어났다. 소가 쩌렁쩌렁 사방이 울릴 만큼 목소리를 높여도 고도 귀에 들어가지 않으리라 확신할 수 있는 곳에 도착하고 나서야 소에게 입을 막은 손을 뗄 수 있도록 허락했다. 입이 자유를 찾자 청사가 우려했던 대로 소는 발을 구르며 소리쳤다.

"큰일 났다, 큰일!"

청사의 눈이 조금 더 가느다랗게 변했다. 소는 청사 주변을 쿵쿵 소릴 내며 돌았다. 지켜보노라면 어지러울 정도다.

"정신이 하나도 없네. 진정해."

"진정이 안 된다! 큰일 났어, 큰일! 안 되겠다. 고도에게 직접 말해야겠어!"

소가 펑 소릴 내며 도깨비불로 변하자, 청사가 냉큼 도깨비불 앞을 가로막았다.

"고도를 깨우면 가만 안 둔다고 분명히 경고했다."

완강한 청사의 반발에 소는 거구의 인간 형상으로 돌아오고도 끙끙거리며 앓는 소리를 냈다. 청사는 이토록 어수선한 소를 처음 봤다. 단순 무식하긴 해도 고도 곁에서 듬직한 기둥 역할을 해주기에 고도보다 덜 충동적이고 더 이성적이며 어른스러운 모습이 많다고 막연히 생각했다. 제 기분 하나 못 다스려서 머리를 쥐어뜯는 모습은 참으로 낯선지라. 소는 이러다간 청사를 밀치고 날아가서 자는 고도를 사정없이 흔들어 깨울 것만 같았다.

그렇게는 못 한다며 청사는 소의 무릎 뒤를 확 걸어찼다. 한쪽 다리가 중심을 잃고 기우니 몸까지 덩달아 무너진 소가 바닥에 풀썩 주저앉았다. 반사 신경도 평소의 배는 둔해졌다. 가볍게 혀를 찬 청사는 앉은키가 제 키와 비슷해진 소의 앞을 막아섰다.

"네가 성급하게 군다 해서 일이 나아지리란 보장이 없다. 그러니 네 마음부터 다스려서 진정을 찾아라. 이야기는 내가 대신 들어 주겠다."

소가 눈가를 찌푸렸다. 걷어차인 오금을 문지르면서 파르라니 안광을 빛냈다.

"네가 대신 들어 주겠다고?"

"고도와 관련된 이야기라면 내가 대신 들을 자격이 있다고 본다."

소는 잠시 망설였다. 고도보다 먼저 청사에게 들려줘도 괜찮은지를 재보았다. 청사와 함께 한 지 수개월이 지났는데 인제 와서 청사를 내외하며 이야기에서 배제하는 것은 올바른 일이 아니라 생각했다. 또한 이야기함에 들을 이의 순서가 무에 중요하겠나. 지금 청사에게 말하고 나중에 고도에게 말해도 괜찮을 게다. 소는 가슴이 부풀 정도로 숨을 들이 마시고는 쏟아지는 날숨과 함께 재빨리 말했다.

"종일 곡소리가 들리는 집이 있기에 직접 찾아가 봤다. 금줄과 부적이 심상치가 않은 것이 평범한 상집이 아니더구나. 주변에 신령스러운 기운이 강해서 나는 함부로 들어가질 못했다. 대신 집 주변을 빙빙 돌면서 그 기운이 뭔가를 탐색해 보았다."

청사는 힐끔 산을 올려다봤다. 성마른 가지들만 바람에 슬쩍 흔들리는 산은 어딘지 음산했다. 해변에서 바라보는 바다는 아름답지만 절벽에서 올려다본 바다는 그 깊이를 가늠하기 어려운 검푸른 색을 띠고 있어 막연한 두려움과 경외감을 주는 것과 비슷한 느낌이었다. 눈에 보이는 것이 없으니 대신 귀를 기울이고 냄새에 민감해져야 하는데, 밤중 산은 의외로 소란스럽다.

급수가 움직이는 소리에 울음소리기 더해지고 벌레들의 바스락거리는 소리와 멀리에서 계곡물이 떨어지는 웅웅거리는 소리가 골짜기를 타고 흐르니, 보이지 않는 존재를 느낄 때의 감각이 깊은 바다를 볼 때와 흡사한 것이다. 어둠이란 외피를 덮고 저 자신을 숨기고 있는 산이라면 소가 말하는 신령스러운 장소가 있어도 이상하지 않다. 신령스럽다 뿐이겠나. 어디선가 급이 높은 요괴가 네댓 마리쯤 튀어나와도 믿을 만하겠는 것을. 청사가 산의 속살까지 낱낱이 파헤칠 듯한 날카로운 시선을 거두자 소는 말을 이었다.

"가옥에 접근할 수 없는 신령스러운 기운은 강문의 힘이더구나."

그 이름을 어찌 반가워하리오. 청사의 표정은 탐탁지 않았다.

"강문이 이 근처에 있나 보네."

"아니다. 그건 확답할 수 없겠구나."

소는 딱할 정도로 기가 죽어서는 중얼거렸다.

"강문의 제자 중 하나일 수도 있다. 아, 네놈은 강문에 대해서 아는 게 없으니 그놈 제자들을 말해 봤자 모르려나."

"아니, 나도 알 건 안다. 말해 봐라."

"제자들이 있는 것만으로도 큰일이다! 강문만큼 강하니까!"

"승려들이 강해 봤자 얼마나 강하겠어."

"강문이 직접 키운 이들은 아라한이다. 그리고 강문을 돕는 이들은 나도 함부로 하지 못하는 가신들이야."

가신들이라 함은 인간들이 집을 꾸려 살 때 화기를 눌러 주고 복을 주려는 이들 아닌가. 엄밀히 말하면 가신들이란 인간에게 가장 가까운 신이다. 청호림 신선들이 타고난 재주와 능력으로 서로에게 급을 매겨 차등을 두었다면, 인계에서도 특별한 존재들이 서로를 인정하며 급을 나누었다. 그중 요괴가 가장 아랫단계요, 그 위가 도깨비와 저승차사 정도요, 가장 높은 급수가 가신과 지신, 성수들이니. 인간과 교류하지 않는 지신과 아주 특별한 경우에만 모습을 드러내는 기린과 백택 같은 성수를 제외하면, 그나마 인간들과 소통하며 교류하는 이들이 가신이었다.

가신들은 다른 존재들에 비해 세상에 제일 많이 알려져 있기도 하거니와, 인간들의 믿음과 숭배를 먹고 자라 몸집이 더 커지고 능력도 강해지는 신들이었다. 하나, 어찌 장점만 있을꼬. 단점도 분명 존재했다. 그 단점이란 아주 치명적이라, 가신들은 자신들의 집터에서 벗어나질 못한다. 요괴도 천리만리를 돌아다닐 수 있건만, 가신들은 자신들이 태어난 집이 무너지는 순간 천수를 다하게 된다. 그런 가신이 강문이라는 자와 함께 방방곡곡을 돌아다닌다니 그게 무슨 조화란 말인가.

"자세히 말해 줄 수 있어?"

소는 퍽 난감한 얼굴이었다. 어떻게 설명해야 할지 모르는 얼굴이라는 감상이 더 정확했다.

"가신들 문제는 나보단 고도가 더 잘 알 것 같다. 나는 가신들과 사이가 좋지 않아. 인간들 쌀독에 숨어드는 도깨비들을 혼쭐내는 게 그 집 가신들이니. 아무리 강문에게 붙어 있다지만, 그네들 사정을 알기엔 역부족이지 않겠나."

가신이 집이 아닌 한 인간을 따른다는 퍽 기이한 일을 이해하려면 고도에게 물어야 한다. 청사는 답답함에 한숨을 내쉬었다.

"알았어. 그 부분은 내가 고도에게 직접 물어보마. 아라한에 대해서도 마저 말해 봐라."

"아라한! 아라한이라면 나도 설명할 수 있지!"

"자신감 보게. 좋다, 아라한이란 뭐지?"

"아라한이란 불승들 사이에서도 뛰어난 법력을 갖춘 이를 일컫는 말이다. 그건 일종의 호칭이야. 임금을 이름 대신 임금이라 부르는 것처럼, 법력이 뛰어난 범승들을 아라한이라고 부르는 셈이."

아라한과阿羅漢果가 어떠한 경지인지 모르는 청사는 고개만 갸웃했다. 불도나 불승, 불법에 관해서는 무지한 청사이기에 조금 더 자세한 설명이 필요했다. 소가 덧붙여 설명했다.

"불승은 살생을 금하고 자신의 마음을 정진하여 번뇌에서 완전히 벗어나고자 부처의 말을 수행하는 이들이야."

"흐음. 그건 알 것 같아. 산에 들어가서 수양하는 놈들이지."

"그래. 이들의 대부분이 정신 수양을 주목적으로 삼는데 어느 순간부터 정신 수양보다는 신통력 개발에 힘을 쏟는 부류가 생겼다."

"어…… 뭐라고?"

"차근히 다 말해 주마. 신통한 불승에 대해 말하려면 수십 년 전, 이 나라가 외세에 침략당했던 때부터 얘기해야겠다."

외세의 군대가 배를 타고 자량 근처까지 들어와 전쟁이 벌어진 일이 있었다. 임금과 고관들은 황급히 서해 쪽 섬으로 몸을 피신했지만 백성의 목숨까지 모두 보살피지는 못했다. 신식 무기로 무장한 군대는 자량을 비롯한 수십 개의 마을에 쳐들어와 물건을 약탈하고 아녀자를 희롱했다. 농사를 짓거나 장사를 하던 사람들이 관청의 무기고를 털어서 낡은 무기로 제 한 몸을 지키려 해도 훈련받은 군인의 실력에는 비할 바가 못 되었다. 남자들은 죽고, 여인들은 끌려가고, 각종 장신구와 비단이 약탈당하며 사상자가 십만 명에 달하던 일이 보름을 이어 갔다. 민가가 날수록 황량하고 피폐해지자 심상치 않은 움직임이 나타났다. 산속에서 수양하던 승려가 무기와 부적을 들고 민가로 내려와 외군에 맞서기 시작한 것이다.

"승려들이 전쟁에 뛰어들면서 한 말은 아직도 널리 회자되고 있지. 지옥에 들어가도 좋고, 종단에서 파계되어도 상관없으니 호국을 위해 창칼을 들겠노라."

농기구만 다루던 민간인과 산속에서 수양한 승려가 검을 들어 봤자 군대를 위협이나 할 수 있겠는가. 그 당연시되던 생각이 한순간에 무너졌다. 병기를 제대로 다루지 못함은 농민이나 승려나 똑같았지만, 승려들은 정신을 수양하면서 함께 단련된 육신의 힘을 이용할 능력이 있었다.

마魔를 상대하는 부적으로 외군을 공격하고, 호신술로 배운 봉 대신 창을 들어 사람을 찔렀으며, 간혹 법력이 높아 특별히 '법사'라고 불리던 이들은 경이나 다라니를 외워서 군대를 혼란스럽게 만들기도 하였다. 승려들의 반격이 높은 효과를 보이자 민가도 그 기세를 이어 나가 다 같이 외군을 후퇴시키는 데 힘을 보탰다. 그리고 마침내 임금 없이도 외세를 무찌른 사람들은 나라를 구한 승려들을 칭송하며 믿고 따르게 되었다. 버렸던 궁궐로 돌아온 문관들과 유학자들은 불교의 득세를 우려하여 강력하게 억압하였다. 불승은 도성에 발을 들일 수 없으며 유학자가 불법을 배우면 망설임 없이 파문을 결정했다. 하나 실세에 있는 관료조차 민심의 폭동을 우려하여 건드리지 못하는 불승이 있었다. 호국승려들이 극진하게 모시는 '강문'이라는 보살이다.

"강문과 그의 제자들이 나라를 지킨 것은 실록에도 기록되지 못할 만큼 엄중하게 비밀리에 부쳤지만, 그리해도 강문을 믿고 따르려는 사람들의 숫자는 날이 갈수록 늘었다. 야사에는 이미 강문을 미륵이라고 칭할 정도거든. 강문은 저를 따르는 몇몇에게는 단순히 불경을 독송하고 자신을 수양하는 수준에서 그치지 않는, 호국승려들이 발휘했던 특수한 능력과 재주를 알려 주었어. 도사의 도술이나 요괴의 요술처럼 없던 것을 만들어 내고, 있는 것을 변형시키는 아주 신통한 법술이야. 그것을 자유자재로 다룰 수 있는 이들을 일컬어서 '아라한' 혹은 '나한'이라고 부르기 시작했다."

숨죽이고 이야기를 듣던 칭사가 고개를 끄덕였다. 어느 정도 감이 잡혔다. 부처의 말이나 설파하는 이들이 어찌 신통력을 발휘하는 도사를 상대할 수 있나 싶었는데, 알고 보니 불경을 외우는 평범한 승려는 따로 있고 법력을 이용해 또 다른 신통력을 부릴 수 있는 특수한 승려가 따로 있던 게다.

"강문도 아라한이냐?"

청사의 질문에 소는 도깨비불을 파랗게 태웠다.

"아니, 법사다."

"그럼 아라한과 가신 때문에 애를 먹을 뿐, 강문 자체는 그렇게 강하지 않다는 뜻 아니냐."

법력을 쌓는 승려는 악을 물러나게 만드는 경전을 외울 줄만 안다. 법술은 도술과 상극이라 고도가 애를 먹을 수는 있으나 그건 평범한 요괴를 잡느냐, 벽구리 마을에서 만난 십이지괴를 잡느냐의 차이일 뿐, 결국 고도의 상대가 되지 못한다는 전제는 똑같다. 청사는 고작 인간 하나로 난리를 부리는 소의 마음을 이해하지 못했다. 강문과 직접 붙으면 걱정이 되겠지만 그 제자를 걱정하는 건 엄살을 떠는 걸로 보였다.

"아무리 경을 잘 외는 승려라도 인간이면 한계가 있는 법이다. 그자가 고도를 해칠 수 있을 거라 보나. 그래서 그렇게 걱정하는 건가."

"네놈은 강문 일행을 만만하게 보고 있구나. 그럼 안 된다. 아주 긴장하고 신중을 기해서 상대해야 해."

"왜 그래야 하지?"

"넌 고도의 약점이 뭔지 알아?"

"몰라. 그건 왜 물어."

"나도 몰라서 그래."

"……지금 농이나 하자는 게 아닐 텐데."

"농 아니다! 아주 중요한 문제지!"

"갑자기 고도의 약점 얘기가 나온 건지 모르겠지만 지금 그게 왜 중요한데?"

여전히 어리둥절해하는 청사를 보면서 소는 침음을 삼켰다.

"강문과 그의 제자 서른 명은 고도의 약점을 알고 있다."

턱을 매만지던 청사의 손이 굳었다. 강문의 제자에 대해 대수롭지 않게 여기던 얼굴이 납빛으로 질려서는 소의 말을 쉽게 이해하지 못했다. 고도에게 약점이 있다는 사실 자체를 쉽게 이해할 수 없었다.

"그들은 치명적인 약점을 알고 있어. 그래서 상대하면 위험하다. 고도가 강문한테 괜히 졌을 것 같은가. 강문은 누구보다 고도에 대해서 잘 알고 있어. 강문과 뜻을 같이하는 제자들 역시 고도의 강점과 약점을 잘 알고 있고. 제자들이 마음먹고 도반들을 모으면 고도는 강문을 만나기도 전에 죽을지도 모른다."

청사는 손끝에서 피가 모조리 빠져나가는 기분이었다. 고도가 죽는다. 모든 인간은 순리대로 태어나 죽는다. 그것이 자연의 이치이나, 고도는 그 이치와 섭리마저 거스른 인간이기에 죽는다는 말이 그렇게 거북하게 들릴 수가 없었다. 스스로 잘 죽지 않는 특이 체질이라며 우스갯소리를 하는 고도가 고작 인간 무리 몇 명에게 목숨을 빼앗기는 것은 쉽게 상상할 수 없었다. 아니, 상상해서도 안 되는 일이다. 청사는 소의 옷소매를 움켜쥐었다. 손에 힘이 잘 들어가지 않아 얼굴이 절로 일그러졌다.

"고도가 강문에게 당할 때, 너도 같이 있었지?"

"그렇지."

"그때 고도는 어떻게 당했지? 강문의 특수한 법력에 힘으로 밀렸나, 아니면 얄팍한 함정이나 술수에 걸려서 변변한 저항도 못 했나. 그도 아님 강문이 제자들과 힘을 합쳐서 머릿수로 밀어붙였나. 어떻게 당했는지 알려 줘."

과거를 떠올리는 소의 표정은 복잡했다. 다시 생각하기 싫은 끔찍한 것을 머릿속에 되살려야 하므로 몇 번이나 눈가를 떨고 목구멍 너머로 괴로운 소리를 삼켰다. 소는 침울하게 굳은 얼굴로 입을 뗐다. 그 대답은 청사가 기대한 어떤 것과도 달랐다.

"몰라."

"이 멍청한 머리 같으니라고. 그 정도 중요한 순간은 기억해야 할 거 아니냐. 머리채를 확 잡아당길까 보다."

"정말 모른다! 도력이 강한 제자들과 늦은 저녁부터 새벽까지 정신없이 싸웠지만, 아침 해가 뜨면서 내가 짚신짝으로 돌아가 버리는 바람에 그 결말을 보지 못했다. 달이 뜨고 다시 제정신을 차렸을 땐, 이미 모든 결투가 끝난 후였어. 고도는 금빛 눈으로 나를 보고 있었다. 그렇게까지 모든 힘을 개방한 모습을 본 적 없거늘, 금안을 빛내며 슬그머니 웃더니 '졌다'는 한마디만 한 채 기절해 버렸단 말이다."

"믿을 수가 없어! 그 정도로 제자들이 강하단 말이야?"

"내가 제자들을 상대하며 힘이 빠졌을 때 강문이 나를 씨름으로 이겼다. 도깨비 생에 최초로 인간에게 넘어간 거지. 그리고 난 고도와 떨어질 수 없는 제약으로 묶여 버렸어. 내가 짚신으로 돌아간 후엔 강문은 친히 고도를 상대한 것 같더라."

"고도의 약점으로 이겼단 말이지. 너는 그 약점이 뭔질 모른단 뜻이고."

"음. 그래. 추측밖에 할 수 없구나."

"추측이라도 좋다. 고도의 약점이 뭐라 생각하는 거냐."

소가 대답을 망설였다. 청사가 "도깨비야"하고 보챈 후에야 자신 없는 목소리로 말했다.

"그의 가족인 것 같아."

청사는 소의 추측을 쉽게 이해하지 못했다.

"가족은 이미 죽었지 않느냐. 죽은 이는 산 사람의 약점이 될 수 없다."

"음. 혹시 알고 있느냐. 고도가 잠을 한 시진 이상 안 자려는 이유."

"악몽을 꿔서?"

"무슨 악몽인지도 아느냐."

청사는 고개를 가로저었다. 소는 이번에도 막힘없이 대답했다.

"가족이 악몽에 나온다고 하더라. 죽은 부인이 긴 머리를 휘날리며 딸아이랑 손을 잡고 바닷가로 들어가는 악몽. 바다 용왕에게 끌려가 죽은 처자식이라서 매번 가족이 바다에 잡아먹히는 꿈을 꾼다고 해. 고도는 그게 싫어서 자지도 않는다."

"……뭐."

"죽은 사람이 어떻게 약점이 되겠느냐 물으면 나도 모르겠다. 다만, 고도는 그 가족들 때문에 지금까지 요괴를 잡고서 궁극적으로 동해 용왕을 만나고 싶어 한다. 나는 자세한 사정을 묻지 않았지만, 강문은 그걸 아는 거 같다. 그래서 고도를 힘 하나 들이지 않고 상대하는 것이겠지."

청사는 할 말을 잃었다. 제 핏줄 때문에 고도의 가족이 죽고, 죽은 가족이 약점이 되고, 악몽이 되고, 고도가 요괴를 잡는 가장 큰 이유가 되었다. 이제는 절친했으나 원수가 된 친구를 이길 수도 없는 제약이 되어 버리다니. 처자식이 고도를 구성하는 가장 큰 부분이었음을 다시 한 번 깨달았다. 그간 고도가 가족 얘기도 삼가고, 청사에게 집중하며 사랑한다고 속삭여 줘서 잊고 있었으나, 지금의 고도가 있기까지 가족들이 겪은 과거사가 가장 큰 비중을 차지했던 것이다.

청사는 주먹을 헐겁게 쥐었다. 고도가 얽매여 있는 과거가 대체 무엇이기에 그 과거 하나로 이토록 무거운 짐들을 짊어지고 있는지. 그의 짐들을 덜어 주고 싶었다. 고도가 자유로워지길 바랐다. 앞으로 청사가 해야 할 일은 고도에게 큰형인 동해 용왕과 관련된 일을 사과하는 것이 아니라 과거의 안 좋은 일을 극복하도록 도와주는 것이다.

"그나마 다행인 건 널 만나고 나서부터는 악몽을 잘 꾸지 않더라. 오늘처럼 푹 잘 수도 있을 정도로 고도가 편해진 것 같아서, 네가 정말 고맙다.”

청사는 대답 없이 고개를 끄덕였다. 앞으론 악몽만이 아니라 고도를 안팎으로 괴롭히는 모든 것을 떨쳐 내 주겠다는 생각을 아는지 모르는지, 소는 사뭇 다정한 목소리로 청사를 불렀다.

“대롱아.”

고도의 입이 아닌 타자의 입을 빌린 ‘대롱이’란 애칭은 청사에게 아무런 감흥도 주지 못했다. 고도가 불러서 의미 있는 것이다. 청사는 딱딱하게 굳은 얼굴로 소를 응시했다. 소는 저 산속에 고도를 위협하기 충분한 자경이란 승려가 있다는 사실만으로도 괴로워서 견딜 수 없는 듯 몸을 심하게 비틀었다.

“고도는 용족을 몹시 싫어한다.”

안다. 말하지 않아도 안다.

“고도가 동해 용왕을 만나고 싶어 하는 건 용족을 증오하는 마음에서 비롯된 복수심 때문이 아니다. 인제 와서 죽은 가족을 위해 동해 용왕에게 덤빌 정도로, 고도는 멍청하지 않다.”

안다, 그것도 안다.

청사가 용족이라도 밉지 않다고 대답했을 때, 그때 고도가 싫어하는 용족에 대한 마음이 단순한 증오나 복수심과는 다르다는 것을 알았다. 가족을 죽인 용족에 대한 거부감은 당연하다. 한산뫼에서 청사의 누이를 우연히 마주했을 때 본능적으로 칼날을 세워 덤벼들었지만, 그것이 죽은 가족을 위해 용족을 적대하는 마음은 아니었다. 청사 역시 소와 마찬가지로 복수도, 증오도 아닌 어떠한 이유로 용왕을 만나려 하는지, 고도의 속내는 알지 못했다.

“고도는 긴 삶을 살면서 자신이 죽을 거라곤 별로 생각하지 않았어. 그래서 무모한 짓도 하는 거야. 어찌 됐든 심장이 찔려도 죽지 않으니 몸도 소홀히 하는 거지. 그런 고도가 유일하게 끝을 생각하는 게 있다."

잠시 말을 멈추었던 소가 다시 입을 열기도 전에 청사가 받아쳤다.

"강문을 만나서 모든 게 정리될 때. 혹은 용왕을 만날 때."

정확하게 알고 있는 청사 덕분에 소는 벙긋한 입을 다물고 도깨비 불 티만 날렸다. 청사는 고도가 생각을 달리 먹었으면 좋겠지만, 고도를 나무라거나 부정하지 않았다. 고도가 누구도 아닌 자기 자신을 위해서 살 길 바랐다. 그가 강문 혹은 용족과의 결말이 있어야 하고 또 그래야 행복 하다 느낀다면 청사는 전폭적으로 지지할 준비가 되어 있었다. 소 역시 청사와 생각이 같았다. 단지, 이런 말을 주절주절 내뱉는 이유는 그가 도깨비이기 때문이다. 고도의 일을 지지하지만 인간의 마음을 헤아리는 능 력이 부족하여 청사와 달리 혼란을 느끼는 점이다.

"죽음을 각오한다는 게 무슨 심정인지 난 잘 모르겠다. 도깨비는 물건 에 깃든 귀신 같은 존재인지라 사람들의 믿음을 먹고 살아. 수명이란 게 정해져 있지 않아서 죽음에 대해 굳이 생각할 필요가 없다. 고도도 도깨 비랑 비슷하다고 생각했다. 그 녀석도 수명이 없지 않으냐. 본인만 무리 하지 않으면 죽지 않아. 그런데 아니더라. 놈은 죽을 자리를 미리 알아봤 어. 그게 강문과 만나는 자리 아니면 용왕과 만나는 자리야."

도깨비들의 우두머리이자 한 종족의 왕국을 다스리는 소가 고작 강문 의 제자를 보고 호들갑을 떤 이유를 비로소 이해했다. 청사는 침통한 소 의 얼굴을 물끄러미 지켜봤다. 소는 입술을 달싹거리며 끙끙, 괴로운 소 리를 삼켰다.

"강문에 가까워질수록 고도가 죽을 것만 같아서 무섭다. 친우를 잃을 거라 미리 생각해야 해서 무서워."

"그렇게 생각하지 마라. 고도는 죽지 않는다. 과거에 강문에게 졌던 것은 그가 혼자였기 때문이다. 지금은 내가 곁에 있으니 죽을 리 없다."

청사는 소의 팔을 두드렸다. 달래는 손길로 마음을 편히 먹으라 하자 소 역시 고개를 끄덕였다. 청사는 침착해진 눈으로 소를 뜯어보듯 바라봤다. 청명한 색이 그 여느 때보다 단단한 청옥처럼 빛났다.

"너는 내가 어떻게 했으면 좋겠어?"

소는 울상이 되었다. 거친 너구리 꼬리털로 만든 붓이 성의 없이 마른 붓질을 한 것처럼 사납고 두꺼운 눈썹이 힘없이 기울었다. 고도와 함께 다닌 지난 시간 동안, 그 어떤 존재도 고도를 위해 나서 주지 않았다. 인간들은 고도를 경계하고 거북해했으며, 요괴들은 저를 잡아먹는 포식자를 보듯 고도를 피하거나 공격했다.

도깨비들은 저희의 우두머리가 왕국을 소홀히 하게 된 결정적인 이유를 고도로 보아 증오심에 가까운 반응을 보였으며 귀신들은 고도의 소매춤에 가려진 부적만 보면 혼비백산으로 도망 다녔다. 그나마 고도가 스승으로 모셨던 신선은 고도에게 우호적이고 그의 일거수일투족에 관심을 보였지만 단지 그뿐이다. 나서서 도와주기엔 신선은 중립적인 위치에서 채신머리를 지켜야 했다.

고도는 언제나 혼자였다. 민가를 피해 산속으로만 이동하면서 제 어깨에 진 무거운 짐을 혼자서 견뎠다. 누구에게 도와달라 부탁할 수도 없었고, 누구도 도와주겠다고 나서는 이가 없었으니 그것이야말로 완벽한 고독과 외로움에 고립된 인간이었다. 그런 고도를 위해서 파란 눈의 용족이 진심으로 묻는다.

어떻게 했으면 좋겠냐고.

도와줄 수 있다며 말을 해보라는 그 표정을 보고 소는 수염과 머리를 엉망으로 긁어댔다. 애써 아무렇지 않은 척하려 하나 산속에서 강문과 관련된 신령스러운 터를 직접 보니 이제 시간이 얼마 안 남았다는 걸 직감적으로 느꼈다. 시간이 없다. 이번에도 홀로 고도가 모든 것을 감당하려 한다면 지난날 당했던 일을 똑같이 당하리라. 아니, 훨씬 더 고통스럽고 괴로워서 고도가 감당하지 못할지도 모른다. 더 커진 고통을 마냥 겪도록 내버려 둘 수가 없다.

소는 청사에게 두 팔을 뻗었다. 어깨를 움켜쥔 커다란 손에 힘을 준다. 하나 잘게 떨리는 손에는 제대로 힘이 들어가질 않아 미끄덩, 어깨 밑으로 떨어졌다. 소의 얼굴은 온통 무너져 있었다. 간절하게 원하고 또 애원하는 표정으로 잔뜩 일그러져 있었다.

"고도를 도와줘라."

말문이 막힌 청사를 바라보며, 소는 목이 멘 듯 꺽꺽거리는 소리를 냈다.

"부탁이야. 고도를 살려 줘."

장죽을 입에 문 청사는 들숨을 크게 마신 후 연기를 뱉었다. 벌어진 입술을 비집고 가느다랗게 흘러나온 담배 연기는 달이 지고 해가 뜨는 동녘 하늘로 흩뿌려졌다. 정체불명의 존재들이 재잘거리던 밤의 산은 서서히 어둠이 걷히면서 맑고 고운 산새의 울음이 번졌다. 밤엔 까마득한 어둠으로 미치던 산은 앙상한 나무와 헐벗은 땅을 여인네 속살 보이듯 부끄럽게 내보였다. 밤중의 위엄은 사라졌다. 새까맣던 하늘이 밝아지자 낮의 산은 쳐들어가도 두렵지 않은 허름한 존재로 나락했다.

담배 연기에 시야가 한차례 희뿌예지면 청사는 깊은 생각에 잠겼다. 원목 평상 위로 푸른 도포 자락이 아무렇게나 펼쳐졌다. 청사는 옷자락을 정리하지도 않고 구부정하게 허리를 굽힌 채로 몇 시진째 끽연 중이다. 주막의 주인 할멈이 새벽잠이 없어서 이르게 나왔다가 생각에 잠긴 청사를 발견하고 아는 체를 했으나, 청사는 저를 부르는 소리도 들리지 않는 듯 고개 한 번 돌리지 않았다. 손의 생각을 방해하고 싶지 않았기에 할멈은 조심스럽게 부엌으로 들어가 버렸다. 청사는 밥 짓는 달그락거리는 소리조차도 귀에 담지 못했다. 청사는 벌써 몇 시진 째 앉은 자세를 바꾸지도 않은 채로 생각만 깊게 골몰했다.

장죽에서 열한 번째 재를 털어 낸 후에야 청사가 자리에서 일어났다. 그는 짚신으로 변한 소를 한 손에 쥐고 사랑방으로 들어갔다. 고도는 담요에 푹 파묻힌 채 자고 있었다. 몸을 둥글게 말고 베개를 끌어안은 모습이 어지간해선 눈을 뜰 것 같지 않았다. 청사는 평상 위에서 단단하게 굳어져 있던 얼굴이 고도의 새근새근 잠든 모습에 스르륵 풀리는 느낌을 받았다. 아무리 중대 사안을 깊게 고민하고 골몰해도 고도를 보면 모든 근심 걱정이 사라져서 미소를 짓게 된다. 고도를 위해 떠올린 생각들을 정작 고도 본인을 보면 까마득 잊고 마니 참으로 역설적이지 않은가.

청사는 고도의 옆으로 바싹 다가가 앉았다. 흐트러진 머리카락을 손으로 빗겨주면서 얼굴을 쓸어 만지자 고도의 눈가가 움칠 떨렸다. 푹신한 이불자락에 얼굴을 비비던 고도가 천천히 눈꺼풀을 들어 올렸다. 초점이 맞지 않아 멍한 눈이 청사를 제대로 알아보지 못했다. 알아보더라도 대충 꿈결이라고 생각하듯 긴장감이 보이지 않았다. 청사는 그 멍한 얼굴이 얼마나 귀여운지 도저히 참지 못하고 볼에 쪽, 뽀뽀를 해주었다.

"얼마나 더 자려는 거야, 내 공주님."

고도는 청사의 말에 대한 거부 반응을 불명확한 발음으로 웅얼거렸다.

"그 말 실타, 시러어……."

미간을 찌푸리며 끙끙거리는 모습이 어쩜 이리도 사랑스럽던지, 청사는 배시시 웃음을 터뜨렸다. 고도는 잠을 깨려고 몸을 뒤척였다. 정신을 차리려는 노력치고는 참으로 나른한 방법이 아닐 수 없다. 고작 눈 몇 번 깜빡인다고 정신이 맑아질 리 없는데, 고도는 자리에서 일어나기 싫은 듯 품에 끌어안은 베개나 담요만 만지작거렸다.

조금씩 밝아지는 하늘은 햇살을 방 안까지 비추었다. 고도는 창호지를 뚫고 들어온 햇살이 점차 길어져 자신의 발치까지 닿자 요에 몸을 감싼 채로 데굴데굴 굴러 청사의 무릎 위에 고개를 올렸다. 이불을 돌돌 말고 하품을 하는 모습에 청사는 두 볼을 붉혔다. 귀여워서 도저히 가만히 내 버려 둘 수가 없었다.

"안 일어날 거야?"

고도의 귓가에 고개를 숙이고 속살거리자, 고도는 청사의 허벅지에 얼굴을 더 깊이 묻었다. 아랫배에 고도의 숨결이 와 닿는 기분이 좋아서 청사는 허리를 둥글게 말아 숙이고는 고도의 관자놀이와 눈썹 부근에 입을 맞췄다.

"시간이 얼마나 지난 거지."

졸음이 뚝뚝 묻어나는 고도의 질문에 청사가 웃음기를 머금은 목소리로 답했다.

"네 시진 정도 잤어."

"오호라. 기록 경신이다."

"그래? 지금까지 최고로 많이 잔 게 어느 정도였는데?"

"세 시진하고도 일각 정도."

"다음에 또 경신하자."

"그럴 필요가 있나."

"너 많이 재우고 싶어서 그래."

고도는 그제야 초점이 맞는 눈을 깜빡이며 청사를 올려다봤다. 허공에서 마주친 시선에 둘 다 말이 없다. 청사는 그저 발그레한 미소를 지으며 고도를 만지작거리고 있었고, 고도는 그런 청사의 손길에 기분이 좋아서 한숨처럼 숨을 쉬었다.

이젠 특별한 말을 하지 않아도 서로 보고 만지는 것만으로도 기분이 충만해진다. 이렇게 침묵이 소중해질 줄은 둘 다 미처 몰랐었다. 고도는 제 얼굴을 쓸어내리고 꼬집는 손을 붙잡아 제 입술로 가져왔다.

손목의 안쪽에 입을 묻었다. 청사가 움찔, 하고 작게 반응할 정도의 자극이 있었다. 고도가 입을 떼자 손목 안쪽엔 이로 살짝 깨문 붉은 자국이 남았다. 청사는 은밀한 흔적에 저도 모르게 홍조를 띠었다. 고도의 도발에 응하듯 쇄골이나 목 부근에 고도가 남긴 자국보다 더 선명하고 커다란 자국을 세 개쯤 만들고서야 '비겼다'라는 미소를 지었다.

"대롱아."

"응?"

"너 밤새웠느냐."

고도는 손을 뻗어 청사의 얼굴을 어루만졌다. 꺼슬한 느낌이 들었는지 고도의 얼굴이 속상하게 찌푸려진다. 왜 이렇게 얼굴이 상했지. 청사는 고도의 손바닥에 입을 맞추며 걱정을 덜었다.

"잠이 안 왔어."

"왜 안 왔더냐."

"네가 옆에서 이렇게나 사랑스럽게 자고 있는데 내가 어떻게 자겠니."

핑계는 달콤했지만, 고도는 그것이 거짓임을 알았다. 청사의 거친 얼굴은 사랑하는 이의 잠든 얼굴을 밤새 구경한 이의 얼굴이 아니다. 고민과 번뇌로 한숨도 자지 못하고 머릿속에 갖은 생각을 떠올려 정리하지 못할 때의 얼굴이다. 고도가 즐겨 하는 가혹 행위 중의 하나로, 밤에 쉽게 잠들지 못하는 이유의 대부분을 차지하는 것이기도 했다. 그리 익숙한 행위를 청사가 했는데 숨긴다고 숨겨질 리 만무하다.

고도는 꺼칠해진 청사의 얼굴을 만지며 속상함에 입매를 찡그렸다. 무슨 생각을 하느라고 이렇게 얼굴이 상했느냐고 묻고 싶었지만 청사의 분위기가 그 대답을 거부할 준비를 했다. 물어도 대충 대답하리다. 고도의 시선을 눈치챈 청사가 황급히 웃었다.

"가끔은 이래도 괜찮잖아. 너는 충분히 쉬고 충분히 여유를 부리고, 충분히 행복해하고 나는 잠깐 생각에 빠져 잠든 너를 보고."

"흐음. 우리 대롱이가 날이 갈수록 능글맞아지는구나."

"네가 대범해지는 것만 하겠어?"

조금 전 고도가 손목에 남긴 자국을 보이면서 청사는 심술궂게 웃었다.

"자꾸 이렇게 도발하면 또 확 잡아먹을 거야."

고도가 당황해하는 모습을 구경하려고 의도적으로 놀린 소리였다. 한데 고도는 부끄러워하거나 남세스럽다며 피하는 대신 청사의 손목에 다시 입술을 묻었다. 청사가 눈을 동그랗게 뜨자 이전의 자국 위를 빨아서 더 또렷한 붉은색을 남겼다. 그 자국을 살짝 핥기까지 하니 청사는 고도가 그 어느 때보다 더 야하다고 생각했다.

청사의 무릎에 얼굴을 묻고 있던 고도는 제 눈앞에서 바지춤이 빳빳하게 부푸는 걸 보았다. 아침부터 건강한 모습에 고도가 작게 감탄을 하니 청사는 부끄러워 손바닥으로 얼굴을 가렸다. 고도는 그런 청사가 예뻤다. 그래서 평소에는 하지 않을 짓을 충동적으로 저질렀다.

일어나서 몸에 두른 이불을 벗었다. 간밤에 살을 섞고 바로 잠이 들어서 고도는 나체였다. 청사는 눈앞의 나신을 보고 얼굴을 화르륵 불태웠다. 손을 뻗지도 그렇다고 뻗지 않을 수도 없는 풍경에 안절부절못하는 사이, 고도가 바싹 다가왔다. 고도는 머리를 묻었던 무릎에 슬그머니 올라앉았다. 청사가 소리를 죽여 외쳤다.

"고, 고도!"

놀랐다. 하지만 그 놀람보다 남성적인 욕구가 더 앞질러 달렸다. 청사는 머리로 생각하기도 전에 제 바지춤을 풀었다. 성기가 고도의 가랑이 사이로 들어가자 청사는 얼굴을 화르륵 붉혔다. 맞닿은 성기가 비벼지고 음모가 가스라니 살갗을 간질였다. 청사의 인내심도 여기까지가 한계였다.

청사는 저녁에 충분히 들쑤셨던 고도의 안쪽으로 자신을 밀어 넣었다. 나긋하게 풀어져 있는 고도의 몸 상태만큼이나 뒤쪽 역시 부드럽게 젖어 있었다. 청사는 조금 조이는 듯한 그 기분에 만족스러운 숨을 토하고는 고도의 허리를 끌어안았다.

"아, 음…… 응, 으응."

고도의 하얀 얼굴이 곧 열기에 휘감겨 조금 찌푸려졌다. 그 자체만으로도 색기가 흐른다. 단정하고 무감정한 얼굴이라고 인식했던 지난날이 무색할 정도로, 눈앞에서 흔들리는 얼굴은 욕정으로 아름답게 붉어져 있었다. 청사는 고도를 끌어안고 귀를 깨물었다. 고도의 거칠어진 숨소리를 들으면서 본능처럼 말했다.

"사랑해."

"아, 알고 있으니 조금 천천히……."

고도는 괜히 자신 쪽에서 먼저 덤벼들었다가 감당할 수 없는 거친 행위에 뒤늦은 후회를 했다. 하지만 후회를 곱씹을 틈도 없이 청사가 머릿속을 하얗게 만들었다. 고도는 아침부터 듣기엔 조금 민망한 질척거리는 소리에 얼굴을 붉히면서도 청사의 목에 감은 팔을 풀지 않았다.

주인 할멈의 손맛이 우러난 곰탕을 숟가락으로 뜨던 고도가 멈칫했다. 뽀얀 국물이 숟가락에서 흘러내려 와 사기그릇 속으로 다시금 떨어졌다.

"지금 뭐라 그랬지."

고도의 얼굴을 가만 응시하면서 청사는 같은 말을 반복했다.

"산속에 강문의 기운이 묻은 집이 있다고 했다. 제자가 있을 가능성이 크다는데."

고도는 숟가락의 우묵한 곳에 조금밖에 고이지 않은 곰탕 국물을 입 안으로 밀어 넣었다.

"별로 놀라는 기색이 없네. 어제 그 얘기를 해준 소는 난리 법석이었 건만."

"머지않아 강문이나 그의 제자들을 만날 거라 생각하고 있다. 인제 와 서 눈을 동그랗게 뜨고 미처 몰랐다는 듯 반응하기엔 내 머릿속에 너무 도 많은 경우의 수가 준비되어 있지 뭐냐."

"큰 그림을 그리고 있으셨겠다."

"그렇지. 내가 또 그런 붓질은 기가 막히게 잘하지 않느냐."

"어련하겠어."

"가끔은 깜짝 놀라고 싶은데 나이 먹고 경험이 쌓이다 보면 놀랄 일이 드물기도 하니, 너무 속상해 말도록."

고도는 국물 속 양지머리를 우물우물 씹었다. 오랜만의 고기 섭취라며 감격한 눈으로 국에 빠진 고기를 보는 모습이 강문의 세사가 근처에 있 다는 사실보다 더 놀라운 듯도 싶다. 청사는 먼저 한 그릇을 뚝딱 해치우 고 반상에 턱을 괴었다. 고도가 무청 나물을 젓가락으로 집다 말고 청사 를 빤히 바라봤다. 빈 그릇을 옆으로 치워 두고 상에 턱을 괸 것이 의아 하여 고개를 갸웃했다. 그러다가 젓가락으로 집은 나물을 확인하고는 청 사의 입으로 내밀었다.

"먹고 싶으면 말을 하지."

"아니, 배불러."

"고작 한 그릇 먹고 배부르다니. 언제 또 이런 따끈한 국물 먹을지 모를 일인데 지금 많이 먹어 둬라."

"진짜야, 너 먹는 모습만 봐도 배불러."

젓가락으로 들었던 나물이 바닥으로 뚝, 떨어졌다. 고도의 얼굴이 기묘하게 일그러져서 청사를 바라보는데 뒤로 슬쩍 물러나고 싶어 하는 표정이다. 사랑하는 사람이 밥을 먹는 모습만 봐도 배부르다. 듣기 좋은 이야기이긴 한데 면역이 안 되어서 낯간지럽게 느껴졌다. 그렇다고 청사가 무척 행복해하며 방긋 웃고 있는 얼굴 앞에서 밥그릇을 엎지는 못했다. 고도는 침음하고는 다시 국물을 숟가락으로 떴다.

"그것만 먹으면 싱겁잖아. 이리 줘봐."

고도가 고개를 절레절레 저어도 막무가내로 젓가락을 뺏어 간다. 청사는 말린 생선 반찬을 고도의 숟가락에 얹어 줬다. 핼쑥한 얼굴로 숟가락 위에 올린 반찬과 청사를 번갈아 쳐다보던 고도가 "어서"라고 재촉하는 소리에 숟가락을 입 속에 넣었다. 반찬을 우물우물 씹자 이번엔 밥이 한 숟가락 입 앞으로 다가온다. 그마저도 받아먹자 청사는 뿌듯한 미소를 지었다. 고도는 이 상황을 어찌 받아들여야 하나 몰라 너털웃음만 뱉었다.

"대롱아, 좋으냐."

"응."

망설이지 않고 곧장 대답한 청사는 이젠 아예 고도의 밥그릇과 국그릇까지 뺏어서 하나하나 먹여 주었다. 처음엔 부담스럽고 불편한 상황에 썩 곤욕스러워하던 고도도 익숙해지자 입을 벌려 청사가 주는 대로 넙죽 받아먹었다. 고도가 많이 먹을 수 있게 국에 밥을 말아서 한술 떠주고 나물과 생선조림, 멸치볶음 세 개뿐인 반찬을 골고루 입에 넣어 줬다. 반상 맞은편에서 음식을 떠주던 청사가 아예 고도 옆으로 다가와 고도의 볼을 빵빵하게 부풀도록 먹이고 흐뭇하게 웃는 모습이 반복되었다. 주인 할멈이 그 모습을 보고 "총각들이 부부처럼 사이가 좋다"고 한마디 해서 청사 얼굴이 발그레해졌지만 말이다.

"고도야."

밥을 모두 먹은 고도가 간만의 과식에 끄응, 둔한 소리를 내는 동안 청사는 고도를 뒤에서 끌어안으며 어깨너머에 턱을 올렸다. 고도의 도톰해진 배를 주무르면서 다정하게 말했다.

"내가 도와줄게."

고도가 고개를 돌려 청사를 물끄러미 바라본다. 무슨 소리냐고 고개를 갸웃거리자 청사가 그 귀여운 표정에 가벼운 뽀뽀로 응했다.

"나 부려 먹어, 고도야."

"그게 뭔 소린고."

"강문을 상대할 때 나를 양껏 부려 먹으라는 소리지."

고도는 눈을 가느다랗게 떴다. 얘가 새벽에 잠도 안 자고 고민했던 얼굴이더니 이런 쓸데없는 생각을 했나 보다.

"당연한 걸 말하는구나. 너와 내 여정의 끝을 같이하기로 했으니, 너도 발 벗고 도와줘야 한다."

"아하하, 예전 같으면 신경 끄고 고수레나 하라고 내쫓았을 고도가 이런 말을 다하네."

"도와준다는데 그 손길 거절할 필요 있겠느냐."

고개를 모로 숙이는 고도를 보며 청사는 웃음기 가득한 대답을 해주었다.

"나는 고도 네가 강문을 이기리라 믿어 의심치 않는다. 하나, 만에 하나 강문의 술법이 뛰어나서 네가 이기지 못한다 할 손, 그렇게 뛰어난 능력을 갖추고 있어도 인간은 결국 인간이지 않느냐. 태생이 땅에 속한 이들을 하늘에 속한 내가 질 것 같진 않구나."

땅 위에 하늘이 있다. 하늘의 권속인 청사가 마음먹고 도와준다면 강문이라는 인간적 태생을 깨부수는 건 불가능하지 않다. 고도는 청사가 말한 의도를 이해했다. 강문 때문에 도깨비 우두머리와도 수십 년째 얽혀 있는 것을 생각하면 자신의 편의를 위해 청사의 도움을 거부해선 안 된다. 이 일은 고도 혼자만의 문제가 아니다. 소하고도 관련이 있다. 그렇다고 해서 하늘의 힘을 믿고 천둥벌거숭이처럼 강문에게 덤벼들 수도 없는 노릇이다. 고도는 살짝 미소 지어 대답했다.

"그러다 하늘이 노하지. 마음만이라도 고맙다."

흔쾌히 대답하지는 않을지라도 거부할 거라고는 미처 예상하지 못했다. 고도 입장에서 하등 나쁠 것 없는 제안이거늘, 어째서 밀어내는 건가. 청사는 당황하여 조금 높은 목소리로 빠르게 반박했다.

"빈말 아니다. 진심이다."

"아니다. 하늘의 힘을 빌릴 생각이라면, 너는 가능하면 나서지 마라."

"왜……."

"너 스스로 뱀 요괴 행세를 하고 다닌 이유를 잊었느냐. 하늘의 권속인 네가 땅에 내려와 본래의 힘을 발휘하면 산천이 어지러워진다. 서로 속한 곳이 달라 이치와 섭리가 일그러지리란 것은 누구보다 네가 더 잘 알지 않느냐."

"하지만 너를 처음 만나서 힘을 쓴 거나, 벽구리에서 널 위해 십이지괴를 상대했을 때 그 하늘의 힘을 끌어다 썼다. 이제 와 새삼스레 왜 그러냐."

"그 정도 약한 힘으로 강문을 상대하긴 힘들다. 넌 싸우다가 조금씩 용의 힘을 끌어다 쓸 것이고, 그러다 보면 세상이 감당 못할 수준으로 부풀게 될 것이다."

청사가 아무 말도 못 하고 합죽이처럼 입을 다물고 있자 고도가 어르듯이 말했다.

"하늘에 속한 용은 인간 세상에 무슨 일이 생기건 관망해야 한다. 내 스승인 신선처럼 서로 속한 계界가 다르니 영향을 미칠 만한 행동을 해선 안 된다. 내 말뜻을 알겠느냐."

청사는 고개를 끄덕이지 않았다. 입을 꾹 다문 채로 묵묵하게 아랫배를 만지작거렸다. 고도는 아랫배를 감싸는 손바닥 위에 제 손등을 포갰다. 고도를 돕겠다고 청사가 무리하여 나서지 않아도 괜찮다는 것을 보여 줄 필요를 느꼈다.

"강문의 제자를 만나기 전에 잠깐 준비할 것이 있다. 너도 같이 가자꾸나."

고도는 청사의 손을 풀어내고 자리에서 일어났다. 평상 아래로 내려가 청사를 부르니 마지못해서 고도를 뒤따랐다. 고도는 주막 뒤편에 있는 산으로 들어갔다. 객사와는 정반대 방향이다. 고도는 사람이 낸 길도 없이, 험하고 거센 산중에 들어오고서야 걸음을 멈추었다.

고개를 들어서 굽이쳐 흐르는 산맥을 바라봤다. 꽝철이를 만났던 한산뫼는 커다란 봉우리를 가진 설산이었다. 그곳은 누구도 발을 들일 수 없는 삭막함으로 자신을 무장했다. 깡마른 나뭇가지에 쌓인 소복한 눈은 위태로움을, 바위에 맺힌 얼음결정은 날카로움을, 입김이 하얗게 새나오는 추위는 쓸쓸함을, 누구도 지나간 흔적이 없는 눈밭에는 고독을. 마음을 편히 둘 곳 없는 한산뫼의 만년설에서 고도는 산이 거부하고 있음을 느꼈었다.

고도는 청사의 손을 꼭 붙잡고 길이 없는 산속으로 들어갔다. 얼어붙은 땅과 버려진 겨울나무 무리가 고도의 걸음을 더디게 했다. 도술을 사용하지 않고 오롯한 자신의 걸음으로 산행을 하는 것은 산신을 향한 예우 중 하나였다.

고도의 마음을 알아준 산은 차갑게 몰아치던 바람을 거두고, 고도와 청사가 쉽게 산행을 할 수 있도록 겨울잠을 자지 않는 다람쥐와 노루, 토끼를 통해 길을 안내했다. 산짐승의 길라잡이를 통해서 도착한 곳은 한겨울에도 얼지 않는 계곡이었다. 땅과 가까운 물의 표면엔 두꺼운 얼음이 만들어졌으나, 얼음 밑을 관통하는 계곡의 물소리는 한여름과 비교해도 손색이 없을 정도로 우렁찼다.

고도는 계곡에서 서른 걸음쯤 벗어난 곳에 자리를 잡고 앉았다. 청사가 따라와 앉자 둘의 눈치만 보고 있던 짐승들도 한달음에 달려왔다. 고도와 청사를 둘러싼 짐승들이 까만 눈을 반짝거리며 구경했다. 고도는 가장 가까이에 있는 다람쥐로 손가락을 내밀었다. 주먹만 한 크기의 다람쥐의 턱 밑으로 손끝을 가져갔다. 부드러운 털 안쪽을 살살 쓰다듬어 주자 다람쥐는 손톱보다 작은 두 발로 그 손가락을 끌어안고 얼굴을 비볐다.

"구경하는 것은 말리지 않으마. 그래도 거리를 두는 것이 어떨까 싶다. 행여나 그대들이 다칠 수도 있으니."

고도의 경고를 들은 노루와 토끼는 그대로 모습을 감추었다. 다람쥐만이 다른 짐승들처럼 도망가는 대신 고도의 어깨 위에 자리를 잡고 앉았다. 목 부근을 간질이는 작은 짐승을 고도는 두어 차례 더 쓰다듬어 주곤 가부좌를 튼 반듯한 자세로 정신을 가다듬었다. 그리고 눈을 감기 직전에 청사를 말간 눈으로 응시했다. 고도의 눈을 마주한 청사는 시선을 피하지 않았다. 둘은 성급하게 말을 꺼내는 대신 한참이나 푸른색과 검은색의 눈동자를 들여다봤다. 까만 동공에 제 모습이 비친 청사는 조심스럽게 손을 뻗었다. 깊은 산의 추위 속에 차갑게 식은 볼을 두 손으로 감쌌다. 고도는 그 손바닥에 눈을 감고 편하게 숨을 마셨다.

"대롱아, 그동안 내가 부적을 쓰면서 능력을 억누르던 걸 의아하게 바라봤지. 제대로 개방하기 시작한 것은 지난 벽구리 마을에서 십이지괴를 상대했을 때뿐이었다. 강문을 상대하는 데에 부적으로 내 능력을 감출 필요는 없을 듯하니, 이제 본격적으로 준비해 보겠다. 거기서 한 번 지켜봐 보거라."

청사가 잠자코 고개를 끄덕였다. 고도와 함께한다는 것을 비로소 알 것 같은 기분이 들어서였다.

"너무 위험한 짓은 하지 말고."

청사는 한 손으로 고도의 볼을 감쌌다. 고도는 그 손에 기대면서 생긋 웃어 보였다. 볼에 닿은 청사의 손바닥에 쪽, 입을 맞췄다.

"이것으로 네 걱정이 조금이나마 줄어들길 바란다."

청사의 손을 몸에서 떼어 낸 고도는 먼저 부적을 꺼내 동서남북 네 귀퉁이에 두었다. 부적에 힘을 불어넣어 산 전체를 관통하는 수맥을 잡았다. 그 어떤 존재도 함부로 건들 수 없는 산의 수맥이다. 어쩌면 기린이나 해태와 같은 신수도 수맥에 쉽게 다가갈 수 없을지어다. 고도는 그러한 의문을 모두 불식시키듯 부적의 힘을 빈 제 능력만으로 수맥을 통해 산신과 내통을 했다. 겉에서 살펴본 것보다 훨씬 강한 기운을 몸으로 받아들일 수 있었다. 지금까지 겪어 본 그 어떤 산신보다도 유독 힘이 컸다. 고도는 눈을 감고 그에게 미리 양해를 구했다.

"큰 도술을 벌이려 한다. 그대와 그대의 터전을 위협하는 것이 아니니 너무 노여워 마라."

산신은 의외로 쉽게 고도를 받아들였다. 수맥과 직접 연결된 고도의 힘을 보아하니, 빈말을 한다고 생각지 않아서다. 산신의 허락을 받은 고도는 어깨에 멘 죽통을 풀러 바닥에 내려놓았다. 죽통은 바위처럼 쿵 소리를 냈다. 바닥은 움푹 파일 정도니 그 무게가 어느 정도일지 감히 상상할 수 없을 따름이라. 그 옆엔 검집에서 꺼낸 서전검을 나란히 놓는다. 고도는 부적을 꺼내려다가 장오에게 받은 부적이 이제 얼마 남지 않음을 깨닫고 도로 집어넣었다. 부적 없이 힘을 쓰기로 했다. 산신이 허락했으니 이 정도는 괜찮으리라.

수맥을 따라 산맥 전체로 고요하게 퍼졌던 고도의 기운이 크기를 키웠다. 수맥에 얹혀 산을 굽이굽이 돌기만 하던 기운이거늘, 어느샌가 수맥에 완벽하게 흡수되어 산신의 기운까지 제 몸으로 끌어들이니 산이 곧 고도가 되고, 고도가 곧 산이 되는 합일이 이루어졌다.

눈을 감고 호흡을 고르던 고도는 눈꺼풀을 들었다. 어깨에 앉은 다람쥐만큼 티 없이 까맣던 눈동자가 서서히 금색으로 변했다. 왕족이 장신구로 가공한 금붙이보다도 화려하고 맑게 빛나는 금안은 죽통을 응시했다. 고도는 죽통에 매단 금줄과 부적을 모두 거두었다. 제약이 풀린 죽통이 금방이라도 깨어질 듯 안쪽에서부터 부풀어 올랐다.

평소라면 대형 참사가 일어날 만한 사건이다. 죽통 안에 든 요괴 숫자가 자그마치 일만 마리에 가깝다. 금줄과 부적을 떼어 낸 죽통이 그 요괴의 힘을 모두 감당할 수 있을 리가 없다. 하나, 산과 합일이 된 고도가 죽통을 두 손으로 붙잡자, 고도 본연의 도력에 산의 정기가 더해지며 날뛰던 요괴의 기운이 수그러들었다. 금이 가 깨어질 뻔한 죽통은 부푼 몸을 차츰 본래대로 되돌렸다.

요괴는 힘의 우열로 복종과 불복종을 정확하게 가름할 수 있는 정직한 생명체다. 제아무리 위력 센 요괴라 할지라도 산신과 고도를 상대로는 섣불리 날뛸 생각을 하지 않았다.

"강문을 상대할 때 이 요괴들을 꺼내어 써야 할지도 모른다."

산신의 기운이 합일된 고도는 목소리에서부터 웅대한 힘이 흘러넘쳤다. 새벽을 울리는 에밀레종처럼 웅장한 고요함을 청사도 직접 느꼈다. 청사는 침착한 눈으로 고도에게서 시선을 돌리지 않고 물었다.

"이 요괴는 네가 지금까지 오랜 세월 붙잡아 오지 않았느냐. 어찌하여 이 봉인을 풀고서 해방하려 드느냐."

"네 말대로 붙잡은 숫자가 아깝지만, 이들을 대가로 치르고서라도 처리해야 하는 것이 강문이다. 요괴는 다시 잡으면 된다. 하지만 강문은 그렇지 못하다."

"강문을 잡기 전에 날뛰어 역으로 너를 노리면 어쩔 셈이냐. 일만 마리의 요괴가 너를 순순히 따를 리가 없다."

"아니, 따른다."

고도의 금색 눈이 신비롭게 빛났다.

"고작 일만 마리의 요괴 따위는 감히 내 뜻을 거스르지 못한다."

청사도 느끼는 고도의 신비로운 기운을 죽통 안의 요괴들도 느낀 것인지 사납게 날뛰던 움직임이 잠잠해졌다. 달그락달그락. 바닥을 치며 흔들리던 죽통이 잠시 후 완전히 얌전해졌다. 그런 후에야 고도는 죽통에서 손을 뗐다. 옆에 나란히 놓아 둔 서전검으로 시선을 돌렸다. 오래된 유물처럼 녹이 잔뜩 슬은 검은 이미 검날의 이가 다 빠져 검으로서의 제 기능을 할 수 없는 처지였다. 바위에 내려치면 검이 버석한 소릴 내며 깨지리라. 그만큼 볼품없는 낡은 검날을 고도는 맨손으로 움켜쥐었다.

"대롱아."

고도의 손이 닿은 칼날에 변화가 일었다. 검붉은 녹이 조금씩 벗겨지기 시작했다. 날을 붙잡고 놔주지 않던 녹이 스스로 떨어져 나가는 착각이 들 만큼 자연스럽고 평화로운 분리 장면이었다. 고도는 황홀하리만큼 번쩍거리는 검날을 청사에게 보여 주었다.

"이것이 동해 용왕의 왼쪽 눈을 찔렀기로 유명한 검이다. 네 형님을 애꾸눈으로 만든 것이지."

녹이 모두 벗겨진 서전검은 방금 막 쇠를 녹여 제련한 듯 영롱하고 아름답게 빛났다. 녹에 가려져 제대로 읽을 수도 없던 글자는 본래의 완벽한 모습을 되찾았고, 뒷면에는 지워졌던 별자리가 되살아났다. 하늘의 모습을 그대로 따다 박은 듯 신비롭고 아름다운 문양이었다. 별자리 밑에는 검을 만든 연월일시가 정확하게 쓰여 있었다. 진년, 진월, 진일, 진시에 제작. 그것은 이 나라 세 번째 임금 시대에 제작되어 그 명맥이 끊겼다 알려진 사진검이었다. 오직 왕가에만 계승되는 가보 중의 가보다.

청사는 제 추측이 틀리지 않았음을 확인하고 눈빛이 어둡게 가라앉았다. 고도의 말처럼 첫째 형을 애꾸눈으로 만든 몹쓸 검이고, 동해에 도착하면 다시금 사용할지도 모를 검이었다.

"내 형님을 만나면 그 검을 다시 사용할 것이냐."

"필요하다면 그러려 한다. 그렇게 된다면 미리 사과하마. 네 형에게 몹쓸 짓을 할지도 모르니."

고도는 무릎을 꿇어 왕에게 받은 어보에게 삼배를 했다.

"전하께 불충할 수밖에 없던 소신의 뜻을 헤아려 주십시오."

검 앞에 엎드린 채로, 고도의 눈빛은 서서히 본래의 검은색으로 돌아왔다. 산신과 연결되어 있던 정기는 고도의 몸으로 회군했다. 산과 합일되어 있던 고도가 분리되자 동서남북을 바라보듯 놓인 부적도 스스로 불에 타 사라졌다. 고도가 몸의 긴장을 풀고 낮지만 길게 한숨을 내쉬었다. 죽통을 어깨에 메고 사진검을 검집에 넣었다. 어깨에서 이 모든 현상을 구경하던 다람쥐의 머리를 손끝으로 조심스럽게 쓰다듬자 다람쥐는 그 길로 고도의 어깨에서 내려와 산속으로 사라졌다.

청사는 고도가 벌인 일련의 능력을 지켜보고 진중한 표정을 거두지 못했다. 입때껏 붙잡았던 요괴들을 포기해서라도 강문을 전력으로 대적하려 한다. 용의 눈을 찌른 검이라 세상에 알려진 서전검이 실은 어보인 사진검이며, 그 검의 빛을 되살린 고도의 의도는 명확했다. 사진검은 동해 용왕보다 강문과의 승부에서 쓰일 것이다. 벽사검이 인간에게 어떤 작용을 하는지 몰라도, 강문에게 한 번 졌을 당시에는 없던 물건이다. 어떤 식으로든 변수를 만들어 낼 것이다.

청사는 자리에서 일어나는 고도를 바라봤다. 지친 기색도 없는 평소와 똑같은 모습이었다. 산신과 내통하고도 혈색 하나 바뀌지 않은 힘은 단연, 청사가 상상했던 것보다 대단했다.

"고도야."

청사가 차분하게 부르니 고도 역시 매한가지의 반응으로 답한다.

"오냐."

"혹시 아느냐. 천룡이 하늘에서 무슨 일을 하는지를."

고도는 눈을 데굴데굴 굴리며 청사가 말하는 바의 맥락을 짚어 보았다. 죽통의 봉인을 풀고 사진검을 본래의 모습으로 돌린 후에 청사가 입을 연다면 그에 대한 감상이 제일 먼저라 생각했는데 예상 밖이었다. 갑자기 제 종족에 대한 이야기를 물어도 고도는 땅 위에 발붙이고 사는 인간인지라 하늘에 속한 종족의 일을 알 방도가 없다.

"모르겠구나."

고개를 갸웃하며 질분의 의도를 물으니 청사가 부드러운 미소를 지어 답했다.

"천룡은 은하수를 헤엄치며 밤하늘의 별자리를 읽는 일을 한다. 천기를 헤아려 세상이 돌아가는 바를 깨달아서 하늘의 은덕을 직접적으로 입을 수 없는 땅의 종족에게 이로운 것을 알려 주지."

그래서 인계의 많은 금수가 별자리를 보며 무리를 지어 계절마다 이동하고, 사람들은 별자리를 통해 난세와 호세를 점치며 영웅과 패왕, 반역자 등을 거르는 것이니라.

"천룡은 인계에 직접적으로 영향을 미치지 못하는 천계의 종족이다. 하나, 천계에 속한 우리가 하는 일이 인계의 이로움을 위한 일이란 것만은 네게 알려 주고 싶구나."

자세하게 알려 주었다가는 천기가 누설되어 고도에게 큰 해를 입힐 수 있으니, 사사로운 것은 설명하지 못하는 청사는 미소로 뒷말을 무마해 버렸다. 청사가 자세하게 말하지 않아도 고도는 청사의 위치와 처신을 이해했다. 천룡에 대해 이해하는 고도의 지혜에 청사는 흐뭇한 미소를 지우지 못했다. 사랑하는 이가 이렇게 똑똑하다는 걸 만천하에 자랑이라도 하고 싶다. 고도에게 부족한 것은 무엇일까. 청사는 제 눈에 이토록 완벽해 보이는 고도를 끌어안았다.

"나는 너희 편이다. 특히 고도, 너만의 것이다."

청사는 고도에게 들으란 듯이, 아니, 스스로에게 다짐하듯이 반복해서 말했다.

"설령 네가 잘못 생각했다 하더라도, 강문과의 싸움에서는 너를 전적으로 지지할 것이다."

"그렇게 단정하면 안 된다. 내가 틀렸을 경우도 생각해 두어라."

"틀리지 않을 것이다."

"아니다. 그렇게 나를 맹목적으로 믿어선 안 돼."

"네가 옳다. 왜냐면 내가 읽은 하늘엔 너의 별이 가장 크고 아름답게 빛나고 있다. 하계의 사람들이 너를 죄인으로 취급하고 반역자로 몰아붙이지만, 그것은 별을 직접 대해 본 적 없는 인간들의 어리석음으로 빚은 실수들이다. 너는 하늘에 속했어야 할 존재다. 모종의 이유로 땅에 떨어진 별이야. 그러니 너 자신을 믿어라. 흔들리지 마라. 내가 영원히 네 뒤를 지켜 주마."

고도는 대답 대신 청사의 옷을 움켜쥐었다. 살짝 떨리는 손길과 눈을 마주치지 못하고 내리깐 속눈썹의 파란이 고도의 가슴에서 부풀어 오른 심정을 대변했다. 매 순간을 기적으로 만들어 주는 청사의 놀라운 능력에 고도는 웃지도, 울지도 못했다.

"과분하구나."

그 말만 끝없이 중얼거리며 청사의 옷자락을 잡아당겼다.

"넌 내게 과분해."

고도는 청사를 끌어안고 두 팔로 등을 토닥였다. 이러한 작은 포옹에도 몸이 긴장할 정도로 부끄러워하는 청사가 좋아서 팔을 풀 수 없었다. 청사는 고도를 땅에 떨어진 커다란 별이라 칭했다. 고도는 별똥별이 된 스스로를 생각하며 눈시울을 붉혔다.

용은 미리내를 헤엄치는 존재다. 그렇다면 청사가 말한 것처럼 자신이 과거에 별이었다면 청사를 품어 주었다는 뜻과 상통한다. 지금은 신장도 체구도 청사 쪽이 저보다 조금 더 커서 품어 주는 일도, 안아 주는 일도 청사의 몫이나 언젠가는 고도가 청사를 모두 감싸 안아 주고 싶었다. 별이 된다면 천기를 읽어야 하는 청사와 그 천기를 알려 주는 별이 서로를 영원히 마주 볼 수 있어서 좋을 텐데.

"어떻게 하면 별이 될 수 있을까?"

엉뚱한 질문에 청사는 키득거리며 웃었다.

"갑자기 그런 호기심은 왜 보여."

"네 별이 되고 싶어서 그렇다, 대룡아."

"걱정하지 마라. 지금도 넌 반짝반짝 빛이 난다. 별보다 아름답지."

고도의 발이 땅에서 떨어질 정도로 번쩍 들어 올려 준 청사가 입을 맞추었다. 고도가 말하는 바를 대수롭지 않게 받아들인 듯, 입맞춤은 가볍고 산뜻했다. 하나 고도는 진심으로 생각했다. 옛 문헌을 보면 위대한 사람들은 죽어서 별이 되고, 별똥별이 떨어지면 영웅이 죽거나 새로 태어나는 순간을 뜻하나니 결국 생멸과 별의 존재가 관련이 있지 않을까. 자신은 이미 태어난 존재이므로 별이 되려면 죽는 수밖에 없다.

고도는 물끄러미 청사를 마주 보다가 희게 웃었다.

마치 청사의 곁에 영원히 있을 수 있는, 기적적이고 낭만적인 방법을 하나 찾은 듯 행복한 미소였다.

고도와 청사가 하산했을 땐 이미 해가 산 너머로 모습을 감춘 뒤였다. 객사의 주인 할멈에게 곰국을 조금 싸달라고 하는 게 어떨까. 이동 중에 배고프면 마른 나무를 태워서 데워 먹으면 좋지 않을까. 청사의 제안에 고도는 썩 귀찮다는 표정을 했다. 그냥 굶고 말지 뭐 하러 음식을 싸가지고 다니느냐 핀잔이 이어졌다. 청사는 입술을 삐쭉 내밀며 항변했다.

"너 많이많이 먹이고 싶어서 그래."

물론, 고도는 청사가 마음을 쓰는 것만으로도 예쁘고 기특해서 절로 청사에게 손을 뻗어 머리를 쓰다듬고 볼에 뽀뽀를 하는 보답을 해주었다. 시시껄렁한 농담이나 주고받으면서 느긋하게 객사로 돌아오다가 멈추어 섰다. 객사 마당에 웬 승려들이 서 있었다.

"이런. 저쪽도 내가 온 걸 눈치챘나 보네."

하긴 산신에게 양해를 구하고 도술을 펼쳤으니, 강문과 그의 제자들이 못 알아볼 리가 있나.

"찾으러 다닐 수고를 덜어 줘서 고맙긴 하다만."

특색 없는 회색 장삼을 입은 승려들은 허리춤에 저마다 장검을 한 자루씩 차고 있었다. 살생을 금하는 불자들이 살생을 위한 도구를 몸에 붙이고 다니는 기이한 모습이다. 부처님의 말씀을 따르는 평범한 승려와는 다르다. 침착하게 경계심을 누그러트리지 않는 모습에서 빈틈이 보이지 않았다.

"저희와 함께 가실 곳이 있습니다."

승려 하나는 고도에게 정중하게 말했으나, 그 내용은 협박과 다를 바 없다. 따라나서지 않으면 검을 뽑으리라 경고했다.

"일행분도 달리 부르는 분이 계십니다."

승려 넷이 둘로 나뉘어 한편은 고도를 향하고 다른 한편은 청사를 향했다. 그 모습만 봐도 서로 가야 할 장소가 다르다는 걸 알 수 있다. 고도는 이들을 상대로 도망치려면 적잖게 난리법석을 부려야 한다고 직감했다. 강문의 제자들이라면 제아무리 환영도사와 천룡이라도 성가실 정도로 끈질기게 추격을 가하리다.

"대롱아."

승려들을 매서운 눈으로 노려보던 청사가 고도의 부름에 고개를 돌린다. 고도는 검을 꺼내지도 않고 승려 쪽으로 다가가면서 말했다.

"갔다 오너라."

어차피 산 어드메에 강문과 관련된 터가 있을 정도니 그의 제자나 그를 따르는 수행원 또는 민가 불자들이 어떤 식으로든 고도와 일행에게 위해를 가하리란 생각은 했다. 지금도 검을 만지작거리며 협박하고 있지만 이 정도면 고도가 상상한 것보다는 점잖은 협박이다. 검집에서 아예 검을 빼서 휘두르며 어떻게든 상처를 입혀서 끌고 가는 상상을 했지, 정중하게 함께 가자는 말을 할 줄이야. 상대가 나름대로 격식과 예를 갖추니 응당 그에 맞는 대우를 해줌이 필요하다. 고도는 청사에게 승려들을 따라가라 고갯짓했다. 청사는 힐끔 고도를 데리고 가려는 이들과 정반대로 움직이는 자신 쪽 안내자들을 보고는 눈살을 찌푸렸다.

"고도, 괜찮겠어?"

"허어, 너를 더 신경 써야지. 왜 내 안부를 묻누."

"난 이렇게 각기 따로 가는 거 반대야."

"산속에서 내 능력을 보여 줬잖느냐. 아직도 내게 믿음이 없는 게냐."

물리적인 힘이 대단한 건 확인했지만 강문에게 패배한 부분은 정신적인 면이잖느냐. 청사는 목구멍까지 올라온 걱정을 가까스로 삼켰다. 고도의 허리춤엔 낮 동안 짚신 모양으로 변하는 소가 매달려 있다. 정 급한 상황이 생기면 소가 고도를 도와주든, 자신에게 알려 주러 오든 조치를 할 것이다.

"……네가 원하는 대로 할게. 알았어."

"믿어 줘서 고맙다."

"응, 문제 생기면 무슨 수를 써서라도 나한테 알려 줘야 해."

"하하하, 하여튼 걱정만 많은 공주님이라니까."

장난스러운 고도의 태도를 보아도 청사는 굳은 표정을 풀지 못했다. 손을 살랑살랑 흔들며 잠시 이별을 고하는 모습에도 입가를 여전히 찌푸리고만 있었다. 청사는 고도를 먼저 보내기 전까진 선 자리에서 한 발자국도 움직이지 않았다. 승려를 따라 남쪽 산으로 들어간 고도 모습이 더는 보이지 않는다. 그제야 청사는 발을 떼어 승려의 안내대로 산을 올랐다. 고도와는 정반대 방향의 산속이었다.

청사는 초행길인데도 낯설지만 뚜렷한 기운을 향해 망설임 없이 나아갔다. 척추처럼 해변을 따라 곧게 뻗은 거대한 산맥에서 한 가지 뻗어 나온 이 작은 산은 모산母山의 영향인지 크기에 비해 웅대한 기운이 느껴졌다. 눈이 즐거운 꽃이나 나무도 없고 들짐승이나 날짐승도 보이지 않는 황량한 산이건만 마치 잠룡처럼 웅크린 기운이 느껴졌다. 청사는 푸른 눈을 반짝거렸다. 헐벗은 산을 안마당처럼 구경하는 청사에게서 긴장감은 느껴지지 않았다.

청사가 승려의 뒤를 따라 도착한 곳은 마을에서 멀지 않았다. 산허리에 버려진 가옥이 예삿 것이 아닌 기운으로 가득 차 있었다. 문 앞에서부터 버드나무에 향나무, 소나무마다 가지에 걸린 노란 천들이 퍽 심상치 않다. 나뭇가지마다 메인 노란 천의 개수는 눈대중만으로도 족히 수백 개에 이른다. 무당이 이 주변의 기운을 저 천으로 정화한 걸까 싶어서 마뜩찮은 눈으로 가옥을 살피던 청사는 뒤늦게야 이 집의 정체를 알았다. 소가 간밤에 말해 준 강문과 관련된 터다. 분명했다. 곡이 끊이질 않는데, 상을 지내는 것은 아닌 듯하다는 바로 그 집. 산속에 이토록 강력한 기운이 흘러넘치게 하려면 보통 무당이나 법사만으로는 불가능하지 않을까.

청사가 천천히 사립문을 여니, 청사를 맞이한 것은 사람이 아니라 물건이라. 대들보에 신줏단지 세 개가 놓여 있다. 한지 천에 둘러싸여 귀하게 보관되어 가신家神의 힘이 융성하다. 버려진 집이라도 가신들이 지키고 있어서 주변이 맑고 깨끗했던 게다. 측신과 업신의 기운까지 요란하니, 이런 곳에서는 고도가 도술을 쓴다 해도 본래의 위력을 발휘하지 못할 터. 땅 위의 법칙에 속하지 않는 청사가 아니라면 인간이든 도깨비든 꽤나 곤욕을 치를 신령한 물건들이었다. 고도 대신 저 혼자 온 것이 다행이라는 생각이 들 때였다.

"어서 오십시오. 귀인을 기다리고 있었습니다."

차분한 사내 목소리에 청사가 고개를 돌렸다. 청사를 안내한 승려들이 일제히 합장을 했다.

"어서 오십시오."

문가에 선 노인이 그 인사를 받아 맞절을 놓았다. 노인은 머리만 민둥산인 점을 빼면 의복도 갖추지 못했고, 자세도 단정치 못했다. 불가에 귀의한 이들과 달라도 한참 달랐다. 그럼에도 시종일관 부처 같은 미소를 띠고 있었다. 산에서 물을 길어온 박을 마당에 내려놓고 자경에게 청사가 먼저 물었다.

"그대가 나를 여기로 부른 장본인인가."

자경의 대답은 느긋하게 흘러나왔다.

"그렇습니다."

"법명이 자경이라고?"

"법명이 아니옵니다. 문가家의 자경이라 합니다."

승려가 세속에서 쓰는 이름으로 저를 소개하다니. 청사는 법명 대신 속명을 말한 승려를 기묘한 표정으로 바라보았다. 승복을 입지 않은 것으로 보아 파계를 당한 듯한데 그런 연유로 법명을 입 밖에 내지 않는 것일 수도 있다.

"그대가 밖에 노란 천을 달았나."

"그렇습니다."

"저 신줏단지도 그대가 지키고 있고?"

"그것도 맞습니다."

"거 참, 근본이 없는 놈일세. 불자가 무속을 믿고 있는 건 무슨 조화일까."

"다양한 것에 관심을 갖다 보니 미숙하나마 무속에도 흉내를 낼 수 있게 되었습니다. 그래도 환영도사의 호기심에는 미치지 못하지만 말입니다."

청사는 자경의 대답에 어이없어 웃고 말았다. 당돌한 놈이다. 그 생각이 어찌나 머릿속을 가득 메우던지, 자경에게 불쾌할 틈도 없었다.

"땡중아. 네놈이 고도와 나에 대해 무얼 안다고 그리 말하는 거냐."

"보고 들은 이야기가 많습니다. 저는 그대가 생각하시는 것보다 훨씬 더 도사님에 대해 잘 알고 있답니다."

"고도에 대해 어떤 것을 알고 있나 얘기나 해봐라."

"도사님과 여정을 함께하시면서 세간에 어떠한 평가가 있는지 잘 알고 있지 않습니까. 이제 와서 새삼스럽게 듣고 싶으신지요."

"너희 비난은 세간에서 이야기하는 것과 어찌 다른지가 궁금하다."

"범상치 않은 분께서 환영도사를 생각하는 마음이 애틋하시군요. 귀인의 존함을 여쭈어도 되겠습니까."

"청사라고 한다."

"환영도사와 어떤 사이이십니까."

"고도는 내게 가장 소중한 존재지."

"이런, 예상치도 못한 대답이십니다. 환영도사가 도깨비 외에 이런 관계를 맺을 줄을 몰랐건만. 지난 세월이 길긴 길었나 봅니다. 그도 많이 변했군요."

"고도에 대한 네 부정적인 생각은 충분히 알았으니 그만 닥치고 나를 여기로 부른 이유나 말해라. 얼토당토않은 이유라면 내 크게 경을 칠 게다."

거두절미 본론으로 넘어가는 청사의 흐름에 자경은 슬며시 웃어 보였다.

"도사에 관하여 그런 이야기가 있습니다. '고도라는 도법에 능통한 남자가 있지만, 그와 뜻을 함께했던 강문 보살과 갈라서며 강문이 잘못하고 있음을 증명하고자 직접 궐에 들어가 왕가와 귀연을 맺은 이라.' 도사는 그 대답을 찾지 못하고 오 년 전, 큰 사건에 연루된 도망자 신세가 되었습니다. 그대는 도사와 얽힌 사건을 아십니까."

왕가 이야기는 청사의 예민한 감정을 자극하는 주제거리다. 선왕과 고도 사이에 복잡한 인연이 얽혀 있어, 언젠가는 한번 그 이야기를 듣고 싶지만 자경의 입을 통해서 알고 싶지 않았다. 웬만하면 주제거리를 궁궐이 아닌 다른 것으로 돌리고 싶다. 청사는 날숨을 깊게 내뱉었다.

"내가 왜 네놈 입을 통해 고도의 과거를 들어야 하는지 모르겠다. 이런 얘길 하려고 날 부른 게야?"

"도사의 과거를 아신다면 그자의 언행을 아시지 않습니까."

"고도의 과거를 몰라도 고도가 하려는 건 잘 알고 있어."

청사는 손가락을 들어 자경을 겨누었다. 경멸하는 눈빛이 그 뒤를 이었다.

"친우와 크게 싸웠다는데, 그 친우란 놈이 속이 좀팽이 같아서 고도와 도깨비를 싸잡아 묶는 이상한 술법을 부렸다는 거지. 그걸 되돌리고자 다시 만나려는 것을 내 어찌 모르겠느냐."

"하하하, 그렇게 가볍게 이를 이야기가 아니건만, 뭐, 본질은 틀리지 않군요."

"친우들이 싸우면서 클 수도 있지. 주변에서 너무 난리 아니냐? 좀 내버려 두지 그래? 너희가 웬 오지랖인지 모르겠어."

"동네 어린아이들의 투닥거림과는 달라서 그러하지요. 자량의 임금이 그러더랍니다. 제 뜻이 아닌 방향에서 세상이 바뀌는 걸 용납할 수 없다고. 그게 민란이며 반기이며 봉기인데, 어찌 그것을 용납할 수 있느냐고요. 뻔뻔하지 않습니까. 왕이란 작자도 그저 대대로 왕이 나오던 핏줄로 운 좋게 태어났거늘, 어디서 저 혼자 특별한 것처럼 세상의 이치를 재단합니까."

어쩌면 그 특수한 '핏줄'에 해당할 수 있는 청사는 잠시 밀을 되받아치지 못했다. 자경이 왕을 빗대어 저를 비난한 것 같은 기분이었다. 책무를 다하지 못하고 인계로 내려온 제 사정을 알 리 없을 텐데 자경은 청사를 향해 강한 의지로 말했다.

"어느 세상이 왕에게만 이 나라의 주인 자리를 물려줬다는 겁니까. 그에 반하는 사람들 모두를 죄인 취급을 할 수 있습니까. 우리는 왕의 뜻이 아닌 우리만의 뜻으로 살고 싶은 겝니다. 그걸 반대하는 것이 고도이며, 우리와 같은 이들에게 걸림돌이 될 수도 있겠지요. 그러니 끝을 보긴 해야 할 겝니다."

"그래서 한다는 짓이 고작 아름다워지고 싶은 야망을 품은 여인에게 요괴의 힘을 빈 부적을 준 일이라든가, 죽은 어미를 저승으로 보낼 수 없어서 마을 어린아이들을 잡아먹게 한 일이더냐."

"부작용도 간혹 있긴 합니다."

"간혹이라. 그리도 무책임한 말을 하다니. 그 '간혹' 때문에 인간 세상이 오히려 혼란스러워지는데?"

"대의를 위해서죠."

"대체 누굴 위한 대의인지."

"저희와 함께하시다 보면 그 뜻을 알게 될 겝니다. 청사라고 하셨습니까. 환영도사가 아닌 저희와 함께하시는 건 어떻습니까. 귀인의 뜻깊은 능력을 더 이롭게 쓸 수 있을 겝니다."

청사는 제게 내민 자경의 손을 내려다봤다. 그러곤 다시 자경의 눈을 들여다보는 표정엔 지긋한 황당함이 치올랐다. 조금 전까지 고도를 욕하더니 이게 다 청사를 끌어들이기 위한 포석이었던 것이다. 청사를 절친한 동료라도 되듯 손을 내민 태도는 다정다감하기만 했다. 한참이나 아무런 반응도 보이지 않던 청사는 자경이 내민 손에서 눈을 떼고 말했다.

"고도가 답을 구하지 못한 이유를 나는 알고 있다. 고도는 인간들에게 미움받는 걸 알면서도, 인간을 미워하지 않거든. 그게 얼마나 대단한지 너희 같은 한낱 허황된 존재들은 모르겠지. 그러니 고도가 이 나라가 너희 뜻대로 바뀌어야 할 대답을 못 찾는 게 당연하지 않은가.”

자경은 청사에게 내밀었던 손을 자연스럽게 두루마기 속으로 갈무리했다. 얼굴엔 다시 부드러운 미소가 떠올랐다. 하나 평이하던 어조의 목소리는 숨길 수 없는 분노라 조금 가라앉았다. 청사를 향한 미소는 냉소에 가까웠다. 차분하던 시선 역시 희고 곰팡 슨 소리를 들은 양 고루해하는 반발을 담고 있었다.

“그의 옆에 있으면 아무리 맑은 물도 탁해지기 마련이군요. 솔직하게 말해 주셔서 정말 감사합니다.”

마루 앞까지 가까이 다가온 자경은 자신을 따르는 다른 불자 중 가진 어린 사내를 지목했다. 사내가 긴장하여 쳐다보니, 자경이 입꼬리를 올려서 웃었다.

“네 그릇이 크지 않아, 이 이상 성장하기 어려운 듯하구나. 안타깝지만, 네 노력이 헛되지 않도록 내 은덕을 베풀어 주마.”

“예? 무슨 말씀이시옵니까.”

“네 그릇보다 강하게 만들어 주겠다는 뜻이다.”

자경은 목탁을 허리춤에 매고 대신 합장을 하듯 두 손바닥을 포갰다. 어리둥절하게 쳐다보는 사내는 목탁 소리만큼 청아하고 반듯하게 들리는 목소리에 여전히 눈만 깜빡였다.

“나모 라 다나 다라야야 나막 알약 바로기제 시바라야 모디 사다바야 마하 사다바야 마하 가로니가야.”

자경의 주름진 입술이 벌어지면서 흘러나온 것은 불경이었다. 신묘장구대다라니로 서쪽 색목인들의 나라에서 들어온 불경의 독송이다. 본디 악귀와 귀신을 퇴치하는 천수경이지만 자경의 법력이 신통하여 죄 없는 인간에게도 효과가 있었다. 어린 사내는 제 몸이 가벼워진다 생각했다.

그리고 제게 닥친 일을 미처 깨닫기도 전에 하얀 연기에 뒤덮였고 곧 노란 천으로 바뀌었다.

비명도 몸부림도 없는 고요한 죽음이었다. 본디 죽음이란 혼백이 분리되어 혼은 명계로 가고 백은 인계에 남아 땅에 묻히는 게 이치이지만 다라니경에 의해 노란 천으로 변한 사내는 혼백이 분리되는 죽음을 맞지 못했다. 그는 땅에 묻혀야 할 육신이 생멸을 구분할 수 없는 천이 되었다. 구천을 떠돌다 명계로 흘러들어야 할 혼은 그 노란 천에 영원토록 갇히게 되었다.

자경은 바닥에 너울너울 떨어진 그 천을 손에 들었다. 느릿한 발걸음으로 사립문을 지났다. 노란 천과 방울이 그나마 성기게 달린 버드나무 곁으로 다가갔다. 집 근처 나무엔 온통 노란 천이 걸려서 빽빽하게 흔들렸다. 자경은 그 무리에 손에 들고 있던 천을 더했다. 낮은 가지에 천을 두 바퀴 돌려 매듭지은 자경은 청사를 돌아봤다.

인간 하나를 무위로 돌린 괴악한 법력을 굳은 표정으로 바라보는 청사에게, 자경이 인자한 미소를 지으며 말했다.

"어디 한번 저와 제가 만든 이곳을 빠져나가 보시죠."

말이 끝나기 무섭게 승려들이 검을 꺼냈다. 청사의 표정이 와락, 구겨졌다. 자경이 온화한 웃음을 터뜨렸다.

"시간을 지체하지 않는 게 좋을 겁니다. 환영도사가 위험할 수도 있으니까요. 그가 아직 죽길 바라지 않는다면 전력을 나해 보시죠."

그 말에 청사의 눈이 순식간에 세로로 길어졌다. 으르렁, 목 뒤를 울리는 날카로운 파공음에 승려들이 멈칫할 기백이 담겨 있었다.

"너희가 감히, 나를 속이고 고도를 곤경에 처하게 했겠다!"

"알면서 따라오신 분이 성토를 할 것은 아니옵니다만."

"오냐, 한꺼번에 처리해 주마."

"그렇습니까? 하실 수 있다면 해보시지요."

자경은 청사의 푸른 기세를 보며 흐뭇하게 웃었다.

"당신을 여기에 붙잡아 둘 정도의 실력은 있으니 너무 자만하지 마옵소서."

자경이 웃는 동안에 나무에 걸린 수백 개의 노란 천이 바람결에 춤사위를 펼쳤다.

고도는 승려들이 안내하는 마을의 외진 산속까지 들어왔다. 심마니나 사냥꾼 정도만 찾아올 뿐 도저히 사람들이 오가는 곳으로는 이용되지 않을 첩첩산중이었다. 산세가 험하다 보니 말도 들어가지 못해서 오직 발에 의지하여 산을 타야 해서 시간이 더뎠다. 목적지가 어딘지 말해 주지 않는 승려들의 걸음이 조금 빨라지는 걸 봐서는 거의 다 온 듯싶었다. 고도는 어두워지는 사위를 보면서 눈앞을 막은 거센 나뭇가지를 부러뜨리며 앞으로 나아갔다.

해가 완전히 떨어져서야 도착한 곳은 한 낡은 절간이다. 마을에서도 세 시진은 족히 걸어야 나오는 산 중턱의 절은 버려진 지 매우 오래된 듯 겉으로 보기에도 황망하기 그지없었다.

산사 입구에는 사람 키의 두 배밖에 안 되는 작은 일주문이 자리 잡고 있었다. 그 뒤로 일정한 간격을 두어 천왕문과 불이문이 배열되었다. 문 위에 걸린 현판에 사찰 이름이 적혀 있었는데 워낙 낡고 해져서 그 글자를 알아보기가 어려웠다. 비바람에 부식된 계단을 지나자 너른 마당 한가운데에 칠 층으로 쌓은 석탑이 제일 먼저 고도를 반겼다. 석탑을 중심으로 북쪽에는 석가모니불을 봉안한 대웅전이, 서쪽에는 관음보살을 주존으로 봉인한 관음전이, 동쪽으로는 미래의 부처를 기린다는 미륵전이 디귿자 모양으로 자리를 잡고 있었다. 고도는 승려들을 따라 관음전 너머에 있는 법당으로 향했다.

사람들이 이 법당을 철거하지 않은 이유는 산세가 험해 들어오기도 어려울뿐더러, 그 안에 낡은 불상 하나가 자리를 잡고 있어서다. 관음보살이 눈을 감고 인자하게 웃고 있는 법당을 어찌 없앨 수 있겠는가.

폐가처럼 누구의 관심도 받지 못하고 버려진 법당으로 고도는 안내를 받았다. 법당으로 가는 길엔 횃불과 등롱도 없어 돌부리에 걸리지 않을는지 발밑을 자주 살펴야 했다. 하지만 한 치도 내다보기 힘든 어둠 속에서도 나름대로 여유를 잃지 않았던 고도는 법당에 가까워질수록 걸음이 느려졌다. 고도는 묘한 시선으로 법당을 둘러싼 나무를 바라봤다. 고도가 경계심을 보이자 잠에서 깨어난 소가 연기를 뿜으며 짚신에서 도깨비불의 모습으로 화했다. 고도의 허리춤을 빠져나온 소는 낯선 절간 모습에 안광을 불태웠다.

"여긴 뭐여."

화르륵 불타는 도깨비불을 보고 고도를 안내했던 승려들이 움찔, 뒤로 물러선다. 그러거나 말거나 소는 고도 주변을 빙글 돌다가 굳어 버린 고도의 표정을 보고 물었다.

"왜 그리누."

"제법 많은 수가 이 주변에 매복해 있구나."

"으잉? 매복이라고!?"

소는 누가 어디서 튀어나올지 모르는 어둠을 둘러보며 날카롭게 말했다.

"함정에 제 발로 들어온 네놈을 어쩌면 좋나."

고도는 흥분하려는 소의 눈앞에 대고 손을 흔들며 진정시켰다.

"아니다. 우리가 허튼짓을 하면 움직이기 위해 심어 두었구나. 우리만 가만히 있으면 무탈할 게다."

"속 편하게 그런 소리가 나오는가. 어디서 화살을 쏘고 독침을 날릴지 모르건만."

"이 은형술隱形術은 임금의 호위군인 무학관 소속만이 할 줄 안다. 하지만 저 치들을 보건대 무학관 무관의 짓은 아닌 것 같고. 음. 강문의 제자들이 더 있는 모양이다."

"그렇게 장담하는 근거는 있느냐."

"내가 무학을 만들어 전수했으니 그 정도 구분은 일도 아니지."

고도는 어둠 속에서도 반짝이는 까만 눈동자에 도깨비를 가득 담았다.

"괜찮다. 나만 믿어라."

고도가 허세를 부리는 것인지, 근간이 있는 자신감의 말로인지 통 구별을 하지 못해서 도깨비 머리만 어지러웠다. 법당문 앞으로 다가가자 중년의 비구니 하나가 합장을 했다. 고도를 끌고 온 승려들이 손을 모아 고개를 숙여 인사를 받았고, 고도와 소는 멀찍이 서서 그 모습을 구경했다. 비구니는 인사를 받지 않은 고도와 소를 나무라거나 불쾌해하지 않았다. 지극히 평온한 얼굴로 말했다.

"무장을 해제해 주시겠습니까."

소와 고도는 서로를 보더니 동시에 물었다.

"왜?"

그녀가 무장이라 칭한 것은 고도의 등에 매인 죽통과 허리에 찬 검 그리고 소매에 감추고 있는 부적이다. 여기에 오고 싶어서 온 것도 아니요, 저희가 이쪽을 보고 싶어서 끌고 왔으면 그에 맞는 융성한 대접을 해줘도 모자란 판이다. 한데 감히 몸에 붙은 물건들을 다 제거하라니 고도는 그런 억지 부탁을 들어줄 사람이 아니다.

"너희가 우리에게 무슨 짓을 할 줄 알고 무장을 풀겠나."

비구니는 침착하게 대꾸했다.

"도사님은 스스로를 호신할 물건이라 주장하시겠지만, 저희에겐 무척 위험한 물건이옵니다."

"칼을 찬 승려들에게 들을 소린 아니다."

"하오나."

"이게 문제가 된다면 난 더 이상 그대들이 원하는 대로 따라가지 않을 것이다. 사람을 끌고 왔으면 너희가 불리한 일은 감수해야지 어디 안전이라고 무장을 풀라 마라 명령인가."

강경한 고도의 태도에 비구니는 당황해서 나머지 승려들을 바라봤다. 승려들 역시 퍽 고민스러운 얼굴이다. 고도를 설득하긴 불가능한 듯하니 아쉬운 쪽에서 상대가 원하는 바를 들어주는 수밖에 달리 방법이 없다. 비구니는 승려들의 눈짓을 받고는 고개를 끄덕였다.

"들어오시겠습니까."

비구니는 고도만을 안내했다. 고도와 함께 법당으로 들어갈 수 있단 허락이 떨어지지 않은 소가 걱정스레 쳐다봤다.

"나는?"

"무장을 허했사오니 도사님도 한 걸음만 물러나 주시지요. 도깨비까진 정말 곤란합니다."

고도도 그 정도의 융통성은 있는지 고개를 끄덕였다.

"너는 여기 남아 있어라."

소가 없어도 문제가 생기면 홀로 처리할 수 있다는 자신감이 엿보이니 소도 어깨를 으쓱였다.

"조심해라. 무슨 일 생기면 바로 도움을 청하고."

고도는 고개를 끄덕였다. 비구니는 법당문을 열어 고도를 들여보냈음에도 저는 발끝 하나 들이지 않았다. 열어 준 문틈으로 들어간 고도는 등 뒤에서 문이 닫히는 소리를 듣고야 고개를 들었다.

불상 주변의 단 위로 키 작은 촛불 다섯 개가 어른거리고 있었다. 그 빛이 몹시 작고 위태로워 불상 너머까지 환하게 밝혀 주지는 못했다. 조금만 멀리서 보면 불을 켠지도 모를 만큼 노란 점으로 보이는 작은 촛불이었다. 불빛 끄트머리에 자리 잡은 불상의 미소가 잔잔하다. 촛불이 미처 다 밝히지 못한 이 너른 공간을 그나마 법당이라 구분할 수 있게 해주는 물건을 응시하던 고도는 달그락거리는 도자기 소리를 따라 고개를 돌렸다.

윤곽만 간신히 구별되는 사내 하나가 앉아 있었다. 장삼에 민머리인 사내는 도자기에 숭늉을 따라서 입을 축이고 있었다. 그 모습이 외롭고 쓸쓸하기보다 다가가기 어려운 위엄으로 비쳤다. 그는 고도가 알아볼 정도로 유명한 승려. 사내는 여러 가지 이름으로 불렸지만 그중에서도 '아라한'이란 칭호로 가장 유명한 이였다.

본디 아라한은 석가모니의 제자 가운데 번뇌를 완전히 끊은 성자로서, 사람들이 나한전이라는 건물을 따로 세워 주존 해온 신이다. 세월이 흘러 현재는 응봉과 응진, 무학의 경지에 이른 불자를 대신하는 말로도 쓰인다. 이 나라에는 수많은 아라한이 있으되, 숭늉을 삼키고 있는 사내가 그중 제일 널리 알려진 아라한이었다. 승려답지 않은 커다란 덩치 때문이다. 몸집만 비교하면 도깨비 소와 비등할 정도니 그 어깨를 전국에서 알아줄 만하다.

아라한은 숭늉을 내려다보던 눈을 들어서 아직도 문가에 서서 한걸음도 옮기지 않은 고도를 응시했다. 고도는 마주한 눈빛이 결코 녹록지 않음을 느꼈다. 소와 씨름 대결을 붙여 보고 싶었다.

"아랫마을 사람들에게 승늉을 공양 받았습니다. 와서 잡수시지요."

낭랑한 목소리가 울리자 고도는 천천히 발길을 옮겼다. 산새가 구름을 밟듯이 걸음에서 소리가 들리지 않았다. 뒤꿈치를 들고 사뿐히 걷는 것도 아니요, 여인네들처럼 조신하게 몸가짐을 바로 잡는 것도 아닌데 고도에게서 아무런 기척도 느껴지지 않았다. 자작을 하듯 승늉을 채우는 아라한은 고도가 헛것이 아닌가 쳐다볼 정도였다. 고도가 말없이 소반 앞에 앉자 중은 고도 앞으로 빈 잔을 건넸다. 호리병에 가득 담긴 승늉으로 고도의 잔을 채웠다. 고도가 승늉을 받아만 두고 아라한에게 물었다.

"내가 이 마을에 있는 건 어찌 알았느냐. 산 전방에 도술을 한 걸로 눈치챘는가."

"그 전부터 알고 있었습니다."

"호오, 아라한이 언제부터 천리안을 가지게 되었을꼬."

"하하, 제 재주는 아닙니다. 단지, 이야기를 전해 들었을 뿐입니다."

"내 숨바꼭질을 일러바친 이가 누구일까. 어디 그 술래 이름 한번 대 보거라."

아라한이 대답 대신 빙그레 웃어 보이니 고도가 흐음 하고 목 너머를 울린다.

"말하기 싫어하긴."

"하하."

"그럼 내 합리적인 추측을 해보지. 옳지, 강문의 수행원들이 세법 낳이 이 마을에 있는 모양이야. 마을에 온 지 얼마 되지도 않았건만 벌써 소문이 돌 정도로 말이야. 어때, 답을 맞췄는가?"

"하하."

"능글맞기는. 그 웃는 입에 흙을 한 소쿠리 넣고 싶구나."

"하하하하."

"그만 뚝 그치고 대답하라. 강문은 근처에 있나."

이번엔 웃음도, 대답도 없었다. 그저 빙긋 입가에 호선을 그릴 뿐이었다. 미소로 모든 상황을 무마하는 그 능구렁이 같은 태도가 제 스승을 닮은 것도 같다. 고도는 숭늉을 소리도 없이 둘러 마셨다. 아라한은 입매만큼이나 눈매 역시 부드럽게 접어 웃으며 말을 붙였다.

"그동안 어찌 지내셨습니까."

"그대들이 강문을 쫓아다닌 세월 동안 환영도사가 궁궐에 들어가 왕가와 악연을 맺었다는 소문도 못 들었나."

"그건 소문일 뿐입니다. 저희와 스승님이 누구보다 도사님을 잘 알고 있는데 그런 소문만을 믿겠습니까."

"믿지 그러나. 그게 속 편하고 좋지."

"풍문을 믿는 얄팍한 귀를 갖지는 않았습니다."

"아니 땐 굴뚝에 연기 나랴. 풍문도 다 목적이 있으니 나고 퍼지는 것이니라."

"본인 험담조차 믿으라 하시다니. 참으로 도사님 답습니다."

아라한이 호탕하게 웃어도 고도는 심드렁했다. 잔을 바닥에 내려놓고는 법당을 돌아봤다. 인자한 아미타불 불상은 뽀얀 먼지가 내려앉아 노란 불빛 아래서 희미하게 빛이 나는 것 같다. 불상을 올려놓은 목단은 돌봐 준 이가 없어서 낡고 허름해졌다. 나무 바닥은 눅눅한 습기를 먹어 앉아 있는 고도의 옷을 축축하게 적셨다. 음습한 것만 제하면 특별할 것 없는 법당이다. 고도는 낡은 창호지 문까지 모두 살펴본 후에야 아라한에게 비로소 물었다.

"여긴 뭐하는 곳이냐."

김이 나지 않아도 펄펄 끓는 솥단지보다 더 뜨거운 숭늉을 후후 불어 마시던 아라한이 그리 답한다.

"이곳은 조함사라고 합니다. 한 오십 년 전쯤에 버려진 사찰이지요."

"왜 이런 곳에 나를 불러왔느냐."

"스승님께서 도사님을 그리워하신다는 말을 해드리고 싶어서입니다."

강문에 관한 이야기가 나오자 고도의 귀가 쫑긋한다. 동시에 불편한 감정도 덩달아 얼굴에 떠올랐다. 아라한은 그 미세한 표정 변화를 놓치지 않았다. 도자기 잔의 표면을 만지작거리면서 멀거니 바닥을 내려다보는 게 옛날 일이라도 생각하는 듯 아련했다.

고도와 강문은 서로 떨어져 각자의 생활을 하면서도 다시 만날 날만 꿈꿨으리라. 인연이란 쉽게 끊어지지 않는다. 하물며 고도와 강문처럼 서로를 더없이 존중해 주면서 강하게 반목하는 사이라면 격렬한 다툼마저 평생을 곱씹을 정도로 생각하게 되리다.

아라한은 고도가 떠난 후에 강문 일행에 합류해서 고도의 옛 모습은 잘 모른다. 고도와 함께했었던 늙은 제자들 이야기로 유추해 마냥 제멋대로인 천둥벌거숭이로만 생각했지만, 그 생각을 다시 정립하기로 했다. 빈 잔을 매만지는 차분한 분위기는 세상을 초탈한 구도자처럼 보였다. 강문을 떠나 있던 동안 수많은 우여곡절을 겪은 탓이다. 고도의 성격이 변한 것처럼 생각하고 있던 내용이 세월이 지나면서 달라졌으리라 확신하게 되었다. 아라한은 허리를 숙여 고도에게 얼굴을 가까이 가져갔다.

"도사님. 보살님은 도량이 넓은 분이십니다. 과거의 일은 묻어 두고 도사님을 받아 주실 준비가 되신 분입니다."

바닥에 내리깔려 있던 눈동자가 아라한을 향한다. 촛불 다섯 개가 박혀 있는 까만 눈은 정적인 표정만큼 속내를 파악하기 힘들었다. 그래도 중요한 것은 불쾌한 감정은 띠지 않는다는 점이다. 아라한은 재빨리 말을 이었다.

"보살님께 돌아오시는 게 어떠십니까."

버려진 사찰로 조용히 불러내어 혹시 모를 유혈사태에 대비하고자 절 밖에 수많은 무장 승려를 매복시키고서는 한다는 이야기가 고작 회유였구나. 고도는 아라한의 칭호에 대해 다시 한 번 생각하고는 피식 헛웃음을 뱉었다.

아라한이라 불리기 위해 이루어야 할 무학無學의 단계는 배움이 더는 필요 없는 수준이라는데 눈앞의 아라한은 그 칭호를 날로 먹은 모양이다. 만약 아라한이 강문의 원년 제자였고 자신과 단 하루라도 같이 다닌 경험이 있는 승려였다면 손바닥으로 뒤통수라도 때렸을 것이다.

에라이, 멍청한 놈아. 고도라 불리는 나를 직접 경험해 보지 않고 남의 입으로만 이야기를 들은 게 티가 난다. 회유라는 게 가장 무의미한 사람이 고도라는 환영도사이거늘, 뭐 이런 멍청한 놈이 있을꼬.

"흐응."

속으로 만질만질한 뒤통수를 수십 번도 더 때렸지만, 고도는 눈을 가느다랗게 뜨고 목 뒤만 울렸다. 강문이 그리워한다는 말이 왜 이렇게 우습게 들리는지 모를 일이다.

"연을 먼저 끊은 사람이 이제 와서 붙잡기는. 강문 그놈도 늙어서 마음이 약해진 건지, 뭔지."

"도사님. 강문 보살님은 진심으로 도사님을 그리워하십니다."

"날 그리워할 게 뭐 있나. 제자도 많이 거두고 가신들의 보위도 받았을 텐데 나 같이 뒤치다꺼리 바쁜 못된 도사 놈은 거리를 두는 게 그의 인망에도 좋지 않겠나."

"도사님만큼 강문 보살님을 이해해 주시는 분은 세상에 없으시니까요."

"옛이야기구나. 난 이제 그놈을 이해 못 한다. 이해를 바란다면 나한테 요구하지 말고, 그놈에게 나를 이해하라고 청해 보거라."

"그 위대한 힘을 어이하여 보살님과 대적하시는 데에 쓰시는 겁니까. 보살님과 함께 힘을 합치시면 이 작은 나라는 물론, 대륙까지도 통치할 수 있는 근간이 될 것을."

"통치라. 세상에서 제일 맛없는 시루떡이지."

"그렇게 질색하시는 세상을 도사님은 참으로 사랑하십니다."

"사랑과 미움은 종이 한 장 차이 아니겠나. 아무튼 할 얘기가 그것뿐이라면 이만 가보겠네."

"도사님. 부디 생각을 바꾸심이 어떠실지요."

"앞으로 그런 헛소리할 거면 날 찾지 말고, 말로 회유하는 것보단 나랑 검 한 번 섞는 게 내 생각 바꾸는 데에 더 도움이 될 거라 일러라."

"다툼보다는 못 다한 우애를 다독이고 싶은 것이 아니겠습니까."

"우애라니. 날던 까마귀가 어린애가 던진 짱돌에 비명횡사할 소리일세."

고도는 천천히 자리에서 일어났다.

"강문에게 전하라. 서로 생각하는 바가 달라 그 중간점을 찾을 수가 없으니, 싸울 마음먹으면 다시 사람을 보내라고. 한 번만 더 이렇게 쓸데없는 회유를 하면 떽기, 하고 머리통을 손바닥으로 갈겨 주마."

아라한의 제안에 대답할 가치도 느끼지 못한 고도는 그대로 법당 미닫이문을 열고 나갔다. 홀로 남은 아라한이 당황한 눈으로 뒤통수를 쳐다보는 시선이 느껴졌지만 문을 도로 닫아 시선마저 무시해 버렸다. 돌계단에 앉아서 달이나 구경하던 소가 인기척을 느끼고 고개를 돌아보았다. 문을 열고 나온 이가 고도임을 알아보고 펄쩍 일어났다.

"무슨 이야기 했어? 누가 저 안에 있다? 널 부른 놈이 누구고?"

불쑥 내미는 커다란 얼굴을 손바닥으로 밀어내면서 고도는 별거 아니라는 얼굴로 답했다.

"웬 모자란 승려 하나였다."

"모자란 승려?"

"신경 쓰지 마라. 그놈도 훗날 내게 한 짓을 떠올리면 자다가도 벌떡 일어나 신음할 정도로 부끄러워할 거다."

고도는 소의 어깨 위로 뛰어올라 앉았다. 간만에 소의 어깨에 올라타 높은 곳에서 세상을 내려다보니 기분이 상쾌했다.

"괜찮으냐."

소의 물음에 고도가 머리통을 찰싹 때리면서 그런다.

"안 괜찮을 건 뭐냐."

"음, 표정이 안 좋아 보여서."

"그럼 강문의 제자를 봤는데 좋을 것 같으냐."

츠츠츠, 억지로 웃은 소가 커다란 손으로 고도의 머리를 문질렀다.

"당사자도 아니고 제잔데 뭐가 문제고. 넌 잘하고 있다. 걱정하지 말고 지금처럼만 해라."

"거야 당연하지."

소의 위로에 고맙다는 내색을 안 하려고 애써 하늘에 뜬 달만 올려다봤다. 손톱만큼만 비어 있는 보름달이 참으로 커다랗다. 만월이 이렇게 창백하고 우울하게 보일 줄은 몰랐노라며 고도가 소의 머리를 끌어안는 순간이었다. 갑작스러운 현기증에 고도의 몸이 기울었다. 츠츠츠츠, 웃으면서 산을 내려가려던 소가 깜짝 놀라 고도를 붙잡았다.

"고도?"

고도는 정신을 잃은 상태였다. 아니, 갑자기 이게 무슨 일인가. 놀란 소가 우왕좌왕하는 사이였다.

"남이 주는 것을 그렇게 의심 없이 드실 줄은 몰랐습니다. 뭐, 도사님께서 누군가를 경계하리라곤 생각지 않았습니다만, 자만은 큰 화를 부르는 법이죠."

열린 법당문 너머에서 덩치 큰 승려가 몸을 일으켰다. 소는 제 덩치만 한 승려를 보고 도깨비불을 사방으로 튕겨 올렸다. 촛불 다섯 개가 한정된 공간만 밝히는 법당 가운데에 먹다 남은 숭늉과 잔 두 개가 보였다. 잔 하나는 색이 이상했다. 마치 무언가 묻은 것처럼.

"보통 사람이라면 바로 죽었을 독사의 독입니다. 그러나 역시 불로불사의 환영도사군요. 정신을 잃은 정도라니."

전혀 눈을 뜨지 못하는 고도를 내려다보고, 소가 커다랗게 소리를 내질렀다.

"몹쓸 인간! 이런 더러운 수작을 부리다니!"

"그러게 말로 할 때 들으셨으면 됐을 것을. 왜 일을 번거롭게 하신답니까."

"네놈은 뭐냐! 고도에게 왜 그런 게야!"

"도깨비들의 왕이시여, 노여움을 푸소서. 저는 아라한. 강문 보살님의 뜻을 행하는 승려입니다. 환영도사는 죽지 않을 테니 걱정을 거두심이 어떠하옵니까."

"죽지 않는다 뿐, 남들이 느끼는 고통은 모두 느낀다! 네놈이 그걸 알면서도 이렇게 만들 수 있느냐!"

"그러게 말로 할 때 들었으면 됐지 않습니까."

"네 이놈!"

"어려운 일도 아니지 않습니까."

"내가 순순히 보내줄 것 같으냐!"

"보내주셔야지요. 안 그러면 그 도사는 몇 주, 몇 달 뒤에나 눈을 뜰 텐데. 해독해야 하지 않겠습니까."

당장이라도 도깨비 방망이와 감투를 꺼내서 싸울 준비를 하던 소였다.

아라한의 말을 듣고 멈칫하는 순간, 근처에 매복해 있던 승려들이 모습을 드러냈다. 눈대중으로 어림짐작해 볼 때 그 숫자는 서른도 넘는지라. 고도와 함께 감투를 쓰고 잽싸게 몸을 빼내도, 서른의 법력을 쉽게 맞설 수 있을 것 같지 않았다. 게다가 고도의 건강까지 관련이 되니, 내뺀다고 될 일이 아니었다.

"못된 인간들!"

소는 씨근덕거렸다. 고도를 생각하면 함부로 그들과 대치를 할 수 없어서 안절부절못하기만 했다. 이럴 땐 어째야 하는지 몰라 발을 동동 구르는 사이에 아라한이 가까이 다가왔다. 그는 정신을 잃은 고도에게 손을 내밀었다.

"빨리 해독제를 드시면 그만큼 빨리 정신을 차리실 겁니다."

"나쁜 인간!"

"시간을 지체하실 이유가 없으실 텐데요."

안색이 창백한 고도와 느긋한 표정의 아라한을 번갈아 보던 소가 입을 굳건히 다물었다. 손에 쥐고 있는 고도의 체온이 낮았다. 정말 이대로 오랫동안 눈을 뜨지 않을까 봐 덜컥 겁이 났다. 소는 쩔쩔매다가 외쳤다.

"해독제를 내놓아라!"

"그분을 만나면 직접 해독제를 건네주실 겁니다."

아라한이 이를 드러내어 웃었다. 그 웃음엔 승려답지 않은 잔인한 즐거움이 걸려 있었다.

"강문 보살님을 어서 만나러 가십시다."

계곡을 따라 흐르던 물안개가 청사의 손끝으로 몰려들었다. 눈꽃이 내려앉은 청록수의 이파리에서도 눈발이 휘날리며 청사의 손으로 날려 왔다. 바다 위를 뒤덮은 구름도 범상치 않은 움직임으로 산 위를 향해 오고 있으니, 이 모든 게 청사를 향하는 기운이라.

 청사의 손짓 하나에 천지가 개벽하고 마른하늘에 날벼락이 떨어지고, 비바람과 눈발이 거세게 몰아쳤다. 평범한 사람이라면 하늘이 노하셨다며 몸을 바싹 숙이고 울며불며 용서를 구했을 것이다. 오금을 떨고 오줌을 지렸을지도 모를 일이다.

 승려들은 달랐다. 그들은 눈이 휘둥그레지는 기이한 광경 앞에서도 물러서지 않았다. 저마다 든 병기를 고쳐 쥐고 기이한 재주를 부리고 있는 청사에게서 눈을 떼지 않을 뿐이었다. 이들은 청사가 부리는 재주 같은 것에 이미 익숙해져 있었다. 수많은 요괴와 귀매와 도깨비들을 겪어 온 경험 덕분이다.

 자경은 비바람에 젖어드는 얼굴을 손바닥으로 훑어내며 청사를 바라봤다. 눈 섞인 비바람 속에서도 도포 자락을 휘날릴 뿐, 고고하게 서 있는 청사는 결코 인간이 아니었다. 세로로 가늘어진 눈동자를 볼 때, 요괴로 생각할 법했다. 그러나 처음에 요력으로 자신의 정체를 숨기는 듯하다가도, 자경을 비롯한 승병들의 공격에 가감 없이 자신의 정체를 드러냈다.

 이렇게 천지를 모두 휘두를 수 있는 요괴는 이무기 외엔 없다. 그것도 강이나 바다에 사는 이무기. 이들은 인간의 형상으로 민가에 돌아다니질 않는다. 해룡으로 여길 만큼 귀하기에 한낱 인간 나부랭이의 습성을 파악하고 흉내 낼 필요도 없는 것이다. 하면, 이무기 정도의 능력을 지니고 있으면서 고도와 특별한 정을 나누는 그의 정체는 하나밖에 없는 셈이다.

"이거 참, 신기한 일이구나. 그 고도가 용을 동료로 데리고 다니다니."

다른 존재도 아닌 용. 철천지원수 같은 용. 불과 땅에 속한 화룡과 지룡도 아닌, 물과 관련된 술법을 쓸 수 있는, 고도에게는 절대 용서할 수 없는 해룡과 멀지 않은 관계의 용.

"고도는 알면서 데리고 다니는 건가. 모르고 있는 건가. 전자라면, 그의 성격이 정말 많이 바뀌었다 봐야겠구나. 후자라면 이런 것도 못 알아볼 만큼 고도의 능력이 퇴보했거나 고도마저 완벽하게 숨길 수 있을 만큼 이자가 대단한 존재란 뜻인데."

자경이 여유롭게 청사와 고도에 대한 것을 생각하는 사이에, 승병들이 청사를 상대했다. 그들은 모두 아라한이었다. 불승들 사이에서도 뛰어난 법력을 갖춘 아라한과에서도 유명한 이들만 모아 놓은 정예 부대였다. 아라한들 중 가장 유명한 이는 고도를 상대하러 갔지만, 그 하나를 제외해도 청사를 상대하는 각각의 승병들 모두가 웬만한 법사와 신선, 도사와 무당들을 상대할 수 있는 실력을 갖추고 있었다. 그 실력자 십수 명을 상대하면서도 결코 밀리지 않는 청사를 보는 자경의 눈매는 더욱 가느다랗게 변했다.

"용 중에 저런 존재가 있던가. 기이하구나. 그냥 술법만 부리는 게 아니라, 창과 검을 다루는 법도 아주 잘 아는 것 같은데. 그 정도로 인간들 병기에 관심이 많은 용이라니."

창이 어떤 궤적으로 날아올 수 있고, 검이 어느 반경에서 휘둘러지는 한계가 있는지를, 청사는 분명히 알고 있었다. 무기 하나 없는 맨몸으로 손가락을 움직이며 너른 도포 자락을 너풀거리는 모습은 흡사 춤을 추는 것처럼 유려하고 아름다웠다. 그 몸짓에 군더더기는 없었다. 내리 찌르는 칼을 손등으로 밀어내고, 찔러드는 창을 피해 몸을 숙이고, 바닥을 한쪽 다리로 지지대 삼아 땅을 긁듯이 자세를 바꾸어 사방에 피어오른 물안개로 승려를 붙잡거나 커다란 바람을 일으켜 밀어내고 있으니, 이는 단순히 보고 따라하는 어설픈 흉내가 아닌, 직접 수많은 결투를 해온 솜씨였다. 그 모습을 보고 있자니, 청사가 고도와 얼마나 많은 일을 겪어왔는지 짐작이 될 정도였다. 용이 인간의 싸움을 알 정도로 우애를 나누었단 것 아닌가. 자기밖에 모르는 용이 저 정도로 술법을 자제하며 인간의 방식대로 싸우는 모습이라니.

자경은 다른 아라한들처럼 청사에게 뛰어들까, 생각하면서도 끝내 뒤에서 뒷짐을 진 채 싸우는 방식을 구경하는 것에 그쳤다. 그것은 청사를 관찰하고 파악함이 목적이라고 드러내는 것과 같았다. 제 실력을 고스란히 노출시켜야 하는 청사는 이득 없는 싸움에 상당한 불쾌함을 내비쳤다.

"구경만 할 여유가 없을 텐데!"

청사는 참았던 꼬리를 내뽑았다. 너른 도포 자락 밑으로 커다랗게 길어진 꼬리를 한 번 휘두르자 창도 칼도 꽂혀들지 않는 단단한 비늘에 승병들이 억소릴 내며 쓰러졌다. 비바람을 몰고 오던 손도 용의 앞발로 화해 집 뒤쪽에 심은 미루나무보다 더 크게 만들어 버리자, 그 손바닥에 짓눌린 승병 하나가 그대로 기절하여 눈을 뜨지 못할 정도였다. 은하수를 흩뿌린 듯 푸르른 검 빛의 비늘들을 보던 자경이 혼잣말처럼 중얼거렸다.

"땅보다는 물에 가깝다 생각했건만, 이리 보니 하늘에 더 가까운 것도 같고."

그럴 리가 없다는 생각이 제일 먼저 들었다. 하늘에 속한 이가 어찌하여 땅에 있는가. 잠시 볼일을 보러 온 게 아니라, 고도와 정을 쌓고 함께 여정을 걸어왔다니, 그건 상식적으로 불가능하지 않은가. 그렇다고 용이 아닌 다른 존재를 떠올려 보아도, 눈앞의 변형된 신체와 분위기를 대체할 만한 신수가 생각나지 않았다. 이 땅 어디에서도 볼 수 없을 고귀한 먹빛을 보자 생각이 많아졌다. 그의 정체와 더불어 고도와 얽힌 사연이 심상치 않았다.

지진을 일으키듯 바닥을 내려치는 꼬리였다. 자경은 기울어지는 몸을 다잡아 훌쩍, 지붕 위로 올라섰다. 청사가 커다란 앞발을 휘둘러 대들보를 무너트리니, 흙먼지를 뽀얗게 내뱉는 무너진 집에서 옆의 감나무로, 다시 한 번 옮겨 서야 하는 자경이었다.

이건 제아무리 아라한이라도 이길 방도가 없다. 아라한이 마魔를 상대하는 부적으로 외군을 공격하여 호국을 행해 왔고, 호신술로 배운 봉 대신 창을 들어 사람을 찔렀으며, 간혹 법력이 높아 특별히 '법사'라고 불리던 이들은 경이나 다라니를 외워서 삿된 것들을 상대했으나, 그것은 악한 힘을 가진 존재에게나 먹히는 법. 신수와 성수에겐 효과가 없다.

강문은 호국 승려들을 장려하여 제자로 들여 키운 이였다. 신통한 법술을 자유자재로 부리는 아라한과 나한들은 강문이 가르친 적이 아닌 것에 힘을 발휘하지 못한다. 이것은 헛된 싸움이나 다름없었다.

"스님, 스님!"

신통력이 남다른 아라한들이 아무리 군집하여 상대해도 좀처럼 이겨낼 수 없는 청사. 그를 복잡한 눈으로 바라보던 자경은 비탈진 산기슭을 법력으로 축지하여 달려온 이를 내려다보았다. 그가 외쳤다.

"고도를, 그 환영도사를 잡았다고 합니다!"

그 말에 자경의 눈빛이 달라졌다. 그는 힐끔, 청사를 바라보더니 재빨리 머리를 굴렸다.

"저자를 적당히 상대하다가 퇴각하라."

"예?"

"너희들이 이길 수 있는 상대가 아니다."

"하, 하오나, 요괴라면 저희 아라한과 나한들이 상대할 수 있지 않겠습니까. 지금은 고전을 면치 못하나 저희가 저자의 머리를 잘라 스님께 바치겠습니다."

"요괴라고 장담할 수 없겠는데."

"저 흉측한 손과 꼬리를 보건대 뱀과의 요괴이거나 이무기가 아닐까요."

"그러기엔 기운이…… 음. 됐다. 설명할 시간이 없다. 어찌 됐든 적당한 때를 보아 싸움을 그만두어라. 고집 부리다간 너희가 다칠 것이다."

자경이 무엇을 우려하는지 도통 알 수 없는 젊은 승이었다. 지금은 일일이 알려줄 시간이 없기에 자경은 다시 한 번 단단하게 일렀다.

"다시 한 번 더 명하마. 일각만 상대하다가 흩어져라. 알겠느냐."

이해할 수 없는 명이었으나, 젊은 승은 그 말을 따랐다. 한쪽 무릎을 꿇어 명을 받들자, 자경은 청사에게 미련을 두지 않고 법술을 발휘했다. 고도에게 보냈던 아라한의 위치를 확인했다. 도깨비와 함께 있는 고도는 정신을 잃은 상태였다. 천리안을 닫은 자경은 청사 몰래 지붕 뒤로 뛰어 내렸다. 축지를 전개한 자경은 순식간에 사라져 버렸다. 그 사실을 모르는 청사만이 달려드는 아라한들을 향해 꼬리를 내려치고 거대한 앞발을 휘두를 뿐이었다.

병기가 통하지 않는 청사를 두려움으로 바라보는 승병들을 앞에 둔 채, 청사는 날카로운 이빨을 드러내며 자신 있게 외쳤다.

"한꺼번에 쓰러트려 주마!"

"소, 오랜만이구나."

익숙한 목소리는 고도를 안고 있는 소의 푸른 안광을 흔들었다. 오랜 세월이 흘러 자연스럽게 쇠락한 정자에는 계곡의 물안개가 머물다 간 흔적으로 메마른 겨울에 어울리지 않는 이끼와 고드름이 거꾸로 자라나지 않고 또옥, 똑 소릴 내며 떨어지는 물줄기로 청명했다.

봄에 오면 이끼들은 볕과 그림자를 머금어 더욱 푸르게 빛날 것이오, 여름이 되면 정자 기둥을 타고 흐르는 물줄기가 작은 내를 이루어 산에 사는 금수들의 목을 축이는 자리를 빌려 줄 것이오, 가을이면 바스라지는 낙엽에게 숨을 거둘 수 있는 무덤을 토닥여 주었을 것이라. 이곳의 산신이 종종 바람으로, 햇살로, 물방울로 즐겨 머물다 가는 상서로운 곳임을 입증하는 낡은 정자에 평소라면 보기 힘든 존재들이 한꺼번에 모여 있었다.

사람을 죽이는 승려. 사람을 따르는 도깨비. 사람 같지 않은 사람으로 살아온 도사. 도깨비는 세월이 고스란히 내려앉았으나, 목소리만큼은 변함없는 승려의 이름을 중얼거리듯이 말했다.

"강문."

그 이름은 마치 주술적인 의미가 담긴 새로운 언어처럼, 기절해 있는 고도의 머릿속을 두드렸다. 숭늉을 마신 뱃속이 타들어 가는 고통 속에서 생지옥을 겪고 있었다. 식도는 녹아내린 것만 같아서 목소리를 쥐어 짜낼 엄두도 나지 않았다. 머릿속은 풍랑 맞은 돛단배처럼 너울이 쳤다.

물속으로 걸어 들어가던 처와 자식. 그 둘을 해운이 낮게 낀 바다 너머에서 해룡 한 마리가 지켜보고 있었고, 고도에게 요괴 9,999마리를 잡아오면 둘을 보내준다는 약속을 했었다. 떠나는 그들을 잡기도 전에 머릿속에 다시 세찬 풍랑이 몰아쳤다. 장오를 비롯한 신선들과 싸우는가 하면, 자신이 금을 뜯는 모습을 행복한 표정으로 바라보는 임금의 얼굴이 보이기도 했다. 시간과 장소는 복잡하게 뒤엉켜서 무엇이 먼저 벌어진 일인지도 모를 때에 강문이 나타났다.

'고도. 이리 와보거라.'

아무리 불러도 나무 꼭대기에서 내려오지 않는 고도에게 강문은 인자하게 웃으며 손을 내밀었다. 제자들에게 둘러싸여 있는 그에게 왜 자신이 곁으로 다가가야하나 의문이 들어 고개를 갸웃하다가 생각했다. 나는 혹 저 많은 제자들을 질투하는 게 아닌가 하여. 강문의 가장 특별한 친우로 곁을 지키고 싶은데 강문이 그것을 허락하지 않을까 하여. 그처럼 공명정대한 인간이 없기에 사람에게 차등을 주어 누구에겐 더 큰 애정을 주고, 누군가는 소홀히 대할 리가 없다 하여. 그래서 고도가 상처받기 싫기에 일부러 거리를 둔 것은 아닐는지.

고도는 그 어찌 유치한 감정이 아닐쏘냐 생각하며 웃음을 터뜨렸다. 가족과 헤어지고, 신선에게 몰매를 맞고, 저승에서 염라대왕과 한판 벌였다가 동해 용왕에게 혼쭐나기까지 해서 이제는 특별한 연을 만들고 싶지 않다 여겼더니, 그게 실은 상처받기 싫어서 스스로를 세상과 격리시킨 것이 아니던가.

고도는 나무에서 폴짝 뛰어내렸다. 강문, 네게 특별해지고 싶지 않다. 저 많은 제자들과 똑같이 여겨 주라. 그래야 내가 기대도 상처도 없지. 그리 말하려 할 때였다.

아무리 불러도 다가오지 않는 들고양이 같던 고도가 곁으로 다가와서일까. 강문은 제자들이 다 보는 것도 괘념치 않고 고도의 손목을 잡아끌었다. 어리둥절하게 바라보는 고도에게 얼굴을 비스듬히 숙였다. 쪽하고 볼에 닿은 입술의 감촉에 고도가 눈을 휘둥그레 뜨고 굳은 사이, 강문은 정말로 즐거워 보이는 미소를 머금었다.

'드디어 내려왔구나.'

고작 부름에 응한 것이 뭐가 특별하다고 이런 유난스러운 짓을 하던지. 고도의 얼굴이 새빨개질 정도로 갑작스러운 애정 표현이었다. 고도가 놀라서 다시 나무 위로 뛰어올라 모습을 감추어 버리자 강문을 배를 움켜잡고 웃었다. 황망한 표정으로 강문을 올려다보는 제자들의 시선 따위 아랑곳하지 않고 말이다.

그런 강문을 수십 년 만에 만났다. 한때는 그래도 티격태격하면서도 서로를 가장 아끼는 친우라고 여겼고, 이제는 상대가 고도가 아니라면 누구도 대항할 수 없는 법사가 되어 갈라서게 된, 그 강문을.

'강문.'

고도는 입을 벙긋했다. 목소리가 나오지 않았다. 중독된 몸이 뜻대로 움직여지지 않아서 소의 등에서 내려오는 것조차 힘에 겨웠다. 꿈틀거리며 어떻게든 악착같이 일어나려는 고도를 소는 눈치챘으나, 그 움직임이 미미하여 강문과 아라한들은 여전히 고도가 정신을 잃었다고 생각하는 듯했다.

"친우와 나눌 이야기가 있으니 자리를 좀 비켜 주겠나."

목탁보다도 창과 칼을 손에 쥐는 것이 더 익숙할 아라한들이 강문의 명을 따랐다. 반발하는 기색 없이 세 남성을 내버려 둔 채 정자 곁을 떠났다. 불시에 일이 터지면 언제든 대비할 수 있게끔 정자 근처에서 경계를 할 테지만, 그런 일은 강문이 고갯짓을 하지 않는 이상은 벌어지지 않을 것이다.

"소, 거기 그렇게 서 있지 말고, 이리 와서 앉게."

제아무리 강문이라도 인간이기에 세월을 피해 갈 수 없었지만, 단정한 그 목소리만큼은 젊은 시절과 크게 다르지 않았다. 소가 그의 말을 따라 앉는 동안에 고도는 몸을 움직여 보려고 필사적으로 노력했다. 아무 소용이 없었다. 고도를 조심스럽게 등 뒤에서 내려놓은 소가 경계심이 가득한 목소리로 물었다.

"우리가 그댈 쫓고 있는 걸 알았나."

소의 커다란 덩치에 가려져서 고도의 검은 두루마기 끝자락만 힐끔 쳐다볼 수밖에 없는 강문이 대답했다.

"동자삼을 그렇게 흘리고 다녔으니 쫓아오리라 예상은 했다."

"자랑이구나. 욕심 많은 인간들에게 동자삼 같은 요력 강한 것들을 뿌리고 다녀서 인간은 요괴가 되어 갔다. 요괴의 힘은 월등히 강해지고 있는데, 이걸 몰랐다고 말하진 않겠지."

"그러다 보면 자연스럽게 이 세상이 균형을 찾아가지 않겠나."

"허? 자연스럽게 균형을 찾는다고? 그걸 지금 말이라고!"

"신묘한 것들은 날 때부터 요기를 써서 상대를 괴롭히고, 놀리거늘, 검을 쥐는 것도 임금의 허락이 떨어지지 않으면 제 몸 하나 지키기도 어려운 인간이 너희 같은 도깨비나 요괴, 신수와 성수만큼 자유롭게 원하는 대로 사는 게 뭐 어때서 그러나. 도사나 법사가 아니라면 기이한 술법도 쓸 수 없음이요, 대다수 평범한 사람들이 부귀영화를 누리거나 천수를 살고 싶어 하는 욕심 정도면 소박하지 아니한가."

종족별로 힘의 우위를 따지자면 단연코, 인간이 가장 나약하다 할 만했다. 도깨비불로 변해서 여기저기를 돌아다닐 수도 없고, 구미호처럼 강한 요력을 발휘하여 사람들에게 겁을 줄 수도 없고, 기린이나 백택처럼 세상을 꿰뚫어보는 지성을 지니기에도 모자라다. 꽝철이 같은 이무기처럼 땅과 불을 다스릴 줄 아나, 청사 같은 천룡이 되어 천지를 개벽하거나 그의 누이가 하듯이 선녀 옷을 걸치고 하늘과 땅을 오갈 수가 있나.

그저 태어난 땅을 일구고 후손을 보며, 누군가는 시험공부를 해서 출세를 하고, 누군가는 배를 타고 나가 잡은 물고기로 덕장을 꾸리는 근근한 삶을 이어 갈 뿐이니, 종족간의 우위를 따지자면 인간이 가장 나약한 것은 맞았다. 하나, 나약한 만큼 가장 많은 개체수로 모여 살며, 가장 너른 땅을 차지하여 저마다의 방식으로 살면서, 요괴와 도깨비를 배척하고 신수와 성수를 모시지 않는 것은 개별적으로 특별한 힘을 지닌 것보다 강한 군집생활을 한다는 증거 아니겠나. 다른 종족에 비해 월등히 많은 숫자의 인간들이 저마다 요괴만큼 강한 힘을 갖게 된다면 그것은 다른 종족들과의 불화를 일으킬 것이오, 이 땅의 많은 것들이 자멸하는 길이 될 수도 있었다. 소는 거친 붓으로 그린듯한 눈썹을 찌푸리며 반박했다.

"강문, 자네는 인간들이 욕심껏 마음대로 살길 바라는 건가."

강문은 고개를 갸웃했다.

"자네는 그러면 안 된다는 소리로 들리는데. 그건 도깨비들을 대표하는 의견인가?"

"혼란이 올 테니 하는 소리지. 지금도 소수의 인간들이 요력에 의지하여 제 욕심을 채우다가 마을 전체를 엉망으로 만드는 일이 많다. 그 숫자가 늘어나면 요괴나 우리 도깨비들과 직접적으로 대립하는 구도가 될 수도 있어."

"그렇게 되면 싸우며 제자리를 찾아가는 것도 나쁘지 않겠네."

"……도승이란 사람이 그런 말을 해?"

"지키며 내버려 두는 것은 일맥이 상통하네만."

"무어라? 화합은커녕 싸우라고 부추기는 것이?"

"손해를 감수해서라도 변화가 필요하다고 믿는 인간들이 있다. 왜 이들의 뜻은 살펴보지도 않은 채 무조건 참아라, 가만히 있어라, 인내하라고 말하는가. 이 세상에 균형이 있다면, 그걸 인간이 지킬 필요는 없을 텐데. 가장 약한 종족에게 과한 업무를 주는군."

소가 머리를 불태우며 화르륵, 분노를 표출하는 동안에 고도는 몸 안의 도력을 운기 했다. 보통 사람이었으면 죽었을 독을 마시고 불구가 된 것처럼 손 하나 까딱할 수는 없으나, 도력을 빌리면 운신할 수 있었다.

고도는 천천히 눈을 떴다. 금색으로 환하게 빛나는 눈동자는 그를 무심하고 세상에 초탈한 인간 도사의 영역에서 신묘한 존재로 끌어 올리듯이 보였다. 상체를 일으켜 세우는 몸짓은 평범하고 일상적인 동작이었지만, 피부와 근육, 뼈의 움직임이 아닌 또 다른 힘을 이용한 움직임으로 보였다. 손가락을 까딱이는 것조차 결코 평범하게 넘어갈 수 없는 기운이 순식간에 고도를 뒤덮었다.

이야기를 나누던 소와 강문이 동시에 고도를 돌아본 것도 그 때문이었다.

"어떻게―."

소가 미처 말을 마치기도 전에 고도는 허리춤에 매고 있던 서전검을 풀었다. 녹을 벗은 검신이 달빛에 빛을 내는 모습이 그의 금색 찬란한 눈빛과 합쳐져서 마치 지옥에서 올라온 존재처럼 보였다. 고도는 순식간에 강문 앞까지 미끄러지듯이 튀어 나갔다. 발도자세를 취하는 순간 검은 두루마기가 휘날리며 정자가 흔들렸다.

검을 뽑자마자 허공이 반으로 갈라졌다. 일렁이는 바람이 세상을 절반으로 똑 잘라 나누는 것처럼 보였다. 정자 밑의 땅이 갑작스러운 충격을 받은 듯이 움푹 파였다. 뽑은 검을 횡으로 그었을 땐 떨어지던 물방울들이 산산조각 나며 허공으로 흩어졌다. 금색 눈빛이 잔상처럼 허공에 긴 빛의 길을 만들자마자 강문이 몸을 일으키며 팔을 두 팔로 원을 그렸다. 허리를 반 토막 낼 것처럼 휘어져 날아오는 검날을 둥글게 굴린 손목 사이로 붙잡아 궤적을 바꿔 버렸다.

"고도. 해후의 인사가 과격하네."

여유로운 강문에 비해 고도는 여유가 없었다. 정상적인 몸이 아니었다. 도력에 완전히 몸을 내주었기 때문에 이성보다는 본능으로 움직인다고 봐야 했다. 독이 퍼져 목소리가 나오지도 않고, 시력이 되돌아오지도 않았으며, 손끝 하나 움직일 힘도 없던 몸이 순전히 도술로만 움직이고 있었다. 그것은 장오에게 배운 신선술에 가까웠다. 그리고 염라대왕과 대적했던 능력이었다.

목숨과 상관없이 움직이는 것. 생각을 차단하고 오직 짐승 같은 본능에 의지하여 상대에게 살殺을 날리는 것. 고도가 가진 능력 중 가장 살상력이 뛰어난 도력이었다. 그리고 그 도력을 강문은 일찍이 겪고 느꼈기에 잘 알고 있었다.

"그렇게 날뛰다간 해독되는 속도가 더뎌진다. 해독제를 마시고 차분하게 이야기하는 게 낫지 않겠어?"

고도는 대답 대신 밀려났던 서전검을 한 바퀴 빙글 돌려서 다시 내뻗었다. 강문은 한쪽 무릎을 굽혔다가 수직으로 펴며 날아온 검을 발끝으로 밀어냈다. 아라한들이 정자 주변으로 몰려와 언제든 고도를 공격할 만반의 태세를 갖추었으나, 강문은 그 누구도 자신과 고도 사이에 끼어드는 것을 용납하지 않았다.

"내 말이 안 들리느냐. 일단 도력을 갈무리해라. 난 널 죽이려고 온 것이 아니라 얘기를 하려고 온 것이니라."

밀어낸 검이 이번엔 강문이 아닌 정자 바닥을 내리쳤다. 얼어붙은 나무가 날카로운 단면으로 깨어졌다. 지축이 흔들릴 만큼 거대한 파동에 소는 깜짝 놀라 정자 옆 나무로 피신했고, 아라한들은 기공에 밀려나지 않으려고 두 발을 땅에 단단하게 박아 넣은 채 버텼다. 아라한들과 달리 강문은 그 파동에 살짝 빗겨 서는 것만으로 자신을 방어하기 충분했다.

수행을 정진하여 부처의 뜻을 몸에 새기는 수행원들은 깨달음을 얻게 되면 단계에 따라 신통력이 생긴다.

신통력의 첫 번째 단계. 그것은 심경통의 경지로, 마음을 고요하게 만들어 자신의 몸속을 들여다보아 육신의 움직임을 꿰뚫는 상태다. 둘째는 신경통으로 훗날 날씨와 누가 몇 시에 찾아오는지 등의 미래를 내다볼 수 있는 능력이다. 셋째는 천지산하를 손금 보듯 한눈에 보는 천안통의 경지요, 넷째는 세계 어느 곳의 말이든 알아들을 수 있고 전생의 일마저 꿰뚫는 천이통의 경지다. 다섯째는 천당과 지옥을 보며 무수한 겁운과 숙명의 근원을 꿰뚫는 숙신통이며, 여섯째는 남의 마음속을 자유자재로 넘나들고 남이 생각하기 전의 일을 미리 아는 타심통이란 능력이다.

이러한 육신통의 경지를 뛰어넘으면 이제 마음과 정신이 아닌 몸으로써 그 수행의 결과가 드러나는 단계에 이르러, 자유자재로 나타나거나 숨기도 하며 물 위를 걷고 하늘을 나는 신족통을 부릴 수 있게 된다. 신족통의 능력을 바로 쓰면 제갈량이 겨울에도 훈풍을 불어온 것처럼 세상의 이치를 깨닫는 것을 넘어 그 현상을 움직일 수 있게 되는데, 이 능력을 삿되이 쓰면 누진통이라는 마魔의 길에 빠지고 만다.

강문은 신족통과 누진통의 중간 어드메에 있는 존재다. 역사가 흐른 이래로 어느 시대건 스스로를 미륵불로 칭하며 세상을 구원하고자 하는 존재가 태어났고, 강문은 민초들에게 미륵불이라 여겨지고 있다.

윗사람들이 부패하고 향락을 즐기기 시작하면 모든 역사가 그러하듯 나라는 망조가 들기 마련이다. 하나, 아직 이 나라는 망조가 들 만큼 윗사람들의 부패와 향락이 심각하지 않다. 오히려, 선대왕부터 지금의 임금에 이어지기까지, 백성들을 돌보려는 애민 정신이 강하여 관리들에게 많은 녹을 주기보다는 봄에 곡식 창고를 열어서 백성들이 굶주리지 않게 하려는 정책에 더 고심하는 이들이 많았다. 그러니 민중들에게서 봉기가 일어날 정도로 나라가 살기 힘든 상황은 아닌 터다. 그런데도 나라를 바꿀 구원자라는 강문 보살의 힘이 전국에 그 명성이 자자하고, 조정에서조차 불교를 탐탁지 않아 하면서도 강문 그 자체는 인정하고 있으니, 이 얼마나 특별한 경우가 아닐지.

　단지 사람을 끌어들이는 능력에서만 강문이 미륵보살의 역할에 그쳤으면 고도도 그를 죽이리란 생각을 하지 않았을 것이다. 강문은 세상을 변화시킬 만한 능력이 있다. 그것은 누진통에 가까웠다. 시작은 부처의 설법을 세상 사람들에게 알리는 것이었겠지만, 이제는 그 생각을 실현할 수 있는 지혜와 능력, 그를 믿고 따르는 인간과 신적 존재들마저 생겨나고 있었다. 나라가 뒤집힐 시기가 아닌데도, 강문 스스로 나라를 뒤집을 만한 능력이 차고 넘치는 것이다. 억지로 세상을 바꾼다 하여 과연 그것이 좋기만한 일은 아닐 것이다. 모든 인간사에는 흥망성쇠가 있기 마련이니, 그 자연스러운 흐름이 아닌 강문의 의지만으로 국운이 차고 기우는 것을 조절할 수 있다면. 그것은 말려야 하지 않겠는가.

　그것을 잘못된 생각으로 맞서는 게 지금의 강문이었다.

　"용을 동료로 맞이했기에 너도 변한 줄 알았더니, 그대로구나. 이 무자비한 힘을 가지고 인간들을 돕고 있다니. 하늘이 웃겠어."

　옷자락이 금방이라도 찢어질 듯이 너풀거리는 강문은 바닥에 꽂힌 검을 타고 펼쳐지는 주술진에 혀를 찼다. 고도를 이빨 빠진 호랑이 쯤으로 생각했다. 실수였다. 그는 여전히 세상을 두려움에 떨게 하는 환영도사였다. 강문은 재빨리 몸을 피한 덕에 주술진이 그려 낸 금빛 사슬에 포박되진 않았다. 그러나 포박술은 허공에 떠올랐다가 터져 버린 물방울처럼 순식간에 강문을 쫓았다. 강문은 쫓아오는 금빛 사선들을 밟으며 아슬아슬하게 포박술을 피해 갔다. 고도가 검에서 손을 뗐다. 몸을 낮추고 손을 앞으로 내밀었다. 네 개의 손가락을 힘을 주어 접어 버리니, 물방울처럼 터지던 포박술이 날렵한 새처럼 강문을 쫓기 시작했다.

　정면으로 날아오는 포박술을 강문이 양손으로 인을 그려 튕겨냈다. 그 순간 고도가 접었던 손을 펼쳤다. 튕겨나간 주술진이 빠르게 강문 쪽으로 되돌아갔다. 강문은 포박술 대신 고도에게 시선을 주었다. 주술진 한 가운데에 서 있는 고도는 동공이 보이지 않는 금빛 눈과 검은 두루마기가 갈까마귀 날개처럼 펼쳐져 흔들리는 지옥의 사신 같은 모습으로 오로지 강문을 붙잡아 죽이려는 데에 집중하고 있었다. 여유롭고 생각이 많은 평소의 고도였다면, 정자를 중심으로 넓게 펼친 주술진을 자유자재로 다루면서 강문을 몰아쳤을 것이다. 하나, 지금의 고도는 생각이 아닌 몸으로만 움직였다. 정신이 있어야 할 자리에 주술로 채워넣은 공격적인 본능만 존재했다. 누구보다도 잔학무도한 모습이지만, 그 힘을 십분 발휘하지 못하는 상태이기도 했다.

"아무 죄책감 없이 요괴를 상대하는 너처럼, 그릇된 인간들을 상대하는 나이거늘, 아직도 내가 잘못되었다고 여기는 구나. 네 검 끝은 여전히 나를 겨누고 있어."

혀끝을 찬 강문은 단숨에 고도 앞까지 내려앉았다. 주술진 한가운데를 향해 제 발로 뛰어든 강문의 돌발적인 행동에 고도가 멈칫했다. 그를 쫓도록 만든 포박술을 재빨리 풀어 버리고 온몸의 도력을 개방하여 강문의 목덜미를 잡으려는 순간이었다.

"고도. 혼란하면 좀 어떠냐. 균형은 언제든 다시 자리 잡을 수 있거늘. 넌 부조리한 인세의 한복판을 겪어 왔으면서도 이 부조리를 지키고 싶으냐. 너의 그 반듯한 성정을 무척이나 아꼈다만, 그 성정이 나와 뜻을 함께할 수 없다면 누구보다 큰 적이 될 수밖에 없겠지. 애석하고도 또 애석하다."

강문은 손바닥으로 고도의 입을 감쌌다. 고도는 그 손바닥을 신경 쓰지 않고 양손으로 뿜어낸 도력으로 강문의 목덜미를 쥐었다. 강문의 법력과 고도의 도력이 정면에서 부딪쳤다. 금빛 눈으로 일렁이는 고도의 초점 없는 시선과 푸른빛으로 넘실거리는 총명한 강문의 시선이 서로를 응시했다. 서로의 힘에 강하게 반발하는 기력을 도저히 버틸 수 없는 아라한들이 뒤로 물러났다. 그들은 눈이 멀 것 같은 강렬한 금빛을 바라보지 못하고 고개를 돌려야만 했다. 강문만이 금빛으로 일렁이는 고도에게 대응할 수 있었다.

"네가 내 지음이라고 생각했다. 아직도 그렇게 생각하고 있다. 네가 고집을 조금만 줄인다면 우린 화평하게 이 세상을 살아갈 수 있었을 텐데. 어느 쪽 고집이 센 걸까. 너일까, 나일까. 이제 와 따지기엔 너무 늦은 것일까."

손바닥 안쪽에 굵은 돌멩이 같은 환이 들어 있었다. 고도의 입을 틀어막은 손바닥 안쪽에서 굴러 나온 환은 그대로 고도의 입 안으로 미끄러져 들어갔다. 입 안에서 터져 버린 환이 고도의 몸속을 가득 채운 독기를 흡수하기 시작했다. 고도가 비틀거리기 시작했다. 이성의 자리에 본능을 내어주고, 그 본능에 따라 도술을 펼치던 균형이 깨어진 것이다. 텅 비어 있던 이성의 자리에 다시 이성이 되돌아오고 있었다. 본능은 서서히 밀려났으나, 그것에 의지하여 힘을 발휘하는 도력도 함께 밀려나며 금빛 물결이 크게 출렁였다.

"지금 상태의 너라면 내가 죽이고도 남는다. 정신을 빼앗아 인형처럼 가지고 놀 수도 있다. 그러지 않으마. 그렇게 너를 억압하면 너를 상처 입힌 선대왕과 무엇이 다르겠느냐. 나는 너를 존중한다. 그러니 제정신으로 다시 날 찾아와라. 그때 죽여 주마. 내가 널 죽이면……."

환으로 빨려든 독기에 이성이 아른거린다. 고도의 금빛 홍채에 초점이 서서히 돌아오기 시작했다. 고도는 흔들리는 시야에서 강문을 바라봤다. 이미 깨어지기 시작한 주술진은 기괴한 문양과 글자들로 허공을 일그러트리기 시작했다. 강문을 붙잡아 죽였어야 할 도력이 희미해져 갔다. 그 희미한 금빛 허공 사이에서 강문이 웃었다. 수십 년 전, 고도의 볼에 입을 맞추면서 가장 친애하는 나의 친우, 라고 속삭이던 그 미소 그대로였다.

"내가 널 죽이면 네 혼은 내가 갖겠다."

그리고 그 미소만큼 다정한 목소리도 변함없었다.

"네 혼은 도깨비에게도 저승차사에게도 주지 않을 것이다. 네가 저승에 간다는 건, 내가 죽어 삼도천을 건널 때 나와 손을 잡고 가는 때뿐이다. 그러니 내가 천수를 다해 죽어 가는 그 순간까지 내 곁에 머물며 지켜보아라. 네가 싫어하는 방향으로 바뀌어 가는 세상의 모습을."

손바닥이 떨어져 나간 자리에 입술의 감촉이 닿았다가 사라졌다. 멍하니 강문을 바라보던 고도도 더 이상 버틸 힘이 없어서 눈꺼풀을 닫았다. 나무에서 뛰어내린 소가 "고도!"라는 비명에 가까운 소리를 지르며 쿵쿵 발을 굴리는 소리가 어렴풋이 들리는 것도 같았다. 고도는 독기가 제거된 몸의 상태에 솔직하게 기뻐할 수도 없었다.

이번에도 내가 진 거냐. 안 되는데. 이러면 안 되는데.

참담한 심정으로 정신을 잃는 그 순간까지. 고도는 제 머리를 다정하게 쓸어 만져 주는 강문의 손길을 느낄 수 있었다.

"이게 어떻게 된 거야! 고도가 위험하면 날 부르랬잖아!"

"그럴 시간이 없었다."

"제기랄!"

"청사, 네놈은 괜찮은 거냐?"

"난 아무렇지 않았어. 갑자기 날 상대하던 것들이 약속이라도 한 것처

럼 달아나기에 뭔가 싶었더니 시간 끌기였네. 이런 수작을 부릴 줄은 몰
랐거늘!"

"큰 탈은 없으니 잠깐 쉬면 되지 않을까 싶다."

"태평하게 그런 소리 할래?"

"독기는 제거했다. 하지만 독이 온몸에 퍼져 있는 상태에서 도술에 완
전히 몸을 맡긴지라 기력이 너무 빨리 쇠했을 거라 본다. 그 외엔 괜찮
아. 어디 다친 곳도 없고."

소의 등에 업혀 산을 내려온 고도를 보고, 간발의 차로 객정에 도착한
청사는 발을 동동 굴렀다. 독을 미리 먹여서 고도를 궁지에 몰아넣을 정
도로 강문이 비겁한 술수를 부릴 줄 몰랐기에 청사는 더욱 화가 난 상태
였다. 지금은 사이가 틀어졌지만, 그래도 한땐 둘도 없는 친우였다면서,
꼭 이래야만 했을까. 물론, 고도 성격에 한번 죽이기로 마음먹었다면 과
거의 관계가 어찌되었건, 보자마자 칼을 뽑아 칼부림을 하고 인정사정없
이 도력을 몰아쳤을 것이다. 고도를 잘 알고 있는 자라면 차라리 독약이
라도 먹여 고도의 힘을 빼두고 대화를 시도했겠지만. 강문이 무슨 생각
으로 고도에게 독을 먹였는지 알 것 같으면서도, 정작 해독하고도 힘이
빠져 있는 고도를 보자 이해의 범위를 넘어 화딱지만 났다.

"친우였다며. 왜 이렇게 서로 잔인한 거야. 한쪽이 끝날 때까지 서로
포기 못 하는 거야?"

청사는 고도를 방 안으로 들이며 말했다.

"강문 보살이란 자는 너와 고도를 묶어서 서로 떨어지지 못하게 만들
었고. 고도는 그런 강문을 죽이려고 하고. 뭐가 이렇게 비틀렸기에 이 사
달이 난 거야?"

따뜻한 온돌바닥에 고도를 뉜 청사는 분한 눈으로 소를 비리봤다. 차
라리 요괴를 붙잡고 다니는 거면 모를까, 과거의 정까지 뒤엉켜서 철천

지원수가 된 고도와 강문 사이는 제아무리 청사라도 파고들 수가 없었다. 어떻게든 이 악연을 끊어 내고 싶어 하는 고도가 강문을 쫓고, 결말을 보려고 하지만, 이렇게 보니 강문이 고도보다 한 수 위인 듯했다. 명계와 신선계, 인간 세상을 모두 혼란스럽게 만들던 악동 환영도사가 쩔쩔매는 도승이라니. 세상에 그런 게 존재할 수나 있을까. 실은 도승의 탈을 쓴 신선이거나 신수가 아닐까. 청사가 좀처럼 이해할 수 없다며 으르렁거리자 소는 상투를 튼 머리를 긁적였다.

"죽은 사람을 약점으로 고도를 비참하게 했으니 절대 용서 못 하는 거겠지."

"죽은 처자식 얘기하는 거지? 그게 그렇게 중요한 거야?"

"너와 난 영원히 모를 것이다. 인간에게 사랑하는 사람이란 어떤 가치를 가지는지."

"웃……! 사랑이란 건 나도 알아!"

"너와 고도가 통하는 마음과도 다르지 않겠나. 고도는 잃어버린 가족에게 절대적인 죄책감을 가지고 있다. 그걸 빌미 삼아 고도를 끝까지 괴롭힌 것이 강문이고. 고도 입장에서는 자신이 죽을 각오로 덤벼야 하는 상대임은 분명하다."

사랑하는 이에게 아직도 미련이 남은 걸까. 그런 고도가 야속하면서도, 끝까지 정인을 향한 믿음과 약속을 지키려고 자신의 목숨까지 바치려는 모습에 아련한 아픔이 느껴졌다. 이젠 죽은 처자식을 청사만큼 사랑하지 않는 것을 청사도 알고 있지만, 신의를 저버리지 않는 고도의 고집에 눈물이 핑 돌았다.

이렇게까지 순수한 사람이어서 온 누리가 고도를 눈여겨보았나 보다. 못된 녀석들을 다 잡아들이리라, 선언하면서 죽통을 열어젖히는 고도였지만, 나쁜 사람들을 죄다 벌하리라 하면서 칼을 휘두르는 경우는 없었다. 오히려 사람을 피하면 피했지, 대놓고 싸우지 않으려고 갖은 애를 쓰는 것처럼도 보였다. 자량에서 금군을 만났을 때도, 금군들을 도술로 상대하지 않았던 것도 그들을 다치게 하고 싶지 않아서였다.

왜 이런 부분에서만 마음이 약해지는지. 그런 고도여서 더욱 사랑스럽고 아껴 주고 싶은 마음이 든다지만, 강문을 상대할 때는 약점일 수밖에 없어 걱정이 앞서기도 했다. 그렇기에 청사는 입을 꾹 다물고 진지하게 고민하다가 소에게 그리 선언할 수밖에 없었다.

"강문은 내가 죽일게."

고도는 아서라며 손을 저었던 그 말을 소는 말없이 들어 주었다. 아니, 오히려 지지하기까지 했다.

"그렇다면 나도 돕겠다."

"강문만 죽이면 고도도 더는 고통스럽지 않을 거야. 너와 묶여 있는 제약도 풀릴 테고. 맞지?"

"맞지, 맞아."

"고도가 연민의 정 때문에 인간을 상대하기 쉽지 않다면, 인간이 아닌 우리가 해결하면 된다."

"나도 그렇게 생각한다. 고도가 요괴 목숨 아까워하지 않고 잡아들이는 것처럼, 우리도 인간 목숨 아까워하지 않고 잡으면 돼."

"강문을 언제 또 만날 수 있지."

"내일."

"뭐? 내일?"

"강문도 고도와의 일을 질질 끌고 싶은 생각이 없는 것 같다. 확실하게 매듭짓고, 자신의 일을 계속 이어 가고 싶어 해."

그래, 어차피 강문과 만나야 할 일이다. 지지부진 시간을 끌어도 달라지는 바는 없기에 일찍 만나 나쁠 것도 없었다. 물론, 시원한 승부를 약속한 강문과 달리, 소는 바로 다음 날 저녁에 강문을 만날 생각을 하자 머리가 아팠다. 강문을 상대하기 위해 따로 계획할 것은 없다지만 최소한 마음의 준비라도 해야 하지 않나.

도깨비는 본디 피를 흘리는 싸움을 무서워한다. 동지섣달 그믐밤에 팥죽을 보면 꽁지 빠지게 도망가는 이유도 팥죽이 피처럼 붉고 뜨거워서다. 강문과 그의 제자를 상대할 때 장기인 씨름을 주장해도 소용이 없을 것이다. 어느 한쪽이 죽기를 각오하여 덤벼들어야만 승부를 낼 수 있을 자리였다. 피를 보면 까무룩 기절하는 소가 태생적 한계를 극복하여 고도를 위해 누군가를 죽이고 상처를 입힐 수는 없을 듯했다. 본인도 문제점을 알고 있다. 그렇다고 도움이 안 되니 빠져 있으려니, 고도와 청사에게 모든 일을 떠맡긴 기분이 들어 마음이 편치 않았다.

"청사야."

소는 이제 청사에게 사실을 에둘러 말하지도 않고, 대답을 회피하지도 않았다. 고도가 해결하기 어려운 일을 청사에게 묻고 의견을 구할 정도로, 소는 어느새 청사를 믿고 따랐다. 청사라면 믿을 수 있었다. 고도를 바라보는 시선만 봐도, 청사에게 고도와 관련한 모든 걸 맡길 수 있었다.

"자고로 칼이란 쓰지 않으면 무뎌지기 마련이라. 나는 씨름 도깨비 중에 가장 유능하고, 날 따르는 도깨비들을 한솥으로 어우르는 왕이기도 했으나, 그건 반백 년 전 이야기다. 지금도 그때와 같은 실력을 유지하고 있으리라 생각하지 않지."

소의 담백한 고백을 듣고 청사는 눈을 가느다랗게 떴다.

"왜 갑자기 약한 척이냐?"

"척이 아니라 정말로 약해졌을지 모르거든."

"이제 와 그렇게 내빼도 내가 보내줄 수가 없겠는데. 고도를 위해서 싸우라고 등 떠밀 거야."

"나도 도망치려는 거 아니다! 이 소 님이 씨름을 마다할 리가 있겠느냐! 다만, 강문과 싸울 때 내가 씨름을 할 수 있으리라 장담을 못하겠다. 그들은 샅바 대신 검을 던질 이들이니."

"씨름이 아닌 종목은 약한 게냐?"

"그래. 특히 피를 보면 기절한다."

청사는 그 말에 입을 빠끔히 벌렸다. 그 치명적인 단점은 뭔가 하여 따져 묻지도 못했다. 당사자인 소는 솔직하게 제 약점을 내뱉고 황망해서 헛웃음도 나지 않았다. 짐짝 취급이 더 나으려나 차라리 민폐라도 끼칠지언정 싸우는 자리에는 직접 가서 기절하는 게 나으려나. 도깨비답지 않게 심각하게 고민하는 사이였다.

"약해 빠진 놈."

청사도, 소도 아닌 목소리가 울렸다. 둘은 동시에 고개를 돌렸다. 턱 끝까지 잘 감싸서 뉘인 고도가 금색 눈을 뜨고 둘을 바라보고 있었다. 청사는 크게 안도하며 고도의 손을 잡아 주었다.

"괜찮아? 몸 어디 이상한 데는 없고?"

고도는 한쪽 팔로 상체를 지탱하며 몸을 세웠다.

"괜찮다. 조금 뻐근하긴 하지만, 이 정도는 가뿐하구나."

"무리하지 말라고 그렇게 말했는데, 끝까지 내 부탁 안 들어주는 거야?"

"무리한 게 아니었다. 염라국에서도 이런 짓을 했었는데, 흐음. 강문이 못 본 새 강해진 것 같네."

"태평하게 그런 소리나 하고 있고!"

"그래, 내가 부주의했던 건 인정하마. 미안하다, 대롱아."

고도는 청사의 손등을 토닥여 주었다. 금색으로 환하게 빛나는 눈을 보건대, 아직은 몸을 일으킬 정도로 건강한 상태는 아니었으나, 도력으로 어찌어찌 운신 가능하도록 위장하는 듯싶었다. 고도의 몸 밖으로 넘실거리는 도력을 가늠해 본 청사는 속으로 그리 중얼거렸다.

이렇게 강한 도사가 승려를 이기지 못하는 것은 말이 안 된다. 소의 말대로, 이건 능력의 차이가 아니라 정신 상태의 차이로 고도가 지는 것이다. 강문을 죽이겠노라 말은 그렇게 해도 정말로 죽여야 할 때는 망설일 게 분명했다. 그게 고도이니까.

하고 싶은 말을 속으로 꾹 눌러 담은 청사의 시선이 복잡해졌다. 이런 고도가 언제까지 강문에게 끌려다닐지 몰라 속이 까맣게 타들어 가는 눈빛이었다. 소에게도 고도에게도 선언했다. 강문은 자신이 처리하겠다고. 빈말이 아니었다. 고도를 위해서라면 제 손에 인간의 피를 묻혀도 괜찮다고 마음먹었다.

그러한 청사의 속사정을 알 리 없는 고도는 우물쭈물하는 도깨비 소만 바라봤다. 고도의 지긋한 눈빛을 받는 소는 괜스레 뜨끔해서 손가락만 꿈지럭거렸다. 고도가 그 모습에 퉁을 놓았다.

"에라이, 미련한 놈."

고도는 소의 머리통에 주먹을 쿵 찍어 내렸다. 골을 울리는 소리가 어찌나 크던지, 고도 앞에 앉아 있던 청사가 식겁하여 돌아볼 정도였다. 소는 머리를 붙잡고 부들부들 떨었다. 부당한 폭력에 반대하듯 눈빛을 사납게 내뿜었다. 혼자 속으로만 삭히던 말을 기어코 입 밖으로 뱉어 버렸다.

"씨름 말고 내가 뭘 할 줄 알겠느냐! 네놈도 알면서 이리 야속하게 굴다니!"

"네 요술방망이와 감투는 그럼 멋이냐? 그건 왜 안 써?"

"이건 승부에 직접적으로 영향도 미치지 못한다. 금은보화를 터뜨릴 방망이와 내 모습을 감출 감투로 어찌 강문을 상대하라고! 강문이라면 내가 모습을 숨겨도 법력으로 다 눈치챌 이가 아니더냐.”

“그렇게 약한 소리만 계속 할 거냐.”

“사실이지 않느냐! 나는 못한다! 미안하지만, 네놈이 혼자 처리하든가 해라! 너 혼자서 우리 둘을 죄로 묶어 놨다는 저주도 풀어라! 내가 가면 짐밖에 되지 않는다!”

저 단순무식한 도깨비 같으니라고. 고도도 이쯤 되니 진심으로 화가 나 말했다.

“스스로 쓸모없다 말하는 짚신짝을 내가 더는 거둬 줄 것 같으냐. 그래, 가버려라. 넌 어서 한산뫼로 돌아가.”

“혼자 갈 수 있었으면 진작에 꽹철이 놈을 따라갔을 것이다! 못 하는 거 알면서 그리 말하느냐!”

“알 게 뭐냐. 네가 한산뫼로 돌아가는 도중에 내가 강문에게 죽으면 자연스럽게 우리 둘에게 걸린 저주가 풀릴 텐데.”

그 말에 청사와 도깨비가 동시에 외쳤다.

“고도! 어쩜 말을 해도 그렇게!”

“고도, 이놈! 말이 씨가 된다!”

사내 둘이 동시에 우렁찬 소리를 지른 덕에 고도는 양손으로 귀를 틀어막았다. 목청 좋은 그들을 나무라는 대신 소에게 일갈했다.

“내가 죽든 말든 네놈은 신경 쓸 거 없다. 네놈의 왕국으로 돌아가. 그럼 내가 강문을 이기면 자연스럽게 저주가 풀릴 테고, 져도 풀릴 테니, 너한테 나쁠 것은 하나도 없느니라.”

“이익! 그런 말 하면 내가 갈 줄 알고!”

“왜. 네 입으로 그러지 않았느냐. 도움도 안 되는데 따라나서 봤자 라고.”

“아니다! 도움될 거다! 무슨 도움이 있는지 내가 밤새 머리 싸매며 고민하마!"

"이랬다 저랬다, 한 입으로 두말하는 걸 어쩌면 좋을꼬."

"네놈이 내 화를 북돋우니 그런 것 아니냐!"

"멍청한 도깨비 놈."

"오지랖 도사 놈!"

"피만 보면 쓰러지는 나약한 도깨비 놈."

"강문이 과거 얘기만 꺼내면 주춤하는 미련한 도사 놈!"

"네놈 여기서 피를 먼저 보고 까무러치게 해주마."

"그럼 나도 네 과거며 뭐며 다 청사에게 터뜨려서 네게 무안을 주고
말리다!"

자리에서 벌떡 일어난 소가 양팔에 불룩한 근육이 튀어나올 만큼 기합
을 넣더니 그대로 고도의 뒷덜미를 잡아당겼다. 어, 하는 사이에 소의 손
에 대롱대롱 매달린 고도는 난데없이 제 볼에 뽀뽀를 하는 소를 보고 창
백하게 굳어 버렸다. 아예 까슬한 수염이 난 턱을 고도에게 비비면서 애
정을 표현했다.

"빈말 그만해라, 도사 놈아! 내 몸은 내가 지킨다. 네게 폐 끼칠 일 없
을 테니 걱정 단단히 붙들어 매! 그리고 나는 끝까지 널 도울 거다. 난 약
해지지 않는다. 나는 한산뫼 최고의 도깨비 왕국을 이끄는 왕, 소 님이
시다!"

수세미처럼 거친 턱에 있는 힘껏 비벼진 고도의 얼굴이 빨갛게 변했
다. 뒷덜미만 잡혀서 원치 않은 애정 표현을 받아 부루퉁해진 얼굴이 들
고양이를 잡아다 끌어안았을 때 볼 법한 표정이었다. 고도는 바닥에 내
려오자마자 청사의 품에 안겨서 두 손으로 뺨을 눌렀다.

"저 망할 놈. 무식한 놈. 에이, 더러운 도깨비 놈."

툴툴거리며 욕을 퍼부어도 기분이 좋은 소는 "오냐, 오냐"하면서 한

귀로 듣고 한 귀로 흘려 버릴 뿐이었다. 신이 나서 돌계단을 껑충껑충 뛰어다니는 소를 계속 상대했다간 고도만 더 귀찮아지리라. 고도는 이러한 순간만큼은 포기가 빠른 사내였다. 소를 향해 한산뫼로 꺼지라 외칠수록 소는 좋아라 하며 깎지도 않은 거친 수염으로 얼굴과 목을 문지를 것 같았다. 고도는 아직도 욱신거리는 얼굴을 두 손으로 지그시 누르면서 소를 죽일 듯이 노려보다가 계단에 도로 앉았다. 소가 또 뒷덜미를 잡아챌까 봐 이번엔 아예 삿갓까지 눌러썼다.

"괜찮아?"

너무 급작스럽게 소가 고도를 낚아채서 미처 말리지 못한 청사가 고도 옆구리에 바싹 붙어 앉았다. 소의 수염에 쓸린 살결이 붉어져 있어서 손으로 만지지도 못한 채 안타까운 시선으로 쳐다보았다. 그저 도깨비와 인간 사이의 장난이었는데도 청사는 고도 얼굴에 흉터가 남진 않을까 걱정하는 표정이었다. 고도가 괜찮다고 청사의 머리를 토닥이고 나서야 걱정이 조금 누그러졌다.

"나야 언제나와 같지. 네게 또 걱정만 끼쳤구나."

"이번엔 정말 심각해지는 줄 알았어. 강문과 직접 얽혔잖아."

"나는 보시다시피 괜찮구나. 그러는 넌 무탈한가. 어디 다친 데는 없고?"

아라한이 승려를 시켜 고도를 끌고 오는 동안, 청사 역시 승려들 손에 이끌려 누군가를 만나러 갔다. 청사가 혹 해를 입지 않았을지, 꼼꼼하게 살펴보는 고도였다. 그 모습에 청사는 눈가를 붉히며 기쁨을 애써 감추어야 했다.

"낡은 집에서 승려가 날 기다렸다기에 몇 마디 말만 나눴어."

"네 쪽도 아라한이 접근한 건가."

"아라한들을 만난 것은 처음이라서, 정확하게는 모르겠지만. 음. 승병들은 맞았으니 네 말이 맞겠지."

고도는 청사의 긴 머리를 손가락 사이에 끼워 돌렸다. 습관이 되어서 이 부드러운 털을 하루라도 매만지지 않으면 괜히 아쉬워진다. 청사 역시 고도의 손길이 익숙하여 자연스럽게 머리를 기대어 올 줄 알아 사소한 행위지만 이 순간만큼은 편안하고 행복했다.

"무슨 얘길 했었느냐."

"네 얘기를 했지."

"뒷담화 시간이군."

"그런 거 아니야."

"이 동네 땡중들은 나에 대해 좋은 얘길 할 것 같지 않으니 뒷담화 맞다."

"그렇게 말하면 맞는 것도 같고. 어떻게 알았니, 네 욕 비스므리한 게 나오긴 했어."

청사는 고도의 이마에 쪽 입술을 누르면서 씨익 웃었다.

"너와 나 사이를 갈라놓으려고 노력하는 것 같았지. 내가 그런 소리에 낚일 용이 아니지만."

손가락으로 이마를 문지른 고도가 슬쩍 시선을 돌린다. 부끄러워하는 모습도 귀여워서 청사는 고도를 안았다. 쿵쾅쿵쾅 뛰는 심장을 진정시키려면 요로코롬 고도를 안고 있는 수밖에 없다. 고도의 목덜미에 고개를 묻고 깊게 숨을 들이쉬면 마음이 편안해지니. 간혹 부작용으로 아랫도리가 부풀어 오를 때가 있지만 그런 경우는 아주 가끔이므로 특별히 걱정하진 않았다.

"널 부른 승려 이름은 들었느냐."

그놈도 강문의 제자가 맞는지를 확인하려는 고도에게 청사는 숨길 필요가 없다 생각해 스스럼없이 대답했다.

"문 씨 가문의 자경이라 하더구나."

청사의 품에 안긴 고도 몸이 순간 굳었다. 계단 위를 껑충 뛰면서 신나게 어깨춤을 추던 소도 멈추어 서서 도끼눈을 떴다. 고도는 얼어붙은 것에 지나지 않았지만 소의 반응은 생각보다 격렬했다. 산적처럼 험상궂은 인상이라도 도깨비 특유의 장난기가 가득 묻어났던 얼굴이 야차처럼 일그러졌다.

불붙은 눈썹이 화르륵 솟구치고 커다란 입 안에서 짐승보다 날카로운 송곳니가 드러났다. 아귀같이 입을 쩌억 벌리고 괴상한 포효를 지르자 산이 쩌렁쩌렁 울렸다.

"그놈이! 그놈이 고도만 괴롭힌 게 아니로구나!"

귀가 순간적으로 먹먹해서 높은 이명이 들렸다. 당장에라도 등에 메고 있는 방망이를 꺼내 산을 쪼갤 것처럼 휘두르려는 소를 고도가 말렸다. 고도는 청사의 품에서 빠져나와 소의 두 팔을 붙잡았는데, 덩치가 세 배나 차이 났지만 고도의 힘이 밀리진 않았다. 날뛰는 말을 달래려는 것처럼 털이 숭숭 난 팔을 토닥였다. 그렇게 소를 달래는 고도의 표정도 좋지만은 않았으니, 만약 소가 거세게 반응하지 않았으면 고도가 검이라도 꺼내서 대신 포악한 짓을 벌였을 얼굴을 하고 있었다.

차가워진 고도의 시선을 보고 청사는 무언가 잘못됐음을 직감했다. 소는 고도 때문에 분노를 애써 다스리고 있었다. 청사가 엉거주춤 일어나 달라진 분위기의 둘을 쳐다보고 있으니 고도가 숨을 크게 들이마셨다. 앞머리에 눈이 가려 어떤 시선으로 허공을 노려보는지 알 길은 없었다.

"문자경은."

고도가 잠시 뜸을 들이다 다시 입을 열었다. 마치 모래라도 씹는 것처럼 몹시 불쾌한 음성이다.

"강문이 속세에서 쓰는 이름이다."

생각지도 못한 사실에 청사는 그대로 얼어붙었다. 주의 깊게 보지 않았던 노승. 그리고 중간에 사라져서 잠시 잊고 있었던 이. 그가 강문이었단 말인가.

"널 만나고 내게 온 것이구나."

고도는 헛헛한 목소리로 중얼거렸다.

"이번엔 정말로 나와 끝을 보려고 작정했구나. 내 주변을 직접 살피는 것은 처음 있는 일이니. 그래, 이젠 정말로 끝내자. 정말로."

객사의 주인 할멈은 새벽에 등장한 소를 보고 우왕좌왕했다. 시끌벅적한 소란에 아무리 객인들이라지만 밤에는 목소리를 조금 낮추는 게 어떻소, 청을 하려고 바깥을 구경한 때였다. 난데없는 덩치 큰 사내의 모습을 보고 에그머니나, 놀라고 말았다. 방을 빌릴 때는 사내 둘이었건만, 밤마실을 갔다 오더니 산적처럼 험상궂은 이가 하나 늘었다. 혹 저 기운찬 사내가 해코지를 할까 걱정하는 시선에 소는 파란 도깨비불로 변신했다.

"밥 먹는 입이 늘어날 일은 없으니 걱정 마라!"

츠츠츠츠, 기괴하게 웃으며 호언장담하는 소리에 할멈은 거품을 물고 까무러쳤다. 고도는 소를 매섭게 노려봤다. 나무라지도 않고 화를 내지도 않고 까만 눈으로 소를 뚫어져라 쳐다보기만 했다. 기절한 할멈 주변을 장난스럽게 뛰어다니던 소는 그 눈빛에 웃음소리가 줄어들더니 결국은 고도의 눈치를 보다가 할멈을 등에 업었다.

"이, 일부러 놀리려고 그런 거 아니다! 놀라는 인간을 보면 더 놀래키고 싶은 마음에……."

"그 장난기는 대체 언제쯤 나아질는지."

"도깨비가 난장을 부리지 않으면 도깨비가 아니잖은가!"

"허어."

그 난장이랄 것이 때와 상황을 보고 눈치껏 해야 하지 않을까. 더는 변명을 듣지 않으려는 고도가 말없이 손가락으로 방을 가리켰다. 소는 우물쭈물하면서 방 안에 할멈을 눕혔다. 그대로 문지방을 넘어 나오려는 소에게 고도가 말했다.

"자리를 지켜라. 정신 차리실 때까지 돌봐 드리라고."

소는 찍소리도 못하고 고개를 끄덕였다. 장난스럽게 솟구쳐 있던 수염들이 기운 빠진 메기수염처럼 힘없이 흔들렸다. 소가 더 이상 못된 장난을 치지 않으리라 확신한 고도는 그제야 걸음을 옮겼다.

대청에 앉아 있는 청사는 넋이 나가 있었다. 그는 믿을 수 없다는 듯이 혼잣말로 중얼거렸다.

"문자경이 강문이라고. 그럼 내가 강문을 대면하고도 그렇게 미련하게……."

고도가 다가와 앉으니, 멍한 청사의 시선에 걸린 것은 죄책감인지라. 고도를 돕겠노라 약조했는데도 눈앞에서 목표물을 놓치는 미련한 짓을 했으니, 어떻게 고도를 똑바로 바라보겠나. 스스로를 실망하는 기색이 커서 입가를 단단히 다물고 있어야 할 정도였다. 고도는 그러한 청사를 탓할 생각이 조금도 없었다. 미련하기로 따지자면, 독배인 줄도 모르고 아라한이 주는 숭늉을 마셨다가 도력을 전체 개방하여 강문을 상대하고도 져버린 자신이 청사보다 더 한심했기 때문이다.

"대롱아."

고도의 다정한 부름에 청사가 어깨를 흠칫했다. 자괴감과 함께 고도를 실망시켰으면 어찌하느냐 불안감으로 일렁이는 청안을, 고도의 까만 눈동자가 한참이나 들여다보았다. 고도는 대수롭지 않게 말했다.

"한 번 만나 실력을 가늠했으면 되었다. 강문의 제자만 있는 줄 알았지, 그가 직접 너를 만나러 갈 줄은 나도 미처 생각하지 못한 부분이니. 네가 무탈하고 아무 문제없으니 그것만으로 충분하지 않느냐."

강문을 만나서도 청사의 안위를 먼저 생각해 주는 바람에, 고도의 배려에 청사는 울컥하고 목이 메었다.

"미안하다, 고도."

"허어, 전혀 미안해할 일이 아니다. 뭘 그런 것까지 신경 쓰느냐."

"내가 조금 더 빨리 눈치를 챘더라면, 네게 유리할 법한 대비책을 준비해 놨을 텐데, 그자에게 일방적으로 놀아난 게 아니더냐."

"네가 다치지 않았으니 됐다."

"하지만, 고도."

"다음에 만나면 확실하게 이기면 되지."

여유롭게 말하면서 안 그러느냐고 고개를 모로 숙이는 고도를 보니, 청사는 벌렸던 입을 다물 수밖에 없었다. 그래, 고도는 이런 인간이었다. 아무리 심각하고 위중한 사건 앞에서도 자신의 몸을 돌보지 않으면서, 주변을 더 살피고 돌보는 착한 인간. 정 많은 그가 일부러 인간들과 거리를 두고 이상한 소문의 온상이 되면서 악독한 환영도사라는 별칭을 얻게 되었으나, 실상은 다정하고 친절하고 여유롭고 강하면서도 청사를 좋아한다 고백해 준 이후로는 청사만을 아껴 주고 이해해 주는 사랑스러운 모습을 보이지 않는가. 고도가 괜찮다고 하니, 정말로 모든 게 괜찮아진 것만 같았다.

청사는 시무룩한 표정 그대로 고도에게 두 팔을 뻗었다. 고도는 그 양 팔 안에 얌전히 안겨 주었다. 아니, 오히려 청사의 등 뒤로 손을 둘러 등허리를 다정하게 토닥여 주기까지 하였다. 코끝을 맴도는 고도의 체향과 그 따뜻한 온기에 청사는 한결 마음이 편안해졌다. 덕분에 고도의 귀 끝을 날카로운 송곳니로 살짝 깨물며 속삭였으니.

"두 번 실망시키지 않으마. 다음에 강문을 만나면 내가 필히 결판을 내겠다."

고도가 더는 아파하지 말고, 힘들어하지 않도록 직접 나서겠다는 선포인지라. 그 듬직한 말에 고도가 솔바람처럼 옅은 웃음을 터뜨렸다.

"네가 뱀 요괴를 흉내 내던 힘 가지고는 강문을 상대하기 어렵다는 걸 깨닫지 않았누."

"천룡의 힘은 아직 내보이지 않았지."

"아서라. 내 누누이 말하지만 천상의 존재가 땅의 일에 개입하는 거 아니다."

"필요하면 개입할 것이다."

"천기누설을 예고하는 천룡이라니. 그러다 천제께서 진노하여 네게 어떤 벌을 내릴 줄 알고."

"천제의 벌이라도 받을 준비가 되어 있다."

고도가 생각한 것보다 더 진지하게 말하는 청사였다. 자신을 희생해서라도 고도를 돕겠다는 말을 고도가 마음 편히 들을 수 있을 리가 없다. 청사의 등을 토닥이던 손길이 멎었다. 고도는 청사의 품에 안긴 몸을 떼어 냈다. 청사의 푸른 눈을 다시금 들여다보았다. 거짓말은 섞여 있지 않았다.

"나도 안다. 천룡의 기운을 끌어다 쓰면, 이번엔 누이가 선녀 부대를 이끌고 땅에 강림하는 수준에서 그치지 않을 것이다. 내가 하늘로 끌려갈 수도 있지. 천제가 내 위치를 감안하여 벼락을 떨어트려 죽이지는 않을 것이니, 죽지 않는 선에서는 힘을 모두 쓸 생각까지 있다."

그 결심을 고도가 꿀밤이라도 먹이듯이 청사의 이마에 주먹을 콩 내려

찍었다.

"아야, 왜 때려!"

"나랑 헤어질 거 각오하고 천룡의 위상을 보여 주겠다는데, 맞을 소리 아니냐."

"그 정도의 각오라는 소리잖아!"

"헤어질 각오면 하지 마라."

"말이 그렇다는 거지, 누가 너랑 헤어지고 싶대."

"널 잃으면서까지 내가 하고 싶은 걸 이루고 싶은 생각은 없다. 절대 그런 생각 하지 마."

사랑하는 이를 잃을 생각 따위 추호도 없는 고도의 말에 청사는 눈시울을 붉혔다. 예고도 없이 멋있는 모습을 보이는 고도를 볼 때마다 심장이 어수선해져서 참을 수가 없었다. 강직하고 곧은 소나무 같은 고도가 다른 이도 아닌 자신을 위하고 아껴 줄 때마다 온몸이 뜨거워졌다. 위급한 상황임에도 고도의 이런 마음을 엿볼 때마다 청사는 손끝을 서로 마주잡고 꿈지럭거리게 되었다. 고도가 너무도 멋있고 사랑스러웠다.

"으응. 나도 너랑 헤어지고 싶지 않아."

"당연한 소릴 하고 있어."

단호한 고도에게 더욱 더 눈시울을 붉힌 청사였다. 가슴속에서 콩닥거리던 소리가 정수리까지 퍼지는 것 같았다. 어쩜 이렇게 좋은지. 이젠 고도만 보면 온몸에 불이라도 지른 기분이다. 화전민들보다 텃밭에 불 지르는 솜씨는 더 기가 막힌 고도였다. 그러나 그 능청스러운 고도의 낯빛은 시간이 지날수록 하얗게 변해 갔다.

"고도?"

청사가 고도의 표정을 살폈다. 어딘지 불편한 표정으로 한참이나 몸을 틀던 고도는 결국 가부좌를 틀고 천천히 숨을 들이마셨다. 몸속을 샅샅이 살펴보더니 눈살을 찌푸렸다. 몸속이 이상했다. 평소와는 달리 반응한다. 피가 원활하게 흐르지 않고 더디게 움직였다. 콩닥콩닥 뛰는 심장도 조금 지친 것처럼 심박 수가 이상했고 머리는 평소처럼 또렷하고 맑은 대신 탁하고 뿌연 기분이었다. 몸이 조금씩 느려진 것에 고도는 퍽 당황했다. 숭늉과 함께 마신 독 때문인가. 해독제를 먹었다 해도 그렇게 빨리 온몸이 건강해질 리 없으므로, 아직 독 기운이 남아 몸이 불편한 듯싶었다.

"고도."

고도가 눈을 떴다. 감은 눈을 뜬 것뿐임에도 미약한 현기증이 느껴져서 청사가 부축해 주는 손을 제대로 보지 못했다. 가부좌를 틀고 있노라고 꼿꼿하게 세운 허리에서 힘을 풀고는 어깨에 기댄 청사의 머리에 제 머리를 포개었다.

"몸이 영 내 마음대로 안 되는 구나. 좀 쉬고 싶다. 네게 기대어 눈 좀 붙여도 되겠느냐."

청사는 피곤해 보이는 고도의 얼굴을 만지작거렸다. 원래도 하얗던 얼굴이지만, 핏기가 가신 것처럼 창백한 안색이 퍽 걱정이 되었다. 청사가 고도를 쳐다보며 무언가 해줄 수 있는 게 없을까, 고민할 때였다.

열려 있는 부엌문 안쪽으로 아궁이 위의 가마솥이 눈에 들어왔다. 손이 오면 밥을 먹이는 일을 주업으로 삼는 객사인 만큼, 솥단지도 일반 집에서 쓰는 것보다 다섯 배는 컸다. 아주 커다란 솥이라 십수인 분의 보리밥은 너끈하게 준비할 수 있어 보였다. 별생각 없이 쳐다보던 눈에 반짝이는 이채가 돌았다. 청사는 자리에서 벌떡 일어나더니 가마솥을 가리켰다.

"고도야, 내가 널 씻겨 줄게."

세상에서 가장 황당한 소리를 들은 사람처럼 고도는 눈을 끔뻑거렸다.

그런 고도를 보자 청사는 신이 나서 요술을 부렸다. 물을 다루는 요술만큼은 누구에게도 지지 않는 청사답게 땅속 지하수를 끌어와 가마솥에 한가득 채웠다. 솥단지 물이 얼른 데워지길 바라는 마음에 아궁이에는 장작을 네 개나 더 쑤셔 넣었다. 불길이 아궁이 밖까지 튀어나올 만큼 화력을 키운 뒤에는 밖에 나가 무명천 두어 개를 집어 왔다. 청사가 하는 양을 잠자코 보고 있던 고도는 청사가 옷을 벗기려 들자 옷깃을 움켜쥐었다. 청사가 그런 고도를 달랬다.

"목욕하자. 물 데워지면 내가 씻겨 줄게."

"아니, 쉬고 싶다니까."

"씻고 자면 더 푹 쉴 수 있어!"

"됐다, 이놈아."

"우리는 고마움이나 미안함을 표할 때 맨몸을 씻겨 주는 풍습이 있다. 실오라기 하나 걸치지 않은 몸을 봐야 진정으로 용서와 사랑을 구했다고 여기기 때문이야."

"그건 너희 용들의 풍습이지, 하계에선 인간의 법도를 따라라."

"어차피 너는 내 정인이라 용과 인간의 풍습 양쪽을 모두 알아야 할 것 아니냐."

"이 손 놓지 못할꼬."

"에이, 가만히 있어 봐."

"난 목욕 싫어한다."

"왜? 상쾌하고 좋잖아."

"물이 싫어."

"그럴 순 없지, 앞으론 친해져라."

청사는 냉큼 고도를 등 뒤에서 끌어안았다. 고뿔 걸리면 청사 손이 약손이라면서 고도의 배를 문질렀다. 그러면서 슬그머니 웃옷을 벗기니 청사의 어리광엔 아무리 고도라도 이길 수가 없다.

"몸 안 좋을 때 따뜻하게 몸 데우고 자면 진짜 좋아."

아주 기가 막힌 핑계를 찾은 청사에게 고도는 결국 두 손을 들었다.

"어디 한번 청사 왕자님 시중을 한 번 받아 볼까."

"영광이군요, 공주 마마."

고도가 몸에서 힘을 빼니, 청사는 기다렸다는 듯이 고도를 벗겼다. 까만 두루마기 안쪽으로 뽀얀 속살이 드러났다. 목과 어깨는 지난밤에 남긴 울긋불긋한 입술자국이 빼곡했다. 그 흔적을 아로새겼던 주인인 청사가 흐뭇하게 웃었다. 습관처럼 그 위에 입술을 찍어 자국을 덧입힌 청사는 옷을 벗기기보단 옷 사이로 드러난 속살을 핥는 데에 중점을 두었다.

"간지러워."

고도는 목이 아파서 소리로 불평하는 대신, 기다란 머리카락을 잡아당겼다. 그래도 청사는 가슴팍에 고개를 묻고 유두를 핥는 데에만 집중했다. 혀를 내밀어 유두를 잔뜩 괴롭히고 옆구리며 겨드랑이의 여린 살을 깨물어 날카로운 흔적을 남겼다. 옷을 벗어 한기가 느껴지는 몸을 뜨겁게 데우는 기분이 들었다.

고도는 청사가 하는 양을 내버려 두었다. 옷을 다 벗고 씻는 건 꺼려져서 속곳만큼은 사수했지만, 청사가 가마솥의 물을 머리에 끼얹자 쫄딱 젖는 바람에 옷을 안 입느니만 못한 꼴이 되었다. 결국 저항을 포기한 고도가 얌전히 몸을 맡기자 청사는 콧노래까지 하면서 고도에게 물을 더 끼얹었다.

따끈한 김이 고도의 정수리에서 피어올랐다. 입술로 자국을 남긴 피부가 복숭아색으로 익을 때쯤, 청사는 무명천에 물을 적셨다. 젖은 천은 고도의 목덜미와 어깨 가슴을 부드럽게 문질렀다. 애욕을 드러내며 만질 때와 다르게 담백한 손길이었다. 천이 식으면 다시금 따뜻한 물에 적셔 고도의 얼굴과 목에 둘러서 몸의 열기가 빠져나가지 않도록 배려해 주었다. 따끈따끈한 열기 때문인지 여름철 계곡에서 시원하게 몸을 적시며 씻는 것과는 또 다른 느낌이다. 냉수마찰로는 찾기 어려운 편안함에 고도의 표정이 금세 노곤해졌다.

"나중에 기회가 되면 온양행궁으로 초대할게."

고도는 청사가 임금의 전용 목욕 궁을 거들먹거리자 피식 웃음을 흘렸다.

청사는 비웃는 고도를 부루퉁하게 쳐다보며 자신 있게 말했다.

"옥황상제의 온천에 몸을 묻는 인간은 지금까지도 앞으로도 너 하나뿐일 거다."

"대단한 자신감이로다. 네놈이 무슨 자격으로 인간인 나를 천계로 데려갈 생각이냐."

"못할 게 뭐야. 내가 용으로 승천할 때 네놈을 데리고 가면 되지."

고도는 청사가 다시금 물을 묻힌 천으로 몸을 문질러 주는 모습을 잠자코 바라봤다. 고도가 고뿔이 들릴라, 청사는 가져온 두 개의 천을 번갈아 사용하며 고도의 몸이 차가워지지 않도록 부지런히 움직였다. 둘 중의 하나는 얼굴과 목 부근을 감쌌고, 또 다른 천으로는 몸 구석구석을 닦았다. 팔, 다리, 어깨, 무릎은 물론 손가락 사이, 겨드랑이와 허벅지 안쪽까지. 시중을 받는 것이 익숙할 청사가 역으로 시중을 들 듯 꼼꼼하게 몸을 정리해 주었다.

그런 청사를 바라보는 고도의 시선엔 안타까움이 묻어났다. 저를 위해서라면 무엇이든 배려하고 내놓아 주는 착한 녀석이 결국은 혼자 하늘로 돌아갈 것이 안타까워서 아무런 말도 할 수가 없었다.

혼자 올라가야 할 텐데.

고도는 차마 입 밖에 낼 수 없는 말을 삼켰다. 청사가 천룡의 힘을 쓴다면 천인들에게 붙잡혀 강제로 끌려갈 것이고, 천룡의 힘을 쓰지 않는다면 언젠가 인간 세상을 잘 구경했다면서 스스로 승천해야 할 것이다. 전자는 강제로 집행되는 이별이고, 후자는 자연스러운 이별이라. 고도는 어차피 헤어질 것이라면 자연스럽게 청사에게 손을 흔들어 주고 싶었다. 억지로 끌려가는 청사의 모습은 보고 싶지 않지만, 그래도 청사가 천룡이라는 사실을 아는데 언제까지고 자신과 함께할 수 없다는 것도 잘 알고 있었다.

헤어지고 싶지 않다 말했다. 그 말이 지켜지지 않을 것이란 것을 안다.

청사가 얼마나 상처받고 시무룩해질지 알기에 사실을 토로하지 않았다. 앞날의 이별보단 지금 이 순간의 행복을 더 즐기고 싶다. 슬퍼질 일을 미리 생각하고 싶지 않아서 고도는 청사에게 기댔다. 청사는 고도의 젖은 몸이 다가오면 제 옷이 젖는다는 사실을 알면서도 밀치지 않았다. 오히려 함께 젖도록 내버려 두면서 머리카락 사이로 쪽, 입을 맞추었다.

"이러면 몸을 닦아 주기 곤란해. 바로 앉아라."

"뜨거운 가마솥 목욕물보다 네 품이 더 좋다."

그 대답에 청사가 숨을 삼켰다. 그런 예쁜 대답을 듣고 어찌 고도를 내칠 수 있을까. 무명천을 대신 내친 청사는 고도의 알몸을 꼭 끌어안았다. 고도는 뽀얀 가마솥 수증기와 아궁이 불 그리고 청사 품이라는 따뜻한 삼박자가 고루 갖춰진 기분 좋은 모습에 희미하게 웃었다.

고도는 청사의 손길에 마음이 포근해져서 물끄러미 쪽문 사이로 흘러드는 달빛을 구경했다. 강렬한 아궁이 땐 불에 밀려 부엌 깊숙이까지 달빛이 들어올 공간은 없었다. 그래서 문가만 서성이는 달빛을 잡듯 왼손을 쭈욱 펴보았다.

창백한 달빛이 고도의 손가락을 비추었다. 두매 한 짝이 온전치 않은 모습이 낯설고 징그럽지도 않은지 뚫어져라 쳐다보기 바빴다. 다른 손가락보다 유독 두 마디나 길이가 짧은 네 번째 손가락 사이가 텅 비어 있다. 뭉툭한 손가락을 돌려 가며 만진 고도가 청사의 눈앞에 짠하고 내밀었다. 청사가 의아한 눈으로 고도를 올려다보니 고도가 히죽 웃으며 물었다.

"내 손가락에 대해 한 번도 이상하다 생각하지 않았느냐. 처가 죽으면서 잘랐단다."

짐작은 하고 있었다. 청호림에서 고도의 스승인 장오가 그리 말하는 걸 들었으니 그 정도는 눈치로 알아챘다. 그래도 고도 입을 통해 직접 듣는 것은 기분이 이상했다. 고도는 손가락이 하나 모자란 사연을 덤덤한 얼굴로 말했다.

"나는 가난한 어부의 아들이라 처에게 줄 것이 없었다. 혼인할 때도 해준 것이 없던 것이 못내 마음에 걸리더구나. 그래서 난생처음으로 내 손으로 돈을 벌어 가락지를 하나 샀다. 저잣거리에서 파는 싸구려 가락지였는데도 부인은 처음으로 선물 받은 그걸 보고 울더구나. 엄지손가락에 꼭 맞는 은가락지를 쥐고 펑펑 울었어."

비싼 옥가락지도 아니었는데 은가락지 하나에 울음을 터뜨리다니. 소박한 여인이라 그러했나보다는 생각보다 고도의 애정을 소중하게 생각하는 마음씨로 보였다. 은가락지를 받고 울었다는 말에 그녀가 어떤 마음으로 고도를 사랑했는지를 깨달았다. 고도의 옛 정인에 대한 이야기를 들으려니 괴로우면서도 이야기를 더 듣고 싶은 마음이 동시에 커졌다. 청사는 숨까지 죽이고 고도의 이야기에 귀를 기울였다. 고도는 옛일을 회상하느라 잠시 말을 잇지 못했다.

"부인의 엄지에 꼭 맞았던 것을 내 손에도 끼워 봤다. 꼭 들어가는 손가락은 네 번째더구나. 그래서 네 번째 손가락에 은가락지를 고이 끼고 다녔건만 요괴를 잡으러 다니다가 그 가락지를 잃어버렸다. 그래서 반지를 잃어버린 손가락을 잘랐다. 부인을 두 번 잃은 나 자신이 한심해서 그랬나 보더라."

청사의 침울한 시선을 마주한 고도는 허한 웃음을 흘렸다. 어떤 의미도 감정도 담기지 않은 웃음이었지만 청사에게 기대는 나른한 행동으로 보아 심란함까지 무의미하게 치부할 수는 없는 듯했다. 고도는 청사의 머리에 기대어 한참이나 멍하니 허공을 바라봤다.

"부인과 함께 보낸 딸아이에게도 미련이 많이 남아 그 나잇대 소녀들만 보면 특별하게 대하고 말더구나. 대롱아, 너는 이렇게 과거에 집착하는 인간이 뭐가 좋으냐. 네가 그런 예쁜 눈으로 바라봐 주면 내가 미안해져."

"그 과거가 지금의 너를 만들었지 않느냐. 내겐 사랑하는 사람의 일부분이다. 네가 과거에 함몰되지 않고 극복하려 노력하니 나는 걱정하지 않는다."

사랑하는 이에게서 긍정적인 면만 보는 것. 혹자는 그 믿음을 보고 눈먼 사랑의 어리석음이라 칭하지만 고도는 달리 생각했다. 세상 사람들이 고도를 악독한 환영도사라고 말하는 것에 익숙하여 스스로를 그 악명에 끼워 맞춰 행동한 것이 아닐까. 실은 청사라는 하늘이 인정한 것처럼 옳은 것을 위해 외로운 투쟁을 한 현명하고 사랑스러운 존재라고. 고도는 청사에게 기대어 눈을 감았다.

"숭늉 탓으로만 돌리기엔 머리가 복잡하군. 참으로 복잡한 일이야."

"뭐?"

고도는 청사를 걱정하게 하고 싶지 않았다. 그래서 청사의 입에 쪽, 뽀뽀를 해주는 것으로 대답을 대신했다.

"숭늉 마시고 싶다. 아주 따끈따끈한 놈으로."

뜬금없이 숭늉 타령으로 청사를 골릴 셈이었지만, 청사가 아픈 고도를 앞에 두고 장난질에 맞장구를 칠 수 있을 리 없다. 청사는 진지한 얼굴로 자리에서 벌떡 일어났다. 당장에라도 마을에 내려가 숭늉을 구해다 줄 기세다. 고도는 청사를 도로 자리에 앉히고 일어나지 못하도록 두 팔로 끌어안았다. 얼굴이 붉어져서 쩔쩔매는 청사의 품에 고개를 묻었다.

"내일 강문과 인연을 정리하러 가자."

"숭늉은?"

"다 끝나고 함께 마시자. 내가 네 입으로 친히 옮겨 줘야지."

"……날이 갈수록 귀여워져서 어떡하느냐. 너 담을 복주머니라도 하나 만들어서 허리에 달고 다녀야겠다. 이거 어디 걱정되어서 문밖에 내놓겠나."

고도를 마주 안고 볼을 비빈 청사가 헤실 거리는 웃음을 뱉었다. 귀여운 건 대롱이 쪽이라면서 고도도 마주 보고 웃은 탓에 둘은 서로를 똑바로 보지 못하고 계속 웃기만 했다. 보기만 해도 행복하다. 서로 같은 생각으로 통하는 사이가 되어 버렸다. 고도와 청사는 서로를 안아 주면서 타들어 가는 장작 소리에 노곤한 입맞춤을 나누었다.

역사는 필자의 주관을 바탕으로 쓰이기 마련이라, 왕권에 반하고 정치와 사상을 따르지 않는 자들은 반역자로 기록된다. 왕권에 반하며 민생을 위해 힘쓴 이들은 기록 자체가 남지 않을 수도 있다. 어찌 세상이 군주의 눈에 비친 모습으로만 기록되어야 하는가. 민생의 눈으로 쓰일 수 있게 우리가 세상을 바로 잡아야 한다. 군주보다는 신하를, 신하보다는 백성을, 백성보다 더 가치 있는 것을 위해.

　　─강문의 설법을 기록한 야사에서

　　　　　　　　　　　　　　　　제9장. 세상을 바꿔 드립니다 끝

백성은 대다수 대국에서 건너 들어온 도참을 믿었다. 왕조의 흥망성쇠가 이 도참의 기록과 은밀하게 일치하여 이 예언서를 행동의 지침서로 삼는 일까지 발생했다. 예언서에서 말하길, 국운을 점지하기 위해선 하늘을 살펴봐야 하는지라. 밤하늘이 갈라지거나 빛을 뿌리면 필시 천지신명이 노한 바이니, 하늘의 뜻을 섬기고 따르는 걸 최우선으로 둬야 한다. 그러기 위해 전승지를 찾아 하늘의 노여움에서 살아남는 방법을 여든여덟 가지로 정리하여 우매한 백성에게 알려 주었다. 하늘의 노여움을 피할 여든여덟 가지의 방법 중 제일 윗줄에 이런 말이 적혀 있다.

"하늘이 선택한 사람을 따르라."

* '정감록'에서 모티브를 차용했습니다.

제10장. 해후의 날

대낮을 환히 밝히던 해가 서산으로 고개를 숙이자 어김없이 동장군이 찾아왔다. 무쇠로 만든 팔다리를 휘두르듯이 계곡 안쪽에서부터 휘이휘이 울어 오는 바람 소리가 수많은 군사를 이끌고 발을 구르는 소리를 닮아 있었다. 살갗을 차갑게 저미는 바람을 맞이하면서, 고도는 옷을 여미고 물건들을 챙겼다. 죽통과 검을 더욱 단단하게 챙기고 아직 도깨비로 돌아오지 못한 짚신도 허리춤에 매달았다. 청사는 평소보다 조금 더 긴장한 고도의 어깨를 손으로 만져 주었다.

"출발하는 거냐."

그리 물어보면서 청사가 고도의 볼에 쪽하고 뽀뽀를 해주니, 그에 답을 하듯이 고도 역시 청사의 볼에 입술을 묻었다.

"오늘은 구름이 많구나."

고도의 입맞춤에 볼을 발그레 물들이던 청사가 그 말을 듣고 고개를 들었다. 노을이 짙게 진 하늘은 짙고 두터운 구름들로 감색, 비색, 홍색, 황색이 얼룩져 있었다. 어제는 환하게 비치던 보름달을 가리기에 충분한 구름이었다. 높새바람을 타고 빠르게 움직이는 구름을 보니 아마도 내일쯤엔 폭설이 내릴지도 모른다.

"비가 내릴까?"

"이 날씨에 내리면 얼어 죽지 않을까 싶은데."

"그럼 내가 고도를 꼭 안고 다녀야겠구나."

"하하, 청사라는 가마를 내가 한 번 이용해 봐야겠구나."

시시콜콜한 농을 주고받으면서도 청사와 고도의 만면엔 미소가 가득했다. 중요한 일을 앞둔 이들 답지 않게 둘은 여유롭기 그지없었다. 고도는 청사의 손을 잡고 산속으로 들어갔다. 어제 갔던 절간을 지나고 작은 산마루를 건너 화전민이 가꾼 너른 구릉지로 향했다.

구릉지는 규모가 상당했다. 산 전체가 계단식 밭으로 보일 정도였다. 여름이면 감자를 잔뜩 심고 소와 양을 풀어 놓고 키울 곳이 황량한 겨울에선 검은 사막이나 다름없다. 구릉지 아래엔 평야가 넓게 펼쳐져 있어 봄여름에 소나 염소를 풀어서 풀을 뜯어 먹게 하기 좋아 보였다. 그 광활한 구릉과 평야에 사람 그림자가 보였다.

늦은 저녁에 김을 매러 나온 것도 아닐 텐데, 어찌하여 수십 명의 사람들이 몰려 있는고. 고도는 걸음을 멈추고 아래 풍경을 내려다보았다. 승복을 입은 승려도 있고, 한복을 입은 사람들도 있다. 어린아이부터 늙은 노인까지 공통점이라곤 찾기 어려운 이들이었다.

평범한 사람들이었다. 너무 평범해 보여서 대체 왜 자신들의 앞을 가로막고 있는지 이해가 되지 않을 정도였다. 병기를 겨누면서 서로를 적으로 취급하기엔 그들은 선량해 보였다. 그들은 하나같이 구릉 위에 선 고도와 청사를 바라봤다. 고도는 눈을 굴려 상황을 파악하더니만, 결국 한숨을 내쉬었다.

"승병을 제자로만 두진 않았다고 들었지만, 불법을 설파하면서 그를 따르게 된 평범한 이들까지 나를 상대하겠다고 저리 서 있으니, 기분이 퍽 이상하구나."

청사는 고도가 마음이 약해진 건가 싶어 살펴보았다. 어느 때와 같은 무표정한 얼굴엔 이렇다 할 감정이 드러나 있지 않았다. 청사가 물었다.

"강문을 따르는 사람들이 널 처단해야 할 적으로 생각하는 거야?"

"그렇겠지."

"단체로 세뇌당한 것도 아닐 텐데 너무하네."

"미움받는 것이야 익숙하거늘. 신경 쓰지 마라. 그들이 무슨 죄가 있겠느냐."

"내가 그런 것에 익숙해지지 말라고 누누이 말했잖아. 자꾸 날 속상하게 하는구나."

"으음. 이런 얘기는 중요한 일이 끝나고 심도 깊게 대화해 보면 어떻겠느냐."

"이런 얘기보다 더 중요한 게 세상에 어디 있다고!"

"나만 생각해 주는 네 마음이 참으로 어여뻐서 기쁘다만, 지금은 그럴 때가 아닌 듯하구나. 저들이 나를 때려죽이려고 저렇게 길목에서 버팅기고 있는 것이 보이지 않느냐."

검이나 화살이 둘을 겨냥하는 것으로 보아 평야로 넘어가기 위해서는 필연적으로 이들을 상대해야 할 것 같았다. 숫자 면에서 퍽 골치 아픈 일인데도 고도는 제게 맞서는 사람들에겐 큰 의미를 두지 않았다. 고도 성격에 싸울 줄도 모르는 인간을 다치게 할 생각은 없었다. 분신술을 써서라도 그들을 피해 가면 그만이니, 고도의 관심이 다른 곳으로 옮겨지는 것은 자연스러운 일이었다.

"저 중엔 강문이 없는데."

고도가 혼잣말처럼 중얼거리니 강문의 얼굴을 아는 청사가 옆에서 거들었다.

"구릉이 아닌 평원에 있는 모양이야. 저들을 지나야 보이겠어."

"평원으로 가는 길은 여기밖에 없는 건가."

"아니면 산을 빙 둘러 가야 할 텐데. 오늘 안에 가능할까."

"흠. 이 산은 산신이 살 정도로 깊고 험악한 편이라, 둘러 간다면 개고생을 꽤나 하지 않을까 싶구나."

"그럼 방법은 하나네."

"이들을 지나쳐야겠지."

고도와 청사는 구릉을 따라 내려왔다. 사람들은 거리를 좁히는 고도를 보고 한 걸음씩 다가왔다. 사람들의 조심스러운 발걸음과 달리 삐걱삐걱, 날카로운 소리를 내며 다가오는 수레가 고도의 신경에 거슬렸다. 소 두 마리가 끌고 오는 커다란 수레는 모포로 덮어서 내용물을 확인할 수는 없었다. 고르지 않은 길에 덜컹거리는 수레의 둔탁한 소리로 미루어 보건대 무겁고 큰 것을 실은 게 분명했다.

도사를 대적하기 위해서 어떠한 물건을 준비한 듯싶다. 그 겉모습이 참으로 거추장스럽게 보였다. 어떤 방법을 쓰려는지 몰라도, 고도는 이들로 인해 걸음이 늦춰지길 바라지 않았다. 지금은 얌전한 이들이라도 어떠한 꿍꿍이속을 숨기고 있을지 모를 일이다. 예상치도 못한 일이 벌어져 힘을 낭비하면 난감하리라. 고도는 사람들을 상대할 방법을 마침내 결정하고 허리춤에서 짚신을 풀었다.

"이 잠꾸러기 놈아, 어여 일어나 보아라. 해가 저문 지가 언젠데 아직도 늦잠이냐."

고도가 바닥에 쭈그려 앉아 짚신을 철썩철썩 내려치자 짚신이 놀란 듯 화들짝 움직였다. 허공으로 떠들썩하게 솟구친 새파란 불길이 그르릉거리며 고도 주변을 뱅뱅 돌았다. 불길은 다짜고짜 뺨을 때린 고도에게 소리쳤다.

"곱게 깨우면 안 되겠느냐!"

"늦잠 자는 도깨비에겐 매가 약이지."

"아이고, 이 도사가 또 도깨비를 잡네."

"구시렁거리지 말고 네 도움 좀 받자."

"아이고, 이 도사가 이젠 도깨비를 부려 먹으려고!"

펄쩍펄쩍 날뛰면서 고도의 폭력에 결사반대하던 도깨비불은 고도를 향해 몰려드는 사람들을 발견했다. 도깨비불은 그 모습에 잠깐 놀란 것 같더니 금세 장난기가 발동했다.

"이게 무슨 일인고?"

소의 관심에 고도가 비로소 히죽 웃었다.

"사람들이랑 씨름 한 판 할래?"

"씨름? 씨이이르으음?"

좋아서 츠츠츠츠, 웃음을 터뜨렸다. 사람들 위를 개구쟁이처럼 뛰놀며 깜짝 놀라게 한 도깨비불이 산이 무너져라 커다랗게 소리쳤다.

"신난다, 씨름이다! 도깨비 우두머리와 씨름할 인간이 여기 있는가!"

두 팔을 번쩍 들자 도깨비불이 허공으로 뿔뿔이 흩어지고 대신 거구의 사내가 그 자리를 대신했다. 한 장은 족히 될 듯한 사내가 망나니처럼 상투 머리만 튼 채 적삼 차림으로 사람들 앞을 가로막았다. 그네들 사이에 잔잔한 동요가 일었다. 이 요란을 만든 도깨비는 좋다구나, 츠츠츠, 기괴하게 웃으면서 외쳤다.

"너냐, 나와 씨름할 인간이?"

저 앞에서 소가 낄낄 웃으면서 사람들에게 달려들었다. 사람들은 정신없는 도깨비불에서 튄 불티로 옷자락이 그을자 작게 비명을 지르며 우르르 도망 다니는 난리를 벌였다. 고도는 난리 통을 만드는 소를 응시했다. 산만 한 덩치에 가려져 매번 두세 번째로 관심 순위가 물러지는 도깨비 감투와 도깨비 방망이가 오늘따라 눈에 들어온다. 씨름 도깨비가 요술도깨비의 물건까지 함께 가지고 있는 경우는 우두머리로 인정받은 도깨비에 한해서였다. 그건 마치 인간의 우두머리인 임금은 익선관과 곤룡포를 입는 것과 같은 이치다. 우두머리로서의 징표가 도깨비 사이에선 감투와 방망이를 모두 지니는 것이다.

방망이는 색동 뿔이 난 것처럼 얄망궂은 모양새였다. 그걸 휘두르면 눈이 번쩍 뜨일 만큼 화려한 금은보화가 쏟아진다지만, 실상은 돌덩이에 불과한 환상이다. 사람의 탐욕을 구체화하는 그 환상적인 술수는 감투를 머리에 써서 모습을 감추는 눈속임과 어우러져서, 도깨비들이 무리를 지어 생활할 때 인간의 습격을 받지 않도록 도움을 준다. 본디 도깨비란 혼자 살아가는 혼령이지만 소가 우두머리를 맡고부터는 마음 맞는 도깨비들이 모여서 매일 밤 술판과 춤판을 벌이기 시작했으니 그게 소의 특별한 재주가 아니고 무엇이겠는가. 백성이 꽝철이에게 소의 귀환을 하소연하고, 꽝철이가 그 청을 들어주겠다며 직접 소를 만나러 온 사연도 다 그러한 뜻에서 벌어진 일이었다.

　고도는 재주 많고 넉살 좋고 친화력도 뛰어난 도깨비 우두머리가 저와 함께 전국을 방랑하는 모습이 조금 딱했다. 말도 지지리 듣지 않는 도사의 뒤치다꺼리를 한다고 밤거리를 뛰어다니기보다는 제 나라 백성들과 웃고 떠드는 게 더 잘 어울리는 놈이지 않나. 하지만 이제 와 지난날의 감상에 젖어 봤자 뭣하리.

　씨름만 외치던 소가 물끄러미 바라보는 시선을 의식하고 비로소 고도 곁으로 다가왔다. 그러다 사냥개처럼 코를 킁킁거리더니만 안광을 빛내어 물었다.

　"정말로 여기서 씨름을 하면 되는 거냐? 인간들이 다칠 텐데 네놈은 상관없단 말이지?"

　고도는 가까이 다가온 파란 눈을 손가락으로 콱 찍었다. 여린 눈이 부지불식에 공격을 당하자 두 손으로 얼굴을 덮고 아이고 아이고, 바닥을 데굴데굴 구르는 소를 부추기듯 고도는 도깨비불을 발끝으로 통통 튕겨 내며 말했다.

　"이번만큼은 나도 사정이 있으니 사람이 다쳐도 봐주마. 가능하면 날 따라오는 사람 없이 그 요술 방망이도 양껏 사용하고."

"아이고, 아파 죽겠네."

"아프라고 하는 거다. 내가 이만큼이나 인간들을 놀려도 된다고 허락한 게 처음이니."

"알았다, 알았어! 요술 방망이도 실컷 휘두르고 씨름도 실컷 하마! 단, 누굴 죽이진 않고!"

"죽이지 않는 게 아니라 못하는 거겠지. 피도 못 보는 우리 심약한 소씨."

"으잉, 으이이잉, 그건 심약한 게 아니래두!"

"그래, 그래, 심각한 소 씨. 모쪼록 그 약조 꼭 지켜야 한다. 나처럼 지키지 않으면 악당 되는 거야."

"으이이잉! 도깨비 우두머리 소가 악당이 될 수는 없지! 약조한다, 약조해!"

고도는 소의 허리를 밟고 선 채로 허리춤에 매단 검을 꺼냈다. 검집에서 나온 검이 유려한 움직임으로 허공에서 두어 바퀴를 돌았다. 살상 무기라 제 몸이 다칠 수도 있는 물건을 자유자재로 돌릴 때마다 검의 표면에 새겨진 주술과 별자리가 달빛을 받아 신비롭게 빛났다.

고도는 검을 들고 앞으로 걸어갔다. 무장을 한 환영도사. 평범한 백성이 아닌, 무학을 할 줄 아는 승려들이 고도를 둥글게 감싸고 검을 겨눴다. 서른에 달하는 승려들이 고도를 검으로 포위하고 뒤에서 화살로 도망갈 퇴로까지 원천 봉쇄했다. 개중 하나가 한 걸음 앞으로 나와 합장을 하며 고도에게 인사를 했다.

"환영도사님을 뵙습니다."

그 합장에 고도는 말없이 승려를 쳐다보았다. 남루한 법당에서 독대할 때 독을 탄 숭늉을 건넨 이, 아라한이었다. 그의 얄팍한 술수에 당했다는 사실을 떠올리면 화를 내도 모자라건만, 고도의 눈엔 그 어떤 감정도 담겨 있지 않았다. 덤덤하게 인사를 받아 줄 뿐이다.

"오냐."

"저희와 크게 싸우실 각오로 보이는데, 맞습니까."

"일반 아녀자들까지 끌고 와서 앞길을 가로막는 너희가 그게 할 소린가."

"아녀자들을 상대하지 못하신다는 것은 이미 저희 쪽에도 소문이 났죠."

"약점도 양껏 이용하겠다는 말이 듣기 좋구나. 역시, 악당은 악당이 상대해야 제맛이지."

"한 판 벌이시기보다는 이제라도 생각을 고치신다면, 저희도 도사님과 도사님의 일행 분께 칼끝을 겨누지 않을 것입니다."

"겨눠도 된다. 다 막아 주마."

"정녕 아니 되시겠습니까. 제안은 이번이 마지막입니다."

"내가 어제도 네게 단단히 일러두었지. 또다시 쓸데없는 회유를 하려고 들면 코를 쥐고 비틀어 줄 것이다. 입 아프게 쓸데없는 얘기 그만하고 길이나 벌려라. 내가 친히 너희들을 싹 쓸어버리기 전에."

"분명히 마지막이라고 말씀드렸습니다. 더는 저도 도사님께 예를 갖추지 않을 것입니다."

무심한 눈으로 아라한을 바라본 고도는 망설임 없이 검 끝을 그에게 겨누었다. 승려들이 대열을 정비하여 그런 고도와 아라한 사이를 막아섰다. 무학을 배운 승려들이다. 무학을 배웠다는 사실만으로도 상대에겐 충분히 위협이 되지만, 고도에겐 그 위협이 먹히지 않았다. 고도는 무학의 자세를 잡는 승려를 보며 조금도 동요하지 않았다.

잠깐의 침묵과 고요함을 뒤로하고 승려 하나가 고도를 향해 검을 들고 달려 나왔다. 고도의 등을 노리고 신속하게 검을 찔러 넣으려는 순간, 뒤를 보지도 않고 고도는 반 바퀴를 빙글 돌았다. 검이 허공을 가르기 무섭게 고도의 옷자락이 기다란 잔영을 남길 정도로 빠른 움직임이 이어졌다. 검으로 고도를 찌르려 한 승려가 몸을 바로 추스르기도 전에 고도는 눈앞에서 사라졌다. 어느새 승려의 뒤쪽에서 나타난 고도가 검 등으로 목 뒤를 툭 쳤다.

"이게 만약 검날이었으면 지금 네 목은 붙어 있지 않았을 게다. 두 번은 기회를 주지 않겠다. 알아서 물러서든, 목을 잘릴 각오로 다시 덤비든 선택해라."

사색이 된 동료를 대신하여 뒤편에 있던 다른 승려가 달려들었다. 소가 고도 대신 공격을 막으려 들었다. 하지만 고도는 소를 노려보며 턱짓으로 물러나라 이르니, 소를 따라서 함께 나서려던 청사 역시 엉거주춤 자리에 멈추어 서야 했다. 고도에게 무학을 배운 승려를 상대함은 궁궐에서 무학관 무관들과 대련을 한 것과 다를 바가 없었다.

"네놈, 허세 부리다 당하면 도와주지 않을 테다!"

소의 으름장에도 고도는 픽 웃으면서 대답 대신 손만 설레설레 저었다. 고작 무학을 흉내 내는 승려를 혼자 상대 못 하겠느냐는 뻔뻔하리만큼 당돌한 자신감이었다. 그 자신감이 소의 말대로 허세는 아닌 모양이다.

고도는 두세 명이 합동으로 공격하는 술수도 능숙하게 받아쳤다. 뒤에서 찔러 드는 검날은 몸을 틀어 옆구리에 안전하게 끼우고, 다리를 찌르는 좌측 칼날은 발등으로 칼 면을 걷어찼다. 머리를 내려치는 검은 달려드는 또 다른 승려의 엉덩이를 걷어차 제 앞에 방패처럼 세워서 공격을 멈추게 하였다. 그러나 방패 취급을 받았던 승려가 고도를 붙잡아 업어치기를 시전하니, 기다렸다는 듯이 승려들이 검날을 돌리며 달려왔다.

수직으로 찌르거나 수평으로 베어 버리는 날카로운 손속에 고도는 웃음기가 가신 얼굴로 지면을 가볍게 박찼다.

목 위로 날아오는 칼엔 고개를 숙여 피한다. 정강이를 수평으로 잘라 내려는 낮은 칼날은 훌쩍 뛰어 피하고, 허리를 동강내려는 높이는 무릎까지 들어 발로 칼을 걷어차야만 했다. 사방에서 쏟아지는 칼날을 고도는 절제된 동작으로 피하고 막으며 밀어내고 튕겨내길 반복했다. 그때마다 휘날리는 검은 두루마기 자락 때문인지, 흡사 검무를 추는 것처럼 부드럽고 유려하여 아름답게 보이기까지 했다.

무학을 훈련받은 승려들의 움직임은 철두철미했다. 단 하나도 쓸데없는 움직임이 없다. 오직 고도의 급소만을 정확하게 공격했다. 사방에서 쏟아지는 날카로운 검날을 받아치는 고도의 움직임이 신기에 가까울 정도였다. 그리고 그 신기는 시간이 지날수록 승려들과 고도의 실력에 격차를 벌렸다.

고도는 보이지도 않는 등 뒤의 공격은 어떻게 아는지 때에 맞춰 허리를 숙이고 다른 검날을 밟고 서서 눈을 혼란스럽게 만들었다. 동시에 열 몇 군데에서 날카로운 검날이 횡으로 종으로 가르며 다가오면 그제야 검을 막아 세우고 몸을 뒤로 빼냈지만 그 정도로 승려들이 합심하여 덤비지 않는 이상 고도는 사진검을 제대로 쓰지도 않았다. 마치 이들을 놀리는 것 같다. 고작 이렇게밖에 무학을 이용하지 못하느냐며 승려의 머리통을 칼등으로 철썩 내려치고, 다리를 걷어차고 팔꿈치를 비틀면서 대열을 흐트러뜨렸다.

고도가 기이한 도술을 써서 승려를 농락하는 것인가. 청사는 그 대단하다는 강문의 제자들이 고작 한 남자를 당해 내지 못하는 이 어처구니없는 상황에 헛웃음만 흘렸다. 고도는 특별한 도술을 쓰지 않고 승려들을 상대하고 있었다. 도술을 쓸 필요가 없기 때문이다. 밤부터 목소리가 갈라지는 등 몸 상태가 좋지 않아 보였는데 그 상태로 도술을 오랫동안 지속하긴 힘들뿐더러, 만약 도술을 쓰고 있다면 지금처럼 아슬아슬하게 공격을 피하지 않았으리다. 도술에 의지하지 않는 검술은 승려들과 똑같은 조건에서 상대하겠다는 고도의 의지였다. 청사는 고도의 움직임을 함께 구경하는 소에게 물었다.

"아라한은 법력이 출중한 법사라면서, 왜 맨몸으로 고도를 상대하고 있지."

소도 청사와 같은 생각을 했다.

"아무래도 둘 다 전력을 다할 생각이 없나 보다."

"고도는 이해가 되지만 아라한은 왜."

"시간벌기일 수도 있지."

"그게 아니면?"

"그의 스승이 직접 상대해야 할 테니 제자가 가로채선 안 되니까 이러고 있는 걸지도 모르고."

가장 맛있는 사냥감은 나중으로 미루는 것도 아니고, 청사는 승려들이 하는 짓이 부처의 가르침과 같은 구석이 하나도 없어 못마땅했다. 검으로 고도를 상대하던 승려들 속에서 새로운 움직임이 나타났다.

몇몇이 뒤로 빠져 다른 무리의 승려들과 접선했다. 짧은 이야기가 오고 간 후 뒤쪽 승려들이 등에서 활과 화살을 꺼냈다. 화살을 든 이가 족히 스물은 넘는지라 지켜보던 청사의 얼굴이 대번에 굳었다. 승려들은 고도를 겨누고 활시위를 천천히 잡아당겼다. 그들의 시야에 검은 옷자락이 어지럽게 흩날렸지만, 화살을 쏠 기회를 놓칠 정도로 현혹되진 않았다.

팽팽하게 잡아당긴 활시위에서 손을 놓았다. 화살은 검을 들고 고도를 상대하는 승려 사이를 절묘하게 통과하여 검은 옷자락에 박혔다. 성나게 이어지던 승려의 공격이 일제히 멈추었다. 그를 받아치는 고도 역시 옷자락을 찢은 화살로 시선을 돌렸다.

살에 맞진 않았지만, 반걸음만 뒤로 물러섰으면 허벅지에 꽂혔을 것이다. 화살이 날아온 방향으로 고개를 든 고도는 때마침 두 번째 활시위를 떠난 화살이 정확하게 이마를 겨냥하고 날아오는 모습을 보고 황급히 손을 들었다. 머리통을 꿰뚫으려 했던 화살이 고도의 손바닥을 뚫었다.

"고도!"

청사가 깜짝 놀라 달려가려는 것을 소가 붙잡아 세웠다. 청사가 신경질적으로 말했다.

"이거 안 놔?"

"기다려, 아직 공격이 끝나지 않았다."

소의 말처럼 화살이 박힌 고도의 손에서 후두둑 피가 떨어지기 무섭게 세 번째 화살이 날아갔다. 세 번째 화살에 이어 네 번째, 다섯 번째, 도합 스무 개에 달하는 화살이 고도에게 쏟아졌다. 사람 몸에 벌집 구멍을 낼 작정이다. 고도는 도술로 화살을 튕겨 내려다가 생각을 고쳐먹었다.

"첫판은 역시 기선제압이지."

히죽 웃는 고도의 여유에 긴장하여 바라보던 청사와 소가 질리는 표정을 지었지만 말이다.

고도는 그동안 쓰지 않은 도력을 양껏 끌어 올렸다. 융통성 있게 필요한 도술만 부리면 될 텐데도, 과하다 싶을 정도로 힘을 내보냈다. 검은 눈이 금색으로 물들며 도력이 방출되자 지면이 우르르르, 울릴 정도였다. 도력을 실은 오른발로 지면을 쾅, 내려 차니, 마치 그 힘에 땅이 뒤집히듯 흙먼지가 용솟음쳤다. 순식간에 고도를 중심으로 회오리바람이 일어나며 날아오던 화살들이 바람에 휩쓸려 허공으로 솟구치거나 잔살이 부러져 사방으로 튕겨 나가 버렸다.

준비 시간도 없이 방대한 양의 도력을 터뜨린 고도를, 승려들은 놀란 표정으로 바라보았다. 주술진을 그린다든가, 배화나무 지팡이, 부적도 없이 이리도 자유자재로 도술을 쓰는 고도의 실력에 적잖이 당황한 모습들이었다. 이런 실력이라면 고도가 손 한 번 휘두를 때마다 마른하늘에 날벼락이 치고, 땅이 갈라지며, 귀신이나 산짐승들이 튀어나올 것만 같았다.

고도의 금빛 찬란한 두 눈이 활을 맨 승려들을 노려봤다. 그들은 마른 침을 삼키면서 주춤했던 활을 다시 단단하게 쥐었다. 긴장을 풀면서 다시 화살을 활시위에 걸어 고도를 겨냥했다. 한쪽 눈을 지그시 감고, 꿩을 사냥하듯 그렇게 고도를 덤덤하게 바라보았다. 화살촉은 조금의 흔들림도 없이 고도의 심장을 겨냥했다. 화살이 고도의 움직임을 붙잡아 두자 열다섯 승려들이 한꺼번에 고도에게 검을 겨누었다. 요리조리 귀신처럼 도망치던 고도도 이 거리에서 쏟아지는 검과 화살을 동시에 피하긴 쉽지 않다. 강문의 제자들은 그 사실을 정확하게 인지하고 있었다.

다시 한 번 사방에서 화살이 쏟아졌다. 동시에 승려 열다섯이 일제히 검을 휘둘렀다. 좁은 공간에 포위당한 고도는 검 아니면 화살 둘 중 하나에는 상처 입길 감안해야만 했다. 하지만 고도는 낭패라는 표정을 짓는 대신 몸을 허리 아래로 낮췄다. 호박처럼 아름다운 금색 눈동자가 금빛 선을 허공에 긋는 것처럼 잔상을 남겼다. 몸을 낮춘 고도가 양손으로 바닥을 짚었다. 그의 손바닥을 타고 터져 나온 도력에 구릉 땅이 물결이라도 치는 듯 크게 출렁였다. 검을 쥔 이들 몇은 무게 중심을 잃고 휘청거렸다. 상대적으로 반응이 빨랐던 이들은 제자리에서 뛰어 출렁이는 땅의 파동을 피했다. 그 찰나의 흐트러진 전열을 고도는 놓치지 않았다.

공격 대신 방어를 택한 검날을 향해 몸을 굴려서는 승려의 품을 파고들었다. 화살을 막았지만 고도까진 대응하지 못한 승려는 속수무책으로 고도에게 붙잡혔다. 고도는 왼손에 쥔 사진검을 빙글 돌려 좌측에서 쏟아지는 검을, 오른손으로 쥔 승려의 팔을 돌려 우측에서 파고드는 것들을 밀어냈다. 동료가 고도의 방패가 되어 검날에 찔릴 위험에 처하자 승려들이 일제히 공격을 물리고 뒤로 물러났다. 고도에게 이용당한 승려는 자칫 동료 손에 찔려 죽을 뻔한 충격으로 넋을 놓고 말았다. 정신을 못 차리는 승려에게서 검을 빼앗은 고도가 양손에 쥔 서로 다른 검을 돌리면서 처음으로 입을 열었다.

"세월이 지났다는 걸 새삼 깨달았다. 무학이 이따위 허섭스레기가 되었을 줄이야."

말이 끝나기 무섭게 고도는 기침을 두어 번 뱉었다. 절로 눈살이 찌푸려질 뻔했다. 몸 상태가 썩 좋지 않았다. 도력을 과하게 쓰면 그다지 좋지 않은 이 몸이 어떤 말썽을 부릴지 모르겠다. 이후에도 기침이 이어졌지만, 아랫입술을 질끈 깨물며 호흡을 가다듬은 고도가 말을 이었다.

"무학을 모욕하는 행동은 당장 그만둬라. 이따위로 이용해 먹으라고 내가 기록으로 남긴 것이 아니다."

고도는 아름다운 궤적을 그리면서 돌린 검을 거꾸로 잡았다. 검날이 바깥을 향하는 대신 고도의 옆구리를 지나 등 뒤로 뻗는 괴이한 자세였다. 그 상태로 몸을 낮추고 승려의 다리 쪽을 파고들자 검을 앞에서만 받아칠 줄 알지 뒤에서 뱀처럼 간사하게 날아오는 날은 평생 대응해 본 적 없는 이들이 혼비백산이 되어 물러났다. 거꾸로 쥔 검을 교차하여 휘두를 때마다 정갈하게 대응하던 승려들은 순식간에 팔다리에 상처를 입고 어찌할 바를 몰랐다.

고도는 기괴한 검술로 승려 모두에게 크고 작은 상처를 준 이후에야 굽혔던 허리를 폈다. 고도의 술수에 놀란 승려들이 잠시 움직임을 멈춘 사이에 고도는 검을 빙글 돌려 다시금 똑바로 쥔 다음에 이들을 둘러보

앗다. 이번에는 똑바로 검을 쥔 고도가 검무처럼 화려하게 날을 휘두르자 가까이 다가가지도 못한 채 슬금슬금 뒷걸음질을 쳐야 했다.

고도가 정형화된 검술이 아닌 이상한 방식을 다양하게 연결하여 보여주니 숫자로 우세하던 승려들도 더 이상 고도를 공격하길 망설였다. 한꺼번에 진을 쳐서 잡고자 하니, 땅이 울릴 정도로 거대한 도술에 대응하기 역부족이고, 도술을 쓸 틈도 없이 사방에서 칼과 화살로 입박을 하고자 해도 이리도 화려하고 기괴한 검술로 맞대응을 하고 있으니, 고도를 상대하는 일이 생각만큼 쉬운 일이 아니지 않은가. 검날이 뱀처럼 제 등뒤를 파고드는 기술은 꿈에 나올까 두려울 정도로 기묘하거늘, 이걸 누가 상대한단 말인가.

고도는 주춤거리는 승려들을 확인한 후에야 변형된 무학을 선보이던 움직임도 멎었다. 고도는 뒤로 물러나는 승려들을 더 몰아치는 대신에 눈을 들어 가만히 바라보기만 했다. 지그시 바라보는 그 금안에 아무 감흥이 들지 않는 인간이란 이 세상에 한 명도 없을 것이라고, 승려들은 속으로 공통된 생각을 했다.

"지금의 무학은 누가 가르치고 있느냐."

침묵하던 승려 무리 어디에선가 대답이 들렸다.

"도사님은 모르는 이가 무학관을 운영하고 있습니다."

"최산해의 자식인가."

"최 산자 해자는 누구신지요."

"무학을 최초로 군사에 접목한 이다. 지금은 나이가 들어 늙어 죽었을지 모르지만, 내가 가르친 무학의 본질을 가장 잘 알고 있는 첫 번째 정규군 장군이었다."

유일하게 대답을 하던 승려가 곰곰이 생각하고는 고개를 저었다.

"그자와는 연고가 없는 이가 맡고 있습니다."

"그래서 이렇게 쓰레기가 되었군."

무학으로 왕을 보위하고 녹을 받아먹고 사는 무관들이 들었으면 경을 칠 소리였다. 이들은 비록 무학관에서 수료하진 않았으나 무관과 연고가 있어 배운 것이니 연대로 욕을 먹은 것과 다르지 않다. 고도는 승려를 맹렬하게 쳐다봤다.

"어디 가서 무학을 수련했다고 하지 마라. 너희는 무학의 본질도 모른 채 흉내 내기만 급급하니, 그것을 만들어 낸 내가 부끄럽고 노여워 어찌할 바를 모르겠다."

안 그래도 낮아진 목소리가 동굴처럼 깊은 울림을 토하자 승려들은 섬뜩함을 느꼈다. 진실로 분노한 고도에게 더는 덤비지 못하고 칼을 쥔 손에서 힘을 푸니, 어느새 칼날은 살의를 잃고 바닥만 내려다보는 꼴이 되었다. 고도는 다시 좌중을 노려보고 말했다.

"무학은 살생을 위한 기술이 아니다. 나약한 스스로를 보호하고자 만든 호신술에 가깝다. 검으로 남을 베고 공격하기보다 자신을 지키는 데 중점을 둔 것이다. 만약 살생이 필요했다면 무학이 아닌 다른 것을 기록했겠지."

조금 전에 검을 거꾸로 잡고 날뛰던 기술처럼. 지키고자 하는 의지가 아닌 스스로 다치면서도 상대를 해하겠다는 의지로 움직여야 한다는 뜻이었다.

고도는 눈이 마주친 승려가 대답하길 바랐다. 무학이 이따위로 망가진 것이 혹 그대의 영향인지를 당사자 입으로 직접 듣고 싶었다. 하나, 마주친 눈엔 고도에게 그럴듯한 변명을 늘어놓을 의지가 없었다. 이들은 무학을 흉내 내어 쓰기만 할 뿐, 본질에 접근한 자는 아무도 없던 것이다. 이야기를 나누어 본들 시간 낭비만 될 것이다.

사진검을 검집에 꽂은 고도가 뒤돌았다. 청사와 소가 있는 쪽으로 다가오는 걸음은 여유로웠다. 고도가 좌중을 압도한 모습을 잠자코 보고 있던 청사는 그 실력을 새삼스럽다는 표정으로 손을 내밀었다. 고도가 그 손을 잡으려다가 자리에서 무너지듯 주저앉았다.

"고도!?"

놀란 청사가 다급히 고도를 부축했다. 눈에 보이는 상처는 손바닥 외에는 없건만 또 어디가 다친 건가 싶어서 고도의 몸을 꼼꼼하게 살폈다. 겉으로 다친 부위는 없다. 고도가 가슴팍을 붙잡고 헐떡이는 건 몸 안이 이상하다는 뜻이다. 고도는 심장이 타들어 가는 것만 같은 아찔함에 거친 숨을 뱉었다. 머리가 아프고 식은땀이 나는 것은 물론, 목에 수백 개의 바늘이 박힌 듯한 통증에 목소리를 내는 것은 더는 불가능했다. 청사가 얼른 고도를 잡아 일으켜도 고도는 물에 빠진 시체처럼 힘이 없었다. 부축하는 것도 힘들다는 걸 알아챈 청사는 고도를 번쩍 들어 등에 업었다. 청사 입에서 절로 쯧, 혀를 차는 소리가 울렸다.

"너 어제부터 진짜 왜 그런 거야."

청사가 안타까워하며 물어도 고도는 끄응 앓는 소리만 낼 뿐이다. 소가 다가와서 딱하다는 얼굴로 청사의 어깨에 기댄 고도의 얼굴을 보았다. 식은땀이 흘러내리는 이마를 보면서 안타까운 심정을 감추지 못했다.

"그러게 허세 부리지 마라니까. 이 멍청한 놈."

코를 잡고 비틀어도 고도는 끙끙거리기만 할 뿐 이렇다 할 반박도 못했다. 젖은 빨랫감처럼 청사의 어깨너머에서 두 팔이 덜렁거렸다. 팔에서도 뜨거울 정도로 열기가 올라온다. 큰 탈이 되진 않을는지, 청사가 걱정을 금하지 못했다. 고도는 이 이상 숨길 수 없다 생각하곤 솔직하게 실토했다.

"많이 움직여서 맹독이 급속도로 퍼진 모양이다."

그게 무슨 소리냐며 자리에서 펄쩍 뛰는 청사와 소에게 설명하고 싶어도 고도는 목이 아파 말을 길게 할 수가 없다.

"도깨비야, 내가 해독제를 먹었다고 하지 않았더냐."

그 말에 소가 재빨리 대답했다.

"그래, 강문이 직접 먹이는 걸 봤다."

"……세상에. 그놈이 먹였다면 명약은 아니겠네. 나 같아도 중독된 강문에게 좋은 해독제는 주지 않을 거거든."

"서로 뒤끝이 아주 끝내주는 구나."

"너도 내 입장 되어 보면 안다. 그 알량한 해독제가 맹독을 모두 몰아내진 못한 모양이야."

듣고 있던 청사가 발을 동동 구르며 대화에 끼어들었다.

"맹독은 뭐고, 강문의 해독제는 뭔데."

고도는 아픈 목을 가다듬었다.

"사연이 복잡하여 설명할 길이 요원하니 우선 자리를 뜨자."

"심각한 상태야?"

"죽진 않겠지."

몸이 뜻대로 움직이지 않을 뿐이다. 고도가 숨을 고르는 사이에 강문의 수행원들이 산을 넘어 다가오고 있었다. 지금 있는 인원들을 상대할 때도 도력과 변형된 무학을 마음껏 발휘하던 고도였거늘, 저 많은 숫자가 합세하면 이런 몸 상태로 가뿐하게 이기긴 어려울 듯했다. 여기서 힘을 뺐다가는 정작 강문을 만났을 때 난관을 겪을 수도 있지 않겠나.

몰려오는 수행원들 사이에 강문의 모습은 보이지 않았다. 고도는 무리 중에서도 유독 어린 비구니가 시선에 밟혔다. 해맑은 웃음을 만면 가득 담고 있어야 할 아이가 비장한 표정으로 어른들 사이에서 한 자리를 꿰차고 있다. 고도는 애써 시선을 돌려 소를 바라봤다.

"소야, 이곳은 네게 맡기마."

소는 푸른 안광을 빛내며 자신만만하게 외쳤다.

"그래, 너는 몸부터 돌봐라."

"지금은 해독할 방법이 없다. 차라리 일찍 일을 끝내고 쉬는 게 낫겠구나."

"그럼 어서 강문을 찾아서 승부를 봐라."

소는 고도의 머리를 꽉 잡았다. 고도를 쳐다보는 눈빛이 전에 없이 진지했다. 까불어대던 도깨비의 모습이 아니다. 고도가 자신의 몫까지 강문 문제를 해결하길 부탁하는 눈이었다. 고도는 그러한 소의 의지를 가슴으로 느꼈다. 무어라 말하려고 입을 뗐다가 기침을 세차게 뱉고 만 고도는 주먹을 쥔 손을 내밀었다. 소가 그 주먹에 다섯 배쯤 되는 제 주먹으로 퉁 쳤다. 고도의 눈가는 식은땀이 고여서 눈물처럼 보이는데도 물기에 젖은 눈 어디에서도 나약함과 불안함은 보이지 않았다. 믿음을 강요라도 할 것처럼 자신 있는 눈이었다. 승려들을 상대할 때보다 맑고 깨끗한 시선을 보니 소는 굳어 있던 입가를 풀어 웃고 말았다. 조금 전의 심각하고 진지했던 파란 눈이 초승달처럼 휘어지며 미소를 머금었다.

"널 위해 여긴 어떻게든 막으마. 대룡아, 부탁한다."

청사는 소의 듬직한 어깨를 보면서 고개를 끄덕였다.

"고도처럼 무리하지는 마라."

"츠츠츠츠, 날 뭐로 보고! 나는 모든 인간의 안다리를 후릴 수 있는 씨름 도깨비다!"

넓찍한 가슴을 주먹으로 팡팡 두드린 소가 누런 이를 드러내며 장담했다. 청사는 소의 믿음직한 모습에 확신을 얻었다. 걱정하며 당부할 필요가 없다. 그리고 조심하라며 주의를 시킬 필요도 없다. 금방 인간들을 처리하고 뒤쫓아 올 소에게 어떠한 인사도 남기지 않았다. 고도를 업은 청사는 소에게서 등을 돌리곤 구릉을 넘어 그 아래 평원으로 향했다. 소는 허리를 똑바로 펴고 청사의 모습이 아주 조그마하게 보일 때까지 쳐다보았다.

승려 무리가 소에게 가까워지자 그제야 승려 쪽을 바라봤다. 소는 두 다리를 벌리고 팔짱을 꼈다. 여기서 한 발자국도 나아가지 못한다. 철옹성처럼 단단하게 선 소를 향해 승려들도 맞설 자세를 잡았다.

"내가 상대해 주겠다!"

귀가 울릴 정도로 쩌렁쩌렁 소리가 너른 구릉에 메아리쳤다.

승려들이 소에게 달려들었다. 수행원들은 소가 씨름을 준비할 시간조차 주지 않았다. 몸을 낮출라치면 법력이 담긴 손을 휘둘러 자세를 흐트러뜨렸고, 다리를 걸어차 정신을 산만하게 만들었다. 자잘한 방해 공작에 제 성질을 못 참고 분노한 소가 도깨비불로 변해 주변을 난장판으로 만들라치면 주머니에서 팥을 꺼내 던졌다. 그리하면 소는 기겁하고 본래의 모습으로 돌아와 저만치 물러나는 것이다.

이들은 도깨비가 팥이나 피처럼 붉은색을 무서워한다는 사실을 알고 충분히 이용할 줄 알았다. 불도깨비와 산도깨비에게는 물을 끼얹어서 제 실력을 발휘하지 못하게 하고, 씨름 도깨비에겐 팥으로 위협하여 씨름 자체를 하지 않는 '도깨비 퇴치법'을 잘 알고 있다. 승려들은 강문의 제자임을 떠나 불가에 귀의한 인간이라. 인간에게 깨달음을 알려 주고 못된 요괴나 귀신들을 올바른 길로 인도하는 이들이니만큼 도깨비의 습성이나 약점을 훤히 꿰뚫고 있었다. 소는 낭패스러움을 감출 길이 없었다.

수행원들을 이곳에 붙잡아 두기로 고도와 약속했는데 생각보다 쉽지 않아 보였다.

소는 등 뒤에 매고 있던 도깨비 방망이를 꺼냈다. 감투를 머리에 써서 사람들 눈에서 사라지자 조금 전까지 소를 압박하며 사납게 몰아붙이던 이들이 오도카니 멈추어 서서 눈만 굴렸다. 소가 어디 있는지를 찾고 있다. 씨름만 하자고 부추기는 도깨비가 요술도깨비의 물건을 이용할 줄은 몰랐지만 당황하지 않았다. 환영도사 고도와 함께 다니는 도깨비는 우두머리이니, 이 정도 발칙한 술수는 예측하고 있던 것이라.

감투로 모습을 감춘 소가 귀신처럼 어른거리는 형상으로 나타나자 사람들은 재빨리 몸을 피했다. 사람들이 있던 자리로 방망이가 우지끈 떨어지니, 방망이에 얻어맞은 땅과 그 위에서 자라던 겨울 초목이 금화로 변해 바닥에 쌓였다. 요술방망이를 휘두르면 금도 은도 뚝딱뚝딱 만들어진다는 이야기가 떠올랐다. 눈 돌아갈 정도로 번쩍이는 사금에 수행이 부족한 승려들의 마음에 삿된 생각이 퍼졌다. 그들은 조심스럽게 바닥에 굴러다니는 금을 매만졌는데 그 빈틈을 파고들어 소가 다시 한 번 감투 너머에서 어른거리는 형상으로 나타나 사람들에게 방망이를 휘둘렀다. 방망이에 닿은 사람들이 커다란 금으로 변해 버렸다. 승려들 사이에서 동요하는 기색이 퍼지더니 어디선가 긴장된 목소리가 터졌다.

"요술 방망이에 닿으면 금으로 변합니다. 해가 뜨면 본래 모습으로 되돌아오지만 그동안 도반님들 모두 조심하십시오."

반투명한 모습으로 사람들 머리 위에 방망이를 휘둘러 금을 쏟아내던 소가 츠츠츠츠, 높다랗게 웃었다.

"알면 대응해 보아라!"

사람 몸에 닿을 때만 잠깐 어른거릴 뿐, 그밖엔 볼 수 없는 도깨비를 어찌 잡을 수 있을까. 인간들이 도깨비를 퇴치할 방법을 알고 있다 해도 상대가 도깨비 우두머리이면 이야기가 달라지는 법. 소는 자신 있게 사람들 사이를 휘저으며 웃었다. 씨름을 받아 주지 않으면 이렇게 인간들을 모두 금으로 만들어 버리리라. 날뛰는 도깨비를 말릴 이가 아무도 없고 다들 허둥지둥거리는 틈에서 줄곧 지켜보고만 있던 아라한이 나왔다. 그는 장삼 허리춤에 끼워 둔 곤봉을 꺼냈다. 아라한의 양옆과 뒤에 서 있던 이들도 비로소 병기를 꺼내니, 그들은 수행이 부족해서 도깨비 술수에 휩쓸리는 승려들과 다른 위압적인 침착함을 보였다. 육안으로 구분할 수 없는 것을 심안心眼으로 보는 신통력을 깨우친 이들이었다.

아라한과 그의 도반들이 조금도 망설이지 않고 사람들이 모인 곳을 뚫고 지나갔다. 바닥에 와르르르 금이 쏟아지면서 몇몇은 그 금을 탐내며 달려들기도 하고, 몇몇은 사람이 바뀐 금을 끔찍하게 보면서 도망가기도 하는 등 아수라장이 된 곳이었다. 인간의 마음을 삿된 것으로 물들이는 도깨비 술수를 날카롭게 노려보던 아라한이 세 척에 달하는 곤봉을 휘둘렀다. 허공을 붕 가르는 소리가 무겁고 진중하여 범상치 않았는데, 역시나 평범한 무기와는 달리 아무것도 보이지 않는 허공에서 딱하고 둔탁하게 부딪히는 소리가 울렸다. 동시에 까무러치는 비명이 울렸다.

"아이고! 아이고야, 아프다, 아파!"

방방 뛰는 목소리가 호들갑스러우니 곤봉에 쥐어 터진 소의 울음이 분명하다. 아라한은 곤봉을 빙글 돌려 고쳐 잡았다.

"어리석은 그대를 응징해 주겠소."

두 번째 곤봉이 허공을 가르자 이번에는 요령 있게 피한 소가 저를 때리지 못하고 바닥에 박힌 곤봉을 노려보았다. 처음에는 우연으로 휘두른 게 어쩌다 맞았을 뿐일지도 모른다. 아무리 신통력이 뛰어난 승려라도 감투를 쓰고 있으면 투명해져 보이지 않는 도깨비를 아무렇지도 않게 곤봉으로 때려잡으려는 게 과연 가능한가 의심이 되었다. 그래서 소는 이번엔 아라한을 정확하게 노리고 요술 방망이를 휘둘렀다. 바닥에 굴러다니는 사금처럼 아라한도 금으로 만들려는 손속이었다. 하나 소의 반격은 아무런 효과도 보지 못했으니, 아라한과 함께하는 승려들이 도깨비 방망이를 붙잡은 것이다. 아라한의 공격도, 승려들의 방어도 모두 우연한 일치가 아닌 그들만의 오롯한 실력이라는 게 입증되었다.

"실력으로 막았다면 어디 이것도 한번 막아 보아라!"

오기가 생긴 소가 아라한과 승려들을 날려 버릴 생각으로 방망이를 휘둘렀다. 금으로 바꾸는 술수 대신 힘으로 밀어붙일 심산이었다. 소리도 남기지 않고 아라한의 머리 위로 떨어지던 방망이가 이번에도 승려들의 곤봉에 막혀 멈추었다. 씨름도 걸리지 않고 금으로 바꾸려는 술수도 통하지 않는데 감투와 방망이의 협공도 소용이 없다. 소는 약이 잔뜩 올랐다. 머리를 굴려서 다양한 방법으로 상대해 보려 했지만 모두 큰 성과를 내지 못하니 이러면 정공법으로 회귀할 수밖에.

"씨름이다, 씨름!"

감투를 목 뒤로 발라당 넘긴 소가 산이 쩌렁쩌렁 울릴 만큼 커다랗게 소리쳤다. 방망이를 등에 다시 매고 자세를 낮췄다. 가장 가까이에 있는 승려에게 성난 황소처럼 달려들어 허리춤을 붙잡고 안다리를 후렸다. 갑작스러운 공격인 만큼 승려는 속수무책으로 뒤집혔다. 등이 땅에 닿아 누가 봐도 씨름의 패배가 결정되자 승려는 씨름 도깨비가 거는 제약에 갇히고 말았다. 거북이를 뒤집어 놓으면 몸을 되돌리지 못하고 허우적거리는 것처럼 그 승려는 바닥에 등이 붙은 채 꼼짝도 하지 못했다. 두 팔과 다리로 허공을 저어 보지만 어찌된 일인지 몸이 바로 서지 않는다.

소는 투견처럼 으르렁거리면서 두 번째 목표를 아라한으로 잡고 달려들었다. 아라한이 곤봉을 휘두를 틈도 주지 않고 허리춤을 바싹 잡아 올렸다. 이대로 밀어붙여 넘겨 버리면 도깨비감투를 쓴 투명 도깨비도 알아보는 대단한 신통력을 가졌더라도, 인간인 이상은 도깨비가 건 제약에서 벗어나지 못할 것이다. 아라한 역시 소가 쓰러트린 이전 사람처럼 바닥에 달라붙어 일어서지 못할 앞날이 뻔했다. 하나 씨름에 정신이 팔려 소가 깜빡 잊고 있던 것이 있으니, 달랑 아라한 하나만 상대해서는 안 된다는 점이다. 아라한 주변엔 그보다 신통력이 약해도 수많은 세월을 수행해 온 또 다른 승려들도 침착하게 대기하고 있었다. 그들은 감투를 쓰고 요리조리 천방지축으로 날뛰던 소가 제 발로 달려드는 이 순간을 기다렸다는 듯 일제히 봉을 들었다. 소가 아차 싶어서 걸음을 늦췄을 때는 이미 늦었다. 반사적으로 눈을 감고 온몸을 두드려 팰 곤봉의 타격을 기다렸다.

눈을 감고 몸을 움츠린 채 예상했던 통증과 아픔은 아무리 기다려도 느껴지지 않았다. 소가 슬그머니 눈을 뜨자 시야가 희뿌옜다. 밤안개가 낀 건가, 놀라서 눈을 끔뻑이니 그제야 눈앞을 하얗게 만든 것의 정체를 알 수 있었다.

새하얀 불도깨비다. 푸른 불꽃으로 타오르는 소와는 다르게, 달빛보다도 창백한 흰색으로 빛나는 도깨비였다. 고도 주변에 있는 도깨비라곤 소에 대한 정보밖에 모르는 아라한을 비롯한 사람들이 적잖이 당황한 모습이 보였다. 이것이 소의 앞을 막고 있으니 곤봉을 휘두르려던 승려들도 멈칫하게 된 것이다.

"길달아, 이리 오너라."

소의 주변을 날던 새하얀 불 도깨비가 부름을 받들고 남자에게 날아왔다. 도깨비불처럼 새하얀 불덩이가 남자의 발 옆에 내려서니 순식간에 모습을 바꿨다. 하얀 털과 아홉 개의 꼬리를 가진 백구미호다. 소와 몇 년을 함께 다녔다가 헤어진 팔미호와는 달리, 이 구미호는 질량도 질감도 느껴지지 않는 반투명한 존재였다. 아마 죽어서 혼이 된 여우 요괴인 듯한데 그것은 성인 남성만큼 커다란 덩치로 사내의 다리 주변을 빙글빙글 돌았다.

여우의 주인은 쌍호로 장식한 홍포를 입은 사내였다. 차려입은 행색을 보면 무과 사람임이 분명한데 호리호리한 몸과 곱상한 외모가 글깨나 읽을 서생으로 오해할 만했다. 머리에 초립을 쓰면 딱 어울릴, 어른보다는 소년에 가까운 이였다. 괄괄한 무인들 사이에서 맥도 추리지 못할 기생오라비처럼 생겨서는 구미호를 수족처럼 부리니 그 얼마나 해괴한 일인가. 강문의 수행원들은 정체불명의 남자가 등장하자 주춤했다. 서로를 바라보며 남자에 대해 눈빛으로 묻기도 했다. 고개를 설레설레 젓는 수행원들과 달리, 소는 남자를 알아보고 입을 뗐다.

"……비형랑?"

소의 목소리엔 불신만이 가득했다. 남자의 등장을 좀처럼 믿을 수가 없는 나머지 자신이 헛것을 보는 건가 오해를 하는 모양새다. 그러자 남자가 소에게 다가와 한쪽 무릎을 꿇고 고개를 숙였다.

"소신이 전하를 보위하고자 한달음에 날아왔습니다."

수행원들 사이에 불길한 술렁임이 번졌다. 도깨비를 왕이라 칭한다면 스스로 군신의 예를 다하는 저 남자 역시 도깨비라는 소리다. 그러자 해박한 수도승 하나가 탄성을 내뱉었다.

"비형랑이라 함은 1,200년 전, 왕의 가신이었던 자입니다. 인간인 아버지와 귀신인 어머니 사이에서 나온 반인반귀로 실록에 기록된 내용이 있습니다."

도반의 알은 채에 또 다른 수행원 하나가 재빨리 말을 받았다.

"그 말인즉슨, 인간의 피를 가졌음에도 귀신이나 다름없는 도깨비를 왕으로 섬기고 있다는 뜻입니까."

"섬기다마다요. 더불어 왕의 직속 군대인 독각부대 장군입니다."

"독각부대 장군은 무엇인가요."

"우리네로 치면 정3품 당상관쯤에 해당합니다."

수행원들은 충격에 휩싸였다. 요괴나 귀신 따위의 악귀를 다루는 불자이니 동료가 도깨비 사정에도 눈이 밝은 것은 당연했다. 놀라운 것은 도깨비에 대한 해박한 지식보다 궁지까지 몰아붙인 도깨비를 도우러 온 이의 정체였다. 정3품 당상관이나 되는 자가 소를 지키고자 하는데 이를 어찌 달갑게 받아들일 수 있겠는가.

그들은 예기치 못한 전개에 영 혼란스러워했다. 소 하나만 상대할 땐 얼른 끝내고 고도를 뒤쫓아야겠다고 생각했는데 소의 아군이 합세하면서 그 계획이 틀어졌다. 늘어난 도깨비 수만큼 그들을 처리하는 데에도 시간이 오래 걸리지 않겠나.

소는 비형랑의 등장이 기쁘기도 하고 불쾌하기도 했다. 침착한 수도승들의 마음을 혼탁하게 만든 것은 고마운 일이나, 한 종족의 우두머리로서 신하에게 꼴불견인 모습을 보이게 된 점은 자존심이 상했다. 히죽히죽 웃고 있는 비형랑의 꼬락서니 또한 마뜩찮기도 하여 소는 뾰족한 심정을 고스란히 드러냈다.

"네놈이 여긴 어찌 알고 온 것이냐."

무릎까지 꿇고 신하의 도리를 하던 비형랑이 하회탈처럼 환하게 웃었다.

"친구 놈이 알려 줘서 왔지요."

"네놈 성격에 친구가 있을 리 없다."

"저에 관해선 좌로 봐도 마음에 안 들고, 우로 봐도 마뜩찮은 전하께 무슨 변명이 통하겠습니까. 매번 구박을 받고 밉상이라 욕 듣는 제 처지가 스스로 가여워 항변하겠사오니 들어 주시지요."

"에잉, 싫다!"

"싫다 싫다 해도 나불거리고 말겠습니다요, 전하께서 제 친구 놈이랑 직접 씨름을 했다 들었습니다. 전하께서 앞다리도 걸고 뒷다리도 걸고 배치기 몰아치기 업어치기 자신 있는 기술을 몽땅 걸어서 친구 놈이 속수무책으로 발라당 자빠졌다고요."

능수능란하게 이야기를 이어 가는 비형랑의 세 치 혀에 소는 기가 질리고 말았다. 이놈은 문무가신보다 소리꾼을 전업 삼았으면 세상에 널리 이름을 알렸을 것이다.

"그 친구 놈은 전하께 졌다고 아주 분해하며 땅속에 들어가 통 나올 기미가 안 보입니다. 적당히 봐주면서 하지 그러셨나이까. 삐친 그놈을 풀어 줘야 할 제 수고와 번거로움을 한 번이라도 생각해 주시지, 이 소신은 참 번잡스러운 일을 코앞에 둔 기분입니다."

도깨비와 어울리면서 땅속에 칩거할 만한 놈이라면 한 놈밖에 떠오르지 않는다. 소는 자리에서 펄쩍 뛰었다.

"염병할, 꽝철이란 불지네의 지우가 바로 네 녀석이었느냐!"

"으하하하하하, 전하께서 이리도 놀라시니 깜짝 선물을 준비한 기분입니다!"

무릎 꿇고 소의 앞에서 고개를 숙이고 있던 비형랑이 배를 잡고 뒤집어지자 소가 홧김에 발길질했다. 소에게 엉덩뼈를 얻어맞은 비형랑이 깔깔거리며 더 크게 웃으니, 소의 얼굴엔 붉으락푸르락 민망한 기색이 번졌다. 소와 비형랑의 놀이와 같은 실랑이를 구경하던 수도승들은 당황함을 금할 길이 없었다.

아무리 상하관계가 자유로운 도깨비라지만 어찌 군신의 대화가 저럴 수가…….

예의 따위 눈을 뜨고 찾아봐도 찾을 수가 없는 허심탄회한 대화다. 까불거리며 서로를 놀리며 때리는 둘은 사이가 각별해서 예의를 지킬 필요가 없는 것이 아니라, 본성부터가 인간이 미덕으로 삼는 체면을 차릴 필요가 없는 것이다.

비형랑은 인간들의 수군거림엔 개의치 않고 소의 앞으로 다가갔다. 소는 반기지 않아도 비형랑의 웃는 얼굴은 변하지 않았다. 소를 빤히 쳐다보던 비형랑이 한쪽 무릎을 꿇었다. 인간들 사이에서도 익히 충성을 표하는 자세다. 놀라울 정도로 군신의 예우가 막돼먹은 도깨비라 보기엔 무릎을 꿇고 고개를 숙인 비형랑의 모습은 비장하고 진지했다.

"우리 군은 여전히 전하만을 따릅니다."

고개를 든 비형랑이 이를 드러낼 정도로 환하게 웃었다.

"전하만이 저희 주인이십니다."

비형랑이 천천히 몸을 일으키자 그의 뒤로 수천 개의 도깨비불이 차례로 점화되듯 나타났다. 일렬로 줄을 선 도깨비불들이 화르륵 불타오르며 사방을 정신없이 날아다녔다. 도깨비불이 남긴 불길의 잔상은 하늘에 기다란 선을 만들었다. 그것들은 서로 얽히고 부딪히며 거미줄보다도 촘촘한 광선의 실타래를 이뤘다. 화려한 밤불놀이처럼 까불거리며 날뛰던 도깨비불들이 자리에 내려앉았다. 모두들 불길이 걷히고 본래의 모습으로 돌아오니, 그것은 삿갓과 우장을 걸친 독각귀와 온몸에 피칠을 하고 쇠몽둥이를 든 두억시니 무리였다. 키가 삼 장에 달하는 거대한 두억시니들은 시뻘건 눈을 부리부리하게 뜨고 있었다. 그들의 반의반 장도 되지 않는 땅딸막한 독각귀들을 어깨에 태우고 있다. 그 모양새가 같은 도깨비인 소의 눈에는 물론, 사람 눈에는 퍽 흉물스러워 보였다. 팥과 피를 무서워하는 도깨비 중에서도 유일하게 살생을 할 수 있는 악독한 도깨비. 그들을 두억시니와 독각귀라 부른다. 기묘한 풍경에 기가 질린 수행원들이 서로의 눈치를 살폈다. 이대로 물러나야 할지, 덤벼서 쓰러트려야 할지를 모의하는 듯했다.

"도반님. 사귀들을 얼른 잡고 보살님께 가야지요."

고심하는 수도승 사이에서 누군가 앞장서 의견을 말하니 반대하는 의견 없이 모두 같은 뜻으로 동의했다.

"그럽시다."

눈앞을 가득 메운 도깨비 부대에 수도승들이 저마다 법력을 신중하게 운용할 준비를 했다. 소 하나를 상대하는 것이라면 곤봉이라는 물리력으로 어찌 해결할 수 있으리라 생각했지만 도깨비가 군을 이루어 나타났다면 이야기가 달라진다. 악귀를 내쫓는 불가 귀인들이 부처의 힘을 빌려 삿된 도깨비를 대적해야 한다. 소도 함께 싸우려고 팔을 걷어붙였지만 비형랑이 그 앞을 막아 세웠다. 앞으로의 일은 전부 자신과 군대에게 맡기라는 얼굴이었다. 이런 대접을 받는 게 몇 년 만인지. 익숙하지 않은 대우에 소가 영 거북스러워해도 비형랑은 의지를 굽히지 않았다. 고집이라면 소와 비교해도 뒤처질 게 없는 가신다웠다.

비형랑은 주먹을 쥔 손을 번쩍 들어 올렸다. 곧 통쾌하고 시원한 목소리가 달빛을 길어 바닥에 뿌린 밭 위로 드넓게 퍼졌다.

"이 힘겨루기가 끝나면 메밀묵을 포상으로 내리리라!"

합당한 보상에 만족한 두억시니 무리가 와아, 소리를 울리며 연몌하여 달려들었다.

야트막한 산길을 따라 평야로 내려가던 고도가 뒤를 돌아봤다. 우르릉, 큰울림이 산길 너머 구릉에서 전해졌다. 청사의 등에 업혀서 긴장을 놓고 있는지라 그 소리의 정확한 정체는 파악하기 어려웠지만, 소와 연관된 것만큼은 충분히 짐작할 수 있었다. 큰일이 생긴 모양이라 되돌아가서 소를 도울지, 말지를 고민했다. 말없이 눈을 굴리며 고심하던 고도는 결국 고개를 바로 하고 청사의 어깨에 이마를 기댔다.

소에게는 아무 탈 없으리라. 그의 능력을 믿기로 했다.

"대롱아. 그만 내려 주어라."

고도가 제 발로 산에서 내려갈 수 있다 해도 청사는 고도를 업은 손을 풀지 않았다. 고도는 몸을 뒤틀면서 청사의 머리통을 손바닥으로 탁탁 쳤다. 사람 말 무시하지 말고 빨리 내려 달라는 몸짓이었다. 청사는 그런 손길에도 꿋꿋했다. 오히려 뒤통수를 맞을 때마다 고도를 받쳐 든 엉덩이를 주무르면서 몸을 뒤척이는 고도를 달랬다.

"평원에 달할 때까진 내 등에서 쉬어."

"그래 봤자 몸이 나아질 것 같진 않다."

"나아지지 않을 거라고 쉬지 말란 법이 있나? 이럴 때 청사 가마를 이용하라고 말하는 거다."

"나 쉬자고 널 힘들게 하는 건 싫다."

"고도, 왜 이렇게 착해."

"착한 게 아니지."

"착해 죽겠어."

"어허, 그런 게 아니래도."

"고도, 나 뽀뽀해 줘."

"아니, 얘기가 왜 그렇게 되는데."

고도는 어이가 없다는 듯이 허실하게 웃었지만, 싫은 기색은 아니었다. 청사의 속살거리는 목소리며 좋아서 눈가를 접으면서 예쁘게 웃는 얼굴을 그냥 지나치지 못했다. 청사의 목을 끌어안고 등에 꼬옥, 업혀 있던 고도는 청사가 내민 오른쪽 볼에 망설임 없이 입술을 묻었다. 예전 같으면 청사의 머리를 후려치거나, 등에서 폴짝 뛰어내려서 저만치 도망갔을 고도였건만, 이렇게 보니 장족의 발전이었다. 고도는 더 이상 청사에게 애정을 표현하는 것을 부끄러워하지 않았고, 청사가 속상하지 않도록 미리 예뻐해 주며 달래 주는 것에 익숙해져 있었다. 그래서 청사는 고도에게 더 어리광을 부리는 대신에 고도가 원하는 대로 해주었다.

청사가 몸을 굽혀서 고도를 바닥에 내려 주었다. 고도는 두 발로 땅을 디딜 땐 잠시 몸을 가누지 못해 휘청거렸지만, 청사가 부축하기도 전에 중심을 잡았다. 몸 상태가 그리 좋지만은 않으나, 정 어려우면 도력에 몸을 내어 줄 각오까지 되어 있었다. 그리하면 강문과 해후했던 정자에서처럼 이성을 잃고 오로지 도술만을 쓰는 경지에 달하겠지만, 지금은 찬밥 더운밥 가릴 때가 아니지 않나. 고도는 최대한 도력을 개방해 중독된 몸에서 고통을 느끼지 못하게 만들었다. 온통 새까만 것으로 칠한 듯한 고도의 외형에서 두 눈만이 매처럼 노랗게 빛났다. 그 눈을 똑바로 바라볼 수 있는 평범한 인간은 세상에 한 명도 없으나, 청사는 그러한 종류의 평범한 인간이 아니었다. 청사는 고도의 눈을 보면서도 감탄할 수 있는 존재였다.

"참으로 아름다운 눈이구나."

그리고 고도는 자신의 눈을 그렇게 말하는 존재를 난생 처음 만난 것이나 다름없었다. 걸음도 멈춘 고도가 한동안 청사를 바라봤다. 반짝거리는 금색 눈으로 그렇게 뚫어져라 쳐다보고 있으니 청사는 귀까지 붉어져서 괜히 발끝만 쳐다봤다.

"왜, 왜?"

수줍어하는 그 모습에 고도가 피식 웃고 말았다.

"내 눈을 그렇게 말하는 소린 처음 들어서 놀랐다."

"정말? 이렇게 아름다운 눈을 보면서 아무도 감상을 말해 주지 않았다니 내가 더 못 믿겠어."

"사람 눈이 아니지 않느냐. 요사스럽고 불길한 것으로 취급받기 일쑤
라 예쁘단 말은 결코 들을 수 없었지."

"다들 제대로 알아보질 못하는구나. 네 눈엔 저 하늘에서 빛나는 별
들이 쏟아져 내리고 있거늘."

고도는 그 말에 한동안 얼어붙어 아무 말도 하지 못했다. 무슨 허튼 소
리냐고 청사의 정강이라도 차주고 싶었는데, 그러질 못했다. 사람들에게
흉측하다 일컬어지는 것이 청사에게만큼은 밤하늘에 박힌 별처럼 아름
답다고 여겨져서, 그 기분을 설명할 말이 없었다.

"고도?"

반응 없는 고도가 의아한 청사는 고개를 갸웃했다. 자신이 무슨 실수
를 했나 싶어서 고도를 살펴보기까지 했다. 조금씩 정신을 차린 고도는
대답 대신 청사의 손을 꼭 잡아 주었다. 중독된 몸이 힘들다던 생각마저
이젠 떠오르지 않았다. 고도는 손가락 사이사이에 걸리는 청사의 손과
그 손을 타고 넘어오는 온기가 좋아서 입가에 미소를 머금었다.

"가자, 대롱아."

고도가 왜 그러는지 모르는 청사만 얼굴이 붉어져서 안절부절못했지
만 말이다.

깍지를 낀 채 산을 오른 고도가 구릉을 넘어 계곡 사이에 펼쳐진 평평
한 땅을 바라봤다. 평원처럼 보이는 넓은 땅이었다. 산 아랫부분을 깎아
초목을 키우는 것이 여름이면 양이나 소를 풀어 키우는 목초지로 이용하
는 듯했다. 집도 나무도 없는 너른 평원. 그곳 역시 구릉에서처럼 사람이
보였다. 너무 먼 거리라 이목구비를 하나하나 구분할 수는 없었지만, 너
른 평원을 집어삼킬 정도로 압도적인 힘을 느끼자, 그자가 누구인지 쯤
은 고도도 대번에 알아볼 수 있었다.

사방이 트인 곳에는 특별한 사내와 그 사내를 둘러싼 짐승 무리가 달빛을 받고 앉아 있었다. 고도가 천천히 걸음을 옮겨 평원을 향해 걷자, 희미하게 보이던 외형도 또렷하게 구분할 수 있게 되었다.

　무리의 가운데 자리 잡고 있는 이는 이제 여든쯤 지났을까 싶은 노인이었다. 나이보다 건강해 보이는 혈색이 눈에 띄었다. 그는 인간인지 짐승인지 구별도 안 되는 거리에 있는 고도의 시선을 어떻게 느꼈는지, 고개를 들어서 고도와 눈길을 맞추었다.

　노인에게는 멀리에서도 눈에 띄는 오색 광명이 비쳤다. 푸른 산홋빛과 누런 호박빛, 붉은 마노 빛과, 풀색의 비췻빛, 황색의 금빛과 하얀 은빛이 뒤섞임 없이 어우러져 늙은 승려를 감쌌다. 마치 경전에서 표현되는 부처의 광명처럼 보였다. 자비와 지혜를 깨달아 모든 사람에게 그 빛을 두루 비출 것만 같다. 예전에는 그저 총명함과 어짊만 엿보였다면 이제는 그보다 더 높은 경지의 지혜와 자비를 두루 깨우쳤다. 고도는 사람들이 말하는 '부처의 현신'이란 수식어를 더는 부정할 수 없었다. 고도의 입에 허실한 미소가 맺혔다.

　"네 놈도 정말 끝을 생각하고 있구나. 가신들마저 짐승의 모습으로 그대를 지키고 있으니, 이거 내가 살면서 가장 악독한 짓을 하는 악당이라는 걸 부정 못 하겠어."

　실바람에도 실리지 못할 그 작은 중얼거림이 저 먼 곳까지 들릴 리가 없는데도, 승려는 고개를 끄덕여 보였다. 아주 기가 막힌 우연한 일치라 치부하긴 힘들었다. 고도는 이 거리에서도 제 목소리가 들리는 승려를 보며 웃지도 못했다. 승려가 먼저 시선을 돌리고 눈을 감으니 고도는 마른 주먹을 쥐었다. 이렇게라도 사소하게 마음을 다스리지 않으면 충동적으로 승려를 향해 뛰어 나갈지도 모른다. 혼자라면 능히 그랬겠지만, 지금은 청사도 함께 있다. 청사에게 걱정을 끼치면서까지 무모하게 행동하고 싶지 않았다. 고도는 침이 마른 입술을 달싹였다.

"대롱아, 보이느냐."

고도가 조근한 목소리로 눈짓하니, 청사는 고개를 돌려 확 트인 평원을 바라봤다. 아무것도 자라지 않은 들판에 거대한 무리가 군집을 이루고 있었다. 군집의 중심에는 강문이 자리 잡고 있었다.

그는 아무것도 하지 않았다. 가부좌를 틀고 허리를 반듯하게 세운 채로 눈을 감고만 있다. 그런 강문의 고요함이 주변에 전달된 듯했다. 나찰들은 인간과는 다른 뛰어난 시력으로 고도와 청사와 눈이 마주치고도 횡포를 부리지 않았다. 이빨을 드러내어 사납게 으르지도 않고, 다만 강문을 지키려는 것처럼 그의 주변에 다소곳이 서 있을 따름이었다. 짐승의 모습을 한 가신들도 도깨비나 요괴와는 다른 신령한 기운으로 주변을 맑게 정화하고 있었다. 도력을 주로 삼는 고도에게는 그리 좋은 환경이 아니었다.

청사는 십시일반으로 모인 나찰 무리와 가신들을 보자 심장이 뛰었다. 하계에서는 한 번도 느껴 본 적 없는 긴장감이었다. 그동안 고도가 누구와 싸우든 지겠다고 의심한 적이 없었다. 고도의 실력은 신선들이 인정했을 만큼 뛰어나고, 청사 자신 역시 본래의 힘을 내보이면 상대가 누구든 고도가 때려잡는 데 문제가 없다 여겼거늘. 그 믿음을 굳건히 세우기엔, 강문은 마치 천상의 영역에 도달한 것처럼 보였다.

나찰을 다루는 인간이라니. 나찰은 멀리서도 고양이처럼 빛나는 푸른 눈을 가지고 있었다. 본디 잡귀의 하나로 알려진 나찰은 인간과 신수를 적대하는 악귀로 겉모습만 봐도 움칠하게 만들 만큼 흉포하게 생겼다. 새까만 몸통에 붉은 머리칼을 가진, 인간의 세 배쯤 커다란 귀신은 신통력으로 공중을 날아다녔다. 나찰 몇몇은 갑옷을 걸치고 백사자에 올라타 있기도 하다. 그들의 주식은 사람의 피와 살이다. 야차와 함께 가장 악독한 잡귀지만, 다문천왕의 권속에 들어가면서 호법 외호신이 된 후로는 부정을 물리쳐 불법을 수호하게 되었다. 십이천의 하나가 지키는 인간이라니. 아니, 강문을 인간으로 보긴 할 수 있을까. 나찰이 호법호위하는 존재라면 부처에 가까운 자가 아닐까.

강문 곁에는 나찰 외에도 청의 동자 모습을 한 거구귀ㅌ□鬼들이 바위처럼 굳건하게 버티고 서 있었다. 윗입술이 하늘에 닿고 아랫입술이 땅에 닿을 정도로 커다란 입을 가진 괴물들은 비범한 사람을 만나 제압되면 청동으로 만들어진 어린아이의 모습으로 변신해서 그 사람을 보좌하고 수호하곤 한다. 대신 상대가 저보다 약하면 입을 벌리고 꿀떡꿀떡 잡아먹는다. 그러한 청의 동자의 숫자가 언뜻 봐도 열 명을 넘었다.

동자들 주변에는 다리가 아홉 개 달린 귀신, 각다귀脚多鬼가 허공에 떠 있었다. 귀신처럼 기다란 머리를 풀어헤치고 턱 밑으로 무시무시하게 자란 송곳니를 자랑하면서 아홉 개의 다리를 흔들어댔다. 몸통의 크기만 해도 나찰의 여섯 배요, 청의 동자 모습을 한 거구귀의 서른 배에 달하는 놈들이라 여러 개의 다리에 밟히거나 차이면 그대로 즉사할 가능성이 커 보였다.

각다귀가 거구귀를 보호하고 거구귀가 나찰을 보호하며 나찰은 청룡, 백호, 주작, 현무, 삼족오와 일각수의 모습을 한 가신들을 보호하며, 그 가신들은 궁극적으로 강문을 지키는 식의 이중 삼중 방어 겹이 두텁게 자리 잡고 있었다.

청사는 믿을 수 없는 광경에 모골이 송연해졌다. 염라대왕을 보위하고 옥을 지켜야 할 나찰은 물론 고급 요괴에 귀신까지 손수 나서 도와주는 인간이라니. 이래서 강문이 부처의 현신이며 영웅이라 불리는 것인지도 모르겠다. 보잘것없는 늙은 중의 영험한 재주에 청사는 머릿속이 혼란스러웠다.

"······내가 이 눈으로 보고 있는 풍경이 사실인지 의심이 가."

고도는 벌써 힘이 빠진 청사의 등을 두드려 줬다.

"믿으려고 애쓸 필요 없다. 눈앞에 있는 그대로를 받아들이면 편하다."

"이게 말이 돼? 요괴들이 지키는 것으로도 모자라 나찰을 이끄는 인간이라니. 들어 본 적도 없어."

"벌써부터 겁먹은 게냐. 우리 대룡이가 나한테 달려들 때와는 달리 이런 일엔 심약하구나."

"윽! 너를 사랑해서 용기를 내는 일과 부처의 제자라는 나찰들까지 끌어들인 땡중을 죽이는 일에 용기를 내는 일이 같아?"

"걱정하지 마라. 강문이 인간 같지 않은 구석이 있다만, 그의 천적인 나도 평범한 인간은 아니지. 괴물끼리의 접전이다. 누가 유리하고 불리할 것이 없다."

"요괴들은 그렇다 쳐도, 나찰과 가신들은 어떻게 상대할 건가. 저들은 네 도술이 먹히지 않을 텐데."

"내 도술이 도력에만 의지하지 않는다는 걸 미리 알려 주마."

"그럼 무엇에도 의지할 수 있느냐."

"땅 아래의 힘."

그 말에 청사가 멈칫했다. 순간적으로 고도의 금색 눈이 청사를 꿰뚫듯이 바라봤다. 그 금안은 색상 때문에 특별한 것이 아니었다. 금색을 몸에 지녀도 되는 존재. 그것은 옥황상제 혹은 염라대왕의 권속이라는 의미였다.

"하늘의 힘을 빌려 쓰는 강문과 땅의 힘을 직접 쓰는 나 중 누가 더 강한지를 가를 때가 됐구나. 이곳을 지옥도이자 불바다로 만들 각오로 나도 전력을 다해 보마. 그럼 질 일은 없을 것이다. 뭣하면 염라대왕 머리채라도 붙잡아 직접 강문 손에 포승줄을 메게 하지 뭐, 하하."

이게 그런 말로 넘길 수 있는 상황인가. 대체 그런 자신감은 어디서 나오는 건지, 원. 눈앞의 상황이 퍽 당황스러운 청사와 달리 고도는 위압적인 분위기를 즐기듯 웃었다. 고도는 나찰들에게 압도당하거나 주눅이 들지 않는 침착함을 유지했다. 마치 이 순간을 위해 준비했다는 얼굴로 소매 속에 손을 찔러 넣었다. 한 움큼의 부적이 딸려 나왔다. 고도는 부적 여덟 장을 손가락 사이에 끼우고 또 다른 다섯 장을 입술로 물었다. 발밑에서 불어오는 바람에 고도의 옷자락이 펄럭인다 싶은 순간, 손가락마다 끼워 두었던 부적이 빛을 뿜었다.

섬광 같은 빛이 손가락 사이를 연결한다. 강렬한 빛에 놀라기는 청사와 요괴들이 매한가지라 급작스런 눈부심에 적잖이 당황했다. 오직 가부좌를 한 채 눈을 감고 있는 강문과 빛에 둘러싸인 고도만이 침착했다. 사방으로 뿜어지던 빛이 고도의 손바닥 위로 사그라지더니 이내 거대한 활로 바뀌었다.

그 활은 금빛으로 찬란하게 빛났다. 이 세상 모든 금색 중 가장 고고하게 빛나는 것을 물으면 고도의 키에 맞먹는, 그 거대한 활을 가리키지 않는 이가 없으리라. 입술에 물고 있던 부적들은 날카로운 화살로 변했다. 도력을 극대화할 때 고도의 눈동자와 똑같은 색이 사방에 튀어오르는 물처럼 방울져 흩어졌다.

평범한 활이 아니다. 단지 부적으로 만들어 낸 환상이 아닌, 고도가 온 힘을 다해 제 능력을 쏟아 부은 무기이다. 고도는 자연스럽게 자신의 키만 한 거대한 활에 화살을 걸고 시위를 팽팽하게 잡아당겼다. 시선은 가부좌를 틀고 있는 강문에게 고정된 채였다. 눈 하나 깜짝하지 않는 놀라운 집중력이었다. 출렁이는 금빛의 빛무리 속에서, 그 빛이 투과될 수 없을 것처럼 새까만 옷자락과 머리카락만이 나부꼈다. 검은색과 금색으로 뒤섞인 기이한 현상은 그 무엇에도 비유할 말이 없었다. 비유를 하자면 단 하나. 그것은 '고도 같은' 것이었다.

밝지만은 않은 미래를 암시하는 불행한 길꿈道이라지만, 희망을 놓지 않는 빛이 점점이 뿌려 있는 고도. 오래된 성곽이 스러져 폐허 혹은 역사로 사라질 옛 도읍古都이지만, 그 뿌리가 있기에 영원토록 찬란한 영속에서 살아갈 고도. 풍랑 짙은 바다 위에 누구도 쉽게 다가갈 수 없는 외로운 섬孤島이지만, 그 섬에 정박하면 세상천지 어디에서도 볼 수 없는 무릉도원을 꿈꿀 수 있는 고도.

색으로 치자면 금색과 먹색이 뒤섞여 있는 것이오.

향으로 치면 문드러진 육신과 갓 태어난 아이의 보드라운 살갗의 냄새와 같은 것이오.

소리로 치자면 나라를 잃은 소녀가 우짖는 비명이 하늘에 제사를 올릴 때 줄을 뜯는 거문고와 비파를 닮아 있으니.

그 모든 것이 일렁이는 커다란 금색 활과 화살이 '고도 같다'는 말 외에 다른 그 무슨 말로 칭할 수 있겠는가.

세상이 잠시 숨을 멈춘 것처럼 짧은 찰나가 지나갔다. 바람이 멎고, 달이 구름 뒤로 피신하는 그 찰나. 시위를 당긴 채 멈추어 있던 고도가 그대로 손을 놓았다. 시위를 떠난 화살이 매서운 바람 소리를 울리며 날아갔다.

청의 동자 하나가 자리에서 일어났다. 예닐곱 살로 보이는 푸른색의 아이는 머리에 쓰고 있는 투구를 벗었다. 민머리에 청동으로 만든 피부가 달빛을 받아 더욱 창백하게 빛났다. 아이는 입을 벌렸다. 어른의 주먹도 들어가기 어려울 정도로 작은 입은 순식간에 어른의 몸통 스무 개는 삼킬 수 있을 정도로 거대하게 벌어졌다.

그 거대한 입이 화살을 삼켰다. 하지만 화살은 저를 꿀꺽 삼켰던 거구귀의 입을 그대로 관통했다. 찢어지는 비명이 하늘과 땅을 울리기 무섭게 거구귀의 뒤통수를 찢고 나간 화살이 강문의 발치에 떨어졌다. 화살은 땅에 박혀 거문고의 줄처럼 진동했다. 강문을 향한 위협을 느낀 요괴들이 고도에게 다가오는 순간이었다.

고도는 화살 네 개를 동시에 활에 걸었다. 별똥별처럼 금색 꼬리를 물고 날아간 화살들은 이번에도 강문 주변으로 떨어졌다. 각다귀가 그것들을 발로 밟았다. 하지만 화살은 부러지지 않고 각다귀의 발등을 찢었다. 거구귀의 뒤통수에 바람구멍을 낸 것에 이어 각다귀의 발 하나를 뚫어 버리니, 강철로 만든 것도 아닌 하찮은 인간의 무기에 상급 요괴들이 농락당한 것이나 다름없었다.

강문 주변으로 아무렇게나 떨어졌다 여긴 화살들이 빛을 뿜어내기 시작했다. 요괴들이 되돌아와 강문을 지키려 하기엔 이미 늦은지라, 화살이 내뿜은 빛 속에 강문은 갇혀 버렸다. 이번엔 요괴들도 섣불리 움직이지 않았다. 금색 빛에 갇힌 채로 고요하게 호흡하고 있는 강문을 바라볼 뿐이었다. 화살의 역할을 이제야 눈치챈 청사가 혼잣말처럼 중얼거렸다.

"마방진."

활을 한쪽 어깨에 비스듬히 멘 고도가 입 모양만으로 '정답'이라 했다. 구궁 팔궤를 정확하게 계산하여 오차가 없는 방진을 그린 것은 아닌지라 진의 모양은 찌그러져 있었다. 하나, 악귀를 잡아 두는 그 기능만큼은 온전하게 유지하고 있으니 귀신과 요괴는 물론, 나찰까지 섣불리 화살을 건드리지 못했다.

"마魔가 아닌 것은 방진으로 잡아 둘 수 없다. 강문은 인간이므로 혼자 걸어서 진을 빠져나올 수도 있어."

당연한 상식에 청사가 의문을 제기했다.

"알면서 진을 친 이유가 무엇이냐."

"다른 요괴나 귀신들이 접근하지 못하게 하려 한다."

"요괴나 귀신은 그렇다 쳐도 나찰과 가신은 들어갈 수 있을 것 같은데."

"못 들어오게 해야지."

"너 설마 강문을 상대하면서 나찰까지 맞선다는 건 아니겠지."

"무슨 소리냐. 나는 강문만 상대할 것이다."

"그럼 나머지는……."

말을 마치기도 전에 고도는 청사를 쳐다보았다. 새까만 조약돌 같은 눈동자 대신 알알이 별이 박혀 있는 듯한 그 눈이 어찌나 사랑스러운지, 청사는 근심 걱정도 까마득히 잊고 얼굴을 붉혔다. 조심스럽게 고개를 숙이며 입이라도 맞추려던 청사는 눈도 감지 않고 빤히 쳐다보는 고도 때문에 주춤하고 말았다. 불현듯 청사의 머릿속에 한 가지 생각이 지나갔다. 청사는 설마 하는 얼굴로 고도에게 조심스럽게 물었다.

"너 설마……."

청사는 아니길 바란다는 심정으로 쳐다보았다. 불행히도 고도는 청사의 목뒤에 팔을 둘러 그의 고개를 끌어당겨서는 짤막하게 입을 맞춰 주었다.

"부탁한다."

입맞춤은 온몸을 녹일 정도로 좋지만, 부탁하면서 이런 행동을 할 줄은 몰랐다. 고도가 청사를 열화와 같이 믿는다 해석해야 할지, 입맞춤을 볼모 삼아 여우 같이 상대를 이용하려 든다고 해야 할지 고민이 되는 순간이었다. 물론, 고도가 사리사욕을 챙기고자 어떠한 연기를 펼칠 인물이 아니란 것은 안다. 인제 와서 의도가 어떤 것인가 고민할 필요도 없는 셈이다.

청사는 화도 못 낼 정도로 어여쁜 고도 얼굴만 보면서 입술을 삐죽였다. 결론은 고도가 강문을 상대하는 동안 나머지 귀신과 요괴, 나찰들을 모조리 청사가 붙잡아 두라는 소리를 따를 수밖에 없다.

"언제는 하늘의 권속인 내가 땅의 일에 관여하지 말라 하고서는, 나쁘지만 예쁜 도사 같으니라고."

"하늘의 힘이 아니라도 쓸 수 있는 능력은 많지 않으냐. 대표적으로 칠복산에서 나를 상대할 때처럼 말이다."

"흥, 너 이번 일 끝나면 며칠 동안 잠도 안 재울 거야. 그런 줄 알아."

밤을 어떻게 지새울지 그 방법을 굳이 말하지 않아도 알 법하다. 고도는 청사의 예고에 얼굴이 조금 화끈거렸다. 이런 대형사건을 밤일로 엮는 청사의 관심과 집중력이 이젠 쑥스러울 지경이다. 내가 그렇게 좋으냐? 하고 물어보고 싶을 만큼.

"저들을 상대하면서 자신 없다는 말은 안 하는구나."

"너는 설마 내가 질 거라 생각하는 거냐."

청사의 본래 힘에 대해 가만 생각하던 고도가 빙그레 웃었다.

"그래. 요력만 사용하거라. 네 본래 힘은 아껴 둬."

"상황 봐서 그러마."

"내 말대로 하면 이 일이 끝난 후에 아사달 아사녀처럼 사랑을 나누자꾸나."

그렇게 속삭인 고도가 활을 고쳐 메고 앞으로 나아갔다. 청사는 고도의 입으로 유혹의 말을 듣고 잠깐 멍한 얼굴을 다스리지 못했다. 뒤늦게야 제 상태를 깨닫고는 화들짝 놀라 몸에 긴장을 유지했다.

고도가 평온하게 걸어가는 앞으로 요괴와 귀신들이 몰려들었다. 청사는 재빨리 손을 휘둘러 요력을 이용해 땅 아래 지하수를 끌어 올렸다. 한겨울이라 땅 밑의 물은 많이 말라 있었지만 요괴와 귀신을 상대할 만큼의 양으로는 충분하다. 청사의 주변을 소용돌이처럼 휘감은 물줄기는 그대로 고도에게 다가오는 요괴와 귀신을 공격했다. 고도가 나아가는 길목을 가로막은 다각귀와 청의 동자들이 물보라에 휩쓸려 저만치 날아갔다.

고도는 물줄기에 옷과 머리카락이 조금 젖었지만 뒤를 돌아보지 않았다. 고도는 요괴들에게 공격당할까 봐 긴장하거나 지극히 방어적으로 주변을 살피지 않았다. 믿는 것이 있으니 저잣거리를 돌아다니는 양 여유로운 걸음걸이로 강문을 향할 뿐이었다.

방진 안에 들어간 고도는 강문과의 거리를 한 장 앞두고 멈추어 섰다. 그 속에 강문이 앉아 있었다. 고도가 검을 꺼내 목을 쳐도 반항 한 번 안 할 것처럼, 그렇게 얌전히 앉아 눈을 감고 있었다. 고도는 수십 년간 숙원하던 순간이 도래한 지금을 어떤 감정으로 표현해야 할지 알 수 없었다. 인생의 목표 중 하나를 맞이한 감격으로 이성을 잃을지도 모른다 생각했건만, 생각보다 아무렇지 않았다. 오히려 평소보다 눈앞이 선명하고 생각은 또렷했다. 기대했던 기쁨이나 흥분 혹은 분노가 없어서 아쉬울 정도였다.

오래 묵은 원한 덩어리가 이토록 아무렇지 않은 것이었던가. 일생을 괴롭히는 혹처럼 발밑에 매달려 있더니, 실은 목구멍에 잠시 걸려 있다가 녹아서 사라지는 얼음 같은 것이었다. 고도 스스로도 대수롭지 않은 지금의 순간을 복잡한 심경으로 마주하였다.

"오랜만이다."

평온한 감정만큼이나 평범한 인사말에 그만 웃음이 터졌다.

"하하, 내가 말하고도 너무 웃기구나. 오랜만이야, 강문. 하하하하."

고도는 이토록 아무렇지 않게 강문을 대하는 자신에게 이유 모를 웃음이 흘렀다. 그 웃음의 의미를 알고 있다는 양, 줄곧 눈을 감고 있던 강문이 눈꺼풀을 들어 올렸다. 묵언 수행하는 수도승처럼 혹은 앉은 채 죽어버린 시체처럼 숨을 쉬는 기척도 느껴지지 않던 강문이 눈을 깜빡였다.

고대부터 오랫동안 보존해 온 석상이 움직이기라도 하듯 정적이면서도 놀라운 변화라고 느껴졌다. 고도는 강문을 마주하고 있는 것만으로도 마음이 잔잔한 수면처럼 차분해지는 것을 깨달았다. 단지 쳐다보는 것만으로 상대의 감정 기복을 없애는 압도적인 분위기는 가히 부처의 현신이라 불릴 만했다. 고도가 한 걸음 다가가면서 물었다.

"그대가 올해로 몇 살이더라."

혼자서 머리를 굴리던 고도가 자문자답했다.

"예순? 일흔? 설마 여든이 넘었던가. 자네도 알다시피 내가 세월을 셈하지 않고 사는 게 습관이 되어 내 나이도 잊어버린 지 오래다. 자네 나이까지 손가락을 꼽지 못하겠으니 직접 알려 주는 건 어떠한가."

어느새 반장으로 거리를 좁힌 고도는 그 자리에 엉덩이를 깔고 앉았다. 바로 앞에 개다리소반과 맛있는 탁주 그리고 잔이 놓여 있다면 풍류를 즐기는 신선놀음과 다를 바 없을 정도의 평화로움이다.

고도와 마주 앉은 강문은 나이를 가늠하기 어려울 정도로 젊은 노인이었다. 살아온 세월을 셈하면 얼굴에 마른 논두렁처럼 자글자글하고 깊은 주름이 거미줄처럼 엉켜 있어야 한다. 민머리도 탄력을 잃은 피부가 접히듯 주름이 잡혀야 정상이거늘 몇 개의 뚜렷한 파임만 빼면 세월이 느껴지지 않는다.

승복 밖으로 보이는 손등만이 곰보가 피고 물기가 없어 마른 거죽을 성의 없이 걸쳐 놓은 시체와도 같아, 유일하게 제 나이로 보이는 부분이었다. 대부분이 세월을 빗겨 간 모습이지만 기이함이나 불쾌함은 들지 않았다. 그것은 참으로 신기한 일이었다. 죽음을 목전에 둔 늙은 노인에겐 어울리지 않게도 싱그러운 냄새가 났다. 주름으로 만들어진 얼굴은 인자하기 그지없었다. 동네 할아버지에게서 느낄 수 있는 친숙함과는 다른 종류다.

나이만 먹으며 헛산 것이 아니구나, 라고 고도는 문득 생각했다. 평범한 인간에게서 느낄 수 없는 깊은 현명함을 분위기만으로도 느낄 수 있으니, 그건 필시 인간으로선 도달하기 힘든 경지에 달한 자만 내보일 수 있는 내공의 깊이일 것이다.

"나이라."

고도가 강문을 쳐다본 것처럼 강문 역시 고도를 말없이 지켜본 후에야 입을 열었다. 조용한 목소리는 허름한 외향과 달리 총명하고 명석하게 들렸다. 목소리만 들어선 청년의 것이라 말해도 믿을 수 있으리라.

"기이지수를 넘기곤 나이를 셈하지 않았으나 분명한 건 그대보다 젊다는 것이지."

기이期頤라 함은 백 세를 넘겼다는 것인데 인간으로서 수명을 다했다 보아도 될 정도였다. 천수를 다하고도 명맥을 유지함이 역시 기인이긴 기인이다.

"그쯤 살면 지칠 만하겠어."

"그대에 비할 바가 되겠는가."

"난 이미 지쳤는걸."

"저런, 그 소리를 저기 있는 용이 들으면 무척 애석해하겠는데."

요괴와 나찰들을 혼자 상대하고 있는 청사를, 고도는 슬쩍 돌아보고는 다시 강문을 마주했다.

"본디 사람이란 것은 나면 죽는 게 섭리지. 나라고 그 섭리를 벗어나겠나."

"그 죽을 자리를 여기로 봐온 것이느냐, 고도."

"널 먼저 보내고 나도 따라가마."

"여전하구나. 너는 언제나 나를 먼저 보내 놓고 먼 곳에서 뒷짐을 지고 쫓아오더니만."

"내 얼마나 다정한 친우였던가. 안 그러느냐? 이렇게 경험에서 우러나오는 충고도 마다하지 않고 있지. 자, 강문, 네 녀석도 이 사실을 기억하고 가슴에 새기도록 해라. 오래 살아 봤자 득될 것이 없다. 저승에 먼저가 있어라. 나도 곧 뒤따라가마. 그대 혼자 외롭고 쓸쓸하지 않도록 해주마."

약간의 시차를 둘 뿐, 동반자살을 권유하는 고도의 목소리는 덤덤하기만 했다. 말로는 따라 죽겠노라 하지만 그것이 능청맞은 말장난임을 강문은 알고 있는 표정이었다. 고도는 쉽게 자신의 목숨을 끊을 자가 아니다. 자살할 정도로 마음이 나약하지 않을뿐더러, 강문을 처리하고 마지막으로 해결할 문제가 남은 사람이기 때문이다. 강문의 죽음은 고도의 숙원 중 하나이지만 그것만으로 최종 목표는 아니다. 한때 고도를 제자로 데리고 다닌 강문이기에 그 정도 비밀은 알고 있었다.

"고도. 우연을 믿나."

고도는 우르르 떨리는 땅의 진동을 온몸으로 느끼면서도 강문에게서 시선을 떼지 않았다. 구궁팔궤가 정확하게 맞아떨어지진 않아도 역대 최고의 도사라 칭해지는 고도가 만든 마방진이다. 진 밖에서 벌어지는 혼란스러움과 소음을 차단할 정도의 기능은 발휘했다. 그럼에도 땅이 크게 울리는 것을 보면, 요괴와 나찰을 상대하는 청사가 고전한다는 방증이 아니고 무엇이겠나.

청사가 크게 고생을 하고 있다 짐작했다. 하지만 고도는 애써 청사에게 옮겨 가려는 관심을 붙잡았다. 상대는 강문이다. 마음이 흔들리고 불안해지면 저도 모르는 사이 그에게 말려들고 만다. 고도는 가만히 눈을 감았다. 고요한 분위기 속에서 차분한 대답이 이어졌다.

"믿지 않는다."

"의외구나. 어째서냐."

"이 세상에 우연이란 없다. 모든 것은 원인과 결과로 이루어지지."

"그렇다면 필연과 숙명은 믿느냐."

"아니, 믿지 않아."

"그것 역시 의외로다. 인과로 이루어진 것이 바로 필연과 숙명임을 네가 모를 리가 없건만."

"나는 그런 특정한 단어로 모든 걸 설명하는 게 싫다. 예외를 인정하지 않는 정의는 융통성 없는 해석일 뿐이다. 우연이나 필연, 숙명 모두 사람이 만들어 가는 것이지만, 그것에 절대적인 가치를 부여하진 않는다. 강문, 그대는 내게서 어떤 대답을 듣고 싶은 것이냐."

고도가 감았던 눈을 뜨자, 흔들림 없는 금색 눈동자에 강문의 남루한 모습이 비쳤다. 새까만 눈일 때도 그러하더니, 금색 눈이 되어서도 고도의 눈은 불순물이 섞여도 때를 타지 않는 순수를 닮아 있었다. 강문이 알고 있는 고도의 장점 중 하나였다. 세상의 온갖 더럽고 추악한 것만 접해 온 고도는 그것에 물드는 대신 자신만의 올바른 생각을 정립하며 살았다. 추악한 주변 생활의 반대급부로 형성한 마음은 때론 지나치게 높고 고고하여 융통성이 없는 답답한 종자로 보이긴 했지만, 그러한 믿음이 없으면 고도라는 인물이 지금까지 살아오지 못했을 것이다.

강문은 한결같은 고도의 태도에 다시 한 번 웃고 말았다. 고도는 자꾸만 웃는 강문이 수상쩍어서 불신 어린 눈으로 노려보기 바빴지만, 고도의 걱정과 다르게 강문은 어떤 의도를 갖고 웃는 것이 아니었다. 단순명료하게 기뻐서 웃는 것이었다.

쿠웅. 마방진 밖에서 지진 같은 땅의 요동이 울리며 흙먼지가 피어올랐다. 고개를 돌리지 않아도 진의 바로 옆에 나찰녀 하나가 쓰러진 모습이 보였다.

고도는 그제야 세상이 깜깜해졌다는 것을 깨달았다. 달을 가린 새까만 먹구름과 드높은 적운 사이로 요란하게 번쩍이는 번개는 간혹 땅 밑에 천둥을 내리꽂았다. 우르르 울리는 소리가 단순히 땅의 울림만이 아니었던 것이다. 곧 비가 쏟아질 것처럼 보였다. 이 흉포한 날씨가 모두 청사 때문임을 간파한 고도는 쓰러진 나찰녀와 하늘을 올려다보던 고개를 강문에게 다시금 고정했다. 불길한 하늘의 움직임만큼 강문의 표정에도 먹구름이 낀 듯했다.

"나는 그대와 나의 인연을 우연이 아닌 필연이라 생각한다."

필연이라. 고도는 강문의 이야기에 반발했다.

"악연이겠지."

"악연으로 보일 만큼 나와 그대에게 있는 정반합이 그 어떤 인연보다 강력하다. 서로에게 최고의 약이 되면서 독이 되고 떨어지려야 떨어질 수 없는 사이가 되지 않겠나."

"그래서 그대는 필연을 가족으로 협박했구나. 도깨비 왕과 묶어 두어 서로 떨어지질 못하게 하고서는 끝까지 너를 추적하도록 만들었구나."

"내가 미운가, 고도."

"미움도 의미가 있어야 가질 수 있는 마음인 법. 네 녀석을 미워할 시간도 아깝다."

"내가 그대를 내게 묶어 둔 것이 억울한가."

"널 끝까지 쫓아오게 만든 것은 괘씸하지만, 어쩌겠나, 네놈이 나와 끝장을 보고 싶어 하는데, 내 친우의 청을 모른 척할 수는 없지."

"만약 내가 죽어서까지 그대를 내게 묶어 두려 한다면 어떤 기분이겠느냐."

그 말에 고도는 고개를 갸웃했다. 이생에선 도깨비와 고도를 묶어서 끝의 끝까지 강문을 추적하게 만들더니만, 내생에서도 그 짓을 반복하자는 소린가. 고도는 천진난만한 목소리로 되물었다.

"뭘 그렇게까지 하는가. 이미 충분히 지겨운데."

"그럴 리가 있겠나. 내가 그대를 얼마나 좋아하는데. 저승길도 함께하고 그다음 길도 함께해 보자꾸나."

"아서라. 너랑 모든 업을 함께 하라하면 아무리 나라도 못 견딘다."

"하하하하, 약한 소릴 하는 구나. 그러니까 더더욱 나와 묶어 두고 싶구나. 이번 생엔 서로 뜻을 굽히지 않아 이렇게 싸우게 되었지만, 다음 생에선 누가 옳았는지 결론을 내보는 것도 좋지 않겠느냐."

"시끄럽다. 난 네놈과 함께할 생각 없다. 내가 함께하고 싶은 이는 따로 있으니, 언감생심 그런 꿈도 꾸지 마라."

"고도, 네 의지는 중요하지 않다."

"으음?"

"여기서 죽는 것은 내가 아니라 네가 될 것이다. 그리고 난 네 혼을 거둘 것이다. 이번엔 육신이 아닌 혼을 묶어 주마. 내 혼이 수명을 다해 이 세상에서 사라지는 그 순간까지 너는 나와 함께하게 될 것이다."

어두워진 세상에 섬광 같은 불이 빛났다. 마방진 바로 옆으로 벼락이 떨어지며 생겨난 빛이었다. 강문의 얼굴에 극명한 빛이 드러났고, 고도의 얼굴엔 극명한 어둠이 자리 잡았다가 사라졌다. 벼락을 동반한 빗방울이 둘의 머리 위로 떨어지기 시작했다. 처음에는 정수리 위를 톡톡 두드리던 물방울이 굵은 빗줄기로 변했다.

쏴아아아아, 쏟아지는 빗소리에 마방진 밖에서 울리던 청사와 신수들의 싸움 소리가 희미해졌다. 땅은 여전히 무겁게 울렸지만 그것은 피부에 닿는 감촉일 뿐이다. 고도는 눈을 뜨기도 어려운 장맛비와 같은 풍경을 응시했다.

세상이 수중정원과도 같다. 뿌연 물안개가 핀 세상의 한가운데 앉아 강문과 이야기를 주고받는 이 순간이 결코 평범한 시간의 일부라는 생각이 들지 않았다. 길고 지루했던 인생에서도 손에 꼽는 중요한 순간이 될 것이다. 고도는 젖은 머리를 타고 흐르는 물줄기가 시야를 가려도 눈을 감지 않았다. 기억해야만 하는 순간이다. 단 한 장면도 놓치고 싶지 않았다.

"고도. 선왕이 네게 집착했지. 그리고 나 역시 그대를 곁에 두고 싶어 한다. 왜일 것 같은가. 한 번이라도 생각해 본 적 있느냐."

고도는 날 때부터 기이한 도력을 타고났다. 그 도력의 크기가 하계를 놀라게 할 뿐만 아니라, 청호림에 사는 신선들에게도 위협이 되고, 천수를 관장하는 옥황상제에게는 걱정을 미칠 정도였으며, 하계의 살생에 대해 기록하고 처벌을 내리는 명계의 염라대왕에게는 우환으로 여겨질 정도였다. 그리하여 고도가 하계에 미칠 악행을 염려한 다른 계界의 책임자들이 뜻을 모아 그대가 힘을 허튼 곳에 쓰지 못할 제약을 걸었으니, 그것이 바로 명계와 천계와 청호림의 힘으로 만든 죽통에 요괴를 9,999마리를 잡는 것 아니겠나.

강문이 그 사실을 모를 리 없다. 온 세상을 떠들썩하게 만들 정도로 뛰어난 힘을 가진 고도가 단지 위에서 시킨다고 요괴를 잡는 것이 아니라는 것도 안다. 강문은 그 자신과 일부의 제자들만 알고 있는 사실을 꺼냈다.

"인간이면서 인간보다 더 위대한 일을 하고 있다고 믿기 때문이다. 네 특별한 능력에 대한 이야기가 아니다. 네가 개척해 온 삶 때문이다. 너는 모든 것을 거슬러왔다. 거스르면서 좌절하고 포기할 만도 한데, 그 무엇 하나 포기하지 않았다. 끝까지 두 눈 똑바로 뜨고 마주했다. 설령 그것이 너를 다치고 고통스럽게 만든다 해도, 네 강인한 성정으로 괴로움마저 네 것으로 만들어 체화시켰다. 요괴를 잡지 않으면 평생 죽지 못하도록 한 삶을 너는 권태롭게 보내지도 않았다. 그리고 윤회를 거듭해도 그대가 잃어버린 가족과 결코 만날 수 없도록 인연의 고리를 끊었음에도 자네가 사랑했던 부인을 향한 정을 지키려고 노력했다. 네 번째 손가락은 아프지 않은가. 그 비어 버린 손가락을 보면서도 새로운 사랑을 하고 있으니, 그대의 경이로움이 한낱 별 볼 일 없는 인간 중 누가 이끌리지 않겠느냐."

한 번 더 하늘에서 벼락이 떨어졌다. 이번에도 강문은 환한 빛에 둘러싸였고, 고도는 그에 반대되는 아득히 어두운 그림자에 가려졌다. 강문은 벼락불이 사그라지자 입을 다시 열었다.

"내가 협조하지 않으면 그대는 죽을 수 없다. 두 번 다시 가족과의 인연도 잇지 못하리다. 그러니 이번엔 어떤 선택을 할 것인가, 고도. 둘 중 하나를 선택해 보아라."

강문이 손가락 하나를 폈다.

"하나. 내 손에 죽어라. 내가 그대 혼을 거두겠다. 그리하면 다음 생에서 그대는 이생에서 못 다한 부인과 아이를 다시 만날 수 있도록 해 주마."

강문이 두 번째 손가락을 폈다.

"다른 하나. 네가 나를 죽여라. 그리하면 그대는 평생 부인과 아이를 만나지 못하겠지만, 지금의 '고도'로서 계속 살 수 있겠지. 오래된 도읍으로, 외로운 섬으로, 고통스러운 길로. 지금까지 살아왔던 것처럼 앞으로를 살아가게 되리라."

굵은 빗줄기에 함빡 젖어 버린 머리카락과 검은 두루마기는 고도의 몸에 들러붙었다. 불쾌했다. 고도는 푹 젖은 옷이 들러붙는 감촉만큼이나 강문의 협박이 불쾌하기만 했다. 강문이 소와 묶여 떨어질 수 없다는 저주를 퍼부을 때, 그 저주를 얌전히 받은 이유는 단 하나였다. 고도가 죽어서 내생에 다시 태어나도 평생 가족을 만날 수 없게 한다는 말 때문이었다.

일개 인간이 어찌 다음 생의 인연까지 결정지을 수 있느냐 물을 수 있겠다만, 강문은 이미 부처의 경지에 이른 자. 다음 생의 인연은 그의 손바닥 안의 문제였다. 그는 다음 생은 물론, 다다음 생, 그다음 생의 모든 연결고리를 꿰뚫는 심안의 소유자였다. 제아무리 고도가 강력한 환영도사라 할지라도 죽은 이후의 인연과 삶까지는 알 수 없는 법. 모든 것을 꿰뚫고 있는 강문의 협박은 허황된 이야기가 아닌, 약속의 영역이었다. 그렇기에 윤회를 거듭할 수밖에 없는 인간인 고도도 강문에게 '죽은 처자식'의 인연의 고리를 약점 잡혀 소와 묶여 떨어져 지낼 수 없는 저주를 저항 없이 받아들인 것이다. 이번에도 비슷한 종류의 협박이 이어졌다. 말문이 막히긴 과거나 현재나 같다.

"이번에도 그때와 같은 협박이구나."

고도는 젖은 머리카락 사이로 금빛 눈을 흉흉하게 빛냈다.

"내가 왜 죽고 싶어 하는지를 알고, 그걸 볼모 삼아 발목을 붙잡는 건 여전하다."

그 말에 강문은 빙그레 웃으니, 인자한 미소에 날카로운 칼이 숨겨져 있었다.

"그대 때문에 죽었다는 가족을 내생에서 만나 행복하게 해주고 싶다는 게 그대의 바람임을 내 어찌 모르겠나."

"그래서 그 잘 아는 내용으로 다시 한 번 협박하는 겐가. 이번엔 나를 죽여서 자네 곁에 묶어 두겠다고. 어리석은 짓이다. 다음 생에서도 내가 악명 높은 환영도사로 태어난다는 법은 없다. 무지하고 어리석고 나약하고 평범한 인간이 되어 그대의 짐만 될 것이다."

"차라리 그랬으면 좋겠구나."

"짐을 늘려도 상관없다니. 누가 부처 아니랄까 봐."

"아니다. 차라리 그대를 내가 능숙하게 제압할 수 있으면, 이 고생을 하지 않을 테니."

그게 무슨 뜻인지 알 리 없는 고도였다. 단지, 지금처럼 누구든 괴롭힐 수 있는 위치가 아닌, 누구에게든 괴롭힘을 당할 수 있는 위치로 사는 게 차라리 속 편할 것 같다는 생각을 지울 수가 없었다.

벼락이 떨어질 때마다 그의 머리카락과 두루마기처럼 검게 변하는 고도는 마치 스스로 이 세상의 그림자가 되길 바라는 사람처럼 보였다. 따뜻한 빛이 있는 세상에서 즐거움과 행복을 느끼기엔 많이 지친 나머지, 차가운 어둠으로 들어가 감정을 메말라 죽인 것과도 같았다.

"강문, 우리가 떨어져 있는 동안 시간이 많이 지난 것 같지 않나."

"무슨 의민가."

"내가 아직도 내생에 집착하여 네 협박이 통할 줄 알았느냐고 묻는 것이다."

강문은 벼락과 돌풍의 한가운데에서 푸른 도포자락을 휘날리는 청사를 바라봤다. 고도가 이전처럼 협박이 통하지 않는 이유는 청사 때문이었다.

고도는 입을 빠끔하며 무언가를 더 말하려다가 조용히 다물었다. 고도의 시선이 처음으로 마방진 밖을 응시했다. 하늘을 다스리며 인계의 천수를 관장하는 천계의 종족. 옥황상제의 군대를 총괄하는 천룡의 막내아들. 신수와 요괴들에게 둘러싸인 청사는 가장 작고 왜소한 인간의 형태이나, 하늘에 비바람을 몰고 오고 천둥과 벼락을 내리꽂는 위대한 능력을 갖춘 용이었다.

그는 굵은 빗줄기 속에서 새파란 눈을 빛내며 손을 휘둘렀다. 달려드는 요괴들을 반대편으로 날려 보내고 나찰의 기이한 힘을 아무렇지 않게 맞받아쳤다. 그 모습은 고도와 처음 만났을 때와 비슷했다. 칠복산 언저리에서 엎치락뒤치락하며 빗줄기에 갇혀 싸우던 그때처럼 강렬하고 압도적인 힘을 발휘했다.

왜 그땐 몰랐던 건지. 이렇게 객관적으로 보면 하급 뱀 요괴가 아닌데 죽통에 가두고도 한동안 그를 뱀 요괴라 믿었다. 이렇게 강하고 아름다운 힘을 가진 천상의 존재인데.

고도는 청사를 하염없이 바라보던 눈을 돌렸다. 강문을 만난 후로 한 번도 감정을 드러내지 않았던 얼굴이 처음으로 무너져 내렸다. 슬픔에 잠긴 얼굴은 땅을 향했다. 비가 오지 않았다면 그의 두 볼에 흐르는 눈물을 볼 수 있었을지도 모른다.

살생부에서도 지워져 영원히 늙지도 죽지 않는 자신에게 영원한 안식을 선사하는 일을 지금껏 바랐다. 그리고 가능하다면 내세에도 부인과 딸아이와 가족의 연을 맺어, 오래도록 평범하고 행복하게 살고 싶었다. 단지 그것을 위해 요괴를 잡아왔다. 현생에서 주지 못한 사랑을 내생에서 죽을 때까지 퍼주고 싶다는 그 바람 하나만으로 살았다.

강문이 그러한 소망을 이루어 준다면 어찌 그의 손에 죽임을 당하는 일을 망설일까. 이젠 미련이 남을 것도 없는, 그저 죄업만을 반성하며 사는 삶을 여기서 끝낸다면 나쁠 것이 무엇이 있겠는가. 강문에게 혼을 내주면 내생의 행복이 보장될 수 있다. 예전이었다면 강문의 말을 들었을 것이다. 그래, 원수인 용의 손에 죽느니 옛 친우의 손에 죽고 다음 생에서 처자식을 다시 만나리라. 하지만, 그 말이 도저히 입 밖으로 나오질 않았다.

내생의 인연을 포기해서라도 이루고 싶은 것이 생겼다. 고도는 청사를 다시금 바라보고 눈을 세게 감았다가 떴다. 강문을 만나고 나니 그 소원이 더욱 간절해졌다. 고도는 강문을 똑바로 바라보며 천천히 입을 열었다.

"내 소원은 너를 없애는 일이다. 널 없앨 것이다."

순간적으로 강문의 눈이 매섭게 빛났다. 고도가 강문의 처리에 모든 것을 걸었음을 알게 되었다. 고도는 더 이상의 대화는 무의미하다는 것을 불현 듯 깨달았다. 고도는 강문에게 단단하게 일렀다.

"걱정 마라. 내 일이 처리되면 강문, 그대를 따라가겠다. 저승에서 기다리고 있어라. 나와 함께하고 싶다하니 그곳에서 함께해 주마."

"진심인가, 고도."

"널 내버려 두고 나 혼자 어떻게 떠나겠느냐. 내가 아니면 너를 말릴 사람이 그 누구도 없지 않으냐. 네가 제2의 '고도'가 되기 전에 그 불행을 막아 주겠다."

인간에게는 살아 있는 부처로, 다른 종족에게는 구원자로 여겨지는 강문. 인간임에도 인간들과 제대로 된 연을 잇지 못하고, 다른 종족에게는 잔인한 사냥꾼으로 통하는 고도. 아마도 하계의 균형을 원하는 천계와 명계, 청호림의 늙은이들은 이와 같은 특별한 인간을 바라지 않을지도 모른다. 세상이 떠들썩해질 만큼 특별한 인간은 다루기 까다로운 돌연변이다. 세상의 발전과 균형 그 어디에도 도움이 되지 않을 것이다. 고도는 그러한 그들의 가치관을 옹호할 생각은 없지만 자신과 강문이 겪어온, 불필요할 정도로 특별한 삶에 대해서는 잘 알고 있었다. 그래서 더 이상은 자신 같은 인간이 나오지 않길 바랐다. 강문을 내버려 두면 또 다른 고도로 변해 세상을 혼란스럽게 만들 것이다. 한때 친우였던 이의 영원한 불행을 알고도 외면할 수가 없다.

"강문, 너는 나를 이해할 수 있을 것이다."

그대라면. 오랜 세월 인간을 위해 끊임없이 생각하며 그 진리를 알려온 그대라면.

고도의 바람이 닿은 듯, 강문은 인자하게 미소를 지었다. 그는 가부좌를 틀고 있던 다리를 푸르고 자리에서 일어났다. 고도가 느릿하고도 위협적이지 않은 몸짓으로 사진검을 검 집에서 꺼내는 모습을 자리에 오도카니 서서 쳐다봤다. 검집에서 나온 사진검은 창백하게 빛났다. 빗줄기가 검날에 맺힐 틈도 없이 굴러떨어질 정도로 날카로웠다. 그 검이 천천히 강문을 겨냥했다. 번쩍이는 천둥 빛이 석상처럼 꼼짝없이 서 있는 둘을 밝게 비췄다. 그 순간이었다.

치열하게 싸우던 마방진 밖의 움직임이 멈추었다. 똑바로 서 있어도 미세하게 몸이 흔들리던 대지의 진동도 멎었다. 쏴아아아아, 끊이지 않고 이어지는 파도 소리처럼 차가운 물보라가 땅의 요란함을 대신했다. 청사와 나찰들이 일제히 강문과 고도를 바라봤다. 고요하게 서로를 쳐다볼 뿐인 두 사람 사이에 그 누구도 끼어들지 못할 긴장감이 팽배했다. 빗줄기에 가려진 모습에서 아득하리만큼 강력한 기운이 느껴졌다. 두 사람 중 누구도 먼저 움직이지 못할 정도로 절제된 기운이다.

숨을 쉬고 호흡을 고르며 눈을 한 번 깜빡이는 것마저 의식적으로 계산해야 할 만큼 빈틈이 보이지 않았다. 그 분위기를 마방진 밖의 누구도 깨트릴 엄두가 나지 않았다. 지켜보는 것만으로도 까마득한 느낌이 들었다.

"고도, 내가 가장 사랑하고 친애했던 내 인연."

강문은 목 언저리에 겨누어진 검날에 손가락을 가져다 댔다. 깡마른 뼈를 뒤덮은 피부가 칼날에 살짝 베여 피가 방울처럼 맺혔다. 하지만 그도 잠깐일 뿐, 순식간에 빗줄기에 희석된 피는 땅속으로 스며들었다. 강문이 흘린 피 냄새를 마방진 밖의 모두가 맡았다. 그것은 어떠한 신호와도 같았다.

"그대를 영원히 가질 기회를 줘서 고맙다. 죽으면 내가 무슨 말을 한 것인지 알게 될 것이다. 저승에 가서 먼저 기다려라. 내생부턴 그대에게 행복만이 기다리고 있을 테니까.”

청사를 상대하던 나찰들과 요괴들이 누가 먼저랄 것 없이 마방진으로 달려갔다. 예상치 못한 이들의 반응에 청사가 황급히 뒤를 쫓았다. 요괴는 진을 통과하지 못할지라도 나찰은 다르다. 그들은 마귀가 아니므로 단숨에 고도를 걷어차 버릴 것이다. 청사는 한발 늦은 만큼 벌어진 거리를 좁히지 못한 채 크게 소리 질렀다.

“고도!!”

나찰이 거대한 창을 번쩍 들어 휘두르는 것과 강문의 목을 동강 내기 위해 고도가 검을 휘두른 것은 동시에 벌어진 일이었다.

소는 볼 위에 닿는 차가움을 느꼈다. 손바닥으로 볼을 쓸자 제법 굵은 물방울이 묻어 나왔다. 고개를 들었다. 하늘의 청명함과 달빛의 서늘함을 모조리 가려 버린 적운에서 빗방울이 떨어지고 있었다. 천둥 번개가 요란하게 쳐대며 빗줄기가 굵어지고 있었다.

소는 눈가에 떨어진 물을 피해 반사적으로 눈을 감았다가 떴다. 세상이 번쩍이며 두꺼운 구름층에서 날카로운 번개가 울렸다. 호랑이가 목을 울리는 것처럼 음산한 소리였다. 눈이 멀게 되는 강렬한 섬광이 땅과 조우하는 순간 귀가 먹먹할 정도로 거대한 울림이 함께했다. 한 번이 아닌 도합 열한 번의 뇌격은 그것만으로도 장엄한 장관이었다. 벼락이 내리꽂힌 땅은 소에게서 멀지 않았다. 수행원들을 힘으로 맞서는 독각부대 너머, 고도와 청사가 사라진 평원 어딘가였다.

고도나 청사가 하늘을 울게 하는 걸까. 둘 중 하나가 이 요란한 일의 주도자라면, 고도보단 청사일 가능성이 컸다. 고도의 도술 중에 구름을 끌어서 신선처럼 올라타는 것은 있지만, 지금처럼 국지적으로 벼락을 내리치는 능력은 한 번도 본 적이 없다. 하늘의 상태까지 조절하는 도술은 더 이상 인간의 능력이 아닌, 인간보다 높은 경지에 있는 신선이나 천인의 능력이 아니었던가.

의아한 눈으로 하늘을 살피던 소는 뒤쪽에서 소리 없이 달려든 강문의 수행원을 보고 재빨리 정신을 차렸다. 머리를 내려치는 곤봉을 주먹으로 막으려는 찰나, 옆에서 휙하고 튀어나온 뭔가가 소를 대신하여 곤봉을 막아 세웠다. 소가 눈을 동그랗게 뜨고 쳐다보니 곤봉을 막은 이는 하얀 백여우 귀신인 길달이의 꼬리였다. 길달이가 붉은 눈을 번쩍이면서 호랑이보다 사나운 이빨로 수행원의 어깨를 물었다. 수행원은 어깨가 반쯤 뜯어져서 혼비백산이 되어 도망쳤다.

제가 이룬 성과가 뿌듯한지 가슴을 내밀고 늠름하게 앉은 길달이에게로 비형랑이 다가와 머리를 쓰다듬었다. 소는 비형랑과 길달이의 원치 않는 도움에 입안에서 쓴 내가 나는 기분이 들었다. 소는 거북한 심정을 숨기지 않고 솔직히 말했다.

"비형, 너는 허튼짓을 하는 게다. 나를 도와 이곳까지 와준 것은 고맙고 또한 그 노고를 치하하는 바이나, 시키지도 않은 짓을 해 고생을 하는 것에 불과하구나."

비형랑은 소의 말투에서 묻어나는 비관과 체념의 정서에 고운 미간을 찌푸렸다.

"소신과 독각부대의 도움이 필요 없다고 여기시는 겁니까."

"오냐."

"전하."

"여기까지 왜 온 거냐, 대체. 무슨 좋은 꼴을 보겠다고."

그는 소를 가만 응시했다. 봉두난발을 성의 없이 상투로 틀고, 어의 대신 남루한 옷을 입은 채 수염은 덥수룩하게 기른 것이 걸인이라 해도 믿을 상이다. 소는 궐에 있을 때도 근엄함으로 백성을 다스리는 부류는 아니었다. 툭하면 잔치를 벌여 온갖 도깨비들을 모조리 초대했다. 맑은 냇물을 술로 삼아, 산새 소리를 벗 삼아, 꽃향기를 여인 삼아 즐거운 놀이판을 벌였다. 백성이 흥에 취해 도깨비불 춤사위로 컴컴한 밤하늘을 수놓으면 구천을 떠돌던 귀신들이 호기심으로 잔치판을 기웃거리기 마련이었다. 길 잃은 인간과 요괴들이 꿈처럼 몽롱한 장면에 심취하여 잠들기도 하였다.

소는 괄괄하고 호탕하여 그 어떤 근심 걱정도 명쾌하게 날려 버리는 이였다. 자유로운 도깨비들은 인간처럼 보수적인 규칙과 관습에 얽매이지 않았으므로, 도깨비들을 한데 묶어 낼 친화력과 지도력만 있으면 누구나 왕이 될 자격이 주어졌다. 누구에게나 자격이 주어졌으므로, 기존의 왕은 후대의 왕이 반목하거나 전복하는 식으로 뒤집어지기 마련이었다. 하나, 소의 시대는 달랐다. 누구도 소의 치세를 반대하는 이가 없었다. 수십 년, 아니 몇 달 만에 왕권이 바뀌던 과거와 다르게 소가 왕좌에 앉은 후론 평화롭고 즐거운 일만 가득했다.

그렇기에 소가 일신상의 이유로 왕국을 버리고 한 인간과 동행했을 때도, 백성들은 새로운 왕을 뽑지 않았다. 그들은 기다렸다. 태어나서 한 번도 겪어 본 적 없는 평화와 기쁨이 다시 오리라 생각하며 소를 위한 왕좌를 비워 둔 채 기다리고 또 기다렸다. 그렇게 반백년이 흘러 도깨비들의 결집력은 눈에 띄게 줄어들었다. 인간이 요괴와 귀신을 몰아내고 영토를 점차 넓혀 가는 일을 막지 못했다. 요괴와 도깨비와 인간이 어울려 살던 균형의 시대는 과거로 밀려나고 있었다. 하지만 소가 돌아오면 이 균형이 바로 잡히리라. 백성들은 그 믿음에 한 점의 의심이 없었다.

그 믿음으로 기다려 온 수십 년의 세월이 지금 소의 모습일까. 비형랑은 유쾌하고 명석하며 언제나 자신감에 가득 차 있던 소의 과거를 현재와 끝없이 비교했다. 자문하면 할수록 비관적인 대답뿐이라 소를 똑바로 보기 괴로웠다. 도깨비들에게 가장 잘 어울렸던 왕은 과거에 묻어 두어야 할 것인가. 그리하면 오랫동안 왕좌를 비워 둔 채 소를 기다린 세월이 허물어질 것만 같았다. 비형랑은 소를 애써 외면했다.

"왜 돕고 있느냐 물으셔도 대답은 하나뿐입니다. 백성들은 전하를 오십 년도 넘게 기다리고 있습니다. 왕좌에서 물러나시더라도 백성들이 그에 충분히 동의할 만큼 사정을 설명하셔야 하지 않겠습니까. 혹 백성들을 버리려는 건 아니신지요."

백성이라. 멀게만 느껴지는 그 단어를 소는 입 안에 굴려 보았다. 도깨비의 나라를 이끌어 갔던 영광을 떠올려 보았다. 권위와 명예엔 그다지 신경 쓰지 않고 도깨비들과 어울려 놀길 좋아하는, 왕보다는 놀이꾼에 가까웠던 저를 보며 행복해하던 다른 도깨비들이 머릿속에 어른거렸다. 그들을 버리고 말고 할 것이 있던가. 원래부터 뿔뿔이 흩어져 살던 이들을 소가 잠깐 결집한 것에 불과하거늘. 인간처럼 우두머리 흉내를 내면서 잠깐 권위를 맛보았지만 그것이 그립지는 않다.

소는 제게 달려드는 수행원을 독각부대가 일찍이 차단하는 모습에 한탄을 금치 못했다. 두억시니가 누군가의 명령을 듣는 존재였던가. 그들이 독단적으로 살던 본성을 감추고 이렇게 부대를 이루어 소를 위해 움직이는 것이 낯설고 딱했다. 소는 땅이 울릴 정도로 난폭하게 승려들을 상대하는 독각부대를 물끄러미 바라보며 말했다.

"나는 너희가 찾는 왕이 아니다. 과거의 명성과 영광을 모두 잃은 이빨 빠진 호랑이에 불과하다. 나는 그대들에게 아무런 도움도 되지 못한다."

"전하는 여전히 저희의 주군이십니다."

"내 능력이 예전과 같지 않음을 보여 줘야 그런 헛소리를 안 하지."

"하하하하, 전하께서 뭐 특별한 능력이 있으셨겠습니까. 씨름만 타고 나셨죠, 암! 전하께서 넘기지 못하는 도깨비와 인간과 요괴가 없었으니!"

"그걸 알면서도 굳이 이곳까지 찾아온 이유가 무어냐? 너도 샅바 한 번 걸어 볼 텨?"

"저와 하는 씨름은 돌아가서 하십시다."

"거, 참 말귀도 어둡네. 나는 안 돌아간다!"

"왜요?"

"미안해서 이대로 어떻게 돌아가!"

"왜 미안하신데요?"

"오십 년이나 너희를 나 몰라라 내팽개치지 않았느냐!"

"그게 전하의 뜻이었습니까? 아니지 않습니까. 꽝철이가 소상히 알려 주었습니다. 강문이란 인간이 환영도사와 함께 다니도록 수작을 부리셨다면서요."

"그거나 이거나. 결국 너휠 돌보지 못한 건 매한가지다."

"다르지요. 저희가 전하를 그리워한 만큼, 전하도 저희를 그리워하셨지 않습니까."

"이게 이제 도깨비 마음까지 들여다보려는 구나."

"저희를 보면 신나며 노시던 분이 이제 와 능력이 예전 같지 않다며 침울해하는 모습이 보기 좋지 않아서 그렇습니다."

"사실인걸."

"저희가 언제 전하의 능력을 보고 따랐습니까. 전하, 그대 당신만을 따랐거늘. 정녕 한 번도 못 느끼신 겁니까."

고도였다면 빙글빙글 웃으면서 "나는 죄 많은 인간이로다. 내게 반한 인간과 요괴 숫자도 벅차거늘 이젠 도깨비까지 다가오다니."라는 주책없는 소리로 분위기를 전환했을 텐데. 소는 고도에게 있는 말주변이 자신에게는 없다는 사실을 새삼 깨달았다. 비형랑의 고백에 할 말을 잃고 입을 다물면 그만큼 동요했다는 뜻으로 비칠 텐데 분위기를 수습할 어떤 방도도 떠오르지 않았다. 비형랑의 또랑또랑한 눈동자는 어린애 같은 순수함마저 엿보였다. 소가 듣기 좋으라 지어 낸 말이 아님을 다시 확인하자 소는 저도 모르게 바람 빠지는 소리를 내며 머리를 긁적였다.

"비형."

소는 비형랑이 왕의 측근으로 있던 시절에 사용했던 애칭을 부르며 그를 바라봤다.

"뒤늦게 돌아가도 되겠느냐. 나는 그대들에게 폐를 끼치는 것 같아 미안함에 고개를 들 수가 없다."

"언제부터 전하께서 그런 걸 신경 쓰셨습니까. 반목하면 무엄하다며 바깥다리를 걸어 넘기시던 분 아닙니까."

"그렇게 옹충망충 굴면 내쫓기기 딱 좋은 상황이지."

"아하하하, 그게 두려워서 여기서 쩔쩔 메는 겁니까."

"내 백성들이 날 싫어하는 눈초리를 생각하니 상상만으로도 침울해져서 그런다."

"역시나 솔직하신 전하시군요. 그러니 저도 솔직하게 말씀드리겠습니다. 도깨비들 중 전하를 내칠 도깨비는 아무도 없습니다."

"정말이느냐?"

"그럼요. 직접 가서 보시죠."

소는 망설이다가 입을 달싹였다.

"내가 아직도 쓸모 있다고 여겨진다면, 그들이 그래도 내가 보고 싶다고 여긴다면. 미안하다 사과하러 돌아가고 싶구나. 그대 모두와 함께 놀고 싶어."

비형랑이 그 말에 씨익 웃었다.

"잔치판을 벌이겠습니다. 돌아가십시다."

"정녕 괜찮단 말이지?"

"물론이죠."

"다른 도깨비들도 모두?"

"당연한 소리를 하십니다."

"믿어도 되느냐. 기껏 돌아갔더니 궁둥이를 걷어차여 내쫓기면 돌아가느니만 못할 것이니."

"궁둥이 붙일 자리를 너도 나도 마련하겠다고 난리통인 모습을 보실 수 있을 겁니다."

비형랑이 하는 말에 거짓은 없었다. 돌아가자는 말이 그토록 간절하게 들린 일이 있었던가. 꽝철이가 말해도 이리저리 피해 다니며 도망치던 소였다. 고도와 떨어져 지낼 수 없다는 핑계를 제외해서라도, 솔직히 돌아가기 무섭다는 마음이 컸다. 너무 오랫동안 나 몰라라 한 도깨비들이 모두 자신에게서 등을 돌릴 것만 같아서였다. 그렇게 나약했던 마음을 다잡으니 몸에서 기운이 솟았다. 비바람이 몰아치는 하늘 위로 최강의 도깨비라 불렸던 이의 포효가 울려 퍼졌다.

"이 몸이 빨리 빨리 돌아가야겠노라! 막아 세우는 것들 모두 들배지기를 해버릴 테니 한꺼번에 덤벼 보아라!"

소의 외침에 사기가 진작된 독각부대가 주먹을 하늘 높이 들고 와와 소리를 질렀다.

나찰이 휘두른 창이 바닥에 박혔다. 고도를 꼬챙이처럼 꿰뚫으려던 창이 바닥에 박힌 고도의 화살을 하나 깨트리자 마방진의 빛이 사그라졌다. 동강 난 화살을 보던 나찰이 새파란 눈을 부릅뜨고 주변을 둘러보았다. 조금 전만 해도 강문의 목을 잘라 버릴 듯 사진검을 휘둘렀던 고도의 모습이 어디에도 보이지 않았다. 사방을 둘러보고 하늘과 땅 아래를 살펴도 고도와 연관된 흔적은 없었다.

어수선하게 고도를 찾는 나찰과 달리 강문은 침착함을 잃지 않고 제 무릎 위만 가만 쳐다보았다. 손을 뻗어 무릎에 붙은 것을 떼어 내니, 여자처럼 기다란 머리카락 몇 가닥이다. 나찰의 창에 베인 긴 머리는 고도의 것이 아닌 그의 일행의 것이 분명하다. 손에 붙은 것을 털어낸 강문이 자리에서 일어났다.

강문은 뒤돌아 구릉 위를 가느다란 눈으로 올려다보았다. 제자들과 도깨비 무리가 대적하는 구릉에선 거친 기운이 뒤섞여 있었다. 평원과 거리가 멀었기에 승패가 어느 쪽으로 기우는지 육안으로 확인할 수는 없었다. 강문은 누가 얼마나 유리한지에 큰 관심이 없었다. 그의 관심은 구릉 위의 전투보다, 구릉으로 올라가기 위한 산길 그 자체였다. 강문은 맨눈으로는 구분할 수 없는 산속을 무엇이 보이기라도 하는 양 잠자코 쳐다보았다. 그러다 조용하게 중얼거리니 주변을 둘러보던 나찰들이 일제히 강문의 이야기에 귀를 쫑긋했다.

"인제 와서 도망치려는 것은 아니겠지."

물론, 그럴 사람이 아니란 건 강문이 제일 잘 알고 있다. 무리할 정도로 대범하게 구는 고도는 나찰에게 팔다리가 하나쯤 잘려도 전혀 신경 쓰지 않고 강문을 사진검으로 내려칠 눈이었다. 그 차가운 시선을 마주보고 있던 강문은 고도의 굳건한 의지를 의심하지 않았다. 다만, 고도의 성격과 정반대인 듯한 일행이 마음에 걸렸다. 한번 고삐가 풀리면 앞뒤

가리지 않고 덤비는 고도에 비해 그의 일행은 세심하고 신중한 성격이었다. 감정적인 상황에 쉽게 매몰되는 고도를 붙잡아 주는 이상적인 동료가 아닐 수 없다. 고도가 이 세상에서 아직도 얽힐 좋은 인연이 있다는 사실이 새삼스러워서 강문은 설핏 웃고 말았다. 거구귀와 각다귀, 나찰을 향해 손짓했다.

"처음엔 고도가 우리를 찾아왔으니 이번엔 우리가 찾아가자꾸나."

강문은 수십의 존재들을 이끌고 구릉지로 통하는 산길을 향했다.

고도는 힘껏 휘두른 사진검이 바닥에 박히자 잠시 당황하여 눈을 깜빡였다. 눈앞에 있던 강문이 갑자기 사라진 것이다. 어찌하여 목을 댕강 잘랐어야 할 강문은 사라지고 검은 애꿎은 바닥에 처박혔는가. 어리둥절해하는 고도의 뒤로 익숙한 목소리가 들렸다.

"아, 진짜…… 고도, 너 그러지 좀 마."

어느새 뒤에서 허리를 끌어안은 청사가 기운이 빠진 듯 한숨을 내쉬었다. 줄곧 긴장으로 꽉 조였던 몸이 스르르 풀린 것처럼 말이다. 고도는 허리를 붙잡고 주저앉은 청사를 부축하다가 주변 광경이 드넓은 초원이 아닌 산길의 일부라는 사실을 깨닫고 대강의 상황을 파악했다. 강문의 처리에만 몰입하느라 등 뒤가 비었는데 그걸 나찰이 노리고 파고들었다. 그리고 청사가 나찰보다 빨랐다. 청사는 간신히 고도를 잡고 피신한 것이다.

"진짜 깜짝 놀랐네."

청사가 한숨처럼 중얼거렸다. 고도는 바닥에 주저앉은 청사의 등을 토닦여 주었다. 청사는 입술을 삐쭉여 고도를 올려다봤다.

"넌 몰입하면 주변 상황은 안 보이는 거냐."

"그만큼 내 집중력이 뛰어나다는 거 아니겠나."

"동시에 두 가지 일을 못할 만큼 무식하다는 거야."

"이런 식으로 앞담화를 하다니."

"농담할 기분 아니거든!"

"내가 하나만 집중하는 걸 대롱이 너도 좋아하지 않느냐."

"뭘 좋아한다고!"

"너와 함께 있을 땐, 내가 너밖에 보지 못하잖느냐."

헉. 그 말에 울컥 화를 내려던 청사가 사르르 녹은 겨우내처럼 변했다. 이런 식으로 기습적인 고백을 하는 고도라니. 너무 좋아서 가슴이라도 움켜쥐고 고도가 너무 좋다고 말이라도 해주고 싶은데, 통 그럴 상황이 아닌 점이 안타까웠다. 그래도 이전보다는 화기를 가라앉힌 청사였기에 말싸움을 이어 가진 않았다. 청사는 한숨을 내쉬었다. 말하는 동안에 그 어조가 많이 부드러워져 있었다.

"강문을 해결할 방법은 찾았어? 꽤 많은 이야기를 하는 것 같더니."

고도는 여전히 금색으로 빛나는 눈을 사방으로 데굴데굴 굴렸다.

"마땅치 않구나. 나 혼자 도력을 쓴다면 강문을 상대할 만하지만, 아까처럼 나찰과 가신들이 작정하고 강문을 도와 나를 공격한다면 역부족이야. 그들 중 하나를 전력으로 상대하는 것도 힘들겠거늘, 한꺼번에 그리 많은 숫자를 상대한다라. 평범한 도술로는 무리지."

산길 밑으로 고개를 내민 청사가 나찰들의 움직임을 살폈다. 평원에서 청사를 상대한다고 흩어져 있던 나찰이 한데 뭉쳤다. 산언저리까지 다가오는 덩어리 속에 강문이 속한 것으로 보아 고도가 도망간다고 해서 놓아줄 분위기가 아니다. 청사는 고도를 올려다보며 정직하게 말했다.

"고도, 나 혼자 나찰이랑 요괴들을 모두 상대하지 못해."

"그래. 나 혼자도 무린데 너 혼자도 역시 어렵다고 생각한다."

"일단 피신하고 다음 기회를 노리는 건 어때."

"시간을 끌면 내게 더 불리하다."

"어째서?"

"독이 더 빠른 속도로 퍼지고 있거든."

고도는 손가락이 한쪽 모자란 손을 펼쳐보았다. 활짝 펼친 손바닥이 덜덜 떨리고 있었다. 중독되어 몸이 마비되는 현상이었다. 고도가 모든 도력을 개방하고 있어서 중독된 고통은 차단했지만, 몸에 이는 반응까지 막는 것은 역부족이었다. 그 모습을 확인한 청사의 표정이 더욱 심각해졌다.

"그럼 어떡해? 빨리 처리할 수 있는 방법이 있어?"

청사의 물음에 고도는 소매 속으로 손을 숨기며 말했다.

"없진 않아. 내가 저승길을 강제로 열어 버리면 된다."

청사가 "뭐?"라고 놀라서 대꾸하기 무섭게 고도가 입을 뗐다.

"나는 염라대왕의 명부에서 이름을 지운 인간이다. 지금의 금색 눈은 바로 수명이 정해지지 않은 염라국과 옥황국 일부의 징표 같은 것이지. 나는 염라국과 척을 지은 인간. 이런 내가 이곳에 있노라 그들에게 위치를 알려 주면, 염라국 모든 부대가 날 잡으려고 저승문을 열지 않겠느냐. 그렇다면 그들을 이용해서 나찰과 가신들도 상대할 수 있다. 나찰과 상성이 정반대인 저승인들의 다툼이라. 이거 제법 볼만하지 않겠어?"

고도가 자신의 그럴듯한 계획을 말하려 했으나, 청사가 어림없다며 말을 잘랐다.

"그런 허튼소리 하지 마. 네가 지하로 끌려 내려가면 아무리 나라도 어려워져."

"끌려가지 않으면 되지."

"불가능한 얘기군. 저승인들을 모조리 인계로 끌어들이는 계획인데 그들이 널 놓칠 것 같나? 나찰들을 때려죽여서라도 너를 강제로 끌고 갈 이들이다. 너무 무모한 계획이니 생각도 하지 마."

"지금 상황에선 그들 말고 도움을 요청할 곳이 없는데."

"저승의 힘을 빌리는 게 네 마지막 계획이란 말이지. 더 이상의 방법은 없다는 말, 맞으냐."

"그래. 내가 할 수 있는 최후의 수단이다."

"좋아, 그렇다면 그 최후의 수단보다는 나은 방법으로 가자."

"으음?"

"내가 하늘의 힘을 빌리겠다. 나찰은 본디 무릉도원에 적을 둔 자들. 그 무릉도원을 다스리는 옥황국이 내가 속한 천상계이니 만큼, 하늘의 힘을 쓰면 그들을 상대할 만할 것이다."

청사가 힘을 쓴다는 말에 고도가 입을 꾹 다물었다. 청사의 특기인 뇌우는 원거리에서 넓은 면적을 공격하는 장점이 있지만, 그 숫자가 수십에 달하면 한계가 있다. 벽구리 마을에서 십이지괴를 상대할 때만 해도 백 자리에 달하는 벼락을 내리꽂았다. 나찰 서른과 요괴귀신 스물을 모두 상대하려면 그보다 네댓 배는 더 힘을 써야 한다. 효율적이지 못한 방법이다. 조금 전처럼 벼락을 꽂기도 전에 나찰이 재빨리 움직여 고도에게 다가가면 청사도 돕지 못하리라.

"고도. 왜 아무 말이 없느냐."

청사의 힘을 빌리는 일과 저승의 힘을 빌리는 일. 고도에게는 어느 것 하나 선택하기가 쉽지 않았다.

"하늘의 힘을 빌리면 안 된다고 하지 않았느냐."

"……정식으로 허락을 맡은 일은 아닐 테니까."

"그런데도 그 힘을 쓴다면, 네게 안 좋은 영향이 갈 것 같은데."

"혼나겠지."

"누구에게?"

"내 가족들과 상제께."

"그럼 아니 될 소리다. 그 계획은 앞으로 생각도 하지 마라. 너까지 끌어들일 생각은 추호도 없으니까."

"고도, 나도 널 본격적으로 돕고 싶어."

어찌 싸움에 특화되지 않은 짐승의 도움을 받을까. 기린이나 백태처럼 싸울 줄 모르는 신수에게 도와달라는 말을 꺼낼 때가 이와 같을지어다. 고도는 타고난 능력이 좋아도 청사의 개입만큼은 말리고 싶었다. 용이 인계의 일에 개입한 전례가 없는 만큼 뒷일이 걱정된 것이다.

"아니다. 대룡아, 너는 참아라."

"그렇지만 이대로는 강문 쪽을 이기기 힘들어. 네가 저승의 힘을 빌린다는 건 내가 반대할 거야."

"대룡아."

"다른 방법이 없으면 내가 하늘의 힘을⋯⋯."

"아니. 그럼 내가 용서치 않겠다."

고도의 단호한 거절에 청사는 입술을 깨물었다. 그럼 아무 방법도 없는데 마냥 손을 놓고 강문에게 유린당할 것이냐고 따져 물으려던 참이었다. 깊은 고심에 빠진 고도가 한참 후에 제 등 뒤로 손을 돌렸다. 고도는 천천히 어깨에 멘 죽통을 풀었다. 산신과 영합하여 죽통에 건 봉인 주술을 푼 후로는 은은하게 금색으로 발광하는 물건이다. 이전까진 언제 쪼개어져도 이상하지 않을 만큼 허름하던 죽통이 이젠 영험하게 빛난다. 함부로 건드리면 안 될 듯 기묘한 분위기가 풍기는지라, 죽통이 열리면 범인은 감당 못할 일을 상상하게 했다. 고도는 죽통이 품어내는 기묘한 느낌에 두려움과 설렘을 동시에 느꼈다. 그 흥분은 실로 오랜만이라 고도는 눈까지 빛내며 청사를 설득했다.

"요괴들을 전부 꺼내겠다. 나찰과 아수라라도 구천 마리가 넘는 요괴를 모두 상대하려면 시간이 걸리겠지. 그 틈에 강문을 처리하면 되니까. 이게 지금으로썬 최선인 것 같구나."

죽통을 열려는 손길에 망설임이 없다. 오히려 당황한 이는 청사다. 청사는 다급히 고도의 손을 붙잡아 세웠다.

"요괴가 나찰과 합심하여 너를 공격하면 어쩌냐."

요괴는 저희를 봉인한 고도보다는 차라리 나찰이나 귀신들에게 친근함을 느낄 터다. 고도를 돕는 대신 강문 쪽에 붙어 저희를 봉인한 고도에게 복수를 할지도 모른다. 고도는 청사의 걱정과 불안을 기우로 여겼다.

"그러지 못할 것이다."

"장담할 수 있어?"

"요괴만큼 힘의 우세를 정확하게 가늠하는 종족은 없다. 아무리 내게 악감정을 가지고 있어도 섣불리 등을 돌리긴 힘들 터."

고도는 청사의 볼에 손가락을 쿡 눌러 찍었다. 긴장감으로 부풀어 오른 볼에서 바람이라도 빼는 것처럼 짓궂은 행동이었다.

"나에겐 어찌할지 모르겠지만 너에겐 필히 복종하리다. 나찰과 강문이 아무리 강해도 하늘의 권속만 하겠느냐."

"네가 삶의 목표라고 할 정도로 그걸 어렵게 잡아 들인 거잖아. 여기서 모두 풀어버리면, 다시 요괴를 처음부터 잡아야 할 것이다. 그래도 괜찮겠느냐."

그 말에 고도는 금빛 눈으로 가만히 청사를 바라봤다. 얼굴 표정은 결코 유쾌하지 않았다.

"괜찮을 리 있겠느냐."

하지만 이 외엔 방법이 없지 않은가. 저승의 힘을 빌리면 고도가 죽을 것이고, 하늘의 힘을 빌리면 청사가 모든 사건을 책임져야 할 것이다. 어차피 희생을 해야만 할 상황이라면 고도가 희생하는 것이 나았다. 그것이 죽음보다는 요괴를 모두 풀어 주는 것이 더 나은 희생 아니겠는가.

발소리가 가까워지고 있었다. 청사와 고도는 더 이상 죽통에 대한 의견을 나누지 못하고 황급히 몸을 돌렸다. 나무 뒤쪽으로 피신했다. 나무에 기대어 몸을 수그리고 있어도 이 너른 산을 쿵쿵 울리는 묵직한 발소리는 고스란히 전해졌다. 상대가 강문이니만큼 이렇게 눈에 보이지 않도록 몸을 숨기는 것이 만사는 아니겠지만, 무작정 달려들기도 좋은 방법이 아니다. 뒤로 몇 걸음만 물러나면 소와 강문의 제자가 힘을 겨루는 구릉지가 나타나고, 앞으로 나아가면 산길을 올라오는 강문과 나찰 일행을 마주칠 터이다. 뒤로 가도 앞으로 가도 고도가 유리한 부분이 없다. 죽통에서 요괴를 푼다면, 요괴들이 역으로 고도를 공격하지 않게끔 청사가 능력을 발휘하기 좋은 장소로 옮기기라도 해야 한다.

"고도, 넓은 곳으로 가자."

청사는 산길보다 구릉이나 평야를 선택했다.

"둘 중에 골라. 계단이 좋아 평평한 바닥이 좋아?"

"음. 계단이 더 좋다."

"좋아, 그럼 구릉 쪽으로 돌아가자."

청사가 몸을 낮추고 고도와 함께 산에 올라가자 고도의 기운을 쫓아오던 강문 일행의 속도도 빨라졌다. 고도는 청사의 뒤를 따라가면서 한 손으로 입을 막았다. 자꾸만 기침이 나왔다. 속으로 삼켜서 청사가 돌아보는 일은 없지만, 목이 아프고 속이 타들어 가는 듯한 뜨거움에 머릿속부터가 피곤해지는 기분이었다. 도술 중에 해독을 할 수 있는 술법이 있으면 좋으련만, 그런 유용한 것을 개발하지 못한 게 천추의 한으로 남을 지경이다. 가부좌를 틀고 몸의 탁해진 기운을 정화하고 싶어도 그럴 시간이 없으니 임시방편으로 기운 자체를 억제하는 방법을 썼다.

반발하는 탁한 기운을 봉하느라 맑은 본래의 기운을 더 끌어다 쓰다 보니 눈동자는 별빛처럼 밝은 금색에서 백금색에 가까워지고 있었다. 그다지 좋은 변화로 보이지 않는 눈동자 색의 변화를 고도는 알지 못했다. 청사만이 구릉을 향해 나아가면서도 고도를 돌아보다가 밤 동물처럼 하얗게 반짝이는 눈을 확인할 뿐이다. 시간을 지체할 수가 없다는 것을 그 순간 실감한 청사였다.

청사와 고도는 빠른 걸음으로 산등성이를 넘어 구릉으로 다시 돌아왔다. 고도가 사람들을 검으로 상대하다가 나머지를 소에게 맡겼는데 어느새 숫자가 불어 있었다. 더 많은 사람이 몰려들어 소를 상대하는 줄만 알았다. 소를 돕기 위해서 다급히 달렸던 청사와 고도는 소를 공격하는 게 아니라 그를 보호하려고 둥글게 겹을 쌓은 도깨비 군대를 보았다.

하나같이 흉악한 생김새다. 소를 보호하지 않는 나머지가 선두에서 사람들을 물어뜯으며 외모에 어울리는 난폭함을 자랑했다. 피를 무서워하는 도깨비들이 사람을 상처 입히는 일에 서슴없으니, 이 도깨비들은 필히 싸우기 위해 태어난 두억시니일 터. 도깨비의 우두머리가 존재해야 함께 존재하는 두억시니라면 법력이 강한 승려라도 맞서 싸울 수가 있다. 고도는 두억시니만큼 믿음직스럽고 신뢰 가는 이들이 또 있을까 싶었다. 그들이라면 소의 안위는 걱정하지 않아도 될 듯싶었다.

"더 높이 가자. 더."

청사는 고도를 데리고 도깨비와 승려들보다 더 높은 구릉으로 올라갔다. 지금 잘 싸우고 있는 도깨비들이 고도의 등장으로 동요하여 흐트러지지 않길 바라는 마음에 거리를 벌린 것이었다. 산길 너머에서 모습을 드러낸 강문과 나찰들이 둘이 있는 높은 구릉으로 다가왔다. 고도와 청사의 바람대로 도깨비 쪽에 인기척을 알리지 않는 조용한 이동이었다. 고도는 거리를 좁히는 강문을 보면서 죽통의 입구만 매만졌다. 언제든 입구를 막은 헐거운 봉인을 풀고 요괴를 전부 쏟아 내려는 각오가 청사에게도 전해졌다.

"지금 풀까."

고도의 말에 청사가 다급히 손을 붙잡아 막았다.

"아직 하지 마."

"그럼 언제 풀란 말이냐. 갑자기 상황이 급박해지면 풀 기회도 놓친다."

"마지막의 마지막까지 참아. 이건 최후의 수단이지 일을 쉽게 풀어 가는 방책이 아니잖아."

청사가 손목을 다시금 꽉 붙잡자 고도는 순순히 죽통에서 손을 뗐다. 강문이 한치 앞까지 다가와 있었다. 언제나 강문의 얼굴에 피어 있던 인자한 미소는 조금 굳어진 채다. 하늘에서 쏟아지는 비로 창백하게 질린 얼굴은 고도에게 고정되어 있었다. 인연의 끝을 고하고 있다. 반대로 난 길을 서로 너무 멀리까지 왔다. 되돌리기엔 늦은 인연이기에 고도 역시 더는 미련을 두지 않았다. 고도는 죽통을 벗어 청사에게 맡겼다.

"상황을 봐서 네가 풀어라. 그냥 깨부수면 될 것이다."

육중한 부담감에 잠시 망설이던 청사가 고개를 끄덕였다. 고도는 사진검을 고쳐 잡았다. 쏟아지는 비 때문에 볼 수 있는 시야가 좁지만 눈을 감아도 절로 그려지는 강문을 놓칠 리가 없다. 눈동자의 백금색 빛이 잔상처럼 허공에 머무는 사이, 고도는 어느새 강문의 뒤편으로 바싹 다가가 있었다.

강문 옆에 있던 거구귀가 입을 벌려서 고도를 잡아먹으려 했다. 고도는 땅에 닿은 턱을 있는 힘껏 걷어차서 거구귀가 입을 다물고 데굴데굴

바닥을 구르게 하고는 다시 강문의 목 언저리로 사진검을 휘둘렀다.

거구귀 대신 나찰들이 달려들어 고도를 막으려는 것을 강문이 손을 들어 저지했다. 강문은 나찰이나 요괴의 도움을 필요로 하지 않았다. 두 손으로 음양을 그리듯 허공을 부드럽게 휘젓는 것으로 날아오는 검날을 팔 사이에 끼워 고도의 공격을 막아 냈다.

"고도, 그대가 말했지 않나. 무학은 지키기 위한 검술이지 해치기 위한 검술이 아니라고."

고도의 검술관을 거들먹거려서 창시자로서의 자존심을 건드려 보려는 심산인데 고도 역시 녹록히 당할 위인은 아니었다.

"네 제자 놈들이 무학을 멋대로 살상무기로 변질시킨 것에 비하면 약과지."

"제자들이 날 향한 충심이 강해서 생긴 일이니 이해해 주게."

"그럴 순 없다, 망할 땡중아."

고도는 검이 잡힌 대신 주먹을 강문의 명치에 꽂았다. 급소를 맞은 충격에 기침을 쿨럭이는 강문에게 이번엔 사진검을 아예 놓고 두 주먹을 동시에 휘둘렀다. 강문은 왼쪽 주먹은 막았지만, 광대를 가격하는 오른쪽 주먹은 놓치고 말았다. 얼굴을 세게 얻어맞은 강문이 비틀거리며 쓰러지자 나찰들이 분노하여 달려들었다. 단숨에 고도의 머리통을 창으로 내려찍으려던 나찰은 고도에게 닿기도 전에 공격이 막히고 말았다. 청사가 도포 자락 밑으로 긴 꼬리를 드러내어 나찰의 팔뚝을 움켜쥐고 움직이지 못하게 힘겨루기를 한 것이다.

"고도!"

고도는 청사의 도움을 고맙다고 말할 여유가 없었다. 강문의 노쇠한 몸이 육탄공격을 버티지 못하고 바닥으로 처박힌 꼴을 내려다보면서 비에 젖은 두루마기 소매를 둥둥 걷었다. 위협적이진 않아도 늙은이가 버티기엔 힘들 만큼 단단한 근육으로 뭉친 팔이 드러났다.

"이건 너를 지우로 여겼던 나와 소에게 함께 저주를 내린 네 비겁함에 대한 응징이다."

빗줄기를 가른 주먹이 강문의 왼쪽 얼굴에 정확하게 꽂혔다. 충격으로 머리까지 울리는 강문이 매서운 눈으로 고도를 노려보았다. 고도는 그 눈빛을 개의치 않고 두 번째 주먹을 휘둘렀다.

"이건 내가 만든 무학을 망쳐 놓은 죗값이고."

주먹을 맞기 전에 손을 휘둘러 막은 강문이었지만, 연이어 들어오는 발길질마저 막기는 역부족이었다.

"이건 우매한 백성을 교화한답시고 미륵불 행세를 하는 시건방짐에 대한 벌이다."

허벅지를 걷어차자 강문은 다리를 잡고 바닥에 쓰러졌다. 강문은 비틀 거리는 몸을 다잡고 고도에게 말했다.

"그대가 오사리잡놈처럼 사람을 무식하게 패려고 들 줄은 몰랐다. 고고하게 손 하나, 발 하나 쓰지 않으려던 네놈이 언제부터 이렇게 된 거지."

"고고함이라. 내가 그런 단어랑 거리가 먼 걸 네가 모르진 않을 텐데. 난 그저 귀찮아서 안 움직였던 것뿐이다. 이젠 적극적으로 움직이는 게 더 즐거워진 것이니 이상하게 해석하지 마라."

"도술로 덤벼라."

"싫다."

"도사 놈이 어찌 시정잡배처럼 주먹을 쓴단 말이냐!"

"너희가 쓰는 법술의 밑바탕은 상대의 기운을 빼앗아 자기 것으로 만드는 것이지 않나. 도술과 요술을 상대할 땐 천하무적이라는 것을 잘 안다. 그러니 안 쓸 것이다."

"청개구리가 따로 없구나."

"뭘, 새삼스럽게."

도술을 쓰지 않겠다면 나찰과 요괴들로 하여금 잡아먹게 만들리라. 강문이 손짓하자 나찰녀 셋이 고도의 뒤로 검을 내리찍었다. 고도의 키보다 큰 검 세 자루가 동시에 쏟아졌다. 고도는 황급히 도술을 풀어 분신술을 썼다. 세 검 자루에 각기 찍힌 고도의 형상은 둔갑술이 풀려 연기로 사라졌다. 나머지 열 명의 고도 중 단 하나가 진짜라는 소리다.

강문은 그 틈을 노렸다. 도술을 사용할 때 주변의 기운이 흐트러지고 때론 탁해지기까지 하는 도술의 원리를 역으로 파고들었다. 손을 휘저으면서 몸을 일으키자 신통력이 발휘되어 열 명의 고도 모두의 몸이 금줄에 묶인 양 옴짝달싹도 못하게 되었다. 강문이 다시 한 번 손을 휘젓자 세 명의 고도가 비명을 지르고는 그대로 연기가 되었다. 나머지 일곱 명도 신통력을 견디지 못해 하나둘 사라지니, 결국 마지막 남은 본체만이 숨을 거칠게 내쉬면서 몸을 가누지 못했다. 불승의 법력은 그들이 분류한 '삿된 힘'에 맞서기로 탁월하다. 고도의 도력을 따라 몸속으로 흘러들어 혈의 움직임을 엉망으로 만드는 일도 할 줄 안다.

"고도."

청사가 고도를 부축하자 고도는 그 팔에 기대어 일어났다. 안 그래도 좋지 않았던 몸속이 강문의 법력 때문에 더 엉망이 되어 마비되는 증상이 가속되었다. 강문이 나찰들을 통해 고도와 청사를 한 손에 쥐어 터뜨리려 하자 청사의 눈이 새파랗게 빛났다. 더는 못 참고 날뛰려는 청사를 붙잡아 세운 고도가 남은 도력으로 바람을 만들어 내 나찰들의 공격을 저지했다. 본래는 그들을 전부 날려 버릴 생각이었지만 힘이 모자라 뜻대로 하지 못했다.

그 틈을 놓치지 않고 강문이 손을 들었다. 나찰 무리가 움직였다. 고도는 청사에게 맡겼던 죽통을 빼앗았다. 부적과 금줄에 칭칭 감겨 있던 뚜껑을 열자 법술로 정화되어 있던 주변이 순식간에 혼탁한 기운으로 물들기 시작했다. 지옥에서 기어 나오듯, 수많은 요괴들이 죽통 밖으로 머리를 내밀었다. 고막이 터질 것처럼 높게 울리는 거대한 포효와 비명에 나찰들이 눈을 빛냈다. 튀어나오려는 요괴들을 보면서 강문이 외쳤다.

"네 일생의 목표를 여기서 포기하겠다는 게냐, 고도!"

고도는 소용돌이치는 죽통의 요력을 붙잡아 버티며 말했다.

"너와 내가 의견을 합치할 수 없으니 이렇게라도 하는 수밖에."

"후회할 텐데."

"후회는 내 인생 같은 것. 이제 와서 별스럽지도 않다."

미련을 이 악물며 떨쳐 내려는 고도가 죽통을 사진검으로 깨트리려는 순간이었다. 발아래 땅이 쿵, 무겁게 진동했다. 청사는 품에 안은 고도가 중심을 잃고 주저앉자 다급히 붙잡아 줬다. 강문과 나찰들마저 몸을 바로잡느라 고도와의 치열한 분위기에 틈이 생겼다. 심상치 않은 울림의 진원지를 찾아 고개를 돌리던 고도는 구릉 아래쪽을 내다보고 두 눈을 커다랗게 떴다. 소리는 도깨비 부대 중 일부가 땅에 처박히면서 난 소리였다. 그들은 시뻘건 팥죽을 뒤집어쓴 채로 서서히 죽어 가고 있었다. 죽어 가는 도깨비 앞으로 커다란 수레와 솥단지를 발견했다. 사람들이 황소를 이용해 끌고 온, 바로 그 수레였다. 고도는 자리에서 벌떡 일어났다.

"아, 안 된다!"

"고도!"

말리려는 청사를 뿌리치고 고도는 있는 힘을 다해 구릉 아래로 달렸다. 어른 네댓 명은 집어넣어 고을 수 있을 정도로 커다란 가마솥이 그 수레 안에 자리를 잡고 있었다. 가마솥 안에는 시뻘건 팥죽이 끓고 있었는데 그 위로 차가운 빗물이 쏟아져도 부글부글 공기 방울이 터질 만큼 뜨거움이 식지 않았다. 몸이 튼튼한 승려 여섯 명이 약속이라도 한 듯 동시에 수레를 붙잡았다.

짧지만 커다란 기합소리와 함께 무거운 가마솥째 수레가 들렸다. 그 수레는 정확하게 도깨비 소의 머리 위로 쏟아졌다. 독각부대에 합류하여 사람들을 상대하던 소는 등 뒤에서 쏟아지는 팥죽을 피하지 못했다. 심상치 않은 위화감을 느끼고 고개를 돌렸을 땐 이미 시야가 한가득 붉게 변한 뒤였다. 소는 머리카락 한 올까지 팥죽에 잠기자 용암이라도 뒤집어쓴 듯 끔찍한 비명을 터뜨렸다.

"으아아아아아아악!"

숨이 끊어질 것처럼 괴로운 소리에 비형랑과 독각부대가 동시에 소를 돌아보았다. 시뻘건 팥물을 온몸에 뒤집어쓴 소가 몸부림을 치고 있었다. 비형랑은 기겁을 하며 소에게 날아가려 했지만, 백여우 길달이 막아 세우는 탓에 가까이 다가가지 못하고 소를 크게 불렀다.

"전하!"

도깨비를 퇴치하는 방법은 딱 하나 있다. 도깨비는 본디 붉은 액체를 무서워하는데, 붉은 피를 보여 주면 늠름한 독각부대라도 잠시 동안 굳어 버리게 된다. 그러한 피보다 더 무서워하는 게 붉은 팥을 끓여 만든 팥죽이니 인간들은 귀신과 도깨비의 장난질을 견디다 못해 동지섣달 그믐밤에 팥죽을 만들어 먹거나 집 앞에 뿌려서 이들이 성행하지 못하도록 금제를 거는 방편을 마련하기도 했다.

팥죽은 도깨비에게 독약과 다름없다. 팥죽이 닿은 몸은 썩어 들어간다. 모든 것을 녹여 버린다. 어쩌면 도깨비가 도깨비로 존재할 수 있는 그 특수한 혼까지 말이다. 팥죽을 온몸에 뒤집어쓴 소는 인간이 듣기에도 괴로운 비명을 질렀다. 팥죽과 함께 녹아내린 소의 얼굴이 징그럽게 일그러졌다. 허공을 허우적거리는 두 팔과 다리 역시 썩어 문드러져 빗물과 함께 흘러내렸다. 도깨비의 우두머리도 피해 갈 수 없는 유일한 금제에 비형랑은 두 눈 가득 눈물을 쏟았다.

"전하!!!"

팥물이 흘러들어 더는 목소리도 나지 않는 소가 그대로 바닥에 쓰러졌다. 흘러내리던 몸에선 뜨거운 연기가 풍겼다. 소는 팥물로 눈마저 뜰 수 없는 상태에서 두 팔로 바닥을 짚어 간신히 상체를 일으켜 세웠다. 금방이라도 두 팔이 꺾여 바닥에 철퍼덕 쓰러질 것 같은 소는 앞이 안 보이는 얼굴을 돌려서 비형랑이 끊임없이 "전하!"라고 외치는 방향을 바라봤다. 목소리가 제대로 나오지 않는 상태인데도, 소는 비명을 지르고 싶은 고통을 참고 비형랑을 향해 말했다.

"미안하다."

끊어지는 듯 간신히 이어지는 음성이 뭉개져 있었다. 비형랑은 눈물을 멈추지 못했다. 더는 참지 못하고 소에게 달려가려 하자 이번엔 길달이뿐만 아니라 독각부대 몇 명이 앞을 가로막았다. 비형랑은 그들에게 붙들린 채로 몸만 최대한 소에게 뻗었다.

"백성은 네게 부탁한다."

비형랑은 큰 소리로 거부했다.

"안 됩니다! 전하가 돌아가셔야!"

"부탁한다."

"전하!"

고도가 축지법을 써서 재빨리 달려 내려왔지만 이미 한발 늦은 뒤였다. 숨을 헉헉 몰아쉬며 그 광경을 지켜보고도 고도는 사실을 믿지 못했다. 빗물을 타고 제 발아래로 굴러 들어온 짚신을 멍청하게 바라봤다. 특별한 감정이 없는 시선이 발끝을 건드린 짚신을 바라봤다가 곧 튀어나올 정도로 크게 뜨였다.

빗줄기에 씻겨 내려가도 짚신에 뚜렷한 팥의 흔적이 남아 있다. 신으로 엮인 지푸라기 사이사이로 붉은 팥 껍질이 끼어 있었다. 시뻘건 팥물이 염색된 짚은 평소에 볼 수 있는 깨끗한 모습은 온데간데없이 낡고 허름하여 금방이라도 부서질 것 같았다. 한참이나 떨리는 눈으로 짚신 외짝을 바라본 고도가 천천히 몸을 숙였다.

짚신을 향해 뻗은 손끝이 멋대로 흔들렸다. 마치 추위에 몸을 달달 떠는 것처럼 창백한 손이 조심스럽게 짚신을 잡았다. 팥물이 든 짚신은 고도가 잡아 올리자마자 허공에서 파삭 부서졌다. 검게 삭은 지푸라기들이 힘없이 썩어 빗물과 흙탕물에 뒤섞여 나뒹굴었다. 고도는 지푸라기와 팥 껍질이 묻은 손끝을 보다가 주먹을 쥐었다. 고개를 숙인 채로 아랫입술을 사정없이 이로 짓씹었다. 입술을 타고 피가 흘렀다. 핏물은 살결에 묻어나기도 전에 얼굴을 타고 흘러내린 물기와 함께 지워져 고도 본인이 입 안에서 느끼는 비릿한 냄새 외에는 아무도 피가 흐르는 걸 몰랐다.

고도는 이미 본래의 형체를 잃은 짚신을 피해 강문에게로 다가갔다. 고개를 비틀어 턱을 올리니 시야를 가린 앞머리 사이로 백금색 눈동자가 섬뜩하게 빛났다. 그 눈빛은 세상의 격정과 분노를 담고 있었다. 또한 입술을 타고 흐르는 피처럼 빗물에 지워졌지만, 굵은 눈물방울을 흘리고 있었다. 세상 그 무엇과도 비교할 수 없을 만큼 흉포한 눈을 뜨고 강문과의 거리를 좁혔다. 나찰이 다가오는 고도를 막았으나 소용이 없었다. 고도의 눈빛이 나찰에 닿자마자 나찰은 갑옷을 관통하는 정체불명의 힘에 피를 토하며 쓰러졌다.

"이게 무슨!"

승려들 중 몇이 소리를 질렀다. 고도를 바라보며 경악하는 것은 그럴 만했다. 도술은 도사라는 개인의 힘에 의지하기보단, 도사와 세상을 연결 지어 그 힘을 운용하는 것에 불과한데 고작 눈빛만으로 불교의 호법외신을 밀어내는 것은 상상도 할 수 없는 일이었다. 고도는 하늘의 구름과 빗물, 대지를 모두 연결하는 천지의 힘을 운용했다. 하늘과 땅과 인간을 합일하는 능력이라면 나찰도 섣불리 상대할 수 없다. 제아무리 호법외신이라도 이미 세상과 한 몸이 된 고도에게 달려드는 것은 무모한 일이었기 때문이다.

이를 일찍이 깨달은 강문은 나찰이 무리하여 고도에게 달려드는 것을 사전에 막아 세웠다. 손을 뻗어 나찰의 움직임을 멈추게 하니 이 장면을 구경하는 승려들과 승려를 돕기 위해 온 사람들 그리고 주군을 잃은 비형랑 외 독각부대가 일제히 멈추었다. 정지된 세상에서 움직이는 이는 오직 고도뿐이었다.

"소를 소멸시킬 필요가 있었느냐. 그대가 원하는 것은 나였지, 도깨비가 아니었을 텐데."

야차 같은 눈빛과 달리 고도의 목소리는 지극히 차분했다. 언제 터질지 모르는 화산 같다. 고도의 상태는 감정적으로 격렬하게 반응하거나 동요하지 않는 양극단의 상태를 한 번에 품고 있어 지극히 위험해 보였다. 강문은 한 번도 느껴 본 적 없는 두려움에 마른침만 삼켰다. 고도는 그런 강문을 내려다보면서 비에 젖은 걸음을 옮겼다.

"그대와 나는 굿판을 너무도 크게 벌였다. 우리 둘의 문제에 세상 모두를 개입시켰다. 인간과 요괴, 도깨비, 심지어 하늘마저."

고도가 왼손을 들어 올리니 어떤 도술로 강문에게 위협을 가할 줄 안 독각귀와 각다귀들이 고도에게 달려들었다. 나찰도 멈칫하게 하는 현재의 고도의 상태에 덤벼든 그 무모함에 응당한 대가가 치러졌다. 고도가 대응하기도 전에 푸른 도포가 휘날리며 귀신들은 성불도 되지 못하고 허공에서 스러졌다. 고도를 호위하듯 지키는 이는 다름 아닌 청사였다.

청사는 한쪽 팔이 용의 앞발로 변한 기형적인 상태였다. 반대편에서 달려드는 귀신과 요괴들은 도포 자락 속에서 무겁게 흔들리는 꼬리를 휘둘러 날려 버렸다. 시리도록 차가운 눈을 가진 청사는 결코 땅에 속한 존재가 아닌지라, 본능적으로 위험을 느낀 이들은 숨소리마저 죽이고 몸을 떨었다.

"이, 이무기야?"

"아니야, 용이야."

"용이 어째서 삿된 도사 곁에 있는 겐가."

"용이 도사를 지켜 주고 있어. 용마저 홀린 도사인 건가."

"말세야, 세상이 말세가 되었어."

"그게 아니라면 용이 어찌하여 보살님이 아닌 저 도사 곁에 있는 건가."

"하늘이 보살님 편을 들지 않다니, 대체 어째서."

웅성거리는 소리가 삽시간에 번져 나갔다. 고도를 향했던 칼날 같던 불신은 의심으로 희석되었고, 강문을 향했던 꽃잎 같던 믿음은 불안으로 물들어 갔다. 강문과 고도만이 청사의 기묘한 상태를 보고도 동요하지 않았다. 강문을 보위하는 귀신과 요괴들이 난폭하게 반응했지만 고도는 왼손을 뻗은 채로 아무런 수작을 부리지 않았다. 그저 사진검을 쥔 왼손을 강문 앞에 내민 채였다.

「고도야.」

청사의 맑은 목소리를 듣고 고도가 짧게 대답했다.

"그래, 대롱아."

「네가 그렇게 말렸지만, 하는 수 없었다. 하늘의 힘을 일부 풀었어.」

"네가 그렇게 판단했다면 되었다. 내가 지금의 너까지 나무랄 힘이 없구나."

청사는 그 말에 세로로 길게 변한 푸른 눈을 떴다.

「소의 일은 안타깝지만 너무 동요하지 않았으면 한다. 지금은 강문을 처리할 냉정함을 붙들어라.」

"난 지극히 냉정한 상태다."

「넌 지금 위험한 상태야.」

"그렇게 보인다면 친우가 죽었는데도 냉정함을 유지해야 해서 머리가 아프고 화가 나기 때문일 테다."

「……고도.」

"그래. 화가 나서 머리가 아프다."

고도는 손에 쥐고 있던 죽통을 바닥에 내려놓았다. 이번엔 일말의 망설임도 없이 죽통을 내리쳐 부수려했다. 하지만 분명히 바닥으로 내리친 서전검이 허공에서 빙글빙글 돌며 뒤로 떨어져 버렸다. 숨죽여 지켜보던 사람들 사이에서 비명이 터졌다. 입술이 터져 피가 흘러도 빗물에 씻겨 내려가 그 흔적도 볼 수 없던 상처와 달리, 사람들은 끔찍한 상처에 어찌할 바를 몰라 했다.

고도는 제 왼쪽 손을 내려다보았다. 단면이 깔끔하게 잘려나가 손목 밑에 붙어 있어야 할 손이 보이지 않았다. 도력으로 고통을 모조리 차단하고 있었기에 손목 밑으로 폭포처럼 피가 쏟아지는 것도 아픔 없이 바라보고 있었다. 손가락이 하나 부족했을 뿐인 왼손은 검을 쥔 채 흙탕물이 된 바닥에 처박혀 있었다. 고개를 든 고도가 바라본 곳에는 어린 여자아이가 어딘가에서 구한 검으로 고도의 손을 내려친 뒤 부들부들 떨고 있었다.

"보, 보살님께서 아저씬 나쁜 사람이라고, 나, 나쁜 사람이라고……."

아무도 예상 못한 어린아이의 행동에 청사마저 비명을 지를 틈을 놓쳤다. 무리에서 나이가 많아 보이는 남자가 황급히 아이를 끌어안고 사람들 속으로 사라졌다. 그 바람에 고도는 제 손을 자른 아이를 벌하지도 못한 채 굳어서 벌벌 떠는 평범한 사람들의 시선을 온몸으로 받아 내야 했다.

고도는 제 손을 잘라 버린 아이를 찾아가 응징하지 않았다. 사람들이 어떻게든 필사적으로 아이를 지키려는 기색을 읽자, 정작 다친 것은 자신인데도 오히려 소녀를 괴롭히는 나쁜 사람이 된 듯한 기분에 사로잡혔다. 이러한 미움이 어쩐지 익숙해 보여서 고도는 오히려 정신이 맑아지는 기분마저 들었다.

고도는 잘린 손이 쥐고 있던 검을 집어 들었다. 제 잘린 손은 발로 툭 차서 강문의 발아래로 데굴데굴 굴려 버렸다. 지켜보던 도깨비들이 기절하고 실신하는 장면이 속출되었다. 손이 잘린 상태에서도 의연한 고도는 더 이상 인간으로 보이지 않았다. 지옥의 겁화에서도 여유로울 아수라처럼 보였다.

"내가 나쁜 사람이라고."

고도가 혼잣말처럼 중얼거리다가 피식 웃었다.

"맞는 말이지. 못된 악당이 선량한 영웅에게 덤비는 형상이니, 내 이런 짓을 당해도 싸다. 하나, 웬만한 영웅 설화는 강문, 자네도 읽어 봐서 잘 알겠지. 언제나 영웅들은 추락하고 말거든."

모든 이들이 잘 먹고 잘 살게 된 행복한 결말을 들어 본 적이 없었다. 언제나 악당은 죗값을 치렀고, 영웅은 자신을 희생해서 많은 사람들을 평온하게 해주었다. 고도는 만약 자신의 죗값이 이런 식으로 선량한 다수에게 공격당하는 일이라면, 영웅인 강문은 그들에게 평온을 주는 대신 추락해야 한다고 말하는 것이나 다름없었다.

"강문. 아까 네가 내게 선택할 것을 들려주었던 것처럼, 나도 똑같은 것을 묻겠다."

고도를 둘러싼 주변의 끔찍한 반응과 대비되게 고도는 오히려 머리가 개운하고 상쾌한 얼굴이었다. 온몸을 휘감아 돌던 맹독이 잘린 손목의 단면으로 콸콸 쏟아져 내리기 때문인지, 마비 증세가 훨씬 완화된 것처럼 보였다.

"하나, 내가 저 죽통을 깨서 구천 마리가 넘는 요괴들을 이 자리로 불러들이겠다. 이곳에 있는 나찰과 도깨비, 요괴들은 물론, 아녀자들과 인간들은 모조리 죽을 것이라 장담한다."

옆에서 청사가 이를 앙다문 채 고도의 잘린 손목 단면을 보며 소리 없이 눈물을 쏟았다. 당장에라도 고도의 이름을 커다랗게 부르면서 잘린 손을 붙잡을 듯 위태로운 표정이었다. 고도의 선택과 판단을 존중하여 개입하지 않으려고 온 정신을 다해 애쓰는 것이 느껴졌다.

"다른 하나. 저승문을 열겠다. 이 평원 위에 염라국으로 가는 길에 놓인 사출산과 죽은 이들이 배를 타고 건너는 삼도천을 모두 끄집어 올려 버리겠다. 지옥이 멀지 않다는 것을 겪게 해줄 생각이다. 이 땅이 지옥으로 변하는 것을 보는 거다. 네가 그토록 정화를 부르짖던 세상이 참혹하게 멸망해 가는 꼴을 눈앞에서 지켜보도록 해주마."

청사가 거대한 소용돌이처럼 속으로 동요를 삼키는 동안에 고도는 강문의 얼어붙은 얼굴을 내려다보았다. 제 발치에 굴러 들어온 고도의 손을 질린 얼굴로 보는, 그 창백함이 마음에 들었다. 언제나 자신감이 넘치던 강문이 이런 식으로 누군가를 두려워하고 공포에 질려 하는 모습은 처음 보았다. 고도는 그 겁먹은 얼굴을 향해 다가갔다.

"난 이제 잃을 것이 없구나. 네가 나를 그렇게 만들고 있구나."

고도가 휘두른 검이 날카롭게 강문을 향했다. 나찰도 피하는 게 쉽지 않은 공격을 재빠르게 피한 강문은 검의 사정거리 밖으로 물러났다. 까득, 이를 깨물며 고도를 마주 본 강문은 금빛 눈에서 읽히는 거대한 분노와 결심에 심장이 아프도록 뛰었다.

　손이 잘리고도 고통스러워하지 않는 고도의 모습에서 초월적인 무언가를 봐서일까. 혹은 고도를 위해서라면 무엇이든 다 내어 줄 것처럼 굴던 청사가 정인의 손목이 잘리고도 동요하지 않고 끝까지 아무렇지 않은 듯 그의 주변을 감싸는 그 신의에 놀라서일까. 고도와 고도의 주변 상황에 대해서라면 그 어떤 인간보다 잘 알고 있다고 자부하던 강문조차 이 상황은 이해하기 어려웠다. 고도에게 저러한 처절한 감정이 남아 있을 거라곤 지금까지 생각도 못 해봤기에, 그 감정을 바탕으로 한 고도의 행동과 청사의 대응은 강문을 혼란스럽게 만든 것이다.

　"죽통이 깨지지 않도록 모두 조심하라. 그리고 저승문을 열지 못하도록 빨리 고도를 처리해."

　강문의 명령에 줄곧 고도와 청사의 능력을 가늠하고 있던 나찰들이 본격적으로 움직였다. 나찰이 오 척도 넘는 칼을 휘둘렀다. 그 검날을 용의 발로 막은 청사가 몸을 빙글 돌려 무거운 꼬리로 나찰이 입은 회색 갑옷을 부서뜨렸다. 머리카락만큼 붉은 피를 토한 것이 으르렁 목을 울리자 주변에 있던 나찰들이 한꺼번에 움직였다.

　백사자를 탄 나찰이 연기처럼 자리에서 사라졌다가 청사의 바로 뒤에서 나타나 곤봉을 번쩍 들었다. 청사가 눈치채고 꼬리를 휘두르니 이번엔 옆구리 쪽에서 창날이 파고들었다. 청사가 미처 움직이기도 전에 고도가 먼저 움직였다.

　고도는 창의 봉에 대고 손을 휘둘러 청사를 찌르려는 방향을 완전히 틀어 버렸다. 창이 애먼 땅바닥에 박히자 봉 위로 올라선 고도가 귀신같은 몸놀림으로 봉을 타고 달려 올라갔다. 나찰이 화들짝 놀라 창을 놓고 피하려 했지만 이미 늦은 뒤로, 고도는 나찰의 어깨 위에 사뿐히 내려앉아 그의 정수리에 대고 사진검을 박아 넣었다. 섬뜩한 비명이 울리며 나찰은 연기와 함께 사라졌다.

고도가 바닥에 내려오는 순간을 노려서 백사자를 탄 나찰이 소리도 없이 검을 휘둘렀다. 이번엔 고도가 대응하지 못하는 사각지대를 청사가 달려들어 막았다. 날아오는 칼의 옆면을 발로 걷어찬 청사가 용의 발톱을 세워 나찰의 목을 붙잡았다. 물에 젖은 채로 무겁게 휘날린 도포 자락이 바닥에 닿기도 전에 고도는 금빛 눈을 잔상처럼 남기곤 사라졌다. 눈 깜짝할 새에 청사가 목덜미를 움켜쥔 나찰의 등 뒤로 나타나 심장 부근에 사진검을 찔러 넣었다. 입을 벌리고 고통스러운 소리를 지르는 나찰의 비명을 음미하듯, 고도는 심장에 찌른 칼날을 반 바퀴 돌려서 느리게 빼냈다.

인간이었으면 내장과 안쪽 살이 비튼 칼날에 딸려 나오면서 심각한 내상을 입었겠으나, 단지 신에 불과한 나찰은 그 끔찍한 장면을 보기도 전에 홀연히 사라져 버렸다. 인간에겐 죽음에 해당되는 것이 나찰에게는 하계에 머물지 못하고 본래 있던 곳으로 쫓겨나는 것이기에 고도와 청사의 손속은 잔혹할 수 있었다. 인간과 똑같은 죽음을 맞이하지 못하는 이들에게 너그러운 자비를 베푸는 건 사치이지 않겠나. 이미 동료 두 명을 명계로 보내고도 백호를 탄 나찰이 겁없이 덤벼드니, 청사가 백호의 머리통을 꼬리로 후려치면서 울 것처럼 억눌린 목소리를 간신히 내뱉었다.

「고도.」

고도는 저를 부르는 청사를 쳐다보지 않았다. 제게 달려드는 나찰과, 나찰의 공격에 합심하는 청의 동자를 상대하느라 여유를 보일 틈이 없었다. 청사는 등을 맞대고 있는 고도에게 말했다. 부디 제 목소리가 빗소리에 묻히지 않길 바라면서 말이다.

「아프면 말해 줘.」

지금도 피가 흥건히 쏟아지는 왼쪽 손목을 당장에라도 붙잡고 싶은 마음을 억누르면서 청사는 진흙탕 속에 처박힌 손을 바라봤다. 이미 흙탕물 색으로 물들어서 '손'이라고 말해 주지 않는 이상 무엇인지 분간도 가지 않을 형체였다. 청사는 빗물이 씻어 가는 눈물을 끊임없이 쏟으면서 다시 부탁했다.

「아프면 도와달라고 말해 줘.」

「제발」이라고 말끝을 흐린 청사를 향해 고도가 처음으로 고개를 돌렸다. 청사나 고도나 둘 다 비에 쫄딱 젖은 생쥐 꼴이나 다름없는 볼품없는 모습이었다. 서로를 바라보는 시선이 길어졌다. 처절하고 참혹한 광경 속에서도 고도는 청사에게서 눈을 떼지 않았다. 청사 역시 빗물에 가려진 눈물을 쏟으며 그런 고도를 보고 있었다. 누구보다 서로를 좋아하고 아끼기에 둘만이 느낄 수 있는 고통이었다. 이것은 제 마음이 아픈 것과 달랐다. 청사가 보는 고도가 너무 아파 보였기에 심장이 저미는 고통이었다. 고도가 보는 청사가 울면서 속상해하기에 스스로가 비참해지는 고통이었다.

고도는 손에 들고 있는 검을 천천히 내렸다. 사방을 적으로 간주하며 공격을 퍼붓던 검날이 바닥을 향했다. 고도는 비에 젖어도 살갗이 일어나는 마른 입술을 움찔거렸다. 다량의 피를 쏟으면서 독 기운이 약해졌다곤 하나, 온몸이 차갑게 식어서 덜덜 떨리는 것을 피해 가진 못했다.

"대롱아, 미안하다. 내가 할 수 있는 일이 이렇게 없구나."

「고도, 그거 알아? 내가 널 세상에서 제일 많이 사랑하는 거.」

"알지. 내 예쁜 님의 고백은 언제나 날 행복하게 해주는 걸."

「내가 가장 사랑하는 임을 위해 나는 뭐든 할 준비가 되어 있어.」

"그것도 알지. 네 마음은 언제나 내게 고스란히 보인단다. 고맙고 미안할 따름이야."

「널 도와주고 싶어, 고도.」

"그래서 나는 네게 도움을 요청하고 싶지 않다. 네게 피해를 주고 싶지 않아. 차라리 내가 더 아프고 끝내고 싶구나."

고도는 죽통을 부수는 대신 자신의 눈에 손을 가져갔다. 이젠 거의 흰자위와 구분할 수 없을 정도로 백금색 눈이 하얗게 변해 있었다.

"이 눈은 염라국의 힘을 가지고 있다. 엄밀히 말해 염라대왕의 존속인 눈이지. 이걸 없애면 염라대왕은 자신의 물건이 인계 어딘가에서 사라진 걸 바로 깨달을 것이고, 그 사라진 것이 내 눈이란 것도 알게 될 것이다. 저승의 모든 것들이 튀어나와 이곳을 죽음으로 물들일 수 있다."

「아까 말한 최후의 수단이구나.」

"그래. 그러니, 사랑하는 대룡아. 너는 그만 하늘로 올라가지 않겠느냐."

고도의 말에 청사는 장난스럽게 웃지도 못했다. 고도의 진심이 느껴져서이다. 그가 모든 걸 끝내려 하는 진심을.

"날 사랑해 줘서 고마웠다. 내가 널 사랑할 수 있어서 고마웠어. 고맙다, 내 사랑아."

청사가 파르르 떨리는 입술을 꾹 다물고 울었다. 고도는 그런 청사를 향해 미소 지었다.

"마지막으로 볼 수 있는 게 네 얼굴이어서 고맙구나. 죽어서도 잊지 않으마, 한무."

네가 있어서 무너지지 않는다. 네가 곁에 있어서 아픔마저 달콤하다. 그러니 울지 말거라.

고도는 스치듯 청사의 기형적으로 변한 팔에 입을 맞추었다. 인간의 미관으로 보기에 흉측하기 그지없는 기다란 짐승의 팔을 고도는 더없는 사랑스러움으로 받아들여 주었다. 청사는 무너지는 얼굴을 간신히 붙잡았다. 고도가 눈을 뽑아 터뜨리려는 것을 막아 세웠다.

「아니다. 이건 아니다. 고도야. 차라리 내가 하늘로 잡혀 올라갈지언 정, 이건 아니다.」

고도의 손을 얼굴에서 천천히 잡아 뗀 청사가 예쁘게 웃어 보였다.

「널 잃을 생각은 없다. 사랑을 시작한 지 얼마 되었다고 일방적으로 끝내려 하느냐.」

"하늘의 힘은 쓰지 마라. 네게 피해를 주고 싶지 않아. 너 혼자 이 많 은 걸 책임지게 할 수 없다."

「이런 것도 책임질 수 없다면, 나는 차기 천룡이 될 자격도 없겠지.」

"안 된다. 잃은 건 소만으로 충분하다."

「사랑하는 이를 지키지도 못하는 천룡이란 얼마나 보잘 것 없겠느냐.」

단호한 거부는 청사의 안위를 우선으로 위하는 생각이 바탕이 되었다. 소중한 이를 잃고도 그 분노를 마음대로 표출하지 못한 채 감정을 억누 르고 또 억눌러서 강문을 상대하고 있다. 그런 상태에서 청사마저 변고 를 당하면 고도는 스스로를 붙잡을 자신이 없었다. 청사는 그러한 고도 의 마음을 알기에 안타까움이 커져 실질적인 도움이 되고 싶은 것이다.

「내가 고작 하계에서 다치거나 책임 못 질 일을 벌이겠느냐.」

고도가 망설이지 않고 고개를 끄덕인다.

"그럴 수도 있다."

「내 본래 힘을 몰라서 하는 소리구나. 어여쁜 내 임아.」

"도깨비의 우두머리도 죽었다. 너라고 무탈하리란 보장이 없다. 부탁 이다. 제발 내 말을 들어라."

고도의 등 뒤에서 나찰 하나가 아홉 개의 팔을 들었다. 망치와 몽둥이, 검을 들고 있는 아홉 개의 무기가 한꺼번에 고도를 공격했다. 고도는 허 공에서 칼에 찢기고, 망치에 짓눌려 터져 버렸다. 그러나 갈기갈기 찢어 진 것은 고도의 실체가 아닌 환영이었으니. 고도는 하얗게 빛나는 눈으로 나찰을 돌아보았고, 사진검을 휘둘러 나찰의 팔 하나를 끊어 버렸다.

"오래 버틸 수 없어."

고도는 남은 여덟 개의 팔 중 하나를 간신히 더 끊어 냈으나, 나찰 하나가 더 합세하여 고도를 압박했다. 사방에서 쏟아지는 신성력에 고도의 모습은 환상에서 실제로, 실제에서 환상으로 끊임없이 변하며 터지고 사라지고 나타나길 반복했다. 환영도사 고도의 현란한 도술은 나찰에게 먹히지 않았다. 그들은 수많은 고도 속에서 단 하나, 본래의 고도를 꿰뚫어 보는 눈을 가진 이들이었다.

"한무."

고도는 애원하듯이 말했다. 청사가 하늘로 돌아간다면, 무리를 해서 간신히 상대하던 나찰들을 저승의 힘으로 상대하겠다는 선언이기도 했다. 나찰과 귀신들의 보위 강도는 처음보다 더하면 더했지, 약해지진 않았다. 고도가 차근차근 그들의 머릿수를 줄여도, 숫자가 줄어드는 만큼 남은 요괴들의 대응이 더욱 견고해져서 결국 패색이 짙어지는 쪽은 고도였다. 나찰과 가신들은 최후의 하나가 남을 때까지 강문 곁을 떠나지 않을 것이다. 피를 쏟고 있는 고도와 특별히 싸움에 유용한 능력을 갖추지 못한 천룡이 호외법신과 요괴 다수를 상대하는 것은 무리였다.

"한무, 제발."

이제 나찰들이 휘두르는 칼은 고도가 만들어 낸 환영분신들을 찢어 내는 속도보다, 본체를 뒤쫓아서 옷자락을 찢어 놓는 속도가 더 빨라지고 있었다. 이 이상 시간을 지체한다면 고도는 아무것도 하지 못한 채 죽게 될 것이었다.

고도는 죽통을 향해 검을 휘둘렀다. 검을 맞은 죽통은 요란한 소리 내며 세로로 금이 갔다. 그 속에서 요괴들의 비명이 튀어나왔다. 고도가 다시금 있는 힘껏 검을 휘둘렀다. 쉽게 부서지지 않는 죽통이 다시 한 번

벼락이라도 맞는 것처럼 꽝꽝! 천지를 울리며 울었다. 강문은 언제 깨질지 모르는 죽통을 보다가 다급히 고도에게 외쳤다.

"이 세상을 끌어들이고 싶지 않다던 게, 고도 네 뜻이 아니냐! 요괴들을 모두 풀면 네가 지키고자 한 세상이 생지옥도가 될 것이다!"

호통을 치는 쩌렁쩌렁한 목소리가 고도의 귀에 닿지도 않았다. 강문이 사자후를 내질렀다.

"고도!!!"

사자후를 견디지 못한 고도의 한쪽 귀가 터져 피가 흘렀다. 소리가 제대로 들리지 않는 이명 현상으로 고도는 잠시 대답을 미룬 채 다시 죽통을 있는 힘껏 검으로 내리쳤다. 세로로 기다랗게 금이 가는 흠집이 이제 두어 대만 더 치면 완전히 산산조각 날 것처럼 보였다.

고도는 스스로 알고 있었다. 자신의 몸은 이미 한계에 도달했다. 아라한이 숭능에 독약을 풀었을 때부터 상태가 좋지 않았던 몸이다. 아무리 회복력이 좋고 죽지 않는 저주를 받은 몸이라도 치사량의 독약을 제대로 해독도 못한 채 모든 도술을 개방하여 움직이는 것은 제법 힘든 일이다. 중독된 혈액은 잘라 버린 왼쪽 손목을 통해 외부로 빠져나가 아주 잠깐이지만 머리가 맑고 개운한 느낌이 들었다. 그것도 순간일 뿐, 혈액이 부족한 만큼의 현기증과 어지럼증은 어떻게 다스릴 수가 없다. 이런 상태로는 한 시진도 제정신을 유지하기 어려울 터. 이러다 정신을 잃고 말면 청사도 함께 잃을 듯한 기분이었다.

절대 안 될 일이었다. 소를 잃은 것만으로도 제정신을 차릴 수 없는데, 청사마저 사라진다면, 자신은 더 이상 살고 싶지 않을지도 몰랐다. 죽지 않은 몸으로 살지 않으려면 대체 어떻게 해야 하는 걸까. 죽고 싶어도 죽지 못해 왔던 인고의 시간을 앞으로도 버텨 살 바에야 이 세상이 망하는 게 나았다. 고도는 그 정도로 처절해졌다.

"대롱아, 너는 안 된다. 너만은."

고도는 마침내 산산조각 나기 직전인 죽통을 향해 사진검을 높이 치켜들었다.

"이 세상이 내 고향처럼 변하기 전에 목숨을 걸고 다시 잡아들이마. 차라리 그 인고를 나 혼자 다시 견디마."

마지막으로 내려친 죽통이 드디어 부서졌다. 산산조각이 나서 허공으로 튀어 오른 조각 속에서 수많은 요괴들이 모습을 드러냈다.

보리마을에서 붙잡았던 인두조수가 제일 먼저 튀어나왔다. 사람의 머리에 까마귀의 몸통을 가진 수십 마리의 요괴가 새빨간 눈을 빛내며 허공으로 솟구치니 그 뒤를 누리 떼가 이었다. 노란 메뚜기의 몸에 벌의 얼굴을 가져서 황충이라고도 불리는 것이 거센 날개소리를 내며 하늘로 솟구쳤다. 벌레 과와 새 과의 요괴들이 하늘을 새까맣게 물들이자 이젠 덩치가 큰 것들이 등장하니, 개중엔 힘없이 붙잡힌 이매망량과 독각귀도 있지만 대부분이 한편의 설화 주인공으로 유명한 이들이었다.

곰의 몸과 코끼리의 코, 물소의 눈과 소의 꼬리를 가진 불가살이는 이름처럼 결코 죽일 수 없는 불살不殺의 존재로, 무쇠를 먹고 크는 굉장히 난폭한 요괴다. 불가살이가 수십 년 만에 세상으로 나와 호랑이처럼 생긴 다리를 쿵쿵 찧으니 그때마다 물기를 먹어 부드러워진 흙바닥이 깊숙이 꺼져 들었다.

불가살이 뒤로는 깎아지는 절벽의 동굴에 살면서 사람들을 잡아먹는다는 영노라는 이무기와 고도가 강문을 쫓을 때마다 잡아들였던 동자삼 그리고 어린아이를 잡아먹는 악독한 할멈 요괴들이 나왔다. 빠져나온 요괴가 천 마리에 달하자 이들은 합심하여 고도를 공격하려 들었다.

고도는 하늘과 땅에서 동시에 달려드는 이들을 향해서 도력을 내뿜었다. 물방울이 거꾸로 솟구칠 만큼 강렬한 기운에 요괴들이 주춤하고 멈추어 섰다. 고도가 백색 눈을 사납게 치켜뜨며 그들에게 복종을 종용했다. 이미 한번 당해서 죽통에 봉해진 전적이 있기에 요괴들은 숫자 면에서 유리하다 해도 섣불리 고도에게 덤벼들지는 않았다. 그리하여 죽통에서 빠져나온 요괴들 숫자가 이천에 달할 때까지 호시탐탐 고도를 공격할 기회만 엿보았다.

요괴들이 조금씩 움직였다. 고도가 다시 한 번 도력을 품어 그들을 복종시키려다가 멈칫했다. 허공에서 조각 채 흩날리던 죽통이 천천히 금줄에 휘감기고 부적에 달라붙으면서 깨지기 전의 형상으로 되돌아가기 시작한 것이다. 고도에게 달려와야 할 요괴들이 별안간 몸을 돌려 원상 복구되는 죽통으로 자진하여 들어가기 시작했다. 요괴들이 비좁은 통으로 기어들어 가는 모습을 고도는 두 눈으로 보고도 믿기 힘들었다. 고도에게 복수할 기회만 노리던 놈들이 먼저 꼬리를 말고 죽통으로 향하자 고도는 뒤를 돌아보았다.

청사의 옷자락이 보였다. 시선을 들어 청사의 얼굴을 확인하려 했지만, 이마에 입을 맞추는 통에 초점이 흐트러져 표정을 살피진 못했다. 청사는 고도의 이마에 입술을 누르자마자 망설임 없이 땅에 박았던 죽통으로 손을 뻗었다. 세상으로 나왔던 요괴들이 도로 들어간 죽통을 집어 들었다.

죽통의 마개를 닫고는 언제나 고도의 어깨에 메어져 있던 끈을 풀어 자신의 어깨에 둘렀다. 고도가 수십 아니, 수백 년간 잘 때도 몸에서 떼어 놓지 않던 무게가 청사의 어깨로 전해졌다. 생각보다 무거웠다. 잠깐 멨을 뿐인데 팔 끝이 저렸다. 한평생을 이 죽통과 한 몸처럼 지내 온 고도는 얼마나 고통스러웠을까.

「고도, 네가 지금까지 이유가 있어서 수집하고 있던 요괴들이다. 고작 지금 이 순간을 위해 모두 포기하는 것은 아닌 것 같다. 내가 그렇게 놔

둘 수가 없겠구나.」

고도는 청사에게서 죽통을 빼앗으려 했다. 하지만 청사는 뒤로 물러서며 죽통을 순순히 내주지 않았다. 고도는 갑작스러운 청사의 행동에 당황했지만 애써 평온한 어조로 말했다.

"널 위해서다."

「날 위해서라면 영원히 날 사랑한다는 고백을 해줘야지.」

"사랑해."

「그, 그 말이 아니라…… 웃, 고백은 나중에 다시 새겨들을 테니, 조금만 기다려라.」

"사랑한다, 한무. 그러니 그 죽통 이리 내놓아라."

「안 된다. 네가 오랫동안 잡아들였던 이걸 이렇게 놓칠 순 없다.」

"요괴는 다시 잡으면 된다."

「요괴를 잡기 전에 이 세상이 엉망이 될 것이다.」

"본디 이 세상에 살던 것들이다. 내가 잠시 붙잡고 있었을 뿐, 놓아준다고 파멸이 올 것 같으냐."

「그래. 문제가 생길 것이다.」

청사는 조금도 의심할 수 없다는 눈을 고도에게 고정했다.

「너에게 붙잡혔던 이들이 자유를 얻는다고 착하고 얌전하게 살아가리라 보는가. 그렇다면 대단히 순진한 생각이구나. 내 장담하지. 이 속에 담긴 만 마리에 가까운 놈들은 오로지 너와 너를 비롯한 인간에게 복수하기 위해서 산천을 짓밟고 인간을 잡아먹으며 이 세상을 황폐하게 만들 것이다. 네가 진정 바라는 게 그것은 아니잖느냐.」

청사는 두 손으로 고도의 볼을 감싸 안았다.

「고도야, 너는 내게 이 일에 관여하지 말라 했지만 이젠 도저히 그러지 못하겠구나.」

볼을 감싸 안은 손이 비에 젖어도 온기를 잃지 않았다.

「너를 위해서라면 이 세상의 이치가 조금 일그러져도 감내할 만한 대가라고 여긴다. 내겐 이 세상보다 네가 더 소중하다.」

말이 끝나자 청사의 몸이 고도의 눈처럼 화려한 금색으로 빛나기 시작했다. 빛이 내뿜는 따뜻한 기운이 청사를 중심으로 반구 모양이 되어 커졌다. 폭우처럼 쏟아지던 빗방울은 빛에 닿은 순간 거꾸로 솟구쳐 올랐다. 커다란 물줄기를 이루어 흙을 쓸어내리던 빗물은 흘러가는 방향을 바꿔 금색 빛을 선회했다. 비바람에 고개를 숙였던 마른 풀과 나무들도 따스한 봄 햇살을 맞이한 양 생명력을 되찾았다. 고도는 금빛으로 번쩍이는 청사를 지켜보다가 그 빛이 강렬해지자 눈을 감고 손으로 그 빛을 막아 보았다. 빛의 반구는 고도를 지나 강문을 감싸고 두억시니와 나찰까지 모두 끌어안으면서 그 영역을 넓혔다.

금색으로 뒤덮인 청사는 눈을 가린 고도에게 다가갔다. 고개를 옆으로 틀어 입술에 쪽, 하고 입을 맞추니 고도가 손을 내렸다. 금빛 때문에 청사의 희미한 윤곽 외에는 구별할 수 있는 게 없었지만, 그 윤곽이 변해 가는 것은 두 눈으로 똑똑히 확인할 수 있었다.

고도를 보며 발그레, 홍조를 띠던 얼굴이 사람의 형상을 잃고 짐승의 얼굴로 변해 갔다. 코와 인중이 사라지며 턱 아래가 갈라지더니 사자나 호랑이보다 날카로운 이를 가진 낙타의 얼굴이 되었다. 턱 아래에는 신선들처럼 부드럽지만 조금 더 우아한 곡선으로 너풀거리는 수염이 자랐다. 관자놀이에는 금색으로 빛나는 사슴뿔이 돋았다. 고도가 손가락에 감으며 장난치던 머리털은 은하수를 엮어 만든 아름다운 쪽빛을 유지하고 있었으나 그 길이가 길어져 사자의 갈기처럼 흩날렸다. 보드라운 살결 대신 뱀처럼 검푸른 비늘이 돋아 얼굴과 목을 제일 먼저 감쌌고, 피부를 가르며 일어난 비늘은 곧 손과 발끝까지 뒤덮었다. 여인처럼 곱고 부드러웠던 두 귀는 머리 위에 자리 잡은 황소의 두 귀로, 섬섬옥수 같던 손발은 매처럼 네 개의 갈고리와 발톱을 가진 형상으로 바뀌었다. 머리 한가운데에 융기된 척수라는 살이 금빛을 뿌렸다.

그 금빛이 마치 파동처럼 세상을 여러 차례 뒤덮었다. 빛의 파동이 일 때마다 소란과 혼란으로 뒤섞여 있던 평의 모든 존재들이 출렁이며 쓰러졌다. 무기를 들고 싸우던 도깨비와 인간들이 멈추어 고개를 들었다. 고도를 움켜쥐어 터뜨리려던 나찰들도 칼과 정을 든 채 멈추었다. 강문의 주변을 신성하게 보호하던 가신들의 힘도 더는 확장되지 않았고, 고도를 지켜보던 강문마저 넋이 나간 채 눈앞의 빛을 바라보게 만들었다.

빛 속에서 웅크린 몸을 일으킨 존재는 검푸른 짐승이었다. 일 리는 될 법한 길고 큰 몸이었다. 그것은 새나 곤충의 날개가 없이도 허공으로 떠올랐다. 하늘을 물속처럼 부드럽게 유영할 때마다 바람과 빛이 흔들렸다. 그것은 흔들리는 빛과 바람 사이를 기지개 켜듯 자유롭게 떠다녔다.

용이었다. 그것도 먹색의 짙은 검은 용. 용은 강렬한 금빛을 사슴뿔과 척수로 갈무리했다. 사방으로 번져 있던 빛이 먹색의 용에게 회수되자, 이젠 고도가 아니어도 평원과 구릉에 있는 모든 존재가 용의 모습을 정확하게 확인할 수 있었다. 조금 전까지 고도의 옆에 함께 있던 청사가 용이 되어 아름답고 유려하게 고도의 주변을 날았다.

몇몇 사람들이 다리에 힘이 풀려 주저앉고 말았다. 그들은 난생처음 보는 아름다운 존재에 넋이 나가 아무 말도 하지 못했다. 바다에 산다고 전해지는 해룡海龍조차 수십 년에 한 번꼴로만 그 모습이 확인되거늘, 하늘을 헤엄치는 크고 아름다운 천룡은 그 누구도 기록하지 못한 하늘에서만 사는 생명이 아니던가. 은하수 속에서 별과 함께 노니며 그 속에서 천기를 읽어 내어 하늘 아래의 것을 다스리는 아름답고 낭만적인 존재가 오직 고도라는 한 인간을 위해 그 주변을 맴돌고 있다니. 그 모습은 꿈이나 환상에 비견할 만큼 믿을 수 없는 장면이었다.

용은 날카로운 발톱을 손바닥 안쪽으로 갈무리했다. 행여나 상처라도 날까 봐 조심조심하며 고도에게 손을 뻗었다. 그러다가 제 발톱 하나보다도 작은 고도를 어찌할 줄을 몰라 황급히 양손을 가슴팍으로 숨겼다. 손 대신 머리를 움직였다. 딱딱한 비늘로 덮인 머리를 고도에게 들이밀었다. 고도가 얼결에 그 머리에 비해 상대적으로 작아 보이는 손을 얹어 쓰다듬으니 무척이나 부드러운 미소를 지으며 손길을 즐겼다.

「고도.」

징징징, 종소리처럼 울리는 목소리가 너무도 아름답고 청아했다. 지켜보던 사람들 중 아낙네와 어린아이들이 몸속을 울리는 소리에 놀라 왈칵 눈물을 터뜨렸다. 고도는 살면서 가장 아름다운 목소리를 가진 짐승은 기린이라고 생각했던 것을 정정해야만 했다.

용의 육성을 들은 일은 동해 용왕 이후에는 처음이다. 동해 용왕은 근엄하고 무거운 목소리를 가져서 이러한 생각을 할 겨를도 없었다. 눈앞의 묵색 용의 목소리는 우아하고 고귀했다. 단지 소리만으로 목소리의 주인이 가진 위치와 품성이 얼마나 위대한지를 가늠할 수가 있었다. 감정적이고 제멋대로인 철부지 도련님처럼 굴더니만, 사실은 그 누구도 범접하기 힘든 존재였구나. 고도는 천룡의 머리에 이마를 기대었다. 따뜻한 금빛과 부드러운 목소리와 달리 이마에 닿은 비늘은 차갑다. 기분이 좋을 정도의 시원함이다.

"한무."

천룡의 부름에 똑같은 감정을 담아 응하니 용은 조금 더 편안해진 듯 부드럽게 몸을 휘었다. 기다란 몸이 아름답게 접히자 하늘이 제일 먼저 반응했다. 쏟아지던 비가 멎고 천둥 번개가 요란하게 울리던 두꺼운 구름이 조금씩 흩어졌다. 하늘을 까마득한 어둠으로 뒤덮었던 구름이 걷히고 밝은 달빛과 별빛이 비쳤다. 천룡은 고도에게 속삭였다. 물론, 그 목소리는 평원 전체를 물들이는 달빛처럼 부드럽게 퍼져 나가 모든 이들이 듣게 되었지만 말이다.

「고도, 네가 이렇게 작은 인간인 줄은 오늘에서야 처음 알았구나.」

"이런. 네가 너무 큰 것이다."

「나는 우리 가족들 중에서도 가장 작은 개체이거늘. 네게 둘째 형님을 보여 주면 기겁을 하겠어.」

"너보다 큰가?"

「물론이지.」

"얼마만큼 크지? 이 땅만큼 클까?"

「저 하늘을 모두 떠받칠 수 있을 만큼 크지.」

"하늘이라. 하늘의 무게를 견디는 용이라."

「나는 둘째 형님에게 미움을 받을지도 모르겠구나. 누이와 아비는 말할 것도 없고 둘째 형에게까지 미움을 받겠어. 그가 사랑하는 하늘을 내가 조금 어지럽힐 터이니.」

"왜 나 같은 하찮은 인간을 위해 이렇게까지 해주는 것이냐. 내가 널 원망하면 어쩌려고. 응? 한무."

「너는 내게 단 한 번도 하찮은 적이 없었다.」

천룡의 목소리는 기쁨으로 가득해졌다.

「너는 내게 언제나 행복이었다. 내가 행복을 지키고자 하는데 누가 막을 수 있겠느냐.」

천룡은 투명한 하늘을 향해 몸을 일으켜 날아갔다. 새가 날갯짓하는 것보다 더욱 부드럽고 안정적으로 하늘에 올라간 천룡이 몸을 둥글게 말아서 돌자 청명한 하늘에 기이한 변화가 일어났다.

겨울 바다처럼 아득하게 거대한 하늘이 여러 조각으로 나뉘기 시작했다. 하늘에 박힌 별이 땅으로 떨어지지 못하도록 천계의 사람들과 천룡이 만들어 낸 것이 검은 밤하늘일진대, 금빛으로 실금이 가고 있었다.

"하늘이 갈라지고 있어."

누군가가 중얼거렸다. 병기를 들고 있던 사람들의 손에서 힘이 풀렸다. 그들은 모두 금빛으로 빛나는 어두운 밤하늘을 올려다보았다.

"하늘이 조각나고 있어."

그들의 말대로였다. 하늘이 조각나고 있었다. 은하수보다 더 아름다운 금색이 거미줄처럼 촘촘하게 이어졌다. 별처럼 한 점이 금색으로 발광하면 그 점이 다른 점으로 이어져 선이 만들어지고, 선이 서로 얽히고설키면서 하늘이 열리는 것이다.

갈라진 하늘 너머로 천상의 빛이 보였다. 평생을 선행해야만 도달할 수 있는 무릉도원에서 천도를 따먹으며 시를 읊던 천인들이 갑작스레 갈라지는 하늘 너머에서 빼꼼하게 고개를 내밀고 있었다. 자신들이 사는 곳 일부가 우르르 갈라지는 논란에 당황한 천인들과 옥황상제의 땅에 속한 곳을 맨눈으로 보게 된 하계의 인간들이 서로를 바라보고 있었다. 그것은 기이한 현상이라 할 만했다. 평생을 선행하는 불자들이 도달하고자 하는 극락의 세계가 바로 그 갈라진 하늘 사이의 모습이었다. 고도를 저지하고 죽이는 것이 극락으로 가는 길이라고 생각하던 승병들에게 그것은 무척 역설적인 장면이었으니. 그들이 되고 싶어 했던 천인들은 하계의 하늘을 유영하며 꼬리로 하늘을 조각내고 있는 천룡을 보면서 고개를 조아리고 있지 않은가.

눈으로 보고도 믿기 힘든 장관에 사람들은 무릎을 꿇고 이마를 땅에 박았다. 하늘이 노하여 세상으로 떨어지면 이 세상은 하늘에 잡아먹혀 사라질 것이란 공포보다도, 천인들마저 예를 갖추어 하늘이 부서지든 말든 지켜보고 있는 천인들의 태도에 충격을 받아서였다. 그들은 무엇을 위해 싸웠는지를 다시금 되새겼다. 궁극적으로는 극락에 가기 위해 현존하는 악을 처단하고자 고도에게 반목했거늘, 이것이 모두 잘못된 것이라는 결론에 도달하고 말았다. 사람들은 연방 머리를 조아리며 천룡에게 자비를 빌었다.

"하늘님이시여! 죄송합니다. 죄송합니다, 하늘님!"

무엇에 대한 자비와 용서를 구하는지도 모른 채 사람들은 천지신명에게 빌듯 하늘과 천룡을 향해 연거푸 절을 했다. 그 소리는 하늘에까지 닿지 않아 천룡의 춤사위를 멈추게 하진 못했다.

청룡이 하늘을 휘저을 때마다 실금이 간 하늘이 흔들렸다. 천룡이 꼬리로 하늘을 철썩 쳐올리면 하늘은 흔들리며 별똥별 같은 가루를 지상으로 흩뿌렸다. 머리를 들어서 쿵, 하고 하늘을 박으면 천둥보다도 크고 위협적인 소리가 땅 전체를 울리기도 했다.

위태롭게 흔들리던 하늘 조각 하나가 마침내 지상으로 떨어졌다. 올려다보면 엄지손톱만큼 아주 작은 하늘이지만 그것이 나찰의 머리 위를 덮쳤을 땐 쉰 칸이 넘는 집을 가진 양반의 터만큼이나 거대했다.

나찰 여럿은 머리 위로 던져진 하늘을 미처 피하지 못하고 팔을 들었다. 하늘 조각이 나찰의 머리 위에서 멈추었다. 나찰들은 힘겹게 하늘 조각을 두 팔로 지탱해서 들어 보려고 애를 썼지만, 너무 무거워 오래 버티지를 못했다. 팔에서 힘이 풀리고 조각난 하늘이 나찰을 쿵, 짓누르니 땅에 닿은 하늘은 금빛이 일렁이는 검푸른 물이 되어 나찰들을 모조리 잡아먹은 후에 하늘로 다시 비상했다. 떨어진 하늘이 나찰을 끌고 본래 있어야 할 자리로 돌아가자 실금처럼 갈라져 있던 금빛이 사그라지며 본래의 모습으로 돌아왔다.

천룡이 머리를 돌렸다. 날카로운 이로 자신의 꼬리를 물고 하늘 한복판을 원을 그리며 돌았다. 우르르, 우르르, 흔들리는 하늘은 천룡의 거센 공격에 버티지 못하고 더 작고 가는 실금을 사방으로 퍼뜨리며 조각나 떨어지기 시작했다.

첫 번째 하늘 조각이 귀환하자 두 번째, 세 번째 하늘이 연달아 땅 위로 떨어졌다. 조각난 하늘은 차례차례 나찰과 거구귀, 각다귀를 덮쳤다. 머리 위로 떨어진 조각을 들어 보려고도 하고 혹은 조각을 피해 멀리 달아나 보려고도 했다. 그러나 결국 땅 위에 하늘이 있고, 하늘 아래 땅이 있다는 이치를 벗어나지 못하는 모든 생명체는 땅으로 떨어지는 하늘 조각들을 피할 방법이 없었다.

"하늘님, 하늘님!"

어딘가에서 절규하는 그 목소리를 듣고 고도가 정신을 차렸다. 광분한 하늘들이 우수수 바닥으로 떨어지는 장면을 넋을 놓은 채 바라보다가 황급히 도술을 전개했다. 수천 명으로 늘어난 고도가 어린아이들과 여자들을 우선 끌어안고 축지법을 써서 산을 뛰어넘기 시작했다. 고도를 공격했던 남자와 노인들도 고도의 분신들은 구분 없이 뒷덜미를 낚아채서 하늘이 무너지지 않는 곳을 향해 전속력으로 도망쳤다. 도깨비들은 미처 피할 틈이 없었기에 환영분신들이 직접 양손에 인을 맺어 보호진을 연성했다. 그 진 속으로 몸을 피한 도깨비들은 자신들 대신 환영도사가 하늘을 맞아서 터져 버리고 찢기는 비참한 풍경을 충격이 가득한 눈으로 바라봐야만 했다.

고도의 입가로 피가 한 줄기 흘러내렸다. 금백색에서 완전한 흰색으로 변해 버린 두 눈은 더 이상 세상을 바라보지 못했다. 고도는 눈 대신 도술을 이용하여 세상을 인식하는 데에만 그쳤다. 희미해지는 의식 속에서 생각이란 것을 길게 이을 수가 없었다. 천룡이 푸른 갈기를 휘둘러 조각난 하늘을 움직였다. 도망가려는 요괴와 귀신은 결국 하늘에 잡아먹혀 그대로 사라져 버렸다.

강문은 제 머리 위가 금빛으로 갈라지는 모습을 물끄러미 쳐다보았다. 하늘이 조각나 지상을 덮치는데 제아무리 뛰어난 법력을 지닌 불승이라도 그 뜻을 거스를 수는 없는 법이다. 천룡의 호위를 받는 고도만이 이 땅의 힘을 써서도 하늘을 막아 낼 수 있는 유일한 존재였을 뿐, 강문이 그 유일한 자격을 가진 고도를 죽인다면 그 또한 하늘의 뜻에 거스르는 짓이나 다름없으리라.

"고도."

마지막 남은 의식을 간신히 살려 낸 고도가 고개를 돌렸다. 갈라진 머리 위를 쳐다보던 강문이 고도와 눈이 마주치자 그 입술에 씁쓸한 미소가 걸렸다. 노여움도, 분노도 없는 평온한 미소였다. 친우였던 옛적에 서로 사소한 것에 마음이 맞지 않아서 부루퉁하게 짜증을 내고, 치졸하게 싸우다가도 금세 화가 풀려서 먼저 손을 내밀 때가 아련하게 떠올랐다. 겉가죽은 나이를 먹어 볼품없을 정도로 늙었건만, 이런 표정은 어찌 된 게 그대로였다.

지금보다 훨씬 개구쟁이에 악독한 짓도 서슴지 않던 젊은 고도는 저를 쫓아오는 강문을 볼 때마다 질색이 되어서 더 은밀하게 몸을 숨기기도 했다. 하지만 은형隱形으로 몸을 숨겨도 강문은 감쪽같이 찾아냈으니 한밤중에 동굴 속으로 들어간 고도의 뒷덜미를 잡아채서 사냥한 짐승이라도 끌고 오듯 질질 잡아끌며 마을로 돌아오곤 했다. 그 모습을 지켜보는 강문의 제자들이나 도깨비 소는 삼장법사가 손오공을 갱생시키고 교화하는 과정을 눈으로 지켜보는 착각마저 들었다. 강문은 제 앞에 닥친 일이 아무리 중하고 급하더라도 고도의 일을 언제나 우선순위에 두는 알다가도 모를 승려였다.

'악, 악, 고도, 야 이 미친놈아, 당장 내려오지 못할— 어억!'

고도는 시도 때도 없이 소의 어깨에 훅하니 올라타서 상투 머리를 잡아당기곤 했다. 소는 그런 고도를 떨어트리기 위해서 퍼덕거리며 제자리를 동동 구르기 일쑤였다. 고도는 소의 머리통을 손바닥으로 쾅쾅 치면서 가만히 있으라 명했는데, 그 모습이 흉포한 종마를 길들이는 것과 다를 바가 없다. 참다못한 소가 화르륵 불길을 솟구치며 외쳤다.

'네 이놈! 대결이다! 어서 샅바를 메라!'

'지랄이로다. 육갑 떨지 말고 가만히 있어라.'

'아악! 진짜 아프단 말이다!'

심술궂은 고도의 행각에 비명을 지르던 소는 결국 참다못하고 강문에게 달려갔다.

'승려야, 이 인간을 어찌해 다오. 이런 천둥벌거숭이가 세상에 또 있을까!'

소의 하소연에 승려가 뒤를 돌아본다. 이립이 넘은 젊은 승려는 민머리를 제외하면, 뚜렷한 이목구비가 남자답고 잘생겨서 불가에 귀의하기 아까운 상이었다. 그 부드러운 인상에 미소를 머금으니 날뛰듯 들썩이던 고도와 소가 동시에 잠잠해졌다. 승려가 고도에게 손을 내밀었다. 고도는 고운 손을 노려보았다.

'뭘 어쩌라고.'

'손을 잡으라는 뜻 아니겠는가.'

'내가 왜?'

'조금 전에 내가 요괴를 풀어 줘서 화가 난 거 아니더냐. 기분 풀어라. 그 요괴도 결국은 우리랑 똑같은 이들이니.'

고도는 상냥한 승려의 목소리에 삐쭉 세웠던 가시를 수그렸다.

'강문. 난 그대가 싫다.'

고도의 질색 어린 말에도 승려는 부드럽게 웃었다.

'나는 그대가 좋구나.'

고도를 붙잡아 두겠다고 호랑이를 불러들여 고도를 옴짝달싹 못하게 만들거나 해태 같은 신수와 대화를 하면서 고도를 해태에게 완전히 각인 시켜 나쁜 짓을 하면 바로 벌을 받게 하는 등, 부처의 현신이라는 칭호에 어울리지 않는 기행이 고도에게만 한정적으로 반복되곤 했다. 그렇게 멋 모르고 산속을 누비던 승려와 도사가 그때와 마찬가지로 서로를 바라본 채 서 있었다. 그때보다 늙어버린 강문과 그때와 다를 바 없는 모습의 고 도는 여전히 서로를 보고 있었다. 옛날의 목소리로 강문이 말했다.

"넌 언제나 신묘하구나, 고도. 날 만나기 전엔 땅 아래를 휘젓더니, 내 가 없는 새 하늘과 친해졌구나. 너는 나 없이 세상을 경험하고 있었구나. 나는 너를 통해서 세상을 경험한 기억이 가장 큰데."

고도는 한참을 말이 없다가 입술을 달싹였다.

"내겐 너무 높은 하늘이다."

"그 하늘이 널 선택하다니."

선택이라. 누가 누굴 필요에 의해 거두는 '선택'이란 말은 고도가 듣기 에도 자신과 청사 사이를 설명하기엔 어울리지 않았다. 굳이 구분하자면 서로가 아니면 안 된다는 의미가 더 정확하지만, 그것을 대체하거나 설 명할 말이 마땅히 생각나지 않았다. 고도는 강문의 말을 정정하는 대신 에 입가로 흐르는 피를 손등으로 닦으며 중얼거렸다.

"굳이 선택이란 말을 써야 한다면, 강문, 네 말은 또 틀렸다. 내가 저 녀석을 선택한 것이다. 말은 바로 하자."

"하하하, 그래. 네가 품어 줘서 저 용이 이 세상을 품어 준 건가 보다."

"그토록 혜안이 깊은 존재는 아니라 생각했건만, 내가 생각한 것보다 내 임은 더 위대한 존재였구나."

"내가 고도, 그대를 구원할 수 있다고 믿었는데 아니었구나."

"구원은 나 혼자 찾는 것. 너도 저 용도 구원자가 될 수 없다. 그 말도 바로 하자."

"그래. 나는 네가 강인한 척하는 나약한 자라 생각했거늘. 나약한 척하는 강인한 자였구나. 그동안 몰랐구나."

빙그레 웃은 강문이 마지막으로 말했다.

"그대와 함께하고 싶었다, 고도."

강문이 고도에게 다가왔다. 예전처럼, 그 절친했던 사이였을 때처럼 강문이 고도에게 입을 맞추어 주었다. 이번엔 볼이 아닌 입술에.

"함께 좋은 길만 걷고 싶었다."

그리고 뒤로 몇 걸음 물러났다. 고도는 그러한 강문에게 손을 뻗었다. 아니, 좋은 길을 같이 걷자고. 이제라도 괜찮다면 같이 하자고. 그렇게 말을 하기도 전에, 강문의 머리 위로 하늘이 떨어졌다. 조금 전까지 마주 보고 있던 강문은 새파란 하늘 밑으로 자취를 감추었다. 대지를 울리며 떨어진 하늘에 깔려 인자하던 미소도, 다정하던 목소리도, 마지막으로 입술에 입을 맞춰 주던 그 감정도 사라져 버렸다. 너무도 한순간이었기에 그를 향해 손을 뻗은 채로 고도는 아무것도 할 수가 없었다.

부서진 육체는 침통해할 시간마저 앗아 가버렸다. 하늘 조각으로 스며든 육체는 고도에게 입을 맞추었을 때처럼 따뜻함도 남아 있지 않았다. 원래부터 없었던 존재처럼, 강문의 자리는 비어 있었다. 강문을 집어삼킨 하늘 조각이 천천히 허공으로 떠올랐다. 구멍이 나 있는 제자리로 돌아가 비어 있는 자리를 메웠다.

텅 비어 있던 검은 하늘에 다시금 수십 개의 별이 반짝였다. 그중에서도 단연 으뜸으로 빛나는 별은 마지막에 강문을 잡아먹고 승천한 하늘이라. 너무도 밝아서 달 옆에 바싹 다가가 붙어도 달빛에 가리지 않을 것만 같았다.

고도는 하늘에서 가장 밝게 빛나는 별을 한참이나 쳐다보았다. 기분이 너무도 이상했기에 아무런 말도 할 수가 없었다. 그토록 그리워했으면서도 죽여 버리겠다고 외쳤던 존재가 정녕 떠난 것을 어떻게 받아들여야할까. 고도는 강문과의 관계에 끝이 있다면, 자신이 먼저 사라진 후, 강문이 뒤따른다는 생각을 많이 했었는데, 이렇게 반대가 되는 경우는 대비하지 못한 것이다. 이것은 후련함도 기쁨도 안타까움도 아니었다. 잃게 되면 언제나 남은 사람이 가장 힘들어지는 사실을 다시금 깨달았다. 이번에도 남은 사람은 고도였다.

달빛에 눈이 부신데도 하늘에서 시선을 떼지 못하던 고도는 머리카락에 얼굴이 다 가려질 정도로 고개를 푹 숙였다.

청사가 용으로 화하면서 바닥을 나동그는 죽통을 잡아 들었다. 전의를 상실했거나 기절한 귀신들 앞에서 죽통을 열었다. 요괴들을 풀어 주던 이전의 목적과 달랐다. 풀어 주는 것이 아니라 봉인하기 위함이다. 각다귀와 거구귀들은 고도가 연 죽통 속으로 빨려 들어왔다. 마개를 닫자 죽통에서 놀라운 변화가 일어났다.

9,999마리라는 머릿수를 채운 죽통이 금빛으로 영롱하게 빛나기 시작했다. 고도도 처음 보는 반응이다. 눈을 가늘게 뜨고 허름했던 죽통이 금빛으로 화려하게 변해 가는 과정을 지켜보았다. 마개로 막아 두었던 죽통 입구가 완전히 봉해지면서 더 이상 열 수 없게 되었다. 던져도 깨지지 않고 검으로 내리쳐도 쪼개지지 않는다. 금강석처럼 변한 죽통은 스스로 허락하지 않는 한 그 입구를 열지 않으리라.

마지막으로 나찰을 잡아먹은 하늘 조각을 제자리에 끼워 맞춘 천룡이 유영하던 허공에서 내려왔다. 길게 뻗은 몸이 고도의 머리 위를 맴돌았다. 고도가 고개를 들자 청명한 하늘처럼 푸른 눈동자와 눈이 마주쳤다. 고도는 양손을 뻗었다. 천룡이 머리를 숙였다. 낙타처럼 생긴 주둥아리를 두 팔로 끌어안고서 비늘에 얼굴을 묻었다.

"끝났구나."

별 볼 일 없는 그 한마디가 심장에 맺혀서 고도는 그만 눈물을 터뜨렸다. 다 끝났다. 강문도, 퇴마도 모두 끝났다. 고도는 천룡의 주둥이를 강하게 끌어안은 채 어깨를 들썩이며 울었다. 고도가 섧고도 후련하게 펑펑 눈물을 쏟는 것을 느낀 천룡은 뼛속까지 포근해지는 금빛 파장을 만들면서 속삭였다.

「수고했다.」

어쩌면 살면서 그 한마디를 듣기 위해 줄곧 멈추지 않고 달려왔는가 보다. 어깨에 짊어진 모든 것을 내려놓는 순간, 누군가 그런 자신을 알아봐 주고 말을 걸어 준다면 꼭 그 말이 듣고 싶었던 것 같다.

「정말로 수고 많았다, 고도.」

고도의 눈에서 흐느낌도 없는 눈물이 하염없이 쏟아졌다. 밤하늘 색 비늘 사이로 고도의 뜨거운 눈물이 스며들었다. 천룡은 기다란 몸을 웅크려서 고도를 감싸듯 끌어안았다. 줄곧 고도에게 상처를 입힐까 걱정되어 발톱을 숨겼던 천룡이 그 발톱을 조심스럽게 꺼내서 고도 쪽으로 내밀었다. 고도는 제 앞에 내밀어진 앞발을 보고 그 의미를 찾아보더니 걸음을 옮겨 발 위에 앉았다. 여의주를 소중하게 끌어안는 것처럼, 천룡은 행여나 고도가 떨어지지 않도록 두 앞발을 포개어 발톱으로 안전한 창살을 만들었다.

고도는 엇갈려 포개진 발톱 사이로 땅 아래를 내려다보았다. 사람들과 도깨비 무리가 하나같이 높이 떠오르는 천룡과 고도를 우러러보고 있었다. 승하한 도깨비의 우두머리가 하늘의 인정을 받았다는 사실에 가슴이 벅차오른 비형랑은 이를 사리물고 눈물을 참는 중이었고, 오로지 강문이 선이자 정의라고 믿어 왔던 아라한은 허무한 눈을 하고 있었다. 그들이 고도와 천룡을 어떻게 바라보고 판단하는 지가 얼굴에 고스란히 드러났다.

고도는 그들의 얼굴을 외면했다. 겉은 딱딱하지만 속은 말캉거리는 발바닥 위에 몸을 둥글게 말고 누웠다. 왼쪽 손목의 절단면을 따라 피가 멈추지 않고 끊임없이 흘러나왔다. 비릿한 피 냄새가 지독했지만 창공의 바람이 역겨운 냄새가 머물지 못하고 날려가 버리도록 도와주었다. 고도의 눈이 스르륵 감겼다. 숨을 쉬는 것조차 조금 버겁게 느껴지는 몸에 영원한 안식이라도 주고 싶었다.

「수고했다, 고도.」

청사의 그 말처럼 스스로의 노고를 치하하고 평온한 상태로 모든 것에서 멀어졌다.

"이제는 변명의 여지가 없다, 동생아."

언젠가 들어 본 적 있는 강인하지만 부드러운 그 여성의 음색을, 고도는 잠결에 들은 것 같았다. 머리카락을 넘겨 주는 손길이 따뜻해서 눈을 뜨지 못하는 고도에게, 손길의 주인이 답했다.

"알고 있어."

"아버지께서 너를 끌고 오라 명령했어. 지금 바로."

"누나. 며칠만 더 시간을 주면 안 될까."

"도망치려 해도 어려울 텐데. 이미 네 정체를 지상의 존재들이 다 눈치챘고, 너 역시 요괴인 척 다니긴 불가능해졌다는 걸 알잖아."

"알아. 도망칠 생각도 없고."

"그런데 시간이 필요하단 말은 무엇이니."

"이대로 올라갈 수는 없잖아. 정리를 하고 갈게."

그 말에 여인은 아무런 대꾸도 하지 않았다. 침묵이 길어질수록 다시 잠으로 빠져드는 고도의 숨소리도 고와졌다. 머리카락을 넘겨주는 자상한 손길은 고도가 완전히 잠들기 전까지 멎지 않았다.

그리고 다시 정신을 차렸을 때도 반쯤은 비몽사몽이었다. 무엇이 꿈이고 현실인지를 분간하기 어려워서 머릿속이 멍하기만 했다.

고도는 입술에 말캉한 것이 닿자 생각도 않고 입을 벌렸다. 뭔가 아주 힘들고 어려웠던 것 같은데, 그게 무엇인지를 떠올릴 힘이 없어서 그저 입 안에 들어온 혀를 좇았다. 그 속으로 혀가 들어오고 젖은 입술이 서로를 물고 놓아주지 않으면서 끌어당기기 바쁘니, 어느새 두루마기는 벗겨져 발치에서 차이는 신세가 되었다. 고도는 고통과 행복도 느끼지 못하는 기묘한 감각에 서 있었다.

꿈과 현실의 경계가 진실로 그러할지다. 머리가 무엇을 인식하긴 하는데 몸은 머리가 받아들인 정보와 달리 움직여서 정신과 육체가 나뉘어 각기 따로 행동하는 것만 같았다. 부드러운 손길이 고도의 허벅지 안쪽을 파고들고, 입을 맞추었던 입술이 가슴에 난 돌기를 빨면서, 자연스럽게 휘어지는 허리를 한쪽 팔로 감싸 안아 배꼽까지 살결을 낱낱이 핥는 그 감각에 고도는 가빠진 숨을 몰아쉬었다.

"대롱아."

직접 목소리를 낸 것인가. 혹은 머릿속으로 부르고 입에 담지는 못한 것인가. 제가 말한 것인지 생각한 것인지도 구분하지 못하는 채로 고도는 몸속으로 파고드는 뜨거운 감각에 진저리를 쳤다. 머리 위에서 고도의 이름을 부르는 뜨거운 숨소리가 쏟아졌지만 제대로 인식할 수 없었다. 정말로 귀에 들어온 현실의 소리인지 머릿속에서 제멋대로 만들어낸 환청인지 구분할 도리가 없다. 고도가 느낄 수 있는 건 그저 벌어진

다리 사이로 뭔가가 들어왔다는 것뿐이다.

처음에는 숨통을 조이듯 버겁게 밀고 들어온 불같은 기둥은 시간이 지날수록 움직임이 거칠어졌다. 고도는 참지 못하는 신음을 한꺼번에 토해 냈다.

"아, 아앗."

저를 누르고 있는 이의 가슴팍을 밀어냈다. 오른손이 단단한 가슴팍을 움켜쥐고 밀어내는 동작에 반해, 왼손은 아무것도 할 수가 없었다.

왜 왼손이 무능해졌는지를 스스로 이해하기 힘들었다. 왼손은 어깨부터 제대로 움직이지 않았다. 두꺼운 천이 손목을 칭칭 동여매고 있었고, 팔꿈치가 굽혀진 채로 어깨에 끈이 매달려 고정되어 있었다. 전쟁 나간 부상자들이 팔이 잘렸을 때 천으로 상처를 막고 피가 아래로 쏟아지지 못하게 팔을 고정하여 천으로 묶은 것과 같았다. 그 감각이 너무도 생소하여 꼭 손이 없어진 것만 같았다.

멀쩡한 오른손으로만 제 몸을 내리누르는 이를 밀어내지만, 소용없다. 허리 아래의 결합은 더욱 깊어졌고, 몸을 내리누른 이의 허리를 두 다리로 감싼 고도는 저도 모르게 파르르 떨면서 신음을 토하느라 정신이 없었기 때문이다.

"하응, 아, 아, 대룡아, 아!"

입 밖으로 낸 것인지 몸속에서 낸 것인지, 여전히 파악할 수 없었다. 그럴수록 자신을 부르는 소리도 먼 곳에서 들리는 것 같았다.

"고도, 하아, 하, 고도, 으응."

귓가에 대고 이름을 부르는 소리. 그리고 그 소리에 섞인 신음과 결합부에서 찌걱찌걱 울리는 마찰음까지. 고도는 머릿속을 흔들어 놓는 은밀한 소리에 정신을 못 차렸다. 머리가 흔들리는 게 아닌 모양이다. 머리가 흔들릴 정도로 몸이 따라서 박자를 타고 있는 것이다. 그만 움직였으면 좋겠는데 정작 입에서 터지는 소리는 더, 더, 라는 부추김이었다. 몸속을 꿰뚫은 불 꼬챙이가 괴롭고 힘든 반면 고통이 배가될수록 느껴지는 황홀한 감각에서 고도는 눈물을 흘리며 도리질 쳤다.

죽을 것 같았다. 이런 느낌 속에 침몰한다면 죽어도 좋을 것만 같았다. 고도는 말로 형용할 수 없는 쾌락과 희열에 달뜬 소리를 토하며 허리 아래를 흔들었다. 어느새 몸속을 거칠게 꿰뚫던 감각이 멈추고 짜릿한 감각 속에서 떨던 고도는 몸이 일으켜지는 것을 느꼈다. 그때 비로소 눈을 떴다.

"하아, 하, 아아."

다리를 벌린 채 등을 바닥에 대고 누워 있던 몸이 어느새 누군가의 몸 위에 올라앉은 상태에서 흔들리고 있었다. 눈에 보이는 건 연지를 바른 것처럼 붉어진 입술이다. 방바닥에 넓게 펼쳐진 기다란 머리로 보건대 제 아래에 누운 것은 여자임이 분명했다. 그런데 고도는 한 손으로 몸을 지탱하기 위해서 여자의 가슴 위에 손을 올렸음에도 손바닥에 잡히는 것이 평평한 살점이라는 사실에 혼란함을 느꼈다. 여자와 색정을 나누는 것이 아닌가. 내가 분명 올라타고 있는데.

고도는 흐릿한 시선으로 붉은 입술과 대조되는 푸른 눈동자를 발견했다. 육욕이 적나라하게 드러난 눈빛에서 고도는 눈을 돌리지 못했다. 몇 번 색목인을 봤지만 이렇게까지 맑고 투명한 청안은 처음 보았다. 너무도 아름다워 시선을 돌릴 수가 없었다. 가슴이 작은 색목인을 안고 있노라고 판단한 고도는 몸속을 치고 들어오는 강렬한 감각에 허리를 떨었다.

결합부가 이전보다 더욱 깊숙하게 맞물려 목이 타는 듯한 갈증을 불러일으켰다. 오래전에 여자를 안았던 기억을 더듬어도 앞섶에서 뜨거움이 느껴졌었지, 이번처럼 뱃속과 허리가 뜨거운 적은 없었다. 평평한 가슴을 움켜쥔 고도가 허리를 흔들었다. 허리를 흔들수록 뒤쪽이 뜨겁게 달아올랐다. 청안이 고도의 입 속으로 손가락을 밀어 넣자, 고도는 반사적으로 그 손끝을 빨면서 힘이 제대로 들어가지 않는 허리를 움직였다.

"대롱아."

이번엔 앓는 소리처럼 이름을 부르자 손가락을 빨며 스스로 허리를 움직이게 내버려 두었던 청안이 욕인지 뭔지 모를 소릴 뱉고는 두 손으로 허리를 움켜잡았다. 고도는 저 혼자 움직일 때와는 확연히 다른 느낌에 입을 벌리고 흘러내리는 타액을 삼키지 못했다.

커다란 손이 허리를 움켜쥐고 위아래로 흔들 때마다 깊숙하게 접합된 몸 안쪽에서 섬광이라도 튀는 것처럼 강렬한 쾌감을 느꼈다. 고도는 상체가 무너져서 청안의 가슴에 기댔지만 그 자세도 오래가지 못하고 억지로 몸이 일으켜졌다. 청안도 상체를 세웠다. 고도는 그의 허벅지에 올라앉은 상태로 평평한 두 가슴을 맞댔다. 자유로운 오른팔로 청안의 목을 끌어안고 입을 맞추자, 그는 맞닿은 가슴을 비비면서 두 손으로는 엉덩이를 더 벌리게 하고 사정없이 허릿짓을 했다.

"아, 아아, 아, 아."

눈에서 흘러내린 물과 입에서 흘러내린 타액이 얼굴을 엉망으로 만들었음에도 청안은 무엇이 그렇게 자극적인지 얼굴을 핥으며 어쩔 줄 몰라 했다. 고도의 새하얀 몸이 열락으로 붉게 물들어서, 눈도 제대로 뜨지 못한 채 쾌감에 휩쓸려 허우적거리는 모습에 스스로 자제를 못 하는 인상이었다. 고도는 귓가에서 제 이름을 끊임없이 불러 주는 청안이 사랑스러웠다. 이미 허리 아래가 녹아내릴 것처럼 힘이 풀린 상태에서도 허리를 반복적으로 흔들었고, 그럴 때마다 청안은 자지러질 듯이 좋아하는 소리를 내며 한참이나 헐떡거렸다.

죽을 것 같다. 아니, 죽어도 되겠다. 고도는 청안을 끌어안고 한참이나 몸을 흔든 뒤에 마치 신경이 뚝 끊어지듯 그대로 정신을 잃고 말았다. 그리고 시간이 얼마나 흘렀는지, 날이 몇 회나 바뀌었는지 가늠할 수 없이, 물속을 부유하는 기묘한 감각 속에서 다시 눈을 떴다. 꿈속에서 헤매다 비로소 수면 위 현실로 부상할 때쯤 고도는 익숙한 느낌에 숨을 헐떡였다. 전보다 시야가 맑아져서 주변 상황이 구별이 되었다. 흐릿한 살결과 붉은 입술, 청색 눈과 검고 긴 머리카락만 훑어볼 수 있던 눈이 처음으로 촛불이 아른거리는 어둡고 좁은 방 안을 확인했다.

낯설고 생소하게 생긴 방이지만 방에 놓인 물건이 어딜 가나 비슷하게 꾸며진 '객사'임을 깨달았다. 어디에 있는 어떤 객사인지 알고 싶어도 그럴 여유가 없다. 몸속이 뜨거운 기둥으로 헤집어지고 있었다. 고도는 언제부터인지, 제가 먼저 상대의 등을 끌어안고 헐떡이면서 몸을 비비는 그 느낌에 적나라한 희열을 느끼는 중이었다. 몸속에 들어온 감각만큼이나 익숙한 아름다운 얼굴이 쪽쪽, 얼굴에 입을 맞추고 있었다. 고도는 머리카락이 땀에 젖어 얼굴에 달라붙은, 청안의 사내를 보며 힘겹게 입을 뗐다.

"……대룡아."

탁하게 쉬어 버린 목소리가 자신의 것 같지 않다. 얼마나 소리를 내었으면 목이 막혀서 이렇게 힘겨운 소리가 나는 것인가. 고도는 시야가 흔들리고 있다는 걸 뒤늦게야 알아챘다. 그것은 벽에 등을 기대고 앉은 청사가 제 다리 위에 고도를 맨몸으로 올려놓고 아래를 꿰뚫기 때문이다.

고도는 청사와 맨몸으로 들러붙어 있는 것보다, 청사의 아랫배에 눌려서 잔뜩 부풀어 오른 자신의 성기 때문에 얼굴이 화르륵 붉어졌다. 손을 쓰지 않은 상태로도 딱딱하게 발기한 것이 청사의 아랫배를 쿡쿡 누르고 있었다.

성기를 쥐고 흔들 수 있는 유일한 오른손은 이미 청사를 안고 있느라 성기의 욕정을 달래어 주기 요원했다. 이 정도로 발기하여 흥분한 자신이 낯설면서도 민망해서 죽을 것 같았다. 아직도 상황을 파악 못 하고 혼란스러워하는 고도를 보면서 청사는 나른하게 젖은 눈으로 웃어 보였다.

"고도야, 그동안 참느라고 얼마나 힘들었느냐."

"어, 뭐……?"

당황한 고도가 붉어진 얼굴을 식히지도 못하고 어리둥절하게 청사를 바라보았다. 청사는 그 순진한 표정이 귀엽고 사랑스러워서 끙끙거리다가 잠시 멈추었던 허리 아래를 움직였다. 눈가를 찌푸린 고도의 입에서 신음이 터졌다. 그 소리는 너무도 자연스러워서 고도는 입술을 깨물었다. 하지만 이로 누르고 있던 아랫입술이 툭, 튕기면서 다시금 벌어지자 고도는 자신이 내는 소리라고 도저히 믿을 수 없을 만큼 야하고 색정적인 소리를 제 귀로 들어야 했다.

"나도 아픈 사람은 쉬어야 한다고 말했지만……."

"하아, 아, 아, 으응."

"네가 내 옷을 벗겼어. 정말 굶주린 사람처럼."

"아, 응, 말도 안……."

"내가 네 몸속에 뿌린 양이 얼마나 되는 줄 아느냐. 네가 여자였으면 벌써 잉태했을 것이다. 하늘의 정기로 잉태한 여인이라니. 이 나라에 새로운 왕이 점지될 뻔했어. 역사가 뒤바뀌지 않은 걸 그나마 다행으로 여겨야겠네."

"웃, 으, 그, 그럴 리가……."

혼란스러워서 어쩔 줄 모르는 고도는 금방이라도 울 것 같은 얼굴이었다. 정신을 잃은 사람이 청사를 덮쳤단 소린가. 그 반대가 아니라. 고도는 붉게 물든 제 몸을 내려다보면서 청사의 고백이 거짓이 아님을 알았다. 억지로 뭔가를 하려고 달려들었으면 몸이 이렇게나 달떠서 열락에 휩싸이진 않았을 것이다.

고도가 굶주려 달려들었다는 소리는 확인할 방법이 없지만 합의하에 이루어진 행위라는 것을 전면적으로 부정할 수 없었다. 고도는 본능적으로 스스로 허리를 움직이는 사태에 맨정신을 유지할 수 없었다. 청사가 좋아서 미칠 것 같은, 이런 기분을 여실하게 드러내는 몸짓이라니. 알면서도 그만두지 못하는 저를 보면서 고도는 눈물이 핑 돌았다. 붉게 농익은 눈가가 젖어서 그 흔적을 볼에 새기자 청사의 몸짓이 더 빠르고 거칠어졌다.

고도는 질척하게 울리는 교합 부분의 소리를 생경하게 들으면서 고개를 뒤로 젖히고 신음을 쏟아 냈다. 청사는 위아래로 요동치는 고도의 목젖을 깨물었다. 이미 울긋불긋한 입술 자국이 날카로운 송곳니가 낸 흉터 자국 위로 다시금 잇자국이 아로새겨졌다. 고도는 흘러내리는 눈물을 멈추지 못하고 파르르 떨리는 속눈썹을 깜빡였다. 아아, 뭐가 뭔지 모르겠지만 좋아서 죽을 것 같다. 고도는 목젖을 깨무는 청사의 머리통을 끌어안았고 아래에서 쳐올리는 청사에 맞춰서 움직였다.

"아, 아아, 아, 아!"

발끝이 곱으면서 떨리는 쾌감 속에서 고도는 황홀한 절정을 맞이했다. 손 하나 대지 않은 성기가 청사의 배를 적신 순간, 몸속을 꿰뚫은 청사의 것도 뜨거운 액체를 방출했다. 이미 안쪽을 가득 채우고 더는 적실 부분이 없자 교합 부분을 따라 조금씩 새나오기 시작했다. 고도는 천박하리만큼 맨몸으로 뒹구는 것에 더할 나위 없는 충만함을 느낀 자신을 어떻게 해야 하나 머릿속이 아찔했다.

상대가 청사라는 건 정말 좋았지만, 이런 행위에 익숙해지다 못해 즐기고 더 원하기 시작하는 몸의 반 유교적인 행태에 몸 둘 바를 몰랐다. 고도는 붉어진 얼굴을 청사의 가슴에 묻었다. 청사는 내용물을 방출하고 조금 시들어 버린 성기를 고도의 몸속에서 빼내지도 않고 오히려 맞붙은 몸을 더 깊숙하게 틀어 맞추면서 고도를 끌어안았다.

예민해질 대로 예민해진 몸은 청사가 몸 밖으로 나가지 않고 안쪽에 머무는 것만으로도 자극이 되었다. 고도는 겉으로 내색하지 않으려고 무던히 노력 했지만 결합된 내벽이 꿈틀거리며 청사의 성기를 감싸는 것까지 통제하지 못했다. 고도는 고개를 들지 못했다. 그런 고도의 심정에 이율배반 하는 항문과 내벽은 아까부터 자꾸만 청사의 성기를 압박하면서 더 찔러 달라 보챘다. 왠지 눈물이 날 것 같았다.

"……대롱아."

탁하게 쉬어 버린 목소리로 고도는 얼굴을 들지 아니하고 물었다.

"이게 전부 무슨 일인 게냐. 여긴 어디고."

청사는 고도의 꿈틀거리는 몸속이 좋아서 가르르릉, 꼭 고양이가 목을 울리듯 나른한 소릴 냈다.

"어디서부터 얘기해 줄까."

두 손이 허벅지에 걸터앉은 고도의 엉덩이를 만지작만지작, 조물조물, 갖고 노느라 정신이 없었다. 간밤에 배가 고파 산속에서 사냥해 잡아먹은 산토끼의 탐스러운 뒷모습이 떠올랐다. 보고만 있어도 절로 군침이 꼴깍 넘어가는 것이 조물딱거리고 있는 고도 엉덩이와 다른 의미에서 똑같이 식욕을 돋우는지라. 청사는 손자국이 날 정도로 세게 엉덩이를 만지작거릴수록 성기를 감싼 내벽이 요란스레 힘을 가하는 것을 느꼈다. 곧바로 고도의 몸속에서 다시금 발기를 시작하자 고도가 숨기고 있던 얼굴을 들었다. 안절부절못하는 모습이 청사의 욕구를 더욱 자극했다. 청사는 어느새 몸에 박아 넣은 것을 조금씩 들썩였다.

"하늘에서 잠든 후로 아무런 기억이, 아, 대롱아, 거긴."

이 거리에서는 파르르 떨리는 고도의 속눈썹 한 올까지 세밀하게 관찰을 할 수 있다. 왼쪽 팔에 두껍게 천을 감고 그 천을 목에 걸어 팔을 고정한 나머지, 오른쪽 손밖에 사용하지 못하는 움직임이 고도답지 않게 둔했다. 청사를 밀어내는 것인지, 붙잡는 것인지도 모를 만큼 오른손이 청사의 가슴과 어깨 부근에 손톱을 찔러 넣었는데 그것에도 짜릿한 쾌감을 느꼈다. 청사는 저 자신이 이상 성욕자는 아닐까를 자문하면서 앗, 앗, 짧게 신음을 뱉으며 떨고 있는 고도를 괴롭혔다.

"고도야."

귓불을 깨물며 핥고 또 속삭이자, 청사의 움직임에 따라서 함께 몸이 흔들리던 고도가 "아, 응." 하고 신음으로써 대답을 한다. 청사는 상체를 서서히 기울였다. 앞에서 누르는 청사의 몸 때문에 고도 역시 뒤로 넘어가 등이 바닥에 닿았다. 엉덩이 사이를 꿰뚫는 움직임이 더욱 강해졌다. 고도는 청사가 상체를 힘으로 눌러 움직이지 못하게 만들고 허리 아래만 거칠게 흔드는 탓에 억압당한 몸을 제 뜻대로 할 수 없었다. 입이 벌어지고 달짝지근한 신음이 흘러나왔다. 청사는 고도가 뒤척일 틈도 주지 않고 가슴으로 가슴을 압박했다.

"네가 정신을 잃고, 하아, 아, 해변을 따라 내려오다가 조그마한 마을로 흘러들었다."

"자, 잠깐, 대롱아, 멈추, 아아."

이야기하려면 이런 상태가 아닌, 머리가 맑은 멀쩡한 상태에서 하길 바라는데. 고도는 머릿속을 희뿌옇게 만드는 쾌감에 몸서리쳤다. 벌어진 다리 사이를 청사가 꿰뚫어 절구를 찧을 때마다 퍽, 퍽, 질척함 속에서도 난폭함이 울렸다. 그럴 때마다 청사의 허리 뒤에서 흔들리는 고도의 다리가 떨리고 발가락이 부채처럼 펼쳐졌다가 새하얗게 곱아지길 반복했다. 고도는 온몸으로 내리누르는 청사 때문에 이 감각을 피하지도 못하고 둑이 터진 강물처럼 흘러드는 느낌을 모두 받아들여야만 했다. 청사는 땀에 젖은 붉게 변한 고도의 얼굴 곳곳을 훑았다. 살결을 적신 땀과 눈물이 짜지 않고 감칠맛이 돌 정도로 달게만 느껴졌다.

"의원도 없는 작은 곳이라서 깨끗한 천만 구해서 다시 마을을 빠져나왔, 읏…… 강문의 제자들이 쫓는 것 같아서 멀어지고 싶은 생각에 무작정 남쪽으로만 내려왔는데 오는 길에 버려진 집을 발견해서 들어…… 아, 빌어먹을, 고도, 미안."

청사는 으스러질 정도로 고도를 세게 끌어안고 있는 힘껏 허리를 흔들었다. 고도의 목소리가 조금 더 높아졌다. 땀에 젖어 얼굴에 달라붙은 머리카락이 도리질 치는 고갯짓을 따라 더욱 어수선하게 흐트러졌다. 눈을 크게 뜨고 목을 뒤로 젖힌 채 넘쳐흐르는 쾌감을 버티지 못하고 청사의 등 뒤로 팔을 둘렀다. 짧게 자른 손톱이 청사의 살 속으로 파고들어 기어코 피를 묻혔다.

"아웃, 아아……! 대, 대롱……, 청사, 한무, 잠깐, 그, 그만!"

몸속을 휘몰아치는 감각을 도저히 버틸 자신이 없는 고도가 필사적으로 빠져나오려 했지만 그럴수록 청사의 움직임은 거칠어졌다. 불방망이로 쿵덕쿵덕 절구질을 하듯, 고도의 몸속을 꿰뚫었다.

"나는, 헉, 헉, 잘린 손을 치료할 재주는 없지만 그래도 네 기운을 정화해 줄 수는 있는지라, 아웃……, 널 끌어안고 기운을 맑게 해주고 있었는데…… 넌 그게 기분 좋았는지 자꾸만 날 잡고 놔주지 않아서, 아, 지금 이렇게……."

"아아, 아! 주, 죽을 것 같……, 아, 거기, 거기 자꾸 그러면, 아, 아!"

고도가 심하게 느끼는 부분을 꿰뚫으면서 청사는 앞뒤로 흔드는 속도에 가속을 붙였다. 고도는 제 말대로 죽을 것처럼 숨소리가 엉망이었다. 도저히 스스로 감당 못할 쾌감과 정욕 속에서 도망치지 못하고 덩그러니 내던져졌다. 두 발로 청사의 허리를 감싸고 등 뒤에 돌린 손으로 어깨를 늙어도 홍수 같은 감각을 버틸 수 없었다. 고도는 펑펑 눈물을 쏟았다. 괴로움 때문이 아닌, 청사와 몸이 하나가 되어 느낄 수 있는 절상의 쾌감 속에서 몸의 그 어디도 고도의 말을 듣지 않기 때문에 생긴 일이었다.

"대롱아, 대롱아."

새된 목소리로 청사를 높게 부르던 고도는 눈앞이 하얗게 변할 정도로 몸속 깊은 곳에 박힌 청사의 성기에서 폭발하듯 터진 액체를 느꼈다. 언제 발기했는지도 모를 고도의 성기가 남은 액체를 쥐어짜며 흘러내렸다. 청사는 사정을 하자 바로 고도의 몸속에서 빠져나갔다. 수그러든 성기를 따라서 그 안에 고여 있던 뿌연 물이 쏟아져 내렸다.

엉덩이와 허벅지, 허리까지 난잡하게 적신 액체에서 비린내가 진동했다. 고도는 청사의 정액을 뒤집어쓴 제 모습이 그 어떤 창기보다 더 천박하게 보일 줄 알면서도 몸을 가릴 힘도 남아 있지 않아 방바닥에 널브러졌다. 하아, 하아. 심장까지 아파지는 거친 호흡을 골랐다. 청사가 옆에 나란히 누워서 고도를 꼬옥 끌어안고 깊게 입을 맞추는 것도 거부하지 않았다.

"고도, 나 행복해서 이대로 죽으면 어떡하지."

목이 쉰 고도가 제대로 소리를 내지 못하자 청사는 대답을 바란 질문이 아니었다며 그 입에 쪽, 뽀뽀를 해주었다.

"사랑해. 아, 정말 사랑해서 내가 미칠 것 같은 느낌이야."

피로감이 한꺼번에 몰려들어 그저 지쳐만 있는 고도는 저를 안고 울먹이는 청사의 행동에 웃음이 나왔다. 뭐에 그리 감격을 했는지 파란색의 예쁜 눈동자에 물기가 흥건했다. 고도가 손가락으로 그 물기를 훔쳤다. 청사는 고도의 손끝에 묻은 제 눈물을 쪽쪽 핥아 먹고는 고도에게 얼굴을 붙이고 비볐다. 얼굴을 비비다가 가슴을 비비고 이젠 너무 세워서 며칠간은 발기도 못 할 것 같은 하반신을 비비고, 척척하게 젖은 다리 사이로 맞물리듯 제 다리를 끼워 넣고 허벅지도 비비고. 고도의 몸 곳곳을 느끼고 싶다는 듯 한시도 떨어져 있지 않은 청사를 고도는 더없이 사랑스러운 눈으로 바라봤다.

고도는 청사의 볼에, 입술에, 목과 어깨에 입을 맞추었다. 청사가 저를 쉽게 안아서 만질 수 있도록 청사의 품속으로 더욱 파고들었다. 서로의 엇갈린 다리가 몸을 비볐다. 청사의 허벅지가 음경과 밑에 쪽 회음부에 자극을 주어서 몇 차례 고도의 몸이 움찔거렸지만 그도 잠시였다. 성욕에 들끓어 짐승처럼 몸을 섞던 이전이 꿈인 것처럼 둘은 이번엔 어린아이처럼 서로 뽀뽀를 하고 입을 맞추며 담백하게 몸을 더듬고 비비는 데에만 열중했다.

"바보 같은 녀석."

고도는 말간 파란 눈을 향해 행복한 미소를 지었다.

"내가 더 사랑한다니까. 이걸로 이기려 들지 마라, 못난 용."

고도는 낡아서 삐거덕거리는 문을 열었다. 문을 연 고도를 제일 먼저 반겨 준 것은 파도 소리였다. 질리도록 보아 온 바다와 해변이 맞닿은 곳에서 파도가 부서질 때마다 청명한 거품 소리가 났다. 어쩐지 눈에 익은 풍경인지라, 버려진 객사에 저가 온 적이 있던가를 생각하던 고도는 바깥 풍경과 방 내부를 둘러본 끝에 얼빠진 얼굴로 웃고 말았다.

이곳은 자신이 나고 자란 집이다. 익숙한 바깥 풍경은 어린 시절의 기억 속에 파묻혀 있던 모습이라 그렇다. 하현곶은 그 이름에 붙은 하현달처럼 갈고리 모양으로 생긴 작은 해변이었다. 작은 암벽에는 모옥 한 채가 자리 잡고 있었다. 오래전에 버려져 누구의 손질도 받지 못한 집은 해풍에 실린 소금기를 먹어 문설주와 기둥이 모두 삭아 있었다. 솜씨 없는 뜨내기의 작품인 양, 싸리문에서부터 검게 썩어 버린 흔적이 자욱했다. 지붕은 반쯤 벗겨지고 진흙을 바른 서쪽 벽면이 언제 무너져도 이상하지 않을 만큼 실금이 가 있었다. 아마도 해변을 따라 움직이는 소상인들, 어부들이 버려진 이 집을 객사처럼 꾸며서 이용하는 모양이었다. 그래서 물건이 단출하게 준비되어 있는 것일 테다.

고도는 새삼스레 이 집이 아늑하다 느끼면서 겨울 바다만 계속 바라봤다. 강문과 싸울 때도 느꼈지만, 날씨가 참으로 포근해졌다. 청사가 뇌우를 쳐도 하늘에서 떨어진 비가 눈이 되지 않고 그대로 얼지 않는 물이 되어 흐르는 모습으로 짐작은 했지만 바다에서 불어오는 훈풍으로 확신했다. 봄이 머지않았다. 이제 몇 주 뒤면 얼어붙은 유심계곡이 다시 흐르고, 동면하고 있던 곰과 개구리가 어기적 기어 나오리라. 까맣게 죽은 듯한 흙바닥은 다시 싱싱한 황갈색을 띠며 그 속에는 몇 달이나 몸을 웅크리고 있었을 꽃씨와 풀씨가 기지개를 켜면서 흙을 덮는 푸른 초목을 싹 틔우리라.

문지방에 걸터앉아 벽에 뒤통수를 콩 박고서 한참이나 따뜻한 바람이 불어오는 바다와 그 앞에 넓게 펼쳐진 백사장에서 눈을 떼지 않았다. 몸만 운신이 자유로울 정도만 되었어도 걸어 나가 맨발로 백사장을 밟고, 뼛속까지 시리게 발목을 감쌀 바닷물에 두 발을 담가 보기라도 할 텐데 아무래도 그러한 낭만과 여유를 찾다간 몸살이라도 걸릴 판이다.

"고도?"

문밖을 구경하는 고도 때문에 잠에서 깨어난 청사가 방바닥을 데굴데굴 굴러 와 고도의 무릎에 머리를 기댔다. 청사가 손등으로 눈을 비비고 고도를 올려다보았다. 바다를 구경하던 까만 눈동자가 어느새 저를 내려다보면서 머리까지 한 올 한 올 매만져 주고 있었다. 청사는 햇살이 내려앉은 고도의 알몸을 보고 잠시 얼굴을 붉혔다.

알몸인 고도는 지난 며칠 밤 동안의 정사 흔적을 고스란히 몸에 새기고 있었다. 목에는 울긋불긋 입술 자국이 새겨 있고, 보이지 않는 은밀한 내부까지 청사가 뿌린 액체로 하얀 자국이 남아 있다. 그 모습이 너무 야하고 부끄러워서 청사는 발그레 홍조를 띠었다.

이 사람이 내 사람이다. 다른 이도 아닌 바로 자신의 정인. 그 당연한 사실이 왜 자꾸 감격스럽게 다가오는지, 원. 청사는 고개를 돌려서 고도의 하반신에 시선을 고정했다. 거뭇한 음모 사이에서 말랑거리는 성기와 음경이 보인다. 저도 모르게 침을 꼴깍 삼킨 청사가 귀두에 입술을 가져다 대니 고도가 움찔하면서 냉큼 청사의 머리를 밀어냈다.

"며칠 동안 그렇게 뒹굴었으면서 또 하고 싶은 게냐."

"해도 해도 부족한걸."

"이젠 내 체력이 널 감당 못하겠구나."

그 말에 청사는 입술을 삐쭉 내밀었다.

"고작 나흘이었잖아."

"무려 나흘이었지, 이놈 보게."

"앞으로 사흘은 더 뒹굴자."

"아예 일주일을 채운다고 하지 그러느냐. 쓸데없이 정력만 넘치는 놈아."

"그 정력 센 정인을 감당하는 너도 대단하다는 걸 몰라서 말하는 게냐. 나는 변강쇠처럼 고도 마님과 계속 절구질을 하고 싶고, 고도 마님도 이렇게 벗은 몸으로 아침부터 유혹하는 걸 보니 우리 둘의 생각이 일치하는가 보다. 오늘은 내가 친히 빨아 줄게."

"됐노라, 이 호색한아."

다시 입을 앙 벌리고 고도의 성기를 깨물려던 청사는 저지하는 고도의 손바닥을 결국은 밀어내지 못했다. 삐쭉, 심통이 나서 고도의 손바닥과 손가락을 성기 대신 쭉쭉 핥으며 빠는 것으로 만족했다. 청사가 욕정을 자제했으니 손가락을 빠는 수준은 고도가 양보하기로 했다. 손가락을 성기 대신으로 할짝이는 청사를 보며, 입술 밖으로 움직이는 혀가 지나치게 색정적이라는 생각이 들었다.

눈이 마주친 청사가 살살 웃고 있었다. 고도의 예감은 적중했다. 손가락을 빨아서 몸을 섞게끔 유혹하는 것이다. 고도는 손가락을 세워 청사의 혀를 꾸욱 잡아당겼다. 청사가 끙끙거리며 아픈 소리를 내자 그제야 혀를 놔주었다. 야속하다며 노려보는 청사의 볼에 입을 맞춰서 청사가 토라지지 않게 잘 달래는 것도 잊지 않았다.

"대롱아. 여긴 내가 태어나서 자란 집이다."

욕정이 조금은 사그라진 청사의 얼굴을 만지작거리며 운을 떼자, 청사가 눈을 동그랗게 떴다. 청사는 고개를 휙휙 돌리며 집 안을 살폈다. 특별한 물건도 없다. 그렇다고 겉보기에 때깔이 좋은 것도 아닌, 그저 폐가라는 인식이 확고하게끔 볼품없고 허름한 가옥이다. 마을과도 동떨어져 있는 이런 집에서 살려면 아마도 가족이나 특별한 이웃 외에는 사람과 교류를 하기도 어려울 것이다. 친구를 사귀는 것도 어쩌면 사치일지 모른다. 청사는 고도의 머리를 쓸어 만졌다.

"어렸을 때 뭐 하고 지냈어?"

눈을 데굴데굴 굴리던 고도가 옛 기억을 되살리며 아득한 목소리로 답했다.

"보다시피 주변이 삭막하여 재밌는 건 별로 해보지 못했다. 아버지를 도와 낚싯대를 손질하거나 무료하게 바다를 바라보는 어머니에게 금을 연주하는 법을 배운 정도이니."

"심심했겠다."

"꼭 그렇지만도 않다. 사람 대신 자연과 더 친숙해져서 도력을 쌓고 도술을 익히는 데 도움이 되었다. 난 어렸을 때부터 사람들과 어울리기보다는 산으로 바다로 혼자 나가 가부좌를 틀고 명상하기를 즐겼거든. 그러는 넌 어릴 때 뭐 하고 보냈느냐."

청사는 음, 하고 대답을 하기까지 뜸 들였다. 고도처럼 딱히 기억나는 추억이 없어서 그러려나 싶었는데 자세히 보니 눈을 좌로 우로 굴리면서 생각을 정리하는 것이, 추억이 너무 많아서 일일이 다 털어놓지 못해서다. 고도는 제 머리를 매만지는 청사의 손을 붙잡아서 손가락을 깨물었다. 아야. 아픈 소릴 내도 청사가 엄살을 부린다는 걸 고도가 모를 리 없다.

"난 뭐 아버지가 시키는 대로 뭐든 배워야 해서 갑갑해했던 것밖에 없어."

"뭘 배웠기에 갑갑하다 할 정도냐."

"너희 인간의 왕세자가 임금이 되기 위해서 배워야 하는 수많은 율법과 처신, 사교 방법에 학식은 기본이고 교양도 두루 갖춰야 하는 거지. 천계뿐 아니라 하계에 대해서도 두루 배워야 했기 때문에 수학에 관심이 없는 나로선 끔찍한 기억이다."

"호오."

청사가 실은 차기 천룡이라는 사실을 고도는 새삼 깨달았다. 하늘을 유영하는 검푸른 용이 며칠 전에는 하늘을 조각내어 인간과 나찰을 벌했던 사실이 문득 떠올랐다. 어린 시절을 떠올리게 하는 아늑한 집에서 사랑하는 이와 몸을 맞대고 있는 포근함에 심취한 나머지 아주 중요한 일을 끝마쳤다는 것이 실감 나지 않았다.

강문의 일이 마무리되면 세상이 달라 보일 줄 알았다. 수십 년 동안 단

하나만 보고 살아와서, 그 삶의 목표가 없어지는 순간 허무함과 무기력함에 빠져 허우적거릴 줄만 알았다. 실상은 이렇게 일상적이고 아무렇지도 않은, 중요한 일을 단숨에 과거의 일로 치부했지만 말이다. 강문의 일을 대수롭지 않게 여길 수 있다니, 앞으로 어떤 일이 벌어져도 동요하지 않을 자신이 생겼다.

사는 게 생각보다 특별하지 않다는 생각이 든 것이다. 고도의 시선이 절로 파도가 넘실거리는 바다로 향했다. 동해 용왕을 만날 때도, 그 후에도 이처럼 기분이 아무렇지 않을 것인가.

"이제 네 형님을 만날 일만 남았구나."

고도는 청사의 곁에 기대어 누우면서 말했다. 기운이 없는 것 같으면서도 나른한 몸짓이다. 피곤해서 쉬고 싶은 걸까. 청사는 고도가 이렇게까지나 근심 걱정 없는 눈으로 바다만 쳐다보는 게 조금 이상했다. 언제나 여유를 가지는 태도를 고수하면서도 죽통이나 사진검에 대한 긴장감을 유지하던 고도였다. 가장 큰 문젯거리이던 강문의 일을 처리했다지만 이 정도로 의욕이 없어 보이는 건 또 처음이었다.

바다를 보는 멍한 눈은 마치 허무함에 사무쳐 보였다. 표정과 감정이 고요해도 그 고요함은 편안함과는 조금 달랐다. 모든 걸 손에서 놓아 버린 공허함이었다. 청사는 위화감을 느꼈다. 나른하게 깜빡이는 눈꺼풀이 닫히면 고도는 그대로 숨 쉬는 것마저 그만둘 것만 같았다. 이상한 상상과 걱정에 사로잡히지 않도록 고개를 흔들어 턴 청사가 물었다.

"형님을 만나면 무슨 얘길 할 거냐."

"시킨 거 완수했다는 얘길 해야겠지."

"시킨 거라면, 요괴 잡는 걸 말하는 거야?"

"그래. 이렇게 요괴를 9,999마리 잡아다 봉인하라고 시킨 게 네 형님이었다."

그 말이 청사가 듣기엔 얼마나 이질적이었는지. 고도가 제 가족을 죽인 숙적의 명령을 얌전히 따르는 게 이상하다. 죽통에 요괴를 봉인하는 일은 용왕보다 더 직급이 높은, 가령 고도를 감시한다는 청호림의 신선이나 고도가 죽지 못하는 것과 관련된 명계의 사연이 있을 줄 알았는데, 실은 바다의 군왕이 시킨 일이라니 이건 정말 예상 외였다. 청사는 천천히 몸을 일으켜 앉았다.

"형님이 왜 네게 요괴 봉인을 시킨 거냐."

"나는 아주 오랜 옛날부터 악독한 도사로 악명이 높았던 지라, 명계와 천계와 청호림의 신선 모두 내가 능력을 삿되이 쓰지 못하도록 할 금제를 걸 필요가 있다고 여겼다. 그래서 동해 용왕이 삼계의 뜻을 대신 내게 전달해 주면서 넘치는 힘을 요괴나 봉하라고 죽통을 던져 준 거지."

"그걸 잠자코 따랐다는 거냐."

"처음엔 그 죽통을 용왕 머리에 던져 버리고 부서뜨리고 난리를 부렸다."

"그런데 결국 받아들인 이유가 뭐냐."

"내가 죽어도 요괴를 봉하겠다고 하지 않자 한 가지 제안을 하더구나. 죽통에 요괴를 모두 채우면 소원을 하나 들어주겠노라고."

"무슨 소원이었어."

술술 대답하던 이전과 달리 고도는 입을 다물었다. 웃음기도 장난기도 없는 진지한 눈이 청사를 마주 봤다. 그 분위기가 심각하고 이상해서 청사는 목이 마르는 기분이었다.

이상했다. 고도가 이렇게나 진중하게 보이는 것은 강문과 관련된 일 외에는 없었거늘. 소원이 무엇이었냐고 보채고 싶은 마음도 애써 다스리면서 청사는 침착하게 고도의 대답을 기다렸다.

고도는 시선을 피하지 않고 조금씩 입을 뗐다. 곧이어 청사는 숨을 쉬는 것도 잊을 만큼 충격에 휩싸였다. 미소를 지으며, 청사가 위화감을 느낄 만큼 나른하게 대답한 것은 상상도 못할 이야기였다.

"나를 죽여 달라는 소원이었다."

제10장. 해후의 날 끝

이 책에는 오로지 진실만이 담겨 있다. 글자를 기록하고 읽을 수 있는 사람이 오직 학문을 한 자에게만 한정되니, 그들이 읽는 기록서는 오직 이 나라의 기틀을 잡는 사상서와 역사서뿐이라. 나는 만백성에게 이로울 수 있는 쉽고 재밌는 이야기를 남기는 데에 의의를 둔다. 세상을 떠돌며 백성의 이야기만을 담아 다소 조잡하고 허황돼 보일 수도 있다. 그러나 백성이 아는 것도 기록이요, 역사이다. 이 책은 임금의 실록이 아닌, 그대 주변에서 보고 들을 수 있는 이야기의 역사이니라.

종장. 인연이 고하다

바닷가는 보는 풍경만으로도 초라해 보였다. 바다에는 암초가 많고 뒤편의 산은 우거져 밭으로 개간할 수 있는 모양새가 아니다. 주변에 마을이 들어서지 못하고 고도가 어릴 적을 보냈다는 생가만이 떠돌이나 방랑자가 쉬어 갈 만한 역할을 하고 있었다. 삭막한 분위기를 부채질하는 것은 고도의 집에서 일각 거리에 위치한 수군 기지였다. 한때 이 나라에 전쟁이 터지면 사용했던 수군 기지가 버려져 있다. 강문과 만났던 그 커다란 마을과 연결된 기지로 보였다. 지금은 거리가 멀고 사람들이 돌보기가 불편해 완전히 버려진 쓰레기더미나 다름없었지만 말이다.

참호병이 적군의 동태를 살피기 위해서 만든 야트막한 나무다리는 파도에 반쯤 삭아 부서진 상태다. 고라니 새끼라도 산에서 내려와 우연히 다리를 밟았다간 그대로 폭삭 주저앉을 정도로 위태로웠다. 그 위를 청사가 힘없이 걷고 있었다.

뚜둑, 뚝, 삭은 나무가 청사의 무게를 이기지 못하고 바다로 퐁당 빠진다. 청사가 발을 내뻗기도 전에 혹은 발이 앞으로 나아간 후에 다리는 조금씩 부서졌다. 다리 끝의 말뚝 위에 한 발로 사뿐히 올라서자 조금씩 금이 가고 무너지던 다리가 한꺼번에 바다로 떨어졌다. 파선된 배처럼 파도에 휩쓸린 잔해가 해변에 쌓였다. 청사는 말뚝에 한 발로 서서 뒷짐을 졌다.

별이 빛나는 밤하늘을 물끄러미 올려다보는 얼굴엔 서글픔이 한가득이다. 낮 동안 눈물을 있는 대로 뽑아서 눈두덩이가 퉁퉁 부어 있었다.

울다가 지친 어린아이처럼 힘이 없는 얼굴은 그렇게 한참이나 하늘에 박힌 별만 마주했다. 반짝이는 별이 꼭 누군가의 눈동자를 닮았다. 평소에는 까만 콩처럼 튀다가 도술을 쓰면 황금색으로 넘실거리는 눈. 어느 쪽이든 아름다워서 넋을 놓고 빤히 쳐다만 보게 하던 그 눈이 떠오르면, 자연스레 그가 해준 말이 생각났다.

'나를 죽여 달라고 동해 용왕에게 소원을 빌려고 한다.'

청사는 하염없이 하늘을 올려다보던 시선을 내려 검게 물든 바다 지평선을 눈에 담았다. 어둠뿐인 물은 그 자체만으로 거대한 괴물처럼 보였다. 이대로 몸을 일으켜 세상을 검게 덮어 버릴 것만 같은 괴물이다. 저 괴물이 고도의 처자식을 삼켰고, 이제는 고도마저 삼키려 한다. 청사는 이를 사리물고 쌍욕을 삼켰다. 모든 게 행복하고 평화로워야 할 시점이건만, 마음속엔 격렬한 슬픔과 답답함이 사리가 쌓이듯 차곡차곡 심장을 잠식하는 기분이었다.

청사는 토하듯이 한숨을 내뱉고는 등을 돌렸다. 다리가 무너져서 돌아갈 길이 없어졌음에도 그 사실이 청사를 당황하게 만들진 못했다. 두 눈에 초점을 잃고 멍하니 의미 없이 허공만 보고 있는 청사는 다리가 없는 바다 위를 자연스럽게 걸었다.

발을 뗄 때마다 조그마한 파원이 생겼지만 금세 쓸려 내려오는 파도에 지워졌다. 청사는 기지의 낡은 성곽을 따라 걸었다. 바다에서 달려드는 적군의 배에서 사다리가 놓이지 못하도록 돌로 쌓은 성곽은 키가 큰 편이었다. 돌로 차곡차곡 쌓은 성의 외곽 곳곳엔 화살을 쏠 수 있는 작은 구멍도 있었지만 횃대를 꽂아 두는 부분에만 검은 기름이 묻어나올 뿐, 최근에 사용한 흔적은 없었다.

청사는 세월이 묻은 흔적 곳곳을 의미 없이 쳐다보면서 성곽 계단을 올라갔다. 산꼭대기로 올라가는 것을 제외하면, 이 근방에서는 하늘에 가장 가깝게 맞닿은 높은 곳이었다. 청사는 그 위에 서서 물끄러미 하늘을 올려다보았다. 구름만 흘러가는 재미없는 풍경을 한 식경 동안 쳐다보려니 고도가 방 안에서 했던 말들이 몇 번이고 떠올랐다.

'대롱아, 내가 죽지 않는 이유를 아느냐. 명계로 직접 쳐들어가서 염라의 살생부를 빼앗아 내 이름을 스스로 지웠기 때문이다.'

고도는 기다란 머리카락을 쓸어 만지며 말을 이었다.

'명계의 손에서 벗어난 나는 염라의 유일한 골칫거리다. 그는 내가 죽어야 한다고 외치지만 살생부에 적힌 이름이 없어 죽지 못하고 있다. 그런 내가 염라를 상대로 아주 당돌한 명령을 했다. 내 처와 아이에게 면죄할 기회를 준다면 제 발로 죽어 주겠다. 그게 염라에게서 받아 낸 내생의 약속이고, 동해 용왕이 중재를 해주기로 한 소원의 일부다.'

"아버님께 부탁해 볼까."

입 밖에 내뱉고도 자신이 없어져서 어깨가 축 늘어졌다. 천계의 일도 아니고 고작 하계에서 만난 인간을 위해 냉정하디냉정한 아버지가 무슨 도움을 줄지 상상도 하지 못했다. 아들의 사소한 실수 하나를 용서하지 못하고 하계로 쫓아낸 아비다. 옥황상제도 당황하여 천룡의 결정을 말리려 들 정도였는데 칼날처럼 시퍼런 눈을 부릅뜨고 상제에게 가족 문제에 신경 쓰지 말라고 했다. 그 말에 상제는 깨갱, 꼬리를 말고 물러났다. 상제와 천룡이 격식 없는 친우 사이라 아버지가 신분도 잊고 상제를 함부로 대하는 꼴을 종종 보았던 청사였지만, 그 정도로 분노하며 자신의 결정을 번복하지 않는 모습은 난생처음 보았다. 청사 본인도, 옥황상제도 사소한 실수라 여긴 것이 하계로 추방되는 가장 큰 이유가 되었거늘, 그런 냉정한 아비가 과연 제 부탁을 들어주기나 할까. 이야기를 들어 보기도 전에 코웃음 치며 등을 돌릴 게 뻔하다.

"……그럼 형님께 소원을 들어주지 말라고 할까."

동해 용왕이 죽음을 받아주지 않으면 고도를 강제로 살릴 수 있다. 하지만 곰곰이 생각해 보니 동해 용왕은 고도의 문제를 명계와 연결하여 처리하는 중재자에 불과하므로 고도를 죽이고 살리는 일에 직접 관여할 수는 없어 보였다. 고도를 살리려면 명계와 직접 연결이 되어야 하지만 평생 천계에서만 살다 반년 전에 하계로 내려온 제가 무슨 재주로 염라대왕을 만나 한 인간의 목숨을 흥정하겠나. 아버지 정도의 신분이라면 가능할지 몰라도 아직 어리기만 한 천룡의 목소리는 염라대왕도 들어주지 않으리다.

청사는 답답함에 커다랗게 한숨을 토했다. 몇 시진 동안 생각을 너무 많이 했더니 머리가 아프고 두통이 일었다. 손으로 관자놀이를 잡으면서 아픔에 익숙해지려 했지만 시간이 지날수록 짜증만 늘었다. 거친 욕설이 터졌다. 모든 게 다 짜증이 나고 화가 나고 분해서 자꾸만 눈물이 났다. 축축해진 눈가를 손등으로 닦아 내고 목구멍이 꽉 막혀 오는 답답함을 거칠게 숨을 몰아쉬면서 나아지게 만들려고 애썼다. 아무리 갖은 애를 써도 답답한 심장은 나아지지 않았다. 마치 고도의 죽음처럼 해결책이 없는 문제 같았다.

"그냥 너 죽으면 나도 따라 죽는다고 할까 봐."

고도는 청사를 사랑하니까 죽게 내버려 두지 않을 것이다. 자신의 소원을 포기해서라도 청사를 살리려 들려 할 것이다.

"그래, 그 방법밖에 없겠다. 내가 사진검을 들고 내 목에 겨누어 버리자. 너 죽으면 나도 죽을 거야 하고 울어 버리는 거야."

제 목숨을 볼모 삼아서 고도를 살려야 한다. 청사가 그 외엔 방법이 없다는 결론을 내릴 즈음이었다.

어디선가 바스락거리는 소리가 들렸다. 고도를 잡으러 온 강문의 제자들인 줄 알고 청사는 예민하게 반응했다. 눈을 세로로 길쭉하게 빛내며 언제든 요술을 부릴 준비를 한 청사가 성곽의 계단을 타고 올라오는 인영을 확인하자 몸에서 긴장을 풀었다. 사람보다는 작은 형상인데 팔다리가 사람처럼 움직이는 그림자였다.

청사는 눈살을 찌푸리고 가느다란 시선으로 그림자를 쳐다봤다. 요괴인가 싶었는데 이렇다 할 요기는 느껴지지 않는다. 요기를 숨기고 인간 행세를 할 정도로 상급 요괴로는 보이지 않으니 귀신이 곡할 노릇이다. 문제는 그림자들이 청사를 향해 다가온다는 점이다. 청사는 흠칫 놀라 반사적으로 뒷걸음질을 치려다 말았다. 소인들의 행진이 몹시 낯설었지만 가까이 다가온 소인의 모습을 자세히 살펴본 청사는 재빨리 방출하려는 기운을 갈무리했다.

"어라, 네놈들은……."

가까이 다가와 달빛 아래 모습을 드러낸 소인들은 콩과 팥으로 이루어져 있었다. 한산뫼에서 저것과 똑같은 재질의 군사들을 봤다. 봉수의 콩팥군사다. 이들이 어찌 여기에 있는지 청사로선 영문을 모를 일이었다. 청사는 뒤로 물러났던 걸음을 도로 앞으로 향해 소인들에게 가까이 다가갔다.

소인들이 청사의 발아래 몰려들었다. 몇몇이 청사의 신에 올라타 바지를 잡아당겼다. 다른 이들은 왔던 길을 되돌아가면서 청사가 얼른 따라오라 손짓했다. 청사는 소인들의 성급한 행동에 퍽 당황하여 한쪽 무릎을 꿇었다. 소인 하나를 손바닥에 올려놓고 들어 올리니, 표정도 없는 콩, 팥 덩어리가 팔을 휘휘 저으면서 최대한 조급한 형상을 내보였다. 말 못하는 곡물에게 사정을 설명하라 명할 수는 없지만 그렇다고 무작정 그들을 따라나설 수는 없다.

"무슨 일이냐. 어딜 따라오라는 게야."

소인들은 대답을 할 수 없어 청사의 바지만 잡아당겼다. 청사는 당황하여 그들을 진정시키려 애썼다.

"무슨 일인지 모르겠지만, 지금은 자리를 비우기 곤란하다. 나중에 네 주인과 다시 오지 않겠느냐."

손바닥 위의 소인이 절레절레 고개를 저었다. 발등 위의 소인들도 아까보다 더 센 힘으로 옷자락을 잡아당기는 통에 청사는 난감함을 감출 길이 없었다. 청사가 어찌해야 하나 망설이는 사이에 계단 밑에서 발걸음 소리가 울렸다. 소인들의 것보다 큰, 성인 남성의 발소리였다. 그 발소리가 귀에 익은 청사가 반가운 마음에 고개를 발딱 드니 머리카락부터 천천히 발 주인의 모습이 드러났다.

청사가 예상한 대로 고도였다. 해풍에 살랑거리는 머리카락과 옷자락이 어쩐지 아련하게 느껴지는 모습이었다. 하루 열두 시진을 고도만 생각하던 청사는 머릿속과는 또 다른 고도의 모습에서 눈을 떼지 못했다.

힘이 없고 기운이 없는 고도는 두 눈에 공허함만이 가득했다. 나른한 표정이 며칠간 청사와 몸을 섞은 피로가 겹친 탓도 있지만 그보단 허무함 탓이 컸다. 청사는 턱을 당겨 이를 굳게 물었다. 고도를 보니 반갑고 기뻐서 활짝 웃고 싶은데 입술 끝이 무거워서 도저히 들어 올릴 수가 없었다.

"고도야."

그래도 얼굴 한 번 보는 것만으로도 마냥 좋아 죽겠다. 청사는 심각한 고뇌에 머리가 아프면서도 고도를 보니 좋아서 쪼르르 다가가 끌어안는 것을 관둘 수가 없었다.

"바람이 아직 찬데 왜 이렇게 헐겁게 입고 나온 거야."

펄럭이는 옷자락 밑으로 왼쪽 손의 흔적이 보이지 않아 청사를 서글프게 했다. 고도는 대답을 하며 발밑을 내려다보았다.

"널 찾아왔대. 그보다 이 소인들은 어째 내가 아는 그것들이 맞는가 싶은데."

　계단 밑에서 청사를 끌고 가려는 소인들과 당황하면서도 끌려가지 않으려고 버티는 청사의 모습을 보며 부드럽게 웃는 고도였다. 그런 고도를 마주한 채 청사는 웃어 보이려고 했다. 억지로 웃어 보였을 땐 입 끝이 파르르 떨릴 정도로 힘에 부쳤다. 결국 웃음을 포기한 청사는 고도가 가까이 다가올 때까지 반가운 반응이라곤 조금도 내비치지 못했다. 손바닥을 내밀어 그 위에 서 있는 작은 병사를 보여주니 고도가 곡식으로 이루어진 소인을 알아보고 고개를 끄덕였다.

　"그래. 곡식병사구나. 여긴 무슨 일일까."

　"이 근처에 봉수가 있는 것 아닐까. 필히 무슨 나쁜 일이 생긴 것 같다. 애들이 조급해하며 나를 끌고 가려 하네."

　"흐음."

　청사의 손바닥 위로 고개를 들이민 고도가 곡식병사를 빤히 바라보니, 그 병사는 고도의 볼에 두 손을 얹고 탁탁 치기 시작했다. 아프진 않아도 조그마한 게 얼굴을 괴롭히는 느낌은 선연했다. 저희와 함께 가자며 보채는 것이다. 그 조그마한 몸짓이 귀여워서 고도는 그만 웃고 말았다.

　고도는 청사의 손바닥에 있는 병사를 제 손으로 옮겨 왔다. 고개까지 모로 뉘고 흥미로운 얼굴로 빤히 쳐다보니 콩병사는 손바닥 위에서 방방 뛰면서 두 손을 만세 하듯 높이 들었다가 고양이처럼 손끝을 오므려 젓기도 하고, 뒷짐을 지고 짐짓 위엄 있는 양반네 체면을 흉내 내는가 하더니 고도에게 손을 뻗어 찰싹찰싹 볼을 때리기도 했다.

　말을 하지 못해서 온몸으로 상황을 설명하는 게 그렇게 앙증맞을 수가 없다. 손짓 발짓 다 써가며 고생한 콩 병사의 머리를 손끝으로 톡톡 두드려 준 고도가 병사에게 물었다.

　"네 주인이 전하와 함께 이곳으로 오고 있다는 것이냐."

콩 병사는 고도의 물음에 열렬하게 고개를 끄덕이다가 모가지가 똑 분질러졌다. 목 부근을 잇고 있던 콩이 삭아서 격렬한 끄덕임을 견디지 못하고 부서진 것이다. 병사의 머리를 구성하던 콩은 고도의 손바닥 위에서 갈 길을 못 찾고 배회하더니 다시 어기적어기적 병사의 목 위로 기어 올라왔고 재미없는 표정의 사람 머리로 돌아왔다. 목이 부러졌음에도 콩 병사는 고도의 손가락을 쥐고 흔들었다. 부탁한다고 단단하게 당부하는 모양새였다.

"고도, 전하가 왔다는 게 무슨 뜻이냐."

"너도 보았던 자량의 임금이 봉수와 함께 지척까지 온 모양이다."

청사의 얼굴이 대번에 찌푸려졌다. 그에겐 임금에 대한 좋은 기억이 없었기 때문이다.

"너를 괴롭히기만 하던 임금이 여기까지 왔단 말이냐."

"내가 봉수에게 그렇게 하도록 부탁했다."

"그래도 임금이나 되는 자가 궐을 비우다니, 거 직무유기 아니냐."

"그러게 말이다. 나 역시 전하께서 직접 오실 줄은 기대도 하지 않았는데 일이 이상해졌구나. 전하께서 이렇게 적극적으로 대응하시면 나야 좋긴 한데."

고도는 콩 병사와 손가락을 잡고 잡히는 놀이라도 하듯 부산하게 움직이다가 곧 그를 바닥에 내려 주었다. 바닥에 내려온 병사가 폴짝폴짝 제자리에서 뛰면서 고도를 향해 두 팔을 활짝 벌리니 다시 손으로 안아 달라고 부탁하는 모양새다. 그래도 고도는 고개를 저었다. 대신 한쪽 무릎을 꿇어 눈높이를 맞춘 상태에서 그를 포함한 다른 병사들에게도 말했다.

"네 주인에게 돌아가서 알았다고 전해라."

다른 병사들이 부리나케 왔던 길을 되돌아가는 것을 보면서도 고도의 손바닥 위에서 놀던 병사만큼은 우물쭈물하며 자리를 뜨지 않았다. 고도가 자리를 옮기니 병사도 조금 망설이다가 이내 쪼르르륵 고도의 뒤를 따랐다. 신발 위에 올라탄 병사는 고도가 특별히 신경을 쓰지 않아도 신위에 앉아 세상을 구경했다.

고도는 성곽 외벽에 엉덩이를 깔고 앉았다. 고작 한 뼘밖에 안 되는 좁은 벽 위에 앉은 모습이 위태롭다. 바닷바람이 세차게 불어서 몸이 기우뚱 기울다간 그대로 바다에 고꾸라질 것만 같았다.

고도 본인도 그 위험함을 익히 알고 있었지만 이 근처에서 성벽 꼭대기에 앉는 것만큼 높은 곳에서 멀리 내려다볼 장소가 마땅치 않다. 고도는 그 높은 곳에서 눈에도 잘 띄지 않는 조그마한 곡식병사들이 쪼르르르 평원을 향해 달려가는 모습을 물끄러미 쳐다봤다. 걸음이 퍽 빨라서 십 리의 거리도 한 식경 정도면 도달할 듯싶다.

"대롱아."

고도는 시야에서 곡식 병사들이 사라지자 제 곁으로 천천히 다가오는 청사를 불렀다. 청사는 대답 대신 고도가 앉은 성벽에 기대어 섰다. 청사의 머리 높이에 고도의 허벅지가 닿았기에 내친김에 머리를 기대듯이 그 허벅지에 올렸다. 고도가 그 머리카락을 만지작거리면서 말했다.

"이번에 전하를 만나면 너무 날을 세우지 말거라."

청사는 입술을 삐쭉였다.

"싫어. 너를 함부로 대하는 인간이니 나도 함부로 대할 거다."

"그러지 마라. 전하는 불쌍한 사람이다."

"뭐가 불쌍하다고 그래. 가질 거 다 가진 복 받은 인간이구먼."

"많이 가졌다고 더 행복한 건 아니잖으냐."

"없는 것보단 낫지."

"허면 대롱이 네놈은 왜 천계에서 아버지께 반발하여 하계로 추방당하

종장. 인연이 고하다 · 379

는 짓을 한 거냐. 너야말로 하늘을 가진 위대한 종족이라 불평불만이 생길 일이 없지 않느냐."

고도가 청사의 사정을 비유로 들자 청사는 입이 꽉 막혔다. 다 가졌다고 해서 남들보다 행복한 것이 아니라는 건 누구보다 청사 본인이 잘 알고 있었다. 개인의 자유를 포기한 대신 세상이 인정하는 명성을 갖게 되는 부류. 그래서 그만큼 따르는 이들도 많고 부도 축적되고 자연스레 자신의 모든 것에 책임을 갖게 되는 입장에 선 이들. 사소한 말 한마디, 표정 하나가 세상을 떠들썩하게 만들기에 그 누구보다 체면치레를 중시하고 진실을 숨긴 채 가식으로 살아야 하는 자.

청사는 천계에서의 자신과 크게 다를 것 없는 인간의 왕에 대해 생각하자 더는 함부로 욕을 하지 못했다. 그래도 고도에게 집착하는 왕이 싫은 것은 본능적으로 어쩔 수 없는지라, 그를 옹호하는 고도의 말에 동의를 표하진 않았다.

불쌍한 놈이 아니다. 청사 자신도 불쌍한 적 없었으니 그 역시 불쌍하지 않다.

비합리적인 결론을 도출한 청사가 고도의 허벅지에 고개를 푹 묻었다.

"나는 아직도 네가 친우의 아들에게 쩔쩔매는 게 마음에 걸려. 막말로 빚진 것도 없는데 네가 굽히고 들어가는 게 이상한걸."

"네 눈엔 나와 전하의 관계가 채무자와 채권자로 보인 게군."

"그렇잖아. 누구한테나 콧대를 바짝 세우는 네가 임금 앞에선 눈도 마주치지 못하고, 뭐야? 새색시라도 되는 것처럼."

"새색시라. 그럴 뻔도 했구나."

"뭐!?"

"아니 뭐, 중전은 돌부처 보듯 보고 온통 나한테만 신경을 쏟으니 내 성별이 여자였으면 당장 첩으로 들일 기세였다."

"야! 너 그런 얘길 왜 지금 말해!"

"결과적으로 나는 네 사람이 되었으니 상관없지."

천지신명이시여, 고도가 지금 무슨 소릴 지껄이는 겁니까.

청사는 사색이 된 얼굴로 태평하게 말하는 고도에게서 눈을 떼지 못했다. 청사에게서 질투심을 유발하기 위해서 긁어 부스럼인 이야기를 꺼내는가 싶었는데, 고도가 그 정도로 마음을 뒤흔드는 데에 능숙해 보이지는 않았다. 어느 쪽이냐 하면 차라리 어수룩한 쪽이라, 지금도 과거의 큰일을 이야기하면서 조금도 문제없다는 얼굴로 눈만 깜빡이고 있지 않나.

임금이 궁궐의 임무도 미룬 채 직접 동해로 행차하는 상황을 어느 정도 이해할 수 있었다. 고도를 사랑하는 마음으로 집착한 것은 아니겠지만, 임금에게 있어서 고도는 더없이 필요한 존재였음이 확실한데 당사자가 자량으로 돌아오질 않으니 어찌 애가 타지 않을쏘냐. 아예 오만 정이 다 떨어진 듯 고도가 냉랭하게 굴었음 말도 안 하지, 자량의 오작교에서 임금과 마주쳤을 때 순종하고 복종하는 신하로서의 자세를 여전히 유지하고 있어서 임금으로서는 붙잡으면 돌아올 듯한 옛 연인으로 보이는 게 당연했다.

청사는 고도의 얼굴을 두 손으로 붙잡았다. 얼굴을 가까이 끌어당겨 입을 맞추기 직전에 속삭였다.

"고도. 너는 나를 불쌍해서 사랑해 주는 것이냐. 임금이 불쌍해서 복종한다는 원리처럼."

"어허, 그 무슨 고약한 소리냐."

"아니지?"

"네놈 머릿속은 대체 어떻게 굴러가는 거냐. 내가 널 언제 불쌍하게 여겼다고 그러더냐. 난 네가 그저 좋을 뿐이니 말도 안 되는 이유 갖다 붙이지 마라."

"그럼 나도 너와 임금이 만날 때 함께하고 싶다. 너는 내 사람이니 내가 조금 개입해도 되지 않겠느냐."

"그것도 제법 고약한 소리구나. 전하께서 불허하시면 너도 자리를 비워야지."

"내가 한낱 인간들 왕보다 못하다는 거야?"

"당연히 네 존재가 더 높다만. 인간들 법도에서까지 특별대우 받고 싶으냐?"

"그런 뜻이 아냐. 네가 임금과 이야기를 나누게 된다면 나도 그 옆에서 같이 듣고 싶다."

"그래. 그렇게라도 네 마음이 편하다면야 내가 뭘 못 해줄까."

고도는 여전히 입술을 쪼듯이 물고 볼에 뽀뽀를 해주는 청사를 부둥켜안은 채로 어깨너머를 바라봤다. 썰물처럼 한꺼번에 빠져나갔던 곡식병사들이 밀물처럼 우르르 다시금 달려오고 있었다. 병사들 뒤로 스무 마리에 달하는 군마 무리가 보인다. 그 속엔 고도가 얼굴을 알고 있는 한산뫼 옹기장이인 봉수도 있었고, 청사가 질투를 보이는 임금도 있었다.

마침 곡식병사에게 길을 인도받은 임금은 폐허가 된 수군 기지를 두리번거리다가 고개를 들어 고도와 눈이 마주쳤다. 임금의 눈빛을 피한 고도가 고개를 숙여 간단하게 임금에게 예를 표했다. 걸터앉았던 성벽 외곽에서 뛰어내려서는 청사의 손을 붙잡았다. 임금과 군관 무리가 있는 기지 밑으로 걸음을 옮기며 말했다.

"얘기나 들으러 같이 가보자."

임금은 낯선 바다의 풍경을 바라봤다. 주변에서 이야기를 들은 적은 많았다. 이 나라 서쪽과 남쪽, 동쪽의 삼 방의 끝에 닿으면 발을 디딜 수 없는 세상이 펼쳐지는데 마치 하늘이 바닥에 펼쳐진 것처럼 푸르른 모습이 과히 장엄하고 아름다운지라 그 이름을 '바다'라고 부른다는 이야기였다.

임금의 선친이나 조부가 살아왔던 시대는 격변기와도 같아 외세가 끊임없이 침략하고 가난과 질병에 긍휼을 요구하던 백성이 봉기를 일으키는 일이 잦았다. 그러다 보니 고관대신과 임금이 목숨을 보전하기 위해서 서해 건너 섬으로 피하거나 남쪽으로 남하했었다. 지금의 왕이 권좌에 책봉된 후로 세상은 평화롭기만 하다. 골칫거리라고는 고작 팔도를 유랑하며 삿된 것을 가까이 두고 이로운 것을 멀리 둔다는 환영도사뿐이다.

임금은 한 번도 전쟁이나 백성의 봉기의 위험에서 피신하기 위해서 바다를 건넌 적이 없고, 조정의 동의가 없으면 궐에서 한 걸음도 나가지 못하는 처지에 바다를 구경하겠다는 사치스러운 풍류를 생각해 본 적도 없다. 눈앞의 풍경이 태어나 처음으로 바라본 바다다. 이토록 아름답고 아련한 느낌이 드는 것을 어쩌면 평생 보지도 못하고 죽었을지도 모른다. 고도를 만난다는 핑계가 없었으면 정말로 바다를 볼 기회조차 얻지 못했으리다.

"전하. 바람이 찹니다. 들어오시지요."

임금은 저를 집 안으로 안내하는 고도의 등을 바라봤다. 얼굴보다는 뒷모습이 익숙할 정도로, 저를 외면하고 피하고 등 돌려 온 괘씸한 도사였다. 고도를 만나기 전까지만 해도 그의 괘씸한 전적을 읊은 후엔 추궁하고 면박을 주려 했지만 바다의 마력에 홀린 듯 차분해진 머릿속은 흥분을 하려 해도 하지 못했다. 그저 모옥에 신을 벗고 들어갈 따름이었다.

임금이 허름한 집 안쪽에 자리를 잡고 앉았다. 그를 호위하는 무관들이 앞마당과 뒷마당에 칼자루를 움켜쥐고 섰다. 감히 임금과 한 공간에 있을 수 없기는 고도와 청사도 마찬가지인지라, 문을 열면 훤히 내다볼 수 있는 마당에 앉았다. 청사는 엉덩이에 커다란 돌이 배긴다며 조금 툴툴거렸지만 고도가 가만히 무릎을 꿇은 자세로 머리를 조아리는 낯선 모습을 보자 입을 다물었다.

　얕은 소음을 만들어 내던 청사마저 입을 다물자 주변은 파도 소리만 울리는 침묵에 휩싸였다. 무관들이 검집에서 칼자루를 살짝 들었다 넣는 것만으로도 날카로운 금속음이 모든 이들에게 들릴 정도였다. 임금은 그러한 긴장된 분위기에 익숙한 듯 불편한 기색이 없었다. 머리에 쓴 흑립을 벗어 제 옆에 내려놓는 손길도 지극히 평온했다.

　"고도."

　갓을 벗으니 말총으로 만든 망건 위에 탕건을 쓰고 선비들이 애용하는 두루마기 차림이라는, 지극히 평범한 의복을 갖춘 사내로 보였다. 그런 사내의 입을 통해 뱉어진 고도라는 이름 역시 무가치해야 어울릴진대, 무관과 청사가 인정할 정도로 특별한 부름이었다. 이름의 주인만이 유일하게 동요하지 않았다. 수십 개의 눈이 자신을 향해도 조금도 위축되지 않고 부름에 맞게 대답했다.

　"예, 전하."

　"그대는 참으로 당돌하다. 평생을 독만 짓던 노인을 보내 무관으로 받아들이게 하질 않나, 도성을 벗어나지 못하는 내게 동해로 오라 명하지 않나. 참으로 곤란한 것만 청해."

　어머니께 대리청정을 부탁하고 온지라, 도성에 돌아가면 죽어서나 나올 수 있을 거라며 임금은 버석하게 웃었다. 한 나라를 통치하면서도 이 나라를 제대로 밟아 본 적이 없는 임금은 벗어 놓은 흑립의 모자를 손끝으로 매만졌다. 테두리는 여인네 살결처럼 곱고 매끄러웠다.

"그렇게 과인을 곤란하게 했지만 원망하지는 않는다. 나를 이곳까지 부른 연유를 듣고 싶구나."

고도는 갓을 부드럽게 쓰다듬는 손동작에만 눈을 고정했다. 임금을 똑바로 보는 것은 신의에 어긋나는 일이라 험한 일은 해본 적도 없는 부드러운 손가락과 임금이 쓸 것이라고 특별히 제작한 갓에서 눈길이 떠나지 않았다. 고도는 한참이나 말을 고른 끝에 입을 뗐다.

"제게 주어진 시간이 많지 않아 전하를 이곳까지 모신 점을 부디 용서해 주십시오."

임금은 흐음, 목 너머를 울리더니 전보다 훨씬 장난스러운 말투로 대꾸했다.

"내게 그대의 사정을 양찰하기 바란다면 이해할 만한 이야기를 해야겠지."

"물론입니다. 선왕께서 해주신 말을 들려드리고 싶었습니다."

"아니, 나는 선친의 이야기엔 관심이 없다. 그대의 이야기를 듣고 싶어."

고도는 멈칫하고 무언가 말하려던 입을 다물었다. 흑립의 모자를 만지작거리는 손만 내려다보던 시선이 저도 모르게 올라갔다. 임금과 눈이 마주치고도 피하지 못했다. 조금 전 그 사내의 입에서 나온 이야기가 이해하기 어려웠다. 선친보다 고도의 이야기가 듣고 싶다던 말을 어찌 해석해야 할 것인가. 청사가 몹시 불쾌해하며 고도에게만 들리는 작은 소리로 목을 울리니 임금의 발언이 대체로 정상적이지 않다는 확신을 하게 되었다. 꺼림칙해하는 고도의 눈빛을 읽고서 임금은 입가에 미소를 머금었다.

"술을 가져와라."

임금의 명령에 적립을 쓴 무관 중 두 명이 빠르게 움직였다. 노새 등에 멘 짐을 풀어서 그 안을 뒤적거리더니 조그마한 호리병과 도자기 잔 두 개를 임금 앞에 내려놓았다. 임금은 두 술잔에 술을 가득 채우고는 그중 하나를 고도 앞으로 내밀었다.

"조금 전에 그대는 그대에게 주어진 시간이 많지 않다고 말했다. 그 이야기부터 해보아라."

임금이 눈짓을 보내자 적립의 사내가 술잔을 들고 고도에게 내밀었다. 임금이 진상한 것을 거절할 수 없기에 우선 한 손으로나마 공손히 받았지만 마실 엄두는 나지 않았다. 청사가 기가 찬 눈으로 술잔과 고도, 임금을 바라보았다. 이러다 청사가 무슨 사고를 칠까 봐 고도는 청사가 움직일 틈조차 주지 않았다.

"전하께서 소인을 난감하게 하십니다."

"난감할 게 무어 있나. 그대의 이야기를 듣고 선친의 이야기도 듣겠다."

이건 대체 무슨 조화인고, 고도는 퍽 난감한 얼굴로 사내를 살폈다. 고도가 기억하는 사내는 벗의 아들로서, 선왕의 첫째 아들이자 현재 나라를 통치하는 군왕이다. 부드럽고 다정하게 통치하던 선왕과 달리 아들은 아비에게 없는 격정과 용맹함을 가졌다. 마음이 약해서 고도에게 쉽게 정을 주었던 아비를 힘없는 늙은이로 보면서 끊임없이 분노하고 짜증을 내는 어린애 같은 구석이 있었다. 포악한 성정만 지녔으면 일찍이 조정 관료들이 그를 폐위시켰겠으나, 아비보다 현명하고 똑똑하여 복잡한 국정 일을 척척 해결했으니 붕당에서도 함부로 반역을 꾀하지 못했다. 그래서 고도는 눈앞에 있는 왕이 했던 과거의 일 중 유독 하나가 마음에 걸렸었다.

성질머리 고약한 아들이 힘없고 늙은 아비를 궁에서 계속 생활하게 했다. 그 점만큼은 언제나 의아했다. 아들의 성격이라면 아비를 배를 타고 한 시진은 나아가야 도착하는 외딴 섬에 유폐시켜도 이상하지 않았거늘, 무슨 생각으로 아비를 죽기 전까지 보살핀 건가.

고도가 궁을 떠나기 전까지 하루 한 번은 마주치던 친우의 아들. 죽을 날이 얼마 남지 않은 친우의 곁에 있느라 특별히 신경을 써주지 못했던 이. 기억 속에는 성질머리가 제멋대로인 아들이지만 그래도 고도를 깍듯 이 대해 주던 세자였다. 이젠 그 거리감이 느껴지지 않는다. 고도에게 쉬 이 명하는 태도는 고도가 돌아가신 부친의 사람이 아닌, 자신에게 속한 사람으로 생각하는 것만 같았다.

'왕가의 악연을 풀어 드리겠습니다.'

그 말을 봉수에게 전해달라 했을 때도 임금이 직접 행차하리라곤 생각 하지 못한 고도였다. 고도는 임금이 장수적과 같은 고위 관료를 대신 보 내리라 여겼다. 그도 그럴 것이 연초라서 국정 예산이며 백성들에게서 거두어들이는 세금과 지방 관료 문제까지, 정비하고 개선할 부분이 한두 군데가 아니라 임금은 몸이 하나라도 모자를 정도로 바쁜 생활을 해야 한다. 임금이 국정 일을 어미에게 맡기고 어떠한 불이익도 감내하고 찾 아온 것은 그만큼 심상치 않은 목적이 있다고 봐야 했다. 임금을 살피는 고도의 눈이 침착하게 가라앉았다. 고도가 속으로 무엇을 가늠하는지 모 르는 임금은 그저 손에 쥐고만 있고 마시지 않는 술잔을 지적했다.

"언제까지 잔을 채워 둘 셈이냐. 술을 마셔라. 내가 직접 하사하는 것 이다."

"제가 지금 몸이 좋지 않아 술을 받기가 어렵습니다."

고도는 흰천으로 감싼 손을 보여 주면서 고개를 숙였다.

"부디 노여움 마시고 제 사정을 살펴 주소서."

"술을 들라 했다."

임금의 목소리가 강압적인 어조로 바뀌었다.

"내가 마시라 했어. 끝까지 내 명을 거절할 셈이냐."

청사의 얼굴은 몹시도 불쾌하게 굳어 있었다. 선왕보다 고도의 이야기가 듣고 싶다는 말부터 술을 강요하는 행위까지. 이게 선왕의 벗이었던 고도를 대하는 태도가 맞나 싶었다. 고도가 그런 취급을 묵묵히 감내한다고 해도 정당화될 수 없는 짓이다. 신하 된 도리로써 임금을 섬겨야 한다지만 허용되는 수준이라는 게 존재한다. 청사가 느끼기에 고도를 대하는 임금의 태도는 그 허용선을 넘었다.

"더는 두고 볼 수 없구나. 고도에게 뭐가 어쩌고 어째."

이를 세워 으르렁거리는 소리가 고도를 넘어 무관 사이에까지 퍼졌다. 모골을 송연하게 만드는 위협적인 소리는 이미 자량에서 한 번 겪은 바 있다. 무관들은 오작교 위에서 수룡을 불러들였던 청사의 실력을 겪었다. 그것이 얼마나 위험한지 알고 있기에 잠시 망설였지만 결국엔 전하를 위협하는 청사에게 검과 창을 겨누었다. 청사는 그러한 병기를 하찮게 여겨 모두 부수어 버리려 했다. 때마침 고도가 바짓자락을 붙잡지 않았으면 생각한 대로 공격을 했을 것이다.

"하지 마라."

고도는 청사의 돌발 행동에 고개를 저었다. 청사가 발끈하여 외쳤다.

"이런 취급까지 당하면서 임금을 섬기고 싶어?"

"아니다."

"그래 아니어야──……, 어, 뭐?"

고도의 입에서라면 당연히 부당한 취급을 감내해서라도 임금을 섬기겠단 답이 나올 줄 알았는데 예상을 엎는 답이었다. 그것도 망설임 없이 즉각적으로 튀어나왔다. 수군 기지의 성곽에 있을 때만 해도 측은지심과 충성심을 반쯤 섞어서 임금에 대해 이야기하던 사람이라곤 믿어지지 않는 대답이었다. 청사만큼이나 의외의 대답에 놀란 임금이 눈을 부릅뜬 사이, 고도가 자리에서 일어났다.

임금이 받은 충격과는 별개로 무관들의 움직임이 바빠졌다. 한쪽은 자량에서 수룡을 다루던 이고, 다른 하나는 전국을 떠들썩하게 만드는 환영도사이니, 이 둘이 합심하여 임금을 공격하려 한다면 무관들도 막기 버거울 것이다. 때문에 고도와 청사가 공격하기 전에 무관 쪽에서 먼저 달려들었다.

청사가 도포 자락 밑으로 꼬리를 꺼내 휘둘렀다. 무관들이 자치기용 말처럼 힘없이 쓰러졌다. 무관들이 다시 일어나면 꼬리로 바닥을 철썩 내려치면서 가까이 다가오지 못하도록 위협했다. 무관들은 청사에게 가로막혀 임금에게 다가가는 고도를 멈추어 세우지 못했다.

"소인에게 주어진 시간이 얼마 없다고 말한 것은."

고도는 요란을 피우는 무관들의 소리에도 묻히지 않는 단호함을 담아 말을 이었다.

"죽을 날이 얼마 남지 않았기 때문입니다."

임금은 크게 동요하지 않았다. 조금 눈살을 찌푸리고 고도를 쳐다보긴 했지만, 깜짝 놀라는 기색은 아니었다. 세상 사람이 고도가 살 만큼 살았다는 사실을 안다. 죽지 않은 게 이상한 사람이 곧 있으면 죽는다 말하는 게 어찌 특별하겠나.

임금은 한쪽 손을 들어서 무관들의 움직임을 멈추게 했다. 청사를 뚫고 지나가 임금에게 다가가려던 무관들이 칼을 든 채 우뚝 섰다. 일사불란한 움직임이 누가 봐도 잘 훈련받은 무인들이었다. 고도를 빤히 쳐다보던 임금의 눈이 가느다랗게 변했다.

"죽을 날이 얼마 안 남았다고."

"그렇습니다."

"그럼 죽기 직전에 과인을 불러낸 것은 정말로 나와의 인연을 정리하기 위함이었던 것이냐."

"그것 또한 그렇습니다."

"하, 우습구나. 나는 그런 줄도 모르고 여기까지 오면 그대를 설득하여 도성으로 돌아갈 줄로만 알았다. 한데 돌아가지 않겠다는 대답도 아니요, 아예 이 세상을 떠나겠다는 대답이라니."

"전하께서 저를 특별하게 보신다는 걸 압니다. 그러나 선왕을 모실 때의 환영도사였던 저와 지금의 저는 많은 차이가 있습니다. 이제 와 도읍으로 돌아가 전하 곁을 지킨다 해도, 전하께서 어린 시절 보셨던 예전의 저처럼 유능할 수는 없을 겁니다. 오히려 짐이 되겠죠."

"선친께 수많은 가르침을 일러 주던 이가 바로 그대 아니었나."

"선왕께서 우애로써 저를 믿어 주셨기에 직언을 고했을 뿐입니다. 제가 전하를 가르칠 그릇은 못됩니다."

"그 직언을 나한테는 못 하겠다고."

"그때처럼 날카롭고 현명하게 직언을 드릴 수 없는 나이가 되었으니까요. 사람은 늙으면 아둔해지기 마련입니다. 제가 겉모습은 이럴지라도, 이미 아둔해진 지 오래지 않겠습니까."

임금은 이 빠진 술잔을 만지작거렸다. 하고 싶은 말이 너무도 많아서 도리어 말문이 막힌 것만 같았다. 술잔의 표면을 두 바퀴 매만진 후에야 입을 뗐다.

"그럼 하나만 묻자."

"예, 전하."

"그대가 죽기 전이라니, 지금이 아니면 못 들을지도 모르겠구나."

"말씀하십시오."

"그대가 보기에 아버지와 내가 무엇이 다른가."

고도는 예상치 못한 질문에 잠시 멈칫했다. 고도가 한동안 입을 뗄 생각을 하지 않자 사내는 감정을 담아 말했다.

"내가 어떤 면에서 부족하기에 아버지가 돌아가시자마자 성에서 그 난리를 치고 떠난 것인지 궁금하다. 아버지가 세상을 떠나도 그대는 내 곁에 남아 이 나라를 위해 함께 힘쓸 줄만 알았다. 그런데 자네는 그 믿음을 저버리고 자네가 직접 키운 무관들의 목을 베고 자네의 길을 막은 죄 없는 사람들을 찌르면서 도망갔다. 나는 그때만 생각하면 아직도 치가 떨린다."

고도는 잊고 지낸 오 년 전 일이 떠올랐다. 오 년 전에 유일한 벗이었던 선왕이 죽자 그의 왕릉 앞에서 삼 년 동안 자리를 떠나지 않았다. 비가 와도 눈이 와도 삿갓 하나만 쓴 채 왕릉을 지켰다. 그의 아들이 즉위하는 관례에도 가지 않았다. 아들이 혼인할 때도 무시했다.

고도는 삼 년간 왕릉 앞에 앉아서 모든 시간을 보냈고, 그때 앉아서 자는 버릇이 몸에 배어 여태껏 습관으로 굳어졌다. 삼년상을 치르고 새로운 국왕이 된 친우의 아들에게 도성을 떠나겠다 말했을 때, 고도는 잘 가라는 인사를 받는 대신 전옥에 갇혔다. 두 번의 계절이 지날 때까지 얌전히 전옥에 갇혀 있던 고도는 굳게 결심을 하고 궐을 빠져나왔다.

나오는 길에서 사내의 말처럼 수많은 피해를 줬다. 직접 가르친 무관들을 제 손으로 베었고, 탈주에 말려든 평범한 민간인조차 서슴없이 베었다. 개중엔 아녀자도 있었다. 젊은 아낙네 수십 명을 베고 도주했다. 그 직후 현상금이 걸린 살인자가 되었다. 세월이 지나 이젠 악독한 살인도사 정도로만 기억될 뿐, 담벼락마다 방이 붙진 않지만 당시에 도주를 한다고 죽였던 수많은 머리를 생각하면 고도는 손끝에 피가 빠져나가는 기분이 들었다.

"드릴 말씀이 없습니다."

"그댄 내가 그렇게 싫은가 보다. 죄 없는 사람을 죽이고 도망갈 정도로 말이다. 그대가 아버지의 무슨 말을 전하려고 나를 여까지 불렀는지는 모르지만 궁금하지 않다. 선친의 유언과 유지가 지금 내게 무슨 소용이 있겠나."

필요 없다, 다 필요 없다. 죽겠다고 마음먹은 사람 입으로 이미 오래전에 떠나버린 아버지의 유언이나 유지 따위 듣고 싶지도 않다. 도성으로 돌아가겠다 말한 후에 선친의 유언을 전해 주겠다 말했으면 왕가를 생각하는 마음이 애틋하여 기쁜 마음으로 들어주었을 것이다. 하나 이미 마음 깊은 곳에서 왕가에게 등을 돌린 이에게 선친의 말을 듣는다면 분노만 일 것이니라. 임금은 자리에서 일어나 흑립을 머리에 썼다. 양태 사이로 비친 임금의 차가운 눈빛이 군관을 향했다.

"고도를 끌고 가라. 가서 옥에 가두어라. 왕가를 농락한 건방진 환영 도사를 짐이 친히 벌을 내리겠다."

무관들이 일제히 대답했다.

"예, 전하!"

그들은 한꺼번에 고도를 향해 달려들었다. 하지만, 고도에게 닿기도 전에 해풍에 쓸린 바닷가 조약돌처럼 와르르르 쓰러지고 말았으니. 청사가 있는 힘껏 꼬리를 휘둘러 고도 곁에 얼씬도 못 하게 만들었기 때문이라.

"이런 건방진 인간들을 봤나. 자기 말 안 듣는다고 투옥시키라는 건 똑같네. 멍청한 인간들의 왕 같으니라고."

"이, 이! 무엄하게도!"

벌떡 일어나 다시 덤벼들려는 무관을 청사는 꼬리로 다시 내리쳤다. 어이쿠, 하고 뒤로 나자빠지는 인간들을 보면서 청사는 으르렁거렸다. 청사의 눈은 이미 세로로 길쭉하게 변하여 천룡의 힘을 발휘할 때나 보이는 청명한 하늘빛을 빛냈다. 임금은 그 눈빛에 겁먹지 않았다. 이 정도의 반발은 예상했다는 듯 익숙하게 봉수를 찾아 외쳤다.

"봉수. 당장 곡식 병사를 풀라."

봉수는 명이 떨어지자 몹시도 혼란스러운 얼굴로 고도와 청사 그리고 임금을 번갈아 바라봤다.

"예에? 전하, 누구를 공격하라는 말씀이온지."

"누구긴 누구야. 고도지."

"네?"

"곡식 병사를 풀어서 저 둘을 포박하라."

고도는 속을 알기 어려운 새까만 눈을 부릅뜨고 임금을 노려보는 중이었다. 청사는 바다 쪽으로 손을 뻗어 무궁한 물을 있는 대로 끌어당겨 무관들 머리 위로 쏟을 기세였다. 임금은 말이 통하지 않는다면 억지로라도 고도를 끌고 가려 했는데, 마음이 멀어졌다면 몸만이라도 궁궐 내에서 붙여 놓을 생각인 듯했다. 억지로 끌고 가기가 쉽지는 않으나 선대왕과의 약속이 있기 때문에 한번 궐에 발을 들이고 나면 제멋대로 도술을 써서 도망치지는 않으리란 확신이 들어서였다.

"봉수!"

임금의 불호령에 봉수는 우왕좌왕하다가 하는 수 없이 노새의 등에 매달고 온 곡식자루를 칼로 찢었다. 바닥으로 촤르륵 쏟아진 팥과 콩이 봉수의 의지를 알아채고 한데 뭉치기 시작했다. 저마다 흙으로 빚은 칼과 창을 든 거대한 인간의 형상을 갖추었다. 모옥 주변을 새빨갛게 물들이다 못해 해변과 산길까지 불어난 병사의 숫자에 사람들은 모두 옴짝달싹도 하지 못했다. 하지만 위협적으로 불어난 병사들이 청사나 고도를 공격진 않았다. 은인인 고도가 무사하길 바라는 마음과 충성을 바친 임금의 명령에 복종해야 하는 마음이 서로 반목하여 부딪히는 것을 팥과 콩으로 이루어진 병사들도 잘 알고 있었기 때문이다.

위협적으로 불어난 곡식병사에게 갇힌 채로 무관들은 병기만 겨누었다. 고도와 청사는 사방에서 겨누어진 창과 칼끝을 보며 섣불리 움직이지 않았다. 고도의 도술과 청사가 조작하는 요술의 능력이 뛰어나도 수만에 달하는 곡식병사와 무관들을 모두 상대하려면 상당한 피해를 감내해야 할 것이다.

고도는 바싹 긴장해 있는 청사의 어깨를 툭 한 번 쳐주고 앞으로 걸어 나아갔다. 임금에게 자진하여 걸어가는 모습을 보고 청사는 질겁하여 입을 벌렸다. 지금 왕에게 다가가는 건 그를 따라 자량으로 가겠다는 것과 다르지 않다. 임금 역시 눈앞까지 다가온 고도가 무릎을 꿇고 통촉하길 바라는 외침을 기다렸다. 실마루에 올라선 고도가 문지방까지 다가온 임금을 똑바로 바라보며 입을 뗐다.

"전하."

고도가 제게 무슨 말을 하려나, 기다리던 임금에게 들린 소리는 짜악, 볼을 때리는 소리였다.

무관들과 봉수, 청사가 동시에 입을 벌렸다. 너무 놀라서 비명도 터지지 않는 얼굴로 굳어 버렸다. 그러거나 말거나 고도는 왕의 옥안에 무슨 짓을 했는지 알면서도 가만히 서서 손자국이 난 볼을 내려다보기만 했다. 임금은 볼에 불같은 통증이 이는 동시에 시야가 오른쪽으로 기울었다는 걸 한참 후에야 알아챘다. 고도의 손바닥 자국이 시뻘겋게 남은 얼굴이 뒤늦게 욱신거리며 통증을 호소했다. 임금은 멍청한 표정을 다스리지 못했는데, 부모에게조차 손찌검을 받아 본 적이 없거늘 하찮은 천출 도사가 볼을 갈겼으니 그도 그럴 만했다. 임금은 멍하니 제 볼을 손바닥으로 감싸고 고도를 당장에라도 참수할 듯이 노려보았다.

"이런 괘씸한지고! 감히, 네놈이 감히!"

임금이 봉수에게 외쳤다.

"뭐하느냐! 당장 붙잡지 않고!"

그러나 이번엔 봉수도 임금의 뜻을 따를 수가 없었다. 고도가 한손을 휘둘러서 도력으로 곡식병사들은 물론, 무관과 봉수까지 모두 허공으로 떠올렸기 때문이다. 땅에 발을 짚고 있는 이는 고도와 청사, 임금, 셋뿐이었다. 허공에서 데굴데굴 구르며 허둥거리는 이들은 어명을 받아 누굴 공격하긴커녕, 제 몸 하나 추스르지 못하고 있었다.

"전하, 계속 이러실 겁니까."

고도는 볼이 새빨간 임금에게 다가갔다. 거리를 좁히면서도 무엇이 임금의 근간을 분노로 만들었는지를 생각해 보았다. 왕을 지키기 위해 만든 기술이 어느새 왕 외의 모든 것을 공격하는 것이 되었다. 환영도사를 도성에 끌고 가는 방법조차 흉포하여 어진 임금이 해서는 안 될 마음을 품었다. 친우와 똑같은 눈을 가졌음에도 나약함과 여유를 동시에 갖고 있던 과거의 주인과 달리, 현재의 주인은 그 속에 노여움과 불만의 불길만을 키우고 있었다.

고도는 불같은 기운을 온몸으로 받아들이면서 이번에도 손을 뻗었다. 생소한 고통을 동반한 폭력의 거부감으로 임금의 몸이 움찔 굳었다. 또다시 볼을 얻어맞을는지 적잖이 당황한 얼굴이었다. 하지만 왼쪽 볼을 갈긴 것으로 폭력을 멈춘 고도는 대신 임금의 멱살을 끌어당겨 사납게 말했다.

"어린애처럼 구는 것도 적당히 하십시오."

아직 정신을 차리지 못한 임금은 목이 졸릴 정도로 강한 압박감에 커헉, 짧지만 고통스러운 신음을 토했다. 고도는 그리해도 손을 놓지 않았다. 오히려 옷이 구겨질 정도로 있는 힘껏 멱살을 조였다.

"소인은 전하께서 무엇에 그렇게 분노하시는지 모르겠습니다. 그 분노를 다스리지 못하고 이렇게 표출하는 모습이 세자 때보다 형편없다는 것은 알겠습니다. 소인의 눈에 전하는 선친의 그늘에서 벗어나지 못하고 멋대로 굴고 있는 어린애로 보입니다. 그 행동들이 얼마나 어리석어 보이는지 스스로는 느끼지도 못하는 것인지요.”

“놔라! 네깟 게 날 가르치려 드느냐!”

“선왕과 전하의 차이를 물으셨죠. 대답 드리겠습니다.”

“놓으라고 하지 않았느냐!”

“선왕께선 자신의 부족함을 알고 극복하려고 노력하시는 분이셨습니다. 전하처럼 안 되는 일에 화부터 내거나 군사를 풀어 잡아들이는 일을 몇 번이나 심사숙고한 끝에 결정내리는 이였습니다.”

“아버지는 겁쟁이였지!”

“그 겁 많은 분이 백성들도 두려워하여 나라를 평온하게 다스리고자 노력하셨죠. 지금의 전하처럼 세금을 더 걷지 않았습니다. 도읍 너머의 기생들도 불러들이지 않았고요. 전하는 백성들을 겁내야 할 것 같습니다. 지금보다도 더.”

“네가, 네가 감히…….”

“제가 그 백성들을 겁내지 않고 맞서 싸우다가 이렇게 손도 하나 잃었습니다. 제 왼손을 앗아 간 이는 이름도 모르고, 얼굴도 잘 기억나지 않는 평범한 어린 소녀였거든요.”

그 말에 임금은 큰 충격을 받은 듯했다. 그렇게 악명 높은 고도의 털끝 하나 건드리기 어렵거늘, 무려 손을 잘라 낸 이가 소녀였다니. 고도가 농을 하는 것인가 하여 임금은 눈을 부릅뜨고 바라봤다. 고도가 임금을 속이는 기색은 없었다. 사실이었다. 두려워하지 않은 인간으로부터 무슨 일을 당했는지를 비어 있는 소맷자락으로 보여 주고 있었다.

임금은 멱살을 잡은 고도의 손을 거칠게 떼어 놓았다. 볼을 맞은 앙갚음을 하려고 손을 번쩍 들어 올렸다. 손바닥이 고도의 볼을 후려치려는 순간, 다른 이의 손이 그 손을 막아 세웠다. 청사가 보기만 해도 시릴 만큼 푸른 눈을 활활 태우면서 임금을 잡아먹을 듯이 노려보고 있었다.

"고도를 때리려면 내 허락부터 받아."

당장에라도 고도를 함부로 대하고, 끌고 가려 하고, 급기야 폭력까지 행사하려 한 임금에게 호통을 치고 윽박지르고 싶었지만, 그 몫을 고도에게 양보하고 대신 어깨만 들썩이며 씩씩거렸다.

임금은 붙잡힌 손을 신경질적으로 빼냈다. 다시 한 번 고도의 뺨을 때리려고 손을 들었다. 하지만 그 손에 얻어맞아도 임금이 맞았던 수치심에 비하면 고도는 아무것도 느끼지 못하리란 생각이 들었다. 그 생각이 거의 확신으로 굳어지자 뺨을 갈겨야 할 손이 주먹을 움켜쥐게 되었다. 여기서 폭력에 폭력으로 응하면 고도는 영원히 어린애 취급을 하리다. 그것만큼은 평생을 후회할 만큼 싫다. 임금은 주먹을 쥔 손을 얌전히 내렸다.

"그렇다면 네가 내 곁에서 나를 도와 정사를 보면 되지 않느냐. 겁 많은 선친 곁은 그렇게 지켜 주었으면서 왜 나는 안 되는 것이냐. 네가 생각하는 모자란 것들을 극복하게 도와주면 되지 않느냐."

임금이 한 풀 기세가 꺾여서 묻자 고도의 시선에서도 날카로움이 옅어졌다.

"그대로 되물어 드리겠습니다. 왜 저여야만 합니까."

"그대는 과거에 아버지의 충신으로 있던 시절, 조정 관료가 읍소하여 항소를 올려도 꿋꿋하게 궐을 떠나지 않았다. 오히려 아버지의 큰 힘이 되어 주었지. 악명 높다, 삿되다, 뒷말은 많이 돌았으나, 결과적으로 그 누구도 임금에게 반정을 드는 이가 없었다. 그댄 곁에 있는 것만으로도 왕가의 든든한 아군이었던 셈이다."

"그것은 선왕께서 저를 지음으로 여겨 주셨기 때문입니다. 친우를 위해 곁에 남는 것과 그의 아들을 위해 남는 것이 어찌 같겠습니까."

"아버지는 되고 나는 안 되는 것이냐. 내가 선친처럼 그대의 친우가 되어 주면 되지 않느냐."

고도는 임금의 사고방식을 이해하려는 듯 입을 다물고 아무런 말도 하지 않았다. 조금 전에는 도성에 순순히 가지 않으면 억지로라도 끌고 가려 했으면서 고도에게 미련이 남아 명령이 아닌 부탁을 하는 꼴이다. 고도는 지금의 왕이 어렸던 시절을 곰곰이 떠올려 보았다.

어린 세자는 아버지를 무척 사랑해서 그에게 인정받고자 노력을 했었다. 하나 아버지의 관심은 온통 고도에게 가 있어서 아들의 사정은 안중에도 두지 않았고 후첩으로 들인 여인에게 양육을 모두 맡겼다. 그렇다면 임금의 심사가 꼬인 이유는 외로움 때문일지도 모른다. 왕의 탈을 쓰고 살아가야 하는 이들 핏줄은 언제나 사람을 그리워했다. 그 그리움을 친우는 나약한 모습으로 드러냈던 것이고, 그의 아들은 흉포함으로 드러내는 것이 유일한 차이이리라.

"저는 불온한 목적으로 궐에 들어갔습니다."

고도의 입을 빌어 나온 이야기는 임금도 처음 듣는지라, 진실과 거짓을 가늠하는 눈으로 고도를 빤히 바라보았다. 임금의 눈빛을 외면한 고도는 마당 한편으로 더욱 물러났다.

"전하의 선친을 만나기 전에 저는 사람들이 보살이라고 떠받드는 강문의 제자였습니다. 그러다 스승과 중대한 의견에 차이가 생기면서 제자 짓을 더는 못 해 먹고 도망간 곳이 바로 자량의 궁궐이었습니다. 소신은 강문의 의견이 틀렸다는 걸 알아내기 위해서 궐로 들어갔습니다."

"그대는 그러고도 내 아비를 위해 오십 년도 넘게 도성에 머물렀지 않느냐."

"그 반대였습니다."

꿈틀, 양태에 가려진 임금의 얼굴이 조금 일그러졌다.

"전하는 제가 선대왕을 위해 몸 바쳐 희생했다고 생각하지만 실은 그 반대였습니다. 제가 선대를 이용한 것입니다."

"그럴 리가 없다. 그대가 선친에게 헌신한 바를 땅이 알고 하늘이 안다. 선친이 승하하신 후에도 그대는 아버지의 유지를 받아 내게 충신으로 복종했다. 처음 독대할 때 그것을 똑똑히 봤다."

"친우가 죽고 나서야 제 마음에 미안함이 생겼기 때문입니다."

차가운 대답에 어떠한 꾸밈도 없다. 까만색으로 반짝이는 눈빛은 흔들림 없이 임금을 응시했다. 아직도 의심이 가고 믿기 어려우면 얼마든지 물어보라면서, 진실로 모든 것을 고할 준비를 마친 이의 눈이었다. 임금은 얼이 나가 입을 조금 벌렸다. 그것이 멍청한 꼴로 보인다는 걸 알면서도 쉬이 입을 다물지 못했다.

친우의 애정 때문이 아니라 그저 이용하던 것에 뒤늦은 죄책감이 들어 스스로 그 죄책감을 덜어내기 위한 행동에 불과했다니. 황망해진 임금이 고도를 똑바로 바라보던 시선을 돌려 먼 산을 응시했다. 달이 걸린 거대한 산이 의미 없이 임금의 두 눈을 채웠다. 고도는 생각을 하지 못하고 머릿속이 텅 비어 버린 임금에게서 눈을 떼지 않았다. 분노로 뒤덮였던 허물이 생각보다 쉽게 벗겨져 바닥으로 후두둑 떨어지는 것이 보이는 것만 같았다.

"전하는 소인 덕분에 아비가 조정의 반대에도 버틸 수 있고, 자유롭게 생활했다고 오해하고 계십니다. 그 반대입니다. 친우는 소인 때문에 망가졌습니다. 왕으로서 지켜야 할 지엄한 태도와 국법에 대한 믿음이 송두리째 사라졌습니다. 전하는 그것이 진정 자유라 생각하십니까."

왕으로서의 역할을 잃은 대신 개인으로서의 자유를 택한 선대왕에 대해서 후세에 어떻게 바라볼지를 모르진 않을 터. 스스로를 억압하고 조정 대신들을 흉포하게 다스린 현재의 임금이 이룩한 성과가 차라리 더욱 추존되어 사람이 기리게 될 것이다. 임금이란 위치가 그렇다. 개인을 포기하고 왕으로서 살아야 한다. 개인의 행복과 자유를 대신하여 국가를 위해 일해야 한다. 선대왕은 그 기본적인 전제를 거부하여 스스로 행복을 찾게 되었지만 결국 왕으로서는 형편없는 삶을 살았다. 그는 후세가 기록하는 가장 무능한 임금이 될 것이다.

고도는 이 세상 수많은 사람들이 욕심을 부리다 자멸하는 것을 줄곧 보았다. 얻는 게 있으면 잃는 게 있다. 더 큰 것을 얻으려면 지금 가진 것을 더 많이 버려야 하거늘, 사람들 대다수가 손에 쥐고 있는 것을 놓지 않고 없는 것을 더 쥐려고만 해서 탈이 났다. 그런 면에서 선대왕은 제법 똑똑했다. 그는 얻기 위해 포기해야 할 것을 알았다. 그래서 자멸만은 피했는지 모른다.

"선대는 소인 덕에 세상을 살아가는 즐거움을 알았지만, 그 때문에 관료에게서 신망을 잃었고 정치적으로 수없이 많은 난관에 부딪혔습니다. 한데 전하는 소인을 이용해 관료의 견제도 받지 않으면서 자유까지 누리려는 욕심을 부리고 있습니다. 그렇다면 권력과 자유를 동시에 손에 넣는 대신 무엇을 버릴 수 있겠습니까. 전하의 선친은 왕으로서의 명예를 버렸습니다. 전하는 무엇을 내놓으시려는지요."

고도는 세상에서 가장 잔혹한 마귀처럼 임금을 똑바로 보며 웃었다. 임금 역시 아비가 그러했던 것처럼 자유를 바란다면 줄 수 있다. 하지만 그 대가는 아비가 내놓은 임금의 명예보다 더 큰 것일지니, 조정의 꼭두각시로 전락한 임금에게 군웅으로서의 체면과 지위를 빼면 남는 것이 없음을 고도와 임금 둘 다 모두 잘 알고 있었다. 그러니 내놓을 것이 없음에도 내놓으라 손을 벌리는 고도의 목소리는 더없이 악독했다.

임금은 주먹을 쥐고 파르르 떨었다. 주먹의 떨림이 턱으로 올라가 이를 딱딱 부딪칠 정도로 임금은 전에 없이 큰 충격에 빠져 헤어 나오지 못했다. 머릿속에서부터 붕괴된 임금이 제대로 생각하려면 며칠의 시간은 필요할 것이다. 고도는 잔인하게 머금었던 미소를 지우고 임금에게서 완전히 등을 돌렸다. 무관들이 주춤거리며 길을 비켜 주고 곡식병사들이 자리를 내어 주었다. 고도는 청사를 잡고 사람과 곡식이 내어 준 길을 나아가며 그리 말했다.

"전하가 갖고 계신 모든 것을 제가 앗아 가기 전에 저와 인연을 정리하시길 바랍니다."

기지의 꼭대기에 올라선 고도가 계단에 궁둥이를 붙이고 앉았다. 줄곧 고도의 발등 위에서 바지의 밑단만 꼬옥 붙들고 있던 콩병사가 모습을 드러냈다. 처음엔 고도의 무릎으로 기어 올라가 미끄러지듯이 내려가면서 재미있다고 손바닥을 짝짝 쳤지만 분위기를 보고 어깨를 움츠렸다.

바닥에 앉은 고도와 그 옆 성곽에 기대어 선 청사의 분위기가 심상치 않았다. 고도는 왕이 들어간 모옥과 그 주변을 지키는 무관들을 보고 있었다. 청사는 햇살이 반짝거리는 지평선의 바다를 응시하고 있다. 서로 각기 다른 방향을 보면서 말을 나누지 않는 둘 사이에 팽팽한 긴장감이 느껴졌다. 콩 병사는 고도의 옷을 만지작거리다가 두루마기 안쪽으로 쏙 숨어 버렸다. 콩병사의 바르작거리는 움직임이 멈추고 한참 후에야 고도는 청사를 올려다봤다.

밑에서 내려다본 청사의 얼굴은 뜻밖에 강인한 인상을 풍겼다. 얼굴형이 갸름하여 부드럽게만 느껴졌던 턱 선이 단단하게 굳어 있고 목에 난 힘줄이 도드라져 있었다. 화가 나 있을 때의 청사를 지켜보는 것은 처음이었다. 청사가 한 번도 고도를 보면서 험악하게 인상을 지은 적이 없었기 때문이다. 고도가 밀어낼까 싶어서 전전긍긍하고, 불안해하며 그러다가도 행복하고 수줍게 미소 짓는 모습만 봐왔기에 이처럼 차가운 눈으로 바다를 응시하는 모습은 낯설기까지 했다.

"대롱아. 내게 화가 난 게냐."

먼 곳만 내다보던 청사가 비로소 고도를 마주했다. 눈을 깜빡이는 것으로 대답을 대신하는 모습에서 청사의 불편한 심정을 고스란히 알 수 있다. 손을 뻗으면 닿을 수 있는 가까운 거리인데도 청사는 고도에게 손을 뻗지 않았다. 습관처럼 고도의 머리를 만지작거리고 고도의 머리통을 끌어안아 입을 맞추던 전날의 행동이 거짓말 같이 느껴졌다.

청사의 변한 모습에 고도는 당황하거나 서운해하는 분위기는 내비치지 않았다. 그저 청사의 말간 눈동자를 들여다보기만 했다. 열 마디 말을 늘어놓는 대신, 진심을 담아 쳐다보았다. 고도의 그러한 방식에 익숙해진 청사는 눈길을 피하지 않았다. 서로 다른 곳을 봤을 때처럼, 이번에도 둘 사이에는 말이 없었다. 시선만 교차할 뿐 팽팽한 긴장감은 그대로인 셈이다.

묘한 긴장감을 먼저 깨트린 이는 청사였다. 한참을 아무 말 않고 고도의 눈만 들여다보던 청사가 신경질적으로 고도의 머리를 만졌다. 모가 난 손길이지만 그 속에 담긴 다정함은 숨길 수 없었다.

"너는 정말 모진 인간이구나."

그 말에 고도가 비실비실 웃었다. 뭐가 그리 재밌는지 제 머리를 만지는 청사의 손에 기대어 키득거리는 소리까지 냈다.

"나처럼 다정다감한 인간도 세상에 없다."

"착하다는 기준이 어떤 건지는 몰라도 네놈이 그 안에 속하지는 않을 게다."

"그래, 내가 그리 못되게 굴어서 화를 내는 것이로구나."

"반은 맞고 반은 틀렸다. 착하다는 인간이 임금을 동해까지 불러놓고 뺨을 때리면서 훈계를 늘어놓다니."

고도는 임금에게 악연을 풀어 주겠노라 말했다지만 실은 정을 떼려고 한다. 고도를 자유의 수단으로 보는 임금이 호락호락 물러설 리가 없다. 지금은 고도에게 뺨을 맞은 충격과 고도의 입을 통해 들은 선친의 타락 때문에 복잡해진 머릿속을 정리할 시간이 필요하겠지만 냉정을 되찾고 나면 다시금 고도에게 명령할 것이다. 범인들처럼 자유를 누리지 못하더라도, 적어도 임금이 하는 일을 신하들이 막아서지 못하도록 확고한 왕권을 세우고 싶노라고. 그러려면 과거에 선친에게 힘을 보태 주었던 것처럼 고도 역시 자신의 수하가 되라고. 임금은 행복해지는 길을 고도를 통해서만 찾으려 한다. 그 생각과 믿음이 고도의 훈계 몇 마디에 바뀔 것 같지 않다.

"이것 봐라, 대룡아. 너는 조금 전까지 임금에게 복종하는 나를 보고 무한한 질투를 부렸으면서 냉정하게 대했다고 이제는 모진 사람 취급이 느냐. 요놈의 변덕을 어이할꼬."

"죽은 친우의 유언이라면서 현왕에게도 복종하겠다 말한 사람이 바로 너다. 그런 네가 불복종을 하겠다 선언했으니 그거야말로 네가 더는 왕을 볼일이 없다고 선언한 것과 다르지 않더구나."

"앞으로 보지 않겠다고 나온 게 잘못했단 소리냐."

"그래, 잘못이다. 네놈은 정말로 죽을 생각이잖아. 그래서 친우의 유지를 더는 지킬 필요가 없어서 이렇게 나오는 걸 내가 모를 줄 아느냐. 이 야속하고 잔인하고 모진 인간아."

청사의 비난에 고도는 잠자코 입을 다물었다. 헤실거리며 흘리던 미소도 지우고 모욕만 내려다봤다. 임금은 여전히 집 밖으로 나올 생각이 없어 보였다. 주립을 쓴 무관들도 임금의 명이 떨어지기 전엔 자리를 뜰 것 같지 않다. 고도가 울적해하는 기색을 보자 청사는 제가 한 말을 후회하며 한숨을 내쉬었다. 고도에게 사납게 쏘아붙일 마음은 없었건만, 임금과 인연을 정리한다고 강경하게 나오는 모습을 보니 동해 용왕을 만나서 죽겠다는 소원을 말하는 것이 기정사실처럼 느껴져 예민하게 반응하고 말았다.

청사는 성벽에 기댄 몸에서 힘을 뺐다. 벽에 기댄 채 천천히 자리에 앉은 청사가 고도의 머리를 감싸 안았다. 두 팔에 안긴 머리통에서 한숨과도 같은 깊은 숨을 포옥 내쉬는 것이 들렸다.

"고도야. 내가 죽지 말라고 말하면 너는 나를 위해 살아 줄 것이냐."

품에 안긴 몸이 조금 딱딱하게 굳자, 청사는 고도의 어깨와 목덜미를 쓸어 만져 주면서 긴장을 풀어 주었다.

"내가 울고불고 매달리면서 네게 죽지 말라고 하면, 그럼 죽겠다는 생각을 달리할 것이냐."

그렇다고 대답했으면 좋겠다. 청사가 남을 미워하는 게 뭔지 모르겠다고 말했을 때도 그런 건 깨우칠 필요 없으니 언제나 사랑받고 사랑을 주는 법만 알았으면 좋겠다고 대답했던 것처럼, 고도가 청사를 위해 살아 주고 사랑하며 행복했으면 좋겠다. 그게 청사가 바라는 유일한 바람이자 소망이었다. 고도는 오래 살아온 만큼 수많은 인연이 복잡하게 얽혀 있다. 죽은 가족에 대해 죄책감을 가지고 있으며 친우의 유지를 받아들여 현재의 왕에 복종하기도 한다. 그 모든 것에 지쳐서 손을 놔버리고 싶은 심정을, 아무리 고도를 사랑하는 청사도 쉽게 공감하지 못했다. 너무 괴롭고 힘들었으니 저 자신에게 평온과 안식을 주고 싶어서 죽으려는 생각이 아득하게 먼 얘기처럼 들렸기 때문이다. 청사는 고도의 이마에 입을 맞췄다.

"나랑 행복해지자, 고도. 오래오래 살아서 나하고만 사랑하고 웃고 떠들며 행복하자. 그것이 네 죽은 처자식과 친우들도 바라는 것일 테다."

고도가 죽겠다는 생각을 돌리지 않는다면 입 밖에 꺼낸 바와 같이 바짓가랑이라도 붙잡고 울 것이다. 고도는 청사를 사랑한다. 청사 스스로 의심하지 않는 고도의 마음이다. 그런 고도에게 사랑하는 이가 울면서 살아 달라고 애원하면 분명 흔들릴 것이고 소원을 철회할 것이다. 물론, 죽지 못해서 처음에는 공허하고 답답해하며 후회할지도 모른다. 오로지 죽기 위해 여행을 해온 사람이 단숨에 그 목표를 잃었으므로 멀쩡하진 않을지어다. 그런 고도를 달래어 주고 행복하게 만들어서 결국에는 "살길 잘했다."는 말이 나오도록 청사가 모든 책임을 끌어안을 생각이었다. 고도를 행복하게 하는 몫은 자신에게 달려 있다. 그 정도 책임감은 기뻐하며 받아들일 준비가 되어 있었다.

청사가 강하게 끌어안아 주는 팔에서 조심스럽게 빠져나온 고도는 아무 말도 하지 않고 자리에서 일어났다. 청사의 손을 잡아끌어서 성벽을 따라 아래로 내려가기 시작했다. 모옥과는 정반대의 방향이었다. 황폐한 집도, 수군 기지도 보이지 않는 너른 백사장만 눈부시게 펼쳐져 있는 곳이었다. 고도는 짚신을 벗었다. 맨발에 하얀 모래가 휘어 감겼다. 청사는 하얀 피부에 들러붙은 반짝거리는 모래를 보다가 그 발등 위로 풀썩 떨어지는 옷가지를 보고 눈을 크게 떴다. 스스로 옷고름을 푸르고 두루마기를 바닥에 벗은 고도는 안에 덧입은 저고리와 바지 그리고 속옷마저 모두 몸에서 떼어놓았다. 고도의 옷 속에 숨어 있던 조그마한 콩병사가 무거운 옷가지를 들지 못해 끙끙거렸다. 고도는 그런 콩병사를 구해 주고 조금 전까지 함께 있던 수군 기지의 꼭대기를 가리켰다.

"아가, 보이느냐."

콩병사가 고개를 끄덕이자 고도는 병사의 등을 떠밀었다.

"네 주인과 임금을 모시고 한 시진 후에 저리로 오라 하여라."

아주 기운차게 경례를 한 콩병사가 푹푹 모래에 발이 빠지느라 허우적거리며 나아가는 동안 고도는 맨몸으로 병사가 사라지는 모습만 바라봤다. 아무리 요즘 날씨가 따뜻하고 바람이 차지 않다곤 하나 맨몸으로 해풍을 쐬면 고뿔 걸리기에 십상이다. 청사가 옷가지를 주워 다시 입혀 주려 하자 고도는 그런 청사의 손길을 뿌리쳤다.

"고도."

청사가 불러도 고도는 열 걸음은 앞서 나아갔다. 청사가 뒤쫓아 오면 그만큼 걸음을 빨리하여 청사와 벌린 거리를 유지했다.

"너 왜 그래?"

"따라오지 말고 거기 있어 봐라."

"알았어. 네 말대로 할 테니 옷이라도 입어. 안 그래도 너 몸 안 좋은데 찬바람 쐬면 고뿔 걸려."

잘려 나간 손이 아물지도 않았다. 손목의 단면에 아무는 동안은 몸 안이 계속 뜨겁고 머리가 어지러울진대, 추위에 고뿔까지 걸리면 제아무리 고도라도 괴롭고 힘든 고통이 배가 될 것이다. 걱정스러운 마음을 감출 길이 없는데도 고도는 야속하게 자꾸만 거리를 벌렸다. 가만히 있으라 신신당부해서 청사는 해변에 오도카니 선 채로 멀어지는 고도를 바라봤다. 백 걸음 밖으로 멀리 물러난 고도가 발을 멈추어 세웠다. 그제야 청사가 다가가려 하니 손바닥을 펼쳐 가까이 오는 것을 거부하는지라, 청사는 잠자코 고도가 하려는 것을 지켜보았다.

고도는 해변에 양반다리를 하고 앉았다. 고운 모래가 알몸에 들러붙었다. 해풍에 실려 온 소금기가 모래와 뭉쳐져 머리카락을 껄끄럽게 휘저었다. 결코 개운하지 못한 상태임에도 고도는 평온한 표정으로 눈을 감았다. 고도가 알몸으로 청사에게 거리를 둔 것을 좀처럼 이해하지 못하던 청사가 조금씩 변하는 고도를 보고 그 의도를 알아챘다. 고도를 중심으로 반장에 달하는 세상이 움직였다.

해변이던 주변이 소용돌이처럼 일그러지더니 그 속에 한 여자가 나타났다. 고도를 닮은 까만 머리에 까만 눈이 인상적인 여인으로, 가채를 올리고 풍덩한 치마를 입은 것을 보니 기생으로 보였다. 갑자기 여자가 어디에서 튀어나왔나 싶어 청사가 손으로 만져 보니 물에 비친 모습이 흐려지듯 여자의 모습 또한 흐려지는지라, 그것은 고도가 구성한 범위 내에서 펼쳐지는 광범위한 환상이었다. 여인은 한 남자를 만나 혼인을 하고, 화려했던 기생의 삶 대신 어부의 부인으로서의 여생을 택했다. 그녀는 혼인한 지 이 년 만에 사내아이를 낳았는데 그 핏덩이가 누구인지를 청사는 대번에 알아차렸다. 그것은 어린 고도였다. 고도의 부모가 행복하게 아이를 어루만지는 동안, 청사는 당황스러움을 금치 못했다.

"세상에. 고도, 지금 이게 다 뭐야."

청사는 손을 뻗어 만지면 흐려지는 환상 대신에 고도에게 말을 걸었다. 하지만 묵묵부답이요, 답변이 없으니 환상이 펼쳐진 해변 어디에도 고도의 모습이 보이지 않았다.

"고도?"

사라진 고도를 찾기 위해 환상을 펼친 방진 안에 발을 집어넣으려 했다. 고도를 찾기 위해 손을 휘저었지만 방진으로 들어가기도 전에 몸이 절로 튕겼다. 청사는 흔들리는 눈으로 진 안을 쳐다봤다. 찾고자 한 어른 고도 대신 태어난 지 이십 일도 채 되지 않은 어린 고도만이 눈을 꼭 감고 울고 있었다.

고도는 갓난아기 적부터 어미의 젖을 입에 물면 주린 배를 채우기보다, 모유가 몸속을 어떻게 움직이는지를 알았다. 눈을 깜빡이고 작은 손을 꼬물거리면서 머리와 인식의 작용이란 것을 이해했으며, 숨을 쉴 때마다 부푸는 가슴이 생명을 어떻게 유지하는지를 알았다. 걷기 시작했을 땐 또래 아이들처럼 목검을 들고 골목을 누비며 전쟁놀이를 하지 않았다. 그 대신에 깊은 산골로 들어가 홀로 시간을 보냈다. 바람의 움직임과 이파리 사이로 비치는 햇살을 하염없이 바라봤다. 아이들은 지루하고 단조로운 산의 모습에 꾸벅 졸기 일쑤였지만, 고도는 산새의 노랫소리가 조금 바뀌고 바람의 방향이 달라지는 사소한 변화에 무한한 호기심을 느꼈다. 세상이 움직이는 모습은 고도에게 있어서 신기하고 새로운 것 그 자체였다.

그때부터 고도는 세상을 알게 되었다. 콩알과 개울물로 최소한의 먹을 것만을 보충한 채 바위 위에 가부좌를 틀고 앉아 삼라만상의 움직임을 파악하기 시작했다. 제 몸의 식이 작용을 알게 된 것을 시작으로 산속 동물과 나무들이 살아가게 되는 이유, 바람이 어디서 불고 멎는지와 태양이 뜨고 지는 섭리를 체득했다. 그러는 동안, 텅 비어 있던 단전이 맑은 기운으로 가득 메워졌다. 단전이 찬 고도는 그때부터 신기한 술수를 부릴 수 있게 되었다. 바람에게 눈짓을 하니 마치 고도의 뜻을 깨달은 듯 햇살과 바람이 뒤틀렸다. 고도를 경계하며 거리를 두었던 멧새와 사슴들은 고도의 말뜻을 이해하게 되었고, 그의 명령에 따라 곧잘 움직였다. 그러한 변화는 걷잡을 수 없이 커졌다.

고도는 시간과 공간에 대한 감각을 알게 되면서 수십 리에 달하는 먼거리를 단숨에 이동하는 축지법을 스스로 깨우쳤다. 하늘 위에 떠 있는 구름과 햇살을 발밑으로 불러들여 신선처럼 구름과 햇살을 밟으며 세상을 유랑할 수도 있었다. 궁극적으로는 사람들이 '보는 것'마저 조종하게 되어 자신의 존재를 눈앞에서 사라지게 하거나 여러 개로 늘리는 분신술을 시전하게 되니, 자연의 섭리는 물론, 사람의 오감마저 자유자재로 변화시킬 수 있는 고도를 두고 많은 이들이 '환영도사'라는 별칭을 사용했다.

도력을 완전하게 깨우친 것이 고도 나이 십삼 세였다. 고작 십삼 세에 장안 최고의 문제아로 등극하니, 자만감과 시건방이 하늘을 찌를 듯하여 세상을 어지럽게 만들었다. 고도가 벌인 말썽은 결국 임금 귀에까지 전해졌다. 노한 임금이 고도를 붙잡아 오라 명했을 때, 고도는 천둥벌거숭이처럼 날뛰던 악명에 어울리지 않게 얌전히 임금 앞으로 끌려 왔는데, 알고 보니 임금의 귀를 당나귀 귀로 만들고는 대나무 숲에 들어가 "임금님 귀는 당나귀 귀!"하고 조롱을 하려는 속셈이었다. 그 후로 고도는 틈만 나면 궐에 침입하여 대대로 왕가에만 전해지는 장신구와 보검 등을 훔치거나 숨기는 등의 악행을 일삼았다. 제 손으로 범죄자를 죽이고, 탐관오리의 곳간을 털어 민중들에게 나누어 주는 등 의적 질을 일삼았는데, 그 과정에서 죽은 자만 수천에 달하는지라. 피해자 중에는 죄 없이 사건에 말려들어 목숨을 잃은 이가 절반에 달했다.

악행은 시간이 갈수록 인간이 다스릴 수 있는 범위를 넘어섰다. 고도의 나이 이십팔 세. 그 젊은 나이에 이미 세상을 알게 된 고도는 더 이상 이승에 대해 파고들 만한 것이 없어 명계와 천계에 관심을 보이기 시작했다. 죽은 자들이 잔치를 벌이는 아주 특별한 밤에 고도는 우연히 인간 세상으로 올라와 놀고 있는 저승차사들을 발견했다. 고도는 때마침 명계에 관심이 있었는데 참으로 좋은 기회라며 저승삼차사의 목에 개 줄을 매고 명계로 내려갔다. 명계에 잠입한 고도는 살생부에서 제 이름을 지워 버려 죽지 않는 불사의 몸으로 다시 태어났다. 분노한 염라대왕은 고도를 당장 죽이려 했지만 그의 죄목과 명이 적혀 있는 살생부가 찢어진 마당이었다. 고도가 본래 지녔던 이름조차 세상에서 지워져서 "인간의 혼을 명계로 데려오기 위해선 저승사자가 그의 이름을 세 번 불러야 한다"는 규칙으론 고도를 영영 저승으로 송환할 수 없게 되었다.

불로영생을 이룬 고도가 이승으로 돌아왔을 때는 더 이상 그를 막을 사람이 없게 되었으니, 결국 인간의 일에는 관여하지 않는다는 옥황상제까지 나섰다. 고도를 처단하기 위해 천인 하나를 지상으로 내려 보내고 동해 용왕을 통해 고도의 약점이 될 만한 것을 만들었지만 그리할수록 고도는 더 큰 힘을 키워 반발했다. 이러다간 천인의 군대와 옥황상제에게까지 반발하는 역사에 유례없는 역적이 태어날 것으로만 보였다.

청사는 어느새 눈앞에서 수십 년이 휙휙 지나가는 환상 속에 푹 빠졌다. 고도가 사라진 방진에 펼쳐진 환상적인 이야기를 한 손으로 턱을 만지면서 눈조차 깜빡이지 않으며 주시했다. 시간이 지날수록 한계를 모르고 성장하는 고도의 도력에 청사는 팔뚝을 타고 소름이 돋는 기분이었다. 주변에서 고도를 추켜세우고 대단하다 말했을 땐 공감 못 했던 것들을 비로소 누구보다 절실하게 알게 됐다. 어찌하여 청호림과 천계와 명계가 동시에 고도를 주시하는지 납득이 됐다.

청사가 소름 돋는 공감에 대해 생각하는 사이, 방진 속의 환상은 빠르게 시간이 흘렀다. 여러 가지 방안으로 고도를 처리하려 했던 상제는 더는 천계에서 이 문제를 직접 다룰 수 없다고 판단했다. 고도에게만 집착할 수가 없을 만큼 상제는 바쁜 몸이다. 하계 전반을 다루기도 벅차거늘 언제까지 고도의 뒤꽁무니를 살피겠나. 상제는 고도 문제를 인간 사이에서 처리하게 하였다. 저승의 염마조차도 인간 하나를 죽이지 못하는 상황이고, 천제天帝도 천인을 내려 보냈지만 일이 뜻대로 풀리지 않으니 고도가 제 종족인 인간 속에서 벌을 받고 자멸하게 만들 셈이었다.

'인간을 목숨으로 죽일 수 없다면, 인간이 인간답게 살지 못하는 방법으로 죽이리라.'

옥황상제는 제 발언을 잔인하게 실행에 옮겼다. 인간이 다른 종족과는 달리 서로에게 의지하여 무리를 짓는다는 사실을 참작하여 고도를 철저하게 홀로 고립시켰다. 그 어떤 인간과도 관계를 맺지 못하게 했으며, 혹 기연이 닿아 관계를 맺게 되더라도 모두 죽거나 다치는 저주를 내렸다. 고도가 조금이라도 호감을 보이고 다가가는 사람은 바로 다음 날 벼락에 맞아 죽거나 호랑이에게 물려 죽었다.

처음 한두 명의 희생에는 눈 하나 깜짝 않고 코웃음을 치던 고도도 그 일이 하루 이틀 반복되어 십 년, 오십 년, 백 년을 이어지자 조금씩 지쳐가고 말이 없어졌다. 세상이 제 마당인 양 사방으로 날뛰던 성격이 어두워지고 나불거리던 입도 꾹 다물어져서는 고도가 먼저 사람을 외면하고 인적이 드문 산속으로 피해 다녔다.

유심계곡과 산천초목으로 사람을 피해 다니며 오로지 도법을 깨우치는 일에만 열중했다. 할 수 있는 일이 달랑 제가 갖춘 능력을 갈고 닦는 것뿐이었기 때문이다. 고도는 태어났을 때부터 도법을 깨우친 상태였지만 그와 같이 연마하니 이젠 하늘과 땅, 땅 아래의 세상을 아울러 누구도 고도의 앞을 막을 수가 없었다.

결국 보다 못한 청호림과 천계와 명계가 손을 잡았다. 그들 모두가 다시 한 번 상제에게 고도의 처단을 아뢰옵고 도움을 구했다. 하계의 문제를 직접 처리할 수는 없는 상제는 자신의 권속인 용족에게 고도의 처우를 넘기게 됐다. 옥황상제의 둘도 없는 친우이자 천군을 통솔하는 천룡은 자신의 첫째 아들인 동해 용왕에게 이 사실을 알렸다. 동해 용왕은 그날로 고도의 부인과 아이를 잡아 용궁에 가두었다. 그러면서 분노가 하늘 끝까지 치달은 고도에게 말하길, '네놈이 죽인 동족의 수만큼 선행을 베푼다면 가족들을 풀어 주겠다. 그 전엔 어림도 없다.'라는 게 아닌가. 하계에 전염병처럼 창궐한 요괴를 붙잡으라며 용왕의 힘이 봉인된 죽통을 하나 던져 준 것이다.

분노로 이성을 잃은 고도는 허리춤에 차고 있던 검을 뽑아 용왕의 눈을 하나 멀게 했고, 이에 천지가 개벽하는 폭풍우가 마을을 덮치며 순식간에 수백 명의 사람이 바다로 떠밀려 가 죽게 되었다. 유일하게 살아남은 고도만이 마을 사람들과 가족을 삼켜 버렸음에도 아무 일도 없다는 듯 잔잔하게 출렁이는 바다를 보면서 통곡했을 따름이다.

그때부터 고도의 마음에는 용족에 대한 미움과 증오가 하늘을 치솟았다. 용과 관련된 물건이나 천지신명 모두를 망치고 부서뜨리는 것으로 복수를 일삼았다. 용에 대한 악감정은 순식간에 고도가 부정적으로 생각하는 모든 것으로 퍼져 나갔다. 처음에는 탐관오리와 죄질이 나쁜 사람에게만 해당되던 분노가 제 눈에 거슬리는 모든 금수와 짐승으로 번졌고, 급기야 사람 자체를 저주하게 됐다. 분노에 사로잡힌 고도의 모습은 그 자체로 악귀이자 아수라였다. 청사에게는 그저 사랑스럽게만 보였던 까맣고 동그란, 조약돌 같은 눈이 하계의 사람들 눈에는 살인귀의 눈으로 여겨졌다. 강아지 털처럼 보드랍고 부슬거리는 짧은 머리는 민가에선 식인귀의 상징이 되었다. 검은 두루마기와 삿갓은 저승사자보다 더 두려워할 죽음을 뜻하게 되었다. 고도는 사람들에게 공포의 대상이 되고, 악명이 떨쳐지는 것 자체를 즐겼다. 사람들이 떨면서 저를 보며 도망가는 모습을 보며 웃었다. 말 그대로 검은 식인귀로서의 행동이었다. '환영도사'라는 호칭이 저주를 뜻하는 또 다른 말이 되었을 정도니, 방진 속에 펼쳐진 고도의 행동은 잔인하기 그지없었다.

청사는 눈을 감았다. 고도가 이런 식으로 세상이 저를 미워하게 하고, 스스로를 하찮게 여기기 시작하는 방점을 더는 보고 싶지 않았다.

"고도, 대답해라, 고도."

사람들을 죽이고, 자량을 아수라장으로 만들고, 강문을 만나기 전까지 온갖 악행을 일삼는 고도의 과거가 아닌, 현재의 사랑스러운 고도를 불렀다.

"이 방진 없애고 당장 모습을 드러내."

마구잡이로 사람을 해치던 고도의 환영이 우뚝 멈추었다. 외형적인 면에서는 지금과 다를 바가 없는 과거의 고도였다. 굳이 다른 점이 있다면 요괴를 모두 잡아들여 금색으로 변한 죽통이 아닌, 부적과 금줄이 둘둘 쳐진 죽통을 메고 있다는 정도다. 과거의 고도는 사람을 베던 사진검을 움켜쥔 채 청사를 바라봤다. 만지면 물결을 만들며 사라지는 환영이 산 사람처럼 청사를 의식하고 반응했다.

"네가 사랑하는 사람이 실은 이렇게 추악한 인간인 줄은 몰랐다는 표정이구나."

환상이 그리 말을 거는 소리가 꼭 기분 나쁘라고 도발하는 소리로 들린다. 청사는 날을 세워 반응했다.

"고도 어디 있어. 당장 나오지 못할래?"

"네 눈앞에 있지 않으냐."

"진짜 고도를 찾는 것이다."

"내가 진짜다. 과거를 부정하면 네가 사랑하는 현재의 사람도 존재하지 않으니 말이다."

"아니, 너는 그저 내가 사랑하는 고도의 일부에 지나지 않는다."

"네가 알고 있는 나만을 사랑하는 거야. 과거의 나는 싫다는 소리로 들리는데."

"싫다고 말한 적 없어. 단지 좋아하지 못할 뿐이다. 내가 좋아하는 고도는 너라는 아주 작은 일부분마저 수용하고 극복한 사랑스러운 존재니까."

청사는 새파란 눈을 세로로 길게 떴다. 사람의 동공이 아닌, 짐승의 동공으로 변한 눈이 피묻은 칼을 툭툭 털어내는 고도를 노려보았다. 송곳니까지 드러내어 으르렁거려도 방진 속의 고도는 위축되지 않았다. 환상을 위해 해변을 따라 펼쳤던 방진의 크기를 조금씩 줄이는 데에만 신경을 쓸 뿐이었다. 반 장 가까이 펼쳐져 있던 진이 오그라들어 고도의 칼 아래 쓰러지던 사람들의 환상이 사라졌다. 작아진 진은 고도의 몸에 얇은 막처럼 달라붙었다. 환상은 사라졌지만 사람들의 피를 뒤집어쓴 고도만큼은 여전히 청사의 눈앞에 서 있었다.

고도는 청사를 무표정하게 응시했다. 과거의 고도를 부정하지 않지만, 과거보다는 현재의 모습을 더 사랑한다는 단호한 대답을 어떻게 받아들여야 할지 고민하는 얼굴이었다. 고도만 보면 맹목적으로 사랑한다고 고백했기에 과거든 현재든 구분하지 않고 다 좋다고 대답할 줄 알았건만, 청사가 그 정도로 바보에 멍청이는 아니라고 여기는 표정이었다. 적어도 사랑하는 이에게 푹 빠져 과거와 미래를 분간 못 할 만큼 사리분별을 잃은 것은 아니지 않나.

고도는 피묻은 칼을 툭툭 털어 검집에 찔러 넣으면서 성의 없이 말했다.

"내가 죽으려는 이유를 너는 모른다."

청사가 날카롭게 대답했다.

"안다."

칼을 반쯤 찔러 넣던 손이 멈추었다. 고도는 머리카락 사이로 눈을 빛내면서 청사를 노려보았다.

"행복해지고 싶어서 죽으려는 걸 알고 있다고?"

"그래."

"그러면서 죽지 말라고 말릴 수 있다는 것이냐. 너는 지금 방진을 통해 직접 눈으로 봤다. 이 끔찍하고 잔인한 추억을 죽지도 늙지도 못하는 몸으로 영원히 간직한 채 너만을 위해 살아 달라니, 그처럼 이기적인 발상이 어디 있느냐."

청사가 아는 고도보다 조금 더 날카롭고 사나우며 자기중심적이며 부정적인 고도였다. 귀찮고 지겨워서 나른하게 하품을 하곤 했던 얼굴이 짜증과 신경질로 굳어 있다. 간간히 비웃음에 가까운 일그러진 미소를 짓기도 했다. 세상만사 모든 일에 감응이 없어지고 별다른 자극을 받지 못하는 지금과 다르게 사소한 것에도 날카롭게 반응하여 시종일관 긴장을 유지하고 있었다.

분노를 근간 삼아 움직이는 이들의 전형적인 특징이었다. 무엇에든 쉽게 화가 나고 날을 세워 반응한다. 그 뾰족한 외피가 마모되고 깎여 나가면 어떤 극적인 장면을 보고도 무감각해지고 심드렁해진다. 지금은 껍질까지 벗겨진 알밤 같은 고도이지만, 한때는 뾰족한 껍질을 두른 밤송이의 시절이 있었으니, 그게 바로 청사의 눈앞에 있는 환상이다.

청사는 고도가 비난한 '이기적인 사랑'에 대해 동의하지 않았다. 그래서 저에게 날을 세워 반목하는 환상에게 똑바로 일러 주었다.

"죽지 않는 것도, 여생을 나와 함께 보내는 것도 모두 지금의 고도를 위한 것이다."

"궤변이로구나. 불행한 기억을 모두 안고 너와 언제까지 행복하게 지낼 수 있을 것 같나."

"걱정 마라. 앞으로 평생 행복할 것이다."

"그 놀랍도록 어이없는 자신감의 증거는 무엇인고."

"네가 온몸으로 불행을 표현하고 있는 게 증거 아니겠나."

고도의 눈썹이 꿈틀거렸다. 아무리 똑똑한 고도라도 청사의 그러한 설명은 잘 이해하지 못하는 것 같았다. 청사는 손을 뻗어 고도의 두 뺨을 감쌌다. 물길을 일으키며 어그러지던 다른 환상과는 달리, 고도의 환상은 사라지지 않았다. 뺨에 닿은 두 손에서 온기가 느껴지는 것만 같았다. 마치 살아 있는 것처럼, 손에 닿은 고도는 여전히 사랑스럽고 소중했다.

"지금의 고도는 네가 생각하는 것과 다르다. 나약하지도 않고, 과거에 집착하지도 않아. 그는 언제나 더 나은 하루를 위해서 노력하는 아주 부지런한 사람이다. 불행하고 고통스러웠던 과거를 생각하며 그 추억을 덮어 버릴 만큼의 커다란 행복을 궁리한다. 그게 바로 나와 남은 생을 사랑하며 살아가는 것이야."

청사가 콩, 이마를 찧으면서 부드럽게 웃었다. 얼굴이 지나치게 가까워서 미소 짓는 입술이 보이지도 않건만, 고도는 무척이나 울적하게 청사를 바라보았다. 불행을 아는 사람이 행복에 더 절실하다고 하지만 행복도 누려 본 사람이 더 큰 행복을 찾을 수 있는 법이다. 고도는 행복함에 대해서는 아무것도 모른다. 어떻게 해야 행복해질지 몰라서 막막하게 앞날을 생각하기만 했다. 그런 고도의 옆에서 청사가 행복할 수 있는 길을 함께 걸어 준다고 말한다. 서로를 사랑하는 길이 바로 그 길이라고 말하는 것처럼 들렸다.

청사의 손에 두 볼이 안긴 고도가 눈을 감았다. 고도의 겉을 감싼 방진의 막이 걷히면서 검게 물들어 있던 옷이 모래알로 휘날렸다. 날카롭게 곤두서 있던 표정도 사라지고, 잔혹한 피 냄새를 풍기던 흔적까지 말끔하게 걷히니, 과거의 고도가 있던 자리에 현재의 고도가 나타났다. 옷이라고는 실 한 오라기도 걸치지 않은 알몸이었다. 아주 오래된 기억을 되살리기 위해서 세속과 관련된 옷과 신을 벗고 맨몸으로 자연과 동화하여 만들어 낸 환상이기에 청사 역시 깜빡 속고 말았다. 고도는 과거와 현재로 나누어져 있던 것이 아니었다. 고도가 과거에 묻혀 놓았던 스스로를 끄집어내어 청사 앞에 마주 보고 선 것에 불과했다. 그것을 깨닫지 못하고 고도를 두 개의 시간으로 나누어 생각하고 말았으니 청사는 미안한 마음에 눈가를 시무룩하게 내렸다. 주인에게 쓴소리를 들을까 봐 찔끔한 강아지 꼴의 청사를 보며 고도가 아주 작게 웃었다.

"왜 그런 표정이느냐."

청사가 머뭇거리다가 한숨을 푹 내쉬었다.

"나는 과거의 너를 싫어하는 게 아니다. 오해하면 안 돼."

"싫어하진 않아도 좋아하는 것도 아니더라."

청사가 했던 말을 고스란히 짚어 주자 청사의 얼굴이 붉어졌다.

"미안해. 그럴 의도로 한 말은 아니었는데."

"괜찮다. 나도 너를 속여서 쓸데없는 짓을 한 거나 다름없지 않나."

"내 속내를 떠보려고 이런 걸 꾸민 거야?"

"내 본래 모습을 보고도 네가 정말로 날 좋다고 할까 궁금해서 그리 했다."

"그, 그래서 그 궁금증에 대한 결론은 내렸어?"

"응."

청사는 괜히 자신이 없어져 전전긍긍한 표정으로 고도를 살폈다. 과거의 추악한 모습을 보고 나서도 여전히 죽지 말라고 애원할까에 대한 사소한 궁금증이 거대한 방진을 만들어 진짜 같은 환상을, 환상 같은 진짜를 만들어 내는 수고를 보이게 했다. 청사는 이것이 마치 시험처럼 느껴졌다. 고도가 자신을 두고 정답과 오답을 선택할 시험을 출제하게 만들 리는 없고, 그러한 의도로 환상을 보여 준 게 아니라는 걸 알지만 초조한 청사의 마음은 묘하게 침묵을 유지하고 있는 고도에게서 조급함을 느꼈다.

과거의 고도가 밤톨 같았든 뭐든 받아 줄 수 있다고 말해야 했던 게 정답은 아니었을까, 의심했다. 과거는 과거일 뿐, 현재를 중시하는 청사의 대답에 고도가 조금이라도 실망한다면 동해 용왕을 만나 죽겠다는 소원을 철회하지 않을 것이 분명했다. 고도의 대답만 손꼽아 기다리던 청사는 비로소 입을 떼는 고도를 보며 꿀꺽, 마른침을 삼켰다.

"대롱아. 임금과 봉수를 왜 기지 꼭대기로 부른지 아냐. 그들과 다 같이 있는 자리에서 동해 용왕을 부르려 하기 때문이다."

원했던 대답이 아니다. 청사는 초조함을 애써 숨기며 물었다.

"갑자기 동해 용왕이라. 이야기가 사방으로 튀는 게 너답지만 지금은 그것이 달갑지 않구나."

"그래. 이번엔 멀리 돌려 말하지 않으마. 난 다 같이 있는 자리에서 동해 용왕을 만나고 싶고, 그 자리에서 누구도 뒤늦게 부인하지 못하도록 소원을 빌고 싶다."

"……죽겠다는 소원은 내 쪽에서 먼저 부인할 테다."

"그러지 마라."

뭘 그러지 말라는 건데. 청사는 조금 성을 냈다.

"고도, 너는 날 사랑하지 않는다. 이 모습을 보면 날 사랑한다는 말은 죄다 거짓임이 틀림없어."

"그게 무슨 말이냐. 내가 널 얼마나 사랑하는지 아직도 의심하는 것이냐."

"그럼 어떻게 사랑하는 이를 두고 먼저 죽겠다는 소리를 하느냐. 내 기분은 조금도 생각하지 않느냐?"

"아니다, 대롱아. 나는 너를 무시하는 게 아니다."

"시끄러워. 네가 싫다 해도 내가 형님께 쫓아가서 그 말도 안 되는 소원을 입 밖에 꺼내지도 못하게 만들 거다."

결국 정답과 오답을 선택하게 한 시험에서 청사는 오답을 선택한 것인가. 소원의 내용을 바꾸지 못한 사실에 청사는 두 주먹을 꽉 쥐었다. 손이 절로 파르르 떨려 왔다. 그 떨림이 온몸으로 퍼지는 것은 순식간이었다. 청사는 급격한 절망을 느꼈다. 청사가 어떻게 노력해도 고도는 생각을 굽히지 않을 것이다. 죽는다. 그건 이미 고도에게 기정사실과도 같았다.

"정말로 죽겠다고 소원을 빌 거야? 진짜로?"

그럴 거면 왜 과거를 보여 준 것이냐. 임금 앞에서 악역을 자처해 정을 떨어트리려 한 것처럼 나와의 인연도 정리하기 위함이더냐.

청사는 하고 싶은 수많은 말이 입 안을 맴돌았지만 끄집어내어 고도에게 물어보질 못했다. 도저히 입을 열 수 없었다. 온몸이 떨려 와서 자칫하면 목소리까지 그 영향을 받을 것 같았다. 고도에게 볼품없는 모습을 보이고 싶지 않다. 언제나 의지할 수 있는 믿음직스러운 모습만 보이고 싶다. 그래서 떨고 있는 자신을 숨기려 했지만 그 결심도 얼마 못 가 무너졌다. 고도가 세상을 등지겠다는 판에 잘 보이고 말고를 따질 땐가. 청사는 고도의 어깨를 붙잡았다. 형편없이 일그러진 자신의 얼굴이 고도의 까만 눈동자에 비쳤다.

"왜 죽겠다는 거야, 싫어. 보내기 싫다. 네가 죽으면 나도 따라 죽을 것이다. 나도 따라 죽을 거야!"

말하고 나니 그것이 울컥하고 심장을 옥죄었다. 어떻게든 고도를 붙잡고 싶은 마음이 떨리는 목소리를 통해서 확실한 실체를 드러냈다. 청사는 고도를 보내고 싶지 않다. 사랑하는 사람이 원하는 걸 들어줘야지, 어른스럽게 생각하다가도 고도와 이별하는 것은 마음에서부터 거부했다. 강문을 상대하면서 고도가 제 손목을 자를 때조차 그 의견을 존중해야 한다며 자신을 달랬지만 이제 더는 그럴 수가 없다. 위악을 떨며 스스로 불행을 자초했다는 과거의 고도가 말한 '이기적인 사랑'이라도 좋으니 고도가 살아 있기만을 바랐다. 고도가 죽지만 않는다면 사랑의 형태가 어떠하든 상관없다.

"고도, 죽지 마, 제발."

청사는 다급하게 말을 이었다.

"너도 날 사랑하잖아. 사랑하는 날 위해서라도 죽지 마. 고도, 고도, 응?"

청사에게 동정심이 들어서 그러겠노라 고개를 끄덕이기라도 바랐다. 이유야 어찌 됐든 살아만 준다면 청사는 무엇이든 다 할 자신이 있었다. 하지만 고도는 살겠다는 그 간단한 한마디를 기어코 입에 담지 않았다. 청사를 딱한 눈으로 보면서 가득 잠긴 목소리로 그리 말할 뿐이었다.

"바보 놈아. 너를 온전하게…… 내 것으로 만들고 싶어서 죽으려는 것이다."

목소리가 끊어질 듯 가까스로 이어진 끝에 어설픈 문장이 만들어졌다. 처음에는 무슨 소린지 몰라서 고개만 숙이고 있던 청사가 갑자기 발딱, 얼굴을 들었다. 조금 놀란 듯 굳어 버린 청사가 천천히 입을 뗐다.

"……그게 무슨 소리야?"

"……"

"대답해 봐. 날 갖고 싶어서 죽겠다는 게 무슨 소린데."

뭐라 설명해야 할지 몰라 망설이는 고도의 어깨를 잡고 앞뒤로 흔들었다.

"어서."

대답을 보채는 청사의 독촉에 고도는 입 안으로 모래가 들어오는데도 입을 벌렸다가 다물기를 반복했다. 고도의 얼굴에 짙은 그림자가 드리워졌다.

"내 마음이 너만을 생각하지 못하고 과거에 사랑했던 이에게도 반쯤 걸쳐져 있다. 처자식을 향한 죄책감 때문에 평생 그들에게 속죄하며 살 것 같기에 그렇다."

"나와 죽은 처에 대한 마음을 잴 거란 말이지."

과거의 사랑에 연연하여 청사만을 온전하게 마음에 품지 못한다는 이야기에 청사는 할 말을 잃었다. 이백 년 넘게 사랑했던 부인에 대한 생각만 하고 살았으니 그 미안함과 죄책감에서 앞으로도 스스로를 놓지 못할 것이다. 그런 상태로 청사 곁에 남을 수 없다고 말하는 고도 때문에 청사는 결국 눈물을 보였다.

고도가 죽는다고 해도 또 다른 생에서 청사를 만나지 못한다. 내생에선 현생의 기억이 없다. 동해 용왕에게 소원을 빌어 죽고 싶다 말해도 명계에서 이름이 지워진 그가 어떻게 죽게 될지, 그것부터가 의문이다. 혹 죽을 수 있다 하더라도 내생에서 청사를 다시 만날 인연이 이어질지 누구도 알 수 없으며, 만난다고 해도 전생의 기억이 없어 사랑할 수 없을 것이다. 고도가 인간이 아닌 다른 것으로 태어나면 어찌하나. 아니, 평생 사람을 해친 죄업이 쌓여 축생으로도 윤회할 기회를 박탈당한 채 무진지옥에 떨어져 수천, 수만 년을 갇혀 지낸다면 청사와 영원토록 다시 만나지 못할 것이니라.

청사는 단호하게 고개를 저었다.

"만날 수 있을지, 없을지도 모르는 내생은 생각하고 싶지 않다. 난 지금의 네가 좋다. 그러니 내 핑계 대고 죽으려 하지 마라."

"……하지만, 대롱아."

"시끄러워. 듣고 싶지 않아. 죽지 않겠다는 말이 아니면 어떤 소리도 입에 담지 마. 죽으려고 하지 말라고. 날 내버려 두고 혼자 갈 생각 하면 네가 저승에 가서도 평생 저주할 거야. 정말이야. 정말이라고. 아니, 내가 따라갈 거다. 어디 한번 새로운 죄책감에 빠져 봐라. 죽어서 쫓아온 날 보고도 이럴 수 있나 보자. 내가 끝까지 물귀신처럼 쫓아갈 거다. 정말이다!"

청사는 고도를 끌어안고 울었다. 그 울음이 세상을 다 잃은 것처럼 절망스럽게 들려와 고도의 눈시울도 붉어졌다. 고도는 이번 생에 복잡하게 얽힌 것, 괴로운 것, 슬픈 것, 고통스러운 것 그 모든 것을 내려놓고 내생에 오롯이 서로만을 사랑하는 세월을 보내고 싶다는데, 청사는 그것을 바라지 않는다. 행복만이 있는 사랑이 어디 있겠느냐며 서로가 마음에 품은 고통과 번민을 인정하고 이해하며 쓰다듬어 줄 수 있는 지금의 사랑을 이어 가길 바랐다. 눈물범벅인 청사가 고도의 목에 얼굴을 묻고 그리 말했다. 사랑한다, 사랑한다. 울음과 함께 쏟아진 고백에 고도의 눈시울도 붉어졌다.

청사를 사랑하는 자신이 누구에게도 부끄럽지 않은 상태이길 바란다. 수십 아니, 수백 년 동안 쌓아 온 죄업을 씻고 내생에서 티끌 없이 맑은 인간으로 태어나 지금의 청사에게 어울리는 짝이 되고 싶다. 청사는 고도가 불행을 알기 때문에 앞으로 행복할 생각만 하면 되노라 말하지만 그것이 말처럼 쉽지 않다. 과거의 불행에 함몰되지 않는다고 해서 그것을 극복한 것은 아니다. 그저 그 불행이 지금의 자신을 잡아먹지 않도록 꽁꽁 묶어서 구석에 처박아 둔 것뿐이다. 그것의 존재를 알면서 행복만을 바라볼 수 있을까.

고도는 자신이 없어 눈을 감았다.

고도는 청사와 함께 망망대해가 보이는 곳을 찾았다. 해송 꼭대기와 바위 위에서는 부족하다 느껴지는 높이를, 수군 기지의 꼭대기에 오르고 나서야 비로소 만족하게 되었다. 바다가 끝나는 지평선과 해변의 사이는 바닷물만이 메우고 있다. 사나워 보이는 파도는 해변의 멀지 않은 곳에서부터 짙은 암청색을 띠고 있어서 그 바다가 얼마나 깊은지를 가늠할 수 있었다. 배가 들어와야 할 정도이니 사람 키의 예닐곱 배는 훌쩍 넘으리라. 파도에 휩쓸린 모래알이 자그르르 굴러가는 소리를 내는 해변에 비해 평온할 정도로 희미한 일렁임만 존재하는 어두운 바다에 시선을 고정했다. 계속 쳐다보고 있노라면 바다가 사람을 부르는 듯한 마력이 느껴졌다. 들어와 보라며 손짓하는 여인이 그 속에 있는 것처럼 말이다.

"고도."

이름이 귓가에서 속삭이기에 고도는 저도 모르게 눈을 감았다. 뒤에서 끌어안은 청사가 한 손은 허리를 감싸고, 다른 한 손은 고도의 오른쪽 손을 붙잡았다. 어깨에서 목 부근으로 고개를 묻은 청사는 시시때때로 혀를 내밀어 살결을 핥거나 쪽 소리가 나게끔 입을 맞췄는데, 그 속엔 애욕보단 서글픈 감정이 더 크게 자리 잡고 있었다. 조금이라도 고도와 더 붙어 있고 싶고, 살내음을 맡고 싶어서 고도에게서 한 치도 떨어지지 않았다.

계단 밑에서 사람들 발소리가 울려왔다. 선두에 선 이의 무겁고 느린 걸음은 필시 왕의 발걸음이고, 선두를 바싹 뒤따라오는 여러 개의 소리는 그를 보위하는 무관의 걸음이다. 계단을 밟고 올라오던 발소리가 바로 뒤편에서 멈추었다. 고도가 고개를 돌리자 임금이 굳은 채로 서 있는 모습이 보였다. 그를 호위하는 적립의 사내들은 임금처럼 동요하는 기색은 보이지 않았으나 눈을 크게 뜨고 고정함으로써 그들이 받았을 충격이 고스란히 전해졌다.

그들은 청사가 울적한 얼굴로 고도의 뒤에 붙어 서 있는 모습을 바라봤다. 이전처럼 입을 맞추고 목을 핥는 행동은 보이지 않아도 고도의 어깨에 고개를 묻고 다정하게 끌어안은 손을 풀지 않았다.

분위기가 심상치 않았다. 보는 눈이 있어도 크게 개의치 않고 서글픈 얼굴로 안고 있는 모습이 곧 있으면 헤어질 연인처럼 보였다. 임금은 청사가 고도를 스스럼없이 안아 얼굴을 묻는 것에도 놀랐지만 그런 청사를 받아 주는 고도의 태도에 더 큰 동요를 보였다. 고도는 쉽게 다른 사람을 받아 주는 부류가 아니다. 다가올라치면 경계하며 물러나는 인간이 편안하게 청사에게는 깊은 애정을 표하고 있으니 임금의 목소리가 절로 떨렸다.

"무엄하고 발칙하구나. 감히 과인 앞에서 무슨 짓들이냐."

임금이 고도를 보는 시선보다 불순할까, 싶어서 예민하게 반응하려던 청사가 성질을 죽였다. 지금은 임금에게 화를 내는 시간조차 아깝다. 온 마음과 몸을 다해서 고도만을 느끼려고 노력했다.

"전하. 소인의 일엔 염려 마십시오."

고도가 청사를 대신하여 그를 감싸는 언행이 아닐 수 없다. 임금은 고도의 관심이 모조리 청사에게만 쏠려 있는 것을 보고 두루마기 소매 속에서 주먹을 움켜쥐었다. 세월이 유상 하여 시간이 흐르면 태산 같던 사람도 바뀌기 마련이라지만 고도는 그렇지 않을 줄 알았다. 뒤늦게 탓해 봤자 무슨 소용일꼬. 이미 고도는 임금의 휘하를 떠나 자신이 안착할 이를 결정한 상태였다. 아무리 어르고 달래고 협박하며 자량으로 돌아가자 말해도 잔인할 정도로 냉정하게 싫다 말한 것을 그제야 이해했다. 청사가 곁에 있으니 충성으로든, 친우의 유지 때문이든 어떤 이유를 들어서라도 곁에 붙들리는 게 싫은 것이다. 소매 속에서 떨리던 손이 낙심하여 스르르 풀어졌다. 고도는 임금의 표정을 유심히 살펴본 후에 입을 뗐다.

"전하께 보여 드릴 것이 있어서 이곳으로 뫼시게 되었습니다."

보여 줄 것이라는 말에 임금은 또 볼이라도 때리며 부모보다 심하게 질책할 것이냐고 이죽이려다가 그만두었다. 고도와 청사의 사이를 불평하며 화풀이를 해봤자 고도가 자량으로 가겠다고 말할 것 같진 않다. 임금은 반쯤 체념하여 물었다.

"여기서 특별한 일이라도 꾸밀 셈이냐."

"예. 그러합니다."

"무슨 일인지 말해 보아라."

"동해 용왕을 불러들이려 합니다."

임금을 비롯하여 무관들 사이에 짤막한 경악이 퍼졌다. 그들은 일제히 청사를 바라봤다. 아직도 고도를 안은 채 시무룩하게 고개를 숙이고 있는 푸른 눈의 남자가 저를 쳐다보는 시선에도 아랑곳하지 않고 있었다. 그들은 청사의 정확한 존재는 몰라도, 평범한 요괴가 아니요, 자량의 오작교에서 보여 준 것처럼 수룡을 다룰 수 있는 어떠한 신령적인 존재라 믿고 있었다. 그래서 함부로 덤빌 수 없었고 언제나 청사가 움직일 때마다 긴장하며 부디 임금의 명령이 청사에게 어떠한 위해를 가하는 일이 아니길 속으로 바라기도 했다. 한데 이젠 저 신령스러운 존재로도 부족하여 바다에서 용왕을 불러오겠다 말하니, 고도의 도력이 얼마나 대단한지를 새삼 깨닫는 한편, 용왕도 청사처럼 고도의 편에 서서 임금과 호위무사들을 대적하려 들까 봐 걱정이 피어올랐다.

바다에 사는 용은 기린이나 백택과 다름없는 신수다. 바다에 제사를 지내거나 바다로 뛰어들어 몸을 바치는 경우에만 특별히 부름에 응하는 이들이다. 다른 신수보다 도도하고 난폭하지만, 계약을 맺으면 어떤 일이 있어도 이행하는 의리 있는 성수로 기록된다. 개인의 일에는 일절 관여하지 않는 대신 국운을 점지하고 임금과 임금에 준할 만큼 국정 일에 필요한 인물 곁에만 나타난다. 고도가 여상한 얼굴과 목소리로 옆집 개를 부르듯 불러낼 존재가 아닌 것이다.

"용왕은 왜 부른다는 게냐."

임금의 얼굴에 피어난 의심과 걱정을 읽어 낸 고도가 걱정하지 말라는 미소를 지었다.

"소신이 전하께 약속을 드렸습니다. 저와 전하 사이에 존재하는 악연을 끊어 드리겠다고요. 용왕이 도움을 줄 것입니다."

"그 전에 용왕을 불러낼 수 있긴 한 것이냐."

"기뻐하며 나타날 겁니다. 제 죽음을 벼르는 존재 중 가장 대표적인 놈이니까요."

용왕의 눈을 검으로 찔러 실명시켰다는 이야기는 이미 전설 수준으로 유명하니, 긍지 높은 용왕의 용안에 해를 입혔으므로 고도를 죽이기 위해 벼르고 있다는 말이 이해가 되는 임금이었다.

고도는 임금에게서 시선을 돌려 바다를 바라봤다. 물이란, 그 존재만으로도 사람을 끌어들이는 이상한 마력을 가졌는데 그 물이 모여 거대한 공간을 이룬 것이 바다이니 기묘한 힘의 깊이가 가늠되지 않았다. 바다가 가진 마력과 무서움을 알기에 고도는 마력에 이끌리지 않는 냉철함을 유지하는 데에 집중했다.

한쪽 팔이 바다를 향해 활짝 벌려진 순간, 고도의 눈동자가 금색으로 변하고 어둡게 일렁이는 해면에 기괴한 소용돌이가 일었다. 바닷물로 만들어진 거대한 물줄기가 하늘까지 솟구쳐 구름에 닿았다. 첫 번째 소용돌이가 바다를 이어 주자 간격을 두고 두 번째, 세 번째 소용돌이가 하나둘 생겨나기 시작했다. 지평선까지 바다밖에 없는 곳에 스무 개에 달하는 소용돌이가 군집하듯 생겨나니 이 광경을 지켜보는 임금은 놀라서 입을 다물지 못했다. 소용돌이가 만들어 낸 바람이 사람들의 머리와 옷자락을 세차게 흔들어서 눈을 잠시 감아야 했다. 눈꺼풀이 시야를 차단하고 있어도 신비로운 물빛의 향연을 고스란히 느낄 수 있었다. 하나 임금과 그를 보위하는 무관을 비롯한 그 누구도 손으로 눈가를 가릴지언정 눈을 감지는 않았으니 이유는 단 하나, 소용돌이 사이에서 용솟음치는 거대한 뱀의 비늘을 보았기 때문이다.

무관 중 몇몇은 뒷걸음질로 물러났다. 꿋꿋하게 두 다리로 땅을 지탱한 이들도 하나같이 새하얗게 질린 얼굴로 어쩔 줄 몰라 했다. 그나마 아무렇지 않은 축에 속하는 이가 청사와 고도였지만, 청사는 영 마뜩잖은 표정이었고 고도는 도술을 부리느라 바다를 향해서 내민 손바닥을 주먹 쥘 정도로 화를 삼키는 상태였다.

소용돌이처럼 하늘을 향해 고개를 든 짐승은 바다를 가르면서 천천히 수군 기지 쪽으로 다가왔다. 몸을 똑바로 일으키자 기지의 꼭대기까지 거뜬히 내려다볼 수 있는 높이에서 낙타의 머리와 메기의 수염이 보였다. 왼쪽 눈은 기다란 흉터를 입은 채 꼭 감고 있어서 한쪽 눈으로만 기지 위에 있는 사람들을 둘러봤다. 몸길이나 두께는 청사의 본래 모습보다 왜소해도, 임금과 무관 일행처럼 이 존재를 처음 보는 이들에겐 충분히 경이로웠다.

청사보다 푸른 비늘을 가진 동해 터줏대감인 용. 그는 선대를 이어 오백 년가량 동쪽 바다를 다스렸다. 사람들 앞에 직접 모습을 드러내는 경우는 극히 적은 대신 상체는 인간이되 다리는 물고기 지느러미처럼 생긴 인어를 지상과 내통하는 전령으로 보내거나, 바다를 향해 정화수를 떠놓고 진실 되게 소원을 빌거나 커다란 굿판을 벌이면 간혹 찾아와 소원을 들어주고 벌을 내리는 일 등을 행해 왔다. 때문에 사람들은 동해 용왕의 존재를 알면서도 직접 본 이가 손에 꼽을 정도로 적었으므로 용의 꼬리나 뿔을 우연히 구경한 것만으로도 행운이 찾아온다는 미신을 믿게 되었다. 용의 신체를 일부만 접해도 복이 온다 믿는 사람들이 온전한 모습을 그대로 보게 되었으니 그 감회와 두려움이 이루 말할 수가 없으리라.

동해 용왕을 정신없이 바라보는 임금 무리와는 달리, 고도는 사뭇 살

벌한 기색으로 동해 용왕을 노려보았다. 용왕 역시 썩 기뻐하는 기색 없이 고도의 시선을 마주했는데, 둘이 서로를 얼마나 싫어하면 시선 하나 피하지 않고 노려보는 걸까, 의아할 정도였다. 용왕은 고도를 중심으로 주변에 있는 사람들을 쭈욱 살펴보더니 청사에게 눈이 딱 멈추었다. 용왕이 날카로운 발톱이 난 앞발로 그런 청사를 스르륵 가리켰다.

「네놈이 어이해 인간들과 함께 있는 게냐.」

맑은 종소리 같은 용왕의 근엄한 목소리가 울리자 사람들이 일제히 청사를 쳐다봤다. 청사의 정체를 모르는 그들은 어떻게 용왕이 그를 알아보고 친근하게 대하는지 몰라 썩 당황한 모습이었다. 청사는 괜한 말을 했다가 사람들의 호기심을 부추기고, 귀찮은 일에 휘말릴 것만 같아서 용왕에게 고개를 저어 보였다. 아는 척 말라는 요청을 받아들인 용왕은 청사를 가리켰던 발톱을 갈무리했다. 그래도 청사를 보는 시선은 의아함에 가득 차 있었다. 기회만 되면 청사를 붙잡고 이것저것 묻고 싶은 기색이 역력했다.

청사에게서 눈을 떼지 못하던 용왕이 그 옆에 있는 고도에게 다시 시선을 주었다. 고도는 분노가 주가 되지만 그 속에 슬픔과 막막함까지 함께 담은 복잡한 눈으로 용왕을 바라보고 있었다. 가족을 데려간 원수를 어찌 대해야 할지 판단이 서지 않은 눈이다. 고도가 이토록 감정적인 눈을 가진 인간이었던가. 사막의 모래보다 더욱 버석하게 메마른 인간이 솔직하게 감정을 두 눈에 담은 모습이 생소하면서도 잘 어울렸다. 적어도 저와 처음 만났을 때처럼 삶에서 행복을 찾지 못하는 무료하고 권태로운 썩은 동태 눈깔보다는 나았다.

「오랜만이구나, 도사야.」

의례적인 인사치레에 고도는 움켜쥔 주먹을 등 뒤로 숨기고 최대한 부드러운 표정을 지었다.

"오랜만이다, 용왕."

「그대가 좀처럼 돌아오지 않기에 퇴마를 포기했나 싶었더니, 이렇게 급작스럽게 하늘과 바다를 동시에 진동시켜 나를 불러냈구나. 그댄 언제나 나를 깜짝 놀라게 만들어.」

"생각보다 이곳으로 돌아오는 데에 시간이 오래 걸렸구나."

「그래, 일찍 오지 그랬느냐. 그랬다면 그대의 가족에게 참변도 벌어지지 않았을 것을.」

너무도 아무렇지 않게 용왕은 고도의 역린을 건드렸다. 무신경한 용왕의 발언에 청사는 두 눈을 부릅떴다. 고도의 기분을 망칠 의도를 가지고 말한 것은 아닐진대, 옛이야기라며 아무렇지 않게 꺼낼 만한 주제는 아니었다. 고도는 가족을 위해 죽으려고 결심한 인간이다. 그 죽음마저 퇴색시켜 버리는 무신경한 발언에 오히려 청사가 상처를 입었다. 누군가에게 인정받기 위해 살아온 삶은 아니지만, 적어도 고도가 믿고 있던 가치가 바로 가족이었다. 누구도 고도의 소중한 것을 폄하할 수는 없다. 청사는 걱정스레 고도를 바라봤다. 고도는 당장에라도 허리춤에 찬 검을 꺼내고 싶은 충동을 억누르고 있었다. 말로 다 할 수 없는 슬픔과 노여움으로 고도는 이를 꼬옥 깨물었다.

용왕은 청사를 닮은 눈을 가졌지만, 그 눈은 두 개가 아니라 하나였다. 고도가 손이 하나 없는 병신인 것처럼, 용왕 역시 왼쪽 눈을 오래전에 상처 입어 반쯤 장님이 되었다. 바다의 군왕이자 동해를 다스리는 그의 눈을 병신으로 만든 것이 바로 고도의 허리춤에 매달린 사진검이다. 사진검이 용왕의 눈을 멀게 했다는 소문은 굉장히 유명해서 어떤 이들은 그 보검을 훔치려고 고도에게 의도적으로 접근했는데, 그게 귀찮아서 부러 녹슨 것처럼 오래된 검의 모습으로 바꾸고 이름마저 '서전'이라는 가짜 이름을 통해 속여 왔다. 똑똑한 인간이나 요괴는 그렇게 숨기려 하는 사진검을 알아봤지만 대다수가 "용왕의 눈을 멀게 한 보검이 어디 있을까. 찾는 사람이 임자."라며 팔도를 유랑하며 보물찾기에 혈안이었다.

사진검은 한순간에 유명세를 톡톡히 치르고, 그 검에게 당한 동해 용왕은 한심한 종자로 평가를 받고 있으니, 용 된 자존심으로서 그것을 아무렇지 않게 견딜 수 있을 리 없다. 용왕은 용왕대로 자신의 명성에 커다란 흠집을 새긴 고도를 용서하지 못하여 가족에 대한 도발을 하고도 죄책감 따위 느끼지 않았다. 고도는 가족을 죽어서까지 욕보이는 용왕에게 당장 검을 들고 달려들고 싶었지만, 그리하면 용왕은 이번에야말로 고도의 공격을 핑계 삼아 큰 싸움을 걸지도 모른다. 아마도 용왕은 그것을 무엇보다 바라고 있을 테다. 고도는 결코 용왕이 기뻐할 만한 일은 하지 않기로 다짐했다.

청사를 만나면서 용왕을 용서하기로 했다. 용서는 저에게 상처를 준 이를 단지 받아들이는 것만이 아니다. 그를 향한 미움과 원망의 마음에서 스스로를 놓아주는 일이다. 용서는 자기 자신에게 주는 가장 큰 베풂이자 사랑이다. 청사가 그리 말했다. 스스로를 더 아껴 주고 사랑해 주며 행복해지기 위해 노력해 달라고. 청사를 위해서 스스로 행복해지기로 결심한 고도가 제일 먼저 한 일이 바로, 용왕에 대한 미움을 씻는 것이었다.

청사가 제 형님을 대신하여 고도의 주먹 쥔 손을 꼬옥 잡아 주며 용서를 구했다. 고도는 같은 핏줄이라 해서 용왕 때문에 청사가 밉다고 생각하지 않았다. 형제임에도 아우인 청사는 이렇게 사랑스럽고 기특한데 반해 형님은 그 도량을 따라가지 못하니 이게 바로 천룡과 해룡의 그릇 차이라 생각했다. 청사에게 잡힌 주먹이 스르륵 펴졌다. 고도는 깊은 날숨을 뱉었다. 다시 용왕을 쳐다보아도 세차게 일었던 분노와 복수심이 느껴지지 않았다. 안정을 되찾은 고도가 죽통을 풀어 용왕의 코앞까지 내밀었다.

"네놈이 시킨 대로 9,999마리의 요괴를 모두 잡아왔다."

용왕이 앞발로 죽통을 받아 들었다. 네 개의 손톱 사이에 자리 잡은 죽통은 금빛으로 찬란하게 빛났다. 용의 발톱 사이에 자리 잡은 죽통은 그 크기가 참으로 왜소하게 보여서, 고도는 줄곧 짊어지고 있던 물건이 저리도 작고 하찮아 보인다는 걸 그때 처음으로 알았다. 9,999마리의 요괴가 들어가 있다곤 믿을 수 없는 작은 크기를 새삼 실감하고 어깨를 짓누르던 무게가 사라진 것을 깨닫자 모든 것이 어색하고 낯설게 변했다.

숙원 해왔던 강문을 처리했다. 천계와 명계를 아우르고 용왕이 중재자가 되어 제게 내린 벌을 완료했다. 더는 할 게 남지 않아 앞으론 뭘 해야 할지를 생각할 수 없었다. 앞길에 남은 것이 없어서, 관성처럼 달려온 과거만 돌아보게 된다. 요괴를 잡고 사람들과 거리를 두고 궐에서 사고를 쳤던 과거다. 고도는 허탈한 듯 웃었다. 해방감으로 개운해야 하거늘, 허무함만 가득했다. 모든 것이 끝났다. 비실비실 웃음만 새어 나왔다.

「200년이 넘게 한 길만을 걸어온 그대의 노력과 용기에 경의를 표하마.」

용왕은 죽통을 공중으로 빙글 띄워 올렸다. 금강석처럼 단단하게 변한 죽통이 허공으로 올라가 햇빛에 반짝이더니 곧 물속으로 처박힌다. 특별한 절차를 거쳐서 죽통을 없앨 거라 기대했던 고도는 허무함만을 느꼈다. 수백 년간 잡아들인 요괴의 최후가 신비한 소멸이 아닌 고작 바다에 내던져지는 일이라니, 그처럼 간단하게 끝날 일에 수백 년을 바쳐 온 자신의 삶마저 가치가 빛바래는 기분이었다. 바닷속 깊은 바다에 꽂힌 죽통에는 죽지도 살지도 못하는 요괴가 한가득이다. 봉인이 풀리면 세상은 비탄과 절망에 빠지겠지만 아무리 뛰어난 인간도 금강석처럼 단단한 그것을 부술 능력은 없다. 더욱이 바다 한가운데에 빠진 죽통은 그 존재조차 아무도 모른 채 잊힐 것이다.

　차라리 죽는 게 나을지도 모르겠구나. 갇힌 채 세상에서 잊힐 바에는.

　고도는 미운 정이 든 죽통의 미래에 더없는 쓸쓸한 미소를 보냈다.

　「그대는 약속대로 요괴를 봉해 왔다. 그러니 나 역시 그대의 소원을 하나 들어주겠다. 말해 보아라.」

　과거를 곱씹는 것이 인간의 특징 중 하나라면, 고도 역시 그 굴레에서 벗어나기 어려울 터. 용왕은 속으로 확신하고 있었다. 고도는 일생을 퇴마에 바쳤다. 고도가 제 손해를 모두 감수하고서 가족의 원수나 다름없는 동해 용왕의 명에 따라 죽통에 요괴를 담아온 데에는 그만한 이유가 있음이 분명했다. 용왕은 그 이유를 자신이 들어주기로 약속한 '소원'에 있다고 믿었다.

　고도는 요괴를 잡아와서 가족을 되살려 달라는 소원을 빌 것이다. 비록 바다를 다스리는 동해 용왕이라 죽은 자를 소생시키는 능력은 없지만, 고도와 관련된 문제를 명계와 천계에서도 주의 깊게 관여하는지라 그들의 도움을 받으면 용왕이 죽은 가족을 돌려줄지도 모른다. 하나 이미 삼도천을 건넌 인간을 되살리면 세상의 이치가 어긋나고 마니, 그 소원은 이루어지지 않을 것이고 고도는 더없는 절망 속에서 더는 헤어 나오지 못할 것이다. 고도의 앞날이 그려져서 딱하다는 생각까지 미친 용왕은 곧 고도가 소원이라고 내뱉은 말을 듣고 그대로 굳어 버렸다.

　"나를 죽여 달라 말하면 들어줄 것이냐."

　동요는 뒤편에 서 있던 임금과 그의 군신에게까지 일파만파로 퍼졌다. 죽을 날이 얼마 남지 않았다고 말했지만 그 죽을 날과 시를 직접 결정했을 줄은 몰랐다. 청사는 고도의 손을 세게 움켜쥐었다. 보이지 않게 이를 앙다물고는 눈물이 차올라서 고개를 들지 못했다. 고도의 발언을 단순한 경악으로 반응하는 좌중과 달리, 청사는 슬픔으로 물들어 어쩔 줄을 몰라 했다. 고도가 원하는 것이 충동적이지도 않고, 농담 삼아 한 이야기가 아니란 것을 알기에 청사는 조금도 웃지 못했다. 생각도 못 한 소원을 들은 용왕은 앞발만 움칠거렸다. 곧 고개를 쑤욱 내밀어 고도에게 다가왔다. 하나뿐인 눈알이 주의 깊게 고도를 쳐다봤다. 고도의 진심을 탐색하는 것이다.

「진실로 죽고 싶다는 소원을 비는 게냐.」

"먼저 물었다. 날 죽일 수 있느냐."

「그렇게 죽고 싶었으면 죽통에 요괴를 가득 봉인할 일 없이 스스로 목을 자르지 그랬더냐.」

"그러다 숨만 붙은 채 목과 몸이 따로따로 살아가면 그 얼마나 끔찍한 일이겠느냐."

「그래, 도전 정신만으로 저지르기엔 결과를 감당 못할 일이 벌어질 수 있겠구나.」

"잘 알고 있어 다행이다. 죽으려면 확실한 방법이 필요하다. 그러니 네게도 확인받아야 할 것이 있다. 나는 살생부에서도 이름이 지워진 인간이다. 이런 나를 그대가 정말로 죽일 수 있는 것이냐."

청사가 멍이 들 정도로 고도의 손을 세게 쥐었다. 죽일 수 없다는 대답을 절실하게 바라는 것만 같았다. 하지만 이번에도 청사의 바람은 무자비하게 무너졌다. 용왕은 당연하다는 듯 스스럼없이 대답했다.

「살생부에도 없는 네놈의 수명을 나 역시 끊지는 못할 것이다. 그래도 산채로 명계로 보내는 일은 가능하다. 네 혼을 명계까지 인도해 주겠으니, 그곳에서 염마의 판결을 받아라. 염마는 살생부에 적힌 네 이름이 없어서 저승으로 데려오지 못하는 게 문제라고 하지, 일단 저승에 자발적으로 오면 네 혼백의 처우를 결정하는 것은 크게 어렵지 않을 것이다. 죽는 것이 진정한 소원이라면 내 즉시 들어주겠노라.」

용왕이 고도의 머리 위로 커다란 앞발을 올렸다. 고도의 몸을 움켜쥘 수 있을 정도로 큰 발이 그림자를 드리웠다. 차양처럼 햇볕을 가린 앞발을 고도가 가만히 쳐다보고 있을 때였다.

"잠깐!"

날카로운 목소리가 상례를 지내듯 엄숙한 분위기를 파고들었다. 임금과 봉수 역시 가만히 두고 볼 수만은 없어 무례하게 느껴질 수 있더라도 용왕을 저지하려고 했지만, 그보다 더 빠르게 행동력을 보인 이는 청사였다. 청사는 몹시 떨리는 눈으로 저를 돌아보는 고도와 용왕을 바라봤다.

청사의 얼굴에선 식은땀이 흐르고 있었다. 두 눈은 거세게 흔들리면서 겁을 잔뜩 먹었다. 잠시 동안 스스로를 추스르지 못하던 청사가 무작정 손을 뻗었다. 용왕은 놀라서 앞발을 거두었다. 고도는 저를 강렬하게 끌어안는 청사 때문에 어, 하고 당황한 소리만 흘렸다. 청사는 새파랗게 빛나는 눈으로 한 음절 한 음절을 곱씹듯이 말했다.

"한 시진만 줘."

식은땀이 이마를 흘러내려 속눈썹에 모였다. 청사는 태어나서 가장 절박한 음성으로 용왕에게 빌었다.

"제발 그 소원 물리고 한 시진만 여유를 줘. 부탁이야."

용왕은 돌발적인 아우를 신중하게 바라보았다. 비록 아우는 줄곧 살았고 용왕은 태어난 지 몇 십 년 되지 않아 하계로 내려와 바다를 다스리게 되어 형제간의 우애가 애틋하진 않지만, 그래도 어려서부터 보아 온 동생의 특성이 있기 마련이다. 지금의 모습은 용왕이 아는 동생과는 거리가 멀었다. 안하무인인 동생이 절박한 얼굴로 애원하는 걸 어찌 감히 상상이나 할 수 있을까. 남이 저에게 애원을 해도 꿈쩍 않고 코웃음을 칠 청사이거늘. 용왕은 아무래도 심상치 않은 느낌에 고도의 머리 위에 올려놓았던 발을 물렸다. 용왕이 소원의 이행을 멈추자 고도는 청사에게 고개를 저어 보였다.

"그럴 필요 없다, 대롱아."

"그렇지만—!"

"난 아직 내 입으로 어떠한 소원을 들어달라고 말하지 않았다."

거짓말쟁이. 용이 죽음을 주는 소원을 들어주었다면 그게 제 팔자려니 거부하지 않을 표정이었으면서 소원을 빌지 않았다는 농담이 나오는가.

용왕은 고도의 말을 듣고 보니 '죽일 수 있느냐'는 물음만 받았지 '죽여 달라'는 부탁을 받은 건 아니란 생각이 들었다. 소원을 번복하는 것도 아니요, 고도가 원한다면 죽음 외의 소원을 선택할 수 있다. 고도의 소원이 아직 유효하다는 걸 확인시켜 주듯 용왕은 청사와 고도의 대화에 끼어들지 않았다. 확실하게 결정되면 말하라고 기다려 주는 것이다. 용왕이 잠자코 고도의 결정을 기다리는 모습이 마치 죽음을 목전에 둔 사람을 끌고 가려고 저승사자가 대기하는 것과 같은지라, 청사는 고도를 붙잡은 팔에 힘을 주었다. 눈가에 절로 눈물이 고였다.

"죽고 싶다고 할 거잖아."

억눌린 목소리와 함께 눈물이 가득 차올랐다. 한 번 깜빡이면 주체 못하고 흘러내릴 정도로 시야를 뿌옇게 가렸다. 청사는 이를 악물면서 눈물이 흐르지 않도록 애썼다. 눈물에 시야가 흐려진 청사를 바라보면서 고도는 쓸쓸하게 웃었다.

"일각 전까지만 해도 그러했는데 아무래도 안 되겠구나."

고도의 이야기를 한 번에 이해하지 못한 청사가 눈을 깜빡이는 사이에 눈물이 방울방울 흩어져 내릴 때였다. 고도는 청사를 끌어안고 입을 맞췄다. 사람들이 놀라서 헛숨을 들이켜고 용왕은 움찔하며 발톱을 까딱였다. 충격적인 장면에 아무도 입을 떼지 못했다. 고도는 하나뿐인 손으로 청사의 뒷머리를 감쌌고, 청사가 놀라서 움츠러들 만큼 깊게 입을 맞췄다.

사람들은 눈을 어디에 둘 줄 몰랐다. 고도의 부탁을 받고 봉수와 임금 무리를 이곳까지 데려온 조그마한 콩 병사만이 두 손으로 눈을 가렸다. 그마저도 손가락 사이를 벌려 몰래 입을 맞추는 모습을 구경했다.

주변의 경악과 당황스러움을 온몸으로 받아들이면서도 고도는 청사의 입술을 충분히 음미한 끝에 손을 놓았다. 둘의 혀를 이어 주던 가느다란 실이 끊어졌다. 청사가 제 입술에서 떨어진 고도의 입술을 찾아 고개를 숙였다. 따라붙어서 다시 이어지려는 입맞춤을 고도가 자제시키고는 용왕을 바라봤다. 아우와 혀를 섞은 사내가 쳐다보니 차마 눈을 마주할 수 없는 이상한 당황스러움에 용왕은 고도의 어깨너머로 시선을 돌리고 말았다.

"내 소원을 말하마. 그대가 내게 얽힌 모든 악연을 풀어 주었으면 좋겠다."

고도에게 다시금 입을 맞추려던 청사가 놀라서 눈을 크게 떴다. 고도를 애써 외면하고 있던 용왕이나, 입맞춤에 혼비백산할 만큼 놀란 임금의 무리나 모두 일제히 고도를 쳐다봤다. 제일 멍청한 표정으로 고도를 바라보던 청사가 이를 꾹 깨물더니 억눌린 목소리로 물었다.

"……죽겠다는 소원을 빈다면서."

"한때는 그러했지. 그게 목표였고 또한 삶의 이유였지."

"……그럼 지금은……."

"네게 안기면서 했던 약속을 지키려 한다."

너를 위해 살고 싶다.

청사의 사랑에 보답할 것이 그것밖에 없다며 낡은 객사에서 촛불에 몸을 섞으면서 했던 말이었다. 고도는 입 안을 맴도는 수많은 이야기를 삼키고 청사의 볼에 입술을 가져갔다. 아주 가벼운 입맞춤이었다. 이전의 격정적인 맞물림과는 달리 어린아이가 부모에게 해주듯 쪽 소리가 나는 애정의 표시였다. 그 입맞춤을 받은 청사의 표정이 순식간에 무너졌다. 자신도 다스리지 못하는 엉망이 된 표정으로 하염없이 눈물을 흘렸다. 목이 메어서 아무 말도 못 한다. 그저 숨을 몰아쉬면서 펑펑 눈물을 쏟았다. 손등으로 닦아도 보고, 손바닥으로 쓸어도 보지만 눈물은 제방 터진 둑처럼 쉼 없이 흘러내렸다.

청사가 당황하여 그만 울어 보려고도 했는데 그게 말처럼 쉽지가 않다. 청사는 손바닥으로 눈물을 받을 수 있을 만큼 우는 스스로에게 무척이나 당황한 상태였다. 이렇게까지 꼴사나운 모습을 보이고 싶지 않았는데 고도가 죽지 않겠단 말을 하니, 아무 생각도 들지 않은 채 그저 눈물만 쏟아졌다. 고도는 청사의 엉망이 된 얼굴을 보면서 짓궂게 웃었다. 울지 말라고 달래는 대신에 더 울도록 내버려 두는 심술을 부렸다. 저 때문에 얼마나 마음고생을 했는지가 그 눈물로 절실하게 와 닿는 기분이었다. 청사가 이만큼이나 걱정하고 슬퍼하고 힘들어했다는 게 고스란히 느껴졌다.

고맙다.

고도는 눈물을 받아 내고 지워 내느라 애쓰는 청사의 손을 사랑스럽게 잡아 주었다. 눈물이 더 쏟아지면서 오히려 역효과가 났지만 말이다.

고도와 청사가 하는 모습을 잠자코 바라보던 용왕이 비로소 입을 뗐다. 용왕의 파란 눈엔 헛것을 본 양 당황스러운 기색만 한가득이었다.

「그것이 네가 진정 원하는 것인가.」

고도가 망설임 없이 고개를 끄덕인다.

"그렇다. 나와 얽힌 모든 것을 푸는 게 진정으로 원하는 것이다."

「죽겠다는 생각은 어찌한 것이냐. 네가 살아온 이유라는 그것을 포기할 셈이냐.」

"그래, 포기하겠다."

어찌 저리도 단호한가. 고작 조금 전에 소원을 바꾼 사람이 아무런 후회도 미련도 남지 않는다는 소린가. 지금까지 죽음만을 위해 살아온 것보다 앞으로 살아갈 가치를 더 높게 평가하지 않고선 저러지 못할진대. 용왕은 고도의 결정에 왈가왈부하고 싶지 않았다. 살고 죽고의 문제는 오롯이 개인의 문제이기에 그것을 관여할 이유도 없었다. 하나 고도는 다르다. 고도는 아주 특별한 인간이다. 고도를 주목하는 삼계三界의 존재들이 고도에게 바라는 건 자진하여 죽는 것이고, 그런 마음이 들게끔 천인과 신선과 동해 용왕까지 가담한 것이다. 수백 년에 걸쳐진 그 노력이 모두 수포로 돌아갈 판이다. 악동 고도가 여전히 인간계에 남아 세상을 혼란스럽게 만든다면 이젠 정말로 막을 길이 없다. 용왕은 이례적으로 소원을 바로 들어주지 않고 부정적인 의사를 내비쳤다.

「후회할 것이다. 너는 지금이 아니면 앞으로 영영 죽을 기회가 없을지도 모른다. 인간의 몸과 마음으로 그 무구한 세월을 견딜 자신이 있느냐.」

고도는 덤덤하게 답했다.

"무구하다고 말한 세월을 지금까지 살아왔다. 앞으로 살아가는 게 그것과 무엇이 다르겠나."

「네놈이 또다시 이 세상을 혼란스럽게 만들면 그땐 네가 아닌, 너를 살린 저놈에게 죗값이 돌아갈 것이다.」

용의 발톱이 청사를 가리켰다. 고도는 그 발톱을 밀어내어 청사를 위협하지 못하게 했다.

"걱정하지 마라. 나는 앞으로 사람을 해치는 도술은 쓰지 않을 것이다."

「빈말로 약속을 해봤자다.」

"빈말이 아니다. 내가 잘못하면 내 정인에게 그 죗값이 돌아간다는데 어찌 도술을 쓰겠나. 내 목숨보다 소중한 이다. 정인에게 피해가 갈 일은 절대 하지 않을 것이니 걱정하지 마라."

용왕은 어이가 없는 얼굴로 청사와 고도를 번갈아 보았다. 아우는 아직도 눈물을 멈추지 못하고 고도만 소중하게 끌어안고 있었다. 그런 아우를 달래 주듯 토닥이는 고도의 손길은 다정하기 그지없다. 깊은 애정과 신뢰를 바탕으로 한 사랑이다. 그것도 세상 전체를 통틀어 가장 악명 높은 인간과 세상을 다스리는 부류 중 하나인 천룡의 사랑. 세상에서 가장 어울리지 않는 인연의 합슴에 용왕은 더는 아무 말도 하지 않았다. 고도와 아우의 문제는 자신이 어찌할 수 있는 수준을 한참이나 벗어나 있었다.

「그대에게 얽힌 인연을 풀어 주겠다. 그대가 생각하는 악연의 기준을 말하라.」

고도는 시선을 돌려 임금과 무관 무리를 바라봤다. 고도의 눈길을 받은 임금은 어금니까지 깨물며 무언가 답답해하는 심정을 숨기고 있었다. 용왕이 없었으면 고도에게 한바탕 퍼붓듯이 따져 물을 기세였다. 감히 임금을 불러다 놓고 용왕을 접하게 하더니 임금이 보는 앞에서 죽겠다는 소원을 암시하여 몹시 놀라게 했다. 그러곤 이제 악연을 풀어 달라고 죽음을 대신한 소원을 비는데 누구보다도 임금 자신을 겨냥한 소원이 분명했다. 임금은 그렇게 고도에게 노력했지만 고도는 어떻게든 임금을 악한 인연이라고 생각하고 있다. 그것이 너무도 화가 나고 속상해서 임금은 그저 두 주먹만 와지끈 쥐고 있었다.

화가 난 임금 너머에는 이 상황이 낯설기만 한 늙은이가 어깨에 조그마한 콩병사 하나를 올려놓고 난색을 보이고 있었다. 콩병사는 고도에게 손을 흔들어 보이면서 천진난만하게 굴었다. 그의 주인은 용왕을 본 시점부터 제정신이 아닌 것 같았지만 콩병사는 즐거워 방방 뛰기 바빴다. 한산뫼에 스스로 몸을 숨기고 평생을 독만 짓던 늙은이가 겨울 동안 너무도 많은 일을 겪었다. 천계에서 그를 잡으러 온 천룡과 선녀들을 대했고, 곡식을 병사로 만들어 제 수족처럼 부리는 일을 배우기도 했다. 임금의 또 다른 충직한 신하로, 그리고 고도를 은인처럼 여기기도 했다. 이제는 여생에 볼일이 없으리라 믿은 용족까지 접하니 한꺼번에 쏟아진 다양한 경험의 연속에 조금은 정신이 없어 보였다.

고도는 임금보다 봉수에게 시선을 고정했다. 눈이 마주친 봉수가 식은 땀까지 쩔쩔매는 모양새가 참으로 순박해 보여서 절로 얼굴에 부드러운 미소가 퍼졌다.

"살생부에서 이름이 지워진 골칫덩어리 '고도'를 죽이기 위해서 천계와 청호림이 얼마나 갖은 애를 썼는지, 그 피해자로서 봉수라는 놈이 나왔다."

용왕에게 하는 말이면서 고도의 시선은 봉수에게만 박혀 있었다. 봉수를 두고 하는 말이 분명하기에 무관과 임금은 봉수를 바라봤다. 주변 모두에게서 주목을 받은 봉수는 당황하면서도 고도의 이야기를 곱씹는 침착함을 보였다. 천계에서 하계로 파견된 이유가 고도라는 사실을 알게 된 봉수의 표정이 어두워졌다. 고도가 쉽게 죽지 않는다는 것을 알고 하계를 제외한 모든 계㽋에서 다양한 노력을 보였는데 그중 하나가 천인의 힘으로 고도를 죽여 보려 한 옥황상제의 꾀였다. 그 꾀는 결국 실패로 돌아갔다. 땅에 버려진 패로서의 봉수는 처지가 몹시 박복해졌고 말이다. 고도는 어둡게 굳어져 있는 봉수를 위해 조금 더 자세한 설명을 시도했다.

"천인인 그대가 하계에 다시 태어난 이유는 누군가를 죽이기 위함이다. 그렇지 않나.”

봉수가 뜸을 들이다가 입을 뗐다.

“그렇지.”

“그 상대는 세상을 혼란하게 만드는 자이고.”

“음…… 그래. 그 인물을 척결하라 상제의 명을 받았다.”

“그게 바로 나다.”

고도는 봉수에게 가까이 다가갔다. 봉수가 흠칫 놀라 뒷걸음질쳐도 벌어진 거리만큼 좁히고 다가가서 봉수의 손을 붙잡았다. 봉수는 고도가 잡아끄는 대로 손을 들어 올렸다. 그 손에는 무관들이 임금에게 정식으로 하사받은 검이 들려 있었다. 고도가 검 끝을 자신의 목에 정확하게 겨누었다.

“나는 심장이 찔려도 죽지 않는 괴이한 놈이지만, 신체가 잘리면 다시 붙지는 못한다. 그래서 예전부터 줄곧 궁금했었다. 과연 목이 잘리면 살 수 있을까, 아니면 죽을까. 그 위대한 호기심의 종말을 그대 손으로 맞이해 보는 게 어떻겠느냐.”

봉수의 검 끝에 닿은 고도의 목에서 붉은 상처가 생겼다. 목을 지그시 누르는 칼끝에 힘이 실려 있다. 고도가 검에 쥐는 손의 힘이 봉수는 고스란히 느껴졌다. 그 힘이 고도에게 큰 위협이 된다면 고도의 정인인 청사가 가만 내버려 두지 않고 달려올 테지만, 아직까진 그런 기색이 보이지 않는다. 고도가 적당한 연출을 가미하고 있다는 뜻이다. 봉수는 고도에게 호락호락 놀아나고 싶지 않아서 검을 빼냈다. 고도의 목젖을 압박하던 날을 치우고 살생의 의지가 없음을 확인시켜 주듯 아예 검집에 박아 넣어 버렸다.

“그대는 나의 은인이다. 내가 이 세상을 다시 살아갈 가치를 일깨워 주었다. 그런데 어찌 내 손으로 은인을 죽이겠는가. 죽음에 대한 호기심은 나 말고 정인에게나 부탁해라.”

“그것이 그대가 하계에서 태어난 이유임에도 못하겠는가.”

“못한다.”

고도는 빙글 몸을 돌려 용왕을 마주했다.

“용왕. 봉수처럼 모순적인 숙명을 지닌 이가 바로 내 악연으로 분류된다. 날 죽여야 한다는 목적을 갖고 태어난 이를 내 인연에서 끊는 게 합당하지 않겠느냐. 나와의 인연을 끊어 주어라. 그리하면 봉수는 비로소 자신이 쓰일 수 있는 곳에서 살 수 있을 것이다. 곡식 병사들의 힘이 쓰이지 않으면 그 얼마나 아까운 낭비냐. 나를 대신하여 전하의 왕권 강화에 봉수가 곡식병사들의 힘을 쓸 수 있도록 해주어라.”

“그 무슨……!”

당황스러운 목소리는 봉수와 임금의 입에서 동시에 터졌다. 잠자코 듣고만 있는 용왕에 비해 고도의 소원이 이루어진다면 가장 먼저 그 영향을 받을 두 사람의 동요가 심했다. 임금은 속에 쌓아 놓은 수많은 말을 하고 싶지만, 어제처럼 고도와 반대되는 의견만 충돌할 뿐 서로의 생각을 굽히지 않으리라 확신하기에 어금니만 깨물었다. 앞으로 왕가와는 결코 얽힐 일이 없게끔, 이 자리에서 모든 걸 정리하려는 고도의 결심을 돌릴 방법이 없다. 죽음을 포기하고 선택한 소원이므로 사사로운 감정에 휘말려 철회하거나 번복할 사항이 아니었다.

고도는 임금이 갇힌 굴레를 안다. 조정 때문에 정국을 다스림에 있어서도 그 한계가 명백하여 조정의 천적이라 할 수 있는 고도를 어떻게든 제 휘하로 끌어들이고 싶어 한다. 그리하면 정권도 안정되고, 저 역시 아비처럼 풍류와 가무를 즐기는 자유인이 될 수 있으리라 믿는다. 왕권에 힘을 보탤 수만 있다면 굳이 고도가 아니어도 괜찮았다. 고도의 재주가 특별한 것은 분명하지만, 조정을 경계함에 있어 봉수의 능력도 제법 쓸모가 많다. 봉수가 이끌 수 있는 콩과 팥으로 이루어진 병사는 임금의 호위만을 책임지는 무학관 무관과는 달리, 조금 더 방대한 역할을 할 수 있다. 외세의 침략이 있을 땐 유용한 군사로서, 평소에는 믿을만한 전령과 사신으로서, 또한 부패를 일삼는 조정의 썩은 부분을 탐색하는 밀정으로서 다양한 방면에서 임금을 보필할 수 있음이 분명했다.

용왕은 다시 한 번 고도의 머리에 발을 올렸다. 날카로운 발톱 아래에서 고도는 얌전히 용왕의 기운을 느꼈다.

「고도, 그대가 바라는 것이 그대와 얽힌 모든 악연의 정리가 맞는가.」

용왕은 고도의 소원을 다시금 확인했다. 대답은 곧바로 이어졌다.

"맞다."

「소원은 이루어졌노라.」

눈에 보이는 변화가 없었지만 용왕은 말을 마치자마자 머리에 올려놓았던 발을 거두고 바닷속으로 몸을 담갔다. 청사를 바라보는 눈이 잠깐 멈칫하는 기색을 보였지만, 이 이상 고도나 임금 무리와는 얽히기 싫은 듯, 용왕은 피곤한 얼굴로 아우에게 인사치레도 없이 등을 돌렸다. 메기 같은 수염이 너풀거리며 고도의 머리 위를 스쳐 바다로 들어갔다. 청색의 비늘이 햇빛에 반짝이면서 잔잔한 물보라를 일으키더니 용의 기다란 몸이 해수면에 붙어서 헤엄을 쳤다. 기지 꼭대기에서 그 유려한 움직임을 구경한 지 얼마 지나지 않아 용왕은 모습을 감추었다. 더 깊은 바닷속, 자신과 용인과 용녀들이 살아가는 용궁으로 귀환하는 것이다.

용왕이 사라진 바닷가는 긴장이 사라져 평온하기만 했다. 용왕이 물밖으로 모습을 드러냈을 때부터 멈추었던 바람과 파도가 거짓말처럼 다시 찾아왔다. 숨을 쉬는 것마저 의식하게 하던 무거운 공기가 한층 가볍게 불어오는 바람에 날려갔다. 그간 어딜 갔는지 보이지 않았던 기러기가 갯바위에 내려앉았다. 세상이 다시금 소란스러워지며 평소의 활기를 되찾자 고도도 바짝 힘을 주고 있던 어깨와 목에서 긴장을 풀었다.

용왕을 다시 만나고도 감정적으로 달려들지 않고 차분하게 대응한 자신이 이상하기만 했다. 언제나 꿈꾸었던 용왕과의 재회는 칼부림이 먼저였다. 이렇게 말을 많이 나눌 필요도 없는 그저 사나운 싸움이었다. 그리고 용왕에게 소원을 빌고 나면 더 이상 햇살이 눈부신 세상을 볼 수 없을 거라 생각했거늘. 이 세상에 두 발을 딛고 서서 바람과 파도 소리에 귀를 기울이고 맑은 파도가 일렁이는 바다를 쳐다볼 줄은 몰랐다. 용왕을 만나기 전과 다를 바 없는 세상이 낯설고 새롭게 보였다.

"고도, 그대는 처음부터 이럴 생각이었나."

용왕이 사라진 바다를 한참이나 바라보던 고도가 임금의 목소리를 알아듣고 조심스레 몸을 굽혔다. 임금은 고도가 보이는 충성의 몸짓을 더는 기쁜 마음으로 받아들이지 않았다.

"그대라면 아버지에게 그러했던 것처럼 내 둘도 없는 친우가 될 것이라 믿었건만, 내 믿음이 어리석었다. 그대는 어떠한 방법으로든 나와 인연을 끊을 생각밖에 하지 않았구나."

임금은 고도를 대신하여 제게 큰 힘이 되어 줄 봉수를 얻었음에도 표정이 밝지 않다. 어떠한 형태로든 고도를 곁에 두지 못했기 때문이다. 조정에 맞서도록 고도를 전략적으로 이용할 필요도 있지만, 한편으로는 외롭고 쓸쓸한 자리에 앉아 있는 자신에게 고도가 둘도 없는 벗이 되길 바라기도 했다. 임금은 그 상실감을 겉으로 내색하지 않으려고 노력했다. 동해까지 와서 고도에게 비열하고 한심한 모습을 보인 것도 마음에 걸리건만, 결국 빈손으로 자량에 되돌아가야 해서 마음이 무겁기만 했다. 고도는 울적한 임금의 심정을 가만히 들여다보더니 그리 말했다.

"전하, 전하께선 돌아가신 부군과 무엇이 다르냐고 물어보신 것을 기억하십니까. 그에 대한 대답을 늦었지만 올려도 되겠습니까."

임금이 고개를 끄덕이자 고도가 평온한 미소로 화답했다.

"나약한 부군과 달리, 전하는 어떠한 상황도 헤쳐 나가려는 불굴의 의지를 지녔습니다. 그 강인함과 단단함은 전하를 앞으로 훌륭한 성왕으로서 존경받는 근간이 될 것입니다."

인제 와서 아버지의 친우였던 모습으로 돌아가 칭찬의 말을 늘어놓아도 소용이 없다. 듣지 않을 것이다. 충성을 맹세해 놓고 다른 이의 곁으로 간 고도의 말을 듣고 싶지 않다. 속으로 그렇게 치졸한 다짐을 해보지만 고작 고도가 저를 인정하는 몇 마디에 기분이 누그러지고 마니, 임금은 자신이 얼마나 고도를 마음에 품어 왔는지를 스스로 깨달았다. 절로 못마땅한 시선이 되어 청사를 보게 된다. 청사가 없었으면 이 어른스럽고 포근한 이야기를 매일 자량의 궐 안에서 듣고 마음이 평온해졌을 텐데 이젠 그 바람이 영영 이루어질 수 없다. 아버지의 친우로서, 자신의 벗이자 신하로서 고도를 잡아 둘 수가 없다.

청사가 미워서 노려보던 임금은 결국 푸욱, 깊은 날숨을 뱉었다. 고도가 상심한 임금에게 조언을 계속했다.

"제게 집착하셨던 욕심을 조금 내려놓으십시오. 사람에겐 손이 두 개뿐인데, 전하께선 그 두 손에 명예와 권력을 꼭 쥐고 있으면서 다른 것마저 쥐려는 욕심을 부리고 있습니다. 원하는 것이 있으면 하나를 버리는 법을 배워야 합니다. 버릴 줄 아는 사람이 더 많은 것을 잡을 기회를 얻습니다."

임금은 꼬옥 다물고 있던 입을 열었다.

"나는 명예와 권력을 버리고 그대를 얻고 싶었다."

"그것이야말로 무엇을 버려야 하는지를 몰라서 범하는 우입니다. 소인을 버림으로써 전하는 명예와 권력을 지키고 나아가 전하를 보필할 충신인 봉수를 얻지 않았습니까."

임금의 시선이 봉수에게 닿는다. 비록 고도의 은덕을 입어 새로운 삶을 시작한 이라, 고도가 임금 곁에서 보필하라고 명하면 받들어 모실 사람이지만 강요된 충심이 거짓이 아니라는 건 누구보다 임금이 잘 알고 있다. 봉수를 무관으로 들일 때 세세한 이야기를 나누고 속내를 파헤쳤다. 봉수는 아주 깨끗한 마음을 가진 늙은이다. 세월의 모진 풍파에도 좌절거나 포기하지 않는 곧은 심성을 가졌다. 고도를 통해 새로이 얻은 무관의 삶을 기뻐하며 행복하게 받아 들일 줄 알았다. 봉수는 자신의 가치를 알아준 고도에게 더없이 고마워한다. 그러면서 그 가치를 바르게 쓰이도록 이용해 주는 임금에게 무구한 영광을 돌린다. 가만 내버려 두면 또 다른 골칫거리가 될 콩과 팥 병사들이 이 나라와 임금만을 위해 오롯이 쓰인다는 것이 얼마나 큰 기쁨이며 가슴이 벅차오르는 일인가.

고도를 놓는 대신 봉수를 얻었다.

임금은 속으로 피식 웃었다.

"하여튼 말은 잘하지."

적재적소에 현명한 조언을 해주는 고도에게 믿고 의지할 일이 앞으론 더 이상 없을 것이다. 아쉽다. 임금은 미련을 남기지 않으려고 고도에게서 몸을 돌렸다. 고도에게 다시 한 번 "정말로 나와 자량에 가지 않겠느냐. 원한다면 그대의 정인도 함께하라."고 말하고 싶었지만 애써 눌러 참았다. 왕가의 인연을 악연이라 칭하는 이다. 궐로 초대해도 전혀 반갑지 않을 테니 임금의 제안에 이어지는 대답은 분명 거절일 것이다. 버릴 것과 손에 쥘 것을 구분하라. 고도의 마지막 충언을 마음에 깊이 새긴 임금이 무관들을 향해 외쳤다.

"대열을 정비하라. 다시 자량으로 돌아갈 것이니 오랜 이동에 철저한 대비를 해라."

흑립을 고쳐 쓴 임금이 계단 밑으로 내려가자 무관들이 그 뒤를 질서

정연하게 따랐다. 이별의 인사도 없이 뒤도 돌아보지 않고 기지 밑으로 내려간 임금이 야속하다. 고도는 새침데기 같은 임금의 태도를 할아범이 손자를 어르는 듯한 미소로 바라봤다. 여기서 또 고도를 보고 인사를 했다가는 미련이 남을 것을 알기에 마음을 다잡으려 노력하는 행동을 가상하게 지켜봤다.

무관을 정비한 임금이 먼저 말에 올라탔다. 한 번쯤은 뒤를 돌아볼 것이라고 여긴 고도의 예상을 엎고, 임금은 망설임도 없이 자량으로 통하는 큰 길목으로 나아갔다. 그 뒤를 적립을 쓴 무리가 따랐다. 무리의 맨 꽁지에 뒤처진 이가 잠시 멈추어 고도가 있는 성곽 쪽을 올려다보았다. 다른 사내들처럼 적립을 쓰고 있어 얼굴은 잘 보이지 않지만 모자 아래로 성성하게 난 하얀 머리나 고삐를 쥐고 있는 주름 진 손을 보건대 봉수가 분명하다. 그는 들리지 않는 목소리로 뭐라 외치더니 고개를 꾸벅 숙이고 저만치 앞서간 대열을 따라잡기 위해 말의 옆구리를 찼다.

요란한 말발굽 소리가 해변을 울렸다. 그 소리는 곧 옅어져 파도 소리에 완전히 묻혔다. 해변에 촘촘하게 남은 말과 사람의 발자국만이 조금 전까지 많은 인원이 있다 간 흔적을 대변했다. 그마저도 오래된 옛날처럼 금세 바람에 떠밀려 온 모래알들로 지워졌지만 말이다.

"고도, 봉수가 뭐라고 한 거야?"

청사가 곁에 다가오자 고도는 대답을 하려다가 우선 청사의 얼굴을 확인했다. 조금 전까지만 해도 눈물을 펑펑 쏟아서 그런지, 눈두덩이 퉁퉁 부어 있다. 그게 꽤 재밌어서 눈을 반짝이며 구경했더니 청사는 민망함에 얼굴을 붉혔다. 볼과 턱에 눈물 자국이 남아 있어서 손으로 쓸어 주었다. 청사의 살결에 매달려 있었던 것이라 온기를 받아 따뜻한 물기였다.

"고맙다."

고도의 뜬금없는 이야기에 청사가 되묻는다.

"갑자기 뭐가?"

"봉수가 그랬어. 고맙다고."

"아아…… 난 또, 네가 나한테 고맙다는 줄 알았네."

"그 뜻도 맞다. 나는 네게도 고맙다고 말한 거다."

대롱아, 고마워. 부드럽게 퍼지는 목소리였다. 민망함과는 또 다른 의미로 얼굴을 붉힌 청사는 고도의 손을 잡고 계단을 한 걸음씩 내려왔다.

"고도야, 나는 네가 나와의 인생을 선택해 준 것만으로도 고맙다. 네가 죽기로 결심한 마음을 바꿔 준 것만으로도 난 언제든 펑펑 울면서 고마워할 것이야."

"음. 엄살이 심해졌구나."

"엄살이 아니란 걸 보여 주마. 날 위해 살아 준 네게 선물을 주겠다."

청사는 고도에게 손을 내밀었다. 고개를 갸웃하는 고도가 내민 손을 잡아 주지 않자, 청사는 망설임도 없이 고도의 손을 낚아챘다. 어, 하는 사이에 고도의 손을 잡고 달렸다. 순식간에 계단을 뛰어 내려온 청사는 말발굽 자국이 지워지지도 않은 해변까지 내달렸다. 처음에는 가볍게 빠른 발걸음으로 엉거주춤한 고도가 넘어지지 않게, 그러다 속도를 붙여 단정하게 묶은 머리가 풀어 헤쳐져 등 뒤로 물결처럼 넘실거릴 정도로 달렸다. 고도는 백사장에 발이 푹푹 빠져 몸이 기우뚱하면서도 흩날리는 기다란 머리카락을 보고 웃음을 터뜨렸다. 가슴이 부풀어 오를 정도로 벅차고 상쾌한 느낌인 고도의 웃음소리는 유쾌했다.

해변을 박차고 달리던 청사의 몸이 허공으로 떠오르는 순간, 청색 도포가 청사를 감쌌다. 옷과 머리카락이 한데 어우러지면서 서른 장을 넘는 기다란 용의 몸통으로 바뀌었다. 두 번째 보는 것이지만 눈을 뗄 수가 없다. 아름답고 진귀하여 그저 눈앞에 두고 감상을 하고 싶었다. 이 세상을 창조한 초월적인 존재가 있다면 그는 하늘과 바다 땅을 통틀어 천룡이라는 가장 우아한 종족을 만들었으리라.

「올라타거라.」

징징, 고운 종소리처럼 맑게 울리는 목소리가 얼굴을 내밀어도 고도는 쉽게 용의 몸통 위로 오르질 못했다. 고도의 얼굴이 비칠 정도로 맑은 호수를 닮은 눈동자에 웃음기가 서렸다. 얼굴을 들이밀어 기다란 혀로 고도의 몸 전체를 핥아 올린 천룡은 고도의 목덜미를 이빨로 물어서 억지로 제 등에 태웠다.

「꽉 잡아라. 헐겁게 잡으면 떨어질지도 모른다.」

해변을 따라서 수평으로 날던 천룡이 하늘로 고개를 쳐들었다. 그러곤 예고도 없이 몸을 세워 하늘을 향해 튀어 올랐다. 깜짝 놀란 고도는 반사적으로 천룡의 뿔을 잡았다. 강한 바람이 머리카락과 검은 두루마기를 날렸다. 고도는 눈을 꼭 감고 청룡의 등에 몸을 낮추어 기댔다. 눈을 감아도 몸이 부웅 떠오르는 감각은 똑똑히 느껴졌다. 높은 하늘로 솟아올랐음을 두 뺨에 닿는 차가운 공기로 느꼈다. 탁하게 내뱉은 날숨이 하얀 입김을 내뿜었다. 옷과 머리카락에 찬 서리와 이슬이 맺혔다. 고도는 따가울 정도로 얼굴을 강타하는 날카로운 바람이 멎고 나서야 천천히 눈을 떴다. 제일 먼저 보인 것은 얼굴을 감싼 천룡의 푸른 갈기다. 그리고 슬며시 고개를 들자 비로소 흘러가는 구름과 비슷한 높이에서 내려다본 바다가 눈에 들어왔다.

고도는 저도 모르게 입에서 탄식을 뱉었다. 천룡의 뿔을 잡고 있는 손이 스르륵 힘이 풀릴 정도로 아름다운 광경이었다. 제법 오랜 세월을 살아왔다고 자부하는 고도도 한 번도 본 적 없는 풍경이었다. 전 인간을 통틀어 아니, 땅에 두 발 붙이고 사는 존재는 그 누구도 이런 광경을 보지 못할 것이다. 이것은 오직 하늘에 속한 이들만 볼 수 있는 장관이다.

끝을 알 수 없을 정도로 넓게 펼쳐진 바다는 저물어 가는 태양이 뿌린 노을빛으로 인해 금색으로 일렁였다. 저 바다 너머에서 거인이 앉아 금을 녹여 만든 물을 이쪽으로 밀어내는 것만 같았다. 국그릇에 담긴 금색 물을 숟가락으로 젓는 것처럼 너무도 포근하고 아름답다.

금빛 바다를 바라보는 고도의 두 눈에 눈물이 맺혔다. 누구도 범접하기 어려운 아름다운 풍경을 보니 그 감격에 목이 메고 가슴이 아팠다. 처자식을 모두 삼켜 버린 바다는 그것만으로도 원망의 대상이며 복수를 할 수 없는 거대하고 위험한 존재였다. 규칙적으로 해변까지 쓸어올리는 물결을 볼 때마다 일 년에도 사람을 수십 수백 명씩 잡아먹으면서 어찌 그렇게도 여상하고 무덤덤한지, 생각하면 무섭기도 했다.

죽음에 맞닿은 가장 잔인한 존재였다. 모든 것을 앗아 간 바다를 보면서 할 수 있는 것이라곤 바다를 향해 메아리도 치지 않는 소리만 빼액 치는 것뿐이었다. 그런 바다가 누구도 쉽게 접근하는 것을 허용하지 않은 이유를 알았다. 경이로운 아름다움을 들키기 싫어서다. 그 아름다움을 사로잡고자 그 누가 어떤 악독한 짓을 할지 모르기 때문이었다.

고도는 천룡에게 몸을 편히 기댄 채 금빛으로 일렁이는 바다와 아직은 어두워지지 않은 하늘의 경계를 바라봤다.

"고맙다."

하늘을 유유히 나는 거대한 용을 보고 날아오던 새가 황급히 방향을 바꾸는 모습을 보면서 고도는 눈물이 맺힌 눈으로 실없는 웃음을 뱉었다.

"고마워."

「고마운 건 나란다, 고도야.」

고도는 복잡한 감정이 담긴 눈으로 바다에서 조금도 시선을 떼지 못했다. 천룡은 여러 가지 감상에 잠긴 고도를 방해하고 싶지 않아서 고마운 감정을 속으로만 곱씹었다.

고도야. 나는 너와 함께하면서 한 가지 소중한 것을 알았다. 살아간다는 건 때론, 목적지까지 빙 돌아서 가는 것도 나쁘지 않구나, 라고.

　고도는 강문을 만나기 위해 많은 사람을 만났다. 동해 용왕을 만나러 가는 여정에선 원치 않게도 수많은 요괴의 사정을 지켜보아야 했다. 때론 그 만남 속에서 고도는 특별한 취급도 받고 악인으로 모욕당하기도 하면서 웃고 우는 일들이 이어졌다. 고도는 다양한 만남과 인연을 성가시고 하찮은 것으로 여길지도 모른다. 하나 청사의 눈엔 그것이 바로 살아가는 행복처럼 느껴졌다.

　부모가 정해 준 길을 따라 걸으며 남들에게 인정받는 위치에 서야만 했던 청사는 자타가 원하는 완벽함을 갖추기 위해 모험도, 도전도 해보지 않았다. 실패해서 밑바닥으로 굴러 떨어질 바엔 실패할 가능성조차 없는 가장 안전한 길을 택했다. 그래서 남들보다 조금 덜 행복했다. 불행을 경험해 보지 못해서 행복의 가치를 알지 못했다. 성공과 실패, 좌절과 희망 따위의 다채로운 감정을 알지 못해도 청사가 해야 할 일엔 아무런 지장이 없었다. 오히려 감정이 배제된 냉철한 사고를 더 추앙하여 청사 역시 그 틀에 자신을 맞추려고 부단히 노력했었다.

　그러다 고도의 여정에 휘말려서 누군가 죽거나 다치는 모습도 보고, 속고 속이며 서로를 위하거나 사랑하는 모습을 보면서 꼭 남들이 보기에 완벽한 삶을 살 필요가 없음을 깨달았다. 남들에겐 부족해 보이는 삶이라도 스스로 행복하다 느끼면 충분하다고 말이다. 하계에 와서 고도를 만나지 않았다면 행복이라는 게 무엇인지 몰랐으리라. 목적지까지 직선으로 달리지 않고 빙글빙글 돌아가는 것이 더 좋다는 것을 깨닫지도 못했을 것이다. 목표와 가치는 분명하면서도 그 속에서 겪는 모든 일을 피해 가거나 외면하지 않고 즐길 수 있다는 것을, 고도와의 여정이 아니었으면 누가 알려 주었을까.

    고향에서는 배우지 못한 너무도 많은 것을 고도를 통해서 깨달았다. 소중하고 고마워서 그 보답으로 아무것도 해주지 못한 자신이 미안해 눈물이 나올 정도라.

「고도. 네가 모든 악연을 정리해 달라는 소원을 빌 때 나도 그런 생각을 했다. 나 역시 천계에 미루고 온 것들을 모두 해결해야겠다는 생각 말이다.」

청사는 조금 새된 종소리로 말을 이었다.

「아버지껜 내 부족했던 과거의 허물을 용서받고 싶구나. 그러니 잠시 하늘에 다녀와도 되겠느냐.」

고도는 발갛게 얼굴을 물들였다. 높은 공기가 차가워서인지, 청사를 떠나보내야 한다는 생각에 섭섭한 마음이 들어서인지, 그도 아니면 청사가 자신의 일에 정면으로 맞선다는 생각이 기특하여 가슴이 뭉클해졌는지는 분명하지 않았다. 중요한 건 청사가 고도만큼이나 자신이 해야 할 일을 확실하게 안다는 사실이었다. 청사를 위해서 살겠다. 그 약속을 지켜 준 고도를 위해, 청사 역시 고도를 위해 삶을 위한 길을 선택했다.

"그 말을 기다렸다. 네가 해야 할 일을 피하고 도망 다니는 것을 언젠간 혼쭐낼 생각이었는데 먼저 마음을 고쳐먹고 이리 말해 주니 내 어찌 흔쾌히 갔다 오라 인사해 주지 않을쏘냐."

「얼마나 걸릴지 모른다. 짧으면 일 년에서 길면 수십 아니, 수백 년이 걸릴 수도 있는 일이다.」

"상관없다. 네가 충분하다고 생각했을 때 다시 하계에 내려오면 된다. 잊었느냐, 나는 영원토록 죽지 않는 불사의 몸이다. 언제까지고 널 기다리마."

「네가 보고 싶으면 어떡하지.」

"꿈속에서 만나자꾸나."

「네게 입을 맞추고 싶을 땐 어떡하느냐.」

"네게 불어오는 바람을 나라고 생각하며 포근히 안아 주거라."

「내가 떠난 사이에 네가 나를 잊으면 어떡하느냐.」

"나는 오히려 네가 천계에 눌러앉을까 봐 걱정이 되는구나."

그러니 우리 둘은 걱정과 고민을 할 필요가 없다. 서로 위하고 생각하는 마음이 이렇게나 애틋한데 어찌 헤어짐을 두려워하느냐. 설사 상사병에 몸을 뒤척이더라도 떨어져 있는 시간 동안에도 서로를 생각하는 마음을 더 키우면 될 것을. 고도의 조금도 망설임 없는 대답에 천룡의 맑은 눈에 물이 고였다. 청사를 위해서라면 자신의 외로움 따위 얼마든지 버틸 수 있다고 말해 준다. 그러한 정인의 마음이 예쁘고 사랑스러워 천룡의 목소리가 떨렸다.

「우리가 다시 만날 때, 그땐 하계와 동화할 수 있는 평범한 사람처럼 지내자.」

천룡이 고개를 돌려 고도를 바라보니, 고도의 몸통만큼 커다란 푸른 눈에 눈물이 가득 고여 있었다. 바다에서 시선을 뗀 고도는 그 푸른 눈을 마주한 채 살며시 웃어 보였다.

"좋구나. 요괴와 천룡과 죽지도 못하는 인간의 만남이 아니라, 둘 다 그저 평범한 인간이라. 그렇다면 너는 천방지축 대종주 집안 막내아들로 집안의 예쁨을 모두 받고 자라 성격이 멋대로라고 하자. 그리고 나는 그런 너를 교화시키기 위해서 언제나 서원에서 거문고를 뜯고 있는 게다. 우린 그 첫소리에 이끌려 만나는 것으로 하자."

「치, 만날 나만 우스꽝스러운 거지. 그럼 너도 거문고 같은 고풍스러운 악기를 다루는 예인이 아니라, 고기를 한 마리도 잡지 못하는 낚시꾼이 되어라. 나는 만날 바위 위에서 하품이나 하고 낮잠이나 자는 너를 혼내 주는 역할을 하마.」

"안 돼, 거문고는 포기 못 한다."

「왜?」

"거문고는 하늘의 소리를 담은 악기다. 우리가 다시 만나려면 내가 있는 곳을 네게 알려야 하지 않느냐. 너의 소리를 내 손으로 기억하며 기다리고 싶다."

고도가 바라보는 하늘은 곧 천룡이 별을 박아 만든 하늘이다. 하늘은 곧 천룡이며 청사이니, 거문고를 통하면 청사의 목소리를 언제고 간직할 수 있으리다. 청사는 고도의 한결같은 사랑에 눈물을 흘렸다. 고도는 팔을 뻗어 커다란 눈가를 닦아주었다. 청사는 눈물이 멈추지 않았지만 그렇다고 입가의 미소를 일그러트리면서 서럽게 울지 않았다. 청사는 자신이 할 수 있는, 세상에서 가장 아름다운 미소로 고도를 바라봤다. 하찮던 하계가 아름다워지고 느껴 본 적 없는 행복을 깨달았다. 그리고 고도에 대한 간절한 마음을 얻었으니 저는 이렇게나 행복해도 되는 것일까. 청사는 가슴이 옥죄어 오는 듯한 벅참을 참지 못하고 눈물이 펑펑 쏟아질 것만 같았다.

천룡의 몸통이 서서히 인간의 모습으로 둔갑했다. 고도가 매달렸던 서른 장에 달하던 커다란 용은 고도에게 너무도 익숙한 '청사'의 모습이 되어 고도를 끌어안았다. 거대한 몸이 하늘을 유영할 수 있도록 해주던 융성한 돌기인 척수가 인간으로 둔갑하며 사라지자 청사는 더는 하늘에 떠 있을 수 없었다. 청사는 고도를 끌어안은 채 하늘로 올라올 때만큼이나 빠른 속도로 바다 한가운데를 향해 떨어져 내려갔다.

하늘에서 뚝 떨어짐에도 청사는 무섭지 않았다. 고도 역시 청사를 마주 안고 두려워하지 않았다. 낙하하는 머리카락이 허공으로 솟구치고, 옷자락이 크게 흔들려도 고도는 조금도 개의치 않았다. 청사의 젖은 볼에 입술을 맞추고, 입술마저 적시는 눈물을 조심스럽게 핥아 주었다. 우는 청사를 달래는 고도의 두 눈에도 물기가 흥건하다. 언제나 메말라 감정이라곤 보이지 않던 두 눈에 이렇게 따듯한 눈물이 차오른 모습을 본 적이 있던가. 벗은 몸을 맞대고 살을 섞을 때 청사를 받아들이기 힘들어서 본능에 가까운 눈물을 흘린 적은 있지만 냉철한 이성을 유지한 상태에서 감정을 조절하지 못하는 것은 처음이다.

청사는 결국 고도에게 입을 맞췄다. 혀가 섞이거나 서로를 애무하는 접촉은 없었지만 너무도 절박하고 애절했다. 입술을 맞대는 이 순간이 고맙고 미안해 고도마저 눈물을 흘렸다.

"꼭 돌아오겠다. 반드시 돌아올 테니 그때까지 조금 외롭고 쓸쓸해도 기다려 주길 바란다. 돌아와서 그간 주지 못한 사랑을 평생 동안 쏟아붓겠다."

고도는 청사의 손에 얼굴을 기댔다. 눈물 때문에 흐릿한 시야가 엉망일 텐데도 청사에게서 조금도 눈을 떼지 않은 고도가 목소리가 잔뜩 잠겨서는 말했다.

"이 세계의 중심에서 널 기다리고 있겠다."

고도가 아름다운 미소를 지으며 청사에게 입을 맞추는 순간, 고도의 팔 안이 가벼워지기 시작했다. 고도가 눈을 크게 떴다. 청사의 몸이 하얗게 빛나며 가루로 부서지기 시작한 것이다. 고도는 있는 힘껏 청사를 끌어안았다. 하지만 품 안의 온기도, 무게도 이전과 확연하게 달라졌다. 희미해지고 약해지고 또한 부서진다. 고도는 눈물이 터졌다. 고도의 두 눈에서 방울 거리는 눈물이 솟구치고 있음에도 청사는 영원히 기억될 고도의 표정에서 눈을 떼지 않았다. 청사는 방울방울 허공으로 솟아오르는 고도의 눈물을 혀끝으로 받았다. 속눈썹에도 물기가 어려 고도의 시선이 엉망이 되었다는 걸 아는지, 입술은 젖은 볼에서 눈가 그리고 속눈썹까지 정성스럽게 핥았다. 고도를 끌어안은 팔을 풀지 않은 채, 청사는 고도의 약속에 응했다.

"아니, 세상의 중심까지 갈 필요 없어. 네가 있는 곳이 곧 내 세상의 중심이야."

"……그럼 우리는 서로를 찾아갈 필요가 없겠구나."

"응. 우리가 함께 있는 곳이 곧 세상 전부일 테니까."

"청사, 아니, 대롱아. 아니……, 한무야."

이젠 고도가 두 팔로도 안을 수 없을 만큼 희미해진 청사는 마지막 입맞춤을 해주었다.

"사랑한다."

그리고 입술에 남긴 감촉과 함께 청사는 고도의 품에서 사라졌다. 고도는 텅 비어 버린 두 팔을 넋 없이 바라봤다. 하얀 가루는 하계에서 너무 많은 일을 겪고 썩어 버린 백골일까. 아니면 천계로 인도되는 성스러운 혼령의 모습일까. 눈이 부실 만큼 깨끗하고 맑은 가루가 손가락 사이를 힘없이 빠져나가 바다로 날렸다.

고도는 금빛 바다에 처박히면서 온 시야를 가득 메운 하얀 물거품을 바라봤다. 그 너머로 반짝거리는 금빛이 태양 때문인지, 청사의 몸이 부서지면서 흘린 흔적인지 구분할 수가 없었다. 고도는 이대로 바다 밑까지 가라앉고 싶었지만 물결이 그를 물 위로 올려 버리니, 힘없이 축 처진 고도는 물길에 몸을 맡긴 채로 마냥 하늘만 올려다봤다. 가루의 흔적을 찾아볼 수 없는 시간까지 파도에 몸이 흔들리는 대로 내버려 두었다. 휘감기는 바다가 차가운 것도 모른 채 그저 멍하니 하늘만 올려다봤다. 지금까지 줄곧 올려다보기만 한 지겨운 하늘. 그 하늘 길을 타고 내려온 청사가 고작 일 년도 채 되지 않은 시간만 보내고 돌아간 것이 슬퍼서 견딜 수가 없었다.

서서히 어두워지는 하늘처럼 금빛이 걷어지는 바다는 철썩, 철썩 파도를 치는 모습이 어제와도 엊그제와도 같았다. 내일도 같을 것이다. 그리고 바다라는 존재가 사라지는 그 마지막 순간까지 영원히 반복될 것이다. 청사가 사라진 것은 이 너른 물웅덩이에 아무런 영향도 미치지 못하는 것처럼. 고도는 속으로 외쳤다.

한무야. 너를 사랑한다는 말을 되돌려줄 테니 꼭 다시 오라고. 반드시. 반드시 돌아오라고.

고도는 결국 한 손으로 얼굴을 가리고 울음을 터뜨렸다. 목이 메는 오열 소리가 아무도 듣지 못하는 망망대해에 아우성쳤다.

천문에는 세 개의 별자리인 3원三垣이 있다. 이를 각각 자미원紫薇垣, 태미원太黴垣, 천시원天市垣이라 부른다. 자미원은 하늘나라 옥황상제가 사는 자미궁을 둘러싼 담을 뜻하고, 태미원은 하늘나라의 모든 정치를 주관하는 종합청사이며, 천시원은 하늘나라의 백성이 사는 하늘의 도시다.

최근 이 세 하늘이 떠들썩하다. 소란은 천시원에서부터 시작했다.

천시원은 마당이 칠보로 덮여 있고 여러 가지 꽃들이 만발해 있다. 하늘에서는 온종일 만다라 꽃이 하늘거리며 대지에 흩날리고, 그것들이 황금빛 지면에 수북이 쌓였다. 하늘에서는 음악 소리가 들려오는데 그중에서도 아름다운 새소리가 제일이다. 새 중에서도 가릉빈가라는 천계의 새가 앉아 천상에서 가장 아름다운 소리로 울면 그 소리가 마치 부처의 말씀을 설파하는 경처럼 들려서 사람들은 바구니에 꽃을 이고 가다가도 걸음을 멈추고 그 소리를 들었다. 이 정토에 사는 천인들은 매일 아침 옷을 단정하게 입고, 꽃대바구니에 이 꽃들을 담아 집으로 가져가 서로의 몸에 꽃물을 뿌려 주었다. 식사는 하루 한 끼인데, 식사 후에는 산책을 즐긴다. 그렇게 복락을 즐기며 평화롭게 살던 중 갑자기 바닥을 뚫고 등장한 한 사내 때문에 아수라장이 되었다.

사내는 검고 긴 머리를 가졌으며, 새파란 눈이 인상적인, 이제 막 약관의 나이를 지났을 법한 젊은 청년이었다. 그는 천시원에 사는 천인 사이에서도 유명한 이다. 본명은 '한무'로 현재 옥황상제를 보위하는 천룡의 후계자다. 일 년 전쯤 옥황상제가 모든 신을 불러 놓고 마련한 만찬에서 한무는 바지왕이라는 아름다운 여신을 만났는데, 그녀가 옥황상제의 부인인 총명부인이라는 사실을 모르고 손을 잡았다. 워낙에 정숙한 여인이어서 낯선 청년에게 손이 잡힌 후로 스스로 하계로 내려가 땅속에 몸을 숨겼다. 자미궁은 발칵 뒤집히며 바지왕과 친분이 있는 여신들이 한무의 처우에 관한 의견을 분분하게 내놓았다.

별의 신인 옥녀부인, 죽은 사람들을 저승길로 이끌어 주는 오구신인 바리데기 공주, 복의 신인 노가단풍자지명왕아기, 사람들에게 운명을 점지해 주는 운명의 여신인 감은장아기, 농경의 여신인 자청비와 삼신할매는 천룡의 후계자가 아직 미숙해서 그렇지 상제의 부인을 희롱할 목적은 아니었노라며 한무를 옹호했다. 이에 반해 달의 신인 해당금이와 액막이 신인 지장아기, 불행한 사람들의 운명을 돕는 활인적선의 여신인 내일, 조상신을 돌보고 심판하는 말명신의 여신인 개울각시는 차기 옥황상제의 보군이 실수라 할지라도 벌써 신망을 잃을 짓을 하면 청룡의 자리를 얻고 나서도 탈이 많다며 차라리 지금도 일을 잘하고 있는 후계자의 누이인 '서진'이 대신 자리를 잡도록 하자는 제안을 내놓았다.

결국 한무가 하계로 내쫓기는 것으로 바지왕과 관련된 일은 정리가 되었지만 이야기는 아직까지도 천인들 입을 오르내릴 정도로 유명하다. 그러한 소문의 주인공이 느닷없이 천시원에 나타나서는 길을 잘못 들었다며 눈살을 잔뜩 찌푸리더니 천룡의 모습으로 화해서 태미원으로 날아가는데 어찌 다들 입을 쉬쉬하고 있을꼬. 난리가 났다며 천인들 사이에서 대 파문이 일어났다.

"뭐라. 한무가 돌아왔다고."

여인은 참빗으로 머리를 빗어 내리던 것도 멈추고 뒤를 돌아보았다. 잠자리 날개처럼 얇은 면사로 된 저고리에 하얀 속곳 치마만 입고 있는 여인과 달리, 그녀에게 소식을 전해 주는 이는 오색빛깔 치마저고리에 날개옷을 입고 머리 장식과 허리에 두른 칼까지 완벽하게 의장을 갖춘 선녀였다. 선녀는 여인과 감히 눈을 마주하지 못한 채 속눈썹을 내리깔았다. 여인의 머리를 부드럽게 만들어 주던 참빗을 목침 위에 내려놓는 소리가 들렸다. 여인이 제 모습을 비추던 동경마저 바닥에 내려놓자 선녀가 꾀꼬리 같은 목소리로 다시 한 번 말했다.

"막내 도련님께서 이틀 전에 돌아오셨다는 소식입니다."

재차 한무의 귀환을 확인받은 여인이 일어나 창가 쪽으로 다가갔다. 창문을 활짝 열자 천시원의 모습이 한눈에 내다보였다.

천인은 상제가 내린 직위에 따라 거주지의 높이가 다르다. 높은 직위를 가진 이가 더 높은 언덕에 살 수 있는 만큼, 천룡 일가는 천시원에서 가장 높은 언덕 전체를 터로 잡아 살았다. 산 두 개를 붙여 놓은 것처럼 드넓은 터가 모두 천룡의 소유라, 터의 외곽에 둘린 담이 하계에서는 도읍을 둘러싼 성곽처럼 넓고 높아서 마치 마을처럼 거대한 가택이었다.

가택에 속한 시종의 수는 일 만을 넘고, 이들이 모시는 천룡 일가는 총 열하나다. 이 터의 가주는 한 명의 본처와 여섯 명의 첩을 두고 있으며 본처 사이에서 난 아들 셋 중 유일하게 막내만이 후계자로 책봉되어 천룡의 수업을 받고 있다. 그 후계자의 이름이 '한무'이다. 앞으로 한무가 천룡이 되면 그를 위한 군대를 이끌 사람이 한무의 누이인 서진이다. 서진은 머리가 일찍 굵어진 편이라 곧잘 아비의 가르침을 흡수하듯 받아들여 신뢰를 받았는데, 그렇기 때문이 여성의 몸임에도 선녀로 이루어진 군대를 이끌 만한 직위를 하사받은 것이다.

서진은 눈치가 빠르다. 그 빠른 눈치로 한무의 귀환 소식을 듣자마자 집안의 분위기부터 먼저 살폈다. 부친의 옷과 장신구를 만들고 보관하는 종의 수는 오백 명, 먹을거리와 잠자리를 책임지는 숙수가 삼백 명, 그의 업무를 보위하는 이가 사천 명에 달한다. 천시원에 사는 천인의 일 할이 그를 위해 일한다 해도 과언이 아닐 정도라, 그들이 움직이는 모습만 봐도 무슨 일이 생겼는지를 알 수 있을 정도였다.

오늘은 천시원이 다른 날과 다르게 조금 더 바삐 돌아가고 있었다. 움직이는 천인들을 보아하니 이 집 가주를 전담하는 이들이 대부분인지라, 여인은 아버님과 관련된 일 중 큰일이 하나 생겼음을 눈치챘다. 칠보 무늬로 장식된 금동, 은동 그릇을 나르느라 바쁜 숙수 하나를 붙잡아 물었다.

"오늘 무슨 잔치라도 준비하는 게냐. 왜 이리들 급히 움직이느냐."

숙수는 머리 싸개를 벗으면서 여인에게 예를 갖춰 대답했다.

"가주님의 막내 도련님께서 돌아오셨다기에 음식을 만들어 자미궁에 진상하고 있습니다."

"자미궁?"

"예에. 막내 도련님께서 상제님을 알현하여 긴히 드릴 말씀이 있다 하시니, 그 음식은 이 집에서 준비해야 함이 마땅하다고 하십니다."

막내가 돌아온 걸로도 부족해, 돌아오자마자 상제를 알현하겠다니!

서진은 알았노라 침착하게 대답하고 창을 닫았지만, 방에 들어와서는 흥분을 감추지 못했다. 그녀는 발에 밟히는 기다란 치맛자락을 쥐고 드넓은 방을 왔다갔다 번잡스럽게 움직였다.

"이 망할 놈이 또 사고를 친 건가! 하늘 한 번 무너뜨리더니 아주 눈에 뵈는 게 없어! 그래서 상제를 알현한다는 건가?"

군장의 정신없는 모습을 보고 그녀에게 소식을 전해주러 왔던 선녀가 말을 덧붙였다.

"막내 도련님께서 먼저 상제님께 알현을 요청했다고 합니다."

"더 큰 문제구나! 천계에서 쫓겨난 놈이 무슨 염치로 자미궁에 입궐하겠단 말을 먼저 했단 말이야!"

죄를 지은 놈은 근신해야 함이 마땅하거늘 조용히 돌아와 속죄하지는 못할망정 천시원을 떠들썩하게 만들고 상제를 뵙겠다는 뻔뻔함에 하늘이 놀랄 지경이었다. 원래부터 안하무인인 동생이지만 왜 이렇게도 성급하게 구는가를 손톱까지 물어뜯으며 고민하던 서진이 우뚝 멈추어 섰다. 방 안을 온통 헤집어 다니듯 빙글빙글 돌던 여인이 멈추어 서자 그녀를 지켜보던 선녀의 얼굴에 긴장이 번졌다. 팍 익은 장아찌를 먹었을 때처럼 서진의 얼굴이 일그러졌기 때문이다.

"그 고도라는 놈 때문에 그러는 건가. 이상하게 그 인간에게만은 집착하던데."

한무를 비정상적으로 움직일 수 있는 이는 한무가 사랑에 빠진 이 빼고 누가 있겠나. 제 아비의 말도 듣지 않고 멋대로 굴어 하계로 쫓겨난 전적이 있는 만큼 고집이 센 놈이다. 누군가의 명을 듣고 자미궁에 찾아갈 생각은 않을 것이다. 스스로 찾아가길 결정했다면 그건 고도가 원인일 가능성이 크다. 여인은 선녀를 돌아보았다.

"너는 들은 것이 있느냐. 그놈이 왜 상제님을 뵙고자 하는 것이냐."

"송구스럽지만 거기까지는 알지 못합니다."

"그럼 달리 물어보마. 너도 나와 함께 하계로 내려갔지, 안 그러냐."

"그렇습니다."

"그때 한무랑 같이 있던 사내를 기억하느냐."

선녀는 신중하게 생각한 끝에 고개를 끄덕였다.

"군장님을 보호하다가 선녀 하나가 상처 입었는데, 그 공격을 가한 놈을 제가 어찌 잊겠습니까."

"그래. 내 신하가 다치고도 그 괘씸한 인간을 벌하지 못한 건 한무 때문이었다. 그 망할 놈이 자꾸 사내를 감싸고도는 게 아니겠느냐."

확실히 그러했었지요. 선녀가 맞장구를 치니 이제야 서진은 고도에 대한 이야기를 꺼낸 이유를 입에 담았다.

"내 보기엔 한무가 그놈을 많이 좋아하는 것 같더구나."

"외람된 말씀이오나, 하계의 인간이 아무리 출중한 능력을 갖췄어도 막내 도련님께서 돌봐 줄 정도로 뛰어나진 못합니다. 혹 도련님께서 그 인간을 수하로 들이고 싶어 한다고 해도, 천계까지 데리고 올 방법이 요원하지 않겠습니까."

"내가 말하는 것은 수하로서 아끼고 잘 대해 주는 것이 아니라, 정인으로 대하는 태도다."

선녀는 말문이 막혀 아무런 말도 하지 못했다. 다른 이도 아닌, 옥황상제와 함께 천계를 다스리고 나아가 하계에도 그 뜻을 설파해야 하는 한무가 고작 사내에게 홀렸다는 소리인가. 아무리 군장인 서진을 위하고 아끼는 선녀라도 이번 의견에는 반박할 수밖에 없었다.

"송구스럽습니다만 이치에 어긋납니다. 어찌 남남이 사랑을 나눌 수 있습니까."

"천계에서 하도 여자만 건드리다 보니 하계에 내려가선 남색을 하게 되었는가 보지."

"남색을 탐하는 관계라면 깊은 사랑을 주고받는 사이는 아니라고 봅니다."

"내가 말을 잘못했구나. 몸 정만 난 게 아니라 완벽하게 정분이 두터워졌음을 말하고 싶었다. 한무가 제멋대로 구는 놈일지라도 느닷없이 상제님을 뵐 정도로 경우가 없는 놈은 아니다. 그런 놈이 지금 하계에서 귀환하자마자 앞뒤 안 가리고 자미궁에 들이닥치겠다는데, 그런 눈먼 행동을 하는 이유라면 하계에서의 인연이었던 그 사내와 관련된 일이 아니고 무엇이겠느냐."

"고작 인간 하나를 위해서 자미궁과 천시원을 발칵 뒤집었다는 말씀이십니까."

"그래. 분명하다. 얘가 사랑에 눈이 먼 게 분명해."

서진은 하계에서 만났던 고도를 가만히 떠올려 보았다. 워낙 의아하고 뒤숭숭한 구석이 많은 음험한 인간이라서 천계에 올라와 나름대로 조사를 해봤었다. 일개 인간의 내역을 자세히 알 수는 없어도 제법 굵직한 사건이 범인들과 달리 많이 기록된 인간이었다. 그 기록서의 대부분이 악독한 행위였는데 기억에 남는 것은 명계의 살생부에서 제 이름을 지워 노화도 죽음도 피해 가는 몸이 되었다는 점이었다.

명계는 물론 청호림과 천계 일부에서도 특별하게 주시하는 인간임을 알고 눈치껏 깊이 관여하지 않았다. 괜히 얽혀들어 자신에게도 불똥이 튀기 딱 좋은 인간이었다. 천계에서는 도저히 찾아볼 수 없는 인간 군상이기에 한무가 그를 대단히 매력적으로 느낀 것은 알았지만 귀천하여 이 정도로 일을 키울 줄은 상상도 못 했다. 늙지도 죽지도 않는 인간에게 무슨 일이 생겨서 이 정도로 난리를 치는지 원. 한무의 생각을 좀처럼 알지 못하겠다며 고개를 갸웃할 때였다.

창문 밖에서 여럿이 규칙적으로 발걸음을 옮기는 소리가 들렸다. 무겁고 둔탁한 소리가 새처럼 빠르게 날아다니며 소일거리를 완료하는 이 집의 시종들과는 확연하게 달랐다. 서진의 귀에는 익은 소리였다. 갑옷과 병기로 무장한 이들이 절도 있게 걷는 것이기 때문이다. 여인은 재빨리 창밖으로 고개를 내밀었다. 안마당을 가로질러 사랑방으로 향하는 사내의 모습을 발견했다. 그 뒤로 여인이 들었던 발소리의 주인들, 곧 무장한 천인 수십의 행렬도 잇따라 볼 수 있었다. 그녀는 믿을 수 없는 광경을 목도한 듯 눈을 크게 뜨고 입을 벌렸다.

무인들의 호위를 받으면서 마당을 가로지르는 이는 젊고 화려한 청년이었다. 반비 같은 간단한 옷만 입어도 어디에서나 눈에 띌 법한 아름다운 얼굴과 긴 팔다리를 가졌는데 상제를 뵙기 위한 정식 예복을 갖추자 그 아름다움이 미를 뽐내는 여신들에 비견해도 뒤처짐이 없을 정도다.

머리에는 면류관을 쓰고 있었다. 겉은 검고 속은 붉은 비단으로 대어져 있으며 모자 위엔 연이라는 직사각형 판을 덧댔다. 연의 앞뒤에는 유라고 불리는 구슬을 꿰 매단 끈이 주렁주렁 달려 있었다. 보통 제후도 9류 이상은 달 수 없는 끈이 무려 12류에 달하니, 상제 외에 유일하게 허락받은 천룡만이 가능한 예모의 형태였다. 구슬은 전부 옥과 호박, 금과 은, 수정으로 장식되어 구슬 끈 너머 한무의 얼굴에 빛을 화려하게 수놓았다. 그 관 아래 기다란 머리를 곱게 땋아 하나로 묶어 놓아서 단정하면서도 기품이 넘쳤다.

옷 역시 예모만큼이나 화려했다. 양털과 무명 그리고 명주실을 섞어 짠 '계'와 붉은색 금색 푸른색을 섞어서 짠 비단인 '금', 무늬가 있지만 투명하게 비칠 만큼 얇은 비단인 '라'를 모두 이용한 계수금라로 만든 도포였다. 포의 허리엔 금으로 세공된 화려한 허리띠가 붉은 비단과 함께 매져 있으니, 옥황상제가 특별한 날 걸친 예복 다음으로 가장 아름답고 정성스러우며 화려했다.

그러한 옷을 입고도 조금도 위축되는 것 없이 그저 조금 불편한 듯한 표정을 짓고 있는 한무는 저를 보고 넋이 나간 여인을 발견하고 걸음을 멈추었다. 한무의 뒤를 따르던 천인 군사들이 함께 멈추어 섰다. 그러곤 한무가 갑자기 방향을 꺾어 안채의 마루에 앉아 있는 여인 쪽으로 다가가는 것을 호위했다.

"오, 다시 보네, 누이. 그때 나한테 경고하고 돌아와서 잘 지냈어?"

여인은 아무런 말도 하지 못했다. 아름답다, 화려하다, 멋있다. 어떤 수식어로도 감상을 표현할 길이 궁색했기 때문이라. 그저 어떠한 표현도 한무를 대신할 표현이 없었다. 정말로 한무가 돌아왔구나. 그 한마디밖에 달리 생각나는 말이 없었다.

"너 미모에 물이 올랐구나."

여인이 인사도 잊고 그리 중얼거리니 한무가 포복절도를 하며 웃었다. 의장이 망가질까 봐 바닥을 데굴데굴 구르지 못한다 뿐, 그는 웃겨 죽을 것 같은 얼굴이었다.

"왜? 새삼 내 얼굴에 반했어?"

"진짜 놀랍다. 너 아버님의 젊은 시절과 똑같구나. 너도 나이가 들면 지금의 아버님처럼 선이 조금 더 굵어질까? 그럼 천계 최고의 절세미남이 되겠는데."

"칭찬 고마워."

아버님처럼 차가운 인상은 싫지만, 옥황상제도 정부인 다음으로 그 얼굴을 아끼기로 유명한 천룡이다. 상제가 천룡을 둘도 없이 귀하게 대접하며 자신이 하늘 일을 돌보느라 땅 밑의 일을 신경 쓰지 못할 때, 천룡에게 상제의 권한을 모두 넘겨줄 때도 있다. 세간에서는 상제가 천룡의 아름다운 얼굴에 홀려서라는 소문도 있을 정도다. 군주인 상제와 신하인 천룡 사이에 격식이 없다. 나아가서는 신하가 주군을 꾸짖으며 업무를 일괄적으로 도와주는 위치에 있는 것은 확실히 이상할 정도로 이례적이다. 그게 얼굴 때문이라면, 타고난 외모로 덕을 보는 거 아니냐며 한무는 오히려 반기는 기색까지 내비쳤다.

"그보다 어디 가는 길이니. 상제님을 뵈러 가는 길이라고 들었는데 그럼 바로 자미궁으로 가지 여긴 왜 들린 거니."

"아버님을 뵈려고 해."

"응? 아버님은 왜?"

"부탁할 것이 있거든."

"뭔데?"

"비밀."

너 지금 오누이 간에 내외하니. 비록 상제님께 하사받은 지위가 하늘과 땅 차이로 벌어졌다지만 그래도 혈육이거늘 이 얄미운 놈. 서진이 입술을 삐쭉이며 한무를 노려보자 한무는 그녀를 더욱 골려 먹고 싶어 안달이 나 웃었다.

오래전부터 남자 형제가 둘이나 더 있던 한무지만, 그들과 정을 쌓기도 전에 따로 떨어져서 한무는 하늘에서, 형들은 바다에서 자랐다. 그래서 서로 마주칠 일도 없고 소식을 들을 방법도 막막하여 피만 나눈 남처럼 서로에게 무심하기 그지없었다. 반면, 서진과는 유일한 혈육이라 붙어 지낸 시간이 많았는데, 그래서인지 서진은 한무에 대한 애정이 애틋했다. 한무는 제가 업어 키웠다며 자신 있게 말할 만큼 그 정이 남달랐다.

웬만하면 서로에게 숨기는 비밀이 없고, 고민거리를 공유하곤 했는데 한무가 처음으로 비밀을 만들어 서진에게 다가오지 못하게끔 벽을 세웠다. 서진은 그것이 무척 섭섭했지만 한무는 그 섭섭함을 살펴볼 마음의 여유조차 없는 듯했다. 한무는 하늘에 뜬 해의 위치를 보고 시간을 가늠하더니 천천히 걸음을 옮겼다.

"늦었다. 얼른 가봐야겠어. 나중에 또 보자."

그러면서 손을 설레설레 흔들던 한무가 가던 걸음을 오도카니 멈추었다. 한무는 고개를 돌려 다시 서진을 바라봤다.

"있지, 누이."

창문 밖으로 고개를 빼꼼 내민 서진이 응, 짧게 대답하니 한무가 얼굴 가득 환한 미소를 담아 말했다.

"하계에서 신세 많이 졌어. 고마워."

고도를 돕던 천인인 봉수를 죽이지 않아서 고맙고, 저를 위해 동해 용왕과 서신을 주고받게끔 해줘서 고맙다. 그리고 한무가 하계에서 천룡으로서 힘을 발휘했을 때, 그 일이 천계 내에서 퍼지지 않게끔 군장으로서 소문을 무마해 주어서 고맙다. 한무가 무엇을 고마워하는지 잘 알고 있는 여인은 낯 뜨거움에 얼굴만 붉혔다. 언제나 짜증만 내고 시건방진 말만 하던 동생이 저리도 어른스럽게 웃는 모습이 조금은 어색했다. 한무가 사랑방으로 들어가자 여인은 손으로 부채질하면서 입술을 삐쭉였다.

"뭐야, 왜 이렇게 멋있어진 거야."

원래 동생에게 있어서만큼은 팔불출이었던 여인은 아름답게 반짝반짝 빛이 나는 동생의 성장이 샘나면서도 기뻐서 한참이나 얼굴에 부채질을 해야 했다. 동생을 저렇게 변화시킨 건 하계에서 만난 인연인 고도라는 사내 때문임을 인정해야만 했다.

한무는 사랑방 앞에 멈추어 서서 짧게 숨을 들이마셨다. 각이 진 어깨와 주먹을 쥔 손, 딱딱하게 굳은 얼굴이 한무가 얼마나 긴장을 했는지 보여 주고 있었다. 한무는 신을 벗지 않고 마루에 올라섰다. 침소로 통하는 복도를 걷는 대신, 사랑방에만 특별히 딸려 있는 안뜰을 향해 나아갔다.

안뜰에는 초목이 싱그럽게 핀 연못과 그 연못을 배경 삼은 정자가 자리 잡고 있다. 정자에는 사내 하나가 앉아서 작은 상을 앞에 두고 서책을 읽고 있었다. 사내가 앉아 있는 정자 뒤로는 태미원의 수정 연못이 반짝였고, 그 주변을 만다라 꽃잎이 휘날렸다. 정자 위를 커다란 버드나무 잎이 늘어져서 바람에 휘날릴 때마다 그 사이를 밝은 햇살이 반짝였다. 때론 버드나무나 연못 근처의 이름 모를 풀잎 위에 가릉빈가가 앉아 맑은 목소리로 울어대니 그것은 극락도에 가까운 풍경인지라, 아름다움의 한복판에 앉아 서책을 넘기는 사내의 모습조차 신비롭게 보였다.

한무가 가까이 다가가자 서책에만 몰입해 있던 사내가 고개를 들었다. 연보라색의 가벼운 도포만을 입은 사내는 머리를 허리 밑으로 길게 늘어뜨리고 있었다. 하계에서처럼 부모가 준 머리털은 아껴야 한다는 유교관이 천계에서도 널리 퍼져 있지만 상투를 틀거나 흑립을 써야 할 필요는 없다. 단정하기만 하면 머리를 어찌 관리하든 개의치 않기 때문에 정자에 앉은 사내 역시 비단 끈 하나로 머리를 헐겁게 묶기만 했을 뿐이다. 단지 얼굴에 쓴 색안경은 조금 독특했는데, 자수정을 갈아서 만든 안경알에 거북이 등껍질로 만든 테가 천계에서도 최상위 사치품으로 명망이 높은 물건이었다. 구하고 싶어도 색안경을 고급스럽게 만드는 기술자가 한 명뿐이라, 제작 기간까지 고려하면 일 년에 한두 개밖에 나오지 않는 물건이 사내의 얼굴을 반이나 가리고 있었다.

사내는 한무가 바닥을 굴러다니는 꽃잎을 밟으며 다가와 정자 앞에 서니 그제야 색안경을 벗었다. 한무와 똑같은 담청색 눈동자가 드러났다.

기쁨과 슬픔, 노여움이 적나라하게 드러나는 한무와 다르게 차가울 정도로 감정이 메마른 느낌은 달랐다. 하나 눈빛에서 묻어나오는 감정을 다스리는 연륜의 차이를 제외하면 반듯한 이마와 높이 솟은 코, 하얀 피부와 얇지 않은 입술 같은 귀공자의 분위기는 판박이일 정도로 닮았다. 외향을 비교해도 한무보다 적으면 열 살에서 많으면 열다섯 정도로밖에 보이지 않는 연상의 사내였다. 한무는 그런 남자를 향해 고개를 반듯하게 숙여 인사했다.

"소자 문안드립니다."

인간에 비교하면 이립을 넘고 불혹의 나이에 다가가는 사내일지라도 용족의 수명으로는 벌써 천 년은 더 살았다. 한무가 면류관이 쏟아지지 않을 정도로만 허리를 굽히는 인사를 받을 정도의 나이와 직위는 갖춘 셈이다.

사내는 아들의 인사를 받고는 서책을 덮고 색안경을 그 위에 올렸다. 문안 인사에도 별 대꾸도 없이 그저 손만 까딱였다. 가까이 다가오라는 손짓에 한무가 전에 없이 긴장한 얼굴로 아비를 똑바로 바라보지 못한 채 조금씩 거리를 좁혔다. 정자 앞까지 바싹 다가가도 계속 손짓을 하니 아예 신을 벗고 위로 올라오라는 뜻이라, 그 뜻을 따라야 했다.

한무가 정자에 올라서서 얌전히 무릎을 접어 앉자 그제야 손짓이 멈추었다. 상을 사이에 두고 부자가 독대를 하고 있는데도 긴장감이 흘렀다. 연못 위로 꽃잎이 흐드러지게 떨어지는 극락의 풍경이 무색할 정도로 정적인 분위기였다. 사내는 면류관의 구슬 너머로 한무를 물끄러미 쳐다보다가 비로소 입을 뗐다.

"그 차림으로 여긴 왜 온 것이냐."

한무와 비슷한 목소리 색을 가지고 있다. 평소 한무의 어조에 조금 더 무겁고 날카롭고 편하게 대할 수 없다는 느낌이 가미되면 딱 그러할 듯

싶다. 한무는 서책 위에 곱게 올린 색안경에만 시선을 고정하고 대답했다.

"상제 전하를 뵙기 전에 아버님을 먼저 뵈려고 왔습니다."

"내가 부르지도 않았는데 먼저 천계로 돌아온 것의 의미를 아느냐."

한무가 작게 마른침을 삼켰다.

"압니다."

"말해 보아라."

"아버님 명을 받들어 앞으로는 천룡으로서 역할을 다하기 위한 교육을 군소리 없이 받는 것입니다."

"아는 놈이 제 발로 기어 들어오고, 별꼴이구나. 네놈 더러운 성질머리 봐서는 천룡이고 뭐고 다 때려치우고 혼자 신선놀음하겠다고 외칠 판인데 하계에서 무슨 일이라도 있었던 모양이다."

그러고 보니 천계에서는 짜증과 권태로움만 가득하던 아들이 하계를 다녀오더니만 생기가 넘치는 것 같다. 무슨 좋은 일을 겪었기에 시린 눈동자에 저리도 따뜻한 감정을 품을 수 있나 의아했다. 사내는 가만히 한무의 표정과 눈 속에 담긴 감정을 파헤쳐 보더니 고개를 까딱여 독선기신의 태도로 명했다.

"그럼 어디 한번 대답을 들어 보자꾸나. 내 분명히 너를 이곳에서 내쫓았을 때 한 가지 답을 구해 오라 말했다. '앞으로 네가 천룡이 되어 상제의 옆을 보좌하기 위해선 세상을 품어 줄 사랑을 알아야 한다. 너는 세상을 사랑할 수 있겠느냐.' 그 당시 네 대답을 기억하느냐."

"기억합니다. '내가 나고 자란 세상도 아니요, 단지 내가 돌보아야 할 발밑의 세상일 뿐인데 사랑이 무슨 소용이오. 쓸데없는 정을 붙일 바엔 냉철하게 세상을 다스리겠소.' 그리 대답했습니다."

"그래, 그 건방진 대답에 변함이 없느냐."

"제 잘못을 깨닫게 되었습니다."

"그래?"

"앞으로 세상을 사랑하려 합니다."

흐음. 짧게 목을 울린 사내는 눈을 가느다랗게 떴다. 작은 상 위에 올린 손끝이 톡톡 상을 두드리니 아무래도 한무의 대답을 못 미더워하는 눈치다. 살면서 천룡의 후계자가 된 일을 가장 큰 저주라고 외쳤으며 고의든 실수든 옥황상제의 부인을 희롱할 만큼 뻔뻔하고 제멋대로였던 아들이 고작 몇 개월 하계에 내려갔다 돌아오면서 세상을 품는 어진 덕을 쌓았으리라곤 믿지 않았다. 차라리 모든 직위와 명예를 천계에 내려놓고 하계로 쫓겨나 살다 보니 인간이나 요괴가 먹는 음식도 입에 안 맞고, 해우소보다 작은 집에서 사는 것도 짜증나서 돌아왔다고 말하면 믿어 줄 수 있을 듯했다.

한무는 어리다. 천룡의 나이를 셈해도 400년도 채 되지 않은 어린 용이다. 다 크면 삼 리도 넘는 길이가 되어 웬만한 하늘을 다 덮을 정도가 되지만 지금은 그것의 반의반밖에 안 되니, 모두 크려면 앞으로 오백 년은 더 있어야 한다. 그러다 보니 한무가 멋대로 구는 것도 다 어린 날의 방황이겠거니 생각했다. 따끔하게 훈계하며 하늘에서 내쫓는 강수도 두었지만, 속으로는 자신도 그러한 때가 있었노라며 원래 다 맞고 크는 거라 고개를 주억거리기도 했다. 그렇게 마냥 어리게만 보았던 아들이 이젠 웬만한 어른 못지않게 진지한 눈으로 세상을 사랑하겠다 얘기한다. 사내는 '대체 어떻게'라는 의문을 지우지 못했다. 하계에서 무슨 일이 있었기에 반년 만에 많은 것을 깨우쳤는지 궁금할 따름이다. 사내는 싸늘하게 물었다.

"세상을 사랑한다니, 그 의지를 내가 어떻게 확인할 수 있겠나."

"천룡의 후계자로서 정식 교육을 받겠습니다. 훗날 아버지처럼 상제님의 오른편에서 천수를 관장하고 천인을 통솔하며 군대를 유지하고 보강하겠습니다. 동해 용왕이 된 첫째 형님과 하늘을 떠받치는 둘째 형님, 누님이 이끄는 선녀 군대들도 모두 제 산하에 두고 제가 통솔하겠습니다."

"언제는 귀찮아서 싫다고 하지 않았느냐."

"귀찮지 않습니다. 싫지 않습니다. 제가 할 수 있도록 아버님께서 도와주십시오. 부탁합니다."

누구보다 열렬하게 천룡의 자리를 거부하던 한무가 그 감정 그대로 이제는 천룡이 되기 위해 무엇이든 하겠다고 애원하고 있으니, 그것이 참으로 역설적이다. 여전히 아들의 꿍꿍이가 궁금하여 한무를 모호하게 바라보고 있던 때였다. 고개를 숙였던 한무가 청색 눈을 빛내며 아비께 단호하게 말했다.

"그러니 제 소원을 하나만 들어주십시오."

말로 주고 되로 받겠노라. 군말 않고 천룡이 되겠으니 그에 상응하는 부탁을 하나 들어달라는 말이렷다. 그럼 그렇지, 한무가 제 발로 기어들어와 후계자 교육에 심기일전하겠다고 말한 이유를 알아봤다. 사내는 아비를 상대로 흥정하는 아들이 괘씸하면서도 실속을 챙기는 것이 퍽 보기 좋아 흔쾌히 답했다.

"말해 보거라."

"사랑하는 사람과 영원히 함께 있을 수 있게 해주십시오."

전혀 예측도 못한 이야기에 사내는 눈만 크게 떴다. 혹 자신이 잘못 들었나 싶어 손가락으로 귀를 후비고 눈을 꾸욱 감았다 떠도 한무의 비장한 얼굴과 간절한 목소리는 변함없었다. 절로 헛웃음이 나왔다. 사랑을 위해 모든 것을 바치겠다는 한무는 하늘 최고로 낭만을 이루는 존재였다. 사랑이라는 걸 이루기 위해 한무는 보통의 존재들보다 더 중하고 많은 것을 포기해야만 한다. 사랑은 변할 수 있는 감정이다. 그 한순간의 격렬함을 위해서 너무도 많은 것을 희생한다면 한무는 언젠간 후회하고 말 것이다. 변하지 않는 사랑이란 1,300년을 살아온 그의 아비조차 본 적이 없었다.

긍정적이지 않은 아비의 눈을 보니, 한무는 조급함을 느꼈다. 그는 되도록 진심을 담아서 말했다.

"사랑하는 사람이 있습니다. 제가 하계를 돌아다니면서 만난 인간이지만, 그를 사랑하다 보니 그의 세계까지 사랑하게 되었습니다. 너무도 사랑하여 그 사람이 없으면 상사병에 걸릴 정도입니다. 그리움이 마음에 울혈로 맺혀 피를 토하는 심정으로 매일 밤 울게 됩니다. 그 사람을 다시 만나고 싶습니다. 아버님께서 원하시는 천룡으로서의 자질을 모두 갖추겠습니다. 그러니 제발 그 사람 하나만은 다시 만날 수 있게 해주십시오. 한 번 더 만나서 원 없이 사랑한다 말하고 싶습니다. 사랑합니다, 사랑해서 제 심장이 찢어질 것처럼 너무 사랑해서. 한 번만, 단 한 번만 더 만나고 싶습니다."

미련한 것. 인간처럼 천수가 정해진 생명을 사랑하는 미련한 것. 천룡은 혀를 차며 진심으로 안타까워했다. 모든 것을 풍족하게 가진 아들은 있는 것을 버릴 줄만 알지, 없는 것을 갖고 싶어 하는 욕심이 없었다. 이미 자신의 주변엔 차고 넘칠 만큼 아름답고 풍족한 것들로만 가득 차서 욕심이란 걸 배울 틈도 없었다. 그런 아들이 처음으로 '사랑'이란 걸 알게 되어 그것이 가슴에 사무쳤다며 엎드려 울고 있다. 그렇게 자존심이 강하고 고고하던 얼굴을 눈물로 덮어 버리고 정수리가 땅에 닿을 정도로 납작 고개를 조아리며 사랑에 대해 말을 한다. 상제에게 보여야 할 면류관이 바닥에 처박혀 데굴데굴 굴러도 신경조차 쓰지 않았다.

"고개를 들어라. 차기 천룡이 어찌 애비라 해도 그 발아래 머리를 조아리며 울고 있단 말이냐."

아비는 엄히 아들을 꾸짖으며 면류관을 가리켰다.

"주워라. 너의 목숨보다 소중히 여겨야 할 상제의 하사품이니라. 그를 위해 하늘과 땅을 모두 돌보겠다고 조금 전에 약속한 놈이 어느 안전에 그 물건을 패대기치느냐. 네놈의 결심이 고작 이것밖에 안 되느냐."

한무는 조용히 면류관을 집어 머리에 썼다. 아비가 더는 노하지 않도록 최대한 감정을 자제하면서 예를 갖추어 무릎을 꿇고 머리를 숙였다. 이번에는 관이 쏟아지진 않았으나, 열두 줄의 구슬이 서로 부딪치는 소리가 날카롭게 울렸다. 한무의 감정처럼 격동적인 반응이었다.

"네가 사랑한 인간의 이름은 무엇이냐."

한무는 주먹을 꽈악 움켜쥐었다.

"모릅니다."

"……사랑하는 인간의 이름을 모른다고?"

"그에겐 이름이 없었습니다. 그저 세상이 그를 '고도'라고 불렀을 뿐입니다."

이름이 없는 인간. 고도라는 가짜 이름보다도 그 말이 더 마음에 걸리는 듯 천룡은 눈살을 찌푸렸다. 머릿속을 샅샅이 훑어 기억을 더듬어 보자 한무가 말한 이가 누군지를 알게 되었다.

"저런. 네가 사랑한 인간이 누군지 나도 알겠구나."

"예?"

한무는 어째서 아버지가 그런 말을 하는지 몰라 눈을 휘둥그레 떴다. 사내는 손끝으로 상을 두드리는 것에 맞추어 쯧쯧, 혀를 찼다.

"산 사람이 명계로 가서는 염라대왕이 들고 있던 살생부를 강탈한 일이 있었다. 그는 죽기 싫다면서 살생부에서 제 이름을 지워 버렸지. 그 덕분에 그 인간의 수명을 기록할 수가 없어 평생을 늙지도, 죽지도 못하게 된 인간이 있다. 천수를 엉망으로 만들었기에 그 악행이 상제님께 고해질 정도로 아주 유명인사이지 않더냐. 하필 사랑해도 상제님이 영 탐탁지 않아 하는 그런 인간을 사랑하다니."

평범한 인간이었으면 천룡의 지위로 어떻게 무마할 수 있었을 일을, 상제에게 보고되고 또 상제의 심기를 불편하게 만들 상황까지 끌고 갈 인물이다. 고도에게 마음을 주었다는 것 자체를 불쾌하게 생각할 상제가 벌써부터 눈앞에 아른거렸다. 사내는 아들을 상제보다 더 사랑하기 때문에 아들이 불행해지고 사랑에 목 놓는 꼴은 보고 싶지 않았다. 한무는 상제 앞에 가서도 이렇게 무릎 꿇고 머리를 조아리면서 고도와의 사랑을 인정받고 그와 영원토록 함께 있고자 허락을 받을 셈이지만 결코 녹록하지 않은 일이다. 차라리 상제 모르게 사랑을 키우는 편이 낫다. 상제의 귀에 들어가 봤자 좋은 결과로 이어질 것 같지 않았다.

"천룡이 되면 천룡으로서 지켜야 할 자리라는 게 있다. 그 자리에 상제를 곤란하게 만든 인간을 사랑해도 되는 면죄부가 주어지는 것은 아니다. 상제가 반대한다면 너는 사랑하는 사람을 평생 만나지 못할 수도 있다. 그럼 어쩌겠느냐."

한무는 무릎에 다소곳이 올려놓은 무릎을 강하게 움켜쥐었다. 상제가 거부했을 때의 상황은 이미 생각해 본 듯, 그에 따른 자신의 행동이 어떠할지를 망설이지 않고 말했다.

"그럼 제 손으로 고도를 죽이겠습니다."

그 발언이 얼마나 큰 의미를 담고 있는지는 한무도, 한무의 아비도 잘 알고 있었다. 사내는 심각하게 굳은 얼굴로 아들을 바라봤다. 아들의 얼굴에 떠 있는 표정은 농담으로 한번 해본 말이 아니었다.

"네가 무슨 말을 한 건지 아느냐."

"알고 있습니다."

"넌 지금 상제가 싫어하는 인간을 네 손으로 죽여 천인으로 환생시킨다는 소릴 한 것이다. 아무리 천룡의 후계자라도, 아니 네놈이 나 다음의 천룡이 된 후라도 그런 일은 용서받기 어렵다."

천계에 속한 이의 손에 하계의 존재가 죽으면, 약간의 절차를 거쳐 천인으로 환생할 수 있다. 그래서 한무의 누이가 봉수의 일을 알았을 때 직접 하계에 내려가 그의 목을 내리치려 했다. 하계에서의 죽음을 통해 천계에서의 소생을 위한 일이었던 것이다.

대부분의 천인은 죽어서 명계에 가면 삼도천을 건너기 전에 의령수衣領樹 앞에서 옷을 벗는다. 의령수는 이름 그대로 옷깃을 걸어 둔다는 뜻을 가진 나무다. 가지는 옷의 무게를 재서 휘어지는 정도에 따라 죄의 경중을 헤아리는 신목이다. 그 나무 아래에 앉아 생전의 죄를 묻는 탈의파奪衣婆라는 할멈과 현의옹懸衣翁이라는 할아범이 앉아서 의령수가 알려 준 내에서 배를 타도록 인도한다.

삼도천 혹은 삼도내라 불리는 이 '망각의 강'은 물살이 빠르고 느린 여울에 따라 세 가지 종류로 나뉜다. 생전의 업業에 따라 죄가 가벼운 이는 잔잔한 물이 흐르는 산수뢰山水瀨로 나아가고, 죄가 무거운 사람은 급류가 흐르는 강심연江沈淵을 건넌다. 선인은 금은칠보로 뒤덮인 유교도有橋渡를 통한다. 이 물살을 건너는 이들의 배는 당사자의 죽음을 기리는 사람들의 마음과 노잣돈에 따라서 선택할 수 있다. 생전에 덕을 많이 쌓아 죽음에 대성통곡하는 이들이 수없이 많다면 급류에도 휩쓸리지 않는 용선을, 노잣돈 하나 쥐기 힘들 만큼 생전 마음을 못되게 품고 살았다면 옜다, 하고 나무 판때기나 주는 것이다.

이때 유교도를 건넌 망자들은 하늘로 통하는 문을 열 수 있다. 나머지 강을 건넌 이들이 여덟 개의 지옥문을 거쳐 원죄에 대한 추궁을 받는 동안, 유교도를 지난 이들은 천계로 와 천인이 되어 천시원에서 살아갈 수 있다. 이것이 가장 보편적으로 천인이 되는 길이지만 단 하나의 예외가 있다. 천계에 속한 종족이 직접 하계에서 목숨을 끊어 그 혼을 들고 천계에서 소생시키는 방법이다. 한무가 천룡 앞에서 비장하게 말한 것은 이 예외의 방법이다. 상제가 반대하여 더 이상 하계에 내려갈 수 없다면 고도를 죽여서 천인으로 소생시킨 뒤에 평생토록 이곳에서 함께 살겠다는 선전포고였다.

사내는 난감한 기색을 속으로 감추었다.

세상을 다스릴 만한 사랑을 배워 오라 했더니, 목숨마저 바칠 정인을 찾아왔구나.

사내는 한참이나 아들을 쳐다보더니 곧 서책 위에 얌전히 올려놓은 색안경을 꼈다. 한무와 똑같은 파란 눈동자가 자수정 가루로 만든 유리알 뒤편으로 사라졌다.

"상제에겐 같이 가자."

한무는 그 소리에 바짝 얼어붙었다.

"아버님께서 함께 가시는 이유는 무엇입니까."

"네놈의 억지를 옆에서 중재해 줘야 할 것 아니냐."

"아버님께서 반대하셔도 제 마음은 변하지 않습니다."

"안다. 그럴 것 같아서 상제를 설득하는 데에 동참하려는 것이다."

상제를 설득한다고. 미처 생각하지도 못한 든든한 아군이 갑작스레 땅에서 솟거나 하늘에서 떨어진 것 같은 기분이었다. 한무는 두 귀로 듣고도 그 말을 쉬이 받아들일 수가 없어 입만 쩍 벌렸다. 상제의 뜻을 거역해서라도 아들을 돕겠다는 말이나 다름없다. 한무의 두 눈에 눈물이 차오르자 그의 아비가 혀를 찼다.

"다 큰 사내 자식이 무슨 눈물을 보이느냐."

"송구스럽습니다. 아버님의 말씀만으로 천군만마를 얻은 기분에 그 감격을 주체하기가 힘듭니다."

"벌써부터 들뜨지 마라. 네 사랑을 열렬하게 응원한다는 소리가 아니다. 천룡으로 즉위하기 직전에, 그때 하계에서 마지막으로 사랑을 나누다 돌아오겠다는 중재안으로 합의를 보자. 그게 상제에게도 너에게도 가장 이로운 방법이리라."

천룡이 되기 전에 마지막 한 번. 그것이 고도와 만나는 사랑의 마지막 기회이니라. 한무는 비탄에 빠진 어조로 물었다.

"영원을 약속받고 싶습니다."

"그건 네놈이 앞으로 어떻게 하느냐에 따라 달려 있다. 상제가 미워하는 인간과 영원히 사랑하고 함께 있고 싶으냐. 그렇다면 상제가 그 인간을 좋아할 수 있도록 네놈이 마음을 돌리게 하여야 한다. 네 능력과 재주로 말이다. 지금은 그것이 불가능하니 우선 만나는 것 자체를 허락받자고 말한 게다."

어떤 뜻인지 알겠다. 이미 천계로 귀환한 한무가 천룡이 되기 직전, 마지막으로 하계에 내려간다고 해도 그의 족적은 모두 상제에게 고해질 것이다. 그렇다면 차기 천룡이 누굴 만나 무슨 일을 하는지 보고를 받은 상제는 상대가 고도라는 걸 알게 된 즉시 노여워할 것이다. 말도 없이 하계로 내려가 한 인간과 사랑을 나누더니만 상대가 고도다. 화가 난 상제가 한무의 천룡 지위를 박탈할지도 모른다. 지금은 아비의 말처럼 만나는 것 자체만 허락을 받는 게 우선이다. 그 후 한무가 고도를 얼마나 자주 만날지, 혹은 고도를 천계로 데려올 수 있는지, 데려온다면 처나 첩을 두지 않고 오로지 고도하고만 평생을 함께할 수 있을지, 결정을 내릴 때마다 매번 상제를 설득해야 한다. 아버지의 도움이 없는 제힘으로 말이다.

한무는 아비를 따라 자리에서 일어났다. 정자로 내려서 뒷짐을 지고 느긋하게 걷는 사내의 옆을 따라 걸으며 그렇게 다짐했다.

"아버님보다 훌륭한 천룡이 되겠습니다. 그래서 상제도 저 없이는 아무런 일도 못하게끔 뛰어난 재주를 갖고 말겠습니다. 그리하여 사랑하는 사람을 선택하고 함께 사는 일에 감히 개입하지 못하도록 하겠습니다."

한무의 다짐을 들은 사내는 결국 웃음을 참지 못했다. 사늘한 얼굴과 달리 그 웃음은 몹시나 호탕했다.

"사랑이 망나니를 바꾸었구나."

아버지가 비웃어도 한무는 별 관심을 표하지 않고 고개를 돌렸다. 집에서 내려다보이는 천시원 전체의 풍경은 하계와 많이 다르다. 언제나 꿀이 흐르는 강과 꽃이 피는 언덕, 새가 지저귀는 나무로 가득한 극락이다. 인계의 모든 고통과 괴로움을 겪은 고도를 천계로 데리고 오고 싶다는 생각을 했다. 이곳에서 아무런 근심과 걱정 없이 함께 사랑만 나누며 살고 싶다.

고도. 보고 싶다.

한무는 끝도 없이 펼쳐진 천시원을 아련하게 바라보다가 곧 눈빛을 지웠다. 아버지를 넘고 종국엔 상제마저 뛰어넘겠다. 누구도 고도와 자신의 관계에 상관할 수 없게 만들겠다는 다짐을 다시 한 번 가슴에 새겨 넣었다.

찌르르르, 여름은 언제나 고목에 붙은 매미가 시끄럽게 울어대는 소리로 끝물을 맞는다. 삼베옷을 꺼내 입은 지 한 달밖에 지나지 않았건만 벌써 한차례 폭우와 장마가 지나고 입추를 거쳐서 이젠 말복을 맞이했다. 곳곳에서 삼계탕을 끓이는 냄새가 진동했다. 산천에 사는 아이들은 발가

벗고 계곡물로 첨벙첨벙 뛰어들며 겨우내 머리카락 속에서 키운 이를 털어냈다. 또래 아이들과 서로 이를 잡아 주기도 하고, 계곡물을 뿌리면서 까르르륵 웃는 소리가 산천에 진동했다.

이 나라 최대의 도읍이라는 자량은 그러한 계절적 움직임에 맞추어 지역만의 독특한 문화를 형성했다. 사내들은 최근에 대국에서 대량 들여왔다는 서책에 대해 공부하고 이야기하느라 열을 올렸다. 아낙네들은 이웃집에서 혼인을 앞두고 정인과 야반도주를 했다는 시시콜콜한 이야기 대신에 유행하는 옷과 신에 대해 조잘거렸다.

수십 년 전만 해도 역대 최고의 현상금이 걸린 도사의 이야기가 인기 있는 대화거리였던 사실이 거짓말만 같다. 요괴와 요괴를 잡는 사람, 신선, 사람들을 교화하는 뛰어난 승려에 관한 이야기는 원래 없었던 것처럼 사람들 머릿속에서 완전히 지워졌다. 그들은 사람 사는 곳을 혼란하게 만드는 특수한 종족에 관한 이야기 대신 역관이 바다 건너 나라에서 들여왔다가 자량을 중심으로 유행을 만들어 낸 음식과 옷에 대해 이야기하고, 이웃 마을이 남해와 서해를 도발하며 자잘한 전쟁을 벌이는 사실에 대해 걱정했다. 돈을 천하게 여기던 풍속도 많이 달라져서 장사꾼들이 졸부가 되고 양반 직위를 사는 시대가 되었다. 북쪽의, 임금과 관료의 통솔력이 닿지 않는 곳에서는 농민들이 납세를 거부하고 봉기를 하는 일도 벌어지고, 관료들의 당파싸움은 그 어느 때보다 치열하여 왕권은 더없이 약해졌다. 민중들은 먹고사는 일과 돈 버는 일에 큰 관심을 갖고, 관료들은 정치적 영향력에 매달리며, 많은 사람들이 외국으로 나가 공부를 하는 속에선 성리학의 가르침도 약해졌을뿐더러 그것에 반하는 행위로 '삿된 것'이라 칭해지던 도술과 요술은 잊혔다. 환영도사와 그에 얽힌 모든 것이 세상을 떠들썩하게 만들던 이야기는 야사로도 기록되지 않는, 한낱 미신이나 동화로 취급되었다.

세상은 그렇게 많이 변해 있어서 토월산을 아주 오랜만에 나온 팔미호 가연은 낯선 인간들의 모습에 잠시 당황했다. 긴 머리를 하나로 묶은 것까진 괜찮았지만 연한 자색 보자기로 붉은 눈과 하얀 머리를 감춘 것은 시선을 끌었다. 눈과 머리칼의 이상한 색보다 머리에 쓴 보자기에 더욱 관심이 쏟아졌다. 한땐 사내들이 반해서 쳐다볼 정도로 신비로움을 주던 천이 이제는 유행에 뒤처지는 촌스러움으로 전락했다. 지나가던 여인들이 어쩜 저리 촌스러울 수 있느냐며 쑥덕거리는 소리가 가연의 귀에도 들렸다. 가연은 민망하여 요즘 유행에 맞는 옷을 사 입어야만 했다. 장옷마저 유행을 타는 속물적인 분위기에 가연은 한참을 적응해서야 낯설고 어색한 느낌을 잊을 수 있었다.

"어머, 애, 너 가만히 있어야 해. 사람들한테 들키면 큰일 나."

가연은 너무도 달라진 자량의 저잣거리를 구경하다가 간단한 짐을 담은 보자기 속에서 들썩이는 것을 따끔하게 혼냈다. 커다랗게 뒤넘던 움직임이 조그맣게 멈춘 대신에 보자기 속에서 얼굴을 빠끔 내밀었다. 팔뚝만 한 조그마한 도깨비였다. 머리를 말총처럼 정수리에서 바짝 묶은 것이 마치 빗자루를 거꾸로 세워 놓은 모양새다. 이제 막 대여섯 살이나 됐을까, 인간 아이의 모습 그대로 크기만 작은 도깨비는 눈동자가 없는 파란 안광만 빛냈다.

본디 도깨비는 햇살처럼 양기가 가득한 대낮엔 물건으로 변해서 깊은 잠을 자야 하지만 이 도깨비는 아주 특별한 종자라 양과 음의 기운에 구애받지 않았다. 도깨비는 사람 손때가 탄 물건이나 피 묻은 물건이 변한 종족이다.

이 도깨비도 마찬가지로 몽당빗자루에 피가 묻어 되살아난 경우인데 그때 묻은 피가 아주 귀한 피라서 도깨비의 역사를 통틀어 유일하게 햇살 아래에서도 혼의 모습을 유지할 수가 있다. 빗자루에 묻은 피가 다름 아닌 고도의 피였다. 강문과의 치열한 접전 끝에 팔목이 하나 잘렸다는 소문이 쉬쉬하면서도 불교 종단에 퍼져 있었다.

그 소문을 사건이 난 지 10년이나 지난 뒤에 들은 미호가 뒤늦게 동해 쪽을 찾아갔더니 비바람에 휩쓸려 밭고랑을 타고 내려온 고도의 피가 버려진 몽당 빗자루에 묻어서 아기 도깨비가 태어나 있었다. 너무 어린 녀석이 보살핌도 못 받고 땅에만 처박혀 있기에 가연이 거두었다.

도깨비에게는 '몽당이'라는 이름을 붙여 주었다. 몽당깨비는 아직 한참이나 어려 제대로 말도 못하고 '몽당, 몽당'하고 울기만 해서 붙인 이름이었다. 다른 도깨비보다 성장이 한참 더뎌서 수십 년이 지난 지금도 어린아이의 모습이지만 가지고 있는 힘은 참으로 놀라워서 가연이 위험에 처할 때마다 척척 해결을 해주곤 했다. 가연에겐 '소'만큼이나 소중한 도깨비 친구인 셈이다.

"조금만 더 참자, 알았지?"

"몽당, 몽당."

싫다면서 조그마한 손으로 가연을 탁탁 친다. 그런 모습을 저잣거리 사람들에게 들킬까 봐 가연은 냉큼 몽당이의 머리를 보자기 속으로 밀어넣고 걸음을 바삐 옮겼다. 거리를 가로지르는 중에 서책방 하나를 발견했다. 보고 지나칠 수 있지만 그래도 오랜만에 인간들이 사는 마을에 내려와서인지 그들이 보는 책에 흥미가 생겨서 책방을 들리기로 했다. 도읍 내의 하나뿐인 서책방 답게 규모가 참으로 방대한지라, 가연은 종이와 먹 냄새로 가득한 공간을 와아, 감탄하면서 두리번거렸다.

책장에 꽂힌 책의 대부분이 과거를 위해서 준비해야 할 고전서다. 비싼 돈을 주고 살 길이 막막한 가난한 선비를 위해서 마련한 필사본이 대부분이다. 제목만 봐도 졸음이 쏟아지는 공자왈 맹자왈 책에서 미련 없이 발길을 뗀 가연은 아녀자들이 읽는다는 통속소설 앞에서 걸음을 멈추었다. 통속소설은 대부분 양반 가문의 일대 서사시를 다룬 지리멸렬한 이야기뿐인데 시대가 바뀌어서인지 천출인 여성이 양반 가문의 자제와 사랑을 피우는 다소 파격적인 이야기도 있었다. 물론 그런 식으로 계급이 전복되는 소설은 모두 금서로 지정되어 찾는 사람에게만 몰래 파는 종류가 되었지만, 가연은 신분 계급을 극복하고 사랑을 이룬 허황된 소설보다는 낯선 제목의 서책 한 권에 마음이 갔다.

통속소설에 분류되어 있으나 몇 장을 넘겨서 확인해 보니 떠돌아다니는 이야기를 한데 모아 놓은 책이었다. 서책방 주인이 책장에 잘못 끼운 것이거나 아니면 따로 분류할 수가 없어서 대충 한데 모아놓아서 이곳에 있는 듯싶었다. 이유야 어쨌건 민중 기록서임에도 통속소설로 저급하게 분류된 것이 딱한 나머지 가연은 슬쩍 저자가 남긴 서문을 들추어 봤다.

[이 책에는 오로지 진실만이 담겨 있다. 글자를 기록하고 읽을 수 있는 사람이 오직 학문을 한 자에게만 한정되니, 그들이 읽는 기록서는 오직 이 나라의 기틀을 잡는 사상서와 역사서뿐이라. 나는 만백성에게 이로울 수 있는 쉽고 재밌는 이야기를 남기는 데에 의의를 둔다. 세상을 떠돌며 백성들의 이야기만을 담아 다소 조잡하고 허황돼 보일 수도 있다. 그러나 백성들이 아는 것도 기록이요, 역사이다. 이 책은 왕의 이야기가 아닌, 그대 주변에서 보고 들을 수 있는 이야기의 역사이니라.]

"어머나, 마음에 들어라."

가연은 서문에 마음을 쏙 빼앗겨 앉은 자리에서 홀라당 책을 다 읽고 말았다. 책은 떠돌아다니는 민중의 이야기를 담은 것이니만큼 가연에게 친숙하면서도 아련한 감정을 불러일으켰다.

이야기 모음에는 고도로 추정되는 악독한 도사에 관한 말이 제법 많았다. 대부분이 심약해서 신하들에게 나쁜 말도 못하고, 음주가무도 즐기지 못하는 임금을 꾀어내어 풍류와 멋을 알려 주고 마을을 온통 뒤집으면서 골목대장처럼 누비게 하였다가 국정을 소홀히 하여 아들이 태어나자마자 퇴위를 당했다는 내용이었다. 임금은 다 늙어 겨우 딱 하나 후첩으로 들인 여인 사이에서 본 아이였으니, 도사가 임금 곁에서 남색을 탐하는 법을 알려 주어 임금이 중전도 없이 도사만 옆에 끼고 살았다는 식으로 묘사되었다. 이야기를 읽던 가연는 울컥하고 분노를 느꼈지만 이미 세상을 떠난 고도와 그의 벗에 관한 소문이 옳지 않다는 것을 하소연할 데가 없어서 가슴에 맺히는 답답함을 내버려 둘 수밖에 없었다.

뒤편에는 익숙한 이야기도 있었다. 도깨비나 구미호 전설, 신선과 신수들의 이야기가 이어졌다. 가연은 금 나와라 뚝딱, 은 나와라 뚝딱, 사람들을 골려 먹은 도깨비 이야기에서 키득거리며 웃었다. 가연의 웃음소리를 듣고 몽당이가 보자기에서 고개를 내밀자 가연이 서책을 보여 주었다.

"얘, 너희 가족 이야기야. 완전 골칫덩어리로 쓰여 있네."

"몽당?"

"요 봐라. 혹부리 영감이 노래를 잘하니까 그 혹부리가 노래를 잘하게 하는 노래 주머니냐면서 요술방망이까지 바치잖아. 몽당이 너는 이렇게 미련한 짓 하면 안 된다."

"몽당??"

뭔 소리냐면서 눈을 끔뻑거리기만 하는 몽당이가 귀엽기만 하다. 빗자루를 도깨비로 살린 피가 고도의 피여서 그런가, 몽당이가 하는 짓이 고도를 쏙 빼닮았다. 왕방울만 한 눈을 깜빡이면서 고개를 갸웃거리는 모습이나, 마음에 안 들면 가연을 탁탁 두드리는 짓이나, 가끔 뭔 생각을 하는지 멍하니 하늘을 바라보는 눈빛이 꼭 고도의 아들 같다. 욕심 많고 장난꾸러기에 사람들 골려 먹길 좋아하는 도깨비의 특성은 하나도 없다. 어린놈이 만날 퍼질러 자기만 하고 귀찮다면서 아무 데나 드러누워 하품이나 하는 게 이건 아기 도깨비가 아니라 늙은 영감이다. 그나마 생긴 게 귀여워서 봐주지, 외눈박이에 외발, 외팔인 도깨비였으면 게으름 피우지 말고 도깨비답게 마을에 내려가 사람이나 골려 먹으라며 엉덩이를 발로 뻥 찼으리라.

몽당이는 가연이 내민 책을 읽지 못해서 고개만 좌우로 갸웃했다. 금세 책에서 흥미를 잃고 보자기 속으로 쏙 들어가 버린 몽당이를 키득거리며 바라봤다. 조그만 몸을 보자기 속에 밀어 넣어도 빗자루처럼 넓게 퍼져 오른 머리카락은 숨기지 못했다. 가연은 그 뻣뻣한 머리카락을 잡아당기면서 놀리다가 다시 책에 집중했다. 도깨비와 요괴 이야기를 넘기자 가연에게 익숙한 이야기들이 연속으로 나타났다.

세상을 밝혀 주던 현명한 스님인 '강문 보살'에 관한 이야기라든가, 한산뫼에서 처녀를 여럿 잡아먹었지만 끝내 용으로 승천하지 못하고 얼어 죽었다는 '꽝철이' 이야기, 겨울 산에서 옹기만 만들던 노인이 콩과 팥으로 군사를 이끌어 임금을 위해 싸우다 전사했다는 '옹기장이 노인네', 사람만 보면 씨름하자고 달려들던 산적 같은 덩치의 '도깨비 소 이야기', 구미호에게 홀린 선비가 여우를 배신하고 장가를 들었다가 세상 모든 여자가 여우로 보이는 저주를 받은 '구미호의 눈물' 등을 쉬지 않고 읽었다.

책을 덮고 나자 서책방 주인이 "책을 사지도 않고 보기만 하냐."며 핀잔을 주었지만 가연은 뒤통수를 후려치는 여운에 잠겨 주인의 투덜거리는 목소리를 듣지도 못했다.

인간들은 한 세대에 유행하는 것이 오랜 시간 전승되면 그것이 하나의 역사가 된다. 가연은 자신이 살면서 동료들이 그 역사가 되는 과정을 모두 지켜본 유일한 존재이기에 그 느낌이 남달랐다. 누구는 억울하리만큼 잘못된 소문의 주인공이 되었고, 누구는 과분할 정도로 신뢰받는 묘사가 이어졌지만 소문의 사실 여부를 떠나 특정한 인간이 이런 식으로 사람들 마음속을 파고들고, 저희가 살아왔던 이야기가 구전되어 사람들 사이에서 널리 알려진다는 것에 그만 눈물을 뚝 흘렸다. 서책방 주인은 우는 가연을 보고 헉하고 헛숨을 들이켰다.

"아이고, 처자. 돈이 없으면 말을 하지 그랬나. 다신 다그치지 않을 테니 그만 뚝 멈추라."

그 소리에 가연은 굵은 눈물방울을 흘리며 울었다. 두 볼에 흘러내린 물을 손등으로 훔치면서 히끅거리는 어린애 딸꾹질을 했다. 가연의 울음소리를 듣고 몽당이 고개를 들었다. 눈물방울이 몽당의 얼굴로 뚝뚝 떨어졌다.

"흐잉, 고도 보고 싶다. 대롱아, 소야, 다 보고 싶어, 흐엉."

"아이고, 마, 미치겠네. 거 그만 우소. 남들이 보면 오해할라. 다 큰 처자가 무슨……."

서책방 주인은 가연의 울음소리를 듣고 사람들이 몰려들자 "아무것도 아니라! 마, 이 여자가 미쳐서 혼자 울어 재끼는 거라!"라면서 식은땀까지 뻘뻘 흘리며 하소연했지만 믿어 주는 이가 없었다. 포졸이라도 불러올까, 하며 서로를 쳐다보는 사람들의 시선에 서책방 주인은 결국 가연의 등을 밀어서 책방 밖으로 밀어냈다.

"그 책 그냥 가지시오! 다신 오지 말고!"

서책방에서 내쫓긴 가연은 책을 품에 끌어안고 거리를 걷다가 이내 주저앉아 울었다. 입술을 악물어 소리를 내지 않았지만 들썩이는 어깨와 떨리는 팔을 보고 아녀자들이 퍽 걱정스럽게 쳐다보는 시선을 피할 수는 없었다.

생각이 같은지 자량에서보다 더 편한 얼굴로 보자기에 몸을 기댔다. 가연이 몽당의 머리를 쓰다듬어 주었다.

"졸리니?"

"몽당."

"자고 있어. 낮엔 많이 졸리잖아. 밤이 되면 깨워 주마."

몽당이는 더는 망설이지 않고 눈을 감았다. 코오, 코오, 아기처럼 코를 고는 모습이 사랑스러워 가연은 한참이나 몽당이의 머리를 쓰다듬어 주었다. 몽당이 깊은 잠에 빠지고 나서야 가연은 말을 움직여 마을 안쪽으로 파고들었다. 작은 마을이라 청사를 찾기는 어려워 보이지 않는다. 해가 지기 전에 마을을 전부 돌아볼 수 있을 테니 그 안에 청사를 만나리라 믿어 의심치 않았다. 마을의 중앙에 제일 크게 자리 잡은 보리수와 그 밑의 평상을 지날 때였다.

어디선가 고운 선율 소리가 들린다. 퉁기는 줄 끝에서 비장한 서글픔이 묻어나온다. 비련한 여인의 슬픔이나 울음소리를 닮은 해금과는 조금 다른 소리다. 그보다 더 낮고 무거워서 떨림이 적은지라 감정을 숨길 줄 아는 사내의 마음을 닮은 소리였다. 가야금이나 거문고일 듯한데 그 연주 실력이 아주 출중하여 장기판과 바둑판에 골몰해 있던 노인들도 잠시 수를 접고 고개를 들었다. 커어, 커어, 탁한 코울음 소리를 내며 졸던 아이마저 깜빡, 선잠에서 깨어나선 손등을 비비고는 어른들처럼 고개를 들었다. 아이는 시원한 여름 바람이 불어오는 사이에 섞인 소리를 듣고 자리에서 벌떡 일어났다.

쏴아아아아, 바람에 흩날리는 보리수나무의 이파리들이 부대끼는 소리보다 어디선가 연주되는 그 악기 소리가 훨씬 청량했다.

"우아! 그 형님이 또 금 뜯나 보다! 할부지, 할부지, 우리 그 정자 가요, 네?"

아이가 상 아래 대충 벗어놓은 신을 구겨 신고 장기를 두던 노인을 잡아당겼다. 노인은 너털웃음을 뱉었다.

"허허허, 녀석."

"네? 네? 진짜루, 자량까지 가서 공부해 온 내 친구도 그 형님처럼 줄 뜯는 사람은 본 적이 없대요. 진짜 잘하는 거라고, 왜 궐에 들어가서 임금 앞에서 연주를 안 할까 의아해한다니까요? 그런 대단한 연주를 볼 기회를 놓칠 수 없잖아요!"

열변을 토하는 아이의 뜻을 누가 꺾을꼬. 노인은 알겠다며 손에 쥐고 굴리던 말을 장기판 위에 올렸다. 승부를 내기도 전에 손자에게 붙잡혀 신을 신는 둥 마는 둥 마을 어귀에 있는 정자로 달려갔다. 가연은 그들의 뒤를 조심스럽게 따라갔다. 말굽 소리가 다그닥 다그닥 지면을 울렸지만 그리 위협적으로 큰 소리는 아닌지라 금 소리에 맞춰서 어깨와 고개를 흔드는 이들의 관심을 끌진 않았다.

평상 위에서 자다가 할아버지를 끌고 달려간 아이처럼 마을 골목 곳곳에서 사람들이 빠른 걸음으로 일정한 방향을 향했다. 어린아이들은 와르르 뛰어가고, 아낙네들은 까르륵 웃음을 터뜨리며 치마를 잡고 빠르게 걸었다. 노인들은 느긋하게 뒷짐을 지고 제일 뒤처져서 갔지만 젊은이들처럼 조급해하지 않았다.

사람들이 한꺼번에 다가간 곳은 강 근처의 정자다. 가을이면 강변을 따라 갈대가 아름답게 자라나고 강물은 노을빛에 금색으로 반짝이는 절경이 펼쳐지며 여름에는 아직 파릇한 갈댓잎이 강물의 푸름과 뒤섞여 바람에 따라 누웠다. 그때마다 몸을 흔들어 파도 소리를 울리기로 유명한 곳이다. 하늘을 타고 희미하게 울려 퍼지던 악기 소리는 그 정자에서 흘러나오고 있었다. 사람들이 까치발을 들고 쳐다보는 것보다 말에 앉아 있는 가연이 조금 더 쉽게 정자에서 연주하는 이를 볼 수 있었다.

그다지 귀해 보이지 않은, 낡은 묵금을 연주하는 사내는 아직 이립에는 닿지 않은 젊은 청년이다. 한창 사용할 시기를 지난 오래된 악기를 새소리보다 더욱 아름답게 연주하는 실력이 임금 앞에 진상되어야 한다는 이야기처럼 몹시 대단해 보였다. 하나, 가연은 뛰어난 연주 실력보다 그 금을 연주하고 있는 사내의 모습에서 정신을 차릴 수 없었다.

나이는 약 이십육에서 이십팔 세 사이로, 그 나이대의 남자와는 다르게 흑립을 쓰지도 않고 대신 짧은 머리를 가지고 있었다. 천출에 망나니라서 머리를 자른 것 같지는 않고 그래야만 했던 어떠한 사연이 있는 듯했다. 아주 고귀한 양반집 자재처럼 청년의 인상이 꽤나 학식에 유능한 듯했기 때문이다.

정자 안에 있다곤 해도 구름 한 점 없는 맑은 여름 하늘에 햇볕이 강렬하게 내리쬐는데도 사내의 머리색은 새까맣게 빛났다. 어떠한 불순물도 끼지 않은 까만 머리카락이 바람결에 살랑일 때마다 차라리 짧은 머리라 다행이라고, 길었으면 저러한 아름다운 모습을 구경하지 못했으리란 생각마저 들었다.

가연은 남자의 모습 중에서도 특히 금을 연주하는 손을 한참이나 바라봤다. 줄을 퉁기는 오른손은 남자답게 조금 투박하지만 생긴 것과는 달리 섬세하게 움직였다. 가연은 평범한 오른손과는 다른 왼손에서 눈을 떼지 못했다. 줄을 누르고 흔드는 왼손은 나무로 된 의수였다. 서역에서는 전쟁으로 불구가 되면 몸에 철로 된 신체를 붙인다는데, 그는 그렇게 귀한 물건을 왼손에 붙일 여력은 없는지 나무를 깎아 대신했다. 하지만 나무로 만든 의수라곤 믿을 수 없을 정도로 자연스럽다. 진짜 손처럼 줄 사이를 오가며 오른쪽 손으로 뜯은 줄을 눌러주는 조화가 참으로 기가 막혔다.

소리에 취하고 사내의 분위기에 넋이 나가 홀린 듯 쳐다보던 사람들 사이에서 누군가 한 명이 불쑥 정자 위로 올라섰다. 금 위를 오가던 손가락이 멈추고 이 주변을 극락으로 만들었던 소리가 끊어졌다. 사람들은 일제히 연주를 방해한 이에게 고개를 돌렸다. 그리고 가연 역시 연주를 하던 사내를 제외하면 유일하게 정자에 서 있는 그를 보고 그만 한 손으로 입을 틀어막았다. 반갑고 놀라워 그대로 이름을 외칠 것만 같았기 때문이다.

그는 허리를 넘는 긴 머리를 푸른 비단 끈으로 묶고 청색 도포를 걸치고 있었다. 햇살이 비친 눈은 정자 너머에 펼쳐진 강물보다 더 푸르고 하늘의 색보다 더 청명했다. 얼굴은 몹시 아름다워 한번 시선이 가면 남녀를 불문하여 시선을 뗄 수 없었는데, 그 아름다움은 여성스러운 미가 배제된, 보석처럼 단단한 고귀함의 연장선이었다. 가연이 기억하는 것보다 조금 더 남자다워졌지만 기본적으로 자신의 정인을 바라볼 때의 사랑스럽고 따뜻한 눈빛만은 조금도 바뀌지 않았다. 그는 스스로를 '청사'라 소개했지만 정인에게서는 '대롱이'라 불리는 이였다. 가연에게 서한을 보내 이 마을에서 다시 만나자고 먼저 연락을 해준, 가연의 친구이기도 했다.

청사는 말없이 금 연주를 멈춘 이를 바라보고 있었다. 무언가 하고 싶은 말이 많아 보이는 얼굴이지만, 그 어떤 말을 제일 먼저 꺼내야 하는지 몰라서 그저 감격과 기쁨으로 눈시울이 젖어 있었다. 그런 청사를 올려다보는 연주자의 표정은 꽤 무심했는데 그 눈빛만 봐서는 청사가 누구인지 전혀 모르는 듯했다. 그 표정을 보자 가연의 마음에서 조급함이 일었다.

고도는 역시 죽은 것일까. 죽어 윤회를 한 이가 저 금을 뜯는 이라서 청사를 알아보지 못하는 것인가. 결단코 과거의 일을 기억할 수 없는 윤회의 업을 지나면 모든 혼은 일생의 일을 과거의 혼에만 새길 뿐이다. 혼이 머무는 백을 얻고 나서는 새하얀 종이 위에 새로운 삶을 기록해야만 한다. 고도가 아무리 예외적인 인간이었어도 그러한 자연의 이치를 거스르진 못한다. 이 세상 모든 생명체는 태어나면 언젠가 죽는 것처럼 윤회의 굴레도 마찬가지다.

가연이 알아보는 금 연주자는 과거엔 '고도'였을 테지만, 그 인물이 과거와 동일한 인물은 아닐 가능성도 있다. 고도가 죽었다가 다시 태어난 것이라면 가장 불행한 이는 청사다. 정인에게서 무가치한 취급을 받게 될 청사의 심정을 헤아리자 가슴이 아팠다. 청사가 무슨 생각으로 내 생의 고도를 찾아왔을지 생각하니 목이 턱 막혔다. 과연 아무것도 기억하지 못하는 고도를 다시 사랑할 수 있을까. 아니, 고도가 그를 사랑하게 될까.

가연은 부정적인 추측이 꼬리에 꼬리를 물고 이어지자 눈을 질끈 감았다. 고도를 바라보는 청사의 사랑스러운 눈빛이 상처로 물드는 과정을 차마 똑바로 지켜볼 수가 없었다. 고도가 원한 것은 죽은 처자식과 악연으로 얽힌 강문, 왕가의 고리를 모두 끊는 것이었다. 그의 바람 속에 청사와의 재회가 과연 존재했을까. 자신 없는 의문만 연거푸 떠올리던 가연은 익숙한 목소리를 듣고 조심스럽게 눈을 떴다.

"돌아왔다, 고도."

사람들 사이에서 고도라는 이름에 대한 어리둥절한 파장이 생겼다. 이국적으로 생긴 미남이 이 마을 최고의 명물이자 도성에서도 탐을 내기로 유명한 금 연주자를 다른 누군가와 착각한 거 아니냐는 속닥거림이었다. 사람들의 의심 속에서도 청사는 고도만을 응시했다. 고도를 쳐다보는 시선을 돌리지 않았다. 눈도 한 번 깜빡이지 않았다. 그러자 표정이 없는 얼굴로 금 연주에만 몰두했던 고도의 눈동자가 달라졌다. 바로 앞에서 고도의 변화를 단 하나도 놓치지 않을 작정으로 쳐다보는 청사만이 감지

하는 아주 미세한 변화였다. 약간의 떨림을 동반한 눈동자가 확대되어 열리는 모습이 고스란히 보였다. 정적인 몸짓으로 연주를 하던 모습은 어디 가고, 자리에서 일어난 사내가 그대로 청사를 끌어안았다. 그 모습을 지켜보던 가연은 눈을 부릅뜨고 숨을 멈추었다. 죽은 게 아니었구나!

청사는 고도를 끌어안고 키득거리며 웃었다. 고도의 머리에 코를 묻고 청사가 익히 아는 고도만의 체향을 콧속 깊숙한 곳까지 들이마셨다. 고도는 고개를 들어 청사를 올려다보았다. 조금 전까지 보였던 심드렁함과 무관심함, 무표정한 모든 얼굴이 깨어지고 그 자리엔 누구보다도 활짝 웃는 미소가 걸려 있었다.

"왜 이리 늦었느냐, 내 사랑아."

청사는 커다랗게 웃음을 터뜨렸다. 내 사랑아, 내 정인아, 대롱아. 그 모든 말이 동일한 표현이 되어 청사의 귀를 녹였다.

"미안하다, 고도. 많이 늦었구나."

"미안하다는 말보다 더 기다린 말이 있었다."

"그래, 내가 무심했구나."

청사는 고도를 번쩍 들어 안았다. 한쪽 팔은 고도의 무릎 밑으로, 다른 팔은 등 뒤로 돌려서 마치 한밤중에 처자를 보쌈하여 도망가듯 안았다. 고도가 잠시 당황하다가 얼굴을 붉히니, 그 사랑스러움에 흠뻑 취한 청사가 고도의 이마에 다정하게 입을 맞췄다.

"사랑한다, 고도."

세상의 중심에서 너를 기다리고 있겠다.

아니, 그럴 필요 없다. 네가 있는 곳이 세상의 중심이다.

청사는 고도에게 입을 맞추는 이 이름 모를 마을 정자에서 세상이 꿈틀거리며 움직이는 기운을 느꼈다. 모든 것이 시작되어 느낄 수 있는 만물의 중심. 그곳은 바로 고도가 살아 있는 곳이었다.

때론 아주 작은 인연이 모여 기적을 만든다. 그대도 이 책에 담긴 이야기를 읽고 하나의 기적을 마주하길 바라는 마음에서 글을 남긴다.

— 작자 미상 저서 「곡두기행」 서문에서 발췌

종장. 인연이 고하다 끝

幻影奇行 完

곡두기행 3

초판 1쇄 발행 2017년 8월 31일

글 G바겐

발행인 원종우
발행처 이미지프레임

주소 (13814) 경기도 과천시 뒷골1로 6, 3층
영업부 02-3667-2653 **편집부** 02-3667-2654 **팩스** 02-3667-2655
메일 mm@imageframe.kr **웹** mmnovel.com

ISBN 979-11-6085-325-4-03810 (3권)
979-11-6085-322-3-03810 (세트)